btb
Aus Freude am Lesen

btb

Buch

Ein neuer Fall für Kommissar Claes Claesson: Die Leiche der Schwesternschülerin Malin wird in einer Meeresbucht gefunden. Die stille und zurückhaltende junge Frau hatte gerade ihre Ausbildung in einem Krankenhaus begonnen und war frisch verliebt. Nun steht Malins neuer Freund Alf auf der Liste der Verdächtigen: Warum hat er ihr Verschwinden nicht gemeldet? Doch es gibt noch eine weitere Spur: Zeugen berichten von einem Unbekannten, den sie vor dem Schwesternwohnheim beobachtet haben. Die Ermittlungen führen Claesson schließlich weit zurück in die Kindheit Malins. Liegt hier die Antwort für ihren traurigen Tod?

Autorin

Karin Wahlberg arbeitet als Ärztin an der Universitätsklinik von Lund. »Kalter November« ist ihr dritter Kriminalroman, der auf Deutsch erscheint. In Schweden sind ihre Bücher Bestseller.

Karin Wahlberg bei btb

Die falsche Spur. Roman (72972)
Ein plötzlicher Tod. Roman (73076)

Karin Wahlberg

Kalter November

Roman

Aus dem Schwedischen von
Lotta Rüegger und
Holger Wolandt-Rüegger

btb

Die schwedische Originalausgabe erschien 2003 unter dem Titel »Ett fruset liv« bei Wahlström & Widstrand, Stockholm.

FSC
Mixed Sources
Product group from well-managed forests and other controlled sources

Cert no. GFA-COC-1223
www.fsc.org
© 1996 Forest Stewardship Council

Verlagsgruppe Random House FSC-DEU-0100
Das FSC-zertifizierte Papier *Munken Print* für Taschenbücher aus dem btb Verlag liefert Arctic Paper Munkedals AB, Schweden.

3. Auflage
Deutsche Erstveröffentlichung Januar 2005 bei btb Verlag, einem Unternehmen der Verlagsgruppe Random House GmbH

Umschlaggestaltung: Design Team München
Umschlagfoto: Corbis
Satz: IBV Satz- und Datentechnik GmbH, Berlin
Druck und Einband: Clausen & Bosse, Leck
Lektorat: mœbius
EM · Herstellung: Augustin Wiesbeck
Made in Germany
ISBN 3 442 73284 0

www.btb-verlag.de

MEINER SCHWESTER EVA

PROLOG

Samstag, 3. November 2001

Sie wartete. Die Zeit kroch im Schneckentempo. Sie konnte sich zu nichts aufraffen.

Ihr CD-Wechsler begann die nächste Scheibe mit angenehmer Musik abzuspielen. Sie schloss die Augen, wiegte die Hüften, hob die Fußsohlen sanft im Takt der Musik und schwebte weit, weit weg. In ihrem Inneren schwoll es an. Sie lächelte.

Fast den ganzen Herbst über hatte sie sich leicht gefühlt. Zumindest leichter als sonst. Sie freute sich über diese Veränderung, versuchte aber gleichzeitig, jene leise Unruhe, die im Prinzip stets präsent war, zu unterdrücken. Jene Angst vielleicht, vielleicht zu scheitern. Und wie würde sie das nur überleben? Aber daran wollte sie jetzt noch nicht denken! Über die Zukunft weiß man nichts! Man weiß, was man hat, aber nicht, was man bekommt!

Diese Binsenwahrheiten wirbelten wie Beschwörungen in ihrem Kopf herum.

Aber genauso gut konnte sie Glück haben. Schließlich konnte ja alles glatt gehen, auch wenn es nicht so kam, wie sie es sich vorgestellt hatte. Das musste nicht notwendigerweise bedeuten, dass es schlechter wurde.

Sie fröstelte, warf den Kopf mit wehendem Haar zurück, lächelte selig und umarmte sich selbst, als wollte sie das Gefühl festhalten, das wie ein Wasserfall in ihrem Inneren sprudelte.

Gleichzeitig versuchte sie, alle Bedenken von sich zu schieben. Ihr Herz pochte.

Es würde noch einige Minuten dauern, bis er kam. Es war ein Genuss, noch alles vor sich zu haben, den ganzen Abend mit allem, was er möglicherweise bereithielt. Vielleicht einen Wendepunkt. Aber was das rein konkret besagte, konnte sie sich nicht vorstellen. Und genau das war so herrlich. Viel konnte geschehen, und noch war nichts zerstört.

Sie stellte sich ans Fenster und spähte hinaus, aber sie würde ihn nicht sehen, denn der Weg verlief auf der anderen Seite des Hauses. Außerdem war es dunkel. Hoch oben leuchtete der Mond wie ein weißer Ball vor tintenschwarzem Himmel. Über die leuchtende Oberfläche huschten Wolkenschleier wie flatternde Gardinen in der Zugluft. Sie konnte sich nicht entsinnen, woher sie diese Bilder hatte, aber momentan war sie recht rührselig. Unvermittelt stellten sich Gedanken und Ideen ein.

Der Druck auf ihrer Brust war gewichen, und sie fühlte sich schwerelos. In ihr kribbelte so etwas wie Reisefieber, obwohl sie nicht vorhatte zu verreisen. Sie war verliebt.

Draußen herrschte eine suggestive Stimmung, was gut passte. Es war Allerheiligen, und sie wollten losziehen. Es konnte also gar nicht besser werden, dachte sie und verspürte erneut ein Gefühl der Rastlosigkeit. Beine und Arme wollten einfach nicht stillhalten. Sie trat auf der Stelle und begann, an der Kerze herumzupulen, die im Fenster stand. Sie kratzte mit den Fingernägeln am Kerzenwachs und bog den Docht hin und her, bis er sich ablöste, ohne zu bemerken, was sie eigentlich tat. Es spielte auch keine Rolle.

Bald würde er wohl kommen. Sie hatten vor, einen Abendspaziergang über die Friedhöfe zu machen, um Grablichter auf die Gräber zu stellen, um die sich niemand mehr kümmerte. Hatte man keine eigenen Toten, zumindest nicht hier, dann lieh man sich eben welche, hatte sie sich zurechtgelegt. Mehr war nicht geplant. Von anderen Betätigungen davor oder danach war nicht die Rede gewesen. Kein Wort darüber, zu ihm oder zu ihr zu gehen oder überhaupt irgendwohin. Alles war offen.

Er war schüchtern, dachte sie und lächelte. Gleichzeitig lauschte sie gespannt zum Korridor hin, auf dem es vollkommen still war. Wahrscheinlich hatten sich die letzten Mitbewohner endlich auf den Weg gemacht. Es waren Ferien, und nur sie war noch da. Schön! Es ging niemanden etwas an, was sie tat oder nicht tat.

Ihr Radiowecker stand auf 18.58 Uhr, als es zum ersten Mal etwas zögernd klingelte. Trotzdem zuckte sie zusammen. Eifrig band sie sich ihr Haar mit einem rosa Gummiband zu einem Pferdeschwanz zusammen, schlug hastig ihr Tagebuch zu und legte es in die Schreibtischschublade. Tagebücher musste man verstecken. Zeitweise waren sie ihr einziger privater Besitz gewesen. Die gingen niemanden etwas an. Auch er sollte nicht versehentlich in einem aufgeschlagenen Tagebuch lesen.

Dieses Jahr endet gut. Ich habe eine Freundschaft geschlossen. Vielleicht mehr als eine Freundschaft???

Dies war ihr letzter Eintrag, den sie mit drei hoffnungsvollen, kräftigen Fragezeichen beendet hatte. Besser konnte sie sich einfach nicht ausdrücken. Das Gefühl war großartig. Worte reichten nicht aus. Es drängte und pulsierte in ihr, während sie ein paar unruhige Schritte machte, schließlich den Spiegel fand und feststellte, dass sie recht okay aussah.

»Wunderbar!«, dachte sie beim zweiten Klingeln, während sie auf den dunklen Korridor des Studentenheims lief, der mit einer düsteren Textiltapete ausgekleidet war. Alles wirkte schäbig und abgenutzt.

Sie sah ihn hinter der abgeschlossenen Glastür am einen Ende des Korridors im beleuchteten Treppenhaus stehen. Er war groß und schlaksig und hielt eine Plastiktüte in der einen Hand. Die Jacke war aufgeknöpft, und sein Schal hing herab.

Dieser schmächtige Mann, der keine Angst in ihr hervorrief, war fast auf die Minute genau um sieben Uhr eingetroffen, wie sie es vereinbart hatten. Nicht zu spät und auch nicht zu früh. Ein gutes Zeichen.

Als er sie im Halbdunkel des Korridors entdeckte, lächelte er. Sie öffnete die Glastür und trat verlegen einen Schritt zurück. Gleichzeitig strich sie sich ihr seidiges Haar hinter die Ohren, weil sie nicht wusste, was sie sonst mit ihren Händen anfangen sollte. Sie wollte ihn anfassen, berührte ihn aber nicht.

»Wie gut, dass du gekommen bist«, sagte sie und vernahm ihr eigenes Kichern. Peinlich, aber sie konnte es nicht unterdrücken. Um davon abzulenken, betrachtete sie die Plastiktüte, die an seiner Hand baumelte, und fragte: »Hast du Lichter gekauft?«

Er hielt die Tüte hoch, nickte und lächelte über das ganze Gesicht. Wieder musste sie kichern, aber dieses Mal war es ihr nicht peinlich. Mit weit ausholenden Schritten folgte er ihrem wippenden Pferdeschwanz. Sie führte ihn an geschlossenen Türen auf beiden Seiten des Flurs vorbei. Ihr Zimmer lag ganz hinten, neben der Küche. Sie hatte ihre Tür einen Spalt aufgelassen, und ein Lichtkegel fiel auf den düsteren PVC-Fußboden. Stimmungsvolle Musik drang auf den Flur.

»Wohnst du hier?«

Verlegen blieb er in der Tür stehen, als wagte er sich nicht weiter vor. Aber sie hatte trotzdem das Gefühl, als füllte er das ganze Zimmer aus. Das war an sich auch nicht weiter schwer, denn es war nicht groß.

»Wir haben also eine Mission«, sagte sie exaltiert und begann eifrig, sich ihre Jacke überzuziehen. »Brauche ich Handschuhe?«

»Ja, es ist kalt.«

Er war zum ersten Mal hier. Sie hatte ihn bisher nie mitgenommen, da sonst alle von ihm geredet hätten. Über ihn und über sie und über alles Mögliche, auf das sie keinen Einfluss hatte. Ihr Geheimnis hätte sich herumgesprochen, es hätte Gerüchte gegeben, und dann wäre alles nicht mehr so leicht gewesen. Und auch nicht so wunderbar.

Es konnte schließlich sein, dass nichts daraus wurde. Sie hatte keine Lust, Erklärungen abzugeben, mit gesenktem

Blick dazusitzen und sich zu schämen. Sie konnte sich nichts Schlimmeres vorstellen.

Sie merkte, wie er sich vorsichtig und ein wenig neugierig im Zimmer umsah. Alles Notwendige war vorhanden: ein Bett, ein Schreibtisch, ein Regal, ein Sessel und eine Kommode. Die Möbel waren abgenutzt und sahen in allen Zimmern gleich aus. Der Teppich gehörte ihr. Sie hatte ihn bei IKEA gekauft. Er war rund und rot. Wie ein riesiger Farbklecks. Sie hatte eingesehen, dass sie nicht mehr vorsichtig sein musste.

»Gemütlich hier«, sagte er etwas zögernd, und sie war sich nicht sicher, ob er es auch wirklich meinte. Schließlich war es unpersönlich und eine Spur kalt, und sie konnte nicht verstehen, warum er überhaupt etwas über das Zimmer sagen musste, aber vermutlich war das so etwas, was man sagte, um etwas gesagt zu haben.

»Ich weiß nicht, ob es so wahnsinnig gemütlich ist«, entgegnete sie, »aber für mich ist es im Augenblick gerade richtig.«

Sie versuchte den Anschein zu erwecken, ihr Leben im Griff zu haben.

»Isst du hier auch?«, fragte er. Er schien nach einer Kochplatte zu suchen.

»Nein, in der Küche.«

Was fast der Wahrheit entsprach. Morgens saß sie dort. Im Übrigen war der Alltag in einem Wohnheim anstrengend, das spürte sie bereits beim Erwachen. Trotzdem brachte sie es nicht über sich, das Frühstück aufs Zimmer zu tragen. Die anderen würden sie dann vielleicht komisch finden. Also saß sie jeden Morgen in der Küche an der Wachstuchtischdecke, die vom vielen Abwischen ganz matt war, und trank ihren Tee und aß Butterbrote. Die Küche war runtergekommen, zugig und oft schmutzig, aber auf ihre Art heimelig. Pflichtschuldig saß sie dort, aß ihre Butterbrote mit Überwindung und versuchte, genauso unausgeschlafen und lustlos auszusehen wie die anderen.

Aber einmal am Tag musste reichen, abends nahm sie sich ein Tablett und schlich damit auf ihr Zimmer. Den anderen fiel das vermutlich nicht auf, alle aßen zu unterschiedlicher Zeit zu Abend. Einige aßen gar nichts. Sie konnte es darauf schieben, dass sie während des Essens lernen musste. Falls es jemandem auffiel, was bisher nicht der Fall gewesen war. Aber falls!

Sie schloss die Zimmertür ab, und sie begaben sich durch den dunklen Flur ins Treppenhaus. Die Glastür fiel schwer hinter ihnen ins Schloss.

»Bist du als Einzige dageblieben?«, fragte er, als sie die Treppe hinuntergingen.

»Ja, aus meinem Stockwerk schon. Ich bin gern allein. Angenehm!«, sagte sie und atmete übertrieben erleichtert aus. Als ob sie aus freien Stücken allein zurückgeblieben wäre. Als hätte sie sich sogar angestrengt. Zum Teil stimmte das sogar, denn sie hatte ihn ja treffen wollen. Es war ihr jedoch wichtig, nicht den Eindruck zu erwecken, als klammerte sie.

Und er war pünktlich gewesen! Das hatte bestimmt etwas zu bedeuten.

Zu Anfang hatte er beiläufig erwähnt, er könne sich etwas verspäten, worauf sie schweigend den Kopf in den Nacken geworfen hatte, was ihm nicht entgangen war. Nur leicht verspäten, hatte er sich rasch anders besonnen. Es hatte sie beeindruckt, wie er sie so gut verstanden hatte. In der Werkstatt sei einiges zu erledigen, was er nicht aufschieben könne, hatte er erklärt und sie vorsichtig angeschaut. Sein Blick war etwas ängstlich gewesen. Vielleicht hatte er befürchtet, sie bereits jetzt zu verlieren, noch ehe sie zueinander gefunden hätten. Sie hatte einfach zu Boden gesehen. Kein Mucks kam über ihre Lippen. Sie bettelte nicht, drohte nicht, überredete ihn nicht und vergoss auch keine Tränen. Sie sah vollkommen gleichgültig aus und bewirkte damit allerhand. Vielleicht konnte er ihre Gedanken wirklich lesen, verstand, dass sie dann vielleicht nicht mehr da sein würde – wenn er sich verspätete –, aber dass das nicht nur mit ihm etwas zu tun hätte. Sie wollte wissen, wann er zu kommen gedachte. Damit sie alle Hindernisse aus dem Weg räumen konnte.

Niemand kannte Alf, das war das Beste an ihm, und natürlich auch, dass er nicht so viel fragte, dachte sie, und öffnete die schwere Haustür mit der Schulter.

Alf – was für ein ungewöhnlicher Name! Aber er hieß nun mal so, und sie mochte ihn.

Der Abend war sternklar und daher kalt, kälter, als sie gedacht hatte. Sie nahm ihre Handschuhe aus den Taschen und zog sie an, während sie den Kiesweg Richtung Stadt entlangschlenderten. Die hohen Bäume auf beiden Seiten waren kahl. Das Laub hatte seine Farbe verloren und lag überall verstreut, welke Reste eines vergangenen Sommers. Sie mochte den Herbst, er verhieß den Beginn von etwas Neuem.

Ein Windstoß fuhr ihnen in den Rücken und schob sie den Abhang hinunter. Trockenes Laub wirbelte raschelnd um ihre Füße. Sie redeten die ganze Zeit. Schwatzten und lachten. Sie zwei. Er und sie. Ihre Welt, geschlossen und im Augenblick eine Quelle der Wärme unter dem klaren und kühlen Novemberhimmel.

»Wir fangen mit dem Nordfriedhof an, und dann nehmen wir uns den Schlossfriedhof vor«, sagte er. »Wenn du das schaffst …«

Warum sollte sie das nicht schaffen? Sie war stark, sie machte schon nicht schlapp, aber er hatte das vermutlich nicht böse gemeint. Bisher hatte sie nie das Gefühl gehabt, dass er sie rumschubsen oder zu Dingen überreden wollte, die ihr widerstrebten.

»Aber natürlich«, antwortete sie kess. »Was glaubst du?! Hast du übrigens Streichhölzer dabei?«

Sie blieb stehen. Ihr fragendes, lächelndes Gesicht leuchtete blauweiß im Mondschein.

»Klar«, erwiderte er und klopfte mit der Hand auf die Jackentasche, sodass die Streichholzschachtel klapperte. »Du bist sicher die große Schwester, so wie du immer alles im Griff haben musst«, scherzte er, während sie dicht nebeneinander weitergingen.

Sie schluckte und erstarrte ein wenig. Er schien nichts zu

bemerken. Sie versuchte mit aller Kraft, sich zusammenzureißen. Sie wollte nicht abweisend oder absonderlich wirken. Er sollte nicht auf den Gedanken kommen, sie sei eine von den Zickigen. Noch nicht. Nicht so früh, das würde nie gehen. Vorsichtig schaute er sie von der Seite an, und sie wich seinem Blick aus. Sie atmete ruhig, schluckte wiederholte Male und setzte alle Energie daran, das Klebrige, das in ihr herumrumorte, niederzuhalten.

»Er versteht natürlich nichts«, dachte sie und fragte sich, ob sie es wohl wagen konnte, ihm die Wahrheit zu erzählen. Aber das war natürlich ein Risiko. Ein großes Risiko. Sie würde ihn in die Flucht schlagen. Außerdem ging es schon wieder zurück, dieses Schlammige und Schwere hatte sich fast gänzlich aufgelöst, und der innere Film war im Begriff, zum Stillstand zu kommen. Für dieses Mal war die Gefahr glücklicherweise gebannt. Rasch warf sie einen Blick auf ihn. Mit Erleichterung stellte sie fest, dass er aussah wie immer. Das beruhigte und erfreute sie geradezu. Offenbar hatte er nichts gemerkt. Alles war ihr recht, solange sie nicht absonderlich wirkte.

»Hast du heute irgendwelche Fahrräder verkauft?«, fragte sie und schluckte. Sie merkte, dass der unangenehme Kloß ganz weg war, und sah vor ihrem inneren Auge, wie er mit öligen Ketten hantierte. Das war ihre schlichte Vorstellung vom Umgang mit Rädern und den dazugehörigen Reparaturen. Oder wie er einen Platten flickte, genauso wie er es auch immer getan hatte.

Aber das war ein vollkommen falscher Gedanke! An ihn durfte sie jetzt nicht denken! Denn sonst tauchten die Bilder wieder auf und vermengten sich, wie bei einem Film, der immer schneller lief, bis ihr schwindlig und übel wurde und sie sich über die Kloschüssel beugen, würgen und sich übergeben musste.

»Heute war nicht geöffnet, aber ich musste einiges montieren und anderes erledigen. Ich bin immer im Verzug«, erwiderte er und schien erleichtert darüber zu sein, dass das Gespräch nicht abgebrochen war.

Sie dachte daran, wie angenehm doch so eine unkomplizierte Tätigkeit sein musste, zumindest aus ihrer Perspektive. Fahrräder reparieren. Solide. Nichts, worüber man hätte diskutieren müssen.

Am Fuße des Hanges windete es schon weniger. Sie waren schnell gegangen, fast schon gerannt, und ihr war warm geworden, sie schwitzte. Sie öffnete ihre Jacke, zog die Handschuhe aus und steckte sie in die Taschen.

»Pass auf, dass du dich nicht erkältest«, sagte er, und sie lachte über seine Ermahnung.

»Mir kommt es vor, als wärst du derjenige, der alles im Griff hat«, sagte sie, ohne ihn zu fragen, ob er denn ein großer Bruder sei.

Sie spürte seine Hand neben sich, seine warmen Finger berührten ihre und umschlossen schließlich ihre Hand.

Als sie zum Friedhofstor kamen, waren sie nicht mehr zwei einsame Nachtwanderer Hand in Hand. Eine Autokolonne zog sich vom Zentrum bis zum Parkplatz. Dunkle Gestalten stiegen aus und wurden lautlos vom Tor verschluckt. Viele waren natürlich alt und bewegten sich langsam und gebeugt vorwärts.

Der Hauptweg führte zu einer Kapelle, einem unansehnlichen Kalksteingebäude. Im Schein der brennenden Fackeln wirkte der weiße Stein goldgelb. Nach allen Seiten lagen Gräber mit unzähligen Grablichtern, die in der Nacht flackerten.

Sie blieben stehen und betrachteten sie schweigend.

»Irre Stimmung«, sagte er und zuckte etwas verlegen die Achseln, als sei ihm diese ganze Andacht zu viel. Aber er ließ ihre Hand nicht los. »Wo sollen wir anfangen?«, fragte er flüsternd.

Sie schaute sich um. Der Friedhof war größer, als sie gedacht hatte. Sie würden es zeitlich nicht schaffen, außerdem hatten sie nicht genug Grablichter dabei.

»Irgendwo müssen wir wohl anfangen«, sagte sie und zuckte mit den Schultern. »Warum nicht gleich da drüben?«

Sie deutete auf den ältesten Teil des Friedhofs, der weitgehend im Dunkeln lag, weil hier nur wenige, weit verstreute Grablichter standen.

»Dort gibt es bestimmt viel zu tun«, sagte sie und schaute ihn an, um sich seiner Zustimmung zu versichern.

Ein Licht für die Vergessenen. Wie gute Lichterträger hatten sie sich in die Nacht begeben.

Alfs Großeltern lagen auf dem anderen Friedhof, und dort würden seine Eltern eine Kerze anzünden. Sie selbst hatte keine Angehörigen in der Stadt.

Sie setzten vorsichtig einen Fuß vor den anderen in Richtung zunehmender Dunkelheit. Die gefrorenen Grashalme knisterten unter ihren Schuhsohlen, als sie Schulter an Schulter, ihre Hand in der seinigen, zwischen den dicht stehenden, mannshohen Grabsteinen hindurchgingen. Hier und da brannte ein Flämmchen.

Neugierig blieb sie vor einem Grab stehen, dessen Stein kleiner war als die anderen. Mit weicher Rundung ragte er so wenig auf, dass der Eindruck entstand, als bäte er vornübergekauert um Entschuldigung. Die benachbarten Grabsteine und Eisenkreuze schienen sich großtuerisch aus der Erde zu erheben. Sie beugte sich vor, um die Inschrift zu entziffern.

»1895 bis 1970, Anna Jonsson«, las sie laut im schwachen Licht von Mond und Sternen. »Nur ein Name«, fügte sie hinzu.

»Sie lebte vermutlich allein«, sagte Alf.

»Sie wurde fünfundsiebzig. Ich frage mich, ob sie alle diese Jahre allein war.«

Ihre Stimme klang etwas betrübt.

»Vielleicht hat sie ja aus dem Vollen geschöpft und wahnsinnigen Spaß gehabt«, erwiderte er, um die Stimmung aufzulockern.

»Kann sein«, meinte sie nachdenklich und wandte sich ihm zu. »Soll ich eine Kerze anzünden?«

»Klar, okay«, sagte er und nahm ein Grablicht aus der Tüte, reichte es ihr und suchte dann nach seinen Streichhölzern in der Jackentasche.

Sie beugte sich vor, schob das Laub beiseite und drückte das Licht ordentlich in die Erde. Als sie das Streichholz an den Docht hielt und der Feuerschein über den Stein flackerte, sah sie, wie stumpf seine Oberfläche war. Gelbbraunes Moos wuchs in den Poren des Granits und den Vertiefungen der eingehauenen Schriftzüge, die sich jetzt leichter lesen ließen.

»Ich habe falsch gelesen«, sagte sie und stand auf. »Sie starb bereits 1910.«

»Dann wurde sie nur fünfzehn«, erwiderte er.

Schweigend dachten sie darüber nach.

»Vielleicht ist es gar nicht so merkwürdig, dass alle anderen Gräber größer sind«, meinte sie nachdenklich. »Da liegen schließlich mehrere. Ganze Familien.«

Sie schwieg.

»Sie muss irgendwie übrig geblieben sein«, sagte sie dann so leise, dass es kaum zu hören war.

»Was meinst du damit? Übrig geblieben?«, wollte er wissen.

»Eine Fünfzehnjährige gehört doch wohl zu ihrer Familie.«

»Aber damals war man doch wohl schon mit fünfzehn erwachsen und musste auf eigenen Beinen stehen und sich selbst versorgen, als Hausangestellte oder Knecht, oder man musste nach Amerika auswandern.«

Er verstummte, da auch sie schwieg.

In der Nähe waren leise Stimmen zu vernehmen. In der Ferne brauste die Autobahn.

»Immerhin erhielt sie ein Grab und einen Grabstein. Das hatten damals vermutlich nicht alle«, sagte er, als kenne er sich aus.

»Was geschah mit den anderen?«, fragte sie zweifelnd.

»Tja, keine Ahnung«, erwiderte er und zuckte mit den Achseln. Damit war das Thema erschöpft.

Vorbei an Reihen mit Kleinbauern, Direktoren und Gattinnen, die ein langes und hoffentlich inhaltsreiches Leben geführt hatten, setzten sie ihren Weg fort und erblickten auch einzelne Steine von Leuten, deren Leben kurz gewesen war.

Am schlimmsten war es mit den Kindern. Die Kleinen, die starben, und die Erwachsenen, die zurückblieben und die Gräber mit Blumen und Andenken schmückten.

Allmählich ließen sie die älteren Teile des Friedhofs hinter sich und gingen quer über den breiten Kiesweg weiter zum neueren Teil, in dem lange Reihen von Urnen in der Erde gelassen worden waren. Dicht an dicht standen oder lagen Grabsteine, glänzende und matte, zierliche und schlichte, und fast ebenso dicht leuchteten die Grablichter.

Der Gedenkhain lag mitten auf dem Friedhof und zog mit hellem Licht die Leute an. Aus großen Glaskästen, die in der Nacht zu schweben schienen, leuchtete es, ebenso von allen Grablichtern, die den nierenförmigen Teich in der Mitte des Gedenkhains umgaben. Wie ein zusammenhängender Lichtring spiegelten sich die Flammen im schwarzen Wasser. Sie stellten sich dicht nebeneinander und gaben sich der Stimmung hin. Sie stand vor ihm und spürte seine Brust im Rücken. Andere Friedhofsbesucher gingen langsam und feierlich um den Teich, traten vorsichtig im Kies auf, damit es nicht knirschte, und vermieden es, den Rasen zu betreten, der im Spätherbst sehr empfindlich war. Viele hielten ihre Köpfe gesenkt, und in ihren Gesichtern war stille Andacht zu lesen.

»Über die Zukunft wissen wir nichts«, dachte sie und spürte seinen warmen Atem im Nacken. »In der Zukunft liegt die Hoffnung. Das Leben muss nicht unbedingt eine kleine Hölle sein. Nicht die ganze Zeit.«

Eine Art Verzückung beschwingte sie jetzt schon zum zweiten Mal an diesem Tag. Liebe und Optimismus hatten glücklich von ihr Besitz ergriffen, und das erste Gefühl bedingte vermutlich das andere.

Als sie rein zufällig über den Teich schaute, war sie nicht vorbereitet. Aber vielleicht war sie trotzdem nicht überrascht. Nicht ganz. Sie war von Geburt an mit einem inneren Seismografen ausgestattet und ständig auf Erdbeben gefasst.

Ein bleiches Gesicht hob sich aus der hinteren Reihe ab. Rasch wandte sie ihren Blick den Sternen entgegen, reflexartig, wie man die Hand von einer glühend heißen Kochplatte wegzieht. Vielleicht konnte sie entkommen, musste es nicht sehen und musste sich der Wirklichkeit nicht stellen.

Auffordernd hatte sich das Gesicht ihr zugewandt. Zwei Augen starrten, und genauso flüchtig wie ein Windhauch an einem Sommertag waren sie verschwunden, sowohl Augen als auch Gesicht.

»Verdammt! Nicht hier«, dachte sie. »Nicht auch noch hier!« Warum konnte sie sich nicht ganz verstecken? Untertauchen. Verschwinden, aber trotzdem verweilen in dem, was endlich auch sie erreicht hatte.

Aber die Zeit holte sie immer ein.

Immer.

Es handelte sich nicht um von schlechten Nerven hervorgerufene Halluzinationen oder Hirngespinste. Unsicher ließ sie den Blick schweifen und suchte ängstlich die Dunkelheit ab. Sie hatte sich nicht getäuscht.

Zwei schwarze Augen schlichen herum. Wie Raubtieraugen. Scharf, schnell und rücksichtslos.

Die Augen strichen an einer Familie vorbei, die sich auf der anderen Seite des Teichs versammelt hatte. Sie verschwanden hinter einer Kiefer, tauchten wieder auf, glitten in einem Bogen weiter, immer näher.

Es stach in ihrer Brust. Ein peitschenhafter Schmerz, woraufhin ihr Herz in rasendem Tempo schlug, ihr Blut ans Trommelfell pochte. Sie kniff die Augen zu, verzog das Gesicht und fasste sich reflexartig an die Brust.

»Was ist?«, wollte Alf wissen, und sie spürte seine Hand auf ihrer Schulter.

Sie schluckte. Zweimal schluckte sie und ließ dann den Arm langsam sinken. Als sie die Augen wieder öffnete und sich umsah, war nichts Erschreckendes mehr zu erkennen. Überhaupt nichts.

Sie drehte sich um.

»Ach nichts«, erwiderte sie, lächelte und küsste ihn aufs Kinn.

ERSTES KAPITEL

Am Freitag, dem 16. November, war Kriminalkommissar Claes Claesson gerade damit beschäftigt, eine Kommode umzustellen.

Er hatte bereits die halbe Treppe erklommen, als er sich gezwungen sah, die Kommode anders anzuheben, um sie um die Ecke zu kriegen. Sie war verdammt schwer, obwohl er die Schubladen rausgenommen hatte. Er fluchte leise vor sich hin und konnte einfach nicht fassen, warum sie nicht begriffen hatten, dass das Möbelstück im Untergeschoss ebenso gut stand. Wieso hatte er nicht damit warten können, das Monstrum hochzuschleppen, bis Veronika wieder zu Hause war?

Er stützte die Schmalseite der Kommode auf einer Treppenstufe ab, erklomm eine Stufe und lehnte das Möbelstück gegen den Oberschenkel, um die Hände frei zu haben. Gerade als er so dastand, eingeklemmt zwischen Wand, Treppengeländer und der alten Kommode, die einen Drang nach unten hatte, klingelte das Telefon. Es hätte ihm egal sein können. Aber er packte erneut zu, bog den Rücken nach hinten und wuchtete das großmütterliche Erbstück das letzte Stück hoch.

Und da, mitten in der Bewegung, verspürte er das Knacken. Wie ein Pistolenschuss traf ihn der Schmerz in den Rücken. Er wankte zum Telefon im Obergeschoss und riss den Hörer von der Gabel. Niemand.

Sachte legte er den Hörer zurück und dachte daran, wie sich die Sünde doch manchmal sofort strafte. Voller Schmerz verzog er sein Gesicht.

Er sah sofort ein, dass dieses brennende Stechen im Kreuz nicht nach einer Viertelstunde verflogen sein würde. Wahrscheinlich nicht einmal nach ein paar Stunden. Schlimmstenfalls konnte der Schmerz tagelang, wochenlang andauern, vielleicht sogar länger … aber da zügelte er seine ihm durchgehenden Gedanken. Es hatte keinen Sinn, den Teufel an die Wand zu malen. Jedenfalls nicht sofort!

Kriminalkommissar Claes Claesson hatte einen freien Tag, es war ein ganz gewöhnlicher Freitag, die Geschäfte waren geöffnet, und das Gemeinwesen funktionierte wie gewöhnlich. Der Tag musste also maximal genutzt werden. Die körperliche Beeinträchtigung hätte daher nicht ungelegener kommen können. Außerdem passten Verletzungen und Krankheiten nicht in sein Weltbild. Bisher war er relativ verschont geblieben und deshalb nicht zu der Einsicht gelangt, dass das, was andere befiel, auch ihn heimsuchen konnte.

An diesem Vormittag war Veronika mit Klara beim Babyschwimmen, und es galt, alle Dinge zu erledigen, bei denen ein Kleinkind für gewöhnlich im Weg war. Ansonsten hätte er selbst mit zum Schwimmen gehen können, obwohl es ihm etwas widerstrebte, zwischen den Babys und stolzen Müttern herumzuplantschen. Das lag nicht so sehr an den Kindern, sondern eher an ihren Müttern. Und manchmal musste man, wie gesagt, Prioritäten setzen.

Er hatte eigentlich alle Hände voll zu tun – das bittere Los eines Hausbesitzers. So nach und nach hatte er eingesehen, dass er nie alles würde erledigen können. Der Tag, an dem sämtliche Dachpfannen an Ort und Stelle lagen, alle Fenster frisch gestrichen und alle Zimmer neu tapeziert waren, die Türen der Küchenschränke renoviert, der Rasen gemäht und die Büsche gestutzt, die Lampen aufgehängt waren … und so weiter ohne Ende … und zwar alles gleichzeitig, dieser Tag würde nie kommen. Es hatte mit anderen Worten also gar keinen Sinn, sich zu hetzen. Ein Haus erforderte Unterhalt, und das bedeutete kurz und gut, dass man nie fertig wurde und also auch nie frei. Ständig gab es dieses oder jenes zu tun. Eine

Lebensaufgabe, wenn man es so sehen wollte. Eine Lebensaufgabe, die man gleichmütig hinnehmen musste. Schließlich war er ein Mann der Tat, und manchmal sehnte er sich nach dem zufriedenen Gefühl, etwas vollbracht zu haben. Handfeste Resultate sozusagen als Ausgleich. Seine Arbeit war anstrengender geworden. Immer mehr Leute ließen sich krankschreiben. Burn-out. Was war das überhaupt?

Eigentlich erwartete ihn nach dem Umstellen der Kommode eine Liste mit so genannten Erledigungen. Er hatte vorgehabt, eine Dichtung für die Toilette, neue Schrauben für das sich von der Wand lösende Küchenbord sowie das eine oder andere Werkzeug im Baumarkt zu besorgen. Immer stolperte er dort über Dinge, die er noch zu brauchen glaubte. Vielleicht konnte er sogar noch bei der Fußbodenfirma vorbeischauen und sich PVC-Böden mit Schachbrettmuster für die Küche ansehen. Veronika hatte sich in den Kopf gesetzt, dass das hübsch und praktisch war, und er hatte nichts dagegen. Sie hatten vorgehabt, sich dort zu treffen. Nach dem Babyschwimmen. Wenn die Zeit reichte, wollte er noch ins Sportgeschäft, um neue Joggingschuhe zu kaufen. Er war es leid, ständig die Fersen zu spüren.

Und jetzt stand er im Badezimmer und suchte nach einem Schmerzmittel, während dieses volle Programm auf ihn wartete und der Tag kaum begonnen hatte, denn es war gerade erst neun Uhr.

»Hexenschuss! Verflucht noch mal!« Fühlte sich das so an?

Es tat so verdammt weh, dass er sich überlegte, ob er sich an diesem Tag überhaupt noch würde bewegen können. Mit einem Mal verließ ihn jegliche Energie.

Kovepenin, Panodil, Lanzo, Trimetroprim, Zyrlex las er auf den Schachteln. Er wusste nicht recht, an welche Pillen er sich heranwagen sollte. Mit Panodil konnte er beginnen, das wusste er, das war schließlich dasselbe wie Alvedon. Aber reichte das? Sollte er vielleicht dem Panodil noch mit einer Lanzo nachhelfen? Das klang vertraut und gleichzeitig wirkungsvoll und gut. Vielleicht verstärkte sich dann der Effekt ... Typisch!

Wenn er ausnahmsweise mal akut medizinische Hilfe benötigte, dann war Veronika nicht zu Hause.

Etwas weiter hinten im Medizinschrank entdeckte er ein Röhrchen Treo Comp. Bei diesem Mittel war er sich absolut sicher, dass es ordentlich wirkte. Er warf eine Brausetablette in den Zahnputzbecher, und es zischte.

Fünfzehn Minuten später, vielleicht waren es auch nur zehn, ging es ihm kaum besser. Auch noch nicht nach dreißig Minuten. Er war fix und fertig.

Die Schmerzen schienen einfach nicht nachzulassen. Das war bitter.

Er rundete das Ganze mit einer Lanzo ab, obwohl er eigentlich nicht zu den Leuten gehörte, die Tabletten schluckten, aber die Not kennt kein Gebot. Wieso haftete eigentlich einem Hexenschuss so was Lächerliches an? Die Komik der Buckligen. Obwohl ein Gallenstein schlimmer war. Und Hämorrhoiden. Einfach lächerlich.

Aber die Schmerzen ließen nicht nach. Ihm blieb nur noch eins, nämlich – obzwar widerstrebend – sich selbst leidzutun. Und noch etwas bemächtigte sich seiner immer mehr: die große Unruhe wegen eines Körpers, der auf Grund unerbittlich zunehmenden Alters seinen Dienst versagte. Dabei war er noch nicht einmal fünfundvierzig. Verdammt!

Noch nie hatte er einen klassischen Hexenschuss gehabt, dieses fürchterlich schmerzhafte und invalidisierende Leiden. Sein Körper war normal gebaut, von durchschnittlicher Größe und verfügte nicht über diesen schmalen, etwas zu langen Rücken, den man für gewöhnlich mit verschobenen Wirbeln und überdehnten Bändern in Verbindung bringt. Seine Kondition war akzeptabel, obwohl sie natürlich hätte besser sein können. So war es immer. Das meiste hätte besser sein können, wenn er wie verrückt trainiert und sich nach allen Regeln der Kunst in Form gehalten hätte. Er hatte viel Mühe darauf verwendet, einen Mittelweg zu finden. Er hatte ab und zu eine Joggingrunde gedreht, auch noch nach Klaras Geburt – aber Hallenpolo und Krafttraining hatte er schon lange aufgegeben. Jetzt hatte er Gelegenheit, das bitter zu bereuen. Wenn man jung war, konnte man es sich erlauben zu schummeln, aber nicht, wenn die Jahre einen einholten. Mist!

Er wollte sich hinlegen, um die Muskeln auszuruhen oder die Wirbel oder was es nun war, was kaputtgegangen oder eingeklemmt war. Vielleicht handelte es sich ja um eine Entzündung. Die Frage war nur, wie er es zum Bett hinunterschaffen sollte.

Wie es ihm zu guter Letzt gelungen war, konnte er anschließend nicht mehr rekonstruieren. Gnädigerweise befiel ihn eine Art kurzzeitige Bewusstlosigkeit just in jenem Augenblick, als er die schwierigsten Bewegungen vollführte. Der stechende Schmerz glich einer detonierenden Sprengladung. Assoziationen wie Guillotinen und Folterwerkzeuge flimmerten rasch vorbei. Tapete, Decke und Türen verflüchtigten sich seltsamerweise. Sein Bewusstsein schwand. Ein milder, grauer Nebel breitete sich über alles.

Aber welche Wonne dauert ewig? Als er erwachte, lag er quer auf dem Doppelbett. Er starrte an die Decke, bis es ihm vor Augen flimmerte, versuchte, sich zu bewegen und ein Kissen heranzuziehen, stöhnte jedoch laut auf und kapitulierte.

In diesem Zustand fand Veronika ihn.

»Lumbago«, sagte sie mit trockener Doktorinnenstimme.

Er hätte jetzt viel lieber einer anderen Stimme gelauscht, einer weniger effektiven, liebevolleren. Aber es war nun einmal so. Offensichtlich!

Nach oberflächlicher Untersuchung setzte sie sich auf die Bettkante und strich ihm mit dem Handrücken über die unrasierte Wange. Er vermied es, ihr in die Augen zu schauen, da er etwas gegen Mitleid hatte. Zumindest wenn es sich auf ihn selbst bezog. Obwohl er sich ziemlich sicher war, dass sie ihn nicht verhätscheln würde. Veronika war von sachlicher und praktischer Veranlagung.

»Wie bitte?«, fragte er mit abwesender Stimme und begutachtete weiterhin die Decke. »Was ist es, sagst du?«

»Hexenschuss.«

»Das ist mir auch klar«, erwiderte er verärgert.

»Jedenfalls scheint bei dir der Ischiasnerv nicht betroffen zu sein«, fuhr sie geduldig fort und klang immer noch mehr wie eine Ärztin als wie die Frau, die er liebte. »Ich werde dir einen Chiropraktiker oder Manualtherapeuten besorgen«, sagte sie, beugte sich vor, hob Klara vom Fußboden auf und setzte das Kind auf ihren Schoß.

Klara gab vergnügte Laute von sich, als sie ihn sah, ihren Papa, der dort im Bett lag, und sie streckte die Arme aus, winkte fröhlich und wollte von ihm hochgehoben werden. Beharrlich ruderte sie mit ihren knubbeligen Armen, ließ sie dann aber sinken und hielt inne. Mit großen Augen sah sie ihn ernst an, und er fragte sich, was wohl in ihr vorging. Er versuchte, sie anzulächeln und hoffte, der wortlose Kontakt zwischen Vater und Tochter funktioniere. Aber sie begriff, dass etwas nicht in Ordnung war. Ihre Unterlippe begann zu zittern. Ein Tropfen Spucke fiel herab. Sie blinzelte. Deutlich konnte er die hellen Wimpern von seiner liegenden Position aus erkennen. Sie waren recht lang, aber nicht sonderlich kräftig, fand er und zwickte sie vorsichtig in den einen großen Zeh.

Da begann sie zu weinen. Anfangs noch zögernd, dann immer geller, schließlich schrie sie aus vollem Hals. Da drehte er unter Schmerzen seinen Kopf zur Wand und kniff die Augen zu, um dem herzerweichenden Geräusch zu entrinnen. Er konnte nicht mehr. Jedenfalls nicht an diesem Tag. Er musste sich ausruhen, schlafen und sich woandershin träumen.

»Ist ja schon gut, das ist nicht schlimm«, sagte Veronika tröstend zu ihrer Tochter und nahm sie in die Arme.

»Aber ...«, sagte er.

»Was, aber?«

»Kannst du das nicht wieder hinbiegen?«

Flehend schaute er sie an. Ihren bisherigen Vorschlägen begegnete er mit Skepsis. Insgeheim hätte er gerne einmal davon profitiert, eine Ärztin im Haus zu haben, das war doch sicherlich nicht zu viel verlangt.

»Nein«, sagte sie. »Aber ich kann dir ein paar bessere Schmerzmittel geben. Im Übrigen kennen wir Ärzte uns mit Hexenschuss nicht sonderlich gut aus.«

Sie klang irritierend professionell, fast schon munter. Mitleid würde ihm zumindest erspart bleiben. In diesem Punkt konnte er vermutlich vollkommen sicher sein, aber er wusste nicht, ob ihm dieser muntere Ton so viel besser gefiel.

»Sicher?«, fragte er.

»Ja. Sicher! Krankengymnastinnen, Chiropraktiker und Manualtherapeuten kennen sich mit Hexenschuss aus«, sagte sie und stand auf.

Klara hatte sich beruhigt, betrachtete ihn aber weiterhin skeptisch wie einen Fremden.

»Na dann«, sagte er mit schwacher Stimme und schüttelte den Kopf. Es war ihm bewusst, wie jämmerlich er klang, er konnte es aber nicht verhindern.

»Du Ärmster«, sagte sie mit einem unberührten Lächeln, den Kopf spöttisch zur Seite geneigt. »Ich glaube nicht, dass du sterben wirst, zumindest nicht daran«, meinte sie und verschwand mit Klara auf dem Arm aus dem Schlafzimmer.

Kurz darauf steckte sie rasch noch einmal den Kopf zur Tür herein.

»Übrigens, Lanzo ist gegen Magengeschwüre, aber sicher auch nicht schädlich. Hungrig? Was zu essen?«

Vorsichtig schüttelte er den Kopf. Überhaupt keinen Hunger.

Sobald sie das Schlafzimmer verlassen hatten, begann die Tochter zu quengeln. Ihr Gejammer und ihr leises Weinen drangen von unten aus der Küche. »Sie will bei mir sein«, dachte er zufrieden. Obwohl mit ihm nicht viel anzufangen war. Er war indisponibel, wie sein Vater gesagt hätte.

Manchmal klappte es eben nicht, dachte er. Pläne funktionieren nicht, nichts wird, wie man geglaubt hat.

Vielleicht hatte auch das einen Sinn? Er musste versuchen, es so zu sehen.

ZWEITES KAPITEL

Das Meer toste, und die Luft war salzgeschwängert. Marco Korpi zündete sich eine Zigarette an und bereute es bereits im selben Atemzug. Es kratzte in der Brust. Eigentlich sollte er nicht rauchen, aber jetzt brannte sie.

Die Stimmen der Kinder drangen durch den Wind, Lachen und Gekreische mischten sich. Sie rannten herum und verfolgten einander über Stock und Stein. Ida lief voraus, Petter hinterher, und sie kreischte und lachte glucksend, wenn er sie eingeholt hatte, sie einfing und festhielt. Ihre Arme kreisten wie Windmühlenflügel, ihre Beine zappelten, ihr Lachen erreichte immer höhere Töne, bis sie fast keine Luft mehr bekam. Sie drehte und aalte sich hin und her, bis sie sich schließlich befreit hatte und durch das nasse Moos weitertoben konnte. Marco sah ihre spöttischen Blicke, wenn sie den Kopf nach hinten drehte, während sie stolpernd weiterrannte. Hänselnd brachte sie ihren Bruder dazu weiterzulaufen.

Marcos Gummistiefel versanken tief im Moos. Träge, entspannende Schritte, Kieferndurft und der Geruch von Erde, grau bedeckter Himmel und feuchtkalte Luft waren genau, was er brauchte. Besser, als zu Hause im Weg zu sein, dachte er. Allmählich ließ ihn die Arbeit der letzten Woche los.

Ritva wollte die Kinder aus dem Haus haben. Wie immer, wenn sie Gäste erwarteten, war sie gehetzt, reizbar und wirbelte besessen herum. Sie wollte decken und vorbereiten ohne »zwei störende Erscheinungen«, die alles auf den Kopf stellten und die dürftige Ordnung zerstörten, die sie am Vorabend zu Stande gebracht hatten. Recht oft schien alles im Fluss zu sein. Fast immer, um genau zu sein.

Ein paar Arbeitskollegen würden gegen sechs kommen. Auch ihre Ehefrauen waren eingeladen. Ritva war immer überempfindlich und schrie herum, wenn sie gestresst war. Er hatte ihr beim Großeinkauf geholfen und die Getränke besorgt, drei Sorten Bier und Wein für die Damen. Dann war er direkt zum Kindergarten gefahren und hatte die Kinder geholt. Aus einem entspannten Nachmittag mit ein paar Stunden ganz allein im Fitnessstudio, den er sich sonst zu gönnen pflegte, wurde an diesem Freitag nichts. Aber er kam an die frische Luft. Und er war Papa.

Am nächsten Tag würden sie einen Kater haben, Ritva und er. Mit den Kindern würde es dann zäh werden, dachte er und machte einen tiefen Lungenzug. Er musste so husten, dass es ihm in der Brust brannte und Tränen in die Augen trieb. Diese verdammten Zigaretten! Der Kater würde leichter zu ertragen sein, wenn er das Rauchen ließe, dachte er und tastete mit den Fingern nach dem Paket in seiner Tasche. Halb voll. Er überlegte, ob er neue kaufen oder sich mit den vorhandenen begnügen sollte. Ein langer Abend mit Rationierung. Er konnte immer noch bei irgendwem schnorren, aber es widerstrebte ihm, zu Kreuze zu kriechen. Das war kleinlich-knickerig und zeugte von schlechtem Charakter. Oder was auch immer. Sobald er es sich vornahm, konnte er mit dem Rauchen aufhören, dachte er selbstsicher. Wenn Ritva nicht dauernd auf ihm herumhacken würde. Aber wenn er auf der überdachten Veranda stand und paffte, litt er nicht sonderlich. Eigentlich stellte sein regelmäßiges, heimliches Verhältnis zu den Glimmstängeln – allein in der Kälte bei der kleinen Sitzecke im Garten – einen nicht unbeträchtlichen Genuss dar. Die Zigaretten waren eine Quelle der Freude, leider. Eine nicht ganz zu vernachlässigende Gefahr für die Gesundheit. Das wusste er sehr gut und spürte es auch gelegentlich in der Luftröhre. Er war nicht dumm.

Er hörte Idas Mädchenstimme, ihr unschuldiges, spielerisches Geplapper, das vom Wind davongetragen wurde. Sie hopste immer weiter, rotwangig und die Mütze schief auf dem Kopf. »Die Kinder sind viel zu wenig draußen«, kam ihm in den Sinn. Das galt für ihn im Übrigen auch.

Windgepeitschter Wald löste die nassen Dünen ab. Wacholder und verkrüppelte Kiefern beugten sich zur Erde. Er sah, dass die kleine Ida ein paar Tannenzapfen gefunden hatte. Ohne Ziel und sonderliche Kraft warf sie sie hoch in die Luft, aber sie war ja noch klein, die Motorik noch unausgeglichen, und die Tannenzapfen flogen in alle Richtungen, und sie rannte hinterher. Petter hatte einen langen Ast gefunden, mit dem er in der Luft herumfuchtelte. Er rief nach seiner Schwester und warnte sie vor dem stärksten Ritter der Welt. Aber sie bekam keine Angst. Sie spielte einfach unbeirrt mit ihren Tannenzapfen weiter. »Dieses Kind ist stur wie die Sünde«, dachte Marco Korpi zärtlich.

Er drückte seine Zigarette aus und sah auf die Uhr. Bald drei. Sie waren jetzt schon eine Stunde draußen. Zeit, nach Hause zu gehen. Ritva hatte jetzt ein paar Stunden Ruhe gehabt und musste zufrieden sein. Es war ungemütlich, und er hatte Lust auf einen Kaffee.

Er dachte daran, wie selten er doch mit den Kindern draußen war. Immer hatte er etwas zu tun. Es wurde einfach nichts daraus, und für Spiele hatte er auch keinen Sinn. Nicht wie Ritva, aber sie war schließlich Profi. Sie tat den ganzen Tag nichts anderes, als Kinder in Schach zu halten. Sie konnte gut mit den Kleinen umgehen, besser als er. Er sah, wie Ida umfiel, und erwartete den Schrei. Er machte sich bereit, zu ihr zu eilen, aber nichts kam. Das Kind blieb still. Sie rappelte sich wieder auf mit lauter Tannennadeln an der Hose, ignorierte sie aber und rannte einfach weiter. Sie bog Richtung Wasser ab, und da lief er ihr hinterher. Aber sie blieb stehen, drehte sich um, entdeckte ihren großen Bruder im Wald und rannte auf ihn zu. Petter hatte den Stecken nicht weggeworfen, und Marco vermutete, dass er ihn im Auto mit nach Hause nehmen wollte. Ida begann an der Jacke ihres Bruders zu zerren, und dieser fuchtelte verärgert mit den Armen, um sich loszureißen. Er peitschte und schlug mit dem Stecken, und Marco befürchtete, Ida könnte einen Schlag abbekommen. »Zetermordio!«, dachte er. Die Kinder wurden langsam müde. Er musste versuchen, ihr Spiel zu beenden, und sie ins Auto verfrachten, ob sie wollten oder nicht. Er näherte sich ihnen mit so großen, schweren Schritten, dass das Moos ins Schwanken geriet – aber da war der Streit auch schon zu Ende, und sie fuhren damit fort, spielend herumzurennen.

»Wir haben eine schwere Jahreszeit vor uns«, dachte er. Ob er es sich wohl leisten konnte, mit der Familie in Skiferien zu fahren? Das wäre etwas, worauf sie sich freuen könnten, irgendwann im Februar einen ordentlichen Hang im Sonnenschein herunterzufahren. Jetzt waren die Kinder alt genug dafür. Wenn es ihnen gelang, ein wenig zu sparen, würde er Ritva bitten, sich nach einer Pauschalreise umzusehen.

Ida lief weiterhin im Kreis um ihren Bruder herum und brachte ihn dazu, ihr zum Strand zu folgen. Marco schaute genauer hin. Die Kinder trugen Gummistiefel, konnten also in seichtem Wasser herumplantschen. Die Gefahr, dass sie reinsprangen, schien ihm minimal. Das Wasser war kalt, und sie hielten sich am Ufer. Er musste jedoch darauf achten, dass sie nicht stolperten oder stritten und anfingen, sich zu schubsen.

Gerade als er um das braunfleckige Heidelbeergestrüpp herumkam und überlegte, ob ihm noch Zeit für eine weitere Zigarette blieb, ehe sie nach Hause fuhren, merkte er, dass die Kinder etwas am Ufer entdeckt hatten. Sie beugten sich vor und standen erstaunlich still und konzentriert da. Vielleicht eine Flaschenpost, die an Land getrieben war, dachte er naiv. Oder ein toter Fisch.

Aber es war schlimmer.

Petter schrie ihm etwas zu, aber seine Stimme verschwand im Wind, obwohl dieser inzwischen schwächer war. Die Kinder hatten sich ihm zugewandt und riefen und schrien mit angespannter Haltung. Sie wirkten außer sich, und er bekam Angst. Er ahnte nichts Gutes und rannte auf sie zu. Noch immer konnte er nicht hören, was sie schrien.

Das Meer toste. Es war noch nicht dunkel. Einige Vögel glitten niedrig übers Wasser.

Die Kinder standen auf einer braunen Grasfläche, die zum Wasser hin in einen schmalen Streifen grobkörnigen Sand überging. Er sah es sofort, wandte aber instinktiv den Blick ab. Nasse Sandkörner wurden vor- und zurückgespült. Spärliches, wintermüdes Schilf raschelte im Wind. Das Wasser war trüb, Sand und Schlick waren aufgewühlt.

Trotzdem sah man unausweichlich, was an der Oberfläche trieb.

»Was mache ich jetzt?« Ihn befiel ein Gefühl der Unwirklichkeit, das ihn erst lähmte, aber dann packte er die Kinder, zerrte sie ein Stück vom Strand weg und stellte sie nebeneinander hin. Mit barscher Stimme befahl er ihnen, sich nicht vom Fleck zu rühren.

»Versprecht mir das!«, sagte er und schaute streng in die zwei Kindergesichter, die außer sich vor Schrecken waren.

Aber es war zu spät, sie hatten bereits gesehen, was es zu sehen gab. Als er sich ein wenig beruhigt hatte, sah er ein, wie sinnlos es war, sie schonen zu wollen.

Vorsichtig trat er näher, wollte noch einmal schauen, wollte sich vergewissern, dass er sich nicht getäuscht hatte. Er wollte sich ganz sicher sein, ehe er versuchte, ein Telefon zu finden. Sein Handy hatte er idiotischerweise zu Hause gelassen.

Wie eine gelbe Blase wölbte sich die Vorderseite einer Jacke über die Wasseroberfläche. Vielleicht war sie aus Nylon. Weißer Schaum umspülte ein Gesicht, das aus Gummi zu sein schien, dachte er respektlos, gleich einer Gummimaske aus einem amerikanischen Science-Fiction-Film. Eine Totenmaske, aschgrau und zäh.

Sie war jung. Eine Frau mit langem Haar, in dem sich schwarzer Tang und struppiges Schilfrohr verfangen hatten. »Wie eine Meerjungfrau«, dachte er und kam sich fast frevlerisch vor. Gleichzeitig versuchte er, sich zu erinnern, ob er etwas über eine verschwundene Frau gehört oder gelesen hatte. Hatte er in der *Allehanda* etwas über eine Ertrunkene gelesen? Hatte jemand davon gesprochen, dass eine junge und vermutlich hübsche Frau vermisst wurde, nicht nach Hause gekommen, nicht bei der Arbeit erschienen oder einfach unerklärlich verschwunden war? Nein, er konnte sich nicht erinnern. Jedenfalls nicht, solange er mit klopfendem Herzen wie gelähmt dastand.

Aber dann sah er die Kinder, die schweigend und erschrocken dicht beieinander standen. Er beeilte sich, nahm sie an die Hand, trieb sie an, und sie rannten stolpernd zum Auto. Erst wollte er zum Campingplatz laufen und sehen, ob jemand in einem der Wohnwagen war, aber das war ein zu großes Risiko. Kaum jemand würde jetzt, da sich der Winter näherte, dort wohnen. Und falls doch, so konnte es die vollkommen falsche Person sein. Vielleicht jemand, der mit der toten Frau zu tun hatte und den er nicht treffen wollte, jemand, der gefährlich war. Schließlich musste er an die Kinder denken. Kein Wunder, dass man in einer Situation wie dieser an Verfolgungswahn litt.

Die Kinder nahmen schweigend auf dem Rücksitz Platz. Petter half Ida mit dem Sicherheitsgurt, ohne dass er ihn darum gebeten hätte. Marco Korpi, einunddreißigjähriger Vater zweier Kinder, fuhr mit quietschenden Reifen los.

»Papa, ist die Frau krank?«, fragte Ida schließlich, und ihm fiel auf, dass ihre Stimme vorsichtiger klang als sonst.

»Kinder spüren, wenn etwas nicht so ist, wie es sein sollte«, dachte er und bemühte sich, eine gute Antwort zu finden. Gleichzeitig suchte er die Straße nach einem entgegenkommenden Fahrzeug ab, das er hätte anhalten können. Er wollte ihr eine vernünftige Antwort geben, eine Antwort, die nicht zu barsch und schroff klang und trotzdem begreiflich war. Aber sein Sohn kam ihm zuvor.

»Sie ist tot, das ist doch klar«, sagte der sechsjährige Petter voller Überzeugung zu seiner kleinen Schwester.

Damit war es gesagt. Petter klang forsch, vielleicht sogar zu unberührt, dachte Marco. Da sah er die Scheinwerfer eines entgegenkommenden Autos. Er betätigte intensiv die Lichthupe, gleichzeitig bremste er ab und kurbelte das Seitenfenster herunter. Er schwenkte den Arm, um das Auto zum Anhalten zu zwingen.

In dem schwarzen, staubigen Ford saß ein rotgesichtiger alter Mann, der skeptisch war und glaubte, dass Marco ihn anlog. Aus welchem Grund auch immer. Aber der Alte hatte ein Handy, und sie wählten den Notruf. Anschließend wurde sich Marco klar darüber, dass der Mann nichts mit der Polizei zu tun haben wollte. Wieso, das ging ihn nichts an.

Claes Claesson hatte um drei Uhr einen Termin beim einzigen Chiropraktiker der Stadt erhalten. Veronika hatte ihn vereinbart. Sie hatte einen Kollegen angerufen, einen Orthopäden, und dieser hatte den Chiropraktiker empfohlen. Er verstehe sein Handwerk.

Eine gute Viertelstunde vor dem Termin schaffte Veronika ihn mit dem Volvo in die Praxis. Sie wollte gleichzeitig den Großeinkauf erledigen. Klara war auch dabei. War er früher fertig als sie, musste er sie anrufen oder warten.

»Erstaunlich, dass es in unserem Kaff überhaupt einen Chiropraktiker gibt«, sagte sie, als sie ihn absetzte.

Er sah sie argwöhnisch an, hätte aber im Augenblick ohnehin alles ausprobiert. Eine Arbeitswoche mit solchen Qualen war nichts, worauf man sich freute. Obwohl er kaum erwartete, dass ihm mit Quacksalbermethoden geholfen werden könnte.

Mit behutsamen Schritten ging er die Treppe hoch und klingelte. Eine Stimme forderte ihn auf einzutreten, und er öffnete.

Dennis Bohman stand am Fenster seines Behandlungszimmers und telefonierte. Er bedeutete Claes Claesson, in der Diele abzulegen und Platz zu nehmen. Claesson zog seine Jacke aus, setzte sich jedoch nicht. Skeptisch schaute er sich um, suchte mit raschem, routiniertem Blick Wände und Ecken ab, als sei er im Dienst und einem Dealer oder einem Geheimbordell auf der Spur, er wusste nicht genau, was, aber jedenfalls etwas in dieser Art. Aber alles war frisch renoviert und bedeutend einladender als das Treppenhaus, das dunkel und schmutzig gewirkt hatte. Die Diele war in mattem Graublau gestrichen. Zwei leichte Stahlrohrstühle flankierten einen kleinen Tisch mit einem Zeitschriftenstapel.

Dennis Bohman beendete sein Telefonat und erschien in der Tür. Er war rund dreißig, trug einen Kurzhaarschnitt, wirkte gesund und schien weder Sonnenstudios zu frequentieren noch Dopingpräparate zu schlucken, was Claesson beruhigte.

»Willkommen!«, sagte Dennis Bohman und drückte ihm kräftig die Hand. »Kommen Sie rein, dann schaue ich mal, wie ich Ihnen helfen kann.«

Claesson folgte ihm ergeben in ein kahles Zimmer mit Wandschautafeln, die Muskeln und Wirbel zeigten. In der Mitte stand eine Pritsche.

»Bitte ziehen Sie sich aus«, sagte Bohman.

Claesson konnte sich nicht erinnern, wann er sich zuletzt vor einem anderen Mann entkleidet hatte. Vermutlich beim Militär.

»Sie haben sich also verhoben«, meinte Bohman und betrachtete Claessons ungelenken Kampf mit den Jeansbeinen. Die Füße steckten fest, und er konnte sich nicht vorbeugen und sie runterziehen.

»Ja, an einer Kommode«, antwortete Claesson stöhnend.

»Hatten Sie schon früher Probleme mit dem Rücken?«

»Nein, noch nie.«

Bohman sah ihm noch ein wenig bei seinem unbeholfenen Entkleiden zu und ging ihm schließlich zur Hand.

Claesson stand in Unterhose und Socken auf dem kalten Fußboden und versuchte die Bewegungen auszuführen, die der Chiropraktiker ihm ansagte. Er scheiterte kläglich. Seine Schmerzen machten ihn stocksteif.

Als er anschließend bäuchlings auf der Pritsche lag und spürte, wie sich Bohmans warme und kräftige Hände an seinem elenden Rücken zu schaffen machten, wusste er, dass er am rechten Ort war. Ja, verdammt, das war er wirklich! Der Typ wusste, was er tat. Es war zwar nicht angenehm, aber Böses soll man mit Bösem vertreiben …

Erschöpft, aber zufrieden erhob er sich und zog sich an. Das war schon besser. Nicht perfekt, aber er konnte schließlich nichts Unmögliches verlangen.

Er erhielt einen weiteren Termin für Dienstag und bedankte sich. Da klingelte sein Handy.

»Eine Wasserleiche«, sagte Kriminalkommissar Janne Lundin, der beim Dezernat für Gewaltverbrechen Wochenendbereitschaft hatte und schon am Morgen seinen Dienst angetreten hatte. Lundin war zu Hause und stand an seinem Telefontischchen in der Diele.

Bisher hatte es keine sonderlichen Vorkommnisse gegeben, es war richtig ruhig gewesen, aber offenbar hatte es sich dabei um die Ruhe vor dem Sturm gehandelt. Jetzt war eine Leiche entdeckt worden – eine junge Frau –, und Lundin hatte Claesson zum Fundort beordert. Claesson hatte ihn gebeten, ihm einen Wagen mit Fahrer zu schicken, was er getan hatte. Ein jüngerer Polizist, Jesper Gren, würde den Kollegen abholen. Claesson hatte beiläufig erwähnt, dass er Probleme mit dem Rücken habe, und gestresst geklungen.

Jetzt sprach Lundin gerade mit Louise Jasinski. Sie einigten sich darauf, jeder den eigenen Wagen zu nehmen und sich an der Abfahrt zum Fröjdeberga-Campingplatz zu treffen.

Nachdem sie aufgelegt hatten, begann er, nach der Nummer von Benny Grahn zu suchen. Er meinte, sie im Kopf zu haben, konnte sich dann aber doch nicht besinnen. Wenn er sich recht erinnerte, dann hatte er sie ins Telefonverzeichnis der Familie geschrieben. Er zog die Schublade des hübschen und etwas wackligen Telefontischchens heraus. Mona hatte die Deckel des Telefonverzeichnisses bestickt. Lange war's her, dachte er und begann zu blättern. Während des ersten Jahres ihrer Ehe hatte sie seiner Meinung nach recht sinnlose Dinge gebastelt, später aber damit aufgehört. Die Pullover jedoch, die sie inzwischen verfertigte, waren schön und wurden allgemein geschätzt.

Während er blätterte, spürte er, wie die Anspannung zunahm. Es pochte hinter seinem Brustbein, und der Magen zog sich zusammen. Er war bereit, und sein Adrenalinspiegel stieg, obwohl er sehr viel Routine hatte. Nicht einmal in seinem Alter blieb ihm das erspart, dachte er und überlegte sich gleichzeitig, wie lange sein Organismus noch durchhalten würde. Aber er wollte nicht aufhören. Ihm gefiel seine Arbeit. Während seiner Ausbildung hatte er geglaubt, dass er irgendwann in einer verheißungsvollen Zukunft zu einer inneren Ruhe finden würde. Diese Unberührtheit würde ihn dann unnahbar machen und vor allem dazu führen, dass er sich besser fühlte. Aber so war es natürlich nicht gekommen. Insgeheim war ihm und seinen Kollegen bewusst, dass sie von diesen Kicks lebten. Sie brauchten diese Spannung und Anspannung, sonst hätten sie sich vermutlich eine andere Arbeit gesucht.

Grahn stand nicht im Telefonverzeichnis der Familie. Lundin hatte sich offenbar geirrt. Er ging zur Kleiderstange und suchte in der Innentasche seiner Winterjacke nach seinem Kalender. In diesem Moment trat Mona durch die Haustür. Sie war mit ihrem Hund Jycken draußen gewesen.

»Was ist los?«, fragte sie sofort, denn sie besaß ein gutes Gespür.

»Arbeit«, antwortete er.

»Musst du los?«

Sie wirkte eher besorgt als enttäuscht.

»Ja. Wahrscheinlich wird es spät.«

»Für einen Kaffee hast du keine Zeit?«

Er schüttelte den Kopf.

»Nein«, sagte er, »aber ich hätte jetzt nichts dagegen gehabt.« Er betrachtete seine freundliche und rundliche Ehefrau, die ihren Wintermantel auf einen Bügel hängte.

»Ist es was Ernstes?«, fragte sie und verstand im selben Moment, dass dem so war.

»Ja«, antwortete er, und sie hörte, dass er bereits unterwegs war, zumindest im Geiste.

»Eile?«

»Nein, eigentlich nicht. Tote bewegen sich nicht vom Fleck.«

»Was du nicht sagst! Soll ich dir eine Thermosflasche fertig machen?«, wollte sie wissen und nahm Jycken seine Leine ab.

»Nett von dir, aber das ist nicht nötig.«

Kaum jemand hatte mit der so genannten Partnerwahl so viel Glück gehabt wie er, dachte er und war sich ganz und gar bewusst, dass sie es vor allem Mona, seiner tatkräftigen Ehefrau, zu verdanken hatten, dass sie nicht gezögert hatten und die Sache nicht im Sand verlaufen war. Mona war sein bester Freund. Nicht Jycken. Mona.

»Ja, wirklich schade, dass du wegmusst«, sagte sie und ging in die Küche, um Jycken, einer etwas zu wohl genährten Mischung aus einem Stöberhund und einem Beagle, sein Trockenfutter zu geben.

Man wusste nie im Voraus, wie der Arbeitstag wird, dachte er und setzte sich auf den Hocker neben dem Telefon. Es war fast unmöglich, sich vollkommen zu entspannen, wenn man Bereitschaft hatte. Aus einer Flaute konnte plötzlich ein Orkan werden. Viele Male hatte er irgendwelche Veranstaltungen verlassen müssen oder war mitten in der Nacht geweckt worden. Er würde nie vergessen, wie er die Schulabschlussveranstaltung seines Sohnes Lasse noch vor dem Auftritt des Sechsjährigen hatte verlassen müssen. Mona hatte ihm mehrfach versichert, Lasse habe das nicht sonderlich viel ausgemacht, schließlich sei sie ja da gewesen, und ihr Sohn sei bei den wenigen Zeilen, die sie ihm vorher wochenlang vorgekaut hatten, kein einziges Mal stecken geblieben. Trotzdem hätte er diesen Dienst mit jemand anderem tauschen und sich mehr anstrengen sollen. Aber damals war die Arbeit immer vorgegangen.

Er wählte Bennys Nummer. Ihm wurde die Arbeit eigentlich nie langweilig, dachte er, während er wartete. Das war nur wenigen vergönnt. Obwohl nicht alle mit der Unberechenbarkeit fertig wurden. Er erinnerte sich an einige Kollegen, die ausgeschieden oder auf Verwaltungsposten verschwunden waren. Mit zunehmendem Alter waren die meisten das Gerenne leid und suchten sich eine Arbeit im Büro. Trägheit und Personalknappheit hatten ebenfalls ihre Spuren hinterlassen.

Er ließ es klingeln und wartete darauf, weitergeschaltet zu werden oder einen Anrufbeantworter anspringen zu hören.

Nein, rumzuhocken und in Papieren zu blättern lag ihm nicht, obwohl es vielleicht angebracht gewesen wäre, jetzt, da er auf die sechzig zuging. »Ein Glück, dass man sich selbst kennt«, dachte er. Berichte zu lesen war noch nie sein Ding gewesen. Es ging zwar, aber nur verdammt langsam, und dessen war er sich sehr deutlich bewusst. Schreiben lag ihm noch weniger. Er verwechselte häufig die Buchstaben. Lese-Rechtschreib-Schwäche hieß das – oder Legasthenie, aber dieses vornehmere Wort hatte damals, als er klein gewesen war, noch niemand gekannt. Erst als sein Sohn dieselben Probleme in der Schule bekommen hatte wie er selbst, wurde ihm klar, was Sache war. Mit Hilfe wohl überlegter Strategien, sehr viel Übung und einer loyalen Frau war er gut zurechtgekommen. Richtig gut sogar. Aber deswegen musste er seine Schwächen noch lange nicht herausfordern und sich größeren Prüfungen unterziehen als nötig. Man musste schließlich auch Rücksicht auf sich selbst nehmen.

Niemand nahm ab, also wählte er stattdessen die Handynummer. Draußen war es grau und diesig. Der Winter näherte sich und wurde mit jedem Jahr anstrengender und dunkler.

Benny antwortete schließlich mit rauer, belegter Stimme, als sei er gerade beim Essen. Außerdem klang es so, als befände er sich im Freien. Ein Auto war im Hintergrund zu hören.

»Wo bist du?«

»Vor Kirres Wurstbude«, antwortete Benny und schluckte den Bissen herunter.

Lundin trug dem eine Wurst verzehrenden Kollegen sein Anliegen vor, das nicht gerade Begeisterung auslöste. Benny Grahn von der Spurensicherung, allgemein bekannt als Technik-Benny, seufzte tief und äußerte wie erwartet, in letzter Zeit sei es einfach zu viel gewesen. Das stimmte tatsächlich und war nicht nur das übliche Gejammer. Sie waren nicht nur zu wenig Leute: Die Missetaten waren Schlag auf Schlag gekommen, und nichts deutete darauf hin, dass sich die Zukunft erfreulicher gestalten würde. Eher im Gegenteil. Eine neue Art von Bandenkriegen war immer mehr in Mode gekommen. Häufiger als früher wurde scharf geschossen, da mehr Waffen in Umlauf waren, und zwar nicht nur in Kreisen naturliebender Elchjäger.

»Du weißt doch selbst, wie das ist. Wir waren doch gestern wegen dieser Messergeschichte unterwegs, und die Spuren sind noch nicht analysiert. Irgendwann müssen wir auch die Arbeit im Labor erledigen, die sich auftürmt. Außerdem hat sich noch einer von der Spurensicherung krankschreiben lassen. Vor zwei Tagen. Er war vollkommen platt. Grippe, behauptet er, aber das soll glauben, wer will. Der sitzt zu Hause und starrt an die Wand. Außerdem, wer könnte nicht eine Grippe gebrauchen, um wieder einigermaßen zu Kräften zu kommen? Bei so wenigen Leuten verkraftet man Ausfälle einfach nicht. Wir können auch so fast schon nicht mehr den Bereitschaftsdienst garantieren«, sagte Grahn und machte eine kurze Pause. »Aber das weißt du ja alles«, fügte er hinzu, und Janne Lundin brummte zustimmend in der Hoffnung, die Litanei wäre bald vorbei. Er musste los, aber schließlich waren sie auch Menschen, dachte er und sagte daher nichts.

»Außerdem ist einer von uns auf längere Zeit krankgeschrieben«, fuhr Benny Grahn fort. »Du weißt schon, Palm, der Ärmste, er hat Krebs und ist richtig übel dran. Ich frage mich, ob er überhaupt je zurückkommen wird, und falls er es tut, bekommt er vermutlich einen Schock, wenn das hier so weitergeht.«

Lundin glaubte, Grahn sei nun fertig, aber der holte nur Luft und setzte erneut an: »Und wann bekommen wir von der Spurensicherung endlich mal psychologische Unterstützung? Wir kriegen immer die ganze Scheiße ab, und damit wird vielleicht ein alter Fuchs wie ich fertig, aber denk nur an die Jüngeren!«

»Ja, du, da sollten wir uns drum kümmern«, sagte Lundin ruhig. »Aber jetzt müssen wir los!«

Benny Grahns Wortschwall endete abrupt.

»Okay. Ich höre ja schon auf zu jammern. Wir reden später darüber.« Er lachte rau. »Der Wagen steht bei mir zu Hause. Ich komme, und zwar sofort.«

»Gut!«

»Hattest du was anderes erwartet?«

»Offen gestanden, nein«, erwiderte Lundin, da ihn Benny bisher noch nie im Stich gelassen hatte.

»Verdammt, gleich ist es ganz dunkel. Wir müssen wohl die Lampen aufbauen«, murmelte Grahn mehr zu sich als zu Lundin, ehe er auflegte.

Marco Korpi stand mit einem Kind an jeder Hand auf dem Weg, als sie endlich eintrafen. Es war bereits vier Uhr, aber noch nicht dunkel, sondern es herrschte eine wunderschöne Dämmerung. Den ganzen Tag war es nicht recht hell gewesen, aus dem diesigen Novembergrau war nie richtiges Tageslicht geworden. Von diesem Wetter bekamen manche Leute Depressionen, andere waren nur froh, dass sie mit gutem Gewissen zu Hause bleiben konnten.

Die Kinder waren schweigsam und still und drückten sich an ihren Papa. Mit großen Augen schauten sie ernst auf die Polizisten und Streifenwagen, die eilig auftauchten. Ihr Vater hatte einen soliden Händedruck, der zu seinem kräftigen und breiten Gesicht passte. Er hatte hohe Wangenknochen und energische Augen. Marco hatte bereits festgestellt, dass Ritva mehr als genug Zeit haben würde, das Fest in aller Ruhe vorzubereiten. Gerade auch wegen der Kinder wollte er nach Hause fahren, gleichzeitig interessierte es ihn aber, was weiter passieren würde. Er war neugierig. Polizeiliche Arbeit kannte er bisher nur aus dem Fernsehen, und schließlich war er es ja gewesen, der sie gefunden hatte. Die Tote. Oder, um genauer zu sein, die kleine Ida auf Entdeckungsreise. Er fragte sich, wie die Kinder langfristig damit fertig würden.

Janne Lundin war groß wie ein Baumstamm und hatte sich eine Pelzmütze aufgesetzt, die ganz oben wie ein Wattebausch hin und her wippte. Louise Jasinski hatte über den Anblick bereits spöttisch gelacht. Sie war recht klein, und die beiden bewegten sich am Fundort wie Laurel und Hardy. Claesson, der von Jesper Gren mitgenommen worden war, ging, genauer gesagt, wankte mit ungewöhnlich weißem Gesicht herum.

Lundin hatte auch Erika Ljung herbeordert. Er drehte sich zu ihr um und lächelte sie an. Sie lächelte zurück.

Erika Ljung war die Jüngste in der Gruppe. Sie musste so oft wie möglich dabei sein, um Routine zu sammeln. Das fanden alle, besonders Lundin, der die Rolle ihres Mentors übernommen hatte. Auch sollte sie andere Erfahrungen machen als jene traurigen und traumatischen des letzten Frühjahrs: In ihren eigenen vier Wänden war sie schwer misshandelt worden. Sie schien darüber hinweg zu sein. Jedenfalls erweckte sie diesen Eindruck. Aber was wusste man schon? Was blieb ihr denn auch anderes, als weiterzumachen, weiterzuarbeiten und sich jedem neuen Tag zu stellen? Die Schläge würden sie trotzdem auf die eine oder andere Art immer verfolgen, der Schmerz ebenfalls. Vielleicht auch die Erniedrigung. Das Gefühl der Ohnmacht angesichts der Macht des Stärkeren über den Schwächeren. Aber sachte, sachte würde all das verschwinden. Und am Ende war sie ja nicht die Schwächere gewesen, hatte nicht den Kürzeren gezogen. Zumindest nicht aus Lundins Perspektive. Und schließlich zählte das Ergebnis, dachte er. Sie war frei, während ihr ehemaliger Lebensgefährte hinter Gittern saß. Ihr lag die Zukunft zu Füßen. Sie musste einfach nach vorn blicken und aus dem Vollen schöpfen. Bei ihrem Aussehen, schön wie der Tag, sollte das kein Problem sein, aber das sagte Lundin nicht laut. In Zeiten wie diesen wusste man nie, was noch politically correct war.

Der Gerichtsmediziner konnte nicht kommen, das tat er

sonst immer, aber dieses Mal klappte es einfach nicht, hatte er unverblümt am Telefon erklärt.

»Wie sind die Kinder damit fertig geworden?«, wollte Claesson wissen.

»Weiß nicht«, sagte Lundin, der als einer der Ersten eingetroffen war. »Man fragt sich, wie viel sie eigentlich verstehen.«

»Recht viel«, meinte Claesson. »Du erledigst den Rest!«

»Klar. Ich glaube, das ist bereits geregelt«, antwortete Lundin.

Claesson stellte sich ans Ufer. Sie hatte gut ausgesehen, die Tote. Das Gesicht war im Großen und Ganzen unbeschädigt und bot einen erträglichen Anblick. Aber der Gesamteindruck – das schwarze Wasser, der feuchte Sand und die Starre der Gesichtszüge – war erschreckend.

»Allzu lange kann sie hier nicht gelegen haben«, dachte er erst, überlegte es sich dann aber anders. Um diese Jahreszeit war das Wasser kalt. Mit anderen Worten: keine größeren Zersetzungsprozesse. Sie konnte gut eine Weile dort gelegen haben, ein paar Wochen oder so, dachte er und wusste, dass der Gerichtsmediziner in dieser Frage das letzte Wort hatte.

Ein schwarzes Blatt lag wie festgeklebt auf dem einen Auge der toten Frau. Der andere Augapfel schimmerte wie eine grauweiße Mondsichel unter einem etwas geschwollenen, bleichgrünen Lid hervor. »Wie ein Mensch und gleichzeitig wie ein Wassergeschöpf«, dachte er. Es schauderte ihn bei seinem grotesken Vergleich.

Er entdeckte die Armbanduhr der jungen Frau und wurde plötzlich ganz wach. Eine Herrenuhr. Oder doch nicht? Die Moden änderten sich, Frauen hatten heutzutage Muskeln und trugen handfeste Accessoires, dachte er. Aber das Modell kam ihm bekannt vor. Hatte nicht Louise – oder war es Erika – auch so eine?

Das Gelände wurde abgesperrt. Die Spurensicherung legte sofort los, und Benny übernahm das Kommando. Er deutete mit der Hand, gab Anweisungen und überwachte. Er war der König, bis der technische Teil der Fundortuntersuchung abgeschlossen war. Die anderen hielten sich zurück und warteten ab.

Zwei uniformierte Polizisten nahmen das kurze Protokoll der Leute auf, die Anzeige erstattet hatten: das des Vaters und der Kinder. Anschließend wurden die drei zum Präsidium geschickt, wo eine formellere Vernehmung durchgeführt und sie psychologisch in dem Maße betreut werden sollten, wie das an einem Freitagabend möglich war. Danach mussten die Kinder endlich nach Hause. Irgendwie würde auch dafür Sorge getragen werden.

Die aufgestellten Scheinwerfer warfen ein kaltes Licht. Scharf umrissene, längliche Schatten bewegten sich im gemächlichen Tempo der Leute von der Spurensicherung. Sie erledigten ihre Arbeit methodisch und gründlich. Es wurde dunkel, der Wald und der Nachthimmel rückten näher. Der Wind hatte etwas abgenommen, aber weit draußen toste das Meer, und die Wellen rollten über die tote Frau hinweg ans Ufer. Überall waren Leute, wo auch immer sie hergekommen sein mochten. Die Presse drängte sich gegen die Absperrung. Kamerablitze flammten auf, und es wurde gemurmelt und leise geredet.

Benny befahl, die Leiche aus dem pechschwarzen Wasser zu heben.

»Siehst du was?«, fragte Claesson Lundin, da es ihm nicht gelang, sich vorzubeugen. Lundin schüttelte den Kopf.

»Nicht das Geringste«, antwortete er. »Aber sie heben sie sicher gleich ins Licht.«

Gemeinsam mit Louise, Erika und einigen anderen Polizisten und Leuten von der Spurensicherung bildeten sie einen Halbkreis am Ufer. Schweigend verfolgten sie, wie das Netz eingeholt und die tote Frau schließlich aus dem Wasser gehoben wurde. Da explodierten eine Menge Blitze im Hintergrund.

Lundin drehte sich um. Er sah, wie sich ein junger Mann in einiger Entfernung aus der Zuschauermenge löste und langsam näher kam. Er war vermutlich im Schutz der Dunkelheit abseits der Scheinwerfer unter der Absperrung hindurchgegangen. Wo zum Teufel steckte Gren? Lundin konnte ihn nirgends entdecken. Stand er hinter einem Baum und erleichterte seine Blase? Der junge Mann näherte sich vorsichtig. Lundins Ärger nahm zu, aber er wollte weiterhin das Bergen der Leiche verfolgen und griff daher nicht ein. Seine ganze Konzentration war auf den toten Körper gerichtet.

Die Frau war vollständig angekleidet. Ihre Jacke schien aus Nylon zu sein, war gefüttert und schwer von dem ganzen Meerwasser, das sie aufgesogen hatte. Eine kanarienvogelgelbe Jacke, vielleicht auch postgelb, je nach Vorliebe. »Die muss leicht wiederzuerkennen sein«, dachte er und flüsterte dies auch Louise und Erika zu, die neben ihm standen. Beide nickten. Eine deutliche Personenbeschreibung erleichterte notfalls immer die Identifizierung. Falls sich bei der Toten kein Ausweis fand und sie nicht die bittere und traurige Antwort auf eine schon vorliegende Vermisstenanzeige war. Lundin bereitete sich innerlich bereits darauf vor, die Trauerbotschaft überbringen zu müssen.

Die Frau trug normale blaue Jeans. Der Reißverschluss und der Knopf am Bund waren geschlossen. Ihre Füße steckten in stabilen braunen Stiefeln. Ordentlich gekleidet und vor allen Dingen nicht entkleidet. Brieftasche, Führerschein oder andere Papiere hatte sie nicht bei sich, auch kein Handy, was in diesem Land der weit verbreiteten Mobiltelefone verblüffend war. In ihren Jackentaschen fand man drei verschieden große Schlüssel an einem Ring – vermutlich für ein Fahrrad, eine Haustür und ein Vorhängeschloss –, einen vollkommen durchweichten Zettel mit einem unleserlichen Text, einen Zwanzigkronenschein und einen gestrickten schwarz-weißen Fäustling. Der zweite Handschuh war nirgends zu entdecken.

»Das muss bis morgen warten«, sagte Benny Grahn und leuchtete der Toten mit seiner Taschenlampe ins Gesicht.

»Geringfügigere Verletzungen«, sagte er laut. »Vermutlich hat sie sich die Haut an Steinen aufgeschürft. Im Übrigen ist sie relativ wohl erhalten. Das Wasser ist schließlich kalt.«

Benny ging in die Hocke und klappte den Kragen der gelben Jacke herunter. Er versuchte den Kopf zurückzubeugen. Er bat einen Mann von der Spurensicherung, auf den Hals zu leuchten, während er die Haut eingehend in Augenschein nahm.

»Hier finden sich Hautabschürfungen und Blutergüsse«, sagte er. »Und zwar mehrere.«

Die anderen traten schweigend von einem Bein aufs andere. Es wurde langsam kalt. Sie warteten darauf, dass er weitersprach, aber er schwieg.

»Willst du damit sagen, dass es sich vermutlich nicht um Selbstmord handelt?«, fragte Claesson schließlich.

»Yes.«

»Ein Selbstmord hätte etwas weniger Arbeit gemacht, wenn man es mal ganz drastisch sieht«, meinte Lundin, und niemand widersprach ihm.

»Dann schaffen wir sie weg«, sagte Benny.

»Das Primäre ist jetzt erst einmal die Feststellung der Identität«, meinte Claesson.

»Yes«, stimmte Benny erneut zu.

Claesson bewegte sich nicht. Er fror. Janne Lundin drehte sich um, um zu seinem Wagen zu gehen, den er oben auf dem Weg geparkt hatte. Da erblickte er den Rücken des jungen Mannes, den er fast vergessen hätte. Der Jüngling schien sich zu entfernen.

»Wer zum Teufel ist das?«, fragte Lundin den neben ihm stehenden Jesper Gren. Der aber sah vollkommen ratlos aus.

Also folgte Lundin dem Mann mit großen Schritten und legte ihm seine Pranke auf die Schulter, ehe er unter der Absperrung hindurch verduften konnte.

»Entschuldigung, wer sind Sie?«

»Ich heiße Mattias«, erwiderte er und schob vorsichtig seine Haare beiseite, die ihm ins Gesicht hingen. Lundin konnte nicht erkennen, ob er beschämt, verlegen oder sogar etwas verängstigt aussah. Dazu war es zu dunkel.

Louise Jasinski und zwei weitere Polizisten in Uniform hatten sich inzwischen zu ihnen gesellt.

»Mattias sagen Sie. Haben Sie auch einen Nachnamen?«, fragte Lundin, und seine Stimme klang nicht gnädig.

»Bredvik.«

»Mattias Bredvik. Heißt von uns jemand so?«

Lundin wandte sich an seine Kollegen. Niemand sagte etwas.

»Ich bin kein Polizist«, meinte Mattias Bredvik.

»Ach nein! Was haben Sie dann hier zu suchen?«

Er antwortete nicht.

»Sind Sie zufällig hier vorbeigekommen?«

»Nein. Ich habe davon gehört.«

»Im Polizeifunk?«

»Ja.«

»Und was haben Sie für eine Arbeit, wenn ich fragen darf?«

»Ich schreibe.«

»Sie schreiben. Was denn?«

»Artikel.«

»Journalist also?«

Bredvik blickte stumm zu Boden.

»Na?«, mahnte Lundin. »Raus mit der Sprache!«

»Ja, so könnte man sagen. Aber ich habe gerade erst angefangen.«

Lundin wippte schweigend auf den Fußsohlen vor und zurück. Seine baumlange, schwankende Gestalt konnte bei Menschen, die ihn nicht kannten, den Eindruck erwecken, er sei wütender, als er es in Wirklichkeit war. Louise und Erika wechselten einen raschen Blick im Halbdunkel außerhalb der Lichtkegel der Scheinwerfer. Klar, er war wütend, die Wut hatte ihn gepackt, als hätte der Blitz eingeschlagen, aber trotzdem wurde er irgendwie nie gefährlich. Nicht so wie Claesson. Es hatte nur den Anschein. Und das wussten sie, aber Mattias Bredvik wusste das nicht.

Jesper Gren, ein weiterer Polizist in Uniform und einer der Männer von der Spurensicherung, der sich ihnen angeschlossen hatte, hielten in der Bewegung inne. Sie warteten andächtig. Ein Show-down hatte immer seinen Reiz.

»Es ist nun einmal so, dass es gewisse Regeln gibt, ungeschriebene und andere, in dieser besten aller Welten«, sagte Lundin schließlich mit erstaunlich milder Stimme, nachdem er den jungen Mann mit seiner körperlichen und behördlichen Überlegenheit ausreichend lange eingeschüchtert hatte, »und jetzt bekommen Sie, weil Sie noch am Anfang Ihrer Karriere zu stehen scheinen, eine kurze Belehrung darüber, was man nicht tut.«

Er ging mit dem jungen Mann, der den Kopf hängen ließ, langsam auf sein Auto zu.

»Und ich werde Ihnen dann auch noch erläutern, wie wir uns gegenseitig helfen können«, hörten sie ihn noch sagen.

Die anderen blieben schweigend zurück. Jesper Gren versuchte so unsichtbar wie möglich zu sein, was ihm in seiner schwarzen Winteruniform ganz gut gelang. Es war ihm klar, dass sich auf Grund seiner Unachtsamkeit ein Unbefugter eingeschlichen hatte. Aber man konnte schließlich nicht immer an alles denken, dachte Jesper Gren und seufzte tief.

Sie fuhren ins Präsidium. Claesson hatte nicht vor, lange zu bleiben. Formell war er nicht im Dienst, er fühlte sich schlapp und wollte nur noch nach Hause. Lundin war für die Kontakte mit der Presse zuständig und würde eine Erklärung abgeben, nachdem er sich mit Claesson abgesprochen hatte. Dieser wollte auch am Samstag im Präsidium auftauchen, obwohl er eigentlich freihatte. Lundin würde nämlich Montag bis Mittwoch der folgenden Woche eine Fortbildung besuchen, die er sich nicht entgehen lassen wollte. Claesson hätte den Fall spätestens dann übernehmen müssen und beschloss daher, gleich von Anfang an dabei zu sein, obwohl er in letzter Zeit versuchte, seine freien Tage auch wirklich in Anspruch zu nehmen. Aber die Ermittlungen in einem Mordfall stellten immer eine Motivation dar, selbst wenn man einen Hexenschuss hatte. Da wurden alle Kräfte mobilisiert.

Eine junge Frau, von den Wellen angespült. Ein vergeudetes Leben.

Die Zahl der Morde war im Land nicht nennenswert gestiegen, hingegen die Zahl der Mordversuche und anderer Verbrechen, daher hatten sie alle Hände voll zu tun. Morde kamen in ihrer Gegend vor, waren jedoch, über einen längeren Zeitraum gesehen, eher selten. »Glücklicherweise«, dachte Claesson und stellte fest, wie müde und gereizt ihn doch die Schmerzen machten und wie viel Kraft es ihn kostete, sie von sich fern zu halten, damit sie ihn nicht gänzlich vereinnahmten.

Die jüngsten Mordfälle der Gegend hatten sie gelöst, was das Selbstvertrauen aller gestärkt hatte, obwohl die letzten Ermittlungen im August einen bitteren Nachgeschmack hinterlassen hatten. Eine Oberärztin des Krankenhauses war als Rache für langjähriges Mobbing in ihrem Haus erschossen worden. Tragisch. Ähnliches hatte er vorher noch nie erlebt. Der Racheakt war einerseits nachvollziehbar gewesen, aber Rache war nur selten süß. Sie hatten die Täterin zwar gefasst, aber leider hatte es dann noch einige Überraschungen und üble Konsequenzen gegeben. Ein Kollege, ausgerechnet der ordentliche Peter Berg, war in den Bauch geschossen worden, und außerdem hatte es einen verzweifelten Selbstmord gegeben. Solche Ereignisse hinterließen Spuren. In der Zeit unmittelbar danach war er von üblen Gewissensbissen und verschiedenen anderen Gefühlen heimgesucht worden. Seine Selbstvorwürfe hatten sich mittlerweile gelegt, tauchten aber manchmal immer noch auf. Die Presse war unerbittlich gewesen. Die Medien hatten keine Gnade gekannt. Außerdem war er teilweise immer noch wahnsinnig wütend auf Peter Berg, auf sein jugendliches Ungestüm und sein Bedürfnis, den Helden spielen zu müssen. Claesson wusste jedoch nicht, wohin mit dem Zorn, denn schließlich galt es, den Ärmsten zu rehabilitieren, damit er wieder als Polizist arbeiten konnte.

An diesem späten Freitagabend saß Claesson im Präsidium und wurde seiner Aufgabe, alles zu koordinieren, gerecht. Eigentlich hatte er nur vorgehabt, kurz vorbeizuschauen und dann rechtzeitig nach Hause zu gehen, um am nächsten Tag besser in Form zu sein und bessere Arbeit leisten zu können.

Aber die Stunden waren einfach vergangen, bis er sich vor Schmerzen nur noch krümmte. Er hatte das Gefühl, in einen Schraubstock geklemmt zu sein. Ihm fiel selbst auf, wie sehr er seine Schultern hochzog, aber es gelang ihm einfach nicht, sie zu lockern. Seine ganze Schulterpartie hatte sich verspannt und schmerzte, sein Hals versteifte sich, und ein quälender Kopfschmerz machte sich bemerkbar.

Bereits im Verlauf des Tages hatte er eingesehen, dass die nächste Zeit anstrengend werden würde. Falls dem guten Dennis Bohman nicht etwas Revolutionäres zur Behandlung seines Rückens einfiel und er sich seine Muskeln und Wirbel noch einmal ordentlich vornahm. Ihm schwebte eine ruckartige Heilung vor. Aber das war natürlich zu viel verlangt, das sah er ein. Er versuchte tief durchzuatmen, anstatt, wie er sich angewöhnt hatte, nur ganz flach nach Luft zu schnappen, um nicht an die Schmerzgrenze zu stoßen. Langsam einatmen, langsam ausatmen, aber es half nicht.

Er schob die Unterlippe vor, zog die Mundwinkel herunter und fasste sich mit der Hand an sein unrasiertes, raues Kinn. Sein eigener Missmut ärgerte ihn. Er ermahnte sich selbst, auf eine positivere Schiene überzuwechseln. Gleichzeitig reckte er sich, hob die Arme über den Kopf und senkte die Schultern, so gut es ging. »Frohen Mutes geht ja anscheinend alles besser«, dachte er etwas säuerlich.

Die tote junge Frau fiel ihm wieder ein. Gewiss, er hatte Grund zur Klage, aber trotz all seiner Rückenschmerzen, seiner zunehmenden Müdigkeit und seiner stark eingeschränkten Beweglichkeit brachten sich immer wieder eine gelbe Jacke und ein ovales, verschlossenes Gesicht in Erinnerung. Ein durchtrainierter und schlanker Körper, ordentlich gekleidet für eine geplante Verabredung oder vielleicht für einen Einkaufsbummel, für die Arbeit, für einen Freund, der kein Freund war. Oder war sie nur jemandem in den Weg geraten? Er würde es herausfinden, er und alle anderen intensiv Arbeitenden, die an den nun in Gang gesetzten Ermittlungen beteiligt waren.

Drei Fragen mussten beantwortet werden. Was war passiert? Wieso? Und die wichtigste: Wer hatte die Hände um den dünnen Hals gelegt und die Grenzen des Erlaubten definitiv überschritten, sich über die Unantastbarkeit des Lebens hinweggesetzt und die dünne Haut zwischen Menschlichkeit und Bösem durchstoßen?

»Ein toter Mensch lebt nicht mehr, das klingt platt und selbstverständlich«, dachte Claesson. »Verletzungen können wieder heilen, aber der Tod ist endgültig. Die Erinnerung an sie wird jedoch weiterleben. Irgendwie. In den Gedanken derer, die sie umgaben.«

Claesson stand auf und begab sich mit steifen, schwankenden Schritten auf den Gang. Jesper Gren, der sich gerade eine frische Prise prima Tabak unter die Lippe geschoben hatte, trat behäbig auf ihn zu. Claesson war das kleine Intermezzo am Fundort zwischen Lundin und dem jungen Journalisten keineswegs entgangen. Er wusste, dass dies zum Teil dadurch verursacht worden war, dass Gren wieder einmal nicht aufmerksam genug gewesen war. Jetzt hoffte Gren auf eine Gelegenheit, seinen guten Willen unter Beweis zu stellen und die Scharte wieder auszuwetzen. Das begriff Claesson, als der nicht besonders schlaue, aber sehr loyale Polizist ihn etwas unbeholfen fragte, ob er ihn auch wieder nach Hause bringen solle. Schließlich hatte er ihn abgeholt und zum Fundort der Leiche gefahren. Gren wusste, dass sich sein hoher Vorgesetzter kaum bewegen konnte. Was allerdings auch niemandem, der über zwei Augen verfügte, hätte entgehen können.

»Lieb von ihm, dass er es von selbst anbietet«, dachte Claesson. »Lieb« und »goldig« waren zwei Ausdrücke, mit denen Veronika seinen Wortschatz bereichert hatte. Er schaute auf die Uhr. Halb elf. Viel zu spät.

»Danke für das Angebot«, sagte er und holte seine Jacke.

Als er nach Hause kam, war alles still. Die Lampe in der Diele brannte. Auf der Fußmatte stand ein Paar ihm unbekannter halbhoher, modischer Damenstiefel mit dicker Gummisohle.

Er erriet recht schnell, wem sie gehörten. Ihre Jacke hing an einem Haken, und die Tür zum kombinierten Arbeits- und Gästezimmer, das auch als Abstellkammer diente, war geschlossen. Offenbar war sie ohne Vorwarnung gekommen. Man konnte nicht behaupten, dass er freudig überrascht war. Hingegen wollte er alles daran setzen, dass das Ganze so schmerzlos wie möglich über die Bühne ging. Gewisse Beschlüsse waren einfach unvermeidlich.

»Es ermüdet ungemein, Schmerzen zu haben«, dachte er zum hundertsten Mal an diesem Tag. Er zog sich im Badezimmer aus, wickelte sich ein Handtuch um die Hüften, hielt sein Gesicht unter kaltes Wasser und schluckte eine Schmerztablette, ehe er die Zähne bürstete. Er dachte an das Opfer, und zum ersten Mal erfasste ihn eine Art abgrundtiefer Angst, eine Qual, die darauf beruhte, dass er selbst jetzt Vater war. Er hatte nie ein hartes Herz gehabt. Hartherzig waren nur wenige seiner Kollegen. Ein Mord erschütterte sie immer, manchmal mehr, manchmal weniger, je nach Opfer. Klar, bei bestimmten üblen Burschen fanden sie schon mal, dass es kein sonderlicher Verlust war, aber ein verlorenes Menschenleben blieb deswegen trotzdem immer ein verlorenes Menschenleben. Wer für die Todesstrafe war, wusste nicht, wovon er redete. Aber Kinder durften nicht vor ihren Eltern sterben, dachte er jetzt mit einer neuen Klarheit. Klara, seine kleine Klara, wie konnte er sie nur ausreichend beschützen? In Zukunft würde er kaum eine ruhige Stunde haben.

Umständlich kroch er ins Bett. Veronika bewegte sich.

»Hallo«, sagte sie schlaftrunken. »Wie ging's?«

»Weiß nicht. Wir haben gerade erst angefangen«, antwortete er leise.

»Cecilia kam unerwartet heute Nachmittag«, flüsterte sie.

»Ich weiß. Ich habe ihre Kleider gesehen.«

»Sie ist geflüchtet. Ihr Freund hat Schluss gemacht, und sie wollte nicht in Lund bleiben.«

»Die Ärmste!«

»Ja. Aber für einen kommen tausend andere nach. Das

weißt du doch«, sagte sie und spielte mit seiner spärlichen Brustbehaarung.

»Das ist mir noch nie aufgefallen.«

»Mir auch nicht. Aber sie ist jung und hübsch, das ist jedenfalls meine Meinung als Mutter. Eine Trennung ist kein Beinbruch.«

»Nicht? Ich dachte, wenn man jung ist, dann geht die Welt unter, wenn einer Schluss macht.«

Sie schwieg.

»Ja, so war es vermutlich«, gab sie ihm Recht.

»Sie ist also nach Hause zu Muttern gefahren«, sagte er und legte seine Hand auf ihre weiche Hüfte.

Sie rückte näher und presste sich an ihn. Es schmerzte in seinem Rücken, aber er biss die Zähne zusammen. Er genoss ihre kurzen geflüsterten Unterhaltungen mitten in der Nacht.

»Genau«, sagte Veronika und legte ihren Kopf an seinen Hals, sodass er ihr Haar im Gesicht hatte. Er blies es beiseite und strich mit der Hand über ihre kräftigen Locken.

»Ganz nett, sie hier zu haben«, fuhr Veronika fort. »Auch nett für Klara. Schließlich sind sie Schwestern.«

»Ja, das sind sie«, erwiderte er. Seine Begeisterung hielt sich deutlich in Grenzen, aber es gelang ihm nicht, sich zu verstellen.

Er hatte sich nie ganz an Cecilia gewöhnen können, und es wäre eine Übertreibung gewesen zu behaupten, dass er sie mochte. Ihr Verhältnis war nach wie vor angespannt, und irgendwie hatte er die Hoffnung aufgegeben, dass sich das je ändern würde. Es fiel ihm schwer, sich in Gegenwart dieser ziemlich hübschen, überaus gut gekleideten jungen Dame ungezwungen zu verhalten – seiner so genannten Stieftochter. Furchtbarer Ausdruck. Aber sie war die einzige Schwester, die Klara je haben würde, dachte er. Cecilias Vater hatte in seiner neuen Ehe noch zwei Söhne, und Veronika und Claes waren eindeutig zu alt, um weitere Kinder zu bekommen. Er vielleicht noch nicht. Aber das kam sowieso nicht infrage, er konnte es sich jedenfalls nicht vorstellen.

»Wie geht es deinem Rücken?«, fragte sie.

»Tja. Es könnte besser sein. Ich bin es langsam leid, dass es nicht nachlässt.«

»Oh, du Ärmster«, sagte sie und strich ihm über die Brust, legte das eine Bein über ihn und drückte ihren nackten Körper noch enger an ihn.

»Ich kann mich nicht bewegen«, sagte er und legte ihr seine Hand zwischen die Beine.

Am selben Abend rief Louise Jasinski gegen fünf zu Hause an, um Janos zu bitten, einkaufen zu gehen. Er sei nicht zu Hause, erwiderte die Jüngste. Louise fragte nicht nach, wo er sich rumtrieb, und Sofia erzählte auch nichts. Vermutlich wusste sie es nicht. Sicherheitshalber fuhr Louise auf dem Heimweg bei Kvantum vorbei und kaufte eine Kleinigkeit ein. Sie brauchte an diesem Freitagabend eine ordentliche Mahlzeit – und die Mädchen auch.

Sie war verärgert und spürte beim Einparken, wie die Müdigkeit von ihr Besitz ergriff. Trotzdem fiel ihr auf, dass nur eines der Mädchenfahrräder vor der Garage stand. Die Ältere war nicht da. Also war Gabriella mit ihren Freunden unterwegs. Sie hoffte, Janos habe mitgeteilt, wann sie wieder zu Hause sein musste. Sonst blieb ihr nichts anderes übrig, als sie per Handy zu jagen und mit SMS zu bombardieren. Darüber würde sich Gabriella nicht freuen. Eine Mutter, die sich um ihre Tochter kümmerte, war einfach peinlich.

Louise verstand ihre Tochter plötzlich nicht mehr recht, was nicht überraschend kam. Naiv war sie nie gewesen. Sie begriff natürlich, was in der Heranwachsenden vorging, hatte aber keinen Einfluss darauf, und das war unbehaglich. Es fühlte sich an, als schwankte der Boden unter ihren Füßen. »Alles sehr heikel«, dachte sie, hob die Einkaufstüten aus dem Kofferraum und schloss das Auto ab.

Die Älteste war ein kluger Kopf. Vielleicht war es unbekömmlich, dass ihr die schulischen Dinge so leicht fielen, dachte Louise hilflos. Gabriella hatte zu viel Zeit für anderes.

Sie war inzwischen einfach vollkommen unausstehlich geworden. Verschlossen, stur, ausweichend und meistens beleidigt. Das hatte in der sechsten Klasse fast unmerklich angefangen und war in der siebten schlimmer geworden. Vermutlich normal, aber trotzdem verdammt lästig und aufreibend. Egozentrisch und glitschig wie Seife unter der Dusche. Auf die Einhaltung gewisser Regeln zu pochen war eine Sisyphusarbeit, die gute Kondition und gute Nachtruhe erforderte. An Letzterer mangelte es. Gute Zusammenarbeit beider Eltern wäre von Vorteil gewesen, aber davon konnte wirklich nicht die Rede sein.

Louise gehörte nicht zu den Leuten, die Scheuklappen tragen. Sie hatte auch nie etwas idealisiert. Sie war eher unverblümt. Und wie die wenigsten hatte sie auch überhaupt nicht vergessen, wie es gewesen war. Kindheit und Jugend trägt man immer mit sich. Sie erinnerte sich noch gut – was leider nicht sonderlich beruhigend war. Jedenfalls nicht unmittelbar. Möglicherweise bei näherem Nachdenken. Sie hatte überlebt und sich zusammengerissen. Aus ihr war sogar etwas geworden. »Man darf die Hoffnung nicht aufgeben«, dachte sie müde in dem Versuch, sich aufzumuntern, als sie über die Schuhe auf der Fußmatte im Windfang stieg.

»Mama! Ich hab einen wahnsinnigen Hunger«, rief die Jüngste, sprang vom Sofa, stürzte durch die Diele und umarmte sie. Ein flüchtiger Liebesbeweis, der Gold wert war.

»Hallo, Kleine«, sagte sie und tätschelte die Wange ihrer Tochter, während diese in den Einkaufstüten wühlte.

»Pommes frites«, rief sie fröhlich und fuchtelte mit den Händen. »Danke, Mama! Lecker!«

»Schließlich ist Freitag«, meinte Louise und schnäuzte sich in ein Blatt Toilettenpapier aus dem Gästeklo.

»Hast du Chips gekauft?«, fragte die Tochter und fand dann, was sie gesucht hatte.

»Ja, aber nicht vor dem Essen.«

Louise nahm Sofia die Chipstüte ab, bevor sie sie öffnen konnte.

»Ist Papa zu Hause?«

»Er sitzt oben.«

»Wie immer«, dachte Louise, trug die Tüten in die Küche und begann die Sachen in den Kühlschrank einzuräumen. »Er lebt in seiner eigenen kleinen Welt, ganz abgeschieden von der Familie. Mittlerweile.«

»Wo ist Gabriella?«

Sofia machte sich in der Küche zu schaffen.

»Unterwegs.«

»Wo?«

»Das hat sie nicht gesagt.«

»Hat sie gesagt, mit wem sie zusammen ist?«

Die Tochter schüttelte desinteressiert den Kopf. Die Welten der Schwestern berührten sich zurzeit überhaupt nicht, es lagen Ozeane dazwischen.

Sofia half ihr in der Küche. Es war angenehm, ihrem Geplauder über Klassenkameraden, die Schule, das beste Pferd und die Kleider, die sie sich wünschte, falls sie welche zum Geburtstag bekam, zuzuhören.

»Und dieses Jahr machen wir kein Topfschlagen, Mama!«, sagte sie plötzlich.

»Sag nur, wie du es haben willst, dann kriegen wir das schon hin«, meinte Louise. »Kannst du übrigens den Tisch decken und Papa bitten runterzukommen?«

Man musste ihn aus seinen höheren Sphären auf die Erde zurückholen, was vermutlich nicht seinen Wünschen entsprach.

Janos nahm neben seiner Tätigkeit als Lehrer an einer Weiterbildung teil. Dagegen hatte sie im Prinzip nichts einzuwenden, aber es hatte zur Folge, dass er immer über Büchern hing, wenn er sich nicht in der Schule oder andernorts aufhielt. Jedenfalls war er nur sehr selten daheim und wirkte dann abwesend. Zumindest kam es ihr so vor.

Sie aßen, die Kerzen brannten. Sofia erzählte, und selbst Janos schwieg nicht bloß. Er antwortete ab und zu, allerdings recht einsilbig. Er wirkte, als würde ihn etwas bedrücken. Louise besaß ein gutes Gespür, ein sehr gutes sogar.

Sie räumten gemeinsam ab. Janos verschwand wieder ins Obergeschoss, und Sofia warf ein fast unerträglich sentimentales, aber harmloses Video mit garantiert glücklichem Ausgang ein. Sie saßen mit der Chipstüte zwischen sich zusammen auf dem Sofa, und es gelang ihr, sich ein wenig zu entspannen.

Um zehn war Gabriella immer noch nicht zu Hause. Sie hatte sich auch nicht gemeldet. Louise versuchte, sie auf ihrem Handy anzurufen und schickte mehrere SMS, aber ohne Erfolg. »Natürlich ist sie nicht dumm, sie hat es abgestellt«, dachte Louise. »Sie hat sich mehr Bewegungsfreiheit verschafft. Aber sie ist doch erst dreizehn! Noch ein Kind!« Die Unruhe hallte in ihrem Hinterkopf.

Um halb elf ging Louise hoch zu Janos. Die Schreibtischlampe brannte, der Computer lief, aber er war nicht da. Sie glaubte, aus dem Badezimmer Gemurmel zu hören.

»Janos?!«

Das Murmeln verstummte.

»Ich komme«, ertönte es hinter der verschlossenen Tür.

Er betätigte die Wasserspülung und kam zum Vorschein.

»Was ist los?«, fragte er und sah vollkommen desinteressiert aus – aber waren seine Wangen nicht gerötet?

»Weißt du, wo Gabriella ist? Sie ist noch nicht zu Hause, obwohl es schon halb elf ist.«

»Sie kommt schon, vermutlich ist sie mit Lotta unterwegs. Keine Panik«, sagte Janos, ging wieder in sein Arbeitszimmer und setzte sich auf den Schreibtischstuhl.

»Da ist doch weiter nichts dabei«, fügte er noch hinzu und begann, in seinen Papieren zu blättern.

War das Schamröte, die sie auf seinen Wangen bemerkt hatte, oder war er so in seine mathematischen Formeln oder Ähnliches vertieft, dass er davon einen roten Kopf bekam und anfing, laute Selbstgespräche zu führen?

Aber jetzt ging es um Gabriella.

Sie wählte die Nummer von Lottas Eltern, obwohl es ihr widerstrebte. Sie waren so vornehm, hatten so genannte Ambitionen für ihre Tochter und zwangen sie dazu, nichts auszulassen: Ballett, obwohl das Mädchen ein Trampel war, Tennis und Golf, obwohl sie keinen Ball treffen konnte, aber gute Noten schaffte sie mühelos, dachte Louise. Und lügen und ihre Eltern hinters Licht führen, das konnte sie. Sie führte ihre Umgebung richtig an der Nase herum. Louise konnte sie in gewisser Weise sogar verstehen und hatte ihr Streben nach Freiheit fast ein bisschen ermuntert, obwohl es vielleicht sogar unmoralisch war. Es blieb dem Mädchen fast keine andere Wahl, wenn sie sich nicht in eine ferngesteuerte Puppe verwandeln wollte. Im Augenblick hätte sich Louise jedoch etwas mehr Autorität und Kontrolle gewünscht. Klare Anweisungen und vor allem, dass sie von sich hören ließen.

»Hier ist Gabriellas Mutter, es tut mir Leid, dass ich so spät noch störe«, begann Louise das Telefongespräch.

Es war Viertel vor elf.

»Das macht gar nichts«, erwiderte Lottas Mutter höflich. »Worum geht es?«

»Gabriella ist noch nicht zu Hause und hat auch nicht von sich hören lassen. Ich frage mich, ob sie vielleicht bei Ihnen ist?«

»Nein, das ist sie nicht«, lautete die Antwort. »Lotta ist auch nicht zu Hause. Aber sie kommt sicher bald.«

Es wurde still.

»Wir machen uns keine Sorgen«, fuhr Lottas Mutter mit ihrer korrekten Sekretärinnenstimme fort. »Noch nicht, wir können uns auf Lotta verlassen.«

Als ob es sich um einen Vertrauenswettbewerb handelte, dachte Louise säuerlich.

»Ja dann«, sagte sie kurz angebunden.

»Aber es kann natürlich sein, dass sie unter schlechten Einfluss geraten ist.«

Wessen? »Sag es nur, dann kann ich dir was erzählen«, dachte Louise. Sie wurde so wütend, dass ihre Schläfen schmerzten, biss aber die Zähne zusammen. Ein Streit wäre taktisch unklug gewesen, sie wollte den Kontakt aufrechterhalten. Vielleicht brauchte sie ihn noch.

Louise rief nach dem Gespräch immer wieder die abgeschalteten Handys der Mädchen an.

Die Eltern hatten sich geeinigt, wieder miteinander zu telefonieren, falls die Kinder bis halb zwölf nicht nach Hause gekommen waren oder sich gemeldet hatten. So weit war es Louise immerhin gelungen, Lottas Eltern trotz ihres hundertprozentigen Vertrauens in ihre Tochter aufzurütteln. Vielleicht waren die Mädchen ja unfreiwillig in irgendwas reingezogen worden, weiter wagte sie gar nicht zu denken. Reingezogen, vielleicht gezwungen. Heutzutage gebe es ja die übelsten Gestalten, hatte Lottas Mutter gesagt. Man müsse sich nur all die Ausländer anschauen!

»Nicht alle«, dachte Louise Jasinski. »Ausländer – ein für alle Mal abgestempelt.«

Ihr ausländischer Ehemann war zwar im Augenblick ein Idiot, aber das hatte weniger mit seiner Herkunft zu tun. Er kümmerte sich um nichts und war langweilig, aber er war nicht kriminell.

Um halb zwölf waren die Mädchen immer noch nicht zu Hause, auch nicht um Mitternacht, aber da war Louise bereits einem Nervenzusammenbruch nahe und hatte nicht nur tausend Telefonate geführt, sondern auch Janos und Lottas Eltern einen Tritt gegeben, sich zusammen mit ihr auf die Suche zu machen. Und sich. Wenn es ihnen nicht gelang, die Mädchen zu finden, dann war sie sich nicht zu fein, die Kollegen in der Stadt um Hilfe zu bitten.

In ihrem Inneren festgesetzt hatte sich das frische Bild einer jungen Frau, von den Wellen an den Strand gespült, langsam hin und her schaukelnd.

DRITTES KAPITEL

Samstag, 17. November

Lundin hatte sich gerade wahnsinnig über den viel zu aufdringlichen und ungemein spekulativen Artikel *Die Unbekannte Tote im Schilf* mit großem, qualitativ schlechtem Bild auf der ersten Seite der Tageszeitung aufgeregt. »Rotznase«, dachte er. Aber zugegeben, vielleicht war der Artikel ja geradezu hilfreich für die Identifizierung. Außerdem hatte es keinen Sinn, sich zu ärgern. So war es doch immer. Die Presse ging ihre eigenen Wege. Das gehörte zum Spiel, und oft konnte man voneinander profitieren.

Gerade griff er nach seiner Tasse, als er einsehen musste, dass er seinen Kaffee nicht allein, wie er es vorzog, würde genießen dürfen. Nicht dass er geizig oder auch nur missgünstig gewesen wäre, aber er wusste es zu schätzen, wenn ihm jegliche Kommentare zu seiner großen und wahrhaftigen Passion für Gebackenes erspart blieben. Vielleicht nicht so sehr für süße Backwaren wie Kuchen und Teilchen und anderen Unsinn, sondern für frische Brötchen und reelle Zimtschnecken. Gab es etwas Schwedischeres als Zimtschnecken? Oder etwas, das angenehmer duftete – würzig und warm wie die tröstenden Arme der Mutter eines allein gelassenen, kleinen Kindes?

Weiter kam er nicht mit seiner poetischen Analyse der magischen Kräfte von Zimtschnecken während seines zweiten Frühstücks am Samstagvormittag im Präsidium. Die Zimtschnecke wartete im Übrigen in ihrer Tüte. Vermutlich musste er sie später heimlich essen.

Louise Jasinski riss die Tür auf und ließ sich ihm gegenüber auf einen Stuhl fallen. Sie sah aus, als sei sie von einer Dampfwalze überfahren worden. Zweimal.

»Ich kann es genauso gut gleich sagen«, trompetete sie. »Mit mir ist heute nicht viel anzufangen.«

Er wehrte sich, indem er einen großen Schluck Kaffee trank.

»Wieso das?«, erkundigte er sich dann, bezweifelte aber, ob er wirklich hören wollte, was sie auf dem Herzen hatte, oder die Kraft dazu hatte.

»Die Nacht war eine Katastrophe«, rief sie gefühlvoll und rieb sich die Augen. »Eine Ka-ta-stro-phe. Ich habe kaum ein Auge zugemacht«, fuhr sie leidenschaftlich fort und nahm die Hände von den Augen. Er sah, dass sie immerhin nicht weinte.

Stumm schaute er sie an. »Das verheißt nichts Gutes«, dachte er und begann routinemäßig zu überlegen, wer sie vertreten könnte. Schließlich war er ein Mann mit konstruktiver Veranlagung. Also plante er ihre Vertretung, ehe sie noch ausgeredet hatte. Das geschah schon fast von selbst.

Er wusste immer noch nicht, was eigentlich vorgefallen war. Jetzt war er ganz Ohr, aber sie schien den Faden verloren zu haben.

»Was ist denn los?«, fragte er daher vorsichtig.

»Die Älteste ist gestern Abend nicht nach Hause gekommen«, sagte sie mit fast normaler Stimme. »Sie ist erst dreizehn ... Wir haben auf ihrem Handy angerufen, konnten sie aber nicht erreichen ... Verstehst du?«

Louise wandte ihm ihr aufgebrachtes Gesicht zu.

»Doch«, sagte er, verschränkte die Arme hinter dem Kopf, lehnte sich zurück und begann vor- und zurückzuwippen.

Sie schaute auf ihre Hände. Sie hatte noch ihre Jacke an und drehte ihre Handschuhe hin und her. Sie sah wirklich ziemlich erledigt aus. Ihre Haare waren strähniger als sonst, das Gesicht gelbbleich und farblos, als hätte sie einen Kater.

»Und dann?«, erkundigte er sich vorsichtig.

»Um drei kam sie nach Hause. Schlich sich ins Haus. Natürlich!«

Sie verdrehte die Augen. Hellblau, aber weder unschuldig noch gutgläubig, mehr ungestüm, dachte er und wartete auf die Fortsetzung.

»Und glaub bloß nicht, dass wir vorher nicht gesucht hätten. Ich konnte nicht einfach zu Hause sitzen und warten, sondern habe fast das ganze Viertel aufgescheucht.«

»Hm«, sagte Lundin und nickte.

»Wenn man an die Tote von gestern denkt ...«

Jetzt wurde ihre Stimme leiser.

»Ich weiß, dass wir deswegen hier sind, aber ich muss erst noch mein Herz ausschütten«, fuhr sie fort.

»Tu das«, sagte Lundin, der inzwischen die Hoffnung aufgegeben hatte, ihm könnte die ganze Geschichte erspart bleiben, andererseits musste er vermutlich doch keine Vertretung finden. Außerdem mochte er Louise. Sie war tüchtig und energisch, konnte manchmal aber auch recht anstrengend sein. Die Ausdrücke »warten« und »später« kamen in ihrem Wortschatz nicht vor. Bei ihr galt nur »sofort«.

»Wie auch immer. Es zeigte sich, dass sie mit ihrer Freundin bei einem Jungen gewesen war.«

Sie schluckte.

»Er hatte ein paar Freunde zu Besuch. Den Rest kannst du dir vorstellen«, sagte sie und schaute ihn an, als sei er jemand, der sich mit allem auskannte, besonders mit Jugendlichen.

Er kannte sich tatsächlich aus, wusste jedoch nicht, welchen Film er in den Videorekorder seiner Erinnerung einlegen sollte, den brutalen oder den unschuldigen, er zog also nur fragend die Brauen hoch und hörte auf, mit dem Stuhl zu wippen.

»Alles ganz unschuldig, soweit ich es beurteilen kann«, sagte sie und klang wieder wie sonst.

»Das ist erfreulich.«

»Die Jungen sind aus der Klasse über ihr, also vierzehn«,

fuhr sie fort. »Sie haben ein Video angeschaut und sich unterhalten. Ja, du weißt schon, und dann ist es spät geworden.«

»Alkohol?«, kam es Lundin über die Lippen.

»Nein, um Gottes willen, ich hoffe nicht, und auch sonst nichts«, sagte sie und verstummte. Lundin fragte sich, ob Louise jetzt darüber nachdachte, ob sich ihre Tochter mit den Blumen und Bienen auskannte und damit, wie man es vermied, sich zu vermehren, oder ob sie an Drogen dachte.

Aber er erkundigte sich nicht. Es gab viel zu viel zu tun, und er wollte loslegen.

»Nein, jetzt müssen wir loslegen! Ich hänge nur schnell meine Jacke auf«, sagte Louise und stand abrupt auf.

»Übrigens«, meinte sie und suchte mit den Augen den Schreibtisch ab, »hast du was Leckeres für mich?«

Obwohl sie mitten in einer dringenden Ermittlung steckten, wirkte sie wie ein bettelnder, schwanzwedelnder Hund. Mit anderen Worten: wie immer. Und das freute ihn irgendwie.

»Klar, ich kann dir eine Zimtschnecke opfern«, antwortete Lundin ritterlich und hob die Tüte hoch, die versteckt auf dem Boden gestanden hatte. Zum ersten Mal an diesem Tag grinste Louise breit.

Nach und nach trafen sie alle im Konferenzzimmer ein, unterhielten sich leise und warteten darauf, dass Benny von der Gerichtsmedizin kommen würde. Er sei auf dem Weg, hieß es. Louise Jasinski war fast wieder die Alte, allerdings mit blaugrünen Ringen um die Augen.

»Wissen wir, wer sie ist?«, fragte Peter Berg, der ganz ausgeruht wirkte.

»Nein«, antwortete Lundin. »Wie war der Urlaub?«

»Schön. Warm und angenehm«, antwortete Berg, der auf den Kanarischen Inseln gewesen war.

Vermutlich nicht alleine, dachte Louise, die ihre Unterhaltung mit anhörte. Sie hatte gerüchteweise gehört, Peter Berg habe eine Frau kennen gelernt. Louise glaubte, dass nicht nur sie, sondern alle Kollegen ahnten, wie sie sich getroffen hatten, und zwar im Zusammenhang mit einem komplizierten Fall mit Selbstmord und Mord, den sie letzten Sommer gelöst hatten. Eine furchtbare Geschichte. Irgendwo hatte es da eine junge, allein stehende Mutter gegeben. Konnte sie das sein?

»Hat Claesson frei?«, fragte einer von den Ermittlern namens Jönsson.

»Eigentlich schon, aber er kommt heute, da ich ab Montag auf Fortbildung bin«, antwortete Lundin.

»Glaubst du, das macht Spaß?«

»Ja, davon gehe ich aus«, antwortete Lundin.

»Ich meine, heute reinzukommen«, sagte Jönsson.

»Das war mir schon klar«, erwiderte Lundin, als Benny Grahn gerade zur Tür hereinkam, die sich gleich wieder öffnete. Claesson trat mit vor Müdigkeit und Schmerzen blassem Gesicht ein und nahm umständlich Platz.

»Solltest du dich nicht krankschreiben lassen?«, fragte Louise und sah ihn mit Falkenaugen an.

»Weshalb denn?«, erwiderte Claesson und zwang sich zu einem Lächeln. »Es ist doch so langweilig, sich zu schonen.«

Benny Grahn stand auf. Die Besprechung hatte begonnen.

»Ich komme geradewegs von der Gerichtsmedizin«, sagte er immer noch ganz außer Atem. »Wir haben es mit einer Unbekannten zu tun, etwa fünfundzwanzig, aufgefunden in Salzwasser, also der Ostsee. Sie ist relativ wohl erhalten, Handflächen und Fußsohlen sind schrumplig, aber es ist möglich, Spuren zu sichern. Bereits am Fundort wurden Blutergüsse am Hals festgestellt. Es gibt Hautabschürfungen und mehrere Abdrücke von Fingernägeln, als hätte jemand wiederholte Male zugepackt. Sie hat sich gewehrt und ist dabei verletzt worden. Es gibt jedoch keine Verletzungen, die von einer Stichwaffe herrühren, nur von Fingern und Fingernägeln.«

»Und die Augen?«, wollte Janne Lundin wissen.

»Klar, kleine, punktuelle Blutungen«, bestätigte Benny. »Das Gutachten des Gerichtsmediziners war erst mal vorläufig, stante pede sozusagen«, sagte er und hielt einen Finger in die Luft, »als Erstes vermuteter Tod durch Ertrinken und zum anderen«, er streckte einen zweiten Finger in die Luft, »starker Verdacht auf Tod durch Erdrosseln und zum Dritten«, jetzt ragte ein dritter Finger in die Luft, »vermutlich von einer anderen Person verursacht.«

»Du meinst die Spuren von Fingernägeln«, sagte Louise Jasinski.

»Genau! Die sind deutlich zu erkennen. Sie hat sich also vermutlich nicht erhängt oder auf andere Art selbst erdrosselt. Das Zungenbein weist keine Fraktur auf, aber möglicherweise gibt es andere Frakturen, das erfahren wir laut Gerichtsmediziner nach der Röntgenuntersuchung. Es besteht mit anderen Worten starker Mordverdacht«, schloss er und hatte seine Hand bereits wieder auf den Tisch gelegt.

»Anzeichen sexueller Gewalt?«, wollte Claesson wissen.

»Nein, jedenfalls nicht auf den ersten Blick«, antwortete Benny. »Für den Nachweis von Sperma oder Ähnlichem hat sie zu lange im Nassen gelegen.«

»Und wir wissen also nicht, wer sie ist«, fuhr Janne Lundin fort. »Es gibt niemanden auf der Liste vermisster Personen, auf den die Beschreibung passen würde. Sie hatte auch keine Papiere oder ein Handy bei sich.«

»Ich hätte nicht gedacht, dass es in diesem Land jemanden unter, sagen wir mal, dreißig gibt, der kein Handy besitzt«, sagte Benny stöhnend. »Aber solche Leute gibt es offenbar. Oder es ist verloren gegangen.«

»Oder liegt zu Hause und wird aufgeladen«, meinte Louise, deren Mann immer nach dem Netzteil suchte.

»Sie hat eine kleine Tätowierung an der Außenseite der linken Wade, genauer gesagt, am linken Fußgelenk oberhalb des Knöchels. Einen Marienkäfer«, sagte Benny. »Die Kleider übrigens wirken ordentlich und unversehrt. Vielleicht könnte sich eine von den Damen sie anschauen und sich ein Urteil darüber bilden, was sie für ein Typ Mensch sie war?«

Sein Blick schweifte zu Louise und dann zu Erika Ljung, die mit bis zu den Ellbogen aufgekrempelten Pulloverärmeln dasaß, sodass ihre braunen Unterarme zu sehen waren.

»Du meinst, wir sollen nachschauen, ob sie ein anständiges Mädchen war?«, fragte Louise mit eindeutig kritischem Unterton.

»Nun, äh, ich dachte eher an Hinweise darüber, in welchen Kreisen wir suchen sollen …«

»Okay«, meinte Louise etwas ruhiger. »Wir schauen uns die Kleider später an.«

Sie fing Erikas Blick auf, und diese nickte zustimmend.

»Am Tatort hatte ich den Eindruck, dass sie recht gewöhnlich gekleidet war.«

»Ach«, sagte Lundin, »und was meinst du damit?«

»Gewöhnlich für ihr Alter. Jeans und eine modische Jacke, knallgelb, was an sich nicht so gewöhnlich ist, aber ob es sich um so ein Designerteil handelt oder was von H&M, konnte ich natürlich nicht sehen. Trug sie Schmuck?«

»Eine dünne Goldkette mit einem kleinen Tropfen dran, ebenfalls aus Gold, möglicherweise aber auch nur Modeschmuck. Wir müssen uns das näher ansehen. Und einen breiten Silberring mit einem Muster. Sie trug Ohrringe und einen Stecker. Kleine Ohrringe«, sagte Benny.

Erika Ljung fuhr sich unwillkürlich an die Ohrläppchen. Dort glänzte und funkelte es.

»Wie lange, glaubt ihr, hat sie dort gelegen?«, fragte Peter Berg, der nicht mit dabei gewesen war und die Tote nur auf einem Foto gesehen hatte.

»Tage oder Wochen«, sagte Benny. »Um diese Jahreszeit ist das Wasser kalt. Es konserviert gut. Ihre Uhr ist nicht stehen geblieben, das hilft uns also nicht weiter. Qualitätsuhr, und die Batterien funktionieren jahrelang. Die Uhr ist im Übrigen groß, eine Herrenuhr.«

»Das ist im Augenblick Mode«, warf Erika Ljung ein. Sie war die Jüngste und vermutlich die Modebewussteste. »Bei den Armbanduhren werden keine Unterschiede mehr gemacht«, meinte sie, und viele schrieben das auf.

Lundin wandte sich an Benny: »Hast du sonst noch was am Tatort gefunden?«

»Noch nicht, aber wir arbeiten heute weiter.«

»Viele haben von sich hören lassen«, meinte Lundin, der eine Liste vor sich liegen hatte. »Bisher jedoch kein Treffer, aber das kommt schon noch.«

»Du warst übrigens sehr gut gestern«, meinte Jönsson.

Lundin sah in fragend an.

»Ich meine, im Fernsehen.«

»Freut mich«, erwiderte Lundin, kratzte sich verlegen an der Wange und schaute zu Boden.

Claesson hatte bisher geschwiegen. Lundin leitete die Ermittlungen am Wochenende. Darauf hatten sie sich geeinigt. Claesson würde also verschwinden können, wenn sein Rücken das verlangte. Am Montag musste er wieder auf dem Damm sein, ob er wollte oder nicht.

»Dann müssen wir wohl oder übel das Terrain durchkämmen, überall anklopfen und alle durch die Mangel drehen, die angerufen haben und noch anrufen werden«, meinte Lundin und stand auf.

»Hast du noch eine Frage?«, fragte er Claesson, der Anstalten machte aufzustehen.

»Nein«, erwiderte dieser und breitete die Hände aus. »Vielleicht sollten wir im Verlauf des Tages eine gute Aufnahme des Gesichts anfertigen lassen, also eine besseres als die, die wir bisher haben, für den Fall, dass wir ein Foto an die Zeitungen geben müssen, wenn niemand das Opfer kennt.«

»Du meinst, dass sie so viel zu tot aussieht«, meinte Louise.

Darauf antwortete Claesson nichts.

»Vermutlich ist es gut, darauf vorbereitet zu sein, aber im Verlauf des Tages kommt die Sache sicher in Bewegung«, sagte Lundin voller Überzeugung. »Besonders nach diesem Zeitungsartikel, der mehr einer geheimnisvollen Kriminalgeschichte gleicht als einer Reportage.«

»Die Jacke müsste uns ebenfalls weiterhelfen«, fuhr Claesson fort. »Die Feststellung der Identität ist vermutlich eine Kleinigkeit.«

»Stimmt. Eine deutlichere Personenbeschreibung muss

man lange suchen«, meinte Lundin und gähnte hinter vorgehaltener Hand. »Verdammt, ich bin todmüde.«

»Ach was«, sagte Louise. »Komm, lass uns gehen!«

Am selben Samstagmorgen, genauer gesagt am Vormittag, es war schon nach elf, schlug die Krankenschwester Isabelle Axelsson in einem Zustand zwischen Schlaf und Wachheit mit Mühe ihre Augen auf. Sie lag in ihrem Bett zu Hause in ihrer Wohnung, so viel war ihr trotz ihrer zunehmenden Panik klar. Sie konnte nicht durch den Mund atmen. Irgendwas aus fester Materie hinderte sie daran. Von Todesangst erfüllt, starrte sie kurzsichtig an die Decke. Die Lampe und der weiße Stuck schienen wie in einem Nebel weit über ihr zu schweben.

Nervös begann sie, an ihrem Mund zu fingern. Weder hatte sie ein unbekannter Eindringling geknebelt, noch hatte sich ein Gebiss verkeilt, woher dieses Gebiss auch immer gekommen sein mochte: Ihre Zähne saßen, wo sie sollten.

Ein angebissenes Butterbrot mit Leberpastete hing zwischen ihren Zähnen.

»Meine Güte!«, dachte sie, schob die Zeitung auf ihrer Brust beiseite, setzte sich entsetzt im Bett auf und suchte ihre Brille.

In solchen Augenblicken wusste sie nicht, ob sie lachen oder weinen sollte. Das sagte sie sich immer wieder. Erleichtert legte sie das angebissene Brot auf einen Teller neben ein unberührtes mit Käse. Vielleicht sollte sie wirklich darüber lachen? Sie erwog einen Augenblick, sich zu einem befreienden Lachen aufzuraffen, aber dieser mentale Purzelbaum gelang ihr nicht. »Jedenfalls werde ich es niemand erzählen«, dachte sie energisch. Aber mit demselben Atemzug war ihr bereits bewusst, dass sie gegen diesen Vorsatz bei erster sich bietender Gelegenheit verstoßen würde. Es fiel ihr viel zu leicht, sich über sich selbst lustig zu machen.

Samstagvormittag und genau dreiundzwanzig Minuten nach elf laut Anzeige des Radioweckers. Um Viertel nach sieben an diesem dunklen und feuchtkalten Morgen hatte sie sich in einem der unterirdischen Verbindungsgänge des Krankenhauses umgekleidet, ihre Mütze aufgesetzt, den Schal umgelegt und war nach ihrem zweiten Nachtdienst bei Nieselregen nach Hause geradelt. Ihre Glieder waren natürlich schwer gewesen, und ihr Gehirn war schon seit Stunden abgeschaltet oder lief jedenfalls auf Sparflamme. Das geschah immer zwischen drei und vier. Frieren, Müdigkeit und Benommenheit kamen in Wellen, gegen die sie sich kaum zur Wehr setzen konnte. Ein weiches Kissen und eine warme Decke warteten verheißungsvoll auf sie.

Sie war selbst schuld. Mit einer Schülerin oder mit einer Studentin, wie es heutzutage hieß, hätte sie keine Nachtdienste zu übernehmen brauchen. Es fiel ihr schwer, sich plötzlich umzustellen, was die Bezeichnung anging. Aber Monica, eine nette Kollegin, hatte sich überraschend freinehmen müssen, und es war Isabelle wichtig, für die Leute in die Bresche zu springen, die sie als ihre Freunde betrachtete. Das waren bei weitem nicht alle, aber Monica war okay und auch schon so alt, dass sie nicht nur an sich selbst dachte, fand Isabelle und kniff die Lippen zusammen. Die junge Generation war da ganz anders. Fraglich, wie das auf Dauer gehen sollte. Die Egofixierung hatte ihren Preis. Mit Freundlichkeit und Solidarität kam man weit. Das war ihre Erfahrung, davon war sie überzeugt. Schließlich wusste man selbst nie, wann man ein freies Wochenende brauchte. Und wenn man nie half, konnte man auch die Unterstützung der anderen nicht in Anspruch nehmen. Das ging einfach nicht, dachte sie. Aber manche glaubten das! Also war es dieses Mal so ausgegangen, zwei Nächte hintereinander, aber ihr war das egal, da die Schülerin, also die Studentin, ohnehin nicht aufgetaucht war. Kein einziges Mal in der vergangenen Woche. Sie gab ohne weiteres zu, dass ihr das nicht unangenehm gewesen war. Sie fand es anstrengend, ihre Arbeit zu machen, wenn ihr ständig jemand über die Schulter schaute, sie beobachtete und neugierig Fragen über Selbstverständlichkeiten, aber auch über komplizierte Zusammenhänge stellte. Ethische Problemstellungen beispielsweise. Fragen, die Isabelle ganz benommen machten und bei denen sie sich genauestens Rechenschaft über ihren eigenen Standpunkt ablegen musste, um sie beantworten zu können. Natürlich war es auch interessant, einer Krankenschwester in der Ausbildung sein Wissen weiterzugeben, zu sehen, wie ihr Selbstvertrauen wuchs und wie die zukünftige Kollegin immer sicherer wurde. Aber dann hatte man keine Minute seine Ruhe, nicht mal beim Mittagessen!

Sie war also nicht sonderlich enttäuscht gewesen, als die Schülerin nicht aufgetaucht war. Allerdings war die junge Dame beim vorigen Praktikum vor Allerheiligen auch nicht sonderlich aufdringlich gewesen, eher reserviert. Vielleicht sollte sie dem Mädel beibringen, mehr zu verlangen, überlegte sie. Aber wie sollte sie ihre Worte wählen, damit die Schwesternschülerin anschließend nicht gekränkt war? Die Ärmste sah sehr empfindlich aus. Ihr liebes Lächeln war mehr ein Flehen, ihr doch bitte jede Zurechtweisung zu ersparen. Mit Leuten, die ihr eine deutliche Antwort gaben, hatte sie es leichter. Aber vielleicht kam das noch, dachte sie. Schließlich kannten sie sich noch nicht lang. Und sie war lieb. Etwas anderes konnte sie nicht sagen. Sicher wurde aus ihr einmal eine nette Krankenschwester. Eine, die den Leuten zuhörte. Nicht so eine kesse, selbstsichere, von denen es immer mehr und schon zu viele gab.

Isabelle hatte sich sofort beim Nachhausekommen zwei Brote gemacht. Eines mit Käse und eines mit Leberpastete. Sie hatte die Brote auf einen Teller gelegt, sich ein Glas Milch eingegossen und alles zum Bett getragen, sich ausgezogen und sich mit der Zeitung hingelegt. An all das erinnerte sie sich natürlich. Wie behaglich die Daunendecke ihre erschöpften und verfrorenen Glieder gewärmt hatte. Sie hatte auch noch die Kissen hinter ihrem Kopf aufgetürmt und das Tablett an sich herangezogen, die Zeitung aufgeschlagen und angefangen zu essen. Daran erinnerte sie sich ebenfalls noch. Aber was dann passiert war, lag im Dunkeln. Wie eine donnernde Lawine war der Schlaf über sie hereingebrochen.

»Das ist schädlich«, dachte sie. »Man muss sich davor in Acht nehmen, so müde zu werden. Es könnte auch etwas Gefährliches passieren.«

Es schauderte sie.

Jetzt konnte sie sich allerdings auf zwei freie Tage freuen. Dann würde sie wieder eine Zeit lang Tagdienst verrichten. Tage und Nächte erhielten einen anderen Takt, einen biologisch normalen Rhythmus mit Wachheit, wenn es hell war, und Schlaf bei Dunkelheit, so wie der Mensch eben geschaffen war. Sie nahm sich vor, sich besonders gut um ihre Studentin zu kümmern, wenn sie denn auftauchen würde. Vermutlich am Montag. Vielleicht hatte sie nach Allerheiligen eine Extrawoche freigenommen.

Ein vollkommen unverplanter Tag lag vor Isabelle. Am Abend wollte sie zu ihrem Lesekränzchen, und darauf freute sie sich. Das letzte Mal hatte sie es ausfallen lassen müssen. Sie hatte versucht, ihren Dienstplan zu ändern, aber das war nicht gelungen. Dieses Mal würde sie also gut vorbereitet sein. Sie hatte das Buch gelesen, ein gutes Buch, außerdem hatte sie die Zeit gehabt, weitere Bücher zu lesen, und konnte den anderen viele Tipps geben.

Das Beste am Lesekränzchen war, dass sie sich trafen, zusammen aßen und lachten. Seit Madeleine weggezogen war, war es auch nicht mehr so bierernst. Früher hatte sie sich wahnsinnig über Madeleines hoch spezialisierte Kommentare aufgeregt und darüber, dass sie immer schwere und hoffnungslos unlesbare Bücher vorschlug, um zu beweisen, wie kultiviert sie war. Sie hatte auch immer mit demselben belehrenden Ton, den sie vermutlich auch im Klassenzimmer anwendete, den Vorsitz übernommen. Madeleine gehörte zu den Leuten, die ihr Leben mit einem ständig erhobenen Zeigefinger lebten. Es war doch wohl in Ordnung, dass Liebesgeschichten und große Gefühle in Büchern vorkamen. »Wieso ist das nicht fein genug?«, dachte Isabelle sauer und trotzig und holte das Buch des Abends hervor und legte es auf das Tischchen in der Diele, damit sie es nicht vergessen würde.

Es würde nicht spät werden, das wusste sie sicher. Mit jedem Jahr, das verging, kam sie von ihren Büchertreffen früher nach Hause. Als sie alle noch jünger gewesen waren, hatten die Lesekränzchen bis Mitternacht gedauert. Sie hatten Wein getrunken und sich engagiert über das Leben unterhalten. Da waren sie noch neugierig und lebhaft gewesen, aber jetzt wurden einige bereits gegen halb neun müde und konnten sich mit Müh und Not gerade noch bis kurz nach zehn aufrecht halten. Und wenn eine den Anfang gemacht hatte, dann gingen die anderen nach und nach auch. Irgendwie fehlte dann was, und die Stimmung wurde trist. Als hätten sie keine Kraft mehr zum Leben, sondern wären träge geworden und sehnten sich nur noch danach, auszuruhen, zu schlafen und sich auf den Tod vorzubereiten. Vermutlich verstand man das unter Altern, und es war sicher gut, dieses Faktum zu akzeptieren, dachte sie. Sich nicht zu wehren, obwohl sie erst vierundfünfzig war. Aber es war trist, so etwas wie Selbstaufgabe. Vermutlich war es nur eine Frage der Zeit, bis jemand vorschlagen würde, sie sollten sich bereits nachmittags treffen, damit niemand die Angst haben müsste, auf dem Heimweg in der Dunkelheit niedergeschlagen zu werden.

Sie lebten in einer schweren Zeit. Die Ära der Unschuld, in der man nicht einmal die Haustür hatte abschließen müssen, war vorüber, dachte sie, während sie unter die Dusche stieg.

Sie drehte den Heißwasserhahn auf und blieb lange stehen, um auch innerlich, bis zum Kern, warm zu werden. Sie bildete sich ein, dass dieser Kern das Rückgrat war, wusste aber, dass das vermutlich falsch war. Der Gedanke hatte sich jedoch zu einer fixen Idee ausgewachsen.

Sie wollte bei ihrem Vater vorbeifahren. Ihr Bruder tat das nämlich nie. Das blieb ihm erspart und das nur aus dem einen Grund, dass er ein Mann und der Liebling war und das immer noch, obwohl er sich nie blicken ließ. Merkwürdigerweise blieb es ihm aus diesen beiden Gründen erspart, obwohl es umgekehrt hätte sein müssen, aber das machte ihr nicht viel aus. Dass sie manchmal vorbeischaute also, dachte sie, während sie sich abtrocknete. Ihr Bruder rief ab und zu an, um Papa bei Laune zu halten, das wusste sie, und ihr Vater schmolz dann immer dahin wie ein Klacks Butter in einer heißen Bratpfanne. Oder wie das jetzt hieß. Es war einfach so.

Es reichte, wenn sie irgendwann am Nachmittag bei ihm auftauchte. Schlimmstenfalls konnte sie es auch bis zum nächsten Tag aufschieben. Sie wollte das Gefühl haben, trotz aller Verpflichtungen selbstständig zu sein.

Sie stellte sich ans Fenster und föhnte ihr Haar. Der Ausblick munterte sie nicht gerade auf. Eine nasse Straße, ein Parkplatz, zwei Rasenflächen, keine Büsche, Bäume oder Beete. Kaum zu glauben, dass die Straße Syrénvägen, Fliederweg, hieß. Zwei Findlinge flankierten den Anfang des asphaltierten Wegs zur Haustür. Diese nassen, grauen Steine waren die einzige Erhöhung.

Traurige Gegend, aber jetzt wohnte sie schon so lange dort, dass sie aufgehört hatte, von einem Umzug zu träumen. Die Wohnung war schön, praktisch und nicht teuer. Sie musste sich einfach mit ihr abfinden.

Sie machte das Radio an und wollte schon Kaffee aufsetzen, kam dann aber zu dem Schluss, dass sie besser was kochen sollte. Ein leichtes Mittagessen. Weniger unnütze Kalorien. Aber sie hatte nicht die Kraft dazu. Wenn sie zu wenig geschlafen hatte, schrie ihr Körper förmlich nach Junkfood. Genau wie bei einem Kater. Triefige Kohlenhydrate, pappsüß und fettig. Vorzugsweise einen Kopenhagener. Sie sehnte sich nach diesem fettigen und knusprigen Gebäck, hatte aber natürlich keinen. Sie hatte überhaupt nie Junkfood auf Vorrat. Bestenfalls Rosinen oder im Kühlschrank ein Stück alte, harte Marzipanmasse zum Backen. Sie wollte gar nicht erst in Versuchung kommen. Jetzt lief es also auch wieder auf Kaffee und Butterbrote hinaus, zum zweiten Mal an diesem langweiligen und grau bedeckten Tag. Im Radio lief Volksmusik, ein Walzer. Ihr fiel ein, dass sie waschen könnte. Der Wäschekorb quoll über. Wahrscheinlich war die Waschküche frei.

Während die Kaffeemaschine blubberte, holte sie den Wäschekorb aus dem Schlafzimmer und das Waschpulver aus dem Bad. Gerade als die Wohnungstür hinter ihr ins Schloss fiel, begannen die Zwölfuhrnachrichten.

Als sie wieder nach oben kam, aß sie rasch. Sie wollte noch einen schnellen Spaziergang machen, während die Waschmaschine lief. Eigentlich war es wenig verlockend, sich nach draußen zu begeben, es war grau und diesig, aber sie spürte, dass ihre Haut Feuchtigkeit und Abkühlung brauchte. Sie musste Luft in ihre Lungen bekommen und mehr Sauerstoff ins Blut. Die stickige Luft im Haus hatte sie über.

Je schlechter das Wetter war, desto besser fühlte man sich anschließend, dachte sie, zog warme Kleider an und suchte ihre schweren Stiefel und die Autoschlüssel hervor. Sie wollte ein Stück aus der Stadt rausfahren, um Kiefern und das Meer zu sehen.

Das sollte sie öfter mal tun, damit sie etwas anderes sah als die Station und ihre Wohnung, die ihr mittlerweile sogar gefiel. Den Fahrradweg zur Arbeit kannte sie inzwischen in- und auswendig. Sie trat fast schon reflexartig in die Pedale. Vielleicht sollte sie sich eine neue Route durch die Stadt suchen, nur um etwas Abwechslung zu bekommen, oder gleich eine neue Arbeit, dachte sie, als sie die Autoheizung einschaltete.

Neue Perspektiven taten sich auf. Das passierte immer dann, wenn sie von Sicherheit und Voraussagbarkeit genug hatte. Dann überkam sie Abenteuerlust. Normalerweise verlor diese sich aber wieder, und Isabelle ließ sich erneut auf den Trott ein. Bis Sehnsucht und Träume ein weiteres Mal erwachten.

Die Windschutzscheibe beschlug. Sie wischte sie mit ihrem Handschuh ab und schaltete das Gebläse ein. Gleichzeitig wurde sie langsamer. In einer Weile würde sie besser sehen.

Vielleicht sollte sie ja doch Gemeindeschwester werden. Die arbeiteten selbstständiger. Es war angenehm, sich seine Arbeit selbst einteilen zu können. Das war ihr über die Jahre immer deutlicher geworden.

Alte Schnulzen aus dem Radio ließen sie dahinschmelzen.

Die Sicht durch die Windschutzscheibe war jetzt klarer, und sie fühlte sich besser, obwohl es draußen ungemütlich war und wenig verlockend, aus dem Auto zu steigen, aber schließlich konnte sie nicht einfach nur rumfahren.

Deswegen bog sie auf einen Kiesweg ein. Sie wusste, dass er zu einer Badestelle und einem Campingplatz führte, aber dort war es natürlich ebenso ausgestorben wie auf dem Marktplatz an einem richtig heißen Sommertag. Sie parkte ihren weißen Golf ein kleines Stück vom Ufer entfernt.

Das Meer dröhnte, und der Wind wehte kalt. Sie zog sich ihre Kapuze über. Sie wollte nicht sofort aufgeben. Einen kleinen Spaziergang würde sie machen, wo sie schon einmal da war.

Erstaunlicherweise standen auf dem Campingplatz immer noch ein paar Wohnwagen, und zwar nebeneinander hinter den riesigen Dünen, als würden sie sich zusammenkauern und beieinander Schutz suchen. Der Wind peitschte vom Meer heran. Er kam von der Seite und drang sogar durch ihre Windjacke.

Über der mit einem Gitter gesicherten Tür der Rezeption brannte eine einsame Lampe, was darauf hindeuten konnte, dass tatsächlich jemand in den Wohnwagen wohnte. Aber es war keine Menschenseele zu sehen. Das Wetter war allerdings auch saumäßig, und man hatte allen Grund, die eigenen vier Wände nicht zu verlassen. Keine Menschenseele. Außer ihr. Was immer sie nun dort verloren hatte. Aber ihre Neugier trieb sie ein Stück weiter und an den Wohnwagen vorbei. Der Platz sah wenig einladend und verlassen aus. Die Erde war nass, und matschige Wagenspuren kreuzten eine Wiese, auf der im Sommer vermutlich Fußball gespielt wurde.

Die Wohnwagen waren sahnegelb und vom Sand und den salzigen Winden gestreift. Vor einem von ihnen stand an einen Baum gelehnt ein Fahrrad. An einer Wäscheleine zwischen einem Ast und einem Wohnwagengiebel flatterte ein Spüllappen einsam im Wind. Es konnte jedoch sein, dass Fahrrad und Lappen seit dem Sommer vergessen worden waren. Obwohl das Fahrrad nicht abgeschlossen war. Das widerstrebte Isabelles Ordnungssinn, und sie trat näher. Irgendwas war mit diesem Fahrrad. Vielleicht hatte sie es schon einmal gesehen. Schwarz lackiert und zerkratzt. Der Sattel war braun. Eigentlich hätte er gleichfalls schwarz sein müssen, dachte sie. Schwarzes Fahrrad – schwarzer Sattel. An der einen Seite des Gepäckträgers hing ein verbogener Fahrradkorb.

Ab und zu hatte einer ihrer Patienten den Campingplatz als Adresse angegeben, und sie hatte dann immer an Sonderlinge, Eremiten und Zigeuner gedacht. Jedenfalls wohnten sie alle sehr naturnah, dachte sie und trat noch näher heran, so nahe, dass der Eindruck entstehen konnte, sie würde herumschnüffeln oder hätte dort etwas zu besorgen.

Aus den Augenwinkeln versuchte sie, durch die kleinen Fenster zu schauen. Sie sah, dass in einem der Wohnwagen Licht brannte, in einem anderen lief der Fernseher. Es kam ihr in den Sinn, dass es dort vermutlich behaglich und gemütlich war. Und einfach. Wenige Sachen, weniger aufzuräumen, größere Freiheit.

Sie verließ den Campingplatz und ging den Strand entlang. Aber dort windete es so stark, dass sie sich hinter die Dünen und in den windgeschützten Wald flüchtete. Dann war es bereits zwei Uhr, und sie hatte die Waschküche vergessen und stattdessen angefangen, sich zu überlegen, wohin sie in Ferien fahren sollte. Bis dahin war es zwar noch lang hin, aber planen konnte sie schon mal. Und träumen.

»Gibt es irgendwelche brauchbaren Reifenabdrücke?«, wollte Claesson wissen.

Er hatte eine Pause gemacht und den Papierberg, der sich allmählich aufgetürmt hatte, erst einmal ignoriert. Er musste sich bewegen und ging jetzt langsam in der hektischen Aktivität herum, die im Präsidium ausgebrochen war.

»Weiter den Weg hoch gibt es einige, aber die sind unterschiedlich alt und von unterschiedlicher Qualität. Unten am

Fundort gibt es keinerlei Reifenspuren«, sagte Benny Grahn, der gerade auf die Toilette wollte. »Du hast doch selbst gesehen, wie es da aussah. Da kommt beim besten Willen kein Auto runter.«

Benny hatte sich rasiert und dabei geschnitten. Um das zu entdecken, musste man kein Kriminalbeamter sein. Geronnenes Blut war auf der rechten Wange verteilt. Er ging immer vorgebeugt, wenn er mitten in einer anstrengenden und belastenden Arbeit steckte, sonst nicht. Eine typische Haltung, die extrem gestresste Leute gerne einnahmen, die keine Zeit hatten, aufzuschauen oder sich umzusehen, sondern stattdessen den Boden fixierten, um sicher zu sein, dass sie nicht gestört wurden, dachte Claesson und versuchte gleichzeitig, sich selbst so weit aufzurichten, wie es ging.

»Was glaubst du, ist der Fundplatz auch der Tatort?«

»Tja«, meinte Benny und kratzte sich vorsichtig an der Wange.

Claesson wartete darauf, dass es wieder bluten würde.

»Es würde mich nicht wundern, wenn sie ein Stück im Wasser getrieben wäre«, sagte Benny, hörte auf, am Schorf zu kratzen, und hob den Kopf. »Nicht dass ich dafür schon einen Beweis hätte. Ich habe das nur so im Gefühl. Ich habe noch ein paar Leute zusätzlich angefordert, damit alles schneller geht.«

Claesson nickte und sagte: »Ich will noch mal hinfahren. Hast du Zeit? Eigentlich sollte ich hier bleiben. Die ganze Zeit kommen neue Hinweise und müssen sortiert werden, aber ich möchte mir gern bei Tageslicht noch mal ein Bild machen. Oder wie man die Suppe da draußen nennen soll. Es ist wahnsinnig diesig. Außerdem hält Lundin die Stellung.«

Claesson merkte, dass er Benny stresste. Der hatte einiges in seinem Büro zu tun, Spuren mussten im Labor analysiert und am Computer ausgewertet werden, Aufgaben waren zu verteilen.

»Na gut. Ich hole die Autoschlüssel«, sagte Benny Grahn dann jedoch und zog ab.

Claesson hatte begonnen, sich an den Gedanken zu gewöhnen, als Krüppel zu gelten. Er musste sich herumfahren lassen.

»Jedenfalls taucht sie in unseren Registern nicht auf«, sagte er zu Technik-Benny auf dem Weg nach unten.

»Also keine Nutte und keine Fixerin?«

»Nein, wahrscheinlich nicht«, antwortete Claesson, dem Bennys Wortwahl nicht gefiel. »Ich finde auch nicht, dass sie wie eine Prostituierte aussieht. Ich weiß, der Schein kann trügen, aber sie wirkte mehr wie ... tja, wie soll ich sagen ... wie eine anständige junge Frau.«

»Anständig – wie willst du das wissen?«, warf Benny ein.

Claesson errötete.

»Es spielt keine Rolle, was sie war«, gab er zurück. »Mord ist Mord. Im Übrigen hat sie bisher niemand vermisst.«

»Nein, und immer kommt einem das gleich seltsam vor. Aber vielleicht wohnte sie weit weg von ihren Angehörigen. Man selbst würde sich irgendeinen Freund wünschen, der bemerkt, dass man verschwunden ist, und Alarm schlägt.«

»Das kommt drauf an ...«, erwiderte Claesson vage.

»... ob man entdeckt werden will oder nicht«, beendete Benny den Satz. »Diese junge Dame hätte vermutlich davon profitiert, wenn jemand ein wachsames Auge auf sie gehabt hätte. Vielleicht wäre sie dann noch am Leben.«

»Das ist das, was man nicht weiß«, meinte Claesson.

»Ich weiß auch, dass man das nicht weiß«, erwiderte Benny mürrisch, da es in ihrer Diskussion überwiegend um Selbstverständlichkeiten ging.

Benny setzte aus der Parklücke zurück. Ein Stück weit fuhren sie schweigend. Im Grunde genommen, hatten sie ein gutes Verhältnis. Sie schätzten sich auch auf einer professionellen Ebene – und mittlerweile sogar als Freunde, kam es Claesson in den Sinn.

Sie fuhren Richtung Norden aus der Stadt. Bei der Badebucht kam rechter Hand das Meer in Sicht. Zu dieser Jahreszeit waren Sprungturm und Stege verlassen. Sie würden wieder in Gebrauch genommen werden, wenn die Sonne hoch am Himmel stand.

»Jetzt müssen wir wieder so einen Winter überstehen«, meinte Benny.

»Ja, das fällt einem nicht gerade leicht.«

Der Weg verschwand im tropfnassen Wald, der linker Hand dunkel und dicht aufragte. Ein richtiger Märchenwald mit sowohl Laubbäumen als auch Nadelholz. Die Erde war mit dickem, saftigem Moos bedeckt. Hier waren vor wenigen Monaten noch viele Heidelbeeren und Pilze gewachsen. Zum Meer hin war die Vegetation spärlicher, vereinzelte Tannen nahmen erst alles Licht, aber dann wuchsen überwiegend Kiefern, die krummer und seltener wurden, je näher sie am Wasser standen.

Sie brauchten etwa dreißig Minuten. Benny parkte seinen Wagen am Fröjdeberga-Campingplatz.

»Es ist noch ein Stück zu gehen«, meinte er und schielte zu Claesson hinüber.

»Schon okay.«

Claesson setzte die Füße so vorsichtig auf, wie es ging, und rollte mit den Fußsohlen ab, um den stechenden Schmerz im Kreuz zu vermeiden. Das funktionierte halbwegs. Unfreiwillig verspannte er dabei jedoch alle anderen Muskeln, Hals-, Schulter-, Bauch- und Brustmuskeln, und das beeinflusste seine Atmung. Er begann, leise zu keuchen. Es fiel ihm schwer, im feuchten Sand zu laufen. Die Dünen wölbten sich aufs Meer zu, Strandhafer zitterte im Wind wie die letzten Härchen eines fast kahlen Schädels. Im Übrigen war es eigentlich recht erfrischend rauszukommen. Der Wind war schneidend, aber nicht einmal sonderlich stark. Himmel und Meer verschwammen in einer graugrünen, undeutlichen Linie.

Orte zur falschen Jahreszeit zu besuchen gab Claesson immer das Gefühl, die Zeit sei aus den Angeln geraten. Weihnachten unter Palmen oder Campingplätze an einem fröstеligen Novembertag waren zwar schlimm, riefen aber auch eine gewisse wohlige Melancholie hervor, getragen vom Bewusstsein der vergehenden Zeit und des vom eigenen Tun und Altern unbeeindruckten Wechsels der Jahreszeiten.

Der Ort war bewohnt, aber nicht viele zogen einen Wohnwagen einem festen Dach über dem Kopf vor.

»Vor einigen Jahren wurde in die Wohnwagen eingebrochen. Erinnerst du dich?«, fragte Benny.

»Ja. Ein paar Obdachlose. Recht tragisch. Einer von ihnen ist erfroren, wenn ich mich recht erinnere«, sagte Claesson.

»War die Todesursache nicht eine Überdosis?«

»Schon möglich«, erwiderte Claesson. Er war jetzt so lange dabei, dass er sich unmöglich an alles erinnern konnte. Als er angefangen hatte, waren noch alle Mordfälle spannend gewesen. Viele Verbrechen folgten jedoch demselben Muster, und die Arbeit wurde eintönig, hatte er mit der Zeit festgestellt. Er brachte Fälle durcheinander und vergaß. Nicht alles, aber vieles. Sonst hätte er wohl nicht überlebt.

»Da steht ein Fahrrad. Scheint jemand zu Hause zu sein. Lass uns anklopfen«, sagte er.

»Tu das. Früher oder später müssen wir das ohnehin, aber ich mache inzwischen eine Runde«, sagte Benny, schließlich war er der Spürhund.

Eine Frau um die dreißig öffnete. Das erstaunte Claesson. Er hatte sich eine ältere Person vorgestellt. Einen verdreckten Alten, ein bärtiges Original oder jemanden mit schwarzem, pomadisiertem Haar oder Ringen in den Ohren mit artistischer, künstlerischer oder poetischer Begabung. Er hatte natürlich an Zirkusleute gedacht und wurde deswegen neugierig, als er bemerkte, dass die Frau einen weiten Rock aus einem dunklen, glänzenden Stoff und ein tief ausgeschnittenes Top trug, das ihren üppigen Busen zur Geltung brachte. So ein Dekolletee war ihm in seinem Berufsalltag noch nie untergekommen.

Er stellte sich vor und versuchte, so unberührt zu wirken wie möglich. Sie starrte ihn ernst an und schien nicht zu glauben, dass er derjenige war, für den er sich ausgab. Ihr Misstrauen stand ihr ins Gesicht geschrieben. Er sah sich gezwungen, ihr seinen Ausweis zu zeigen, und sie betrachtete diesen zweifelnd und eingehend, ohne ihre Miene zu verändern. Aber dann durfte er endlich eintreten und kam sich vor wie ein Elefant im Porzellanladen, als er sich in den Wohnwagen drängte und an den winzigen Tisch mit Tischdecke quetschte. Eine Kaffeetasse und ein Aschenbecher standen darauf. Es roch nach Essen. Alles war aufgeräumt.

»Ich habe eben gegessen und wollte gerade los«, sagte sie und strich sich mit der Hand über den Rock. »Zum Tanzen. Training.«

Das erklärte die Kleidung, dachte Claesson und schrieb sich ihren Namen auf. Jeanette Johansson.

»Wohnen Sie allein hier?«

»Ja«, antwortete sie kurz. »Ist das etwa nicht erlaubt?«

»Doch, natürlich. Ich will darauf hinweisen, dass mein Besuch nichts mit Ihnen zu tun hat. Ich möchte nur wissen, ob Sie vielleicht etwas gesehen haben. Wir brauchen Hilfe, wie ich bereits gesagt habe. Eine junge Frau ist hier in der Nähe tot aufgefunden worden. Sie haben vielleicht davon gehört?«

»Nein«, sagte sie trotzig. Sie hatte eine halbe Sekunde gezögert, und er glaubte ihr nicht.

Er fragte sich, wieso sie log.

»Ich dachte, dass Sie vielleicht fernsehen«, meinte er.

»Das tue ich auch, aber davon habe ich nichts gehört. Vielleicht sollte ich ja zu irgendwelchen Freunden in die Stadt ziehen?«

Er sagte nichts. Darauf wusste er keine Antwort.

»Tun Sie, was Sie für das Sicherste halten«, antwortete er diplomatisch.

»Es könnte ja ein Verrückter sein, der es auf wehrlose Frauen abgesehen hat.«

»Wir wissen nicht, was genau vorgefallen ist. Noch nicht. Das versuchen wir gerade herauszufinden. Ist Ihnen vielleicht hier in der Gegend etwas Ungewöhnliches aufgefallen?«

Sie starrte ihn an.

»Nein, nichts. Aber, wissen Sie, was«, sagte sie dann verbindlich, »Sie können ja die beiden anderen fragen, die auch noch hier wohnen. Die sind nicht berufstätig. Ich bin schließlich tagsüber nicht hier. Im Übrigen wohne ich hier, um meine Ruhe zu haben.«

Er nickte.

»Was für einen Weg nehmen Sie zur Arbeit?«

»Den normalen in die Stadt. Es gibt nur einen, den da oben.«

Sie machte eine Kopfbewegung hoch zum Weg. Die Goldringe an ihren Ohrläppchen baumelten hin und her, und das schwarze, hochgesteckte Haar geriet beunruhigend in Bewegung.

»Sie arbeiten also in der Stadt.«

»Ja. Ich bin Kindergärtnerin und arbeite in der Grynets Förskola.«

Er schrieb diese erstaunliche Information auf. Er fand nicht, dass sie wie eine Erzieherin aussah.

»Und Ihnen ist nichts Besonderes aufgefallen, als Sie in letzter Zeit zur Arbeit gefahren sind? Oder auch sonst? Sagen wir mal in den letzten zwei Wochen?«, fuhr er fort.

Je mehr Zeit vergangen war, desto vager wurden die Zeugenaussagen. Das wusste er. Erneut sah sie ihn schweigend an.

»Vielleicht«, meinte sie und schien selbst über ihre Antwort zu staunen. »Aber ich komme nicht drauf, was das war.«

»Ach so? Immer mit der Ruhe. Denken Sie nach«, sagte er und versuchte, durch die kleinen Fenster zu schauen, um sie nicht unter Druck zu setzen.

Draußen ging Benny, die Hände in den Hosentaschen und den Blick zu Boden gerichtet, zwischen den anderen Wohnwagen herum. Insgesamt waren es fünf.

Keine Reaktion. Irgendwas war mit ihr, davon war er überzeugt. Entweder wollte sie sich an etwas nicht erinnern, oder es war so verschwommen und diffus, dass sie es nicht greifen konnte. Manchmal brauchten die Leute Zeit. Besonders wenn sie schon älter waren, aber Jeanette Johansson war kaum über dreißig, und ihre grauen Zellen sollten noch intakt sein. Wenn sie nicht drogenabhängig war, aber darauf deutete nichts hin. Ein langjähriger Süchtiger konnte das jedoch sehr gut verbergen. Obwohl – eine Kindergärtnerin? Er ließ den Gedanken fallen.

Sie sah immer noch so aus, als würde sie nachdenken, jedoch ohne Resultat.

»Vielleicht lügt sie ja doch? Vielleicht weiß sie ja sehr gut, wonach sie in den dunklen Ecken der Erinnerung zu suchen vorgibt? Wenn sie lügt, dann kommt es aber früher oder später ans Licht«, dachte er und beschloss, die Sache vorerst auf sich beruhen zu lassen.

»Wo steht Ihr Auto?«, fragte er.

»Ich habe kein Auto. Jedenfalls seit einer Woche nicht mehr«, antwortete sie und errötete leicht. Das war seltsam.

»Wie kommt das?«

»Der Schrotthaufen hat den Geist aufgegeben. Ich musste ihn abschleppen lassen. Ich hatte noch keine Zeit, mich nach einem neuen umzusehen. Ich brauche dazu auch Hilfe. Ich kann mir kein teures Auto leisten, und bei Gebrauchtwagen muss man sehr aufpassen, dass man nicht übers Ohr gehauen wird. Das kann einen teuer zu stehen kommen.«

»Da haben Sie vermutlich Recht«, sagte Claesson. »Wie kommen Sie dann in die Stadt?«, fragte er der Ordnung halber, obwohl ihm klar war, dass sie vermutlich mit dem Fahrrad fuhr, das vor dem Wohnwagen stand.

»Mit dem Rad«, antwortete sie dann auch. »Das geht recht gut, jedenfalls solange das Wetter nicht zu schlecht ist. Knapp zwanzig Kilometer sind schließlich nicht so schlimm. Nur wenn ich einkaufe und große Tüten nach Hause schaffen muss, wird es beschwerlich. Und bei Sturm.«

»Glauben Sie, dass Sie sich jetzt daran erinnern können, was Ihnen aufgefallen ist?«, versuchte er es noch einmal.

Jeanette Johansson hatte diesen Schmollmund, der ihn als jungen Mann immer zum Schmelzen gebracht hatte. Ihre Stirn war ganz glatt, die Brauen waren schwarz geschminkt und die Lippen dunkelrosa.

»In der Tat gelingt mir das nicht, obwohl ich das gern getan hätte«, antwortete sie, und ihm war vollkommen klar, dass er nicht wusste, woran er mit ihr war. Es hatte jedoch keinen Sinn weiterzumachen.

»Ich will Sie nicht unter Druck setzen. Ich geben Ihnen meine Telefonnummer, dann können Sie mich sofort anrufen, wenn Ihnen etwas einfällt. Egal, was. Sie können gerne von sich hören lassen, auch wenn Sie selbst finden, dass es unwichtig ist.«

Sie lächelte, als sie sich die Hand gaben. Er drehte sich noch einmal um, ehe die Tür des sahnegelben Wohnwagens hinter ihm zufallen konnte.

»Noch etwas. Sie dürfen sich nicht wundern, wenn ich noch einmal vorbeikomme – oder sonst jemand. Gelegentlich befragen wir ein und dieselbe Person mehrmals«, sagte er, und sie erweckte nicht den Anschein, als würde sie sich sonderlich darauf freuen, als sie die Wohnwagentür schloss.

»Was für ein Törtchen!«, kommentierte Benny, der sich ihm wieder angeschlossen hatte.

»Allerdings. Was gefunden?«

»Nur das hier«, meinte Benny und zeigte ihm ein dickes rosa Gummiband, das er in eine Plastiktüte gelegt hatte.

»Ein Haargummi«, meinte Claesson.

»Das kann irgendwem gehören und schon seit dem Sommer hier liegen«, sagte Benny. »Aber dann müsste es schmutziger sein. An der Klammer, die es zusammenhält, hängen ein paar Haare. Mit denen können wir die DNA feststellen.«

»Jedenfalls staunt man immer noch«, meinte Claesson und dachte an die Frau, von der er sich eben verabschiedet hatte. Er erzählte von ihren Qualitäten und ihrem bürgerlichen Beruf, während sie Richtung Fundplatz gingen.

In den beiden anderen bewohnten Wohnwagen hatten sie niemand angetroffen, als sie angeklopft hatten.

»Hier ist es wirklich recht schön«, meinte Claesson.

»Ja – und menschenleer«, erwiderte Benny.

»Es ist angenehm, auf Tannennadeln zu gehen. Die geben

nach. Man wippt beinahe. Wenn ich fitter wäre, würde ich jetzt gern joggen gehen«, sagte Claesson.

»Wirklich?«

Benny, der einen Bierbauch hatte, klang erstaunt.

»Es passiert immer öfter, dass ich mir die Joggingschuhe anziehe. Es fällt mir schwer, im Augenblick Zeit für was anderes zu finden.«

»So ist das mit kleinen Kindern. Man muss wirklich jede sich bietende Gelegenheit beim Schopf packen. Es hat keinen Sinn, was zu planen«, meinte Benny geläutert.

»Das ist mir auch schon aufgefallen.«

»Es gibt Gerüchte, dass du deinen Teil des Erziehungsurlaubs nehmen willst«, sagte Benny, und seiner Stimme war anzumerken, wie neugierig er war.

»Hast du das nicht getan?«

Die Ironie war deutlich aus der Gegenfrage herauszuhören.

»Nein, wirklich nicht! Als meine klein waren, haben das noch nicht viele getan.«

Claesson und Grahn waren bis auf den Monat gleich alt. Bennys Kinder waren jedoch schon fast erwachsen. Er hatte rechtzeitig angefangen. »Besser spät als nie!«, dachte Claesson.

In der Nähe der Absperrungen sahen sie zwei dick vermummte Gestalten. Sie wirkten, als würden sie eine Expedition in die Antarktis planen. Sie hatten ihre Mützen in die Stirn gezogen, und ihre Fäustlinge waren so riesig wie Topfhandschuhe.

Auch diesen beiden älteren Gentlemen, die sich, wie sie erzählten, ebenfalls für die Abgeschiedenheit und die Natur entschieden hatten, war nichts Ungewöhnliches aufgefallen. Hingegen hatten sie sich selbst eine klar definierte Aufgabe gestellt, nämlich die Arbeit der Polizei von früh bis spät zu verfolgen. Zwei perfekte Zeugen, wenn sie nur etwas gesehen oder gehört hätten.

Die beiden Schlitzohren sahen sich an, nachdem Claesson seine Frage gestellt hatte.

»Nö«, antwortete der eine träge.

»Nö«, erwiderte auch der andere und schüttelte langsam den Kopf.

»Was hätten wir denn hören sollen, wenn man fragen darf?«, sagte der eine.

»Schüsse oder so?«, erkundigte sich der andere.

»Nein, nicht unbedingt«, meinte Claesson. »Irgendwas, das Ihnen aufgefallen ist und von der Normalität abweicht.«

»Beispielsweise die Geräusche eines Motors?«, wollte der eine wissen.

»Oder Reifenquietschen?«, fragte der andere.

»Ja, genau das«, bestätigte Claesson und betrachtete fasziniert die Inkarnation der trottelig-hinterhältigen Katzen Bill und Bull aus den Kindergeschichten um Pelle Ohneschwanz.

»Aber so was hört man ab und zu«, konstatierte der eine.

»Also Geräusche von Autos«, verdeutlichte der andere.

»Natürlich«, meinte Claesson. »Aber gelegentlich ist es doch so, dass man sich später noch daran erinnern kann. Oder nicht?«

Sie sahen sich an.

»Das schon«, meinte der eine. Der andere begnügte sich damit, stumm zu nicken.

»Glauben Sie, dass Sie sich in Ihre Wohnwagen setzen und darüber nachdenken könnten, wann Sie Autos gehört haben? An welchen Tagen und zu welchen Tageszeiten? Können Sie mir das aufschreiben und mir den Zettel geben?«

Der eine Alte kratzte sich etwas ungelenk mit dem Handschuh am Kinn.

»Das wird nicht leicht werden. Schließlich fahren hier immer mal wieder irgendwelche Autos rum.«

»Das ist mir klar, dass das nicht leicht ist«, erwiderte Claesson. »Vielleicht geht es ja auch nicht, aber falls irgendwas in Ihrer Erinnerung auftaucht, wäre es gut, wenn Sie das aufschreiben und dann von sich hören lassen würden.«

»Das versteht sich«, sagte der ältere der beiden und nahm die Visitenkarte entgegen, die Claesson ihm hinhielt.

»Kann er überhaupt lesen?«, überlegte sich Claesson und verließ sie.

Als sie ins Präsidium zurückkamen, war es bereits dunkel. Jemand hatte versucht, Claesson telefonisch zu sprechen. Offenbar war er auf seinem Handy nicht zu erreichen gewesen.

Er wählte die Nummer. Eine Frauenstimme antwortete, den Namen verstand er nicht. Aus dem Hintergrund erklangen heiße Rhythmen. Er sagte seinen Namen.

»Hier ist Jeanette Johansson.«

So schnell!

»Ist Ihnen jetzt eingefallen, was Sie mir erzählen wollten?«, fragte er.

»Nein, eigentlich nicht …«

Im Hintergrund herrschte ein solcher Lärm, dass er kaum verstehen konnte, was sie sagte. Sie hörte ihn offenbar auch kaum.

»Warten Sie! Ich suche mir nur schnell eine ruhigere Ecke«, sagte sie.

Er hörte, wie eine Tür geöffnet wurde, dann war es leise.

»Hören Sie mich?«, fragte sie.

»Ja.«

»Sie hatten doch gesagt, dass ich von mir hören lassen soll, wenn was ist.«

»Ja.«

»Als ich heute von zu Hause wegging, sah ich eine Frau, die rumlief und in die Wohnwagen glotzte.«

»Kannten Sie sie?«

»Nie gesehen. Etwas älter. Sie war übrigens schon mal vorbeigegangen, ehe Sie bei mir angeklopft haben.«

»War sie allein?«

»Ja. Ich habe das Kennzeichen aufgeschrieben.«

»Das war gut. Sehr gut.«

Sie leierte eine Reihe Buchstaben und Ziffern herunter, die er sich aufschrieb.

»Haben Sie gesehen, was es für ein Auto war?«, erkundigte

er sich, obwohl er wusste, dass er das früher oder später ohnehin erfahren würde.

»Ein weißer Golf.«

»Wo stand der?«

»Ein Stück vom Parkplatz der Badestelle entfernt. Recht weit unten am Ufer.«

»Und Sie glauben, dass das ihrer war?«

Sie verstummte.

»Wem hätte er sonst gehören sollen? Das war das einzige Auto weit und breit.«

Ein Auto und eine einzelne Person an einem vollkommen ausgestorbenen Platz. Die einfachste Schlussfolgerung war, dass beides zusammengehörte. Claesson wusste jedoch, dass das nicht unbedingt der Fall sein musste. Er dankte Jeanette Johansson, dass sie sich die Mühe gemacht hatte, ihn anzurufen, und ermunterte sie, das wieder zu tun, falls ihr noch etwas einfiele.

Von der Zulassungsstelle erfuhr er, dass der Wagen auf Isabelle Axelsson angemeldet war. Sie wohnte am Syrénvägen. Er fuhr dorthin, aber niemand war zu Hause. Die Fenster der Wohnung waren dunkel. Der Wagen stand auf dem Parkplatz vor dem Haus.

Das hatte bis morgen Zeit. Er würde eine Streife vorbeischicken, und die sollte sie bei ihm im Präsidium abliefern.

Sie fingen mit Weißwein an. Die Bücher lagen ausgebreitet auf dem runden Couchtisch. Sie hatten sich in die beigen Polster sinken lassen und blätterten, tauschten ein paar rasche Tipps aus, aber sprachen meist über anderes und vor allem durcheinander.

Die Gastgeberin des Abends war wohlhabend. Ihr Mann besaß ein florierendes Unternehmen, das Antennen herstellte. Die Einrichtung war nüchtern, und die Größe des Hauses zeugte von finanzieller Unabhängigkeit und von Überfluss. »So viel Platz zu haben, wenn man nur zu zweit war!«, dachte Isabelle Axelsson jedes Mal etwas neidisch, wenn sie dorthin kam. Das konnte einen doch nur viel Zeit kosten. Die Böden, die Fenster, der Garten. Aber es kam vermutlich jemand. Eleonora konnte sich Freizeit kaufen.

Jetzt saßen sie auf Rohseide, und die Stimmung war gut, um nicht zu sagen: ausgelassen. Isabella war inzwischen munterer, ihre Lebensgeister waren erwacht, aber sie wusste, dass sie vermutlich recht bald wieder müde werden würde. Es war also wichtig, dass sie nicht zu viel Wein trank. Zwei durchwachte Nächte ließ man nicht im Handumdrehen hinter sich.

Die Gruppe Frauen in ihren besten Jahren zwischen vierzig und sechzig war auffallend gemischt. Sie waren sich in unterschiedlichen Konstellationen begegnet, und sie hatten Überlegungen über Literatur ausgetauscht, aber hauptsächlich über das Leben, während die Jahre vergangen waren, man geheiratet, sich wieder getrennt und Kinder zur Welt gebracht hatte, die ihrerseits herangewachsen waren, um zu heiraten und eigene Kinder zu bekommen, die über alles geliebten Enkel. Und so war es immer weitergegangen. Jetzt befanden sie sich in einer Phase, in der keine mehr die Kraft hatte, den anderen noch etwas vorzumachen.

Auch ihre Karrieren waren nicht immer reibungslos verlaufen. Einige hatten höhere Stellungen, verdienten gut und hatten viel zu sagen, andere waren so genannte klassische Arbeitnehmer, vorzugsweise im momentan von Krisen geplagten öffentlichen Sektor. Mit anderen Worten arbeiteten sie an Schulen, in der Krankenpflege, beim Sozialamt oder in Kindergärten. Nur sehr wenige verdienten mehr als ihre Männer, aber sie hatten keine Lust mehr, sich noch länger darüber zu ereifern. Es wehten neue Winde, wenn auch nur stoßweise, und das gab ihnen Hoffnung, nicht zuletzt für ihre Töchter. Sie selbst hatten die Waffen gestreckt. Als seien sie in ein Stadium eingetreten, in dem anderes von größerem Interesse war. Das Leben außerhalb und nach der Arbeit. Trotzdem war es gut zu wissen, dass jeden Monat Geld kam, für manche war es auch bitter nötig, und zwar für die, die nicht von einem Mann versorgt wurden. Vielleicht hatte sie eine Art Resignation befallen oder eher eine Anpassung an die Wirklichkeit. Die Zukunft war nicht düster, es gab Gesetze zur Gleichberechtigung und individuelle Lohnverhandlungen, Letzteres eher ein Grund für Verdruss, außer für die, die etwas extra bekamen. Das Kunststück, Dinge auf sich beruhen zu lassen und stattdessen im Hier und Jetzt zu leben, gelang ihnen inzwischen recht gut. Das funktionierte, solange sich keine größeren Gewitterwolken auftürmten.

Wie diese Frauen einmal zueinander gefunden hatten, war mehr oder minder ein Rätsel und ließ sich nur mit Mühe und viel Zeit zurückverfolgen. Es ergab sich ein Netz aus Kontakten via Nachbarn, Arbeitskollegen und Verwandte, die ihrerseits wieder jemanden kannten, der von einer ungewöhnlich buchinteressierten Frau wusste, die überdies nett war und somit eingeladen werden konnte. Aber jetzt wurde niemand Neues mehr eingeladen. Darüber hatten sie nicht diskutiert, sondern einfach gespürt, dass es so sein musste. Zu einem gewissen Zeitpunkt im Leben waren die Dinge so, wie sie waren. Scheidungen, die aus verschiedenen Gründen – Untreue, Alkohol oder Entfremdung – nötig gewesen waren, lagen bereits hinter ihnen, und neue Beziehungen zeichneten sich nicht ab, obwohl die meisten von ihnen Singles waren, wie man das heutzutage so hübsch nannte.

Wahrscheinlich waren sie eine recht normale Gruppe Frauen im Schweden von heute, obwohl sie sich natürlich einzigartig vorkamen.

Der Regen peitschte gegen die Fensterscheiben, und die Kerzen in den Zinnleuchtern auf dem Esszimmertisch brannten. Sie fanden es gemütlich in der häuslichen Wärme und Gemeinschaft, die gleichzeitig ausgelassen und gemächlich-entspannt war. Schließlich war Samstagabend, und die Arbeitswoche lag hinter ihnen. Sonntag konnten alle ausschlafen.

Eine der Frauen erzählte von ihrem Sohn, der gerade nach Australien gefahren war, eine andere von einer geplanten Reise nach Istanbul und eine dritte von ihrer Tochter, die in Malmö einen Fußpflegesalon eröffnet hatte. Eine musste ihr Herz ausschütten und sich über ihren neuen Chef beklagen. Die zwei, die vorzeitig in Rente gegangen waren, rieten ihr, es ihnen gleichzutun. Diese Lösung leuchtete ihr jedoch nicht ein. Sie sei immer noch zu was gut, sagte sie und bekam rote Flecken auf Hals und Wangen. Die anderen verstummten.

Gerade als sie sich zur Vorspeise, Toast mit Lachsmousse, zu Tisch begeben und Weißwein nachgeschenkt hatten, räusperte sich Catharina. Sie war achtundvierzig und Arzthelferin. Jetzt wollte sie die Aufmerksamkeit der anderen auf sich lenken. Das war wirklich nicht das Leichteste.

Das Gemurmel ging weiter. Sie erhob die Stimme.

»Habt ihr von der Frau gehört, die tot aufgefunden worden ist?«, fragte sie über den Tisch in einem Ton, der eher informativ als sensationslüstern war. »Üble Geschichte!«

Die anderen legten das Besteck hin und kauten fertig.

»Doch, davon habe ich gelesen«, meinte eine dünne Frau, die Rose hieß und eine Raucherstimme hatte. Sie fuchtelte mit den Händen, und ihre Goldarmreifen klirrten.

Zum ersten Mal an diesem Abend verstummten alle. Ausnahmsweise war die Aufmerksamkeit nur auf ein Thema gerichtet.

»Sicher ein Fall von Misshandlung«, seufzte eine bleiche und etwas gedrungene Frau mit tief liegenden, wachen Augen, die Ann-Britt hieß.

»Wisst ihr, wer es ist?«, fragte Catharina.

Damit war es gesagt.

Sie verstummten und schauten sich an.

»Stand nicht in der Zeitung, sie sei bisher noch nicht identifiziert worden?«, meinte Rose und wischte mit ihrer Serviette einen Weintropfen von der Unterlippe. »Wo ist die Familie des Mädchens? Unweigerlich denkt man an die eigenen Kinder«, fuhr sie mit großen, verängstigten Augen fort.

Sie gehörte zu den Älteren der Gruppe und hatte zwei erwachsene Töchter und drei Enkel.

»Wir leben in einer brutalen Welt«, warf Ann-Britt ein.

»Wenn man sich Angst machen ließe, käme man zu nichts mehr.«

»Aber worum geht es eigentlich? Ich habe nichts mitbekommen«, sagte schließlich eine muntere Sportlehrerin, die Lotta hieß, ehe noch Isabelle diese Frage stellen konnte.

»Gestern Abend hat man eine tote Frau beim Fröjdeberga-Campingplatz gefunden«, antwortete Catharina und trank noch einen Schluck Wein.

»Ich war heute dort, und es sah nicht aus wie an einem Mordplatz«, sagte Isabelle.

»Sie lag im Wasser«, verdeutlichte Rose, die die Zeitung gelesen und sich die Fakten gemerkt hatte.

»Was hast du denn dort gemacht?«, fragte Lotta neugierig.

»Ich war einfach unterwegs. Eine Runde mit dem Auto«, antwortete Isabelle. »Ich hatte doch Nachtdienst und wollte etwas rauskommen. Da hat es mich dann einfach dorthin verschlagen. Wisst ihr, dass da Leute in den Wohnwagen wohnen?«, fuhr sie fort und sah in die Runde.

Niemand erwiderte ihren Blick, und sie kam sich unerwünscht und gleichzeitig unwirklich vor. Nie hörten sie ihr zu. Was wollte sie hier eigentlich? Im Grunde genommen, war der Lesezirkel gar nicht so nett, wie sie immer dachte.

»Niemand weiß, wie lange sie da im Wasser gelegen hat, hieß es im Fernsehen«, fuhr Catharina rasch fort und riss somit das Wort wieder an sich. »Vielleicht mehrere Wochen. Vielleicht länger«, meinte sie und spießte ihr letztes Stück Toast mit der Gabel auf.

»Mein Gott, irgendjemand muss sie doch vermissen?!«, meinte die üppige, aber durchtrainierte Lotta, die bedeutend jünger wirkte als ihre dreiundfünfzig. Wahrscheinlich lag das daran, dass sie nicht rauchte und sich die ganze subkutane Speckschicht weggehungert hatte.

»Keiner der Polizisten wusste wohl, wie lange sie dort gelegen hatte. Vielleicht nur einen Tag oder so«, sagte eine andere Frau, die Emmy hieß, Sozialarbeiterin war und schon vieles gesehen hatte. Sie hatte für hochdramatische Übertreibungen nicht viel übrig. »Es gibt sicher eine natürliche Ursache«, sagte sie in leicht belehrendem Ton, der einigen aus der Runde auf die Nerven ging.

»Was für eine denn, wenn man fragen darf?«, erkundigte sich Catharina und sah sie kritisch an.

Emmy schob die Unterlippe vor und zog die Schultern hoch.

»Vielleicht ist sie ja über Bord gefallen. Zum Beispiel.«

»Schon, aber da stand auch was von Gewalteinwirkung«, fuhr Catharina fort.

»Genauer gesagt von Erwürgen«, meinte Rose.

»So um die zwanzig«, sagte Catharina und hielt der Gastgeberin des Abends, Eleonora, ihr Glas hin. Diese goss ihr den letzten Schluck aus der Flasche ein.

»Danach trinken wir einen Roten«, sagte Eleonora, aber niemand hörte ihr zu.

»Ob die Eltern vielleicht verreist sind? Was glaubt ihr?«, überlegte Isabelle ängstlich und hatte das Gefühl, auf eine diffuse und unbehagliche Art und Weise in die Sache verwickelt zu sein, da sie sich in der Nähe des Platzes befunden hatte, an dem die junge Frau an Land getrieben war.

»Vielleicht ist sie gar nicht von hier? Vielleicht war sie auf Reisen?«, meinte Lotta und stützte ihren fülligen Busen auf dem Tisch ab.

»Wer wäre denn so bekloppt, hier jetzt Ferien zu machen? Bei diesem grauen und nassen Wetter?«, wollte die patente Emmy wissen. »Ich glaube eher, dass es sich um eine Flüchtlingsfrau ohne Aufenthaltsgenehmigung handelt. Die haben es schwer. Die halten sich versteckt«, meinte sie. Schließlich musste sie es als Sozialarbeiterin wissen.

»Das kriegen die schon raus«, meinte Ann-Britt neunmalklug. »Die Polizei arbeitet daran. Ein Glück, dass uns das nicht betrifft. So müssen wir das sehen.«

»Wie wahr«, dachte Isabelle immer noch mit einem diffusen Unbehagen in der Magenregion.

Der Abend nahm mit anderen Themen seinen Verlauf, bis

sie die Lokalnachrichten im Fernsehen einschalteten, eine Unterbrechung mitten beim Essen.

»Vor vierundzwanzig Stunden wurde eine tote Frau in der Nähe des Fröjdeberga-Campingplatzes im Wasser aufgefunden«, sagte der Reporter.

»Das stimmt«, entgegnete ruhig der Kriminalkommissar, ein gesetzter und Vertrauen erweckender älterer Herr.

»Sie wissen immer noch nicht, wer sie ist?«

»Nein, aber wir arbeiten intensiv daran, sie zu identifizieren. Wir wissen nicht, woher sie kommt.«

»Wie alt ist sie?«

»Es handelt sich um eine junge Frau.«

»Eine Schülerin?«

Der Reporter klang eifrig. Er schob dem Kriminalkommissar das mit einem Windschutz überzogene Mikro näher ans Gesicht.

»Nein«, antwortete er sachlich. »Es ist schwer, das Alter genau zu schätzen, vermutlich ist sie über zwanzig und unter dreißig.«

»Wissen Sie etwas über die Todesursache?«

»Ja, aber das wollen wir nicht näher kommentieren.«

»Handelt es sich um ein Sexualverbrechen?«

»Kein Kommentar.«

»Ist es nicht eigenartig, dass Sie diese junge Frau nach vierundzwanzig Stunden immer noch nicht identifiziert haben?«

»Das kommt schon mal vor. Wir beachten alle Hinweise. Es handelt sich um eine Frau, die zwischen zwanzig und dreißig Jahre alt ist, mit langem aschblondem Haar, etwa hundertsiebzig Zentimeter groß, schlank, mit gelber Daunenjacke und Blue Jeans.«

Ein Foto erschien auf dem Bildschirm.

Helles Haar, kleine Nase, starrer Blick, die Augenlider halb geschlossen. Sie ließ sich sehr leicht wiedererkennen. Die Frau war tot. Das Foto einer Toten zur besten Sendezeit.

Isabelle schnappte nach Luft, sagte aber nichts. Sie wollte nicht, dass die anderen sie anschauten, um später hinter ihrem Rücken zu tuscheln und sich zu überlegen, warum sie nichts erzählt hatte. Was sie da auf dem Bildschirm sah, war so bedeutend und erschütternd, dass sie sich erst einmal sammeln musste, um nichts Unpassendes zu sagen, das sie später möglicherweise bereute.

Aber es kostete Kraft, das Geheimnis für sich zu behalten. Langsam stieg eine leichte Übelkeit in ihr auf. Sie ging auf die Toilette, ließ sich niedersinken und versuchte auszuatmen. Sie wollte rasch nach Hause und wünschte sich, dass dort jemand gewesen wäre, mit dem sie hätte reden können. Dass sie nicht so allein gewesen wäre. Mit den Kindern konnte sie das nicht besprechen. Das war ausgeschlossen. Man belastete seine flügge gewordenen Kinder schließlich nicht mit den eigenen Problemen. Linda würde im Übrigen auch nur mit den Schultern zucken und Tobias nicht das Geringste kapieren. Der Kontakt zu ihm war schwierig, was ihr großen Kummer bereitete. Er war ihr Sorgenkind. Im Zweifelsfall konnte sie mit ihrem Vater reden, aber das würde ihr vermutlich auch nicht sonderlich weiterhelfen. Jedenfalls hatte er Zeit, ihr zuzuhören. Andererseits sprachen sie nur selten über persönliche Probleme. Meist lief es hinaus auf Geplauder über Wind und Wetter und das, was in der Zeitung gestanden hatte. Dazu tranken sie Kaffee oder ein Bier. Vermutlich hatte es keinen Sinn, dachte sie und verbrachte den Rest des Abends schweigend im Kreis ihrer vortrefflichen Freundinnen.

Der Ärger über ihre eigene Trägheit nahm ebenso rasch zu wie ihr schlechtes Gewissen. Warum hatte sie sich nicht mehr angestrengt? Warum hatte sie nicht mehrmals bei der Hochschule für Krankenpflege angerufen? Wenn sie das getan hätte, dann wäre das Mädchen vielleicht noch am Leben!

Sie fühlte sich an diesem Abend ganz besonders müde und sensibel. Das Dasein hatte jegliche Proportionen verloren. Vermutlich ginge es ihr besser, wenn sie einfach ausschlafen dürfte. Eine Tablette und ein langer, tiefer Schlaf. Oder etwas mehr Wein, sodass sie ganz müde wurde. Sie hatte noch ein paar Flaschen zu Hause und konnte bis zur Besinnungslosigkeit trinken. Sie musste sich noch so lange auf den Beinen halten, bis sie zu Hause war. Aber sie wagte nicht aufzubrechen, bevor der Abend zu Ende war. Die anderen konnten misstrauisch werden.

Aber wieso sollte sie überhaupt irgendeine Schuld auf sich nehmen? Sie hatte der jungen Frau, der Ärmsten, doch nichts getan. Sie war nett zu ihr gewesen. Genauso nett wie zu allen anderen Schwesternschülerinnen, den schüchternen, den langsamen und den etwas forscheren. Nicht dass diese Schülerin vor Witz gesprüht hätte, aber sie war wohl einfach kein draufgängerischer Typ.

Isabelle versuchte, ihre Gedanken zu ordnen, was ihr nicht leicht fiel angesichts des unheimlichen Gefühls, selbst in die Sache verwickelt zu sein. Sie wusste nur nicht, wie – und das machte ihr Angst. Hatte sie im Laufe der Jahre nicht genug ausgestanden?

Steif saß sie am Couchtisch, mit Kaffee und Likör vor sich, und versuchte zu lächeln, zum richtigen Zeitpunkt zu nicken und ihren Lesezirkelfreundinnen in die Augen zu schauen, aber eigentlich hörte und sah sie gar nichts. Ihre Gedanken drehten sich im Kreis, der Druck nahm zu.

Sie hatte damals die Nummer dieser Person an der Hochschule für Krankenpflege gewählt, um die Abwesenheit zu melden. Aber es hatte niemand abgehoben, und kein Anrufbeantworter war angesprungen. Aber immerhin hatte sie angerufen. Wenigstens einmal. Wie auch immer sie das beweisen sollte. Es müsste einfacher sein, die Zuständigen für die Auszubildenden zu erreichen. Schließlich konnte sie nicht den halben Tag am Telefon verbringen, wenn auf Station so viel zu tun war. Alle wussten ja, dass Schwestern wahnsinnig viel am Bein hatten. Viel zu viel. Die Aufgaben überwältigten einen förmlich. So viel war zumindest sicher.

Wieso befielen sie immer so leicht Schuldgefühle? Eigentlich müsste sie endlich erwachsen werden und ihnen ein Ende bereiten. Schließlich konnte nicht sie am gesamten Elend dieser Welt schuld sein. Und keinesfalls brauchte sie die Schuld am Tod dieser zierlichen und etwas reservierten jungen Frau auf sich nehmen. Keinesfalls. Sie saß auf dem Sofa und lächelte und versuchte, so zu tun, als wäre nichts. Als wäre alles wie immer. Und doch tauchte das schwer zu beschreibende Gesicht der Schwesternschülerin vor ihr auf. Drängte sich vor. Die bleichen, kindlich-süßen Gesichtszüge. Ihre Art, den Kopf etwas vorgebeugt zu halten, als wollte sie um etwas bitten, sich schützen, um Nachsicht ersuchen, darum, sie freundlich zu behandeln. Und freundlich war Isabelle gewesen. Oder? Eine schreckhafte Schwesternschülerin konnte man doch nur freundlich behandeln.

Auf Station würde es für sie unangenehm werden. Das Gerücht, dass sie versagt hatte, würde sich verbreiten. Dass sie ihren Aufgaben nicht gewachsen war! Und es gab mehr als eine, die sich darüber freuen würde.

VIERTES KAPITEL

Sonntag, 18. November

Claes Claesson befand sich in einem Traum ohne Ende. Er versuchte zu laufen, kam aber nicht vom Fleck. Er wurde verfolgt, wusste jedoch nicht, wovon oder von wem. Fast bis ans Ende seiner Kräfte abgehetzt, versuchte er zu entkommen. Er spürte den Atem im Nacken und hatte Angst, es nicht zu schaffen. Gejagt, sein fliehender Körper schwer wie Blei. Sein Herz trieb ihn voran, aber die Beine verweigerten ihren Dienst.

Er erwachte mit einem Ruck und sah schlaftrunken Klara an, die neben ihm im Doppelbett lag. Sie stieß im Schlaf jämmerliche Laute aus. Irgendwann im Laufe der Nacht hatte Veronika sie ins Bett geholt, ohne dass er das gemerkt hatte. Von ihrem Vorsatz, ihre Tochter solle in ihrem eigenen Bett schlafen, waren sie immer mehr abgerückt. Klara zog es vor, sich mit ihnen zusammenzudrängen. Bei ihnen war es warm und geborgen.

Er schaute sie an. Sie lag, die Arme über dem Kopf, auf dem Rücken und kuschelte sich an Veronikas Rücken. Er lächelte, hatte Lust, sie zu berühren, wollte sie aber auch nicht wecken.

Die Vorstellung, ein Kind zu bekommen, und dann wirklich Vater zu sein waren zwei grundverschiedene Dinge, dachte er. Er nahm die schlaflosen Nächte, die Unfreiheit und alle Nachteile für diese Seligkeit gerne in Kauf. Ihr runder Kopf, ihre warmen, weichen Arme, ihr Leben, das dem seinen entsprungen war. »Die Fürsorge für die eigenen Nachkommen ist angeboren«, dachte er, »aber manchmal läuft was schief, klappt einfach nicht.«

Der Radiowecker stand auf sieben Uhr dreiundvierzig. Hätte er keinen Hexenschuss gehabt, hätte er versucht, noch einmal einzuschlafen. Er konnte sich nicht erinnern, wann er zuletzt aus einem Albtraum erwacht war. Der Rücken bereitete ihm Probleme, machte ihn anfälliger für Stress. Der Rücken und die Tatsache, dass die Spuren weggespült worden waren. Aber sie würden sicher noch etwas finden, obwohl die Voraussetzungen – rein technisch – nicht die besten waren. »Aber die Ermittlungen haben im Prinzip gerade erst begonnen«, dachte er.

Erst eine Schmerztablette, dann Kaffee. Gegen Mittag wollten sie sich im Präsidium treffen. Vorher musste er auf Klara aufpassen, bis Cecilia sie übernehmen konnte. Veronika wollte einen Ausflug mit ihrer Freundin und Kollegin Else-Britt machen. Sinn und Zweck der Aktion war es, Veronika die Möglichkeit zu geben, etwas ohne Kind zu unternehmen. Sie wollten auf irgendeinen Weihnachtsmarkt, und er war unendlich dankbar, dass ihm das erspart blieb. Der Ausflug war natürlich in Gefahr geraten, als aus seinem freien Wochenende plötzlich intensive Arbeitszeit wurde. Ihm war aufgefallen, wie enttäuscht Veronika gewesen war. Ihr Versuch, sich tapfer zu geben, misslang, und er versuchte einen Kompromiss zu finden. Cecilia wollte ihre Mutter nicht begleiten und konnte es sich vorstellen, auf ihre Halbschwester aufzupassen. Aber erst einmal wollte sie ausschlafen. Ihr Liebeskummer hatte ihr eine Reihe schlafloser Nächte beschert, und jetzt hatte sie keine Kraft mehr. Zum ersten Mal verspürte Claes für Veronikas erwachsene Tochter, für diese junge Dame, die bisher mit ihrer kühlen Selbstsicherheit immer nur abweisend gewirkt hatte, ein Gefühl der Sympathie. Erst am Abend wollte sie ausgehen, sie hatte sich mit ein paar ehemaligen Klassenkameraden verabredet.

In seiner Manteltasche lag die Telefonnummer der Frau, die

auf dem Fröjdeberga-Campingplatz gesehen worden war. Als es auf acht zuging, konnte er sich nicht länger beherrschen und wählte ihre Nummer. Eine belegte und schlaftrunkene Stimme antwortete. Er entschuldigte sich und nannte seinen Namen.

Am anderen Ende wurde es still.

»Entschuldigen Sie, aber warum rufen Sie bei mir an?«, fragte sie, und ihre Stimme klang skeptischer, als er erwartet hatte.

»Wir haben erfahren, dass Sie gestern auf dem Fröjdeberga-Campingplatz waren. Stimmt das?«

»Wer hat das gesagt?«

»Das ist unwichtig. Ich möchte gerne wissen, ob es stimmt.«

»Ja, natürlich stimmt das. Aber …«, sagte sie dann, und es klang, als zögerte sie.

»Darf ich fragen, was Sie dorthin führte?«

»Gar nichts. Ich bin einfach nur rumgefahren, weil ich mal aus der Stadt rausmusste. Früher bin ich immer dorthin gefahren, hauptsächlich, um am Strand spazieren zu gehen, der dort schließlich schön ist. Ich bin also einfach irgendwie dorthin geraten. Ich hatte Nachtschicht. Ich bin Krankenschwester«, informierte sie ihn, als würde das beruhigend klingen.

»Wissen Sie, dass dort ganz in der Nähe eine Frauenleiche aufgefunden wurde?«

Zwei Sekunden verstrichen.

»Nein«, erwiderte sie mit einer Stimme, die das Gegenteil vermuten ließ.

»Ihnen ist nicht zufälligerweise etwas Ungewöhnliches aufgefallen?«

»Nein. Ich bin zwischen den Wohnwagen herumgelaufen, hauptsächlich, weil es mich überraschte, dass dort tatsächlich Leute wohnten«, antwortete sie.

»Haben Sie jemanden dort gesehen?«

»Nein, keine Menschenseele.«

»Sie waren also allein dort?«

»Ja.«

»Haben Sie irgendein Auto bemerkt?«

»Nein«, antwortete sie rasch, überlegte es sich aber sofort anders. »Doch, neben den Wohnwagen standen zwei Autos. Ich vermutete, dass sie den Bewohnern gehörten.«

Claesson war klar, dass sie von den Karren der beiden Alten sprach, einem Volvo Amazon und einem Ford Escort, beide älteren Datums.

Klara gab im Obergeschoss Geräusche von sich. Er ging rauf und holte sie, ehe sie Veronika weckte, machte ihr dann ein Fläschchen und setzte sich schließlich mit seiner Tochter auf dem Schoß an den Küchentisch. Er schaute aus dem Fenster, während sie schmatzend trank. Im Apfelbaum vor dem Fenster hatte er einen Futterspender aufgehängt, aber die Vögel schienen noch nicht wach zu sein.

Sein Hexenschuss hatte sich etwas beruhigt. Er kniff die Augen zusammen und sah, dass die Sonne vielleicht heute zum Vorschein kommen würde. »Seit dem letzten Mal ist wirklich schon eine ganze Weile vergangen«, dachte er und betrachtete weiterhin den Garten. Einige späte Herbstastern mit ihren lilafarbenen, strahlenförmigen Blüten zitterten in den von Raureif bedeckten Beeten, die den Gartenweg säumten. Sogar einige Rosen hatten bislang überlebt. Die hoch aufragende Heckenrose mit den orangeroten Hagebutten hob sich leuchtend vom Hintergrund der schmutzig grauen Straße ab, und die Vogelbeeren der Eberesche hingen immer noch in warmem Rot vor dem gelbgrauen Himmel. Der übrige Garten war kahl und welk, aber noch lang würde kein Schnee fallen, alles aufhellen und sich wie eine funkelnde Decke auf den Rasen legen.

Schritte waren zu hören. Cecilia, mit nackten Beinen und in einem großen T-Shirt, auf dem Weg zur Toilette.

»Bist du schon auf?«, fragte sie und steckte ihren Kopf ins Zimmer.

»Klar«, antwortete er und lächelte. Klara schaukelte auf seinem Knie.

»Wie spät ist es?«

»Halb neun.«

»Oh! Noch nicht später. Dann lege ich mich noch einen Augenblick hin«, sagte sie und trottete weiter.

»Gerade mal zweiundzwanzig, da ist man müde«, dachte er.

Isabelle Axelsson war mitten in der Nacht erwacht. Etwas Dunkles rumorte in ihrem Kopf und breitete sich auf ihren ganzen Körper aus, der steif war und schmerzte. Vollkommen verspannt lag sie da und konnte nicht wieder einschlafen. Obwohl oder gerade weil es sie so angestrengt versuchte. Hellwach starrte sie an die Decke. »Ich muss schlafen«, dachte sie. »Muss den Schlaf nachholen, sonst klappe ich zusammen.« Es war zwar Sonntag, aber Montag musste sie wieder arbeiten.

Eine fast lähmende Schwäche hatte sie ergriffen. Außerdem hatte sie Durst. Ihre Zunge klebte wie ein Blatt Papier im Mund. Sie richtete sich auf, ohne Licht zu machen, ging in die Küche und trank rasch ein paar Gläser Wasser. Dann schlüpfte sie wieder ins Bett, wälzte sich auf den Rücken und streckte Arme und Beine von sich. Reglos lag sie da, um zur Ruhe zu kommen. Sie rührte sich nicht und zählte leise ihre Atemzüge. Ein, aus. Geöffnete Hände, geöffneter Mund, entspannter Unterkiefer, geschlossene Augenlider. Ein – aus, ein – aus. Tiefe, tiefe Atemzüge, langsam und regelmäßig. Die inneren Sturmwogen verebbten und glätteten sich zu einer ruhigen, glatten Wasserfläche, die sich nicht im Geringsten kräuselte. Sachte glitt sie in den Schlaf, schlummerte langsam ein.

Da schepperte es in ihrem Inneren. Sie war sofort wieder hellwach, richtete sich kerzengerade auf, knipste die Nachttischlampe an und schaute sich hektisch im Schlafzimmer um.

»Was ist eigentlich mit mir los?«

Sie musste diesen durchwachten Nächten ein Ende bereiten. Sie hatte keine Kraft mehr, die Zeiten waren einfach vorbei, schließlich war sie über fünfzig. Sie durfte einfach nicht mehr Tag und Nacht vertauschen, bis sie nicht mehr wusste, wo ihr der Kopf stand. Sie spürte, wie die Panik langsam von ihr Besitz ergriff. Würde sie verrückt werden vor Schlafmangel? Oder konnte sie nicht schlafen, weil sie verrückt wurde?

Und die Ereignisse um sie herum. Wurde sie in was reingezogen, womit sie nichts zu tun hatte? Alles wurde außerdem immer unversöhnlicher, je länger sich die nächtlichen Schatten streckten.

Sie hob das Rollo ein wenig an. Draußen herrschte farblose Dunkelheit.

Was hatte sich ihrer eigentlich bemächtigt? Ein schlechtes Gewissen, das ihr keine Ruhe ließ, oder eine unverzeihliche Tat, die sie tatsächlich begangen hatte? Oder eben auch nicht. Alle Ausreden, die sie sich vorhin noch zurechtgelegt hatte, waren plötzlich wie weggeblasen. Sie existierten nicht mehr.

Wieso hatte sie sich nicht mehr bemüht, diese Person an der Hochschule für Krankenpflege zu erreichen? Hätte sie die Abwesenheit des armen Mädchens sofort gemeldet, dann hätte ihr niemand anschließend Vorwürfe machen können. Sie hätte alles daransetzen sollen, jemanden ans Telefon zu bekommen, oder eine E-Mail schicken müssen. Nichts verfing, wenn das Aktenkundige, die Formalien bis zum i-Tüpfelchen korrekt waren, dachte sie. Ihr wurde abwechselnd heiß und kalt. Nachlässigkeit führte immer zu Problemen. Ein halbherziger Versuch anzurufen war nicht genug. Alle würden wahrscheinlich glauben, sie wolle sich rausreden. Niemand würde ihr glauben. Vor allem, weil sie nicht gleich eine Meldung wegen unentschuldigten Fehlens geschrieben hatte.

An jenem Tag hatte auf der Station Chaos geherrscht, aber wenn sie erzählte, wie es wirklich gewesen war, dann würde ihr trotzdem niemand glauben. Weder die Polizei noch Nelly, die saure Oberschwester, noch sonst jemand. »Das reicht nicht«, würden sie denken. »Sie will sich rausreden. Für ein Telefonat ist immer Zeit.«

»Das war wohl mein letztes Mal als Mentorin«, dachte sie zum unzähligsten Mal niedergeschlagen, wie eine alte Schallplatte mit einem Kratzer. Das Vertrauen in sie war ein für alle Mal angeknabbert. Sie kam sich vor wie das abgenagte Kerngehäuse eines Apfels. Ihr ganzes Leben erschien ihr wie eine endlose Belehrung. Ihre Schülerin, die zarte Studentin, war tot.

Wenn sie nur nicht …

Sie würde mit dieser Unterlassungssünde leben müssen. War sie dazu im Stande?

Ihr Gewissen und ihre Furcht setzten ihr zu. Sie warf sich auf die Matratze zurück, sodass diese vibrierte, und rollte sich zu einer kleinen, festen Kugel zusammen. Sie kniff die Augen zu, um ihre Gedanken zu verdrängen. Sie lag mit trockenem Mund auf der Seite und öffnete vorsichtig die Augen einen Spalt weit, bis langsam die Dämmerung kam. Sie hörte den Zeitungsausträger, dann ließ ihre Anspannung nach, und sie schlief endlich wieder ein.

Das Klingeln des Telefons hallte durch die Wohnung. Sie hörte es aus weiter Ferne, ein unwirkliches Indiz dafür, dass sie in der Tat immer noch am Leben war. Ein Telefonanruf an einem Sonntag im Morgengrauen! »Ein schlechtes Omen«, dachte sie und unterließ es aufzustehen. Entweder es war etwas passiert, oder die Station wollte, dass sie für jemanden einsprang. Vielleicht würde man sie herbeizitieren. Sie hatte nicht vor abzuheben.

Stur klingelte es weiter. Sie ärgerte sich immer mehr und richtete sich schließlich mit Mühe auf.

»Kommissar Claes Claesson«, sagte der Mann am anderen Ende. Um Gottes willen, ein Polizist! Ihr Puls überschlug sich fast.

Der Mann entschuldigte sich, sie geweckt zu haben. Seine Stimme klang sehr nett, geradezu milde, und das überrumpelte sie an diesem trüben Morgen. Aber sie war auf der Hut, ließ sich nicht in eine Falle locken. Sie konnte sich zu Nutze machen, dass er sie in der Tat geweckt hatte.

Trotzdem war sie nervös. Ob er wohl merkte, dass sie einen trockenen Mund und kein sonderlich reines Gewissen hatte?

Zum ersten Mal in ihrem Leben hatte ein Polizist sie angerufen! Das bedeutete, dass es ernst war. Der lange Arm des Gesetzes wollte, dass sie nachdachte. Jetzt musste sie genauestens darauf achten, was sie sagte und was sie für sich behielt. Sie bemühte sich, ihre diffusen Schuldgefühle von sich zu schieben, um bloß nichts Falsches zu sagen. Sie war kurz angebunden und vermied Smalltalk.

Daher war das Gespräch mit Kriminalkommissar Claes Claesson an diesem Sonntagmorgen bereits nach wenigen Minuten beendet. Dann starrte sie ins Leere. Offenbar konnte sie nicht einmal an einem stinknormalen Samstagmorgen ins Grüne fahren, ohne in irgendwas reingezogen zu werden. Ihr Auto war beim Fröjdeberga-Campingplatz gesehen worden. Jemand hatte heimlich ihre Autonummer aufgeschrieben und ihr hinterherspioniert, als sei sie eine Verbrecherin. Eine Kriminelle!

Ein Wirbelwind unbehaglicher Gefühle zerrte an ihr. Es galt, sich so weit wie möglich rauszuhalten. Vielleicht würde man sie zu Unrecht verdächtigen? So was kam vor. Unschuldige wurden nie rehabilitiert und mussten weiter im Gefängnis sitzen.

In einem der Wohnwagen war jemand zu Hause gewesen, jemand, der sie gesehen hatte und sofort misstrauisch geworden war. Aus seinem Versteck war er ihr mit den Blicken gefolgt und hatte alle ihre Schritte und jede noch so kleine Bewegung beobachtet. Ein Glück, dass sie sich nicht zum Pinkeln hingehockt hatte! Sie musste lachen.

In welchem der Wohnwagen der Spion wohl seinen Posten bezogen hatte? Vielleicht in dem mit dem Fahrrad? Das Fahrrad schien in Gebrauch gewesen und erst kürzlich auf matschigen Wegen gefahren worden zu sein. Die Schlammspritzer auf dem schwarzen Lack waren frisch gewesen.

Ihr Kater machte ihr zu schaffen. Der Kopf dröhnte, es pochte in den Schläfen, und sie hatte einen schlechten Geschmack im Mund. »Ich sollte keinen Wein mehr trinken«, dachte sie, wusste aber, dass sie ihre Meinung ändern würde, sobald es ihr wieder besser ging. Zwei Aspirin und eine Tasse starker Kaffee würden sie schon wieder auf die Beine bringen. Und eine Kanne Wasser.

Sie schlug die Zeitung auf, las begierig die erste Seite und quälte sich durch Fakten, die sie eigentlich nicht erfahren wollte. Man wisse nicht, wer die Tote sei, las sie.

Sollte sie den freundlichen Kommissar, der sie so früh angerufen hatte, diesen Claesson, zurückrufen und ihm mitteilen, wie es sich verhielt? Dass sie wisse, wer die Tote sei. Instinktiv schreckte sie davor zurück. Später, vielleicht, falls sie mit der Feststellung der Identität nicht weiterkommen sollten. Es gab zu viele Verbindungen zu ihr, und man wusste nie, ob man sich auf die Polizei verlassen konnte. Vielleicht glaubten sie ja, sie sei irgendwie in die Sache verwickelt. Sie kannte das Opfer und war außerdem in der Nähe des Platzes gesehen worden, an dem es gefunden worden war. Das war nicht gut. »Sagt man nichts, dann hat man nichts gesagt«, dachte sie. Das war ein einfacher Grundsatz. Eine weitere gute Regel war, nichts zu übereilen. Über wichtige Fragen schlief man erst mal eine Nacht.

Sie beschloss also, den Tag zum Nachdenken zu nutzen. Ein Tag mehr oder weniger würde schon keine so große Rolle spielen.

Schon Weihnachtsmarkt! Sie zwang sich zu einer künstlichen Begeisterung. Mit rot geränderten Augen las sie die Anzeige hinten in der Zeitung. Den jährlichen Weihnachtsmarkt auf dem Gutshof hatte sie noch nie besucht. Nur selten nutzte man das, was man in greifbarer Nähe hatte. Dieser Tag war wie geschaffen für Wichtel und Engel. Was konnte heute besser passen, als der Wirklichkeit zu entfliehen? Somit würde es ihr erspart bleiben, gestresst in ihren vier Wänden auf und ab zu tigern.

Also kleidete sie sich recht umständlich und langsam an. Ihre Gedanken gingen immer noch im Kreis.

Hatte ihre junge Schülerin bemerkt, dass ihr Status auf der Station alles andere als glanzvoll war? Die Älteren taugten irgendwie nicht mehr. So schien es zumindest. Neue, unverbrauchte Krankenschwestern wurden eingestellt, was das Zeug hielt. Selbstbewusste Mädels mit hohen Löhnen. Ihre Einkommen waren fast höher als jenes von Isabelle, denn heutzutage war es seltsamerweise so, dass diejenigen, die lange gearbeitet hatten und sich auskannten, sich mit ihrem Lohn zufrieden geben mussten, während die Neuangestellten durch Verhandlungen einen höheren Verdienst erzielen konnten. Man musste eben wechseln, wenn man mehr verdienen wollte, sagten sie selbstbewusst. Ansonsten sei man eben selber schuld. »Heutzutage muss man die Schuld immer bei sich selbst suchen«, dachte Isabelle müde. Sie konnte sich auch eine Arbeit in einem Büro suchen, in der Verwaltung. Die wurde besser bezahlt als die Pflege von Patienten. Nelly sprach oft davon, dass man nicht stagnieren dürfe. Die neuen Schwestern seien die Zukunft, sie würden die gesamte Krankenpflege revolutionieren. Außer an Weihnachten. Dann waren Isabelle und ihre Altersgenossinnen wieder gut genug – diejenigen, deren Kinder nicht mehr zu Hause wohnten.

Auch dieses Jahr würde nicht viel aus Weihnachten werden. Vielleicht war der Weihnachtsmarkt ja ein guter Ersatz, auch wenn er schon im November stattfand. Isabelle hatte auch dieses Jahr wieder einen Heiligabend auf Station vor sich. Linda wollte mit ihrem Freund auf die Kanarischen Inseln, und Tobias würde mit seinem Papa Weihnachten feiern. Was Vater und Sohn vorhatten, konnte sie sich mühelos vorstellen: Sie würden einen Schnaps nach dem anderen trinken. Aber nächstes Jahr wäre sie dann an der Reihe, alle bei sich zu haben. Sie würde sich nicht unterkriegen lassen und nicht Kolleginnen gegenüber klein beigeben, die Überstunden abfeiern oder mithilfe anderer Tricks versuchen würden, Weihnachten freizubekommen. Ausnahmsweise würde sie unerbittlich sein. Sie würde einen Baum kaufen und das traditionelle Weihnachtsessen zubereiten. Sie würden ausgiebig tafeln und die üblichen Zeichentrickfilme im Fernsehen ansehen. Dann würden sie Nüsse knacken, getrocknete Feigen und Twist-

Pralinen essen und sich alle albernen Fernsehprogramme ansehen, bis sie einschliefen. Tobbe, Linda und sie, vielleicht auch Lindas Freund, der dann vermutlich schon wieder ein anderer war.

Isabelle ereiferte sich bei diesen Gedanken, aber ihre Kraft ließ nach, als das Gesicht des toten blonden Mädchens vor ihrem inneren Auge auftauchte. Hatte die junge Frau sie nicht an Linda erinnert? Etwas anmutiger und vorsichtiger – Linda konnte stachlig wie ein Igel sein –, aber vom Aussehen her ähnlich. Aber vielleicht bildete sie sich das nur ein. Gefühle und Gedanken uferten aus, wenn man müde war. Wenn nur Linda nichts zustieß.

Sie musste bei ihrem Vater vorbeigehen, entschied sie. Vielleicht konnte sie das ja nach dem Weihnachtsmarkt tun. Er hatte sie am Vortag angerufen und ganz kurz von einem gelben Punkt erzählt, den er vom Fenster aus gesehen hatte, von einem gelben Punkt, der sich mit der Geschwindigkeit eines Fahrrads die Hamngatan entlangbewegt hatte. Darüber hatte er etwas in der Zeitung gelesen. Sie hatte ihm nur mit halbem Ohr zugehört. Aber jetzt fröstelte sie. Vermutlich war es ja eine Sinnestäuschung gewesen. Es sei recht lange her, dass er diesen radelnden Punkt bemerkt habe, und sie wusste, dass es mit seiner Sehkraft nicht zum Besten bestellt war. Seit vielen Jahren war er nicht mehr beim Optiker gewesen. Vielleicht sollte sie dafür sorgen, dass er zum Augenarzt ging. Wahrscheinlich hatte er grauen oder grünen Star, es bereitete ihr Mühe, sich an den Unterschied zu erinnern. Aber er sah schlecht, so viel war sicher.

Er wünschte sich Leberwurst, Leberwurst auf Roggenbrot und Bier. Das ließ sich zumindest leicht beschaffen. Sie musste nur beim Konsum vorbeigehen, der auch sonntags geöffnet war. Am besten sofort. Trotzdem. Sie zögerte.

Sie hatte ihre neue lange Hose angezogen und einen marineblauen Rollkragenpullover. Draußen war es feuchtkalt, und der Himmel war gleichmäßig grau, aber das störte sie nicht. Keine höhnische Sonne und kein ärgerlich klares Licht. Sie ließ den Motor an und dachte an den Kommissar. Er klang nett. Hatte nicht Veronika Lundborg, eine ihrer Ärztinnen, ein Kind mit ihm? Das war ein Gottesgeschenk, in letzter Minute noch ein Kind zu bekommen, und noch dazu mit einem netten Mann. Die gab's schließlich nicht im Überfluss!

Als Else-Britt vor dem Haus hupte, küsste Veronika Claes flüchtig auf die Wange.

»Ist es okay, dass ich verschwinde?«

»Klar. Wird schon alles klappen«, erwiderte er und zwang sich zu einem Lächeln.

»Sicher?«

»Absolut«, sagte er nachdrücklich, um ihr Gewissen zu entlasten. Er lachte breit, mit Lachfältchen um die Augen und seinen gleichmäßigen Zähnen. Sie mochte dieses unkomplizierte Lachen, eilte leichtfüßig aus dem Haus und warf erleichtert die Tür hinter sich zu.

Sie winkte ihnen zu – Klara saß auf Claes' Arm im Küchenfenster – und dachte, dass es genau so sein würde, wenn er seinen Erziehungsurlaub nahm. Dann würden die beiden zu Hause bleiben, und sie würde zur Arbeit gehen. »Ich hoffe nur, dass er Cecilia rechtzeitig weckt, damit er pünktlich zur Arbeit kommt«, dachte sie, war sich aber gleichzeitig bewusst, dass das nun seine Angelegenheit war. Ein bisschen schlechtes Gewissen wegen Cecilias Benehmen hatte sie aber trotzdem. Vielleicht war ihre Älteste tatsächlich etwas verwöhnt, darüber hatte sie früher nie nachgedacht, jedenfalls nicht, solange sie allein gewohnt hatten.

»Sehnst du dich zurück zur Arbeit?«, fragte Else-Britt und fuhr Richtung Ringvägen.

Es war halb elf, und das hoffnungsvolle Morgenlicht war einem grauen Nebel gewichen. Wieder einmal. Else-Britt setzte den Scheibenwischer in Gang. Es regnete zwar nicht, aber die Nässe lag in der Luft.

»Ja und nein«, antwortete Veronika. »So ist es wohl mit den meisten Dingen. Alles ist eine Frage der Dosierung. Zu viel vom einen oder anderen wird langweilig. Aber es wird sicher schön, wieder das Gehirn zu gebrauchen.«

»Vielleicht macht es Klara ja Spaß, in die Kindertagesstätte zu gehen«, warf Else-Britt ein.

»Bestimmt«, meinte Veronika, aber der Gedanke daran, ein jammerndes Kind abzugeben, widerstrebte ihr. Sie sah das schon deutlich vor sich, aber was sollte sie tun?

Ein Weilchen herrschte düsteres Schweigen. Beide kannten die Sorgen, die einem Kleinkinder bereiteten. Sie wollten beides – Kinder, Familie und gleichzeitig Karriere machen –, was natürlich seinen Preis hatte. Manchmal hatten sie das Gefühl, als wateten sie in zähem Kleister.

»Lass uns über was anderes reden«, meinte Veronika, und Else-Britt war ganz ihrer Meinung. »Weißt du«, fuhr Veronika fort, »man müsste noch einmal jung sein.«

»Wirklich?«, erwiderte Else-Britt skeptisch. »Soweit ich mich erinnern kann, war das recht anstrengend.«

»Jedenfalls nimmt Cecilia das Leben leicht. Es gefällt ihr in Lund. Keine Verpflichtungen. Nichts ist sonderlich kompliziert.«

Else-Britt hielt vor dem Stoppschild bei der Auffahrt zum Ringvägen. Zweifelnd betrachtete sie Veronika von der Seite, deren Begeisterung bereits wieder verebbte. Sie hatte den Freund vergessen, der Schluss gemacht und die Frechheit besessen hatte, die Liebe ihrer Tochter zu verschmähen.

Der Gutshof war in ein Eldorado für Weihnachtsfreunde verwandelt worden. Es war warm, duftete nach Glögg und Pfefferkuchen, und die Leute drängten sich von einem Zimmer ins nächste und gerieten in Verzückung über handgezogene Kerzen, Weihnachtsläufer, handgewebte grün-rote Tücher, Engel aus Glanzpapier, Knallbonbons als Christbaumschmuck und Wichtel in allen Größen und Ausführungen. Veronika und Else-Britt ließen sich von der Stimmung anstecken, kauften aber nur wenig. Beide hatten kistenweise Weihnachtsschmuck zu Hause, der geerbt, gekauft oder von den

Kindern in der Kindertagesstätte gebastelt worden war. Sie kauften Bonbons, und Veronika schwang sich sogar auf, einen großen Strohbock zu erwerben, um ihn neben den Weihnachtsbaum zu stellen. Der Verkäufer mit dem geröteten Gesicht war sehr jovial, und Veronika erzählte ihm, der Bock sei für die kleine Klara.

Aber dann waren sie die Drängelei und das Auf-die-Zehen-getreten-Werden leid und ließen sich vom Kaffeeduft zu einer großen Bauernküche locken. Safrangebäck, Pfefferkuchenherzen und Schmalzgebäck lagen in großen Körben, alles sah sehr einladend aus, aber es herrschte ein unglaubliches Gedränge, da sie nicht die Einzigen waren, die Kaffee trinken wollten. Sie scharrten in den Startlöchern, um zum ersten frei werdenden Tisch zu stürzen. Die größte Hoffnung setzten sie auf ein zurückhaltendes Rentnerpaar, das gerade den letzten Schluck Kaffee trank. Wie Raubtiere warfen sie sich auf die Stühle, als die beiden Anstalten machten, sich zu erheben.

Die Kerzen auf den Tischen und am Weihnachtsbaum brannten. Es herrschte eine beschauliche, gemütliche Stimmung, die sie mit freundlichen Gedanken über die bevorstehende Weihnacht erfüllte. Auf einmal hatten sie nichts mehr gegen den ganzen verfrühten Weihnachtsklimbim einzuwenden.

»Das muss man einfach mitmachen«, meinte Veronika. »Eins löst das andere ab. Eben war noch Mittsommer, bald ist Advent, dann kommen Weihnachten, Neujahr und Ostern, und dann ist wieder Mittsommer an der Reihe.«

»Und wir können nichts daran ändern«, meinte Else-Britt, und sie machten sich über einen Teller Plätzchen her. Automatisch kamen sie auf das bevorstehende Weihnachtsfest zu sprechen.

»Was habt ihr vor?«, fragte Veronika.

»Meine Schwiegermutter kommt«, erwiderte Else-Britt trocken.

»Oh je!«, rief Veronika. »Und wie ist die?«

»Sie wird die ganze Küche auf den Kopf stellen«, antwortete

Else-Britt. »Sie ist eine alte Bäuerin, weißt du. Wenn's nach mir ginge, könnte man die Sülze und die Wurst auch ruhig kaufen. Ich habe am zweiten Weihnachtsfeiertag Hintergrunddienst, dann werde ich mich vermutlich erholen können.«

Sie lachten.

»Und du?«

»Mir bleibt meine Schwiegermutter erspart. Wir fahren zu Claes' Schwester nach Stockholm«, sagte Veronika zögernd, weil sie ein etwas schlechtes Gewissen hatte. Ihrer Meinung nach hatte Gunilla mit ihren vier Söhnen schon genug am Hals. Aber Gunilla behauptete, dass sie ihre neue Schwägerin und die neue Nichte Klara ordentlich kennen lernen wolle.

»Stell dir vor, wenn wir selber irgendwann einmal Schwiegermütter sind«, fuhr Veronika fort. »Nicht auszudenken.«

»Aber wir beide werden uns nicht so einmischen«, meinte Else-Britt lächelnd.

»Bist du dir da sicher?«

Die Zeit verging wie im Fluge, während sie mit geröteten Wangen vertraulich beisammensaßen.

Veronika erhob sich, um mehr Kaffee zu holen. Als sie sich in der Schlange anstellte, stieß sie auf Isabelle Axelsson von der Chirurgie. Sie stellten fest, dass sie sich schon lange nicht mehr gesehen hatten. Isabelle meinte, man würde sich auf Veronikas Rückkehr nach dem Ende des Mutterschutzes freuen. Danach folgten ein paar Floskeln über das Befinden und Ähnliches. Isabelle berichtete, bei der Arbeit sei alles wie immer. Anschließend entstand eine seltsame Pause, die Veronika nicht zu deuten wusste. Ihr sechster Sinn sagte ihr jedoch, dass etwas in der Luft lag. Irgendwas stimmte nicht. Isabelle war einfach nicht wie sonst. Sie wirkte abwesend, und ihr Gesicht glänzte speckig. Sonst erschien sie doch immer so gepflegt. Isabelle war allein gekommen, erfuhr Veronika, die mit gefüllten Kaffeetassen dastand und sich gerade mit ein paar unverbindlichen Worten verabschieden wollte. Mit einem Mal sah sie jedoch ein, dass sie Isabelle nicht einfach so stehen lassen konnte. Sie lud sie also an ihren Tisch ein, obwohl sie lieber mit Else-Britt allein geblieben wäre. Vielleicht würde das Else-Britt störten und enttäuschen, aber was blieb ihr übrig? Sie kannten sich alle drei, und manchmal musste man sich eben überwinden, auch wenn es einem widerstrebte.

Isabelle strahlte so dankbar, dass Veronika ein richtig schlechtes Gewissen bekam. Else-Britt verzog keine Miene. Sie trieben einen weiteren Stuhl auf und nahmen die etwas niedergeschlagene Krankenschwester zwischen sich.

Fast unverzüglich rückte Isabelle Axelsson mit der Sprache heraus.

»Sie haben vorgestern eine Tote gefunden«, sagte sie mit entsetzter Miene. »Du weißt das vielleicht?«, fragte sie und blickte Veronika an, die nickte.

»Es stand in der Zeitung«, meinte Else-Britt und strich sich über den flachsblonden Zopf, der ihr bis zur Taille reichte.

»Ich glaube, ich kenne sie«, sagte Isabelle nervös mit versagender Stimme.

In Nilssons Konditorei war leises Zeitungsgeraschel zu vernehmen. Der Kaffeelöffel des alten Rolle klirrte gegen die Tassenkante. Es war Sonntag gegen zehn Uhr, und das Café hatte gerade aufgemacht. Ein paar Autos fuhren gemächlich vorbei. Die Stadt schlief noch halb. Es duftete nach frischem Gebäck. Nilssons war die einzige Bäckerei, in der selbst am Sonntag die Backöfen nicht kalt wurden.

Rolle war zu seinem Winterstaat übergegangen. Die gestrickte Mütze lag auf dem Tisch. Er trug eine graue Wollhose, eine Strickjacke und einen Schal, ordentlich um seinen wie bei einem Vogel Strauß hoch aufragenden Hals gewickelt. Trotz schwacher Sehkraft, einer schlechten Brille und lausiger Beleuchtung versuchte er, die Zeitung zu lesen. Eine grauweiße Unterhose schaute aus seinem Hosenschlitz hervor. Umständlich rührte er in seiner Kaffeetasse, in die er einen Schuss Sahne gegeben hatte. Er drehte seinen verkrümmten Oberkörper etwas zur Seite, damit ein wenig Tageslicht auf die Zeitung fallen konnte, die er ganz dicht vor seine grobporige Nase hielt. Sein Unterfangen misslang. Das Wetter war nach wie vor neblig grau und äußerst deprimierend.

Ein paar Tische weiter saßen drei Frauen mit Blöcken und Ordnern. Mehr Gäste gab es nicht. Pia und Carola hatten Caffè Latte beziehungsweise Cappuccino bestellt, Nahla Tee. Sie aßen Brötchen mit Käse und Schinken.

Die drei studierten gemeinsam an der Hochschule für Krankenpflege und wollten eine Gruppenarbeit über professionelle Verhaltensweisen fertig stellen. Das Referat musste am nächsten Tag gehalten werden. Sie warteten noch auf eine Mitstudentin, dann konnten sie anfangen. Sie kannten sich. Fast ein Semester lang hatten sie jetzt problemorientiert in der Gruppe gearbeitet.

»Wo zum Teufel bleibt Rebecka?«, fragte Pia, eine ehemalige Profischwimmerin mit Kurzhaarfrisur und jungenhaftem Aussehen. Inzwischen spielte sie Hallenhockey. Verärgert schaute sie auf die Uhr. Sie war schnelle Bälle gewohnt und wollte fertig werden. Je schneller, desto besser. Sie war ungeduldig. Sie schob ihre Papiere hin und her und kaute auf ihrem Bleistift.

»Sie kommt schon noch«, erwiderte Carola, die sehr groß war und sich träge bewegte, aber eine rasche Auffassungsgabe besaß. Sie war die Älteste von ihnen, schon über dreißig.

»›Was bedeutet für dich Gesundheit?‹«, las Pia von einem Blatt vor. »Wir sollen uns also gegenseitig befragen. ›Würdest du wissen wollen, ob du Krebs hast?‹ Da geht es wohl um Ehrlichkeit.«

Sie sah die beiden anderen fragend an. Diese hatten nicht einmal die Zeit, den Mund aufzumachen, da hatte sie schon selbst geantwortet.

»Natürlich würde ich das wissen wollen. Schließlich geht es um meinen Körper und mein Leben.«

»Man hat ein Grundrecht darauf, es zu erfahren«, betonte Carola. »Mir wäre es nicht recht, wenn andere mehr über mich wüssten als ich selbst.«

Sie klang etwas neunmalklug. Die anderen starrten sie an

und erwarteten ganz offensichtlich, dass sie das näher erklärte, aber sie sprach nicht weiter.

»Ja, das ist doch klar. Schließlich können sie nicht hinter deinem Rücken zu den Angehörigen sagen, dass du krank bist«, meinte Pia und wippte ungeduldig auf ihrem Stuhl.

Nahla schaute sie an. Sie schien etwas sagen zu wollen, schwieg dann aber. Die anderen kannten das schon.

»Was meinst du?«, fragte Carola sie daher.

»In meiner Heimat erzählt es der Arzt immer zuerst den Angehörigen. Dann müssen die entscheiden, ob der Kranke das verkraftet«, meinte Nahla.

»Meine Güte, wie gemein!«, rief Pia, die immer am schnellsten in Wallung erriet. Sie war auch die Jüngste. »Die können einem ja alles Mögliche erzählen!«

»Aber in meinem Land mögen wir einander, wenn wir zu einer Familie gehören. Wir wollen nicht, dass jemand unnötig leidet«, antwortete Nahla mit leiser Stimme.

Carola, die schon einiges erlebt und etliche Jahre als Pflegehelferin im Krankenhaus gearbeitet hatte, schien nachzudenken.

»Eigentlich«, sagte sie und hielt inne, um nach den richtigen Worten zu suchen, »eigentlich kann es auch ganz schön sein, nicht alles zu wissen und so zu tun, als sei alles besser, als es ist. Vielleicht will ich wissen, um welche Krankheit es sich handelt, wenn ich jetzt krank werde, auch wenn es Krebs ist! Aber ich will nicht wissen, wie viel Zeit mir noch bleibt. Das ist so hart. Daran zerbricht man vielleicht. Das raubt einem dann die ganze Kraft.«

»Aber wie viel Zeit einem bleibt, kann man sowieso nie wissen«, wandte Nahla ein.

»Nein, diese Frage können die Ärzte nie beantworten«, meinte Pia.

»Nein, aber man spürt doch sicher, wenn man wahnsinnig krank ist. Und wenn sie erst mit der Chemo anfangen, dann muss einem doch klar sein, dass irgendwas richtig im Argen liegt«, fuhr Carola fort.

»Dann ist es vielleicht genauso gut, dass man die Wahrheit erfährt«, konstatierte Pia.

»Sonst fühlt man sich nur allein gelassen«, setzte Carola ihren Gedanken fort.

»Warum das?«, fragte Nahla.

»Ich meine, wenn die Angehörigen Bescheid wissen, aber nicht der Kranke, kann man sich doch fragen, wer geschont wird. Derjenige, der im Bett liegt, muss dann alles allein tragen, die Krankheit und die Unruhe«, meinte Carola, der von der lebhaften Diskussion warm geworden war.

Die Tür ging auf. Alle drei drehten sich gleichzeitig um, aber es war nicht Rebecka, sondern eine Frau, die sie nicht kannten. Sie war ganz in Schwarz gekleidet und hatte ein kleines Kind an der Hand.

»Meine Güte, wie können die sich in diesen Zelten und Kopftüchern überhaupt bewegen?«, rutschte es Pia heraus.

Sie biss sich sofort auf die Unterlippe, errötete und blinzelte Carola verlegen und Hilfe suchend an.

»Das macht nichts«, meinte Nahla und zupfte ihr eigenes Kopftuch zurecht.

Ihre Haut war olivenfarben, ihre Augen waren rund und braun. Ihre Zähne leuchteten weiß. Sie zeigte ein schwer zu deutendes Lächeln – abwehrend oder gekränkt? Die anderen beiden waren zu beschämt, um es erraten zu können, und gleichzeitig neugierig.

»Du trägst zumindest normale Kleider, lange Hosen und so«, sagte Pia, als würde das die Sache besser machen. Sie rutschte auf ihrem Stuhl hin und her. »Ich meine, schließlich wohnen wir in einem kalten Land mit modernen Frauen, die lange Hosen tragen, Fahrrad fahren und Sport treiben und so … und das schon lange. Wir brauchen uns nicht zu verstecken … und … und … Du tust das schließlich auch nicht. Nur die da drüben«, sagte sie und schaute auf die Frau, die ein graues Kopftuch trug. Unruhig begann sie dann, die Krümel auf ihrem Teller hin und her zu schieben und holte schließlich einen weiteren Ordner aus ihrem Rucksack hervor.

Die Lage entspannte sich, als Rebecka atemlos hereinstürmte. Ihre große Umhängetasche schlug gegen ihren Oberschenkel. Sie erinnerte an ein Reh, langbeinig, schmal und geschmeidig.

»Wisst ihr, was!«, rief sie erregt, noch ehe sie sich gesetzt hatte. Die anderen drei starrten sie an. »Etwas Schreckliches ist passiert!«

Sie warf die Zeitung auf den Tisch. Sie schauten auf das Porträt.

»Mein Gott!«, sagte Carola fassungslos, und Nahla hielt sich die Hand vor den Mund, als müsse sie einen Schrei unterdrücken.

Am selben Vormittag stieg Louise Jasinski hinter dem Präsidium aus ihrem Auto. Tropfen fielen von den drei Ulmen, die den Parkplatz von den Hinterhöfen trennten. Sie holte tief Luft. Sie musste die Gelegenheit nutzen, wenn sie schon einmal an der frischen Luft war. Sie hatte nicht das Fahrrad zur Arbeit genommen, was ihr ein schlechtes Gewissen bereitete, aber am Morgen war sie so müde gewesen, dass sie der Bequemlichkeit nachgegeben hatte.

Sie war immer noch nicht richtig wach, als sie ihre Umhängetasche auf den Schreibtisch pfefferte und ihre Jacke aufhängte. Sie freute sich bereits darauf, am Abend früh zu Bett zu gehen. Falls ihr das, wie sie hoffte, gelingen würde. Vorher musste sie noch einen ganzen Sonntag hinter sich bringen. Wahrscheinlich gab es viel zu tun. Das Eisen musste geschmiedet werden, solange es noch glühte und der Fall noch einigermaßen frisch war.

Es war still wie im Grab, genau wie am Vorabend, als sie das Präsidium verlassen hatte. Auf dem Schreibtisch lagen mehrere Papierstapel. Wenn sie mit diesem neuen Mord fertig waren, wollte sie endlich einmal zu Hause Ordnung schaffen. Aufräumen setze Energien frei, meinten manche. Sie überlegte sich, wie viel Energie wohl freigesetzt würde, wenn sie sich die Kleiderschränke, die Abstellkammern und die Garage vorknöpfte. Wahrscheinlich genug, um bis zum Mond zu kommen.

Aber zu Hause war sie meist müde und lustlos. Sie flüchtete sich vor den Fernseher und hing ihren Gedanken nach, und diese waren in letzter Zeit nicht sonderlich freudig.

»Janos, dieses Schwein!«

Sie nahm einen Kamm aus ihrer Tasche und versuchte ihrem Haar mehr Fülle zu geben, während sie aus dem Fenster blickte. Draußen war keine Menschenseele zu sehen. Die Straßen waren nass, die Fassaden feucht. Vielleicht würde die Sonne hervorbrechen, wenn die graue Schicht dünner wurde. Aber das war in diesem düsteren Novembermonat vielleicht zu viel verlangt.

Immerhin war der Samstagabend ruhig gewesen. Beide Mädchen waren zu Hause geblieben. Zwar hatte sie es von ihnen verlangt, beinahe erzwungen, aber sie hatten nicht protestiert. Es schien beiden gefallen zu haben, sogar Gabriella. Mit einem Gesicht, das weiß wie ein frisch gewaschenes Laken gewesen war, hatte sie sich auf dem Sofa vor dem Fernseher zusammengekauert und war sofort eingeschlafen. Vorher hatte Louise ihrer ältesten Tochter mitgeteilt, sie habe bis auf weiteres Hausarrest. Aber wahrscheinlich würde man schon bald darüber reden können, je nach Betragen.

»Ich bin nicht nachtragend«, dachte Louise, »nur im Augenblick etwas empfindlich. Was Janos davon hält, ist mir egal. Jedenfalls im Augenblick.«

Sie kniff die Lippen zusammen. Sie hatte einen Kloß im Hals. Es war ihr wichtig gewesen, aus dem Vorfall mit Gabriella Freitagnacht keine große Affäre zu machen, und darauf war sie im Nachhinein stolz. Sie hatte geschwiegen, und das war gut. »Vielleicht ist das ja wahre Mutterliebe«, dachte sie und sah Peter Berg wie einen begossenen Pudel die Straße entlangkommen. Er stellte sein Fahrrad unter das Wellblechdach.

Der schwere Kopf ihrer Tochter hatte auf ihrer Schulter gelegen. Sie spürte immer noch sein Gewicht und seine Wärme. Sie brauchte das.

Sie legte den Kamm zurück, feuchtete ihre Fingerspitzen an und strich sich über die Brauen. Sie erinnerten an dünne, dunkle Vogelflügel. Die Haut unter ihren Augen war von kleinen Fältchen durchzogen und grau. Janos hatte mit dem Rücken zu ihr gelegen, und sie hatte neben ihm unter der Daunendecke gefröstelt. Ein Kamin ohne Feuer. Dann hatte sie die schwarzen und langen Minuten gezählt. Sie hatte ins Dunkel gestarrt und lautlos geatmet. Sie hatte den anderen Körper gespürt, den Rücken und den Abstand, obwohl dieser nur ein paar Zentimeter betrug. Eine Kluft. Ein Abgrund. Festgefahren.

Ihre Unterlippe spannte. Sie kreuzte die Arme über der Brust und hielt sich an sich selber fest, während ihre Gedanken weiterhin um Janos kreisten. Gewiss, er war rein physisch zu Hause gewesen, aber mental den ganzen Abend abwesend. So etwas spürte man einfach, und zwar sehr gut, dachte sie und ließ die Arme baumeln. Immer wieder ballte sie die Hände zu Fäusten und öffnete sie wieder. Sie waren eingeschlafen.

Sie fand, dass man sich mit Janos ungefähr genauso gut unterhalten konnte wie mit den Topfpflanzen am Küchenfenster. Aber diese hellten zumindest das feuchtgraue Herbstwetter auf. Über diesen Vergleich musste sie lächeln. Aber was sollte sie jetzt tun? Sie hatte nicht die Kraft, in sich zu gehen. Nicht schon wieder. Sie wusste, dass sie eine Ehefrau war, die ihre Arbeit sehr ernst nahm, und sie fühlte sich wohl dabei. Aber irgendetwas fehlte ihr. Wärme. Und Innigkeit.

Stoßweise holte sie tief Luft und merkte, dass ihre Rührseligkeit und ihr Wunsch nach Einigung plötzlich in etwas anderes umschlugen. In Wut. Janos engagierte sich schließlich auch für seinen Lehrerberuf und seine Fortbildung und was es sonst noch war, was ihn für sie so verschlossen machte. Unnahbar. Dieses Verschwommene und Undeutliche.

Ihre Gemütsverfassung pendelte von einem Extrem zum anderen. Sie war mürbe und hatte einen schlechten Geschmack im Mund. Janos verließ sie gerade. Vielleicht hatte er das bereits getan. Sie würde allein bleiben. Bald war sie allein. So war es! Vermutlich.

»Nein!«, dachte sie wütend. Ihr Kampfgeist erwachte wieder, und der Zorn kam erneut an die Oberfläche. Sie hatte nicht die Absicht, etwas aufzugeben! Sie würde nicht aufgeben! Jedenfalls nicht ohne weiteres. Sie hatten so viel Mühe in das Zusammenleben investiert. Freude und Trauer, Alltag und Fest. Und die Kinder! Das durfte ganz einfach nicht in die Brüche gehen.

Keine Liebkosungen, keine Umarmungen und kein Zusammenleben. Nicht einmal am Samstagabend. Wie lange konnte das noch so weitergehen, bis das schreckliche Ende kam?

Vielleicht ging es ja von allein vorbei? Vielleicht, vielleicht, vielleicht! Wenn sie nur nichts übereilte. Es zuließ, dass der Schmerz verschwand, dass es abebbte, dieses andere. Eine Ehe verdiente Geduld.

Es brannte ihr immer noch in der Kehle. Sie war müde. Es war eine Qual, Nacht um Nacht das Bett mit jemandem zu teilen, dessen Inneres eine unbekannte Landschaft darstellte. Sie strich sich die Tränen, die sie nicht mehr zurückhalten konnte, aus den Augenwinkeln, nahm ein Papiertaschentuch aus ihrer Tasche und schnäuzte sich. »Ich kann mir im Augenblick wirklich leidtun«, dachte sie. »Sehr, sehr leid.«

Sie ging zum Kaffeeautomaten auf dem Korridor, der nach einer kleineren Reparatur wieder funktionierte. Nach einer Woche ohne Kaffee hatten sie alle vor Abstinenz Kopfschmerzen bekommen.

Sie drückte die Espressotaste, nahm den Pappbecher und erblickte Janne Lundin, der auf sie zukam.

»Hallo! Gut geschlafen?«, fragte er und drückte auf die Taste für Kaffee mit Sahne und Zucker.

Sie war sich hundertprozentig sicher, dass er bereits wusste, dass dem nicht so war. Auch diese Nacht nicht. Sie sah verknittert und verheult aus und hätte ihm sagen können, was Sache war, hatte aber einfach nicht die Kraft dazu. Nicht schon wieder. Der Zusammenbruch vom Vortag musste reichen.

»Geht so«, antwortete sie daher.

»Bloß nicht unterbuttern lassen«, erwiderte er grinsend.

Sie lächelte ihn an. Sein Einfühlungsvermögen erfüllte sie mit Wärme. Sie brauchte ihm nichts zu erklären und ihn auch nicht danach zu fragen, was er eigentlich meinte.

»Heute wird sicher ein langer Tag«, meinte er dann.

Sie nickte.

»Es wäre gut, wenn uns heute zumindest die Identifizierung gelänge.«

»Jetzt haben die Zeitungen und das Fernsehen über die Sache berichtet, das geht heute sicher klar«, erwiderte sie und sah zuversichtlich aus.

»Schon«, meinte er und rührte mit einem Plastiklöffel um. »Mein Nachbar wollte mich übrigens aushorchen, als ich auf dem Weg hierher war. Tote junge Frauen im Wasser findet er einfach Klasse. Du weißt schon!«

Sie nickte und sagte: »Mittlerweile hat man ja Übung darin, sich solchen Fragen zu entziehen. Aber es ist schon seltsam, dass alle immer gleich so beleidigt sind, wenn man ihnen nichts erzählt. Wenn man selbst verwickelt wäre, würde man schließlich auch nicht wollen, dass alles an die große Glocke gehängt wird.«

»Nein. Man muss wirklich aufpassen. Man weiß nie, wo man überall reingezogen werden kann«, sagte Lundin, fuhr sich mit einem Finger unter sein kariertes Hemd und kratzte sich beharrlich auf der Brust.

»Juckt es dich?«

»Das ist vermutlich das Waschmittel.«

»Ach so. Jedenfalls hätte ich keine Lust, in einen Mordfall verwickelt zu werden«, meinte Louise, streckte die Arme über den Kopf und gähnte. »Außer rein beruflich, versteht sich«, ergänzte sie, senkte die Arme und empfand auf einmal eine wahnsinnige Lust, eine bestimmte Person – falls es sie gab – zu ermorden, und zwar Janos' eventuelle Geliebte. Diesen Gedanken würde sie natürlich nie in die Tat umsetzen, aber das Gefühl war da, stark und genüsslich. Mit den Rachegelüsten kehrten ihre Lebensgeister zurück. Ihr Gesicht bekam allmählich wieder mehr Farbe.

»Diesen Namen habe ich auf dem Weg hierher erhalten«, sagte sie. »Eine glaubwürdige Person, die das Opfer kennt. Deswegen bin ich auch so optimistisch.«

»Gut! Hoffentlich sind es brauchbare Angaben«, erwiderte er.

»Das können wir nur hoffen. Das würde uns zweifellos weiterbringen.«

»Dann sehen wir uns also gegen zwölf«, meinte er, drückte leicht ihre Schulter und verschwand wieder in seinem spartanischen, winzigen Büros, das viel zu klein für ihn war. Aber er hatte es behalten wollen, als ihm nach der Renovierung ein größeres Zimmer angeboten worden war. Es war ihm einfach zu anstrengend gewesen, alle Ordner umzuräumen, denn auch er konnte manchmal faul und träge sein.

Claesson hatte verfügt, dass sie sich alle gegen zwölf trafen, denn am Vormittag hatte er etwas vor.

Louise Jasinski würde also gleich Rebecka Eriksdotter empfangen. Diese konnte ihre Ermittlungen möglicherweise ein gutes Stück weiterbringen. Eine Menge Tipps waren eingegangen. Da weder Ferien noch Feiertage waren, hielten sich alle zu Hause auf. Eine getötete junge Frau, die der Polizei bisher nicht bekannt war, beschäftigte nicht nur die Ordnungshüter.

Vielleicht war sie gar nicht aus Schweden, sondern machte nur hier Urlaub? Die Jacke der Toten war in Deutschland hergestellt. Die Jeans stammten von H&M, und die Herkunft des Pullovers und der Schuhe ließ sich nicht feststellen. Die Kleidungsstücke sagten also nicht viel über ihre Herkunft aus. Es sprach jedoch einiges dafür, dass sie Schwedin war. Hellhäutig, blaue Augen, blond und in Schweden aufgefunden.

Der Goldtropfen an der Halskette hatte eine Gravur, eine Katzenpfote, was allerdings nichts über den Ursprung verriet. Die Herstellungsnummer hingegen war aussagekräftiger. Das Schmuckstück war 1932 in Köping, einem recht üblichen

Produktionsort, angefertigt worden. Es gehörte nicht viel Fantasie dazu, sich vorzustellen, dass es sich um ein Erbstück handelte. Das Schmuckstück besaß also einen eher geringen Wert für die Ermittlungen. Dies alles hatte Benny Grahn herausgefunden. Die anderen Schmuckstücke, die Ohrringe und die billigen Ringe, waren ungraviert.

Vielleicht war Rebecka Eriksdotter die Hilfe, nach der sie wie nach einer Nadel im Heuhaufen gesucht hatten. Nina Persson vom Empfang rief an und teilte mit, dass sie eingetroffen sei. Louise ging nach unten, um sie abzuholen. Die bleiche und magere junge Frau war so groß wie ein Model. Rebecka Eriksdotter reichte ihr eine kalte, aber feuchte Hand und lächelte unsicher unter ihrem struppigen, aschblonden Pony.

»Treten Sie ein«, sagte Louise, als sie zu ihrem Büro kamen, aber die junge Frau zögerte, vermutlich aus Unsicherheit.

Louise legte ihr eine Hand auf die Schulter und schob sie behutsam ins Zimmer und zum Besucherstuhl, in dem sie vorsichtig Platz nahm und ihre spindeldürren Beine übereinander legte.

Rebecka Eriksdotter wirkte nicht direkt krank, aber Louise fand sie fast zu mager. Wie ein Grashalm, der im Wind wehte, aber vielleicht war ja auch einfach ihre Größe irreführend. Sie war mindestens eins achtzig groß.

Louise schaute in ihre Papiere und beschloss, sich nicht weiter um den Körperbau der jungen Frau zu kümmern. Nach der Völlerei vergangene Weihnachten hatte sich Louise bei den Weight Watchers angemeldet. War sie inzwischen vielleicht etwas zu fanatisch und zu sehr auf Schmalheit bedacht? Möglicherweise war es ja das, was Janos nicht gefiel: ihre vernünftigen Essensgewohnheiten und ihre Magerkeit.

Sie betrachtete die Informantin vor sich und nahm ein Formular mit der Überschrift *Ermittlung – Gewaltverbrechen* aus der Schreibtischschublade.

»Ich sehe hier, dass Sie eine Mitschülerin … ich meine, eine Mitstudentin … vermisst gemeldet haben. Sie soll nicht zum

Unterricht erschienen sein. Stimmt das?«, fragte Louise, nachdem sie in ihre Papiere geschaut hatte. »Ich sehe, dass sie die Schwesternschule besuchen.«

»Die Hochschule für Krankenpflege«, berichtigte sie Rebecka Eriksdotter. »Ich will Krankenschwester werden.«

»Das wollte ich auch mal«, dachte Louise, »ehe ich mich habe umschulen lassen zur Polizistin.« Das Alter und den Tod immer in nächster Nähe zu haben war einfach zu zäh und zu deprimierend gewesen. Es lag einfach nicht allen, sich um andere zu kümmern. Hoffentlich hielt dieses bleiche und zerbrechliche Geschöpf durch, denn im Gesundheitswesen wurden wirklich Leute gebraucht.

»Was möchten Sie mir erzählen?«, begann Louise ganz allgemein.

»Also, sie war die ganze Woche nicht da«, erwiderte Rebecka Eriksdotter mit schwacher Stimme.

»Sie meinen die vergangene Woche?«

»Ja, aber anfangs habe ich mir keine Gedanken gemacht, da wir in der Woche davor Novemberferien hatten. Ich dachte, sie sei vielleicht noch auf Reisen. Das glaubten vermutlich alle anderen auch. Im Ausland oder so … weiter weg, vielleicht hatte sie einfach noch eine Woche freigenommen, wo sie schon mal unterwegs war, so dachten wir wohl alle. Obwohl das eigentlich nicht erlaubt ist. Wir haben Anwesenheitspflicht, aber nicht alle kümmern sich darum«, sagte sie und wirkte äußerst verlegen. Inzwischen war sie nicht nur im Gesicht hochrot, sondern auch am Hals.

»Ich habe ganz vergessen zu fragen, aber wie heißt Ihre Mitschülerin – entschuldigen Sie, Kommilitonin?«

»Malin Larsson.«

Louise schrieb den Namen auf. Ihr lagen tausend Fragen auf den Lippen, aber es galt, nichts zu übereilen und Rebecka Eriksdotter in Ruhe erzählen zu lassen.

»Wissen Sie, wie alt sie ist?«, musste sie aber doch fragen.

»Ich habe das Jahrbuch dabei«, sagte Rebecka und öffnete die schwarze Wachstuchtasche, die an der Armlehne hing.

»Wahrscheinlich ist sie so alt wie ich«, meinte sie und blätterte. »Dreiundzwanzig.«

Das konnte stimmen, dachte Louise, aber es war wichtig, vorsichtig zu sein, sich ein umfassendes Bild zu verschaffen und keine übereilten Schlüsse zu ziehen.

»Könnten Sie sie vielleicht beschreiben? Größe, Körperbau, Aussehen und eventuell was für Kleider sie in der Regel trug?«

Sie hätte natürlich auch das Fahndungsfoto mit dem Bild aus dem Jahrbuch, das Rebecka dabeihatte, vergleichen können, aber damit wollte sie noch warten und sich zuerst absichern. Fotos aus Schuljahrbüchern konnten peinlich von der Wirklichkeit abweichen.

»Etwa eins siebzig, vielleicht noch kleiner. Normaler Körperbau. Blondes, schulterlanges Haar, glatt, etwa so«, sagte Rebecka und zeigte die Länge mit den Händen, »manchmal zu einem Pferdeschwanz gebunden. Sie trägt normale Kleidung.«

»Normal?«

»Ja, sie richtet sich nicht nach der Mode, sondern kleidet sich mehr normal«, entgegnete Rebecka etwas unpräzise, schien aber genau zu wissen, was sie meinte. »Aber schick«, sagte sie noch, verstummte und starrte durchs Fenster in den bewölkten Himmel. »Sie ist recht still und vorsichtig, könnte man vielleicht noch sagen«, meinte sie und machte eine kurze Pause. »Und ziemlich nett«, fuhr sie dann langsam und nachdenklich fort. Sie wirkte auf einmal sehr zerbrechlich.

Die junge Frau auf dem Besucherstuhl starrte auf ihre Hände und strich dann mit den Fingerspitzen die Hosennaht entlang. Louise fiel auf, dass ihre Unterlippe leicht zitterte. Ob sie je jemanden verloren hatte, den sie kannte, wenn auch nur oberflächlich? Hatte sie Angst?

»Können Sie mir beschreiben, welche Kleider sie trug?«, fuhr Louise fort.

»Tja«, meinte Rebecka, beugte ihren schmalen Hals nach hinten und starrte nachdenklich an die Decke. »Sie trägt fast immer Jeans und einen Pullover.«

»Jeans trägt die halbe schwedische Bevölkerung«, dachte Louise.

»Wie sehen die Pullover aus? Eher eng oder eher weit und schlabberig?«, fragte Louise weiter. »Ist sie ... eher gewagt gekleidet?«, wollte sie noch wissen und biss sich augenblicklich auf die Zunge, erhielt jedoch sofort eine Antwort.

»Oh nein!«, wehrte Rebecka Eriksdotter ab. »Sie trägt auch keinen Schlabberlook, mehr so dünne, kurze Pullover, aber der Nabel ist nie zu sehen. Das sind mehr so Tops.«

»Schmuck?«

»Sie trägt Ohrringe und irgendeine Goldkette, glaube ich jedenfalls«, antwortete sie und schaute zögernd aus dem Fenster, als wollte sie niemanden ansehen, während sie sich konzentrierte.

»Können Sie die Halskette näher beschreiben?«

»Eine schmale Kette mit einem Anhänger. Kein Herz ... ich glaube, es ist ein Tropfen.«

»Und die Oberbekleidung?«

»Sie hat eine gelbe Daunenjacke«, antwortete Rebecka Eriksdotter. Louise stutzte, was Rebecka nicht entging, woraufhin sie verstummte.

Zwar trug die halbe schwedische Bevölkerung Jeans, aber nur äußerst wenige Leute gelbe Jacken.

»Können Sie sich erinnern, ob sie irgendein besonderes Kennzeichen hat, beispielsweise ein Muttermal, eine Narbe oder eine Tätowierung?«, wollte Louise wissen und ließ die Spitze ihres Kugelschreibers auf ihrem Block ruhen.

Rebecka Eriksdotter senkte den Blick. »Eine vorsichtige junge Frau«, dachte Louise.

»Nicht dass ich wüsste, jedenfalls nichts Auffälliges.«

Louise beugte sich über den Tisch und zog das Jahrbuch an sich heran. Die richtige Seite war aufgeschlagen. Lauter junge Frauen und drei Männer. Wie zum Tode Verurteilte starrten sie geradeaus in die Kamera.

Die junge Frau auf dem Schwarzweißfoto, die sie ernst anschaute, sah der Toten, die sie gefunden hatten, sehr ähnlich.

Falls niemand das Jahrbuch manipuliert und sie keine eineiige Zwillingsschwester hatte, mussten sie ein und dieselbe Person sein. Malin Larsson, dreiundzwanzig. Die Beschreibung stimmte, die Kleider, die Größe, die Haarfarbe.

Louise zog es den Magen zusammen. Eine vertraute Mischung aus Spannung, Entrüstung – wie konnte man so etwas nur tun?! – und Wehmut. Jemand würde eine Trauernachricht erhalten.

Sie legte das Jahrbuch hin und schaute Rebecka Eriksdotter an, ihr verlegenes Gesicht, ihre blinzelnden Augen, ihre schmalen Wangen, die inzwischen wieder rosig waren, ihren mageren Brustkorb, der sich hob und senkte, und ihre Spinnenbeine, die ihre Position verändert hatten.

Die Grenze zwischen den Lebenden und den Toten war sehr schmal.

Louise hielt kurz inne.

»Ich würde mich gern noch etwas über Malin Larsson unterhalten«, sagte sie dann, »aber vielleicht wollen Sie erst einmal etwas trinken? Kaffee, Tee, Wasser? Wahrscheinlich kann ich auch irgendwo etwas Saft auftreiben. Ein paar Kekse?«

»Vielleicht einen Tee«, antwortete Rebecka.

»Zucker?«

»Nein, danke!«

Louise griff zum Telefonhörer und bestellte auch noch zwei Zimtschnecken. Vielleicht wollte Rebecka ja doch noch, sonst blieb eine eben liegen.

»Wollen Sie sich etwas die Beine vertreten?«

»Ja, ich würde gerne auf die Toilette gehen«, sagte Rebecka, und Louise zeigte ihr den Weg.

Danach nahmen sie wieder Platz. Rebecka Eriksdotter nippte an ihrem Tee und aß tatsächlich die Zimtschnecke mit Vanille, die jemand herbeigezaubert hatte.

»Wie Sie sicher verstehen, wollen wir den Umständen von Malins Tod so weit wie möglich auf den Grund gehen. Wir haben vor herauszufinden, was vorgefallen ist. Deswegen ist es von großer Wichtigkeit, dass Sie sich genau zu erinnern versuchen, wann Sie sie zuletzt getroffen haben.«

Louise Jasinski wusste, dass es eigentlich an der Zeit war, etwas zu essen, denn die Mittagszeit war bereits vorbei, aber jetzt wussten sie, wer das Opfer war. Jedenfalls im Großen und Ganzen. Die Angehörigen mussten zwecks endgültiger Identifizierung verständigt werden. Dank dieses Durchbruchs arbeiteten alle noch intensiver. Die Stimmung war gut. Die Energie schien unbegrenzt zu sein.

Nachdem Rebecka Eriksdotter gegangen war, rief Louise Claesson an. Er saß im Auto und war gerade auf dem Weg zum Präsidium. Seine Stimme klang zufrieden, und er gab ihr ein paar knappe Anweisungen.

Lundin, Peter Berg und Erika Ljung versammelten sich im Konferenzzimmer. Technik-Benny und seine Mitarbeiter gesellten sich dazu, unter anderem eine junge Frau, die gerade erst angefangen hatte und so übereifrig war, dass es fast schon komisch wirkte. Ihre Begeisterung würde sicher bald abflauen. Leider. Junge enthusiastische Mitarbeiter waren viel zu schnell müde und verbraucht, und das war keine erfreuliche Entwicklung.

Louise selbst versuchte einem Burn-out vorzubeugen, indem sie sich nie über eine längere Zeit verausgabte. Janne Lundin stellte das beste Vorbild dar. Er war immer verfügbar, und wenn Louise nur ausgeruht genug gewesen wäre, dann hätte sie ihm nacheifern können. »Aber wir sind einfach alle sehr verschieden«, dachte sie. Lundin hatte sich bereits in einem früheren Stadium mit sich selbst abgefunden. Jedenfalls beinahe. Zumindest glaubte sie das. Er hatte vor, bis zu seiner Pensionierung zu arbeiten, das sagte er oft. Fast zu oft. Und um das zu schaffen, müsse er gelegentlich etwas auslassen und schummeln, betonte er gleichzeitig. Man müsse wissen, wo man nachlässig sein dürfe, oder ganz einfach Prioritäten setzen, wie er es etwas eleganter formulierte. Auch das sagte er oft. Seltsam, dass ihr das nie gelang! Und zwar aus dem einfachen Grund, dass sie eine Frau war, wie sie kürzlich aus der Zeitung erfahren hatte. Sie war zu tüchtig – wie alle Frauen, die etwas erreichen wollten. Sie verausgabten sich, wurden müde und deprimiert und ließen sich krankschreiben. Die männlichen Normen durchtränkten die gesamte Gesellschaft. Dagegen half keine Tüchtigkeit. Aber was sollte sie tun? Eigentlich hatte sie immer nur zusammen mit Männern gearbeitet und wusste kaum, wie sie das beeinflusst hatte. Wahrscheinlich positiv und negativ – wie alles im Leben. Lundins Einfluss war vermutlich positiv zu bewerten und der von Claesson auch, seit er Familienvater geworden war und nicht nur Ermittlungen, Berichte und Personalfragen im Kopf hatte.

Aber die Männer auf der Arbeit waren im Augenblick sowieso nicht das Problem, sondern der Mann zu Hause.

Sie hatte die Rektorin der Hochschule für Krankenpflege angerufen und sich die Personenkennziffer und die Adresse von Malin Larsson sagen lassen. Die Rektorin Elisabeth Hübermann würde ihnen im Laufe des Tages zur Verfügung stehen. Claesson würde sie anrufen. Aber erst wollten sie zum Studentenwohnheim, das im Volksmund immer noch »das alte Schülerheim« hieß.

Eine ermordete junge Studentin. Das war keine Bombenreklame. Sowohl Studenten als auch ihre Angehörigen würden sich Sorgen machen, was der Reklamekampagne unter dem Motto *Die freundliche Stadt mit dem großen Angebot* keinen Erfolg verhieß. Weder das eine noch das andere stimmte, dachte Louise.

»Die Studentenzahl ist auch so schon sehr gering«, seufzte sogar der Hausmeister am Telefon. Glücklicherweise war er an diesem tristen Sonntag zu Hause geblieben, und er wurde nun mit den Schlüsseln zum alten Schülerheim beordert.

Louise schaute Peter Berg über die Schulter. Dieser suchte im Melderegister. Die Eltern waren beide tot. Das war ungewöhnlich. Zwei Geschwister, ein Bruder in Växjö. Dort war die Tote im Übrigen auch zur Welt gekommen. Eine Schwester in Malmö. Malin Larsson war die Jüngste gewesen.

Zu Beginn des Herbstsemesters war sie in die Stadt gekommen und hatte das Studentenzimmer bezogen. Sie war eine Studentin gewesen, die keiner Fliege etwas zu Leide getan hätte. Das hatte Rebecka Eriksdotter spontan gesagt, und das bestätigte auch einer ihrer Lehrer.

Aber was wussten die schon?

Claesson bat sie darum, dafür zu sorgen, dass die Kollegen in Malmö und Växjö die Geschwister unterrichteten. Anschließend sollten sie nach Linköping zur Gerichtsmedizin gebracht werden, um die Tote zu identifizieren. Eventuell konnte man sie dann noch im Laufe des Tages verhören, das hoffte zumindest Claesson, aber das war wahrscheinlich zu viel erwartet. Ansonsten musste das eben bis Montag warten. Louise Jasinski, die solche Dinge realistischer beurteilte, hielt das für das Wahrscheinlichste. Schließlich hatte sie jahrelang zu Hause versucht, Termine zu koordinieren. Sie ging schon lange nicht mehr davon aus, dass etwas schnell gehen würde.

Das Studentenwohnheim lag auf einer Anhöhe und wurde aus dem einfachen Grund als das alte Schülerheim bezeichnet, weil es auch ein vor etwa fünfzehn Jahren gebautes, neueres Wohnheim gab, das, weniger naturschön, etwas weiter unten am Hang lag. Beide Schülerheime gehörten ursprünglich zu einer Volkshochschule, nahmen aber inzwischen auch andere Studenten auf.

Dieser Umstand war ihnen anfangs nicht bewusst gewesen, aber Louise Jasinski hatte sich erkundigt und erläuterte den Sachverhalt nun den anderen im Auto. Lundin saß am Steuer, Claesson neben ihm und Louise auf der Rückbank. Lundin legte den zweiten Gang ein und fuhr langsam den Hang hinauf. Hohe, schwankende Bäume säumten den Kiesweg. Der Himmel war grauviolett. Es wehte eine schwache Brise.

Das alte Holzhaus hatte zwei Stockwerke und war hellbeige angestrichen.

»Wie alt mag dieses Schülerheim wohl sein?«, wollte Louise wissen.

»Tja, vielleicht ist es aus den zwanziger- oder den dreißiger Jahren«, schätzte Lundin.

»Gemütlich«, meinte sie.

Claesson nickte. Er war ganz ihrer Meinung. Es war ein schönes Gebäude. Der Komfort sei bescheiden, hatte er sich sagen lassen. Aus diesem Grund war das Heim auch bei Studenten beliebt, denen eine niedrige Miete wichtiger war als eine eigene Dusche und eine moderne Einrichtung. Die Atmosphäre und das Schäbige waren inklusive.

Die Volkshochschule lag nebenan, ein prächtiges rostrotes Gebäude mit Glockenturm und zwei weiß gestrichenen Säulen, die das Entree flankierten. Eine vergleichsweise großzügige Anlage mit Bäumen und Rasenflächen umgab die Gebäude. Der Park war gepflegt. »Hier haben es die Studenten sicher gut«, dachte Claesson. Falls sie überhaupt aus ihren Büchern aufzuschauen oder von ihren sonstigen Betätigungen abzulassen vermochten.

»Im Frühling muss es hier wunderbar sein«, rief Louise, als hätte sie seine Gedanken gelesen.

Zwischen den Bäumen war am Fuß des Hanges ein Mietshaus zu sehen, und wenn man sich richtig anstrengte, dann ließen sich sogar der Kirchturm und ganz weit weg ein Stück Meer ausmachen, braungrün mit weißem Schaum vor einem schwarzen Himmel.

Inzwischen lagen die Gebäude recht zentral, und die Stadt war um sie herumgewachsen. »Es ist ruhig und trotzdem recht nah zum Marktplatz, zum Einkaufszentrum und nicht zuletzt zum Systembolaget, dem staatlichen Alkoholverkauf«, dachte Claesson und sah die feuchtfröhlichen Feste der Studenten vor sich.

Sie mussten auf den Hausmeister warten, der ihnen aufschließen sollte.

»Ein Glück, dass sie das nicht abgerissen haben«, meinte Lundin. »Wirklich schlimm, wie sie einige Jahre lang gewütet haben.«

»Stimmt. Einige Städte wurden vollkommen zerstört«,

pflichtete ihm Claesson bei. »Wahrscheinlich hatte man es einfach zu eilig damit, allen Leuten zu Komfort zu verhelfen.«

Er kratzte sich am Kinn.

»Damals haben sie vermutlich auch den Ringvägen um die Stadt gebaut«, meinte Louise. »Der ist gar nicht so schlecht. Da bleiben einem im Zentrum die Autos erspart.«

»Das schon«, stimmte ihr Lundin zu, »aber alle die schönen Holzhäuser, die sie dafür platt gemacht haben! Du erinnerst dich vermutlich nicht, aber die südliche Hälfte des Zentrums war eine richtige Idylle. Jedenfalls nach heutigen Maßstäben. Natürlich waren die Häuser zugig und unbequem, mit Trockenklosett auf dem Hof und nur kaltem Wasser, aber hätte man sie stehen lassen und später renoviert, dann wäre das Zentrum heute ein richtiger Touristenmagnet.«

Das Schulgelände strahlte einen gewissen verkommenen Charme aus, war aber nicht regelrecht heruntergekommen. Ein Meer von Fahrrädern stand an der einen Längswand des Hauses, einige hatte der Wind umgeblasen. In einiger Entfernung lag der Parkplatz. Er war fast leer. Es war Sonntag, und die Lehrer hatten frei.

Sie drehten sich um. Ein Auto kam den Abhang heraufgefahren, aber es war nicht der Hausmeister, sondern Peter Berg mit Erika Ljung. Sie betrachteten das Wohnheim eingehender. Es hatte zwei Stockwerke und einen Speicher. An den Längsseiten lagen die Sprossenfenster relativ dicht. Das Entree befand sich in der einen Giebelwand, genau gegenüber lag ein kleinerer Kücheneingang, wahrscheinlich eine Art Notausgang.

»Man merkt, dass Studenten hier wohnen«, meinte Lundin und betrachtete die Hauswand.

»Du meinst wegen der ganzen Fahrräder?«, wollte Claesson wissen.

»Nein, alle Fenster sind ungeputzt, und irgendwelche Fetzen hängen an den Gardinenstangen«, entgegnete Lundin.

»Da bin ich aber baff, dass dir so etwas auffällt«, meinte Louise. »Bist du etwa derjenige, der bei euch zu Hause die Fenster putzt?«

Darauf antwortete Lundin nicht.

»Es erinnert mich an ein Wohnheim, in dem ich selbst einmal gewohnt habe«, erklärte er und klang altmodisch und feierlich. »Aber das war in der Großstadt. In Stockholm.«

»Ich habe zwei Durchgänge hinter mir, sowohl die Schwesternschule als auch die Polizeihochschule«, sagte Louise. »Als ich Krankenschwester werden wollte, wohnten wir neben der Schule in einem klosterähnlichen Gebäude. Jedenfalls kam es einem so vor. Nur Mädchen. Kein Herrenbesuch. Damals herrschte noch Zucht und Ordnung! Das war wirklich aufregend, wenn man versuchte, seinen Freund einzuschmuggeln. Das Verbotene hat schon immer einen starken Reiz ausgeübt.«

Lundin und Claesson grinsten zustimmend.

»Man könnte glauben, das sei in der Steinzeit gewesen«, warf Peter Berg ein, der sie eingeholt hatte.

Polizeiassistentin Erika Ljung, deren Nasenspitze aus dem Kragen einer riesigen Daunenjacke hervorschaute, war frierend vor dem Haupteingang stehen geblieben. Die anderen hatten eine Runde ums Haus gedreht und bewegten sich jetzt wieder auf Erika zu.

»Scheint wirklich gemütlich hier zu sein«, sagte sie, hielt sich den Kragen mit einer Hand zu und betrachtete die Fassade mit ihren pfefferkuchenbraunen Augen. »Ich würde gerne mal wissen, wie viele von den Fahrrädern geklaut sind«, fuhr sie fort und schaute auf die mehr oder minder glänzenden Lenker.

»Ziemlich viele«, vermutete Lundin.

»Aber das braucht uns jetzt nicht zu kümmern«, kommentierte Louise und stampfte mit den Füßen.

»Vielleicht gehört eines von denen Malin Larsson. Wir sollten auf jeden Fall versuchen, ihr Fahrrad zu finden«, sagte Claesson.

Sie hörten ein Motorengeräusch. Der Lieferwagen der Spurensicherung kam langsam den Berg hoch.

»Dann sind wir bald vollzählig«, meinte Claesson. »Aber

wo zum Teufel bleibt der Hausmeister? Wo sind wir mit ihm verabredet?«

Er wandte sich an Louise.

»Draußen. Also hier. Vermutlich ist er das ja«, erwiderte sie und deutete auf einen Mann, der hechelnd hinter dem Lieferwagen herradelte.

Das sah anstrengend aus. Er kämpfte sich im Gegenwind den Hang hinauf, kam immer näher und hielt schließlich elegant schleudernd vor ihnen, sodass der Kies in alle Richtungen stob. Er grüßte mit gut gelauntem Lächeln und nahm seinen Fahrradhelm ab. Er schwitzte.

Der Hausmeister war ein gut aussehender Mann um die dreißig. Er ließ die Polizisten nicht im Zweifel darüber, dass er genauso hilfsbereit, aber auch neugierig war wie alle anderen Leute in vergleichbaren Situationen. Zurückhaltend betrachteten sie ihn. Trotz seines Eifers, endlich ans Werk schreiten und die geheimnisvolle Tür öffnen zu dürfen, konnte er es nicht unterlassen, Erika ein paar begehrliche Blicke zuzuwerfen, während er sein modernes Bike nach allen Regeln der Kunst am Fahrradständer festkettete. Sie waren diese Art von Flirt gewohnt. Claesson registrierte ihn genau wie die anderen. Erika war die Schönheit der Truppe.

»Eine schöne Frau wird leicht zum Objekt«, dachte Claesson. Nach den Ereignissen des letzten Frühjahrs schienen diese Blicke Erika Mühe zu bereiten. Sie war reserviert und spürbar auf der Hut. Dass sie sich dafür entschieden hatte, unscheinbar zu wirken, machte sie aber kaum weniger attraktiv. Eher im Gegenteil. Diese Unnahbarkeit fanden viele noch aufregender.

Die Aufgabe des Hausmeisters war es, das Zimmer der Toten aufzuschließen. Weder mehr noch weniger. Bereits vor dem Haupteingang zog er einen riesigen Schlüsselbund aus der Jackentasche und klapperte damit. Dann ging er im Vollgefühl seiner Wichtigkeit mit federnden und selbstbewussten Schritten auf die hohe, grün gestrichene Flügeltür unter einem kleinen, ziegelgedeckten Vordach zu. Die anderen folgten ihm schweigend.

Sie stiegen ein paar Treppenstufen hoch, eine Glastür auf einen Korridor wurde aufgeschlossen, und dann ging es durch einen dunklen Gang an geschlossenen und angelehnten Türen vorbei. Aus einem Zimmer dröhnte Hardrock, sonst war es recht still. »Sonntag«, dachte Louise.

Ein dunkellockiger Jünglingskopf schaute am hinteren Ende des Korridors aus einer Tür. Neben ihm tauchte ein weiterer Kopf auf, der einer kurzhaarigen Frau. Die Polizisten kümmerten sich einstweilen noch nicht um sie.

Louise wusste, dass der übermütige Hausmeister bald enttäuscht sein würde. Sie würden ihn nämlich wegschicken, sobald das Schloss zu Malin Larssons einfachem Zimmer geöffnet war.

Technik-Benny trat in Begleitung der ehrgeizigen jungen Dame, die erst kürzlich bei der Spurensicherung angefangen hatte, ins Zimmer. Die anderen blieben in der Tür stehen, aber da der Raum nicht groß war, konnten sie sich von der Schwelle aus einen guten Überblick verschaffen. Der leicht entrüstete Hausmeister verweilte auf dem Korridor und fuhr damit fort, Erika, wenn auch aus dem Halbdunkel, zu betrachten.

»Sehr viel leerer könnte das Zimmer nicht sein«, meinte Claesson.

»Nein«, sagte Lundin.

»Und auch nicht klaustrophobischer«, meinte Louise. »Da ist es ja!«, sagte sie und deutete auf das Handy, das, angeschlossen an ein schwarzes Kabel, auf dem Schreibtisch lag. »Was habe ich gesagt!«

»Niemand hat dir widersprochen«, brummte Lundin und beugte sich vor, um die Toilettentür, die genau neben der Zimmertür lag, mit einem Stoß zu öffnen. Er wollte einen Blick hineinwerfen, aber Benny sah ihn so finster an, dass er sein Vorhaben aufgab.

»Keine Dusche«, sagte Lundin laut.

So viel hatte er nämlich gesehen.

»Wahrscheinlich auf dem Gang«, meinte Benny und wickelte das Handy in Alufolie ein, damit keine neuen Nachrichten die für sie wichtigen Informationen verdrängten. »Eine Goldgrube«, sagte er, als er es wegpackte, um es im Präsidium genauer unter die Lupe zu nehmen.

Sie berieten sich auf dem Korridor.

»Hier ist nichts weiter Auffälliges. Sehr aufgeräumt, wirkt unberührt. Kleines Zimmer. Sehr wenige Habseligkeiten oder persönlicher Besitz, aber schließlich hat sie auch nur ein paar Monate dort gewohnt«, sagte Claesson. »Erika und Berg können damit anfangen, die Mitstudenten vom Korridor zu verhören, und dann im ersten Stock weitermachen«, befahl er. »Wir helfen euch dann. Später kommt noch Verstärkung und hilft ebenfalls mit. Lundin, Jasinski und ich schauen uns das Zimmer näher an, wenn uns Benny endlich reinlässt. Übrigens, die Post! Wo ist der Hausmeister hin?«

»Ich glaube, er ist wieder gegangen«, antwortete Peter Berg.

»Hast du ihn nicht gebeten zu warten?«

Claessons Stimme klang verärgert.

»Da ist er«, sagte Erika Ljung.

Der Hausmeister trat aus einem Raum, der am anderen Ende des Ganges lag. Claesson sah ihn so durchdringend an, dass er meinte, sich rechtfertigen zu müssen.

»Ich war auf der Toilette«, sagte er.

»Die Post, wo landet die?«

»Da draußen«, erklärte der Hausmeister und deutete Richtung Treppenhaus, wo sie in der Tat vorher Briefkästen gesehen hatten.

»Sind die Briefkästen abgeschlossen?«

»Ja.«

»Wer hat die Schlüssel?«

»Der Briefkastenschlüssel wird mit dem Zimmerschlüssel zusammen ausgegeben. Ich müsste aber einen Zweitschlüssel haben«, meinte er.

»Wir wollen es hoffen«, sagte Claesson ruhig.

Der Hausmeister suchte an seinem riesigen Schlüsselbund. Claesson hatte den Verdacht, dass er sehr wohl wusste, um welchen Schlüssel es sich handelte, sie aber auf die Folter spannen wollte. Schließlich steckte er dann aber doch den richtigen in Schloss und sperrte auf. Sie sahen sofort, dass in Malin Larssons Fach nicht sonderlich viel lag. Überwiegend Reklame. Claesson ließ alles liegen. Benny sollte sich später darum kümmern.

»Wir würden den Briefkasten- und Zimmerschlüssel gern behalten, jedenfalls vorläufig«, sagte Claesson an den Hausmeister gewandt.

»Ich darf Ihnen die nicht einfach so aushändigen.« Der Hausmeister zierte sich.

»Natürlich nicht. Aber hier geht es um die Aufklärung eines Verbrechens. Wir wollen sie auch gar nicht behalten, sondern nur eine Weile ausleihen. Wollen Sie erst noch Ihren Chef fragen?«

»Nein, das ist nicht nötig«, entgegnete der Hausmeister immer noch zögernd. »Aber okay, Sie können sie so lange behalten!« Er löste die beiden Schlüssel vom Bund. »Ich muss sie aber zurückbekommen«, unterstrich er noch einmal, als er sie Claesson überreichte.

»Hat außer Ihnen noch jemand einen Schlüssel?«

»Ja. Ein Satz Schlüssel liegt immer in der Verwaltung. Weggeschlossen.«

Claesson nickte.

»Wie viele Zimmer gibt es hier insgesamt?«, fragte er.

Der Hausmeister fuhr sich mit der Hand über den Mund und schien nachzurechnen.

»Acht unten und acht oben«, antwortete er.

»Mit anderen Worten: sechzehn.«

Claesson erhielt ein Nicken zur Antwort.

»Können Sie mir eine Liste der Mieter geben?«

Der Hausmeister sah plötzlich ganz müde aus.

»Es ist nicht so leicht, heute eine aufzutreiben. Die liegen im Büro, bei der Verwaltung.«

»Das geht sicher. Wollen Sie, dass Ihnen einer meiner Beamten dabei behilflich ist?«

»Nein, nicht nötig. Ich kümmere mich drum. Aber ...«

»Aber was?«

»Es sind nicht unbedingt die Leute mit dem Mietvertrag, die hier tatsächlich wohnen. Einige verreisen und untervermieten dann.«

»Wissen Sie, wer?«

»Eigentlich müssen wir Untervermietungen genehmigen, aber manchmal ...«

Er schaute zur Seite.

»Natürlich«, erwiderte Claesson. »Wir beginnen jedenfalls mit einer Liste derer, die offiziell hier wohnen.«

Dann wandte sich Claesson an Peter Berg, der gerade wieder aufgetaucht war.

»Könntest du dafür sorgen, dass beim Verhör der Mieter darauf geachtet wird, wer tatsächlich hier wohnt und wer nur im Mietvertrag steht? Ich möchte eine Auflistung aller Zimmer und sämtlicher Mieter.«

»In Ordnung«, sagte Berg.

Nach und nach durften auch Claesson, Lundin und Jasinski das anspruchslose Studentenzimmer betreten, wobei das Gefühl entstand, es sei überfüllt. Der Raum war sehr klein, es wurde eng.

»Man stelle sich vor, wie einfach das Leben sein könnte, wenn man nur das Allernotwendigste hätte«, sagte Lundin seufzend und ließ den Blick über Wände und Boden schweifen. »Ein Dach über dem Kopf, Heizung, ein Bett und etwas Musik. Dann könnte man sein Leben mit Gedanken füllen statt mit Dingen.«

»Jetzt hält dich auch niemand vom Denken ab«, meinte Claesson trocken und zog eine Kommodenschublade heraus.

Louise hatte begonnen, in einem Tagebuch zu blättern.

»Schau mal!«, rief sie eilig Lundin zurück, der sich überflüssig vorgekommen war und bereits auf dem Weg nach draußen befand. Gleichzeitig wandte sie sich Claesson zu. »Der letzte Eintrag ist von Allerheiligen, Samstag, dem 3. November. Wie viele Tage ist das her?«

Sie schloss die Augen, während sie nachrechnete.

»Fünfzehn«, warf Benny ein und schob sie beiseite.

»Also mehr als zwei Wochen«, fuhr sie fort. »Da lebte sie noch. Hört mal zu!« Sie hielt das Tagebuch hoch und las laut: »›Dieses Jahr endet gut. Ich habe eine Freundschaft geschlossen. Vielleicht mehr als eine Freundschaft‹ ... und dann kommen nicht weniger als ein, zwei ... drei Fragezeichen.«

»Ein Liebhaber natürlich«, sagte Claesson.

»Ja, hat ganz den Anschein«, stimmte ihm Lundin zu.

Die Bedürfnisse und das Leben der Menschen waren recht ähnlich, zu dieser Einsicht waren sie schon lange gekommen.

»Oder eine Liebhaberin«, sagte Louise spöttisch, und Claesson, der gerade den Inhalt des Kleiderschranks in Augenschein nahm, hielt inne und starrte sie an.

»Wir brauchen die Sache ja nicht unnötig zu komplizieren, aber wenn du meinst ...«

Er zuckte mit den Achseln.

»Klar, natürlich könnte das sein«, pflichtete ihr Lundin bei und raufte sich sein dünnes Haar, das zu Berge stand. »Aber Frauen erwürgen ihre Opfer nur im seltensten Fall.«

»Äußerst selten«, sekundierte Claesson. »Egal, welchen Geschlechts sie ist: Wir müssen diese Person ausfindig machen. Steht irgendwo ein Name?«

Louise blätterte und überflog die Seiten.

»Auf die Schnelle kann ich nichts entdecken.«

»Könntest du dir das Tagebuch genau anschauen? Wenn du willst, im Präsidium. Am liebsten noch heute.«

»Okay«, willigte sie ein. Ihr war ohnehin schon klar, dass es spät werden würde.

»Frauen sind nicht stark genug, um jemanden zu erdrosseln«, fuhr Lundin fort, »es sei denn, das Opfer ist eindeutig schwächer, beispielsweise ein Kind.«

Er stand neben der Tür, und wegen seiner Größe hielt er den Kopf – wie er das immer tat – leicht vorgebeugt, um nicht am Türrahmen anzustoßen und allen schräg von oben in die Augen sehen zu können.

Die anderen ignorierten seine Bemerkung. Sie hatten sie aber alle gehört. Es ging um Mütter, die ihre Kinder töteten. Das hatten sie selbst schon erlebt, aber es war so schmerzlich, dass sie sich ungern daran erinnerten.

»Nein, Frauen haben nicht die Kraft, jemanden zu erwürgen«, meinte Louise zerstreut, da sie gleichzeitig im Tagebuch las. »Ein Küchenmesser ist da schon besser«, sagte sie und schaute auf.

Claesson blickte rasch zu ihr hinüber. »Sie ist nicht in Form«, dachte er.

Benny Grahn war fertig. Er würde sich um die Kleider kümmern, Fasern sicherstellen und eventuelle Körperflüssigkeiten analysieren.

»Es herrscht eine vorbildliche Ordnung«, meinte Benny und wandte sich an Claesson. »Du wirst keine Überraschungen finden.«

Wäsche und Pullover lagen sorgfältig aufgestapelt. Die Kleider waren nicht abgetragen, frisch gewaschen, kein Luxus. Nichts Außergewöhnliches.

»Sie muss ihre Habseligkeiten irgendwo anders aufbewahren«, sagte Claesson. »Das hier kann doch nicht alles sein?!«

Er dachte an Cecilia, die seinen und Veronikas Keller komplett mit Kram voll gestellt hatte, den sie in ihrem Studentenheimzimmer in Lund nicht brauchte. Die Kisten und Kartons wäre er gern los gewesen. Sie hätte zumindest mal ausmisten können. Aber taktvoll hatte er es unterlassen, sie darauf hinzuweisen.

Louise blätterte in dem Tagebuch zurück. Der Text ging ihr nahe. Sie wurde wehmütig. Inhalt und Ton kamen ihr schmerzlich bekannt vor.

»Eine ordentliche junge Dame«, kommentierte Claesson erneut und baute sich mitten im Zimmer auf. Methodisch suchte er die Wände mit seinem Blick ab.

Louise hörte ihm nicht zu. Sie stand immer noch mit dem Tagebuch in der Hand da und versuchte ihr eigenes, im Augenblick jämmerliches Leben auf Abstand zu halten.

Ich hatte Pech im Leben. Wieso kam es nur so? Sicher wird es jetzt anders. Sonst gäbe es keine Gerechtigkeit. Ich muss mich selbst mehr mögen. Vielleicht? Mir nicht nur wünschen, dass die anderen mich mögen. Obwohl ich schwierig sein kann!

Malin Larsson verwendete zahlreiche Ausrufe- und Fragezeichen. »Diese kurzen Sätze könnten von mir stammen«, dachte Louise. »Zumindest in meiner jetzigen Verfassung. Obwohl ich es nicht ganz so gefühlvoll ausgedrückt hätte.«

Die ewige Sehnsucht nach jemandem fand sich auf jeder Seite des Tagebuchs. Neunmalkluge Formulierungen, eine Spur kindisch, wenn man bedachte, dass die Frau, die sie niedergeschrieben hatte, schon über zwanzig war. Andererseits war das Tagebuch privat. Die leeren Seiten zu füllen war ihr Ventil und vielleicht auch ihr großer Trost gewesen. Dort hatte sie ihre Schmerzen entladen und ihren Gefühlen freien Lauf lassen können. Leere Seiten, auf die sie die Düsternis ihres Herzens entleeren und auf denen sie Gedanken und Gefühle formulieren konnte, damit das Dasein etwas begreiflicher wurde. »Dafür ist ein Tagebuch vermutlich da«, dachte Louise. »Es ist ein schweigender Freund, der immer verfügbar ist. Liebes Tagebuch! Vielleicht sollte ich ja wieder anfangen?«, kam es ihr in den Sinn. Sie hatte wirklich das Bedürfnis, aber wann sollte sie die Zeit finden? Sie erinnerte sich an einen Versuch in der frühen Jugend, aber daraus war nicht viel geworden. Sie war viel zu unruhig und rastlos gewesen, um etwas zu Papier zu bringen.

Vielleicht waren das ja Spuren von Tränen? Sie blätterte. Zerknittertes Papier oder zerflossene Tinte? Sie fand nichts dergleichen. Benny sollte das anschauen.

Manchmal klang der Text aber auch zuversichtlich. Es gab nicht nur Einsamkeit und Sehnsucht. Am Freitag, dem 7. September, war es Malin Larsson leicht ums Herz gewesen.

Es herrschte klares Wetter, als ich nach Hause ging. Ich fühlte mich frei. Nichts hält mich hier fest. Die anderen in der Klasse sind nett, und mir gefällt der Unterricht. Ich wagte es, geradeaus zu schauen, als ich nach Hause ging. Ich schaute nicht zu Boden. Fühlt man sich so dabei?

Zwischen diesen einzelnen Bekundungen der Freiheit argumentierte Malin Larsson für die eigene Existenzberechtigung und für ein Recht auf Liebe und Gemeinschaft. Das war unschwer zu erkennen. Die Worte standen da, schwarz auf weiß. Außerdem war sie sehr selbstkritisch.

Ich muss mich zusammenreißen. Ich darf nichts überstürzen. Nie wütend werden. Ich muss versuchen, immer fröhlich zu sein. Vielleicht funktioniert es ja dann.

»Die Ärmste!«, dachte Louise. »Das einsame Opfer.« Malin Larsson ließ sich offenbar sehr von den Ansichten ihrer Umgebung beeinflussen. »Da ist sie nicht die Einzige«, erkannte Louise Jasinski und schlug das Tagebuch zu.

»Wie viele Leute wohnen insgesamt hier im Haus?«, fragte Peter Berg Claesson auf dem Korridor.

»Sechzehn Personen«, antwortete dieser und sah den Hausmeister an.

Peter Berg und Erika Ljung wechselten einen raschen Blick, und Erika verzog fast unmerklich die Miene.

»Mit anderen Worten sind noch recht viele übrig«, sagte Peter leise.

Während sie auf Verstärkung warteten, teilten sie die restlichen Zimmer unter sich auf. Der Hausmeister stand immer noch herum, weil er sich der Hoffnung hingab, Erika zumindest mit den Blicken einfangen zu können. Außerdem hielt ihn seine Neugier zurück. Erika bewegte sich immer angespannter, ihre Feindseligkeit war deutlich zu bemerken.

»Sie waren uns wirklich eine große Hilfe«, sagte Claesson schließlich zum Hausmeister. »Es wäre gut, wenn Sie jetzt versuchen könnten, uns eine Liste der Mieter zu beschaffen.«

»Jetzt?«, erwiderte dieser, als hätte er nicht begriffen, dass es eilig war.

»Am liebsten sofort«, sagte Claesson mit Engelsgeduld, wobei er sich über die offensichtliche Begriffsstutzigkeit des

Hausmeisters wunderte. »Wir haben ja Ihre Telefonnummer, falls wir Sie brauchen. Ihr Handy ist doch eingeschaltet?«

»Klar«, erwiderte der andere und deutete auf sein Mobiltelefon, das in einem Etui an seinem Gürtel hing. »Dann werd ich mal die Liste zusammenstellen«, murmelte er und versuchte einen letzten Blick auf Erika Ljung zu erhaschen, während er den Korridor entlangtrottete.

Endlich waren zwei uniformierte Polizisten eingetroffen. Claesson wies sie an, darauf zu achten, wer kam und ging.

Nach einer Weile rief der Hausmeister an und teilte stolz mit, dass er mit der Liste der Mieter im Anmarsch sei. Sie bräuchten nur noch abzuhaken. »Da hat er jetzt wirklich nicht lange gebraucht«, dachte Claesson. »Es kommt halt immer auf den Anreiz an – oder den Druck, dem man ausgesetzt ist.«

Claesson hatte bereits am Morgen mit Gotte telefoniert, der sich um weitere Verstärkung kümmern wollte, zumindest ab Montag. »Es wird viel Zeit in Anspruch nehmen, alle Studenten im alten Schülerheim sowie die Mitstudenten von der Hochschule für Krankenpflege zu verhören«, dachte er, während er versuchte, sich einen Überblick zu verschaffen. Bisher hatten sie nur kurz mit der Rektorin und ein paar wenigen Mitstudenten gesprochen. Das Sekretariat der Hochschule für Krankenpflege war nicht von der Abwesenheit Malin Larssons in Kenntnis gesetzt worden. Claesson selbst hatte mit der Rektorin, der eleganten Elisabeth Hübermann gesprochen, die natürlich entsetzt war. Abgesehen von den tragischen Ereignissen, stand ja der Ruf der Schule auf dem Spiel. Er hatte sie gefragt, ob sie etwas unternommen hätten, wenn sie erfahren hätten, dass eine Studentin unentschuldigt fehlte. Sie hatte sehr unschlüssig gewirkt. Man würde immer erst etwas warten. Normalerweise würden die Studenten früher oder später wieder auftauchen, hatte sie dann ehrlich, aber mit ängstlichem Unterton geantwortet. Sie befürchtete, die Schule könnte etwas verabsäumt haben und dass ihre Vorschriften nicht ausreichten. Sie hatte Angst, dass man der Schule und ihr selbst Vorwürfe machen würde und – was noch schlimmer war – dass die Medien sie durch den Schmutz ziehen würden. Es bestehe immer das Bedürfnis, einen Sündenbock zu finden, hatte sie gesagt, und Claesson hatte sich die Bemerkung verkniffen, dass das genau seinen Erfahrungen entspreche. Stattdessen hatte er versucht, die Rektorin zu beruhigen, ihr zugehört und es vermieden, über eine eventuell bevorstehende öffentliche Schmutzkampagne nachzudenken. Wenn ein Student das Studium an den Nagel hänge, würde die Hochschule das früher oder später erfahren, erzählte sie. Das Studiendarlehen werde nicht ohne Nachweis bestandener Prüfungen ausgezahlt. Das wüssten alle. Aber eine dahin gehende Anfrage sei nie an sie gerichtet worden.

Dieselben neugierigen Gesichter, die bei ihrem Kommen aus der Küchentür geschaut hatten, tauchten jetzt wieder auf. Sie gehörten einem jungen Mann mit dunklem, gewelltem Haar und einer blonden Studentin. Peter Berg ging rasch auf die beiden in der Küche zu.

In Anbetracht der vielen Bewohner war die Küche sehr klein. Nichtsdestotrotz hatte man einen ziemlich großen, rechteckigen Tisch hineingestellt. An der Spüle und vor dem Herd, der schon seit Ewigkeiten nicht mehr geputzt worden war, wie Peter Berg angewidert feststellte, war es sehr eng. Braunschwarze Ablagerungen, Fett und übergekochte Milch hatten sich zwischen den Kochplatten ins Email gefressen. Die türkisfarbenen Türen des darüber hängenden Schrankes waren stumpf und zerkratzt.

Am Tisch saß der lockige junge Mann zusammen mit einer blassen, schmächtigen Frau in einem großen Pullover aus demselben Garn, das man auch für Wollsocken verwendet. Peter Berg stellte sich vor, und sie folgten seinen Bewegungen mit ernstem Blick.

»Malin Larsson ist tot aufgefunden worden«, begann Peter Berg und nahm sich einen Stuhl.

Am Küchentisch wurde es plötzlich vollkommen still. Mit großen Augen sahen sie sich an.

»Es stimmt also«, sagte der junge Mann leise.

»Aber doch nicht hier?«, fragte die überaus zarte Frau mit überraschend kräftiger Stimme.

»Nein, nicht hier. Man hat sie außerhalb der Stadt gefunden, und wir versuchen jetzt herauszufinden, was vorgefallen ist und wann. Deswegen würde ich Ihnen gern ein paar Fragen stellen.«

Die beiden nickten, und Peter Berg zog sein Notizbuch hervor. Er hatte seine gefütterte Winterjacke anbehalten und spürte nun, wie der Pullover, den er darunter trug, zu kleben begann, aber er wollte das begonnene Gespräch nicht damit unterbrechen, seine Jacke abzulegen.

Er wandte sich an die junge Frau, die ihre Beine angezogen und wie ein Kind den Pullover über die Knie gestülpt hatte.

»Wann haben Sie sie zuletzt gesehen?«

Sie zuckte mit den Achseln. Ihr Haar war kurz, fast stoppelig und gelbblond, als sei es gefärbt. Sie hatte Wachs, Fett oder etwas Ähnliches aufgetragen, was ihre Frisur gestreift aussehen ließ.

»Das ist schon eine Weile her. Vor den Novemberferien. Wir haben uns über sie unterhalten, also wir auf dieser Etage.«

»Ja, darüber, dass sie schon eine Weile niemand mehr gesehen hat«, mischte sich der junge Mann ein.

»Wie oft haben Sie sie normalerweise getroffen?«, wollte Peter Berg wissen.

»Jeden Tag«, antwortete die junge Frau, die Sanna hieß.

»Ja, jeden Morgen. Fast. Beim Frühstück«, meinte der Gelockte.

»Vor den Novemberferien, haben Sie gesagt. Also vor Allerheiligen?«, fragte Peter Berg.

Sie nickten.

»Wir sind weggefahren, aber sie ist hier geblieben. Sie erklärte, das sage ihr zu«, meinte Sanna.

»Wissen Sie, wie viele Studenten sonst noch hier waren?«

»Nein«, antwortete der Lockige.

»Ich glaube, nur sie«, sagte Sanna. »Jedenfalls von unserem Stockwerk.«

»Denken Sie doch mal ganz genau nach«, forderte Peter Berg die junge Frau auf, »wann genau haben Sie sie zuletzt gesehen?«

Sie biss sich auf die Unterlippe.

»Am Freitag gegen zwölf. Hier auf dem Korridor. Ich war auf dem Weg zur Bahn, und sie wollte in die Küche. Sie sagte so was wie: ›Gute Reise!‹, und winkte«, erzählte Sanna und wedelte mit einer Hand. »Sie war ganz nett«, meinte sie und schaute zu Boden.

»Und Sie?«, wandte sich Peter Berg an den Lockigen.

»Etwa später, vielleicht gegen drei. Ich habe sie vor dem Haus getroffen. Also hier. Sie kam aus der Stadt, und ich war auf dem Weg dorthin, um von dort den Bus nach Stockholm zu nehmen.«

»Sie meinen, sie war zu Fuß?«

Er nickte. »Sie ist also in der Stadt gewesen und zurückgekommen«, dachte Peter Berg.

»Sie hatte ihr Fahrrad dabei, hat es aber geschoben. Vor dem Wohnheim ist es recht steil«, sagte der Lockige, der Jonathan hieß. »Man muss eine gute Gangschaltung haben, wenn man mit dem Fahrrad da hochkommen will.«

»War sie allein, oder hatte sie Gesellschaft?«

»Sie war allein.«

»Hatte sie eine Tasche oder eine Tüte?«

»Vielleicht hatte sie eine Tüte mit Lebensmitteln am Lenker hängen, aber da bin ich mir nicht sicher. In ihrem Fach im Kühlschrank liegen übrigens noch irgendwelche Sachen.«

Peter Berg sah sie an.

»Dann liegen die da schon eine ganze Weile?«

»Ja«, antwortete Jonathan. »Es passiert nicht oft, dass jemand den anderen hinterherräumt. Höchstens wenn Fredrika Küchendienst hat. Sie ekelt sich so leicht und räumt immer auf. Den anderen ist das egal.«

»Fredrika. Wie heißt sie weiter?«

»Fredrika Holst.«

Berg schrieb den Namen auf.

»Könnten Sie mir Malin Larssons Fach zeigen?«

Sanna sprang auf und öffnete den Kühlschrank. Jedem stand ein Drittel eines Fachs zu. Auf den Milch- und Dickmilchkartons in der Tür standen Namen, mit Filzschreibern draufgemalt. *Malin* las Berg auf einem Literkarton Magermilch, die bis zum 7. November haltbar gewesen war.

In Malins Fach befanden sich eine Tube Kaviarcreme, ein kleines Paket Butter, ein Karton mit sechs Eiern, ein Glas Orangenmarmelade und kleiner Becher Jogurt, der vermutlich ranzig war, sowie zwei abgepackte Koteletts, die ihre besten Tage wahrscheinlich hinter sich hatten. Berg schloss die Tür.

»Fassen Sie bitte nichts an!«, ermahnte er die beiden.

Sie nickten ernst. Peter Berg verließ sie und ging hinaus zu Benny, um ihm mitzuteilen, was noch zu tun sei. Dann kam er zurück.

»Wissen Sie, was sie für ein Fahrrad hatte?«, fragte er dann den Lockigen, der so mager war, dass seine Kleider, ein rotes T-Shirt und eine Cordhose, lose an ihm herabhingen.

»Nicht genau, aber vermutlich würde ich es wiedererkennen, wenn ich es vor mir sähe.«

Peter Berg nahm sich vor, ihn später zum Fahrradständer zu begleiten. Er lehnte sich zurück, wobei die Rückenlehne des Küchenstuhls bedenklich knarrte. Er legte seinen Stift beiseite, verschränkte die Arme auf der Brust und betrachtete sie nacheinander. Beide erwiderten ängstlich und etwas verwundert seinen Blick, und das war auch beabsichtigt.

»Was wissen Sie über Malin?«, fragte Peter Berg dann. »Denken Sie nach. Gründlich. Hatte sie einen Freund? Was wissen Sie über ihre Familie? Über ihre Kollegen?«

Berg sprach so vollmundig wie ein Pfarrer von der Kanzel herab und sah sie abwechselnd aufmerksam an, aber keiner der beiden schien antworten zu wollen.

»Nicht viel«, sagte Sanna schließlich, aber Peter Berg bemerkte, dass sie Jonathan einen raschen Blick zuwarf, als hätten sie sich darauf geeinigt, etwas zurückzuhalten.

Also wiederholte er seine Frage mit genau denselben Worten, aber schaute sie finsterer dabei an.

»Also, gibt es etwas, was Sie mir sagen wollen? Es ist wichtig. Das ist kein Spiel.«

»Als ob sie das je geglaubt hätten«, dachte er dann. Aber man durfte keinen Zweifel daran lassen. Schließlich war nie wirklich abzuschätzen, was den Leuten im Kopf herumging.

»Vielleicht«, antwortete Sanna zögernd, zog ihre Beine aus dem Pullover und stellte ihre Füße auf den Boden.

Peter Berg wartete ab und stellte abermals fest, dass er zu warm gekleidet war. Seine Wangen röteten sich.

»Sie hat nichts über ihren Hintergrund gesagt. Jedenfalls erinnere ich mich nicht«, erzählte Sanna. »Aber es hatte den Anschein, als hätte sie jemanden kennen gelernt.«

»Jemanden?«

»Tja, sie hat nicht darüber gesprochen. Sie gehörte nicht zu den Leuten, die viel erzählen. Sie war recht schüchtern.«

»Und warum glauben Sie dann, dass sie jemanden kennen gelernt hatte?«

»Sie hat sich recht lang mit einem Jungen im Pub unterhalten. Vielleicht war sie ja mit ihm zusammen«, sagte Sanna und ließ ihren Blick aus dem Fenster und dann zur Spüle schweifen. Schließlich sah sie ihren Mitbewohner an.

»Aber darüber weißt du nichts«, sagte dieser unwirsch und blickte sie finster an.

Sie verstummte.

»Raus mit der Sprache!«, ermahnte sie Peter Berg. »Wer ist es?«

»Weiß nicht, wie er heißt«, sagte Sanna mit leiser Stimme und starrte auf das Wachstuch.

Peter Berg wandte sich an Jonathan: »Wissen Sie es?«

»Nein, nicht, wie er heißt, aber er repariert Fahrräder … und ich bin mir sicher, dass er mit der Sache nichts zu tun hat«, erwiderte dieser mit angestrengter Stimme.

»Wie willst du das wissen?«, dachte Peter Berg, klappte seinen Block zu und bat sie, ihm zu folgen, um nach Malin Larssons Fahrrad zu suchen. Sie fanden es natürlich nicht. Andererseits wusste auch niemand, wie es aussah. Es war wie recht oft ziemlich diffus.

Claesson klingelte an einer braun furnierten Tür im zweiten Stock eines Mietshauses aus den späten Sechzigern, das wirklich niederschmetternd langweilig wirkte. Eckig, einförmig und aufgeräumt. Es ging bereits auf halb acht Uhr abends zu. Endlich wurde die Tür geöffnet.

»Guten Abend«, sagte Isabelle Axelsson ohne die geringste Andeutung eines Lächelns und ließ ihn eintreten.

Sie sah nicht ganz so aus, wie Claesson sie sich vorgestellt hatte, sondern bedeutend robuster, mit breiten Hüften, vollem Busen und einem kräftigen Händedruck. Sie trug lange Hosen, einen Pullover und darüber eine gestrickte Weste. Sportlich und nicht damenhaft oder altjüngferlich. Das wirre, etwas unzusammenhängende Telefongespräch am Morgen hatte in ihm den Eindruck erweckt, sie sei zarter besaitet. Er hatte sie sich regelrecht zerbrechlich vorgestellt. Wahrscheinlich hatte ihn ihre Stimme aufs Glatteis geführt, die ungewöhnlich hell klang für eine Frau im so genannten reiferen Alter. Vermutlich war sie Nichtraucherin.

Automatisch entledigte sich Claesson seiner Schuhe, hängte die tannennadelgrüne Gore-Tex-Jacke auf und folgte Isabelle Axelsson ins Wohnzimmer. Die Wohnung war recht offen gestaltet, zwischen Küche und Wohnzimmer gab es keine Tür. Sauber und aufgeräumt. Regal, Sofa mit Decke, zwei blaue Sessel, Fernseher und Stereoanlage älteren Baujahrs, die aber sicher noch ausgezeichnet funktionierte.

»Darf ich Ihnen was anbieten?«

»Nein, danke«, antwortete er und nahm Platz.

»Ich trinke abends keinen Kaffee mehr«, sagte sie mit leiser Stimme und zwang sich zu einem Lächeln.

Claesson wollte eigentlich nur nach Hause und begann

ohne Umschweife mit ein paar kurzen Fragen, die die letzte Begegnung von Isabelle Axelsson und Malin Larsson betrafen. Sie hatten sich zuletzt am Donnerstag, dem 1. November, auf der Station gesehen, auf der Malin ihr Praktikum absolvierte. Chirurgie. Malin sei, soweit sie sich erinnern könne, nicht weiter auffällig oder ungewöhnlich gewesen, erzählte Isabelle mit ruhiger Stimme. Darauf begann sie sich lang und breit dafür zu entschuldigen, Malins Abwesenheit vom Arbeitsplatz nicht gemeldet zu haben. Sie riss die Augen auf und hob ihre Stimme. Claesson konnte nicht entgehen, wie verzweifelt diese ordentliche Krankenschwester über diese scheinbare Bagatelle war. Er unterbrach sie.

»Sie haben es ja nicht aus bösem Willen unterlassen«, meinte er besänftigend.

Als hätte er ein Feuer gelöscht, verstummte sie.

»Nein, überhaupt nicht. Es lief nur einfach so dumm«, rief sie nach ein paar Sekunden.

Die Haut unter ihren Augen war graublau. Die Unruhe hatte ihr ein paar schlaflose Nächte bereitet. Claesson bat sie, ihm von Malin zu erzählen.

»Was war Ihr erster Eindruck von ihr?«, begann er.

Isabelle knöpfte ihre gestreifte Weste auf und schien darüber nachzudenken, wie sie ihre Worte am besten wählen sollte. Claesson sah, dass sie bei ihren gefühlvollen Erläuterungen in Schweiß geraten war. Ihre Anspannung schien jedoch allmählich nachzulassen. Ihre Augen sahen ihn nunmehr weder kritisch noch abweisend an.

In der Wohnung herrschte eine wohl geordnete Ruhe. Keine Autos waren zu hören. Auch in der Wohnung darüber war es still, abgesehen von einem leise schleifenden Geräusch, als würde ein Möbelstück verschoben, was bei Claesson einen explosionsartigen Schmerz in der Lumbalregion auslöste. Allein die Vorstellung, ein Möbelstück – egal, welches – zu verschieben, überschritt für ihn bei weitem die Grenzen des Erträglichen.

»Malin kam zum ersten Mal an einem Dienstag«, erzählte

Isabelle Axelsson schließlich. »Das war mit der Schule so ausgemacht. Außerdem war vereinbart, dass sie dieselben Schichten arbeiten würde wie ich. Ich hatte wie immer um sieben angefangen. Malin war zu diesem Zeitpunkt die einzige Schwesternschülerin auf der Station.«

Sie verstummte und schien nachzudenken.

»Fiel Ihnen da irgendetwas Besonderes an ihr auf?«, wollte Claesson wissen.

Isabelle schüttelte energisch den Kopf.

»Nein, überhaupt nicht. Wir saßen bei der Übergabe im Schwesternzimmer, und sie sagte so gut wie kein Wort. Sie hörte zu, bis wir fertig waren. Auch nachher stellte sie keine Fragen, soweit ich mich erinnere.«

»Fanden Sie das merkwürdig?«

»Nein, eigentlich nicht. Aber zumeist zeigen Menschen, die diese Arbeit inmitten von Schwachheit und Gebrechlichkeit nicht gewöhnt sind, irgendwelche Reaktionen. Manchmal ekeln sie sich geradezu. Sie wehren sich oder bekommen Angst. Besonders die Jungen. Und das ist auch nicht sonderlich verwunderlich. Junge Menschen wollen lachen, das Gesunde, die Zukunft und die Möglichkeiten sehen und nicht die Begrenzungen und die Gebrechlichkeit der Menschen.«

Claesson nickte zustimmend.

»Die Wirklichkeit holt sie dann schnell genug ein«, warf er ein.

»Genau! Anfänglich finden ausnahmslos alle, dass wir brutal klingen. Unser Berufsjargon, wissen Sie.«

Claesson nickte erneut.

»Wir reden ganz beiläufig über Krebserkrankungen und über Todesfälle, als seien das Bagatellen. Aber so empfinden wir das natürlich nicht. Manchmal sind wir betroffen, fühlen mit unseren Patienten und wünschen uns einen günstigen Verlauf, aber schließlich sind wir tagtäglich von Krankheit und Tod umgeben. Deswegen müssen wir unsere eigenen Grenzen festlegen – genau wie Sie von der Polizei, nehme ich an.«

Er nickte und fragte: »Aber sie zeigte keine Reaktionen?«

»Nein. Sie war, wie gesagt, recht still, aber sie schien mir nicht aus Furcht zu schweigen. Ich glaube, dass sie so gut mit der Situation umgehen konnte, weil sie bereits im Pflegesektor gearbeitet und sich daran gewöhnt hatte, wenn man das so ausdrücken kann. Aber auf eine vernünftige Art. Jedoch reagierte sie auf eine Patientin, eine junge Frau, die wegen einer Appendizitis bei uns lag.«

»Wie bitte?«

»Einer Blinddarmentzündung. Malin fand, dass die Patientin überzogene Ansprüche hatte. Wir sprachen etwas darüber. Ich hatte den Eindruck, dass sie die Patientin geradezu verwöhnt fand.«

Isabelle hielt inne und schien zu zögern.

»Ich weiß, dass Sie auf Grund der Schweigepflicht nichts sagen dürfen, aber Sie könnten mir ja in groben Zügen davon erzählen«, schlug Claesson vor.

»Wir nennen diese Patienten immer die EMLA-Generation«, erklärte ihm Isabelle. Sie verzog den Mund und schaute Claesson an, ob er sie auch richtig verstanden hatte.

»Aha«, erwiderte dieser interessiert. »Und was ist das, wenn ich fragen darf?«

»Das sind die jungen Patienten, denen es nie an etwas gefehlt hat und die nie ein Opfer bringen mussten. Die Wohlstandskinder, die fast alles bekommen haben, worauf sie gezeigt haben. Die verkraften keine Mühsal. Nicht einmal, eine Spritze zu bekommen, und das tut wirklich nicht besonders weh«, erklärte sie leicht verdrossen. »Erst muss man ihnen eine Betäubungssalbe geben, wie man sie bei Kleinkindern verwendet. Diese Salbe heißt EMLA. Dagegen fällt es ihnen nicht schwer, sich überall piercen zu lassen, in die Zunge, am Nabel und an sehr intimen Stellen, und zwar ohne jegliche Betäubung.«

»Das hat wohl was mit der Motivation zu tun«, meinte Claesson.

»Natürlich! Schönheit muss leiden, aber wenn man krank

ist, hat man natürlich keine Veranlassung, sich anzustrengen.«

Er konnte hören, dass sie diese Sätze schon früher ausgesprochen hatte.

»Also, wie war das jetzt mit der Patientin mit dem Blinddarm und Malin?«

»Die junge Frau lag auf unserer Station und hielt ganz einfach Hof. Dauernd klingelte sie, immer wegen irgendwelcher Bagatellen. Und das, obwohl die Behandlung fast abgeschlossen war. Sie musste nur noch auf die Beine kommen und sollte dann nach Hause entlassen werden. Schließlich war sie nicht mehr krank. Nur noch die Narbe musste verheilen. Eigentlich hätte sie von sich aus versuchen sollen aufzustehen, ins Restaurant zu gehen, auf die Toilette und so weiter. Aber bei allem sollten wir ihr helfen. Und mithelfen wollte sie nicht, sie wollte es nicht einmal versuchen. Wenn alle Betten belegt sind, ist man leicht mal gestresst, und so ein Patient ist doppelt anstrengend. Das Maß war voll, als sie darauf bestand, dass ihr Freund bei ihr übernachten dürfe.«

»Ging das nicht?«, erkundigte sich Claesson unschuldig.

»Wohl kaum in einem Vierbettzimmer. Dort lagen noch drei Frauen mit bedeutend düsterer Prognose. Ein Mann im Bett, das geht wirklich nicht! Schließlich sind wir kein Hotel«, meinte sie trocken. »Die Einzelzimmer sind eigentlich immer von den Patienten belegt, denen es richtig schlecht geht, beispielsweise Sterbenden. Malin versuchte ihr gut zuzureden, sie gab ihr Zeit, hörte zu. Deswegen deprimierte sie die kindisch sture und leicht aggressive Art der Patientin ganz besonders. Außerdem fingen die Eltern an, wütend bei uns anzurufen und uns zu drohen, und Malin sagte etwas in der Art von: ›Wie kann sie es nur wagen?!‹«

»Was, glauben Sie, hat sie damit gemeint? Weshalb hätte sie was nicht wagen sollen?«, wollte Claesson wissen.

»Solche Forderungen zu stellen, meinte sie vermutlich. Ich hatte den Eindruck, dass Malin selbst nie gewagt hätte, ihre Umgebung so unter Druck zu setzen.«

»Was hielten Sie davon?«

»Ich hielt es für eine recht natürliche Reaktion. Jedenfalls war Malin nicht anspruchsvoll. Man nahm sie eigentlich kaum wahr.«

Claesson nickte und dachte darüber nach.

»Was wurde eigentlich aus dem Freund, der übernachten wollte?«, fragte er neugierig.

»Ach, der! Der musste zu Hause bleiben, und das war vermutlich das Beste. Die Blinddarmpatientin brauchte Ruhe und nicht so einen Schnösel, der mit ihr im Bett rumgetobt und auch noch auf Aufmerksamkeit gepocht hätte. Am Tag darauf wurde sie nach Hause entlassen. Da war sie trotz allem recht zufrieden.«

Er nickte.

»So ist das oft mit Igeln«, fuhr sie fort. »Man weicht ihnen am liebsten aus, aber wenn man ihnen nahe kommt, dann klappen sie ihre Stacheln nach einer Weile wieder ein.«

»Das klingt klug«, meinte er und bereitete seine nächste, etwas heikle Frage vor.

»Ich möchte Ihnen jetzt eine Frage stellen«, begann er und suchte nach einer Formulierung, die weder plump noch voreingenommen klang, »vielleicht ist sie ja schwer zu beantworten, aber hatten Sie den Eindruck, dass Malin zu den Leuten gehörte, die Risiken eingehen?«

Claesson hörte selbst, wie dumm das klang.

»Was für Risiken?«

»Setzte sie sich irgendwelchen unnötigen Gefahren aus?«

»Die da wären? Fallschirmspringen und so?«

»Nicht direkt. Aber vielleicht war sie bis spätnachts auf Partys und kam erst in den frühen Morgenstunden nach Hause. Vielleicht verkehrte sie in fragwürdiger Gesellschaft, trampte, wenn sie irgendwohin wollte, trank zu viel.«

Er vermied es, nach ihrer Kleidung zu fragen. Das hatte zwei Gründe: Zum einen wussten sie, was sie getragen hatte, als sie ermordet worden war, und was bei ihr im Kleiderschrank hing, zum anderen fiel es ihm immer schwer, sich ein

Urteil über Kleidung zu bilden. Aufreizend gekleidet zu sein mit Minirock und tiefem Ausschnitt war heutzutage in gewissen Altersgruppen und Kreisen vollkommen normal und musste nicht notwendigerweise bedeuten, das andere Geschlecht zu irgendwas ermuntern zu wollen. Was das auch immer bedeuten mochte. Eine schöne Frau zog doch immer alle Blicke auf sich und wurde zum Objekt, wie man die Sache auch drehen und wenden mochte. Aber das hatte nichts mit dem eventuellen Wunsch der Frau nach sexuellen Avancen zu tun.

Isabelle hatte lange nachgedacht.

»Nein, über ihre Risikobereitschaft kann ich wirklich nichts sagen«, meinte sie schließlich mit Nachdruck. »Darüber wage ich mich nicht zu äußern. Aber ich wäre erstaunt, wenn sie irgendwelche Risiken eingegangen wäre.«

»Nein, es ist wirklich nicht leicht, diese Frage zu beantworten, aber vielen Dank, dass Sie es trotzdem versucht haben«, sagte Claesson und blätterte eine Seite in dem vor ihm liegenden Spiralblock um.

»Woran können Sie sich noch erinnern? Hat Malin irgendetwas über ihr Privatleben erzählt, an das Sie sich erinnern können?«, wollte er dann wissen und legte Block und Stift auf die helle Tischplatte.

Isabelle, die bisher recht angespannt und nach vorne gebeugt dagesessen hatte, krempelte jetzt ihre Ärmel hoch und lehnte sich in dem kornblumenblauen Sessel, der moderner als die übrigen Möbel aussah, nach hinten. Ihre Füße in Lammfellpantoffeln ruhten ordentlich auf dem Teppich aus rauer Wolle. Hinter ihr auf dem Fernseher standen Fotos der Kinder. Ein Mädchen und ein Junge, beide im Konfirmationsalter. Sie war geschieden, das wusste Claesson. Hochzeitsfoto und Bild des Mannes fehlten.

Sie runzelte die Stirn.

»Ich würde sagen, dass Malin kaum etwas von sich aus erzählte«, sagte sie. »Aber wir haben eine Schwester auf Station, die Janet heißt, eine patente Person, aber auch sehr neugierig und ziemlich frech«, meinte sie lächelnd. »Janet kennt keine Hemmungen. Sie ist nicht regelrecht aufdringlich, aber sehr intensiv. Als wir einmal beim Kaffeetrinken saßen, hat sie Malin gefragt, warum sie ausgerechnet in unser Kaff gezogen sei, wie sie es ausdrückte. Janet möchte selbst viel lieber in einer großen Stadt wohnen, am liebsten in Stockholm, aber ihr Mann will nicht umziehen …«

»Aha! Und was hat Malin geantwortet?«, unterbrach Claesson, bevor die Auslassung über Janet ausuferte.

»Sie sagte nur, sie sei hierher gezogen, weil sie einen Studienplatz an der Hochschule für Krankenpflege bekommen habe, und dass es ihr hier gefalle. Und da fragte Janet, ob sie einen Freund habe, und da wurde Malin genauso rot wie … wie …«

Isabelle ließ ihren Blick schweifen, bis dieser auf einem tomatenroten Kissen auf dem Sofa landete.

»Wie das da.« Sie deutete darauf. »Genauso rot wurde sie. Aber sie antwortete nicht, und wenn ich mich recht entsinne, war Janet gezwungen aufzuspringen. Ein Patient hatte geklingelt. Sie konnte Malin also nicht weiter ausfragen.«

»Und sonst tat das auch niemand?«

»Nein. Ich lasse die Leute in Frieden. Und wahrscheinlich stand auch jemand in der Tür, der von Malin und mir irgendwas wollte. So ist das immer, gerade wenn man sich hingesetzt hat, klingelt ein Patient und braucht Hilfe. Die haben das im Gefühl. Oder sie bauen sich in der Tür der Kaffeeküche auf und sehen hilflos aus, während wir Kaffee trinken. Und dann muss man aufstehen«, sagte sie, und ihre Wangen röteten sich verärgert.

»Jeder Arbeitsplatz hat so seine Ärgernisse«, stellte er fest und kratzte sich mit der linken Hand am Kinn. Ihm fiel auf, dass sie seine Hand, genauer seine Finger betrachtete. Er trug keinen Ring. Er ließ die Hand sinken.

»Wir haben mit einigen von Malins Mitbewohnern im Wohnheim gesprochen«, fuhr er fort. »Sie fanden sie etwas reserviert. Vielleicht schüchtern. Finden Sie, das trifft zu?«

»Ja«, antwortete sie, ohne zu zögern. »Mir kam sie wie eine ziemlich durchschnittliche und stille junge Frau vor.«

Claesson stand auf und bedankte sich. »Eine ziemlich durchschnittliche und stille junge Frau« – diese Beschreibung hallte auf dem Heimweg im Auto in seinem Kopf wider. Klang wie aus einem Kolportageroman und konnte für vieles verwendet werden. Beispielsweise für Schlagzeilen.

*

Er hätte etwas Stärkeres als ein Bier gebraucht. Seine Gedanken schienen ihm zu groß, sie zerflossen und verunsicherten ihn. Malin drehte ihr Glas. Sie ließ es kreisen, während sie auf die Tischplatte starrte. Ihre Finger bewegten sich methodisch. Er wollte ihre Hand ergreifen und sie dazu bringen aufzuhören. Ihn anzuschauen. Etwas zu sagen. Etwas Gutes, was ihm Sicherheit gab. Aber sie schwieg. Ihr Mund war halb geöffnet, und die Haare hingen ihr ins Gesicht. Verdammt, sie war wirklich wahnsinnig hübsch!

In ihrem Glas war nicht mehr viel Coca-Cola.

»Willst du noch was?«

Er wollte es in die Länge ziehen.

»Nein danke!«, sagte sie und sah ihn endlich an.

»Ein Bier?«, drängte er sie.

Sie schüttelte den Kopf. Stur. Gleichzeitig schaute sie ihn an und sog sich gewissermaßen mit den Augen an ihm fest.

»Bitte!«, flehte er und spürte, wie sich die Adern an seinem Hals mit Blut füllten.

»Ich muss gleich gehen«, sagte sie und starrte, den Kopf etwas auf die Seite gelegt, wieder auf die Tischplatte.

»Ist das wirklich so wichtig? Die Paukerei?«

Er stieß die Fragen hervor, versuchte, nicht so schroff zu klingen, aber das fiel ihm schwer.

»Ja, mir ist das wichtig«, sagte sie. »Ich will bestehen.«

»Aber du bist doch schlau! Du schaffst das doch ohne Anstrengung.«

»Das kann niemand!«

Ihre Augen funkelten. Sie atmete ruckartig ein, richtete sich auf und schob die Brust vor. Er sah, wie sich ihr BH unter dem Pullover abzeichnete. Der Wille, sie zurückzuhalten, wurde noch stärker. Sie durfte ihm nicht entgleiten.

»Du, noch ein Weilchen«, bat er und versuchte unter dem Tisch nach ihren Knien zu fassen.

»Aber meine Arbeitsgruppe trifft sich. Da kann ich nicht fehlen. Morgen müssen wir unser Referat halten«, erklärte sie und schlug die Beine übereinander, sodass seine Hand vom Knie abglitt. »Leider!«, meinte sie noch, rutschte hin und her und verzog etwas den Mund.

»Eine Entschuldigung und ein Lächeln«, dachte er. Hatte sie vielleicht ein schlechtes Gewissen? Wäre sie sonst geblieben, wenn diese Ausbildung nicht wäre? Oder steckte etwas anderes dahinter? Das musste er herausfinden.

»Macht das Studium Spaß?«

Er hätte diese Frage nicht stellen dürfen, aber er konnte sich nicht beherrschen.

»Spaß ist wohl übertrieben«, wehrte sie ab und schaute aus dem Fenster. Lampen spiegelten sich funkelnd in ihren Augen.

»Sie weicht mir aus«, dachte er verbittert, »warum?« Das Gefühl, ausgeschlossen zu sein, lähmte ihn. Er hatte nicht einmal die Kraft, sein Bierglas zu heben.

»Ja und?«, hakte er nach und versuchte jedes Blinzeln und jede kleinste Regung ihrer Miene zu deuten.

Sie antwortete nicht, nicht direkt, sondern spitzte die Lippen und sah wieder so kindlich und wehrlos aus, was ihm an ihr gefiel. Gleichzeitig ließ sie ihren Blick vom Fenster an die Decke und zum Tisch gleiten und richtete zuletzt ihre hellblauen Augen direkt auf ihn. Ihm wurde ganz flau. In diesem Moment hörte er einen Seufzer, fast lautlos, als wäre er nicht für seine Ohren bestimmt gewesen. Aber er hatte ihn gehört. Seine Zweifel übermannten ihn fast. Beinahe wäre er geplatzt.

»Ist es dir wichtig? Ganz im Ernst also?«, beharrte er. Am

liebsten hätte er sie dazu gezwungen, ihm zu sagen, was das Allerwichtigste war, aber das wagte er nicht.

»Wie meinst du das?«, fragte sie, als hätte sie nicht begriffen, aber das tat sie durchaus. Gleichzeitig betrachtete sie ihn. Sah durch ihn hindurch. Verbohrte sich in ihm. Ihre Pupillen waren geweitet, die Augen dunkler.

Ihr Ernst war schwer zu deuten.

Warum wollte sie nicht lieber mit ihm zusammen sein? Seine Gedanken zerfleischten ihn fast. Wieso riskierte sie nicht mal was für ihn? Es war natürlich gut, dass sie diese Schule besuchte, dass etwas aus ihr wurde, aber nur solange sie ihn darüber nicht vergaß. Natürlich war er auch stolz, denn Malin war nicht irgendjemand.

Aber sie hatte ihm immer noch nicht geantwortet. Warum tat sie ihm das an? Begriff sie eigentlich, wie viel sie ihm bedeutete?

Sie schob ihr Haar hinter die Ohren und ließ es über die Schultern hängen. Wurde dadurch noch hübscher. Der Hals nackt. Der Tropfen an der dünnen Halskette lag in ihrem Halsausschnitt. Sie lächelte schwach, fast arglos, und sah ihm mit leicht vorgebeugtem Kopf wieder direkt in die Augen. Die Wärme überwältigte ihn. »Ich wusste es!«, jubelte es in ihm. Sie zwei gehörten zusammen. Für immer!

Zwei Männer an einem Tisch neben dem Tresen schauten schweigend zu ihnen herüber. Von ihren Händen stieg Rauch auf. Sie schienen jünger zu sein als er. Sie aschten auf den Boden und blickten herablassend in ihre Richtung. Aber ihn sahen sie gar nicht, sie hatten nur Augen für Malin. »Sie findet Beachtung«, dachte er. Diese Erkenntnis setzte ihm zu.

»Lernen macht Spaß«, sagte sie plötzlich. »Wirklich!«, fügte sie voller Nachdruck hinzu. »Aber es ist auch stressig. Ich habe Angst, es nicht zu schaffen«, plauderte sie weiter, aber er hörte kaum, was sie sagte. »Und bald beginnt mein Praktikum. Megaspannend.«

Er konnte mit ihrer Begeisterung nichts anfangen. Und dann diese Burschen, die zu ihnen herüberglotzten, besser gesagt, zu Malin, nicht andauernd, sondern immer wieder rasch und durchdringend, was ihn immer mehr ärgerte.

Er musste sich zusammennehmen, um nicht irgendetwas kaputtzumachen.

Die beiden neben dem Tresen erhoben sich und gingen. »Glück gehabt«, dachte er erleichtert und versuchte Malin zurückzugewinnen.

Aber da erhob sie sich ebenfalls. Sie stand abrupt auf und legte ihre Tasche auf den Tisch. Ein Ringblock schaute heraus. Sie beugte sich über die Tasche und begann, eifrig in ihr zu suchen, bis sie ein zusammengefaltetes Stück Papier fand. Sie glättete es und begann mit gerunzelter Stirn zu lesen. Sie war vollkommen unnahbar. Dann zog sie den linken Pulloverärmel hoch, schaute auf die Uhr, hob die Augenbrauen, als überraschte es sie, dass die Zeit so schnell vergangen war.

»Tut mir Leid, aber ich muss mich beeilen«, sagte sie.

Der Zauber war gebrochen. Er blieb sitzen, schwer und unbeweglich.

Sie bewegte sich rasch und geschmeidig, war eigentlich schon weit weg. Er sah ihr zu, wie sie ihren Pullover über die Jeans herunterzog und in ihre Jacke schlüpfte. Alles, ohne ihn anzusehen. »Da muss ich wohl auch aufstehen«, dachte er. Vielleicht konnten sie ja ein Stück zusammen gehen.

Er war auf gleicher Höhe und streckte die Arme aus, um seine Jacke anzuziehen. Dabei berührte er sie zufällig, aber sie reagierte nicht, wie er enttäuscht feststellte. Sie zog die Haare hervor, die unter den Jackenkragen geraten waren, und als sie auf den Rücken fielen, nahm er ihren Duft und ihre Nähe wahr, aber sie merkte immer noch nichts. Nur er wurde von Sehnsucht verzehrt. Davon, sie besitzen zu dürfen.

Gleich würde sie ihn verlassen, und er konnte sie nicht davon abhalten. Er biss die Zähne zusammen, dass seine Kiefermuskeln spannten. Die Gedanken und das Warten würden ihn zerstören.

Sie öffnete die Tür und trat auf den Bürgersteig.

»Tschüs!«, sagte sie und tätschelte rasch seine Wange.

»Ich kann dich begleiten«, bot er ihr großzügig an.

»Das ist nicht nötig«, sagte sie und entfernte sich einige Schritte von ihm. »Bis dann.« Sie winkte.

»Klar«, sagte er und blieb stehen, sah dabei aber nicht froh aus, sondern ernst und bedrückt, und das war Absicht. Sie sollte merken, wie sehr sie ihn verletzte, sollte ein schlechtes Gewissen bekommen. Sie ging zu ihren lächerlichen Mitstudentinnen und ließ ihn stehen. Das sollte sie bereuen.

Die gelbe Jacke verschwand um die Ecke.

»Ob sie wirklich ihre Mitstudentinnen trifft?«, dachte er und biss sich in die Innenseiten seiner Wangen. Dann knöpfte er seine Jacke zu, steckte die Hände in die Taschen und ging mit raschen Schritten in dieselbe Richtung wie sie.

FÜNFTES KAPITEL

Montag, 19. November

Hat sich gestern eine Krankenschwester bei euch gemeldet?«, fragte Veronika. Ausnahmsweise machte sie das Bett.

»Kann sein«, antwortete Claes ausweichend.

Mühselig versuchte er, sich anzukleiden.

»Du kannst doch wohl noch mit Ja oder Nein antworten? Ich hatte ihr versprochen, dass ihr Polizisten vollkommen ungefährlich seid.«

»Wie heißt sie?«

»Isabelle Axelsson.«

»Doch, die hat sich bei uns gemeldet. Sie hat mir übrigens was Neues beigebracht. Weißt du, was die EMLA-Generation ist?«

»Klar! Cissi gehört dazu, du nicht. Schließlich wirst du mit einem Hexenschuss wie ein Mann fertig«, frotzelte sie. »Du schweigst und leidest.«

Er entschied sich, darauf nichts zu entgegnen.

»Diese Krankenschwester hat sich jedenfalls ganz umsonst geängstigt«, fuhr er fort, als sei nichts geschehen.

»Das passiert leicht, wenn man immer allen alles recht machen und immer sein Bestes tun will«, meinte Veronika.

»Warum?«

»Wenn dann etwas passiert, womit man nicht gerechnet hat, bekommt man leicht ein schlechtes Gewissen.«

»Ist das bei dir auch so?«, fragte er

»Manchmal«, antwortete sie und sah dabei ganz unverzagt aus. Gleichzeitig hob sie Klara hoch, die auf dem Boden saß.

»Vor allem neige ich dazu, das ganze Elend der Welt auf mich zu nehmen, wenn ich müde und unausgeschlafen bin. Und man wird leicht müde, wenn man es allen recht machen will. Einige Leute schaffen es einfach nicht, sich Unglück und Elend vom Leib zu halten. In meinem Beruf gibt es natürlich immer Situationen, in denen Patienten ganz einfach jemandem die Schuld geben müssen. Und wenn man dann nicht gerade in Topform ist, nimmt einen das ziemlich mit.«

Im Augenblick wirkte sie jedoch so, als belastete sie rein gar nichts. Ihre Gesichtszüge waren entspannt, ihr Haar lockte sich an den Schläfen, der Hals war nackt, und der Kopf schaute ein Stück zwischen Klaras Armen hervor. »Meine Frau ist eine Schönheit«, dachte Claes.

Veronika fasste ihre Tochter fester.

»Sie wird schwer«, sagte sie und schaute Klara lachend ins Gesicht. Dann blies sie ihr vorsichtig auf die Wange, und ihre Tochter blinzelte und begann zu kichern.

Klara griff nach dem Armband ihrer Mutter und zog daran.

»Nein, meins«, sagte Veronika in Babysprache und löste das Armband vorsichtig aus Klaras eifrigen, kleinen Fingern. »Ich geh runter«, sagte sie dann zu Claes. »Kommst du auch?«

Er sah ihren grazilen Rücken in die Diele verschwinden und hörte ihre leichten Schritte auf der Treppe. »Manche Leute tänzeln nach unten«, dachte er neidisch.

Veronika war schon vor ihm auf gewesen, hatte es jedoch vermieden, ihn zu wecken. Das wusste er mehr zu schätzen, als ihr vielleicht klar war. Oder war es ihr klar? Er benötigte jedes bisschen Schlaf, das ihm vergönnt war. Seine Gedanken waren im Kreis gegangen, und sein Rücken hatte ihm wehgetan. Er hatte nur schlecht einschlafen können. Schließlich war er in den Morgenstunden in einen tiefen Schlaf gefallen. Er hatte nicht einmal gemerkt, wie Klara erwacht war. Vielleicht hatte er sie durch seine betäubende Müdigkeit hindurch ja doch gehört, aber nicht die Kraft gehabt aufzustehen.

»Es gibt Kaffee«, sagte Veronika, als er sich vorsichtig an den Küchentisch setzte.

»Das war nett, dass ich ausschlafen durfte«, meinte er.

»Nichts zu danken«, erwiderte sie und legte ihm eine Hand auf den Kopf, dort, wo sich sein Haar lichtete.

Der Frühstückstisch war gedeckt, der Kaffee schon vor einiger Zeit gekocht. Alter Kaffee schmeckte ihm nicht. Unbeholfen stand er auf und griff zum Wasserkocher.

»Kann man ihn nicht trinken?«, wollte sie wissen.

»Tja, frischer ist besser«, meinte er und versuchte tapfer zu klingen.

»Setz dich, dann mach ich das«, sagte sie und scheuchte ihn von der Spüle weg. »Es ist übrigens nicht gesund, sich so zu verausgaben wie du.«

»Es gibt so vieles, das nicht gesund ist.«

»Ich weiß.« Sie lächelte.

Der Hexenschuss hatte sich bisher noch nicht auf wunderbare Weise in Wohlgefallen aufgelöst. Etwas besser fühlte er sich jedoch. Vielleicht gewöhnte er sich auch langsam daran. »Es braucht einfach eine große Portion Geduld«, dachte er und sehnte sich bereits nach den harten Fingern von Dennis Bohman auf seiner Wirbelsäule.

»In der Nähe von Stockholm wurde die in ein Haus eingemauerte, zerstückelte Leiche eines Mannes gefunden«, erzählte Veronika.

Ratlos schaute er sie an.

»Das stand in der Zeitung.«

Er sah, dass die neue Schlagzeile etwas kleiner war als die über die angespülte Frauenleiche. Sie lautete: *Jetzt identifiziert.* Er las beide Artikel. Die Kollegen in Stockholm hatten es im Gegensatz zu ihnen vermutlich mit dem organisierten Verbrechen zu tun. Also war die Sache wahrscheinlich etwas klarer, aber vielleicht irrte er sich.

Vieles in dem Artikel über Malin Larsson ärgerte ihn. Die Polizei sei immer noch unsicher, wann sie zuletzt lebend gesehen worden war. Man verfolge gewisse Hinweise, sei aber dankbar für Tipps der Öffentlichkeit. Einen Verdächtigen gebe es nicht und auch kein Motiv. Die Hochschule für Krankenpflege wolle ein Kriseninterventionsteam für Studenten einrichten, die Hilfe benötigten. Auf einem Foto war Elisabeth Hübermann zu sehen, die mit Brille, Kostüm und diskretem Schmuck aussah wie eine Kommunalpolitikerin. Ein Kasten informierte darüber, dass in den Großstädten ungelöste Mordfälle zahlreicher seien als auf dem Land. Dazu hatte sich Lundin geäußert: *»Hier klären wir alles auf«, sagt Kommissar Jan Lundin. »Vermutlich liegt das daran, dass die Polizei in kleineren Orten über bessere Orts- und Personenkenntnisse verfügt.«*

»Genau«, dachte Claesson, »wenn man Glück hat.« Es blieb abzuwarten, ob ihnen das dieses Mal nützen würde. Im Fall Malin Larsson fehlte die lokale Verankerung, zumindest nach dem bisherigen Stand der Ermittlungen. Malin Larsson war nicht in der Stadt aufgewachsen.

Lundin hatte sich im Übrigen am Vorabend genauso gut im Fernsehen gemacht wie am Tag zuvor. Solide, gesammelt, überzeugend, kein Wort zu viel und trotzdem nicht geizig mit seinen Informationen. Ohne zu blinzeln, hatte er in die Kamera geschaut. Etwas kahl war er geworden. Das war Claesson noch nie so aufgefallen. Das war im Fernsehen deutlicher zu sehen. »Wir werden alle nicht jünger«, dachte er. Das Gefühl, dass die Jahre vergingen, wurde mit einem Mal überdeutlich. Er kam sich plötzlich sehr alt vor.

Wahrscheinlich stimmte ihn der Hexenschuss so melancholisch. Er war fünfzehn Jahre jünger als Lundin, hatte also mehr Jahre vor sich. »Mit einem Kleinkind auf die alten Tage muss man aber aufpassen«, dachte er. Er fand, dass er zumindest dabei sein wollte, wenn Klara das Abitur machte, und dann war er, mal sehen ... er rechnete nach wie schon oft ... dreiundsechzig Jahre alt. Auf diese Zahl kam er auch jetzt wieder. Das war schließlich nicht so schlimm. Dann war er noch nicht einmal in Rente. Er fühlte sich gleich viel fitter.

Er legte die Zeitung beiseite. Die Schilderungen von Gewaltverbrechen in den Massenmedien waren so platt. Unendlich viele Berichte über Folter, Vergewaltigungen, Kriege und Raubüberfälle allerorten. Tagtägliche Beschreibungen von Destruktivität. Hinter diesen Gewalttaten tickte die Verzweiflung, eine sinnlose Wut, ein glühender Hass, schwarz wie die Löcher des Weltalls.

Wie so oft, wenn er sich sammeln wollte, schaute er aus dem Fenster. Er hatte im Vogelhäuschen Futter nachgefüllt. Es gefiel ihm, die Vögel zu beobachten.

Die meisten Gewaltverbrechen wurden in den eigenen vier Wänden verübt. Die Schläge wurden von verzweifelten Ehemännern, Freunden, Vätern und sogar Müttern sowie von älteren Geschwistern ausgeteilt, deren Psyche seit der Kindheit verkrüppelt war. Seine Kollegen entdeckten manchmal die ersten Anzeichen, konnten aber nicht immer etwas unternehmen gegen die Gewalt im Privaten, in dem Milieu, das eigentlich Geborgenheit und Ruhe bieten sollte.

Hände um einen dünnen Hals, die zudrücken und immer weiter zudrücken und sich auch von angsterfüllten Augen nicht bremsen lassen. Die die Todesangst ignorieren. Die so lange nicht loslassen, bis die Luft zu Ende ist. Die nicht aufhören können, weil sich die innere Frustration schon vor zu langer Zeit festgesetzt hat. Bereits in der Kindheit.

Glückliche Kindheiten waren in ihrer Branche seltene Vögel.

Er schaute wieder in die Küche und lächelte Klara zu, die auf ihrem Kinderstuhl saß und an einem Holzlöffel herumkaute. Sie ließ den Löffel sinken, sah ihren Vater fragend an und lachte dann herzhaft, wobei sie ihre Augen fast ganz zukniff. Er beugte sich vor und legte einen Arm um sie. Er atmete den Geruch ihres Flaumhaares ein und blies ihr in den Nacken, und sie lachte noch mehr und wand sich genüsslich.

Er konnte sich nicht daran erinnern, wann er aufgehört hatte, darüber nachzudenken, ob der Mensch gut oder böse sei. Obwohl ihn diese Frage immer noch gelegentlich beschäftigte. Egal, wie es sich damit verhielt: Man musste auf die guten

Kräfte hoffen, sich gegen den Zynismus wehren, sich dem Schlimmsten zuerst stellen und sich dann langsam wieder an die Oberfläche arbeiten. Sein eigenes Leben hatte einen tieferen Sinn erhalten, gleich einer stillen Glut, die ständig sein Herz erwärmte. Er hatte Klara. Er hatte Veronika. Und Cecilia gab es auch noch, obwohl die Kommunikation immer noch nicht so recht klappte. Aber das würde vielleicht mit der Zeit kommen. Cecilia war reserviert. Jedenfalls wurde er immer befangen, wenn sie anwesend war. Ihm war klar, dass auch Veronika das merkte. Sie hatten sogar darüber gesprochen, obwohl es an der Situation nichts änderte.

»Wie geht's?«, fragte Veronika und ließ sich auf ihren Stuhl sinken.

»Es ist noch zu früh, um diese Frage zu beantworten. Es erstaunt mich, dass wir so lange gebraucht haben, um herauszufinden, wer sie ist. Findest du nicht auch? Aber sie lebte offenbar recht zurückgezogen.«

»Ich rufe Cecilia ja auch nicht jeden Tag an. Wenn ihr etwas passieren würde, würde ich das vielleicht auch nicht erfahren. Jedenfalls nicht sofort. Stell dir vor, wenn ihr etwas Schreckliches zustoßen würde, was täte ich dann?«

Ernst schaute sie aus dem Fenster. Dann schüttelte sie diese düsteren Gedanken ab.

»Man kann sich schließlich nicht um alles Sorgen machen«, meinte sie dann. »Studenten leben recht anonym.«

»Viele Menschen sind sehr allein.«

»Es ist vorgekommen, dass Studenten wochenlang tot in einem Wohnheim gelegen haben«, fuhr Veronika fort. »Jedenfalls war davon die Rede, als ich studiert habe. Wie sind eigentlich ihre Geschwister?«

»Sehr betroffen.«

»Das natürlich. Aber waren sie nett?«

»Ob sie nett waren? In so einer Situation kann man sich von so etwas kaum ein Bild machen. Sie trauerten. Aber unfreundlich waren sie nicht.«

Claes Claesson nahm auf dem Rücksitz Platz.

»Du bist stur«, sagte Veronika und schlug die Autotür zu. »Die meisten würden sich krankschreiben lassen.«

Er antwortete nicht, fixierte die Kopfstütze vor sich, um sich gegen den Ruck zu wappnen, der zu erwarten war, wenn sich der Wagen in Bewegung setzte. Veronika war sich dessen bewusst, dass sie einen Pflegefall im Auto hatte. Sanft und vorsichtig ließ sie die Kupplung los, rollte langsam die zu dieser frühen Morgenstunde noch recht dunkle Vorortstraße entlang und kroch im Schneckentempo über die Fahrbahnschwelle hinweg.

Die Nachbarn hatten aus einem unerklärlichen Grund ihre Gartenbeleuchtung nicht an. Wahrscheinlich waren sie verreist, obwohl sie nichts gesagt hatten – oder hatte Claesson es bloß vergessen?

»Sind die Gruntzéns nicht da?«, fragte er.

»Ich weiß nicht. Wieso?«

Sie versuchte ihn anzusehen. Sie sah immer noch verschlafen aus. Ihr Haar war strubbelig. Als sei ihr das Aussehen nicht so wichtig, jetzt, da sie mit Klara zu Hause war. »Das macht nichts«, dachte er. Er würde es sich auch gönnen, etwas nachlässig zu sein, wenn er Erziehungsurlaub nahm. Sie hatte sich rasch die erstbesten Kleider angezogen, Jeans und Pullover, um ihn fahren zu können. Klara saß im Kindersitz neben ihrer Mutter und stieß vergnügte Laute aus. Sie plauderte regelrecht. Cecilia war zu Hause und schlief. Veronika war mit ihrer erwachsenen Tochter noch sehr lang auf gewesen. Er hatte eine Weile ihrer leisen und vertrauten Unterhaltung zugehört und sie dann allein gelassen und sich hingelegt. Sie brauchten Zeit füreinander, dachte er, war aber gleichzeitig etwas eifersüchtig. Cecilia kannte Veronika bedeutend länger als er. Das würde er nie aufholen! Mutter und Tochter hatten allein gelebt und waren sich dabei sehr nahe gekommen. Cecilias Vorsprung war unbestreitbar. Aber es gab verschiedene Arten von Liebe, tröstete er sich. Für alle gab es Raum. Für jede auf ihre Art.

»War nur so eine Frage«, meinte er und ließ das Thema fallen.

Die Gruntzéns waren mit jedem erdenklichen Schutz vor Einbrechern ausgestattet.

Sie setzte ihn vor dem Präsidium ab. Rücksichtsvollerweise wies sie ihn nicht nochmals darauf hin, dass er sich doch krankschreiben lassen solle. Sie hätte es auch nicht wirklich von ihm erwartet, denn sie hätte sich in einer vergleichbaren Situation ebenfalls nicht krankschreiben lassen.

Nina Persson am Empfang blieb die Spucke weg, als Claesson vor dem Fahrstuhl stehen blieb. Er hatte bisher immer die Treppe benutzt. Nina sah im Übrigen etwas verquollen und blass aus. Womöglich hatte sie ihren Lippenstift noch nicht aufgetragen?

Es roch nach Farbe. Der Korridor war frisch gestrichen. Es war hell und sauber. Bald waren die Büros an der Reihe. Das bedeutete Durcheinander, Provisorien und Akten in Kartons, aber es ließ sich nicht ändern. Veronika und er hatten sich gerade erst in ihrem Haus so einigermaßen eingerichtet, in das sie vor knapp einem Jahr eingezogen waren, und jetzt hieß es wieder mobil sein.

Er probierte seinen Schreibtischstuhl aus. Es gelang ihm tatsächlich, darin Platz zu nehmen und die Rückenlehne so einzustellen, dass sie ihrer Funktion gerecht wurde, das Kreuz zu stützen und zu entlasten, statt sich wie ein Folterinstrument anzufühlen.

Claesson ging davon aus, dass Benny Grahn nun noch müder und erschöpfter sein und dagegen wie immer ankämpfen würde, indem er einen Zahn zulegte. »Heute wird er hyperaktiv sein, mit leicht vorgebeugtem Oberkörper herumrennen und wie ein Wasserfall reden«, dachte er. Er mochte Benny, ihren zuverlässigen und fähigen Mann von der Spurensicherung.

Es herrschte allgemeine Müdigkeit in fast allen gesellschaftlichen Bereichen. Ständig wurde in den Zeitungen über die zunehmende Zahl der Krankschreibungen und das Burn-out-Syndrom geschrieben. Claesson wusste nicht recht, was er davon halten sollte. Bisher waren sie ganz gut über die Runden gekommen. Kaum jemand war krankgeschrieben gewesen. Nicht mehr als an anderen Arbeitsplätzen zumindest. Sich halb tot zu arbeiten war natürlich auch nicht erstrebenswert, selbst wenn es einem unter den Nägeln brannte. Er wusste nicht recht, was er als Chef tun sollte. Er kam sich unbeholfen vor. Ohne ihr Zutun brachte jeder Tag neue Arbeit, und trotzdem würden sie nicht mehr als jetzt werden. Man konnte natürlich die Ansprüche herunterschrauben. Noch mehr herunterschrauben, musste er wohl sagen. Das eine oder andere hatte er bereits wegrationalisiert, und gewisse Fälle waren bereits in eine Ecke verbannt worden, zur ewigen Ruhe. Im Großen und Ganzen konnte alles so bleiben, und solange sich niemand direkt bei ihm beklagte, würde er nichts ändern. Sich um nichts zu kümmern war auch eine aktive Entscheidung, auch wenn sie nur ein Ausdruck der Ohnmacht war.

Vom Korridor her hörte er ein wohl bekanntes Keuchen und das Schaben schweren Mantelstoffes. Er wusste, dass der Mantel riesig war. Er gehörte Olle Gottfridsson, dem Polizeichef, der sich bei Nisses einkleidete, dem Laden für große Männer – oder fette.

»Tag«, sagte Gotte und blieb in der Tür stehen.

Sein Bauch quoll unter der Weste hervor, sein Schal war auffällig zitronengelb, vermutlich um dem Maulwurfsgrau einen Farbakzent zu verleihen. Da steckte sicher seine Ehefrau Vanja dahinter.

»Du wirkst niedergeschlagen«, fuhr Gotte fort.

»Der Rücken«, antwortete Claesson und zwang sich zu einem Lächeln.

»Aber du bist trotzdem auf den Beinen?«

»Nein, ich sitze«, erwiderte er und lächelte matt.

»Wie kommt ihr voran?«

»Es geht. Heute wird es etwas eng. Lundin fährt ja zwecks Fortbildung nach Göteborg.«

Er hatte seinen Schreibtischstuhl eine halbe Umdrehung gedreht und saß besser als seit langem.

»Das ist jetzt aber ungünstig. Was meinst du?«, sagte Gotte.

»Ich finde, dass er fahren soll. Er freut sich schon drauf. Wir müssen gelegentlich auch mal auftanken. Wir können nicht immer nur geben, jedenfalls nicht, wenn wir nicht überrollt werden wollen. Wenn wir ihn unbedingt brauchen, dann muss er seinen Kurs eben abbrechen. Wir könnten aber für einige Tage zusätzlich Verstärkung anfordern. Du weißt schon, viele Vernehmungen, aber das können wir vielleicht nach der Konferenz besprechen.«

Gotte blieb stehen.

»Ich hoffe, dass wir den Fall lösen«, sagte er.

»Wir wollen mal davon ausgehen«, meinte Claesson. »Wie immer«, fuhr er fort und machte eine kurze Pause. »Alle sind ziemlich überarbeitet«, sagte er und sah, dass Gotte nicht gefiel, was er hörte, genauso wenig wie es ihm als Chef gefallen hätte, wenn ihn jemand darauf hingewiesen hätte, dass es seinen Mitarbeitern nicht gut ging.

»Bald ist die Weihnachtsfeier, dann wird alles leichter«, meinte Gotte und kniff die Augen zusammen.

Claesson sah ihn mit leerem Blick an. Der Mann war unglaublich! Als könnte eine Weihnachtsfeier etwas gegen das ausrichten, was allgemein als Burn-out-Syndrom bezeichnet wurde. Gotte war einfach schon zu alt, um begreifen zu können, worum es ging. Oder zu gutgläubig. Und das war wahrscheinlich ganz gut so. Man musste in diesem manchmal recht erbärmlichen Leben ja schließlich nicht alles verstehen. Einiges konnte ihm ja ruhig erspart bleiben während dieser letzten Jahre, die ihm als Polizeichef noch blieben. Vor allem, da er es schätzte, zufriedene Mitarbeiter um sich zu haben.

Drei E-Mails ohne Belang löschte Claesson sofort, zwei beantwortete er, dann stand wieder jemand in der Tür. Er vollführte eine Viertelumdrehung mit seinem Stuhl und erblickte Louise Jasinski. Heute erinnerte sie nicht an eine frisch aufgeblühte Rose, sondern glich eher einer welken und traurigen Blume. Ihr Anblick gab ihm einen Stich, und er verspürte das Verlangen, sie zu beschützen.

»Was ist denn los?«, fragte er, ohne sich lange zu besinnen.

»Wieso?«

Fragend schaute sie ihn an.

»Ach, nichts«, entschuldigte er sich eilig.

Sie sah ihn kritisch an.

»Rein gar nichts. Ehrenwort«, verteidigte er sich und breitete die Hände aus. »Was wolltest du eigentlich?«

Sie runzelte die Stirn und schien seine Frage nicht gehört zu haben.

»Man könnte sich schließlich auch fragen, was mit dir los ist«, meinte sie gereizt.

»Meine Güte!«, dachte er. Würde der Tag mit einem Streit mit Louise beginnen?

»Nichts weiter. Ich habe nur verdammte Rückenschmerzen.«

»Hexenschuss. Richtig?« Sie klang regelrecht zufrieden.

»Ja.«

»Wieso bist du dann nicht zu Hause?«

»Weil ich arbeitssüchtig bin. Das weißt du doch. Ich muss herkommen und kann die Finger einfach nicht von diesen Papierbergen lassen. Erst dann geht es mir gut.«

»Na gut«, erwiderte sie mittlerweile gelassener. »Ich habe jedenfalls die ganze Nacht gut geschlafen.«

»Gut«, erwiderte er, obwohl er ihr nicht glaubte.

Irgendetwas stimmte nicht, aber er ließ es auf sich beruhen. »Schließlich haben wir alle unsere geheimen Sorgen«, dachte er.

»Ich werde deine Hilfe benötigen«, meinte er. Sie sah ihn aufmerksam an. Gebraucht und wahrgenommen zu werden, gefiel den meisten Menschen. »Du bist wichtig«, sagte er und kam sich fast dämlich vor, als schmierte er ihr zu viel Honig um den Mund, obwohl das vermutlich gar nicht nötig war.

»Was willst du?«, fragte sie trocken.

»Eigentlich nur, dass du mir in jenen Situationen hilfst, in denen Beweglichkeit von Vorteil ist.«

»Da ist dir dann dein Hexenschuss im Weg.«

»Genau!«

»Ich stehe immer zu Diensten, das weißt du doch«, sagte sie und lächelte zum ersten Mal, zwar spitzbübisch, aber immerhin.

»Irgendwas ist mit ihr«, dachte er, beschloss aber, das vorerst auf sich beruhen zu lassen.

Sie mussten im Konferenzzimmer alle Lampen einschalten. Obwohl es zehn Uhr vormittags war, herrschte immer noch halbe Dämmerung.

»Mit diesem Nebel ist nicht zu spaßen«, sagte Peter Berg.

Alle wirkten recht ausgeruht.

»Was Malin Larssons Post angeht: Sie hat einen eigenen Briefkasten. Er ist abgeschlossen und hängt im Treppenhaus«, referierte Claesson. »Der Hausmeister hat ihn für uns aufgeschlossen. Keine Sendung hatte einen älteren Poststempel als Dienstag, den 7. November. Eine Ansichtskarte von einer gewissen Betty von den Kanarischen Inseln. Diese Karte hat auf ihrem Weg durch Europa vermutlich einige Tage gebraucht. Es gibt keine Tageszeitungen, die uns dabei helfen könnten, den Zeitpunkt ihres Todes festzulegen. Die Bewohner abonnieren die Zeitung gemeinsam. Sie hatte keine eigene. Sonderlich viele Zeitungen hätten in dem kleinen Fach auch nicht Platz gefunden. Es gab ein paar Rechnungen. Nichts Nennenswertes.«

Die Bilder der Toten hingen genau in Augenhöhe. Die Abdrücke auf dem Hals erinnerten an zerlaufene Tintenkleckse. Passfotos der Geschwister waren rechts und links daneben angebracht.

»Das Tagebuch kann uns weiterhelfen«, sagte Louise. »Der letzte Eintrag stammt vom 3. November, einem Samstag, Allerheiligen.«

Louise blickte in die Runde und blinzelte, als hätte sie noch den Schlaf in den Augen oder müsse eine ungewöhnliche Müdigkeit vertreiben.

»Ich habe es durchgelesen«, meinte sie und hielt das Tagebuch in die Höhe. »Ich vermute, dass es noch weitere gibt, die hatte sie aber nicht hier. Sie scheint eine routinierte Tagebuchschreiberin gewesen zu sein. Es gibt allerdings nicht jeden Tag einen Eintrag. Manchmal hat sie ein paar Tage übersprungen und dann eine Zusammenfassung geschrieben. Sie schreibt über ihr Praktikum im Krankenhaus, über das Arbeitsleben, darüber, wie es ist, Krankenschwester zu werden, und so weiter. Offenbar war sie sich ihrer Sache nicht so sicher. Das Erwachsensein gestaltete sich vielleicht nicht ganz so, wie sie es erhofft hatte. Sie fand, dass die anderen Schwestern häufig etwas gemein zueinander waren. Das brauchen wir nicht zu vertiefen. Zusammenfassend lässt sich sagen, dass sie ziemlich einsam wirkt, jedenfalls kommt es mir so vor. Die Einträge sind sehr unterschiedlich. Manchmal klingen sie altklug, manchmal etwas kindisch oder wie die eines Teenagers. Aber sie schreibt leserlich und orthografisch korrekt. Gegen Ende wird ersichtlich, dass sie jemanden kennen gelernt hat. Sie schreibt folgendermaßen«, sagte Louise und räusperte sich. »›Dieses Jahr endet gut. Ich habe eine Freundschaft geschlossen. Vielleicht mehr als eine Freundschaft‹ … es folgen drei Fragezeichen. Und dann steht in ihrem Tagebuch auch noch Folgendes …«

Louise legte den nächsten Text auf den Overheadprojektor. Es war mucksmäuschenstill. Nur eine Neonröhre an der Decke knisterte. Sie lasen: *Er hat angerufen und mitgeteilt, ich solle den üblichen Weg nehmen und beim Fahrradschuppen bei der Schule warten. Er weiß also, welchen Weg ich immer nehme. Er spioniert. Es schaudert mich … (10. Oktober)*

Es war immer noch mucksmäuschenstill. Sie sahen sich an.

»Aha«, brach Claesson das Schweigen. »Haben wir irgendwelche Männer in ihrem Umfeld?«

»Ja, einen mit einer Fahrradwerkstatt. Alf Brink. Sein Vater besitzt das Fahrradgeschäft«, sagte Peter Berg.

Es ging kein Raunen durch die Versammlung, obwohl das nicht verwunderlich gewesen wäre, denn alle kannten Brinks Fahrradgeschäft.

»Aha«, sagte Claesson erneut.

»Im Wohnheim von Malin hieß es, die zwei seien gelegentlich zusammen gesehen worden«, fuhr Peter Berg fort. »Das ist ein paar Wochen her. Es könnte sich um einen Zufall handeln, aber es könnte auch zum Zeitraum vor ihrem Tod passen. Wann immer der nun eingetreten ist. Im Übrigen wussten sie auf ihrem Stockwerk erstaunlich wenig über sie. Sie war nicht sonderlich gesellig. Sie blieb für sich, aber niemand schien sie komisch zu finden«, meinte er und setzte sich so zurecht, dass er den Abstand zwischen Erika Ljung und sich vergrößerte, was Claesson auffiel.

»Noch mehr?«, fragte er.

Peter Berg schüttelte den Kopf.

Claesson nickte Benny zu, woraufhin sich dieser erhob. Er sprach am liebsten im Stehen. Die Tischplatte war ihm im Weg, wenn er gestikulieren wollte.

Mit rasender Geschwindigkeit erläuterte er, was für beziehungsweise gegen den Fundplatz als Tatort sprach. Vieles deutete darauf hin, dass sie nicht identisch waren. Etwas oberhalb des Fundplatzes hatten Zigarettenkippen gelegen. Dort gab es auch Abdrücke in der Erde, die möglicherweise auf einen Kampf hindeuteten. Es handelte sich jedoch nur um Vermutungen. In ihrem Zimmer im Wohnheim war bisher nichts aufgetaucht, was für die Ermittlung von Wert gewesen wäre, mit Ausnahme des Tagebuches und des Handys, das noch nicht ganz ausgewertet war.

»Dann haben wir in einem Kerzenhalter auf dem Fensterbrett eine ziemlich übel zugerichtete Kerze gefunden – was immer das jetzt bedeuten mag –, auf der sich ihre eigenen Fingerabdrücke befinden. Malin selbst hat die Kerze zerstört. Vielleicht war sie nervös. Ich brauche noch ein paar Tage. Natürlich gibt es Spuren von anderen Personen im Zimmer, aber es kostet Zeit, diese zu sortieren. Außerdem haben wir einen Ölfleck auf dem Boden gefunden, fast an der Tür.«

»Und das Fahrrad haben wir auch noch nicht«, warf Erika Ljung ein. »Niemand weiß sicher, was es für ein Modell war. Wir sind mit ein paar Leuten von ihrem Stockwerk zum Fahrradständer gegangen, aber es gelang nicht, Malins Rad in dem Meer aus Rädern, die dort standen, ausfindig zu machen. Ich vermute, dass die Hälfte von ihnen geklaut ist«, meinte sie.

»Vielleicht könnte uns in dieser Frage der Typ mit der Fahrradwerkstatt behilflich sein«, meinte Claesson. »Habt ihr ihn aufgetrieben?«

»Nein«, antworteten Peter Berg und Erika Ljung unisono.

»Dann verteilen wir die Arbeit für heute folgendermaßen«, fuhr Claesson fort, der steif wie eine Gipsfigur dasaß. »Wir konzentrieren uns auf Alf Brink. Er muss ja aufzutreiben sein. Berg soll hinfahren. Erika kann ihn ja begleiten.« Beide nickten. »Bringt ihn her, wenn er nichts dagegen hat. Die anderen fangen mit ihren Mitstudenten an. Ich kümmere mich erst mal um ihren Bruder, und Louise kann mit ihrer Schwester sprechen. Wir haben ihnen gestern eigentlich nur Guten Tag gesagt. Als sie kamen, war es sehr spät. Aus verständlichen Gründen waren sie in keiner sonderlich guten Verfassung. Sie kamen gerade aus Linköping und hatten dort die Tote identifiziert. Anschließend will ich noch versuchen, mit den Lehrern an der Hochschule zu reden. Die weiteren Aufgaben können wir ja nach und nach verteilen. Ich habe vor, hier im Haus zu bleiben. Wenn ich weggehe, sage ich Nina Bescheid. Wir treffen uns um vier wieder hier. Gibt es noch Fragen?«

Die Besprechung war beendet.

Alexander Grenberg saß vor Claes Claesson. Er hatte nicht denselben Nachnamen wie seine Schwester, da er den seiner Frau angenommen hatte. Larsson sei ein so häufiger Name, hatte er erklärt. Das Paar hatte eine knapp einjährige Tochter, die Grenberg mehrfach erwähnte. Sie bedeutete ihm viel, und das konnte ihm Claesson sehr gut nachfühlen.

Der Altersunterschied zwischen Alexander Grenberg und seiner jetzt toten Schwester Malin, der Kleinen, wie er sie mit Tränen in den Augen nannte, betrug drei Jahre. Claesson hatte Verständnis für seine Trauer und entschuldigte sich dafür, dass er trotzdem ein paar Fragen stellen müsse. Claesson war diese Art von Situation gewöhnt. Die Trauerarbeit musste bewältigt werden, aber gleichzeitig durfte die Aufklärung des Verbrechens nicht vernachlässigt werden.

»Das macht nichts«, sagte Grenberg. »Ich will, dass der Fall schnell aufgeklärt wird. Sie müssen den Mann finden, der diese Tat begangen hat«, meinte er und schaute Claesson mit einer Mischung aus Flehen und Aggression, möglicherweise Hass, an. Der Hass richtete sich jedoch nicht gegen Claesson.

»Wir tun, was in unserer Macht steht«, antwortete er. »Sie erwähnten Ihre Frau. Kannte sie Ihre Schwester?«

»Ja. Meine Frau und ich waren schon während unserer Schulzeit zusammen. Sie haben sich also oft getroffen.«

»Welche Schulzeit meinen Sie?«

»Das war wohl in der Oberstufe«, antwortete Grenberg und schien nachzudenken.

»Mann kann also sagen, dass sich Malin und Ihre Frau gut kannten?«

»Was heißt schon gut. Sie trafen sich oft.«

Grenberg ließ erkennen, dass das Verhältnis der beiden so seine Schattenseiten gehabt hatte.

»Haben sie sich gut verstanden?«, wollte Claesson deswegen auch wissen.

»Jedenfalls haben sie nicht gestritten«, antwortete Alexander Grenberg diplomatisch.

»Also ein kühles Verhältnis der Schwägerinnen«, dachte Claesson und beschloss, auch noch mit Grenbergs Frau zu sprechen, um das Bild von Malin Larsson zu komplettieren, falls das nötig sein sollte.

»Sie sollten darüber nachdenken, wann Sie zuletzt Kontakt zu Ihrer Schwester hatten«, fuhr Claesson fort. »Sie hatten die Nacht dazu Zeit. Ist es Ihnen jetzt eingefallen?«

Alexander Grenberg legte die Stirn in tiefe Falten und schaute auf den Tisch. Es ließ sich mit der Antwort Zeit. Claesson überlegte sich gleichzeitig, wann er zuletzt mit seiner großen Schwester, der um einige Jahre älteren Gunilla, gesprochen hatte. Das war eine Woche her. Er erinnerte sich mühelos daran. Sie hatten über das Weihnachtsfest gesprochen. Gunilla hatte sie nach Stockholm eingeladen. Das passte, da Cecilia Weihnachten bei ihrem Vater feiern wollte. Mit einem Kalender vor sich würde er sogar sagen können, an welchem Wochentag das gewesen war.

»Aber Alexander Grenbergs Gedächtnis wird von großer Trauer behindert«, dachte er und schob den Kalender auf ihn zu. Eine Trauerbotschaft konnte dem Gedächtnis allerdings auch auf die Sprünge helfen, falls es nicht gänzlich blockiert war. Wenn Gefühle in Aufruhr waren, in chaotischen Situationen, konnten Bagatellen umso deutlicher hervortreten. Vielleicht prägten sie sich dann für alle Ewigkeit ein. Einfachen, alltäglichen Sätzen wurde später ein tieferer Sinn zugesprochen, weil sie in einem schicksalhaften Augenblick, am Rand des Abgrunds, bei einem Schiffbruch oder in einem in Flammen stehenden Haus ausgesprochen worden waren. Selbst die Leere, die entstand, wenn Dinge nicht ausgesprochen wurden, konnte einem sehr zu schaffen machen und sich festbeißen und an einem zehren. So war es ihm selbst nach der Beerdigung seines Vaters ergangen. Es gab einiges, worüber er gern mit ihm gesprochen hätte, aber plötzlich war es zu spät.

»Das muss irgendwann vor Allerheiligen gewesen sein«, sagte Grenberg schließlich.

»Können Sie das nicht präzisieren?«

»Doch, wahrscheinlich war es am Freitag.«

»Freitag, dem 2. November, mit anderen Worten«, sagte Claesson und deutete auf den Kalender, der vor ihnen lag.

Grenberg nickte.

»Wie sah dieser Kontakt aus?«

»Telefon.«

»Sie haben also miteinander telefoniert?«

Grenberg nickte.

»Wer hat wen angerufen?«

Grenberg kniff die Augen zusammen, als würde ihn etwas blenden, obwohl es im Verhörzimmer recht dunkel war.

»Das war wohl sie«, antwortete er zum Schluss.

»Malin hat Sie also angerufen?«

»Ja.«

Die Antwort klang unsicher.

»Hatte sie einen besonderen Grund?«

»Nein, nichts Besonderes«, erwiderte Grenberg.

»Sie hat also nur angerufen, um etwas zu plaudern.«

Grenberg zuckte mit den Achseln.

»Ja, so könnte man sagen«, meinte er, ohne das näher zu erklären.

»Hat sie Sie oft angerufen?«

»Das kam vor. Aber manchmal habe auch ich sie angerufen.«

Claesson setzte sich gerade hin und begann nochmals. Er wollte es anders versuchen. Die Stimme seines Gegenübers klang eintönig. Offensichtlich war es dem Bruder zu viel, obwohl er versuchte, so gewissenhaft wie möglich zu antworten.

»Sie sprachen also von nichts Besonderem. Es wäre mir trotzdem sehr recht, wenn Sie noch einmal nachdenken könnten, worüber Sie genau gesprochen haben.«

»Über ihr Praktikum.«

»Was hat sie darüber erzählt?«

»Tja, dass es nützlich sei, die Wirklichkeit kennen zu lernen. Was man halt so sagt, nichts Besonderes.«

»Sie hat also nichts gesagt, woran Sie sich speziell erinnern könnten?«

Er schüttelte den Kopf.

»Nein, was hätte das sein sollen?«

»Ich weiß nicht. Irgendetwas, worüber Sie sonst nie sprachen.«

Grenberg schwieg.

»Nein«, meinte er, nachdem er eine Weile nachgedacht hatte.

»Wie klang sie?«, wollte Claesson wissen. »Können Sie das beschreiben?«

»Wie immer.«

»Vielleicht war ja ihre Stimme verändert – klang sie besorgt, traurig, verängstigt, fröhlich? Sie kannten Ihre Schwester doch sehr gut«, meinte Claesson und sah ihn bittend an.

Sie sahen sich ähnlich, soweit Claesson das nach den Fotos von Malin beurteilen konnte. Normaler Körperbau, gelenkig, blondes, eher dünnes Haar, helle Brauen und eine breite Nasenwurzel. Claesson vermutete, dass viele Frauen Grenberg als gut aussehend bezeichnen würden. Er war leger gekleidet, trug einen dunkelblauen Wollpullover mit V-Ausschnitt und darunter ein weißes T-Shirt. Er unterrichtete Werken.

»Meines Erachtens klang sie genau wie immer«, wiederholte Alexander Grenberg schließlich und schob die Ärmel seines Pullovers hoch. Sein Unterarm wies einen länglichen hellrosa Kratzer auf, den Claesson betrachtete, woraufhin Grenberg den Ärmel wieder nach unten zog.

»Was haben Sie selbst über Allerheiligen gemacht?«

Er zuckte leicht mit den Achseln.

»Nichts Besonderes. Sachen im Haus erledigt.«

»War Ihre Frau auch zu Hause?«

»Ja. Vielleicht nicht die ganze Zeit, aber meistens jedenfalls. Unsere Tochter natürlich auch.«

Claesson machte eine kurze Pause.

»Wie würden Sie Ihr Verhältnis zu Ihrer Schwester beschreiben?«

»Wie meinen Sie das?«, fragte Grenberg und errötete.

»Ich würde gern wissen, ob Sie Ihrer Meinung nach ein gutes oder ein weniger gutes Verhältnis hatten. Das kann bei Geschwistern sehr unterschiedlich sein.«

»Es war gut.«

»Ausgezeichnet«, meinte Claesson und lächelte. »Haben Sie sich übrigens verletzt?«

Alexander Grenberg sah auf seine mittlerweile wieder bedeckten Unterarme hinab.

»Nein, das passiert leicht mal bei meiner Arbeit«, sagte er, ohne an der Frage weiter Anstoß zu nehmen, obwohl er natürlich genau wusste, worauf Claesson hinauswollte. Bereitwillig zeigte er seine Hände, die schwielig und mit kleinen Wunden bedeckt waren. Die Fingernägel wiesen Trauerränder auf.

»Sie haben einander also gelegentlich ohne besonderen Grund angerufen?«, wiederholte Claesson.

Er dachte daran, dass Gunilla und er das nur selten zu tun pflegten. Doch, Gunilla rief ihn manchmal an, nur um den Kontakt aufrechtzuerhalten, sich nach Klara und Veronika zu erkundigen und ein wenig mit der neuen Schwägerin zu plaudern. Aber selbst rief er nur äußerst selten einfach so bei Gunilla an, sondern nur, wenn es einen besonderen Grund gab. Aber ihm gefiel dieses Geplauder, und er freute sich immer, wenn Gunilla anrief. Es munterte ihn auf, mit ihr zu sprechen, es war lustiger als mit seinem Bruder. Seine große Schwester war ihm immer näher gewesen. Übrigens beruhten ihre Anrufe nicht darauf, dass sie nichts Besseres zu tun gehabt hätte. Er kannte niemanden, der so viele Eisen im Feuer hatte. Vier Söhne, leitende Position und eine unendliche Zahl Bekannte und Freunde. Alle fühlten sich in Gunillas Gesellschaft wohl. Vermutlich würde sie nicht einsam sterben.

»Doch, das kam vor«, antwortete Grenberg zum Schluss, und Claesson konzentrierte sich wieder auf das Verhör. »Wir hatten schließlich nur einander«, fuhr Grenberg fort, »und unsere Schwester Camilla natürlich. Damals, nachdem wir ganz auf uns gestellt waren. Deswegen war unser Kontakt von solcher Bedeutung.«

»Ehe wir diese Sache weiterverfolgen, will ich Sie noch fragen, ob Ihnen Malin möglicherweise etwas erzählen oder anvertrauen wollte, weil Sie sie so gut kannten. War sie vielleicht traurig, oder benötigte sie Ihre Hilfe?«

»Das wäre schon denkbar gewesen«, erwiderte Grenberg entspannter. Er wirkte ein wenig stolz. »Sie konnte sich mir anvertrauen, wenn ihr danach war. Aber dieses Mal sagte sie nichts Besonderes, sie erzählte von der Schule und den Klassenkameraden und davon, dass sie jemanden kennen gelernt hatte. Das Studieren und das Praktikum machten ihr Spaß …«

Er verzog das Gesicht.

»Das war unser letztes Gespräch«, sagte er und versuchte erfolglos, seine Tränen zurückzuhalten.

Claesson ließ ihm Zeit.

»Sie erwähnten, Ihre Schwester habe jemanden kennen gelernt. Hat sie gesagt, wen?«, fragte er dann.

»Wie bitte?«

Grenberg sah ihn verständnislos an.

»Erwähnte Ihre Schwester Malin, wen sie kennen gelernt hatte?«

Grenberg wirkte fast beschämt.

»Nein, das tat sie nicht, und ich habe sie auch nicht danach gefragt. Vielleicht hätte ich das tun sollen«, meinte er und sah Claesson an.

»Man kann nicht an alles denken«, tröstete ihn Claesson. »Haben Sie den Eindruck, es habe sich dabei um einen Mann oder eine Frau gehandelt?«

Grenberg holte tief Luft.

»Es tut mir leid, aber ich kann diese Frage nicht beantworten. Sie war mit jener Person abends ausgegangen. In ein Pub. Ich habe nicht so genau zugehört. Ich dachte wohl, dass es sich um einen neuen Mitstudenten oder eine neue Mitstudentin handelte. Jemanden von ihrer Schule. Eine zukünftige Krankenschwester oder einen zukünftigen Pfleger.«

Claesson schaute aus dem Fenster. Das Zimmer lag Richtung Westen. Draußen hatte es aufgehellt. Es war drückend.

»Vielleicht sollten wir uns ein wenig die Beine vertreten«, meinte er, stand auf und öffnete das Fenster.

Auf dem Tisch standen halb volle Mineralwasserflaschen.

»Möchten Sie vielleicht einen Kaffee oder einen Tee?«

»Nein, danke«, erwiderte Grenberg und erhob sich. »Ich müsste erst mal nach draußen und …«

»Die Toilette ist rechts«, meinte Claesson und folgte ihm mit steifen Schritten auf den Korridor. Sicherheitshalber holte er noch eine Flasche Mineralwasser.

Dann nahmen sie wieder Platz.

»Wer, glauben Sie, ist der Täter?«, fragte Alexander Grenberg mit einer Mischung aus Aggression und Angst.

»Er scheint sich wieder gefangen zu haben«, dachte Claesson. Diese Frage würde noch oft gestellt werden.

»Wir arbeiten intensiv an diesem Fall. Das ganze Präsidium ist im Einsatz. Wir suchen jene Person, die Ihrer Schwester Gewalt zugefügt hat, aber im Augenblick wissen wir noch nicht, wer es war«, erwiderte er, sah Grenberg direkt in die Augen und hielt seinen Blick fest.

»Sie haben nicht den geringsten Verdacht?«

»Aus ermittlungstechnischen Gründen kann ich auf diese Frage leider nicht eingehen«, antwortete Claesson genauso diplomatisch wie in vergleichbaren Situationen. Diese Floskel war wie ein Mantra. »Aber ich kann Ihnen versichern, dass wir viele Spuren verfolgen und nichts unberücksichtigt lassen«, fuhr er fort und beugte sich etwas ruckartig vor.

»Ich dachte, Sie könnten mir jetzt vielleicht Näheres über Ihre Familie, über Ihre Kindheit und Jugend erzählen. Sie erwähnten, dass Sie sich nahe standen.«

»Wir sind drei Geschwister. Die Älteste ist Camilla, dann komme ich und zum Schluss Malin. Ich war zwölf, als unsere Mutter an Krebs starb. Malin war damals neun und Camilla ungefähr fünfzehn. Dann brach Papa einige Jahre später im Eis ein und ertrank.«

»Ein Unfall?«

»Ja, vermutlich. Wir wissen das nicht so genau. Man fand ihn an einer Stelle, wo das Eis aufgegangen war. Er hatte etliche Promille intus.«

»Hatte er Alkoholprobleme?«

»Das kann man wohl sagen. Aber er bewältigte seine Arbeit.«

»Was für eine Arbeit?«

»Er war Monteur.«

»In welchem Bereich?«

»Lüftungsanlagen.«

»Was geschah nach dem Tod Ihres Vaters? Sie waren ja Waisen.«

»Das Sozialamt und viele andere Leute mischten sich ein. Damals war ich fünfzehn und Malin, wie gesagt, drei Jahre jünger, also ungefähr zwölf. Camilla war inzwischen so alt, dass sie es vorzog, von zu Hause auszuziehen. Das konnte man ihr nachfühlen. Obwohl Camilla anfänglich noch zu Hause mithalf – aber nach einer Weile wurde entschieden, dass Malin bei Verwandten wohnen sollte, und da zog Camilla nach Malmö. Malin sollte bei den Verwandten wohnen, solange sie noch zur Schule ging. Auch ich wohnte eine kurze Zeit dort. Also bei den Verwandten, aber dann machte ich mich dünn. Malin wollte dort vermutlich auch so schnell wie möglich weg.«

»Waren sie nicht nett?«

»Doch, das schon. Aber es ist nicht immer so angenehm, nicht dazuzugehören und jemandem zur Last zu fallen. Wir hatten den Eindruck, dass sie es aus Pflichtgefühl taten. Weil der Anstand es von ihnen verlangte – und nicht, weil sie uns mochten, verstehen Sie?«

»Malin hat also bei diesen Verwandten gewohnt, bis sie hierher gezogen ist?«

»Nein, um Gottes willen! Sie wohnte dort nur einige Jahre. Vielleicht bis sie sechzehn oder siebzehn war. Dann besorgte sie sich eine kleine Wohnung, eine billige Mansardenwohnung. Nachdem sie mit der Schule fertig war, arbeitete sie einige Jahre in der Altenpflege, verdiente ihr eigenes Geld und mietete eine etwas bessere Wohnung, obwohl auch die recht billig war.«

»Wohnten diese Verwandten auch in Växjö?«

»Ja, aber in einem anderen Stadtteil als dem, in dem wir aufgewachsen waren.«

Claesson lehnte sich bedächtig zurück und beugte sich

dann schwerfällig wieder vor, womit er zu verstehen geben wollte, dass er jetzt das Thema wechselte.

»Wenn ich Sie richtig verstehe, hatten Sie also einen ... innigen Kontakt zu Ihrer Schwester. Kann man das so sagen?«

»Vielleicht«, meinte Grenberg und sah sowohl verlegen als auch etwas stolz aus.

»Vielleicht könnten Sie mir dabei helfen, mir ein Bild von Ihrer Schwester zu machen. Ich weiß, dass das nicht leicht ist, am allerwenigsten jetzt, aber könnten Sie versuchen, mir zu beschreiben, was für ein Mensch sie war?

»Ich weiß nicht, ob ich das kann.«

»Ich sehe ein, dass es schwierig ist zu verallgemeinern, aber ich wüsste beispielsweise gerne, ob sie neugierig war, ob es ihr leicht fiel, Leute kennen zu lernen, oder ob sie eher vorsichtig war, vielleicht sogar schüchtern.«

»Sie war nicht besonders draufgängerisch, schon eher zurückhaltend.«

Er verstummte und überlegte mit gesenktem Blick. Claesson sah seine Wimpern glänzen.

»Nein, sie gehörte nicht zu denjenigen, die etwas riskierten, falls Sie das meinten«, sagte Grenberg schließlich.

Claesson nickte. Genau darauf hatte er hinausgewollt.

»Kannten Sie ihre männlichen Bekannten?«

»Nein. Sie kümmerte sich um ihre Sachen und ich mich um meine.«

Es entstand eine Pause. Grenberg schien noch etwas hinzufügen zu wollen.

»Sie gehörte nicht zu denen, die sich mit dem ersten Besten einlassen!«, erklärte er.

»Was meinen Sie damit genau?«

»Sie war kein leichtlebiges Mädchen.«

»Leichtlebig, wie meinen Sie das?«

»Sie ließ sich nicht mit irgendwelchen Männern ein.«

Claesson nickte.

»Kennen Sie irgendeinen ihrer Freunde? Vielleicht noch aus Växjö?«

»Nein«, sagte Grenberg. »Möglicherweise erinnere ich mich an einen, aber das ist wirklich recht lange her. Ich weiß nicht, wie er hieß. Sie hat jedenfalls nie einen mit nach Hause gebracht. Die Männer standen ja auch nicht unbedingt Schlange. Sie war schüchtern. Obwohl, was weiß ich schon?« Ratlos breitete er die Hände aus.

»Ja, was weißt du«, dachte Claesson. Im Lauf der Jahre hatte er gelernt, dass nahe Verwandte meist weniger voneinander wussten, als sie glaubten.

»Könnten Sie uns den Namen der Verwandten nennen, bei denen Sie wohnten?«, fragte er und versuchte damit den Eindruck zu erwecken, dass es sich weniger um ein Verhör als um ein gemeinsames Projekt handelte. »Wenn Sie mir sagen könnten, wo sie zu erreichen sind, wäre es gut. Vielleicht könnten Sie uns auch aufschreiben, wo Ihre Schwester gearbeitet hat, falls Sie sich noch daran erinnern.«

»Das ist kein Problem, was unsere Verwandten betrifft, aber bei den Arbeitgebern bin ich sehr im Zweifel«, erwiderte Grenberg und sah plötzlich sehr müde aus.

»Es ist einen Versuch wert«, sagte Claesson aufmunternd.

»Sonst finden wir das auch auf andere Art heraus«, dachte er, »aber das dauert.« Der Schwester würde man natürlich dieselbe Frage stellen.

Claesson war vor Louise fertig, die die ältere Schwester vernahm. Er hatte es eilig, sich mit ihr abzustimmen. Bereits jetzt war ihm klar, dass sie gezwungen sein würden, nach Växjö zu fahren, je früher, desto besser. Es gab jedoch mehrere Gründe dafür, unter anderem seinen Rücken, dass er momentan vor Ort bleiben wollte. Ohnehin wollten sie erst einmal abwarten, was die Vernehmungen der Mitstudenten, Mitbewohner und anderer hiesiger Zeugen ergaben. Manchmal lag die Lösung näher, als man dachte. Nicht alle Verbrechen erforderten langwierige Ermittlungen.

Alexander Grenberg war beim Abschied ebenso erschüttert gewesen wie vor dem Gespräch. »Er kann einem leidtun«, dachte Claesson. Die Familie war langsam, aber sicher immer kleiner geworden. Anfangs waren sie zu fünft gewesen, und jetzt waren nur noch zwei übrig. Tragisch.

Louise öffnete die Tür und begleitete Camilla Larsson nach draußen. Claesson sah und hörte sie, als sie an seinem Büro vorbeigingen.

»Wie ist es gelaufen?«, fragte er, als Louise zurückkam.

»Weiß nicht«, erwiderte sie vage. »Willst du nichts essen?«

»Vielleicht.«

»Lass uns ins Kaffeezimmer gehen«, schlug sie vor.

Sie holte ein Paket Knäckebrot hervor, bestrich ein paar Scheiben mit Butter und stellte sie zusammen mit einer Kanne Wasser auf den vollgekrümelten Tisch. Während sie ihr Gespräch fortsetzten, schob sie die Krümel auf den Fußboden.

»Camilla hat keine Ahnung, was ihrer Schwester zugestoßen sein könnte«, sagte sie. »Auf Grund des Altersunterschieds pflegten sie in den letzten Jahren keinen besonders regen Umgang. Sie lebten in unterschiedlichen Welten, wenn ich sie recht verstanden habe. Außerdem in verschiedenen Städten. Sie hat einen Damensalon in der Gegend von Malmö, in Burlöv, und ist mit einem Mann verheiratet, der sehr viel arbeitet. Er hat eine Installateurfirma oder etwas in dieser Art. Außerdem haben sie zwei schulpflichtige Kinder. Mit anderen Worten hat sie viel zu tun.«

»In diesem Fall kannte ihr Bruder sie vermutlich besser«, konstatierte Claesson.

»Kann sein«, meinte Louise und wandte sich ihm zu. »Denkst du dabei an etwas Bestimmtes?«

»Ich weiß nicht, aber es muss jemand nach Växjö fahren. Die Geschichte von den Eltern hast du gehört?«

»Ja. Erst stirbt die Mutter, dann der Vater.«

»Wir müssen die verschiedenen Versionen vergleichen. Zwischen den Todesfällen lagen schließlich mehrere Jahre, aber es handelt sich trotzdem um eine Familientragödie großen Ausmaßes.«

Sie nickte mit vollem Mund.

»Falls das nun irgendeine Bedeutung haben sollte«, fuhr er fort.

»Das weiß man nie oder erst anschließend«, erwiderte sie.

»Aber vielleicht sollten wir erst einmal an Ort und Stelle wühlen«, sagte er und spürte seinen Rücken, als er sich eine Scheibe Käse abschnitt und auf sein Knäckebrot legte.

»Växjö läuft uns nicht davon. Burlöv vermutlich auch nicht«, sagte Louise.

Es war also Erika Ljung, die sich mit Peter Berg zusammen auf den Weg zu Brinks Fahrradladen machte. Sie saßen im Auto. Die Stimmung war geladen, unausgesprochene Gedanken lauerten unter der Oberfläche. Sie mieden einander. Gleichzeitig fühlten sie sich wie von starken, unsichtbaren Banden angezogen.

Peter war nach seiner Schussverletzung übermütiger, aber auch vorsichtiger geworden. Er war launisch und litt an dieser spürbaren Veränderung. Eigentlich hatte er sich nie in den Vordergrund gespielt und nie danach gestrebt, sich mehr zu exponieren als nötig, obwohl natürlich auch er gern Karriere machen wollte. Er war wissensdurstig und außerdem ein zurückhaltender Mensch. Zu Anfang hatte Erika seine zurückhaltende Art für Schüchternheit und Unsicherheit gehalten. Aber im Augenblick war ihm nicht seine Schüchternheit im Weg. Außerdem war ihm Erika anfänglich ziemlich unnahbar vorgekommen. Das war sie gewöhnt. Einige Männer waren gekränkt, wenn sie sie abwies, das hatte sie bitter zu spüren bekommen. Andere Frauen behandelten sie schlecht, weil sie mit ihrem dunklen Teint und auf Grund ihrer Größe und Figur auffiel. Sie wusste auch, dass sie gut aussah und dass das gelegentlich von Nachteil war. Es kam ganz darauf an. Ein ungeschriebenes Gesetz für Frauen besagte, dass alle möglichst gleich sein sollten. Und war man nicht auf demselben Niveau, tat man eben so. Oder verhielt sich unauffällig. Ignorierte. Das hatte sie Peter einmal in einer vertraulichen Stunde erzählt. Bei ihr zu Hause war das wohl gewesen. Mit Kerzen, Tacos und Bier. Er hatte auf seine bescheidene Art an ihren Lippen gehangen, das war ihr aufgefallen. Er wollte gern mehr darüber erfahren, wie Frauen dachten und handelten, ein Gebiet, das für ihn sowohl Frustration als auch Faszination barg. Er wollte mehr wissen und begreifen, vielleicht um sie zu erobern und ihr näher zu kommen.

Auch sie selbst hatte sich verändert. »Peter Berg und ich gleichen zwei angeschossenen Vögeln, die, so gut es geht, mit den Flügeln schlagen«, dachte sie. Was früher einmal zwischen ihnen gekeimt hatte, gab es nun nicht mehr. Das Gefühl der Erwartung war geschwunden, und sie vermisste es.

Und jetzt würden sie wieder zusammenarbeiten. Nichts würde natürlich wieder so werden wie früher, und das war gut so. Vielleicht würde ja jetzt etwas Besseres, Neutraleres, weniger Geladenes und weniger Anstrengendes folgen. Früher hatten seine sehnsüchtigen Blicke und seine Aufmerksamkeiten, die sie nicht erwidern wollte, sie angestrengt. Sie hatte sich in ihn verlieben wollen, sie mochte ihn, aber das war ihr nicht gelungen, sosehr sie es sich auch gewünscht hatte. Sich selber treu zu bleiben war ihr, nachdem sie misshandelt worden war, immer wichtiger geworden. Aber Peter Berg war kein rücksichtsloser Muskelprotz, sondern ein netter Kerl. »Eigentlich wäre er ja schon ein Mann für mich«, dachte sie, während sie ihn von der Seite ansah. Aber jetzt hatte er diese junge, allein erziehende Mutter getroffen. Hieß sie nicht Sara? Sara Grip?

Manche Leute verbargen ihre Angst hinter einer harten Schale oder strengten sich an, unbekümmert zu wirken – wie Peter. Zweifelte er, nach allem, was vorgefallen war, daran, den Anforderungen zu genügen? Sie sah die fetten Schlagzeilen noch vor sich. *Polizist im Dienst angeschossen.* Er wäre darüber fast zum Star geworden. Wenn das nun ein Grund für Berühmtheit war. Sein Mut, der ihn fast das Leben gekostet hatte. Aber auch seine Waghalsigkeit, die jedoch in der Presse keine Erwähnung fand. Sie wollten ihren Helden. Aber das gesamte Präsidium wusste Bescheid, und Peter Berg war sich dessen bewusst. Erika hatte den Eindruck gehabt, dass ihm das ganze Tamtam unangenehm gewesen war. So wäre es zumindest ihr ergangen.

Sie war ausgesprochen dankbar dafür, dass nicht publik geworden war, dass sie misshandelt worden war. Alle schwiegen eisern, obwohl einem leicht mal ein Wort zu viel rausrutschte. Ihre Kollegen hatten gute Arbeit geleistet und waren bei ihrer Rückkehr angenehm gewesen. Zu ihrer großen Erleichterung verhielten sich alle wie immer. Es kostete sie ohnehin schon genug Zeit, die Angelegenheit zu verarbeiten. Sie wusste, dass auch Peter Berg zu einem Psychologen ging. Claesson bestand darauf, wenn etwas vorgefallen war, denn sonst ließen einen die Erlebnisse jahrelang nicht los, sondern suchten einen ständig wieder heim, was zur Folge hatte, dass man ein schlechter Polizist und vielleicht auch ein schlechter Mensch wurde. Peter hatte es sicher nötig, dachte sie. Er hatte eigenmächtig und ungeschickt gehandelt und versucht, Tarzan zu spielen.

Peter Berg hatte wohl etwas abgenommen, obwohl es hieß, die Ärzte hätten seine Därme ebenso geschickt zusammengeflickt wie ihr Gesicht. Sie sah aus wie früher. Das sagten alle. Sie hatte versucht, sich an die immer wiederkehrenden Kopfschmerzen zu gewöhnen. Eines schönen Tages würden vermutlich auch diese verschwinden, hatte ihr Arzt tröstend gesagt.

Eigentlich hätte sie Verständnis haben müssen, verspürte aber in letzter Zeit Berg gegenüber zunehmend Verärgerung, die ihr nicht gefiel. Es kam ihr vor, als würde er mehr Platz beanspruchen, und obwohl es fast unmerklich geschah – sicher war es niemandem außer ihr aufgefallen –, spürte sie den Unterschied. Hatte ihn der Bauchschuss verändert? »Die Erkenntnis, dass das Leben buchstäblich an einem seidenen Faden hängt, muss notwendigerweise einiges verändern«, überlegte sie, während sie das Auto vor Brinks Fahrradladen parkte. »Entweder wird man ängstlicher oder noch waghalsiger, kommt ganz drauf an.«

Es war Viertel vor elf. Die Tür zur Werkstatt auf dem Hof

stand offen, obwohl ein eisiger Wind wehte. Sie zogen es jedoch vor, durch den Laden zu gehen.

»Hast du hier schon mal ein Fahrrad gekauft?«, fragte sie Peter Berg, als sie aus dem Auto stieg.

»Nein, noch nie.«

»Aber ich.«

»Soweit ich weiß, hat der Laden einen guten Ruf«, sagte er. »Es gibt ihn schon lange.«

Im Schaufenster stand einladend und glänzend ein schwarz lackiertes Damenrad mit weich gerundetem Rahmen, schwarz lackiertem Korb und braunem Ledersattel, das aussah wie zu Großmutters Zeiten.

»Megaschick«, meinte Erika.

»Welches?«

Ein rotes Mountainbike mit hochgestellten Handgriffen und schwarzen Reifen mit starkem Profil stand daneben.

»Das schwarze«, antwortete sie.

»Ich will lieber das rote«, meinte er und öffnete die Tür.

»Ach, wirklich?«, konnte sie gerade noch sagen, als ein Mann auf sie zutrat, und sie ahnte ein schiefes Lächeln auf Peter Bergs Lippen.

Der Mann war um die sechzig, klein, glatt rasiert und strahlte etwas rundum Gesundes aus. Freundlich lächelte er sie an. Er hielt seine Brille in der Hand. Eine Halbbrille mit Goldrand, wie man sie an der Tankstelle kaufen kann.

»Wir suchen Alf Brink«, begann Peter Berg. »Wir kommen von der Polizei.«

Erika Ljung war froh, dass sich keine Kunden im Laden befanden. Ihr missfiel es, in aller Öffentlichkeit ihre Macht zu demonstrieren. Der Mann errötete und begann an den Brillenbügeln herumzufingern. Er tat ihr leid. Sie wollte es schnell hinter sich bringen.

»Er ist da draußen«, sagte der Fahrradhändler Brink und deutete zum Hof, wo die Werkstatt lag.

Peter Berg wandte sich zur Tür, um wieder auf die Straße zu treten, hielt dann aber inne.

»Können wir nicht durch den Laden gehen?«, wollte er wissen.

Vielleicht hoffte er, auf diese Weise weniger aufzufallen und gleichzeitig überraschender einzutreffen. Der Mann nickte schweigend. Sein Blick verriet Angst.

Sie durchquerten rasch den langen und schmalen Laden. Es roch nach Gummi und Öl. Sie erblickten funkelnde Lenker, Felgen, Helme und Körbe in unterschiedlichen Größen an den Wänden. Sie öffneten die Tür zum Hof, gelangten auf einen schmalen asphaltierten Hof, auf dem alte und neue, kaputte und reparierte Fahrräder unter einem Wellblechdach standen.

Durch die Tür der Werkstatt hörten sie ein Radio, jemand hämmerte auf Metall. Sie traten ein und zogen die Tür hinter sich zu.

Alf Brink saß auf einem Rollhocker mit einem umgekehrten Fahrrad vor sich und war gerade damit beschäftigt, den Kettenschutz zu wechseln. Es war warm, obwohl die Tür zum feuchtkalten Hof offen stand.

Erschrocken sah er sie an, zögerte einige Sekunden und fuhr dann mit solchem Schwung hoch, dass der Hocker nach hinten schnellte und bei einem auf dem Boden liegenden Schraubenschlüssel zum Stillstand kam. Einen Moment lang glaubten sie, er wolle wegrennen, aber er blieb dann doch steif und linkisch stehen, zog einen fleckigen Lumpen aus der Tasche und begann sich umständlich die Finger abzuwischen. Er sagte kein Wort. Er hatte Angst.

Es wirkte, als hätte er sie erwartet, sich auf die Begegnung mit der Obrigkeit vorbereitet und Kräfte gesammelt, um den Schein zu wahren und eine Ruhe auszustrahlen, die seine Unschuld verbürgen sollte.

Er trug einen blauen Arbeitsanzug und war schlank, fast mager und vermutlich etwa eins fünfundachtzig groß. Seine schlechte Haltung erweckte den Eindruck von Unentschlossenheit und Vorsicht. Sein blondes Haar war kurz geschnitten, und er hatte freundliche Augen. Erika wusste, dass der

Schein trügen konnte, aber der Blick, den er ihr zuwarf, wirkte nicht berechnend, sondern eher verängstigt und beunruhigt. Mit gesenktem Kopf lugte er unter seinem Pony hervor, der sicherlich mütterliche Gefühle hätte erwecken können.

Es roch gut, fand sie. Eine Mischung aus Gummi und Schmier- und Lösungsmitteln. Vor dem Fenster stand eine lange Werkbank. Auf der gegenüberliegenden Seite lehnten defekte Fahrräder in drei Reihen an der Wand. Auch zwei zusammengeklappte Rollstühle standen dort auf blanken Felgen.

»Wir sind von der Polizei«, begann Peter Berg. Alf Brink nickte fast unmerklich. »Kennen Sie Malin Larsson?«

»Ja«, antwortete er sehr leise, nickte erneut und starrte auf den Betonboden. Seine schmalen Lippen wurden weiß. Er presste sie zusammen, wodurch sie noch schmaler wurden. »Ich habe sie aber schon lange nicht mehr getroffen«, fuhr er mit dünner Stimme fort und sah Peter Berg verängstigt an.

»Ich vermute, Sie wissen bereits, dass sie tot ist«, sagte Peter Berg, und Erika sah, wie der junge Mann zurückwich und wiederum den Blick senkte. Seine Wangen röteten sich. Im Radio wurde ein Stück mit vielen Bläsern gespielt. Marschmusik. Es hätte wirklich nicht schlechter passen können, dachte sie und wartete auf seine Reaktion.

Die Zeit verging im Schneckentempo. Sie standen wie festgefroren in ihren Rollen auf der Bühne.

»Ja«, antwortete Alf Brink schließlich. »Aber ich habe damit nichts zu tun.«

Er verstummte. Peter Berg betrachtete ihn forschend, als versuchte er zu ergründen, ob Alf Brink log oder nicht.

»Es wäre uns recht, wenn Sie uns aufs Präsidium begleiten könnten. Wir möchten Ihnen in aller Ruhe ein paar Fragen stellen«, sagte er nachdrücklich.

»Ja, aber ...«

»Es wäre das Beste, wenn Sie mitkämen«, meinte Peter Berg mit seiner autoritären Polizistenstimme, die Erika ärgerte und ihr nie gelang.

»Schließlich können wir nicht hier stehen bleiben«, meinte sie. »Es könnte jemand kommen.«

Ohne ein weiteres Wort schaltete Alf Brink das Radio aus und begab sich in ein angrenzendes, winziges Büro, um seine Jacke zu holen. Auf der von dunklen Ölflecken übersäten Werkbank lagen Dosen, Plastikschachteln und Werkzeug sowie ein selbst gebasteltes Holzschild, das Brink ergriff. Sie traten auf den Hof. Brink hängte das Schild an die Tür und schloss ab.

»Sie können gern noch Ihrem Vater Bescheid sagen«, sagte Erika Ljung.

»Was denn?«, erwiderte er, ohne sie anzusehen.

»Dass Sie uns begleiten«, meinte sie und versuchte ihrer Stimme einen beiläufigen Klang zu verleihen.

Ein rasches Achselzucken war die einzige Reaktion, dann gingen sie zum Auto.

Als Peter Berg auf die Straße bog, sahen sie ein Mädchen, das ein Fahrrad mit einem platten Vorderreifen zur Werkstatt schob. Auf sie wartete ein Holzschild mit den Worten *Komme gleich*.

Claesson hob den Hörer ab. Peter Berg teilte mit, dass sie mit Alf Brink unterwegs seien.

»Hatte er Einwände?«, wollte Claesson wissen.

»Nein«, antwortete Peter Berg.

»Ich spreche mit ihm«, sagte Claesson. »Sag Bescheid, wenn er hier ist.«

Claesson hatte gehofft, das Opfer nochmals ansehen zu können, aber momentan blieb ihm keine Zeit dazu. Zur Gerichtsmedizin in Linköping brauchte er mit dem Auto zwei Stunden hin und zwei Stunden zurück. So lange konnte er dem Präsidium nicht fernbleiben. Er musste sich mit den Fotos begnügen. Der Gerichtsmediziner wollte sich melden, sobald er mit der Obduktion fertig war. Die wahrscheinlichste Todesursache kannten sie bereits. Tod durch Erdrosseln. Es gab aber noch andere Zeichen von Gewalteinwirkung. Ihr

Körper wies viele Blutergüsse auf, eine Vergewaltigung war jedoch schwer nachweisbar. Die äußeren und inneren Genitalien waren unverletzt, und sie war vollständig angekleidet aufgefunden worden. Es ließ sich nicht feststellen, zu welchen sexuellen Handlungen sie möglicherweise gezwungen worden war. Die Röntgenuntersuchung war noch nicht abgeschlossen, ebenso wenig die DNA-Analysen, aber das würde wahrscheinlich nicht mehr lange dauern. Das staatliche kriminaltechnische Labor wollte sich beeilen.

»Wie einsam so eine Studentin doch sein kann«, dachte er erneut. »Einsam an einem fremden Ort, was aber auch anregend und aufregend sein kann. Kommt ganz darauf an.«

Weshalb hatte niemand in ihrem Wohnheim etwas unternommen? Aber vermutlich lebten dort alle in verschiedenen Welten und waren vollauf damit beschäftigt, ihr Dasein und ihr Image zu gestalten. So war es schließlich auch bei ihm gewesen, daran konnte er sich erinnern. Aber bestimmt hätte jemand nach ihm gefragt, wenn er sang- und klanglos verschwunden wäre, ohne Bescheid zu sagen. Freunde, die ihm nahe standen. Er begann darüber nachzudenken, wer dafür in Frage gekommen wäre. Er versuchte, sich ihre Gesichter vorzustellen, sah sie aber nur ganz verschwommen. Es waren einfach zu viele Jahre vergangen. Vermutlich würde er sie nicht einmal mehr wiedererkennen. Oder vielleicht doch. Gewisse Leute alterten nicht, sie entwickelten sich einfach zu vertrockneten Kopien ihrer selbst.

Vielleicht war Malin Larsson schüchtern und zurückhaltend gewesen. Eine schweigsame Krankenpflegeschülerin, vielleicht mit gewissen Kontaktschwierigkeiten. Das ließ sich ahnen, aber er wollte versuchen, sich, so gut es ging, mithilfe weiterer Aussagen eine eigene Meinung zu bilden. Er wollte versuchen, die Zeit zu finden, sich mit ein paar Leuten aus dem Wohnheim zu unterhalten oder diese Isabelle Axelsson, diese Krankenschwester, anzurufen, die so nervös gewirkt hatte. Veronika hatte nur Gutes über sie zu sagen gewusst, aber weshalb hatte sie so überdreht gewirkt?

Als Nina Persson vom Empfang anrief und mitteilte, Ljung und Berg seien mit dem Mann auf dem Weg zu ihm, stellte er das Telefon ab. Es klopfte. Mühselig erhob er sich und öffnete die Tür. Sie standen alle drei davor, Erika Ljung, Peter Berg und zwischen ihnen Alf Brink.

Nachdem Peter Berg und Erika Alf Brink abgeliefert hatten, gingen sie wieder. Claesson griff zum Telefon und bat wie vereinbart Louise zu sich.

Der Jüngling in blauen Arbeitskleidern sah sich angespannt um und warf ein paar verstohlene Blicke auf Claesson, der ganz gelassen wirkte. Claesson war nicht sonderlich groß, kaum größer als der Durchschnitt. Er wirkte jedoch kompakt und bewegte sich selbst mit Hexenschuss mit geschmeidigen, weichen Schritten. Er war etwas o-beinig, trug schwarze Jeans, ein dunkelgrünes Hemd und hatte seine Brille aufgesetzt, was das Bild von Autorität und Entschlossenheit verstärkte. Veronika hatte ihn einmal darauf hingewiesen. Er wusste nicht, ob sie es ernst gemeint hatte oder nicht – oder ihn vielleicht nur auf den Arm genommen hatte –, aber mit Brille sah er jedenfalls besser als ohne. Sein Haar war kurz, aschblond, an einigen Stellen angegraut und borstig. Er bewegte sich ruhig und beherrscht – wie jemand, der das Sagen hat, der Macht besitzt.

Er deutete auf einen Stuhl.

»Nehmen Sie Platz«, sagte er zu Alf Brink, der sich setzte.

Sie saßen um den Tisch gruppiert. Von einem offensichtlichen Ungleichgewicht, zwei gegen einen, war nichts zu spüren. Auf Louise Jasinskis Knien ruhte ein Block. Claesson legte ein vergrößertes Foto von Malin Larsson, eine Kopie aus dem Jahrbuch, vor den jungen Mann auf den Tisch. Alf Brink schaute es rasch an und senkte dann den Blick auf seine schwieligen Hände mit Trauerrändern unter den Nägeln. Unbeholfen und traurig machte er sich am Stoff seines Overalls zu schaffen.

»Sie kennen sie?«, fragte Claesson.

Alf Brink nickte, ließ seine eigenen Hände aber nicht aus den Augen.

»Sie heißt Malin Larsson. Stimmt das?«, fuhr Claesson fort.

Brink nickte erneut.

»Sie wissen, dass sie tot ist?«

»Ja«, antwortete er kaum hörbar.

»Sie wissen auch, dass wir annehmen, dass sie umgebracht wurde.«

Schweigen.

»Ermordet also«, verdeutlichte Claesson.

»Ja, ich weiß«, antwortete Brink mit geborstener Stimme.

»Wie haben Sie davon erfahren?«

»Ich habe es vor ein paar Tagen im Fernsehen gesehen und dann davon gelesen«, murmelte er kaum hörbar und schaute endlich auf.

»Sie hegten vorher keinen Verdacht, dass etwas nicht in Ordnung sein könnte?«

Er zuckte mit den Achseln.

»Vielleicht«, antwortete er dann. »Ich konnte sie nicht erreichen, und sie hat sich auch nicht gemeldet.«

Schweigen. Louise Jasinski blätterte behutsam um.

»Erzählen Sie uns von Ihrer letzten Begegnung mit Malin Larsson«, bat Claesson.

Alf Brink schaute auf.

»Das war an einem Sonntag«, sagte er. »Allerheiligen.«

Wieder wurde es still.

»Erzählen Sie weiter«, sagte Claesson.

»Gegen elf brach sie auf und ging nach Hause.«

»Sie war also bei Ihnen?«

»Ja.«

»Wann kam sie?«

»Sie war am Abend zuvor mit mir nach Hause gegangen. Wir waren auf den Friedhöfen gewesen«, sagte Alf Brink, »auf beiden ... Friedhöfen also.«

Claesson zog die Brauen hoch.

»Hatten Sie einen besonderen Grund, die Friedhöfe aufzusuchen?«, fragte er.

Alf Brink dachte nach. Er schob die Unterlippe vor, zog die

Achseln hoch und legte die Arme auf die Armlehnen. Dann lehnte er sich gespannt wie eine Feder zurück und faltete die Hände auf dem Schoß.

»Wir wollten uns nur etwas umschauen und ein paar Kerzen anzünden. Bloß weil …«

Schweigen.

»Bloß weil was?«, wollte Claesson wissen.

»Weil es schön ist«, sagte Brink und errötete.

»Haben Sie irgendwelche besonderen Gräber besucht?«

»Nein. Wir gingen einfach herum.«

Claesson stützte sein Kinn auf und dachte nach. Er beschloss, das Thema Friedhof eine Weile auf sich beruhen zu lassen.

»Und dann sind Sie zu sich nach Hause gegangen?«

»Ja.«

»Was haben Sie dort getan?«

Alf Brink errötete.

»Wir haben nichts Unerlaubtes getan. Wir haben gegessen und geredet und so. Es war nett. Und ich …«

Schweigen.

»Und Sie?«, wollte Claesson wissen.

»Ich habe ihr nichts angetan, falls Sie das glauben!«

Claesson antwortete nicht. Der Wind pfiff gegen die Fensterscheiben. Sonst war es still.

»Sie ist also über Nacht bei Ihnen geblieben?«, fragte Claesson dann.

»Ja, sie hat bei mir übernachtet. Es war das erste Mal, wir kannten uns schließlich noch nicht so lange … und …«

»Und was?«

»Wir haben nur geschlafen«, sagte Brink.

»Sie meinen also, dass Sie nicht miteinander geschlafen haben?«, hakte Claesson nach.

Wieder schwieg Alf Brink, während sich sein ganzes Gesicht rötlich verfärbte.

»Nein. Sie schien keine Lust zu haben, und da dachte ich, dass …«

»Was?«

»Dass das schon noch kommt«, sagte Alf Brink.

»Er ist wohl recht unerfahren, der junge Mann«, dachte Claesson. »Unerfahren im Umgang mit Damen. Oder er ist ein sehr guter Schauspieler.«

»Sie verließ Sie also am Sonntag, nicht wahr?«, fuhr er fort.

»Ja, sie ging etwa gegen elf.«

»Sie ging, sagen Sie. Meinen Sie, dass sie zu Fuß gegangen ist?«

»Ja. Und das Fahrrad stand bei ihr zu Hause. Ich hatte sie am Vorabend abgeholt.«

»Aber das ist doch recht weit«, wandte Claesson ein.

»Ja, aber wir hatten vereinbart, zu Fuß zu gehen. Ich weiß nicht, wieso, aber ... sie schlug das vor. Vielleicht, damit wir uns besser unterhalten konnten. Außerdem hatten wir keine Eile. Wir hatten den ganzen Abend vor uns.«

»Sie haben sie also nicht begleitet, als sie Ihre Wohnung verließ?«

»Nein.«

»Sind Sie ihr gefolgt?«

»Nein. Warum hätte ich das tun sollen?«, rief er entrüstet und schluckte dann.

Er hatte einen trockenen Mund und schien in Schweiß zu geraten. Louise öffnete eine Flasche Mineralwasser, goss ein und schob ihm das Glas hin.

»Sie blieben also in Ihrer Wohnung?«

»Ja«, antwortete Brink zuerst mit Nachdruck, schien sich dann aber eines anderen zu besinnen. »Ich bin in den kleinen Supermarkt gegangen. Sie wollte nach Hause, um ihr Fahrrad zu holen und Kaffee zu kochen. Sie besaß eine Thermoskanne und ich nicht. Aber ich wollte Kekse besorgen.«

»Aha. Was hatten Sie dann vor?«

»Eine Radtour. Es war nicht so kalt, und beim Fahrradfahren wird einem schließlich warm.«

»Sie wollten also Kekse für ein Picknick besorgen?«

»Ja, und dann wollten wir los. Aber ...«, begann er, und seine Stimme wurde plötzlich ganz leise, »... sie kam nie zurück.«

Die Luft im Zimmer war schlecht. Claesson bat Louise Jasinski, ein Fenster zu öffnen. Er kam sich vor wie ein Pascha, erhob sich aber nur ungern und wenn es unbedingt sein musste.

»Darf ich fragen, warum Sie die Fahrräder nehmen und nicht mit dem Auto fahren wollten?«

»Malin hatte keins und ich auch nicht. Ich habe keinen Führerschein«, fügte er dann hinzu und schien sich deswegen wahnsinnig zu schämen.

Claesson fiel auf, dass er zum ersten Mal ihren Namen genannt hatte.

»Nun gut«, fuhr er fort. »Sie verließ gegen elf Ihre Wohnung an der Fiskaregatan. Dort wohnen Sie doch?«

Brink nickte.

»Was geschah dann?«

»Nichts«, antwortete Brink.

»Sie kam also nicht zurück?«

»Nein.«

»Malin ließ auch nicht von sich hören? Sie hat auch nicht angerufen oder sich anderweitig gemeldet?«

»Nein!«

»Haben Sie sich da keine Sorgen gemacht?«

»Doch, ich habe auf ihrem Handy angerufen, aber sie ist nicht drangegangen.«

»Sind Sie dann nicht zu ihr nach Hause gegangen?«

»Warum?«

»Um sie zu suchen.«

Brink biss sich auf die Unterlippe.

»Nein, das habe ich nicht getan. Ich dachte ...« Er schien Zeit zu brauchen, um das, was er sagen wollte, so zu formulieren, dass es nicht ganz unglaubwürdig klang. »Ich dachte, dass sie mich vielleicht nicht mehr sehen will«, meinte er dann, starrte auf den Boden und wirkte so unglücklich wie ein Hund, der sich schämt.

»Sie verzichteten einfach darauf, hinzufahren und nachzusehen, ob sie zu Hause war?«, fragte Claesson zweifelnd.

Alf Brink nickte.

»Sie unternahmen also nichts, um herauszufinden, wo sie sich befand«, fuhr Claesson fort und klang weniger streng.

»Doch, ich rief an, aber sie antwortete nicht, und wir hatten doch gerade erst angefangen, uns zu sehen, und ich dachte, da wird wohl nichts draus ... Das dachte ich«, wiederholte Brink.

»Entschuldigen Sie, aber wie lange kannten Sie sich schon?«

»Einige Wochen. Fünf, vielleicht sechs«, antwortete er.

Claesson und Louise einigten sich mit einem raschen Blick darauf, dass sie übernehmen sollte. Ein Wechsel brachte manchmal neuen Schwung in die Vernehmung.

Also beugte Louise sich zu Alf Brink hinüber, senkte ihre Stimme, milde wie eine behaglich schnurrende Katze.

»Wir wissen, wie unbehaglich das hier ist, aber wir versuchen, einen Mord aufzuklären. Wir wollen, dass Sie uns so viel wie möglich helfen, und wir verstehen beide ...«, dabei sah sie Claesson an, »... dass Sie das ziemlich mitnimmt. Wir wissen auch, dass Sie nach besten Kräften mithelfen wollen, den Schuldigen zu finden. Nicht wahr?«

»Ich hab es nicht getan«, sagte er nochmals in flehendem Ton, damit sie ihm endlich Glauben schenkten. »Ehrenwort! Ich war es nicht! Ich hatte sie doch gern!«

Mit verzweifelter Angst kämpfte er darum, sie zu überzeugen. Er hatte Malin gern gehabt. »Genau solche starken Gefühle lassen einen zum Täter werden«, dachte Claesson. »Die Gefühle kippen um, Gewissheiten werden infrage gestellt. Die Angst, das zu verlieren, was einem lieb ist, lässt die dunklen Kräfte an die Oberfläche treten.«

»Nachdem sie Sie in Ihrer Wohnung in der Fiskaregatan 17 am Sonntag, dem 4. November, gegen elf Uhr zurückgelassen hatte, haben Sie sie nicht mehr gesehen oder anderweitig mit ihr Kontakt gehabt«, fasste Louise zusammen.

»Das stimmt.«

»Nächste Frage: Was, glaubten Sie, war geschehen, da sie sich nicht mehr meldete?«

Brink sah nach unten und bewegte nervös die Hände auf dem Schoß.

»Weiß nicht«, sagte er zögernd. »Dass sie einen anderen hatte«, antwortete er dann und kniff die Augen zusammen.

»Wer hätte das Ihrer Meinung nach sein können?«

»Keine Ahnung. Das war mehr so eine Idee. Sie wollte mich vielleicht nicht mehr treffen, obwohl es so ausgesehen hatte. Also anfangs. Wir hatten es ja ganz nett, obwohl wir nicht ...«

Der unvollendete Satz ging in ein verlegenes Schweigen über.

»... miteinander schliefen«, ergänzte Louise. »Meinten Sie das?«

Erneutes Schweigen. Er nickte mit geschlossenem Mund und an die Wand gerichtetem Blick.

»Könnten Sie mir antworten?«, beharrte Louise.

»Ja, das dachte ich. Wir hatten früher schließlich auch nicht zusammen übernachtet.«

»Wo trafen Sie sich normalerweise?«

»Das war unterschiedlich«, meinte er und neigte den Kopf zur Seite. »Manchmal irgendwo im Freien, manchmal im Pub, aber meist zu Hause bei mir.«

»Warum waren Sie nie bei ihr?«

»Sie wollte das nicht.«

»Wissen Sie, warum?«

»Nein«, sagte er erst, überlegte es sich dann aber anders. »Doch, vielleicht. Sie wohnte doch zusammen mit so vielen anderen. Dort hätte man uns nicht in Frieden gelassen.«

»War das so wichtig? Dass man Sie in Frieden ließ?«

Er schien nicht zu wissen, was er antworten sollte, und kratzte sich am Kopf.

»Eigentlich war es wohl nicht so wichtig. Ich weiß nicht, das war einfach nur so ein Gefühl von mir. Aber sie äußerte sich nie direkt darüber. Es kam mir nur so vor«, antwortete er ausweichend.

»Wir wollen jetzt über Ihre erste Begegnung sprechen«, sagte Louise. »Können Sie uns davon erzählen?«

»In der Werkstatt«, antwortete Brink rasch. »Sie kam mit ihrem Fahrrad, hatte einen Platten.«

»Dann wissen Sie also, wie ihr Fahrrad aussieht.«

»Ein DBS, ein Damenrad. Schwarz«, antwortete er.

»Würden Sie es wiedererkennen?«, wollte Louise wissen.

»Vielleicht. Das Modell ist recht häufig. Aber es hatte einen braunen Plastiksattel mit Rissen. Malin wurde immer nass, wenn sie sich draufsetzte, weil das Polster die Feuchtigkeit aufsaugte. Ich hatte vor, ihr einen neuen Sattel zu schenken, aber daraus …«

Er brachte den Satz nicht zu Ende, sondern biss die Zähne zusammen.

»Sie meinen also, das Fahrrad lässt sich leichter wiedererkennen, weil es einen braunen Sattel hat?«

»Kann sein. Schwarze Fahrräder haben meist einen schwarzen Sattel, wenn es sich nicht um einen Ledersattel handelt. Das Fahrrad war alt. Ich glaube, sie hatte es in Växjö gebraucht gekauft.«

Louise schrieb mit.

»Lernen Sie häufiger Frauen in Ihrer Werkstatt kennen?«

»Was meinen Sie mit häufiger?«

Brink war entrüstet, seine Stimme klang aufgebracht.

»Haben Sie schon früher mal auf diese Art eine Frau kennen gelernt?«, fuhr Louise ungerührt fort.

»Es kommt vor, dass man sich unterhält und so. Schließlich kommen viele einfach nur rein, weil sie sich unterhalten wollen, aber das sind natürlich die Älteren. Alte Männer, die sonst nichts zu tun haben, aber die unterhalten sich lieber mit Papa. Also die Rentner.«

Claesson hob einen Finger, um Louise zu bedeuten, dass er etwas fragen wollte.

»Und die jungen Damen? Mit wem sprechen die lieber?«, wollte er wissen.

»Das weiß doch ich nicht! Die meisten sagen nicht viel. Sie

geben ihr Fahrrad ab, sagen, was kaputt ist, und dann wollen sie alle, dass man es sofort repariert. Niemand will warten. Ich kann auch nicht den ganzen Tag rumstehen und mich unterhalten, schließlich muss ich arbeiten.«

»Sie hatten also noch nie zuvor ein Verhältnis mit einer Frau, die Sie in der Fahrradwerkstatt kennen gelernt hatten?«

Er schwieg.

»Was geht Sie das an?!«, rief er dann wütend, aber Claesson und Louise antworteten nicht. »Es ist schon mal vorgekommen«, sagte er dann. »Aber das ist doch wohl nicht verboten?«

Claesson gab sich fürs Erste zufrieden und bedeutete Louise weiterzumachen.

»Was wissen Sie eigentlich über Malin Larssons Hintergrund?«, fragte sie.

»Nichts«, antwortete er erstaunt, als würde er nicht recht verstehen.

»Man erzählt doch immer aus seinem Leben und so, wenn man sich kennen lernt und sich sympathisch findet.«

Alf Brink schien nachzudenken.

»Sie hat überhaupt nichts erzählt. Nur, dass sie schon früher als Pflegehelferin im Krankenhaus gearbeitet hat. Vielleicht war es aber auch in der mobilen Altenpflege.«

»Fanden Sie das nicht komisch? Dass sie nichts erzählte?«

Louise blickte ihn forschend an.

»Nein«, antwortete Alf Brink und sah die beiden fragend an. »Hätte ich sollen?«

Weder Louise noch Claesson äußerten sich dazu.

Sie fuhren Brink zurück zur Fahrradwerkstatt, damit er das Schild abhängen und weiter Fahrräder reparieren konnte oder was er an diesem einschneidenden Tag sonst vorhaben mochte.

»Das wird nicht leicht für ihn«, sagte Claesson.

»Nein. Das Gerede der Leute wird ihm zusetzen«, meinte Louise, und ihre Stimme klang bekümmert. »Die bösartigen Zungen, die es überall gibt.«

»Was hältst du von der Sache?«

Claesson hatte die Frage absichtlich vage formuliert. Louise sah ihm an, dass er sich bereits ein Urteil gebildet hatte. Ein vorläufiges, schließlich konnte sich alles ändern. Aber eine Linie hatte sich herauskristallisiert.

»Schwer zu sagen«, antwortete sie ausweichend. »Auf den ersten Blick finde ich, dass er einen sympathischen Eindruck macht. Nett. Etwas unsicher. Sicher auch Frauen gegenüber. Vielleicht finden Frauen, die einen harmlosen Mann suchen, das ja anziehend. Ein Mann, der ungefährlich ist oder zumindest so wirkt.«

Claesson erhob sich und entlastete damit sein Kreuz. Er versuchte, sich, so gut es ging, zu strecken und stellte sich ans Fenster.

»Was für ein Motiv könntest du dir im Augenblick vorstellen?«, wollte Louise wissen.

»Die Kehrseite der Liebe. Eifersucht, Kontrollbedürfnis, Besitzansprüche«, zählte Claesson auf, eine Antwort, die sie sich genauso gut hätte selbst geben können. »Ein klassischer Fall«, fuhr er fort, »von unkontrollierten Impulsen. Aber wir müssen abwarten. Jedenfalls haben wir nicht genug für einen begründeten Verdacht gegen ihn.«

»Noch nicht«, ergänzte sie.

Claesson erwähnte nicht, dass er gewisse Sympathien für den jungen Mann hegte, der mit dem anderen Geschlecht so unbeholfen umzugehen schien. Zumindest hatte er diesen Eindruck von Alf Brink gewonnen – von seiner schlaksigen Haltung, seinem hervorlugenden Blick, seinen zögernden Antworten. Gleichzeitig war sich Claesson bewusst, dass sensible, zerbrechliche Personen nur sehr schlecht mit dem Gefühl zurechtkamen, die Kontrolle zu verlieren. Sie wurden dann leicht überschwänglich und aggressiv. Er beschloss, behutsam vorzugehen und sich nicht festzulegen.

Peter Berg brachte die beiden Boulevardzeitungen mit ihren großen Schlagzeilen mit. Ein Foto zeigte die Mitstudenten, und darunter stand geschrieben: *Wagen wir zu bleiben?*, *Schlägt der Täter wieder zu?* und *Hätte es verhindert werden können?* Die Angst hatte um sich gegriffen, aber las man genauer, schienen die meisten trotzdem ihre Krankenpflegeausbildung fortsetzen zu wollen. Jedenfalls hatte Rebecka Eriksdotter das vor. Sie sei eine enge Freundin des Opfers gewesen, erfuhr man.

»So eng, wie es in so kurzer Zeit möglich ist«, kommentierte Louise.

»In jungen Jahren geht das schneller«, meinte Claesson. »Da ist man schon nach einem Abend bestens befreundet und unzertrennlich.«

»Ihre Mitstudenten haben Malin Larsson im Übrigen seit über zwei Wochen nicht mehr getroffen. Das dämpft vermutlich die Angst«, meinte Peter Berg. »Der Vorfall liegt schließlich schon einige Zeit zurück.«

»Ja, das kann natürlich sein«, gab ihm Claesson Recht.

»Es hat nicht den Anschein, als seien sie sonderlich besorgt gewesen. Es fragt sich, ob ihnen überhaupt aufgefallen ist, dass sie nicht da war«, überlegte Louise.

»Malin Larsson ist nicht sonderlich aufgefallen«, sagte Claesson.

»Möglicherweise nur dadurch, dass sie nicht auffallen wollte«, erwiderte Louise und versuchte witzig zu sein.

»Das kann manchmal auch recht angenehm sein«, fand Peter Berg.

Louise sah ihn finster an.

»Es gibt recht viele Kollegen, die wir nicht sonderlich vermissen würden, wenn sie zwei Wochen nicht da wären«, fuhr er fort.

Louise betrachtete ihn und fand, dass er über eine ungewöhnlich realistische Selbsteinschätzung verfügte. Es war ihr nicht weiter aufgefallen, dass er Urlaub im Süden gemacht hatte. Sie hatte es erst gemerkt, als er leicht sonnengebräunt und mit einer frischen Röte im Gesicht zurückgekehrt war.

»Ich habe vor, zu Alf Brink zu fahren«, sagte Claesson.

»Jetzt?«, wollte Louise wissen.

»Nein, später. Gerade jetzt kann ich nicht. Ich gedenke, ohne Voranmeldung zu erscheinen«, sagte Claesson und kratzte sich am Kopf, während er nachdachte. »Ich schaffe es wohl erst morgen«, meinte er schließlich. »Gibt es bei ihm zu Hause etwas von Interesse, dann hat er es ohnehin inzwischen beseitigt. Außerdem will ich, dass jemand mit ihm zusammen die Fahrradständer in der Stadt abklappert. Kannst du dich darum kümmern?«, fragte er Peter Berg, und dieser nickte. »Ihr könnt vor dem Wohnheim anfangen und dann an der Hochschule, beim Bahnhof, Lilla Torget und ... ja, du weißt schon ... weitermachen.«

»Können wir das nicht machen, nachdem er die Werkstatt geschlossen hat? Wir müssen ihn ja auch nicht unnötig unter Druck setzen. Schließlich liegt kein Grund zur Festnahme vor.«

Claesson gefiel Bergs Mitmenschlichkeit.

»Okay«, meinte er.

»In einer Kleinstadt wie dieser wird man Alf Brink ohnehin ohne Beweise verurteilen«, meinte Louise.

»Wahrscheinlich«, erwiderte Claesson seufzend. »Aber das braucht uns jetzt noch nicht zu kümmern. Wir rechnen damit, den Fall zu lösen. Wenn er es nicht war, wird man es vergessen. Das Gedächtnis der Leute reicht nicht weit.«

»Bist du dir da sicher?«, meinte Louise. In diesem Augenblick trat Inspektor Gren durch die Tür.

»Was Neues?«, fragte er und schaute vom einen zum anderen. »Ist Brink der Täter?«

»Nein«, antwortete Claesson. »Sieht nicht so aus. Vielleicht ergibt sich ja später noch was. Was gibt's?«

»Ich hatte gerade einen älteren Mann am Apparat. Das war jetzt schon sein zweiter Anruf. Das letzte Mal sprach er nicht mit mir und hatte wohl nichts von Wert beizutragen. Jedenfalls gibt es darüber keine Aufzeichnungen. Dieses Mal schien er genauer zu wissen, was er uns mitteilen wollte. Er wohnt mit Sicht auf den Hafen in der Hamngatan, recht weit oben, wenn ich ihn recht verstanden habe. Er sagte dritter Stock, aber ich glaube, dass es sich um das Haus handelt, das direkt auf der Anhöhe liegt. Das ergäbe also eine ordentliche Distanz für jemanden mit schlechten Augen.«

»Sieht er schlecht?«, wollte Claesson wissen.

»Nein, das weiß ich nicht. Ich habe ihn noch nicht getroffen. Ich habe soeben aufgelegt, aber ich dachte, dass vielleicht jemand hinfahren könnte. Er sah jemanden mit einer gelben Jacke vorbeiradeln. Wie einen gelben Punkt. Also auf der Hamngatan. Er glaubt, es sei an einem Sonntag gewesen, weil nicht viel Verkehr war. Daran erinnerte er sich. Für gewöhnlich parken dort eine Menge Leute, die zur Krankenkasse oder ins Einkaufszentrum wollen ... Aber nicht an jenem Tag. Es war regelrecht tot – wie sonntags.«

»Außer dem Sonntag gestern haben wir noch zwei zur Auswahl«, meinte Louise.

»Weil er solche Mühe hatte, sich zu erinnern, kamen wir zu dem Schluss, dass es wahrscheinlich eine Weile her ist, und das könnte dann ja vor zwei Wochen gewesen sein. Da lebte sie noch, wenn sie es denn war!«

»Fahr hin«, sagte Claesson an Berg gewandt. Dieser nickte und ließ sich von Jesper Gren den Namen und die Adresse geben.

»Er sagte dann noch, dieser gelbe Punkt habe angehalten«, fuhr Gren fort.

»Angehalten?«

»Und sei vom Fahrrad gestiegen.«

»Fahr sofort hin!«, wiederholte Claesson und sah Peter Berg auffordernd an. »Nimm Erika mit!«

Zeitungsboten, Leute mit Hunden und Rentner, die am Fenster saßen und noch gut sehen konnten, waren ihre besten Informanten. Das stimmte immer, dachte Claesson.

Isabelle Axelsson hatte gerade das geräumige und helle Büro der Stationsschwester am hinteren Ende der Station verlassen. Die Begegnung war nicht sonderlich angenehm gewesen.

Die Stationsschwester hieß Nelly; der Name klang friedfertig und nett, aber leider war sie sehr hochnäsig. Unschwer ließ sich feststellen, dass es ihr an Einfühlungsvermögen mangelte. Vermutlich beruhte ihre kühle Art darauf, dass sie unsicher war, und dies wiederum darauf, dass sie ihrer Aufgabe nicht gewachsen war. Darüber waren sich mit Ausnahme ihrer Günstlinge viele auf der Station einig. Nelly war dreiunddreißig Jahre alt. »Kaum trocken hinter den Ohren«, dachte Isabelle. Der Altersunterschied erschwerte die Situation noch. Isabelles Anspruch auf Respekt für ihr Alter und ihre Erfahrung wurden gänzlich außer Acht gelassen.

Nur zehn Minuten war Isabelle geblieben, dann hatte sie kehrtgemacht und war gegangen. Es hatte wirklich keinen Grund gegeben, weshalb sie als reife Person stehen bleiben und sich dumm vorkommen hätte sollen. Sie war nicht einmal dazu aufgefordert worden, Platz zu nehmen, sondern gezwungenermaßen gleich neben der Tür stehen geblieben und von einem Fuß auf den anderen getreten. Nelly hatte sie schmoren lassen, und Isabelle war verlegen geworden und hatte feuchte Hände bekommen.

»Dumme Ziege!«, zischte Isabelle Axelsson trotziger, als es ihrem Alter anstand. Aber niemand hörte sie. Wie ein verlorenes Schaf stand sie nun am Ende des langen Korridors der Chirurgie. Sie zitterte vor Wut und wusste nicht, was nun zu tun war. Das Feuer in ihrem Inneren würde noch eine ganze Weile lodern, das spürte sie. Das Blut schoss stoßweise durch ihren Körper. Wut und Verdruss klopften an ihre Schläfen, und sie spürte die herannahenden Kopfschmerzen.

Sie musste ein paar Minuten allein sein, um sich zu sammeln und wieder einen kühlen Kopf zu bekommen, bevor sie ins Schwesternzimmer zurückkehrte. Sonst bestand das Risiko, dass sie etwas Unüberlegtes sagte, und das wäre nicht gut. Sie würde sich eine Blöße geben und Dinge aussprechen, die sich anschließend nicht zurücknehmen ließen. Es gab immer Leute, die davon profitieren würden, wenn sie sich mit Nelly stritt.

Zusammenzuhalten war eine schwere Kunst und auf Station im Moment nicht unbedingt angesagt. Nelly besaß Kontaktleute, die ihr Informationen lieferten und es nicht wagten, auf eigenen Beinen zu stehen und sich unbeliebt zu machen. Jetzt saß mindestens eine von diesen im Schwesternzimmer an dem weißen Schreibtisch und wartete nur darauf, in Erfahrung zu bringen, in welchem Zustand Isabelle Nelly verlassen hatte.

Erst wollte sie ins Treppenhaus flüchten und den Fahrstuhl zu dem versteckten Platz an der Rückseite des Gebäudes nehmen, an dem sich alle Raucher trafen, diejenigen, die nicht aufgehört hatten, nachdem das Krankenhaus zur Nichtraucherzone erklärt worden war. Aber dort war es zu kalt, und außerdem war es zu weit. Außerdem wusste man nie, wer gerade eine Zigarette rauchte. Vielleicht der Hausmeister, der dafür bekannt war, Klatsch wie eine Schmeißfliege durchs ganze Krankenhaus zu tragen. Dann wäre sie gezwungen, über Malin zu sprechen und grinsend vorgebrachte Fragen und neugierige Kommentare über sich ergehen zu lassen.

Ihr blieb nur die Toilette neben dem Kaffeezimmer am anderen Ende des Korridors. Wie ein gehetztes Reh jagte sie den Gang entlang, öffnete die Tür zur Toilette, schloss ab, klappte den Klodeckel runter und ließ sich darauf niedersinken. Sofort kamen ihr die Tränen. Die ihr zugefügte Demütigung musste irgendwie aus ihr herauskommen.

Ihr war klar, dass sie keine Schuld an Malin Larssons Ermordung trug. Auch Nelly wusste das, versuchte aber dennoch, Isabelle einen Teil der Schuld aufzubürden und ihr mit großen Worten wie Pflicht, Verrat und Unterlassung eine Entschuldigung zu entlocken. Aber da war sie an die Falsche geraten. Mit verbissenem Schweigen hatte sie Nellys allzu hohen Haaransatz fixiert und den Wortschwall über sich ergehen lassen, als ginge er sie nichts an.

Sowohl Veronika Lundborg als auch Else-Britt Ek hatten bereits beim Weihnachtsmarkt versucht, sie davon zu überzeugen, dass sie wirklich nichts mit dem Tod der jungen Frau zu tun haben konnte. Sie war von den diffusen Schuldgefühlen, die ihr keine Ruhe gelassen hatten, von dem vielen Wein am Vorabend und in der darauf folgenden Nacht sowie vom Schlafmangel so verwirrt und aufgelöst gewesen, dass sie weder ein noch aus gewusst hatte. Jedenfalls da nicht.

Malin Larsson war genauso alt wie Linda, aber das beruhigte sie eigentlich nicht oder nur ganz wenig. Vielleicht ein wenig. Sie waren sehr verschieden. Linda hätte sich nicht für einen Pflegeberuf geeignet. »Sie will ein bequemes Leben führen und Beachtung finden«, dachte Isabelle unsentimental über ihre eigene Tochter. Sie wusste nicht, weshalb Linda so verwöhnt war, vermutlich war es ihre Schuld. Es war einfach so gekommen, als alles in ihrem Leben drunter und drüber gegangen war. Damals hatte sie von einem Tag zum nächsten gelebt und nicht die Kraft gehabt, den Kindern etwas zu verwehren.

Es musste ein verrückter Sexualmörder gewesen sein! Ihre Gedanken überschlugen sich. Jemand hatte sich an Malin Larsson vergangen. Ein fremder, feindlicher, großer und starker Mann. Ziellos suchte sie ihr Gedächtnis nach allen Männern ab, die sie kannte – selbst die Freunde von Tobbe kamen ihr in den Sinn. »Das sind nicht unbedingt alles Engel«, dachte sie. Kleine Betrügereien, Ladendiebstahl, Geschwindigkeitsüberschreitungen und Fahrraddiebstähle kamen schon mal vor, aber keiner von ihnen würde doch wohl …? Nein, undenkbar!

Es wäre übertrieben gewesen zu behaupten, dass sie um eine Person, die sie kaum kannte, aus tiefstem Herzen trauerte. Sie fand es hauptsächlich scheußlich und natürlich bedauerlich. Es war wie ein Diebstahl. Ein Leben, das lang hätte sein sollen, war verkürzt worden. Was hatte Malin eigentlich für ein Leben gehabt? Hoffentlich waren die wenigen ihr vergönnten Jahre erfreulich gewesen.

»Ist Ihnen klar, dass es von größter Bedeutung gewesen wäre, wenn Sie die Meldung über das Nichterscheinen einigermaßen rechtzeitig abgeschickt hätten? Am besten wäre natürlich gewesen, wenn Sie das unverzüglich erledigt hätten. Vielleicht hätte sich dieses schreckliche Ereignis dadurch vermeiden lassen«, hatte Nelly gesagt und sie aus ihrem Bürostuhl angeschaut, dessen verstellbare Rückenlehne ihre eine hochmütige Haltung verlieh.

Isabelle hatte sich dazu gezwungen, den Blick nicht abzuwenden.

»Und ich vermute, dass Sie wissen, dass wir auf dieser Station das Prinzip haben, dass man sich aufeinander verlassen soll, dass man sein Bestes leistet und seine Arbeit nicht vernachlässigt«, hatte Nelly unbarmherzig hinzugefügt.

Isabelle, die immer noch auf dem heruntergeklappten Toilettendeckel saß, hörte auf zu weinen. Sie hörte Stimmen auf dem Weg zum Kaffeezimmer, konnte sie aber nicht zuordnen. Sie blieb sitzen, hörte eine Schranktür, die geöffnet und geschlossen wurde, dann war es wieder still.

»Keine Nachlässigkeit ist erlaubt, und alles muss rechtzeitig erledigt werden, am besten noch, bevor man die Aufgabe überhaupt erhalten hat«, dachte sie säuerlich, als handelte es sich dabei um ein Gebet oder einen Merksatz, den man beliebig wiederholen konnte. Aber nicht einmal die vortreffliche Nelly wusste, welcher Instanz sie Isabelles Unterlassung melden sollte. Das hatte sie sogar zugegeben. Vielleicht niemandem, hätte Isabelle fast gesagt, Nelly dann aber weiterreden lassen. Nelly hatte vor herauszufinden, welches Formular verwendet werden und wo sie es hinschicken müsste, damit alles seine Ordnung hätte. Man dürfe vor der Wirklichkeit nicht die Augen verschließen. Was nicht dokumentiert werde, existiere nicht, und wie sähe es dann mit der Statistik aus? Während Nelly so sprach, verspürte Isabelle eine gewisse Unruhe darüber, in welchem Register sie wohl landen mochte. Nelly hatte sich immer dessen gerühmt, unzweideutig aufzutreten. Aber die normalen Disziplinarmaßnahmen versagten, wie gesagt, dieses Mal. Weder ein so genannter Vorfallsbericht noch die Lex Maria, eine Art Selbstanzeige, eigneten sich. Selbst Socialstyrelsen, die oberste Aufsichtsbehörde, war die falsche

Adresse. Schließlich handelte es sich nicht um einen Kunstfehler, sondern um eine andere Art der Nachlässigkeit. Das Wort war Nelly langsam über ihre fülligen Lippen geglitten.

Isabelle hatte vorgehabt, die Papiere, in denen stand, dass Malin Larsson an der zweiten Praktikumswoche nicht teilgenommen hatte, am Wochenende abzuschicken. Aber Nelly hatte ihr einfach nicht zugehört. Isabelle hatte vorgehabt, die Abwesenheitsliste entweder am Sonntag in den Briefkasten zu werfen oder eventuell am Montag, also heute, in die Hauspost zu geben. Aber Nelly hatte nicht zugehört, war ihr ins Wort gefallen, wie es sich nur Vorgesetzte erlauben können, und hatte über die Bedeutung guter Vorbilder gesprochen, zu denen sie Isabelle ganz offensichtlich nicht zählte. Nelly zog es vor, sie unter den großen Schlampen einzureihen. Immer gehe etwas schief! Wie jetzt wieder. Nelly deutete auch an, ihr sei in Bezug auf Isabelle so einiges zu Ohren gekommen. Isabelle errötete tief, immer wieder trieb ihre Vergangenheit wie ein Korken an die Oberfläche. Gewisse Dinge schien sie nie loszuwerden!

Sie saß, mit anderen Worten, fest. Sie sah es ganz deutlich vor sich. Ihr Leben auf der Station würde sich nicht verändern. Sie hatte keine Veranlassung, darauf zu hoffen, dass Nelly ihren Lohn je auch nur um eine Krone erhöhen oder sie auf andere Art ermuntern würde. Der Posten der Sektionsleiterin, um den sie sich beworben hatte, würde ihr vorenthalten bleiben. So war es nun mal. Obwohl sie heimliche Hoffnungen gehegt hatte, machte sie sich nichts vor. Nelly würde die Jungen, noch nicht vom Leben Gezeichneten, fördern. Damit musste sich Isabelle ein für alle Mal abfinden. Erfahrung besaß einen relativen Wert. Wissen war zwar gut, hatte aber keinen eigentlichen Preis.

Sie hätte sich schon vor langem, bevor sie ein Teil des Inventars geworden war, aus dem Staub machen sollen. »Vielleicht ist es nun zu spät dafür. Aber wer entscheidet das eigentlich?«, dachte sie dann und sah ein, dass sie selbst es war.

Sie hielt ihr Gesicht unter kaltes Wasser und versuchte, das Gespräch mit Nelly, das einen üblen Nachgeschmack hinterlassen hatte, von sich zu schieben. Dann trocknete sie sich vorsichtig mit den rauen Papierhandtüchern ab und nahm ihren von der Wärme ihres Körpers weich gewordenen Lippenstift aus der Kitteltasche. Vorsichtig tupfte sie ihn auf die Lippen und verteilte ihn dann mit der Fingerspitze.

Warum hatte sie sich nur nicht mehr Zeit genommen, mit Malin Larsson zu sprechen, als sie zusammen auf Station zu tun gehabt hatten? Vielleicht hätte sie so etwas Wichtiges erfahren, das der Polizei weitergeholfen und das sich Kriminalkommissar Claesson auf seinem Block notiert hätte. Etwas Wesentliches, das die Polizei direkt zum Mörder geführt hätte. Vielleicht war Malin ständig bedroht worden und hatte jeden Tag Angst gehabt, auch wenn ihr das nicht anzumerken gewesen war. Man konnte vieles verbergen – auch Dinge, die nur schwer zu ertragen waren –, wenn man nur genug Übung besaß oder sich daran gewöhnt hatte. Nicht viele hatten gewusst, dass Loffe getrunken und sie manchmal geschlagen hatte. Dass sie nicht immer hatte schlafen können. Wie so vieles andere hatte sie es lange mit Geschick geheim gehalten, selbst nachdem er sie die Treppe heruntergeworfen hatte.

»Das führt zu nichts!«, dachte sie, kniff die Augen zusammen und schüttelte den Kopf, bis die schmerzlichen Erinnerungen gewichen waren und sie sich wieder in der Gegenwart befand. Nein, sie hatte nicht viel über Malin erfahren. Einige Menschen reden mit Vorliebe über sich selbst und vertrauen einem alles an. Die Seele ergießt sich wie Münzen aus einer Geldbörse – aber nicht bei Malin. Vielleicht war sie auch nur schüchtern gewesen. Oder sie hatte ein Geheimnis bewahrt, das so groß war, dass sie es niemandem hatte anvertrauen können. Nun waren ihre Lippen ja für alle Zeiten versiegelt.

Isabelle zuckte zusammen. Jemand hatte die Klinke ergriffen und rüttelte wütend an der Tür. Sie richtete sich auf, scheute dann aber doch zurück vor einer Begegnung mit der anderen Person, wer immer sie auch sein mochte. Deswegen ließ sie sich wieder leise auf den Toilettendeckel sinken und rührte sich nicht, bis sie hörte, wie sich die Schritte entfernten.

Sie schaute auf die Uhr. Knapp zehn Minuten waren vergangen, seit sie sich eingeschlossen hatte. Ihr war vieles durch den Kopf gegangen. Jetzt war sie ruhiger und fühlte sich wieder wie ein Mensch. Nachdenklich beugte sie sich vor, stützte die Ellbogen auf die Knie und legte das Kinn schwer in die Hände, dass es wehtat. Der Schmerz war ihr angenehm, denn er fühlte sich irgendwie real an.

Sie hörte es im Korridor klingeln, aber das stresste sie nicht mehr. Es war ihr egal. Wahrscheinlich fluchten die anderen darüber, dass sie nicht verfügbar war, aber sie hatte mitgeteilt, sie müsse zu Nelly ins Büro, und war überzeugt davon, dass die anderen wussten, weshalb. So etwas sprach sich sofort herum. Aber jetzt kümmerte es sie nicht mehr, was sie dachten und was sie sagten. Schließlich konnte sie nicht ihr ganzes Leben auf Nelly und darauf, was diese dachte, ausrichten. »Einen Eintrag in meine Personalakte muss ich eben hinnehmen«, dachte sie beherzter und erhob sich. Ihr Gesicht sah im Spiegel immer noch etwas verquollen aus, aber sie war bereit. Sie hatte einfach keine Kraft mehr für die demütigenden Gedanken voller Selbstmitleid.

Sie schloss auf und öffnete die Tür, wich aber sofort wieder zurück, als sie unerwartet vor sich einen breiten Rücken erblickte, der den ganzen Raum vor den Spinden ausfüllte, in die sie während der Arbeitszeit ihre Wertsachen einschlossen. Sie vernahm leises Schluchzen. Sonja weinte! Sie tat Isabelle leid.

»Was ist los?«, fragte sie vorsichtig und legte ihrer Kollegin einen Arm um die Schultern.

Das Schluchzen wurde lauter, aber sie erhielt keine Antwort. Sonja umklammerte krampfhaft ihre Handtasche, zog mit nervösen Fingern ein Papiertaschentuch hervor und schnäuzte sich.

»Aber liebe Sonja, was ist denn los?«, fragte Isabelle nochmals.

Sie versuchte den Blick ihrer Kollegin aufzufangen, aber es gelang ihr nicht. Sonja drehte ihr Gesicht zum Spind und drückte dann ihre Stirn auf das kalte Metall.

»Die Polizei hat Alf abgeholt«, flüsterte sie schließlich kaum hörbar und mied immer noch Isabelles Augen.

»Was?!«, rief Isabelle.

»Sie verhören ihn.«

»Aber hör mal ...«

»Vielleicht glauben sie ja, dass Alf der Täter ist«, murmelte Sonja. In einem Mundwinkel hing ein wenig Spucke, und ihre Augen waren vom Weinen gerötet.

Isabelle verspürte wieder ein Unbehagen in der Magengegend, aber nun war es anders, denn es ging nicht mehr um sie selbst, sondern um eine strafende Wirklichkeit, vor der sie dieses Mal nicht die Augen verschließen konnte. Es ging nicht um eine Nachlässigkeit, sondern um etwas viel Schlimmeres.

Alf Brink verspürte das dringende Bedürfnis, erst einmal in seiner Wohnung zu verschwinden, ehe er wieder in die Werkstatt ging. Er wollte sich hinsetzen und zwei Sekunden nachdenken, vielleicht auch länger. Sein Vater erwartete ihn vermutlich im Laden und wollte wissen, was auf der Wache passiert war, aber Alf wollte ihn nicht sehen. Nicht jetzt. Die Fragen, die er Alf stellen würde, ließen sich nicht beantworten. Er wollte sich nicht der Angst seines Vaters aussetzen, auch nicht seiner Unruhe und seiner Fürsorge.

Sie hatten ihn auf der Wache freundlich, aber unnachgiebig in die Zange genommen. So war es ihm zumindest vorgekommen. Keine harten Worte, keine lauten Stimmen. Der Polizist mittleren Alters, der eigentlich recht nett wirkte, hatte sich ruhig nach Malin erkundigt, nach ihrem Verhältnis, was sie verband, wann sie sich zuletzt getroffen hatten, was sie gemacht hatten. »Und das geht ihn einen Scheißdreck an«, dachte Alf wütend. »Man hat schließlich noch das Recht auf ein Privatleben! Man muss nicht über die privatesten Dinge Rechenschaft ablegen! Das ist eine Zumutung!«

Zum ersten Mal in seinem siebenundzwanzigjährigen Leben hatte er sich einem polizeilichen Verhör unterziehen müssen. Darüber hatte er bisher immer nur in der Boulevardpresse gelesen oder es in den Abendnachrichten gesehen. Ein winziges Zimmer und viele Fragen, so viele, dass er ganz benommen gewesen war. Als wollten sie ihn aufs Glatteis führen, eine Lücke finden, ihn dazu verleiten, sich zu verplappern.

Hellgelbe Wände, ein Tisch, Stühle und diese freundlichen Polizisten und mittendrin er selbst in all seiner Unbeholfenheit. Es bestehe kein Verdacht gegen ihn, hatte der Kriminalkommissar namens Claesson gesagt, der der Chef zu sein schien. Auch die Frau war freundlich gewesen. Stünde er unter Verdacht, hätte man ihm einen Anwalt besorgt, hatte Claesson gesagt. Sie würden alle verhören, die mit Malin zu tun gehabt hatten. Das tue die Polizei immer, und das sah Alf natürlich ein, auch wenn es irgendwie unangenehm war.

Seine Kiefermuskulatur war so angespannt, dass es im Nacken schmerzte. Er kochte innerlich. Der Kommissar hatte indiskrete Fragen gestellt, aber nicht versucht, ihn einzuschüchtern. Er war weder spöttisch noch neugierig noch ekelhaft gewesen. Man hatte ja schon einiges über Polizisten gehört. Harte Verhörmethoden. Er musste sich seine Antworten merken, falls die Fragen nochmals gestellt würden.

Sein Vater wusste im Übrigen nichts von Malin. Seine Mutter auch nicht, soweit er das beurteilen konnte. Die Mutter hatte nie etwas angedeutet und auch keine beiläufigen Fragen gestellt, was gar nicht ihre Art gewesen wäre, wenn sie nun etwas geahnt hätte. Vielleicht war es ihr ja auch egal gewesen? Aber das wäre auch nicht ihre Art gewesen. Also hatte sie nicht gemerkt, dass er sich eine Freundin zugelegt hatte. Diese Schlussfolgerung beruhigte ihn. Immerhin würde ihm die Besorgnis seiner Eltern erspart bleiben. Sie würden sowieso Himmel und Hölle in Bewegung setzen, wenn sie es erfuhren. Sie würden vollkommen durchdrehen, am Boden zerstört sein, vielleicht auch traurig werden. Das wäre dann noch schlimmer.

Er lebte sein eigenes Leben, auch wenn er in ihrem Haus wohnte. Er hielt auf seine Privatsphäre. Auch in dieser Hinsicht. Er dachte daran, dass Malin seine Freundin war, wiederholte es nochmals, sie war seine Freundin gewesen. Oder wie man das nun nannte. Das war sie doch gewesen? Seine Freundin! Und es hatte geklappt. Fast jedenfalls, und das genügte ihm, und es war nichts, was er rumerzählen wollte. Sie hatten geschmust, zusammen auf seinem Bett gelegen, sich umarmt, immer mehr und immer fester. Dann hatten sie rasch die Kleider ausgezogen, und es war fast von selbst gegangen. Es war nicht so schwierig oder kompliziert gewesen, wie er gehört hatte, mit geheimnisvollen Knöpfen an BHs und so. Sie war auch gar nicht steif gewesen, hatte nichts Dummes gesagt, und er war vollkommen darin aufgegangen, im Pochen seines Körpers und seines Schwanzes in ihrer Spalte, den Brüsten, in dem Geruch, der Feuchtigkeit, in allem. Und sie hatte ihn nicht losgelassen, sondern ganz festgehalten und umarmt. Er war etwas zu schnell gekommen und hatte sich bereits schämen wollen, als er verstand, dass es ihr nichts ausmachte. Nicht das Geringste. Sie mochte ihn trotzdem. So war es gewesen. Und sie waren einfach liegen geblieben und hatten dem Wind gelauscht und waren schließlich eingeschlafen.

Vielleicht hatten seine Eltern sie ja doch durchs Fenster gesehen. Gesehen, dass er sie mit hoch in die Wohnung genommen hatte. Aber sie waren sich zumindest nicht auf der Treppe begegnet. Seine Eltern saßen glücklicherweise abends meist vor dem Fernseher. Sie wohnten ganz unten im Haus, in der Wohnung über dem Laden, dann kamen die Bredviks, darüber die Anderssons. In der einen Dachwohnung ganz oben wohnte er, in der anderen Tobbe. Weder er noch Tobbe gehörten zu den Leuten, die herumschnüffelten, vermutlich die anderen auch nicht. Trotzdem kam er sich immer beobachtet vor. Wie war das jetzt im Übrigen schon wieder mit dem Jungen von den Bredviks? War er nicht aus irgendeiner Uni-Stadt zurückgekommen? Arbeitete er nicht bei der Zeitung? Mama hatte erzählt, er sei ehrgeizig, habe aber jetzt für ein halbes

Jahr sein Studium unterbrochen. Offenbar musste er ein Praktikum machen, aber es gab wohl noch einen anderen Grund. Irgendetwas war geschehen. Er wusste nicht, wie er darauf kam. Irgendwie war der Bursche zu gut, um wahr zu sein. Alf schob die Post auf dem Dielenboden mit dem Fuß beiseite.

Wäre es nicht so billig gewesen, im Haus seiner Eltern zu wohnen, wäre er schon längst ausgezogen. Fest presste er seine Lippen aufeinander. Wäre aus Malin und ihm ein Paar geworden, so hätten sie sich gemeinsam irgendwo anders eine Wohnung gemietet. So weit waren ihre Gespräche allerdings nie gediehen ... Aber eine Zweizimmerwohnung hätten sie sich früher oder später zugelegt! Das hätte Malin sicher auch gewollt. Eine Bude am Hang mit Blick über das Meer. Sie hatte viel über das Meer geredet. Da, wo sie hergekommen war, gab es nur Seen. Ausgerechnet sie, die das Meer so geschätzt hatte, war dort gefunden worden!

Er schniefte und schluckte. Sein Hals brannte, ihm war warm, und er war verschwitzt. Er zog seinen Blaumann aus, riss sich seine Kleider vom Leib und stellte sich unter die Dusche. Ihm war der Schweiß heruntergelaufen, als er in seiner Arbeitsmontur in dem warmen Zimmer des Präsidiums gesessen hatte.

Den Traum von einer länger währenden Zuneigung zwischen Malin und ihm hatte ihn über Tage und Wochen nicht losgelassen. Träume waren nie verboten gewesen, vielleicht nur etwas töricht. Gewissermaßen. Außerdem war Alf klug genug, um zu verstehen, dass sie meist nicht in Erfüllung gingen. Menschen gaben sich selten zufrieden und waren ständig auf der Suche nach etwas Besserem. Aber er war da anders, dessen war er sich sicher.

Seine Mutter wäre mit einer Krankenschwester in der Ausbildung zufrieden gewesen, einem Mädchen, das an der Hochschule studierte, da ihm selbst das Lernen nun einmal nicht so lag. Einen kurzen Moment lang erfüllte ihn dieser Gedanke mit Stolz und Zufriedenheit, dann nahm die Trauer überhand. Er seufzte bekümmert, drehte das Wasser ab, entstieg dem Dampf und nahm sich ein Handtuch. Er trocknete sich rasch ab und ging ins Zimmer, um saubere Unterwäsche hervorzuholen. In der Kommodenschublade herrschte ein heilloses Durcheinander. Er durchwühlte die Kleider, bis er zwei Socken von fast gleicher Farbe fand. Er zog sie an und fand auch noch eine Unterhose und ein T-Shirt. Da erblickte er den Handschuh, das Einzige, was er von ihr besaß. Er nahm ihn in die Hand, befühlte ihn vorsichtig und ließ seine Finger über die Wolle gleiten.

Es wurde ihm schwindlig. Er versuchte die Zähne zusammenzubeißen. Diesen Handschuh hatte sie auf seiner Hutablage liegen lassen, als sie an diesem merkwürdigen Sonntag, den er nie vergessen würde, gegangen war. Sie hatte ihm einen Kuss gegeben, unbeholfen seine Wange getätschelt und ihn angelächelt. Dann hatte sie die Tür hinter sich zugeworfen, und er hatte sie leichtfüßig die Treppe hinunterlaufen hören. Er war glücklich gewesen, wie berauscht, aber auch unruhig, als sie verschwunden war. Plötzlich war sie einfach weg gewesen. Sein Mädchen. Sie wollten einen Ausflug im ungemütlichen Novemberwetter unternehmen. »Aber was spielt schon das Wetter für eine Rolle, wenn man … wenn man … wenn man sich mag«, hatte sie gesagt. Als er an diese Worte dachte, schnürte es ihm den Hals zusammen.

Der Ausflug war ihre Idee gewesen, und er hatte nicht lang überredet werden müssen, obwohl er sich Angenehmeres hätte denken können. Beispielsweise zu Hause zu bleiben. Wenn sie das doch nur getan hätten!

Plötzlich übermannten ihn überraschend die Tränen. Die düsteren Gedanken, die ihn seit ihrer letzten Begegnung verfolgt hatten, stiegen langsam an die Oberfläche. Sie war nicht mehr da. Doch, als Leichnam irgendwo in einem Kühlraum. Das war so grauenhaft, dass er kaum wagte, daran zu denken, und es doch nicht unterlassen konnte. Wenn sich die Uhr doch nur zurückdrehen ließe.

Natürlich war er nicht gut genug gewesen, obwohl sie ihn das hatte glauben machen wollen. Dieser Gedanke hatte unentwegt an ihm genagt, nicht erst seit diesem unglückseligen Sonntag, als sie die Treppe hinab verschwand, sondern schon vorher. Sie hatte ihm vorgespiegelt, er sei der Einzige. Aber warum hätte er so dumm sein und daran glauben sollen? Der andere, wer auch immer es gewesen sein mochte, war vermutlich aufgetaucht und hatte sie zurückholen wollen! Diesem Risiko hatte sie sich ausgesetzt. Sie hatte nicht über irgendwelche anderen Männer gesprochen, sie war klug genug gewesen, es zu unterlassen. Das hatte er die ganze Zeit gedacht. Sie wollte abwechselnd mit ihnen spielen, sich von mehreren den Hof machen lassen! Ein einfacher Fahrradmechaniker war ihr nicht genug gewesen, obwohl er sowohl seine Werkstatt als auch seine Geschäfte im Griff hatte. Sie wollte vermutlich einen Mann mit mehr Muskeln und mehr Geld haben. Geld war den Frauen wichtig, damit sie sich Kleider und Sachen für den Haushalt kaufen konnten. Und teuren Unsinn für die Kinder.

Sie hätte bei ihm bleiben sollen, nicht weggehen dürfen. Sie hätten diese Thermoskanne zusammen holen sollen! Sie hätte ihn nicht verlassen sollen. Das hatte sie das Leben gekostet.

Weiches, duftendes Haar, zarte Unterarme, hübsche Augen, die ihn anlachten.

Er setzte sich auf die Bettkante. Langsam und wie in Trance zog er die Unterhose, den Pullover und den Overall an.

Sein Herz schlug im Takt mit den Gedanken, die sein Blut in Wallung brachten. In letzter Zeit war das Leben eine einzige Achterbahn gewesen. Er begann, vor Wut zu zittern. In seiner Brust hämmerte es so fest, dass er das Gefühl hatte, sein Herz wolle ihm aus dem Leib springen. Er presste die Lippen aufeinander. Sein Kopf schmerzte, und es brodelte in ihm. Seine Gedanken gingen im Kreis und mischten sich mit allem, wofür er keine Worte fand. Er ballte die Hände zu Fäusten, seine Nägel gruben sich in seine Handflächen, und seine Finger schmerzten. Er platzte fast, er musste das Grauen und die Wut loswerden.

Dann hob er die Fäuste, spannte seinen Körper und stieß

aus der Tiefe seiner Seele einen Schrei aus. Mit aller Kraft hieb er mit den Fäusten auf die Matratze. Ein … zwei … drei Mal. Staub wirbelte auf, die Matratze machte einen Satz, sein Kissen fiel auf den Boden. Er schlug so lange, bis der Druck in seinem Inneren langsam nachließ.

Dann richtete er sich langsam auf und wischte sich den Schweiß aus dem Gesicht. Seine schwieligen Händen kratzten auf der Haut. Er schluckte und starrte auf den Handschuh, der während seiner Schläge auf dem Bett getanzt hatte. Er hob ihn vorsichtig hoch und befühlte ihn erneut. Schwarze und weiße Wolle, handgestrickt. Er hielt ihn an die Nase und schnupperte. Beruhigte sich. Geruch von Wolle, Geruch von Winter und vielleicht noch etwas Zusätzliches. Ihr Geruch. Er lächelte vorsichtig. Die Hand, mit der sie ihn berührt hatte, hatte in diesem Handschuh gesteckt. Ihre kleine, etwas kurze Mädchenhand, mit der sie seine Finger gehalten hatte, als sie den Abhang zum Friedhof heruntergegangen waren. »Da war noch alles möglich«, dachte er wehmütig, öffnete den Bund des Handschuhs, steckte die Nase hinein und atmete tief ein. Zweifellos drang ein Geruch von ihr aus der nicht ganz sauberen Wolle.

Er weinte. Seine Wangen brannten. Er schluchzte, dann schrie er.

Er weinte, bis er sich auf einmal durch die offene Tür im Badezimmerspiegel erblickte und fast erschrak. Unheilvoll verschwommen und verquollen, als hätte sich sein Gesicht aufgelöst. Das ging so nicht! Er musste sich zusammennehmen und ganz einfach beruhigen. Dieses Rumgeheule nützte niemandem. Sonst drehte er noch durch. Man wusste nie, wie der Wahnsinn begann. Bei Leonards Mutter war es über Nacht geschehen, dann war sie weg.

Seine Arme hingen jetzt kraftlos und schwer wie zwei Holzstücke herab. Sein Kopf war gebeugt, und die Haare hingen ihm in die Augen. »Nein, das nützt wirklich nichts«, dachte er. »Alles ist nur so verdammt einsam, so sinnlos und gemein.«

Er suchte seine schmutzigen Kleider zusammen und warf sie in den Wäschekorb, der bereits überquoll.

Ihr letzter gemeinsamer Abend ging ihm noch einmal durch den Kopf. Was hatte er vergessen? Langsam ließ er den Film ablaufen, spulte zurück, spulte wieder vor, aber wie auch schon früher, als er versucht hatte, sich zu erinnern, führte es zu nichts. Es kam ihm vor, als sei er teilweise innerlich vollkommen leer, als sei seine Erinnerung auf eine merkwürdige Art ausradiert worden.

Hatte sie eigentlich etwas gesagt? Er konnte sich in der Tat nicht daran erinnern. An diesem Abend hatten starke Gefühle von ihm Besitz ergriffen. Vermutlich hatte sie etwas gesagt, aber was? Er versuchte nachzudenken, bis seine Gedanken nur noch im Kopf herumschwirrten, aber es führte zu nichts.

»Man kommt so leicht auf komische Gedanken, besonders wenn man müde ist«, dachte er. Er war angekleidet und suchte nur noch seinen Kamm. Gleichzeitig machte ihm die Eifersucht zu schaffen. War er wirklich der Einzige gewesen? Oder etwa nicht? Das war die große, schwere und entscheidende Frage. Bedeutete ihre manchmal in sich gekehrte, schweigsame und geheimnisvolle Art, dass sie zwei Männer gehabt hatte? Dass sie an den anderen dachte, wer auch immer der andere gewesen sein mochte?

Manches Mal hatte sie so seltsam abwesend gewirkt, aber es war rasch wieder vorübergegangen, also hatte er sich nicht weiter darum gekümmert. Stattdessen hatte er versucht, es aufregend zu finden, ein Mädchen zu haben, das so unnahbar erschien. Vielleicht etwas geheimnisvoll. Außerdem hatte er den Verdacht, dass alle Mädchen manchmal so waren. Er kannte sich schließlich nicht so gut aus. Jedenfalls wirkte es nicht so, als wollte sie sich zieren. Mädchen, die übertrieben und sich aufspielten, waren wirklich das Schlimmste, weil er sich in ihrer Gesellschaft dumm vorkam. Er begriff nie, was sie eigentlich von ihm erwarteten, was er tun oder wie er reagieren sollte. So war Malin nicht gewesen.

Die Rektorin der Hochschule hatte verfügt, dass für sie am nächsten Tag eine Gedenkveranstaltung abgehalten werden sollte. Das hatte in der Zeitung gestanden. Aber er konnte nicht teilnehmen, obwohl er sie am besten gekannt hatte. Alle anderen, nur er nicht.

Wieder schnürte es ihm den Hals zu, aber jetzt verspürte er kein Bedürfnis mehr zu weinen. Jetzt war es genug. Er musste wieder in die Werkstatt runter, und dort konnte er nicht vollkommen verquollen und verheult herumstehen. Am allerwenigsten jetzt, wo er gerade bei der Polizei gewesen war.

Er schüttelte sein nasses Haar, dann nahm er den Handschuh, hob die Matratze an und versteckte ihn darunter. Er trat aus der Wohnung, schloss ab und ging die Treppe hinunter zur Werkstatt. Er nahm das Schild ab, auf dem stand, dass er gleich zurückkomme, und schloss auf. Der warme Ölgeruch empfing ihn wie ein guter Freund. Er ließ die Schultern sinken. Ein eingefrorenes Tretlager, vier platte Reifen und ein Kettenwechsel harrten seiner. Und vieles mehr.

Er hatte sich gerade den Gehörschutz aufgesetzt, um dem Tretlager des alten Herrenrads mit einem pneumatischen Schraubenschlüssel zu Leibe zu rücken, als ihm einfiel, dass er Tobbe versprochen hatte, für ihn in der Mittagspause Geld abzuheben. Er wollte fünfzehnhundert Kronen von ihm leihen. Schon wieder! Tobbe wollte nicht seine Mutter darum bitten. »Dann muss ich eben nach Feierabend zum Geldautomaten gehen«, dachte er und setzte das pneumatische Werkzeug an. Der ohrenbetäubende Lärm drang durch seinen Gehörschutz, pflanzte sich als Vibration in seinem ganzen Körper fort und brachte ihn auf andere Gedanken.

Als er das Tretlager geöffnet hatte, kam ihm der befreiende Gedanke, dass Tobbe vermutlich gar nicht wusste, was vorgefallen war. Und wenn er es wusste, war es ihm wahrscheinlich egal. Tobbe gehörte nicht zu den Leuten, die sich einmischten, und das fand Alf im Augenblick sehr bequem. Geradezu angenehm und befreiend.

Veronika fühlte sich so grau wie der Himmel. Vielleicht war das Wetter an ihrer miesen Stimmung schuld, wer konnte das schon wissen? Manchmal war das Leben verquer.

Sie hatte das Bedürfnis, ins Badezimmer zu gehen und etwas Wimperntusche und Lidschatten aufzutragen. Bald wollte sie in die Stadt und musste dann einigermaßen zivilisiert aussehen und nicht wie der Inbegriff einer schlampigen Hausfrau. Die Dusche plätscherte jetzt allerdings schon seit mindestens zwanzig Minuten. Es ging auf zwölf zu. Klara hielt ihren Mittagsschlaf, und Cecilia war nach dem Prinzip, je später der Tag, desto schöner die Damen, endlich aufgestanden. Veronika irritierte, dass Cecilia sich so viel Zeit im Bad ließ und so spät aufstand. Es hätte Claes noch mehr irritiert, ein Glück also, dass er nicht zu Hause war.

Er war im Augenblick nur selten daheim. Machte ihr das etwas aus? Sie versuchte, es auf die leicht Schulter zu nehmen, aber die Antwort lautete ja und nein. Manchmal kroch die Zeit, und sie kam sich verlassen vor, ungefähr wie damals, als sie plötzlich allein mit der zweijährigen Cissi dagestanden hatte. Aber diesmal würde alles anders sein. Sie würden die Verantwortung gerecht aufteilen. Eine Mutter, ein Vater, ein Kind.

Sie war sich natürlich dessen bewusst, was es bedeutete, wenn man von seiner Arbeit vereinnahmt wurde, und versuchte, großzügig zu sein. Ein neuer Mord in ihrer kleinen Stadt. Natürlich standen Claes und die übrigen Polizisten unter Druck. Natürlich wollten sie den Fall lösen. Die Ermittlungen würden schon nicht ewig andauern. Weihnachten würden sie zusammen nach Stockholm fahren. Solange sie zu Hause war und Klara gedieh, sollte er seine Freiheit haben. Sie würde ja nicht mehr so lange währen. Bald würden sie tauschen. Dann würde er Klara übernehmen, und sie würde spät nach Hause kommen oder gar nicht, je nach Dienst. Es war in Ordnung, dass sie jetzt etwas in Großzügigkeit und Toleranz investierte. Sie fragte sich, ob es dann noch zum Streit käme.

Veronika zog ihre Jacke enger um sich und blätterte zerstreut in der Zeitung. Die Wolkendecke war zwar dünn, aber die Sonne nicht stark genug, um durchzubrechen. Mit zusammengekniffenen Augen schaute sie in den Himmel und blätterte dann weiter. Sie hatte die Zeitung bereits am Morgen überflogen. Es war angenehm, am Küchentisch zu sitzen, zu trödeln und auch die kleinen Meldungen und die Todesanzeigen zu lesen.

Als ihr Erziehungsurlaub begonnen hatte, war sie ziemlich ratlos gewesen. Sie hatte das Gefühl gehabt, den ganzen Tag lang nichts Vernünftiges zu tun, abgesehen davon, Klara zu füttern und ihre Windeln zu wechseln. Und die Spül- und Waschmaschine aus- und einzuräumen. Das zählte nicht. Dafür wurde man nicht gelobt. Das war selbstverständlich. Aber erstaunlicherweise fand sie diese ziemlich gleichförmigen Tage bald recht erholsam. Niemand erwartete sie zu einem bestimmten Zeitpunkt in einem Behandlungszimmer, und sie musste sich nicht beeilen, um irgendwelche Termine einzuhalten. Sie brauchte sich auch nicht für irgendetwas zu entschuldigen, weder bei Patienten noch bei Angehörigen, Krankenschwestern oder dem Piepser. Sie hatte ein großes, aufgestautes Bedürfnis, herumzutrödeln und die Tage einfach vergehen zu lassen, und das überraschte sie. Ihr war nicht klar gewesen, dass sie sich danach gesehnt hatte.

Cecilia stand immer noch unter der Dusche. Was tat sie da bloß? Bald stand sie dort schon dreißig Minuten. So viel so genannte unerwünschte Behaarung konnte sie doch gar nicht beseitigen müssen. Oder duschte sie sich die Anstrengungen der Nacht vom Leib? Cecilia war spät nach Hause gekommen. Unruhig hatte Veronika Richtung Haustür gelauscht.

Man wusste nie, was passieren konnte! Jeden Tag wurde jemand erstochen, erschossen oder misshandelt. Sie hatte sich immer vorgestellt, dass es diese Gewalt nur in den Vororten der Großstädte gab, unter Kriminellen und Leuten, deren Leben nicht so war wie ihres. Der Gedanke lag nahe, aber die Wirklichkeit sah anders aus. Sie betrachtete eine schmale Spalte in der Zeitung, drei kleine Überschriften untereinander: *Vergewaltigung in Gävle, Vergewaltigung in Nybro, Vergewaltigung in Växjö.* »Was ist eigentlich los?«, dachte sie angeekelt und aufgebracht. Oder war es vielleicht schon immer so gewesen? Und hinter der Schlagzeile der ersten Seite – *Studentin erwürgt* – verbarg sich eine so genannte gewöhnliche junge Frau, die der Polizei bisher nicht bekannt gewesen war. Die Ermordete kam in keinen Registern vor. Die herkömmlichen Schuldzuweisungen versagten in diesem Fall. Setzt man sich Risiken aus, verkehrt in den falschen Kreisen oder kleidet sich aufreizend, dann ist man selber schuld und muss damit rechnen, vergewaltigt oder erschlagen zu werden. Offenbar verhielt es sich so, dass das Begehren gewisser Männer so unbezwingbar war, dass sie sich einfach nahmen, was sie brauchten. »Und mit Gerechtigkeit ist einfach nicht zu rechnen«, dachte Veronika entrüstet. Das Spiel der Wirklichkeit mit den Körpern und dem Leben der Frauen machte ihr Angst. Die Täter kamen meist ungeschoren davon.

War diese Schwesternschülerin einfach nur an jemandem vorbeigeradelt, der stärker gewesen war als sie und dem erstbesten Opfer aufgelauert hatte? War Malin Larsson vergewaltigt worden wie die Frauen in Gävle, Nybro und Växjö? Es hätte Cecilia sein können!

Was sollte sie jetzt tun? Cecilia verbieten auszugehen? Das ging natürlich nicht. Schließlich war ihre Tochter volljährig. Kleine Kinder, kleine Sorgen, große Kinder, große Sorgen, pflegte man schließlich zu sagen.

Falls Cecilia so etwas Schreckliches zustieße, wäre sie zu allem bereit. Das hieß, dass sie eiskalt Rache nehmen würde. Sie würde töten. Das Schwein totschlagen! Der Gedanke und nicht zuletzt das Gefühl kamen aus den dunkleren Tiefen ihres Innern. Sie waren ach so menschlich. Aber vom Gedanken zur Tat war es ein großer Schritt, stellte sie mit einer gewissen Ambivalenz fest.

Warum saß sie da und malte den Teufel an die Wand? Sie hatte doch wohl anderes zu tun! Oder eigentlich nicht. Sie hatte Zeit zu warten.

Stattdessen begann sie, sich auf die Vögelchen im Rosenbusch und im Vogelhäuschen zu konzentrieren. Ein Blatt des Alpenveilchens im Fenster war vertrocknet. Sie pflückte es ab und kontrollierte mit dem Finger, dass die Erde noch feucht war.

»Vielleicht haben sich mehrere Personen an der jungen Frau vergriffen«, dachte sie dann. An der Frau, die Krankenschwester werden wollte. Eine junge Frau, die ihr Leben dem Dienst am Nächsten weihen wollte. Ein schriller Kontrast zu dem Schicksal, das sie ereilte. Vor allem aus Langeweile las Veronika den Artikel ein zweites Mal. Wieder ging die Fantasie mit ihr durch. Sie sah selbst ein, dass sie sich vielleicht nur deswegen für diese Sache interessierte, weil sie nichts Dringlicheres zu tun hatte und ihre Arbeit vermisste.

Sie hörte Klara im Obergeschoss jammern, blieb aber sitzen. Wartete gespannt und hatte keine Lust aufzustehen. Vielleicht würde sie ja wieder einschlafen, jedenfalls für eine Weile. Veronika wollte warten, bis Cecilia aus der Dusche kam.

Ihr fielen Patienten und Opfer ein, denen sie meist abends in der Notaufnahme begegnet war. Es gab weniger spektakuläre Fälle, in denen die Betroffenen einfach verarztet und – wenn nötig – stationär behandelt wurden. Einige wussten nicht einmal, was passiert war, oder sie logen, sowohl was ihre eigenen blauen Flecken anging als auch manchmal die ihrer Kinder. Gewisse Traumata hingegen lösten beim Personal eine aufgebrachte Stimmung aus, deren Bewältigung manchmal sehr viel Zeit erforderte. Woran lag das? Einerseits am Ausmaß der Verletzungen natürlich, aber auch daran, dass man sich irgendwie mit dem Opfer identifizierte. Das konnte sowohl nach Verkehrsunfällen und anderen Unfällen als auch nach Misshandlungen oder Vergewaltigungen passieren.

Was waren das für Bestien, die prügelten und mordeten? Im Grunde genommen, kannte sie die Antwort. »Menschen, die wahrgenommen werden, verletzen und töten nicht«, dachte sie. »Missachtete und ängstliche kleine Jungen werden große, starke Männer, die sich einfach nehmen, was sie haben wollen.« Frauen trugen natürlich auch zu dieser Gewalt bei, manchmal dadurch, dass sie nicht die Kraft aufbrachten, Anzeige zu erstatten, nicht einmal, wenn es um ihre eigenen Kinder ging. Gewalt entstehe aus Ohnmacht und verdrängter Angst, hatte sie irgendwo gelesen. Aber was konnte man dagegen unternehmen?

Sie erhob sich und stellte ihre Kaffeetasse in die Spülmaschine. Es klang so, als sei Cecilia im Begriff, das Badezimmer zu verlassen. Die Dusche lief nicht mehr. Sie setzte sich wieder an den Küchentisch und kam sich dabei recht dumm vor. Wie eine richtige Glucke. Cecilia zögerte ihre Rückkehr in das Wohnheim hinaus, in dem auch der Jüngling wohnte, der jetzt eine andere hatte. Aber sie schien nicht mehr unter Liebeskummer zu leiden, jedenfalls nicht sehr. »In der Pension Sorgentrost hat sie sich schnell erholt«, dachte Veronika etwas säuerlich. Aber die Wirtin der Pension, das hieß sie selbst, war es langsam leid, immer für Cecilia da zu sein und gleichzeitig mit Nichtachtung gestraft zu werden.

Cecilia war wenig zu Hause, und wenn sie dann auftauchte, war sie gestresst und pflaumte ihre Mutter an. Sie hatte Veronika den Spüllappen unter die Nase gehalten, angeekelt ausgesehen und ihn demonstrativ in den Müll geworfen. Außerdem konnte sie es nicht fassen, wie Veronika nur in einem so hässlichen Pullover herumlaufen konnte, und noch weniger, wie Claes und sie es bloß geschafft hatten, ein solches Durcheinander in der Speisekammer zu verursachen. »Regelrecht widerlich«, hatte sie mit selbstgefälliger jugendlicher Direktheit geäußert. Gekränkt hatte Veronika die Zähne zusammengebissen. Sie kam sich beiseite geschoben vor. Die schnoddrige junge Dame hatte die Bühne betreten und teilte mit, wie es um die Welt stand und wie man sich zu verhalten habe.

Jetzt sammelte Veronika ihre Kräfte, um einem neuen Erguss besser standhalten zu können. So behandelte man seine Mutter einfach nicht! Cecilia sollte Claes und sie einfach in Ruhe lassen. Mit oder ohne stinkenden Putzlappen!

»Vielleicht muss ich mich ja von ihr loslösen und nicht umgekehrt«, dachte Veronika dann und versuchte die Angelegenheit mit Vernunft zu betrachten. Sie durfte einfach nicht mehr so empfindlich auf Cecilias Kommentare reagieren, sondern musste Haltung bewahren, nonchalant schweigen und innerlich auf Distanz gehen. »Das Einzige, wovor ich eigentlich je Angst hatte, war, es ihr nicht recht zu machen«, dachte sie und hob den Kopf von der Zeitung, während sie ob dieser Einsicht errötete. Das Bedürfnis der Frauen, sich stets anzupassen, und das Verlangen, zusammenzugehören, sich in den anderen zu spiegeln, können lähmend wirken.

Also saß Veronika nach wie vor wie festgenagelt hinter ihrer Zeitung, als Cecilia aus dem sicherlich vollkommen überschwemmten Badezimmer schwebte und sich in der Tür aufbaute. Veronika warf ihr einen raschen Blick zu – sie hatte sich in ein Badetuch gehüllt, und ihre Schultern glänzten nass –, dann fuhr sie mit dem Lesen fort.

Cecilia rührte sich nicht vom Fleck.

»Du, ich bleibe bis Sonntag«, teilte sie mit.

»Das ist in Ordnung. Wir haben nichts Besonderes vor«, antwortete Veronika und warf ihrer Tochter ein kurzes Lächeln zu, ehe sie wieder mit der Sturheit einer Irren versuchte, sich in einen Artikel der inzwischen recht zerlesenen Zeitung zu vertiefen.

Cecilia verharrte barfuß auf der Schwelle. Zugegeben, die Antwort war nicht unhöflich gewesen, aber auch nicht das, was sie sich vorgestellt hatte. »Wir haben nichts Besonderes vor.« Hätte sie sonst nicht bleiben dürfen? War sie nicht willkommen? Ihre Mutter schien sich nicht darüber zu freuen, dass sie blieb. Aber hatte sie nicht das Recht, hier zu wohnen? Schließlich war dies auch ihr Zuhause. Gewissermaßen. Jetzt, da Veronika das Haus ihrer Kindheit verkauft hatte, um sich mit diesem Typen zusammenzutun. Bei ihrem Vater hatte sie sich nie zu Hause gefühlt. Bald war sie dreiundzwanzig und hatte kein Zuhause! Ein Zimmer im Studentenwohnheim zählte nicht. Das war nur etwas Vorübergehendes auf dem Weg zu etwas Richtigem. Sie fand, man habe sie betrogen. Es fröstelte sie, und sie spürte, wie ihr die Tränen kamen. Deswegen drehte sie sich um und verschwand im Gästezimmer.

Veronika hörte, wie ihre Tochter in ihren Kleidern wühlte.

Kurz darauf erschien Cecilia in schwarzen Jeans und einem engen Topp. Zögernd stellte sie sich auf den Flickenteppich und holte wortlos das Knäckebrot aus dem Fach über dem Kühlschrank. Anschließend nahm sie Butter und Käse und machte sich Brote hinter Veronikas Rücken. Es herrschte krampfhaftes Schweigen, und Cecilia stand ratlos da.

Veronika blieb beharrlich sitzen. Ihre Zeitung raschelte beim Umblättern. Sie blieb sitzen, obwohl jetzt Klaras Jammern vom Obergeschoss zu hören war. Sie trug in ihrem Innern einen recht ungleichen Kampf mit sich selbst aus. Sie würde ihrer Tochter nicht das Frühstück oder das Mittagessen machen – oder wie immer man das um halb eins bezeichnen mochte. Vielleicht war es ja ein Brunch.

Cecilia goss sich ein Glas Milch ein. Sie konnte nicht einfach vor der Spüle stehen bleiben und setzte sich schließlich eher widerwillig an den Küchentisch.

Veronika las. Klara war wieder still – vermutlich war sie wieder eingeschlafen. Cecilia kaute. Das Knäckebrot krachte im Mund. Sie schaute rasch über den Tisch, zog einen Teil der Zeitung zu sich heran und begann ebenfalls zu lesen.

»Wann essen wir heute zu Abend?«, fragte sie dann.

»Sie versucht unbekümmert zu klingen«, dachte Veronika.

»Gegen sechs«, antwortete sie, ohne aufzuschauen, obwohl Klara im Obergeschoss begonnen hatte, Radau zu machen. »Willst du mitessen?«, fragte sie barsch und erhob sich dann, um Klara zu holen. Sie war so schnell, dass Cecilia keine Gelegenheit erhielt zu antworten.

»Darf ich?«, fragte Cecilia unsicher, als Veronika mit Klara auf dem Arm zurückkam.

»Was?«

Veronika hatte nicht die Absicht, es ihr leicht zu machen.

»Mit euch essen.«

»Klar. Natürlich, aber du warst ja bisher nie zu Hause, deswegen war ich etwas erstaunt.«

Ihre Bemerkung schwebte im Raum. Cecilia presste die Lippen aufeinander und starrte auf die Tischplatte.

»Wenn du nicht willst, können wir es auch lassen«, erwiderte sie verbissen. »Ich kann auch mit …«

»Natürlich will ich«, erwiderte Veronika rasch in versöhnlichem, fast bittendem Ton. Sie vermochte nie besonders lange streng oder hart zu sein, sondern wurde schnell weich. Cecilias Einsamkeit schmerzte sie, ihr Kind hing zwischen all ihren Wohnstätten und gehörte nirgendwo so recht dazu. Am einen Ort ein Freund, der sie abserviert hatte, am anderen ein Vater, dem nur seine Arbeit wichtig war, und eine Stiefmutter, die alle Hände voll mit Kleinkindern zu tun hatte, und am dritten eine strenge Mutter und ein neuer, noch recht unbekannter Stiefvater. Das konnte nicht leicht sein!

Nervös biss Cecilia von ihrem Knäckebrot ab und kaute rasch und geräuschvoll. Sie sah ihre Mutter etwas nervös an. Als versuchte sie, sich einen Reim auf sie zu machen, und vielleicht auch, sie zu erweichen.

»Ich habe jemanden kennen gelernt«, sagte sie schließlich.

Erstaunt und verständnislos sah Veronika sie an.

»Wie nett!«, brachte sie dann doch über die Lippen, nicht übermäßig begeistert, aber mit einer gewissen Aufrichtigkeit. »Manche lassen nichts anbrennen«, dachte sie erschöpft. »Ein Freund tritt ab, ein neuer tritt auf.« Aber diesen Kommentar ersparte sie ihrer Tochter.

»Aha, und wer ist der junge Mann?«, fragte sie stattdessen und nahm ein Kindergläschen und schwarzen Johannisbeersaft für Klara aus dem Kühlschrank.

Langsam kam wieder die alte Gemütlichkeit auf. Es brauchte nicht viel, und die Wärme war wieder da.

»Wir waren gleichzeitig auf dem Gymnasium, aber er war eine Klasse über mir«, sagte Cecilia, und ihre Augen funkelten. »Er hat in Stockholm studiert. Er will Journalist werden und arbeitet bereits bei einer Zeitung.« Sie klang stolz.

»Da schließen sich die Kreise«, dachte Veronika und lächelte. Dan, ihr erster Mann, der Vater von Cecilia, hatte den gleichen Hintergrund gehabt. Sie hatte Dan während des Studiums in Stockholm kennen gelernt. Wie das Leben so spielt!

»Er findet, dass die Polizei, was diesen Malin-Mord angeht, langsam ist«, fuhr Cecilia unerschrocken fort.

»Findet er das? Da muss er sich ja wahnsinnig gut auskennen«, erwiderte Veronika kühl und merkte, wie sie unbewusst Claes verteidigte. »Sie arbeiten ja erst seit ein paar Tagen an dem Fall. Außerdem muss man bedenken, dass das Mordopfer vermutlich schon ein Weilchen im Wasser gelegen hat.«

Cecilia verstummte, senkte den Blick und fand es dann angezeigt, das Thema zu wechseln, damit die Stimmung nicht wieder frostig wurde.

»Wenn ich bis Sonntag bliebe, wäre ich auch an meinem Geburtstag zu Hause«, sagte sie und warf Veronika einen prüfenden Blick zu.

»Das ist aber nett«, rief Veronika, und dieses Mal war es ihr anzumerken, dass sie das auch wirklich meinte. »Willst du jemanden einladen?«, fragte sie neugierig und fütterte Klara mit einem Löffel Kartoffelbrei.

Cecilia nahm dieses Angebot mit einem Kopfnicken an.

»Warum nicht«, meinte sie und rechnete. »Wir wären dann vier – wenn das okay ist?«

»Klar! Dürfen wir mit euch zusammen essen? Klara und ich und vielleicht noch Claes …«

Veronika zögerte beim letzten Namen. Was sollte sie mit Claes machen? Natürlich hatte sie bemerkt, wie es sich verhielt. Gleichzeitig konnte sie ihre Loyalitäten nicht spalten. Sowohl Claes als auch Cecilia hatten Anspruch darauf.

»Ich meine, falls Claes überhaupt zu Hause ist«, fuhr sie fort. »Oder willst du, dass das Fest ganz privat ist?«

»Nein, überhaupt nicht. Wir essen zusammen«, sagte Cecilia und reichte Klara die Schnabeltasse mit dem Johannisbeersaft und strich ihr gleichzeitig über den Kopf. Klara lachte.

»Sie sind sich recht ähnlich«, dachte Veronika stolz, »Geschwister eben.«

»Ihr könnt ja anschließend immer noch ausgehen«, schlug sie vor.

»Klar«, erwiderte Cecilia und umarmte ihre Mutter.

Cecilia wünschte sich ein Fahrrad zum Geburtstag, ihr altes war geklaut worden. Veronika hatte die Anzeige von Brinks Fahrradgeschäft bereits am Morgen gesehen. Was für eines sie wohl haben wollte? »Wahrscheinlich werden in Lund Fahrräder am laufenden Band gestohlen«, dachte sie und schob die Lippen vor. Man wusste ja, wie das in Universitätsstädten war. Ein gutes Schloss und eine ordentliche Versicherung waren wichtig. Erst hatte sie erwogen, Cecilia das Geld zu geben, damit sie sich ihr Geburtstagsgeschenk in Lund selbst kaufen konnte. Aber da sie nun einmal zu Hause war, war es zu verlockend, ein funkelnagelneues Fahrrad vor sie hinzustellen und die Augenbinde zu lösen, genau wie damals, als sie mit zwölf ihr erstes ganz neues Rad bekommen hatte. Es war rot gewesen, daran konnte sie sich ohne Mühe erinnern. Claes würde natürlich fragen, wie sie es nach Lund schaffen sollte, aber dann musste sie es eben als Gepäck aufgeben. Wenn das nicht ging, konnte man es auch hinten ans Auto hängen. Lund an einem grauen Tag war vielleicht ein Erlebnis, auch wenn Cecilia beteuerte, dass dies nicht der Fall sei.

Guter Dinge begab sich Veronika wenig später mit Klara im Kinderwagen in die Stadt. Es war feuchtkalt, aber sie fror nicht. Sie hatte sich warm angezogen und ging schnell.

In Brinks Schaufenster standen sie, die neuen Fahrräder. Sie hob Klara aus dem Wagen und öffnete die Tür. Eine Glocke klingelte, aber dann war alles still. Keine Menschenseele zu sehen. Langsam ging sie herum und genoss den Anblick von funkelndem Chrom und unzerkratztem Lack. Schließlich kam ein älterer Mann aus dem Büro. Er war fast kahl, trug ein klein kariertes Hemd und sah Veronika forschend an.

Er räusperte sich, als wollte er seine Stimmbänder prüfen.

»Womit kann ich dienen?«, fragte er mit rauer Stimme.

Peter Berg und Erika Ljung standen jetzt schon seit zehn Minuten vor einer verschlossenen Tür.

»Es scheint niemand zu Hause zu sein«, sagte Erika, nachdem sie durch den Briefkastenschlitz von Alfred Axelsson gelauscht hatte.

»Seltsam. Ich hatte ihn telefonisch vorgewarnt«, meinte Peter Berg.

»Er hatte wohl noch was zu erledigen«, meinte Erika und zuckte mit den Achseln. Peter Berg zog sein Handy aus der Tasche.

Eine Streife sollte Axelsson zur Wache bringen, sobald er nach Hause kam, verfügte Claesson enttäuscht übers Telefon. Einen gewissen Zeitverlust musste man einfach hinnehmen.

Sie waren rastlos und spürten die Spannung. Die Arbeit auf der Wache häufte sich – sowohl am Computer als auch in Form von Stapeln von Berichten und Zusammenfassungen, die durchgesehen werden mussten. Sie hatten alles stehen und liegen lassen, um zu diesem Alten zu fahren, zu Axelsson. Und dann war nichts. Eine Niete. Einen Moment lang verging ihnen wirklich die Lust.

Neue Informationen brachen ständig über sie herein. Im Augenblick fügten sie sich jedoch noch nicht zu einem Gesamtbild. Mit anderen Worten: Es war wie immer. Am nächsten Tag wollte Claesson das gesamte Material durchgehen, was sie für gewöhnlich weiterbrachte. Bis dahin wollte Peter Berg die Telefonlisten fertig stellen. Wahrscheinlich musste er den Abend dafür opfern. Dort war immer etwas zu holen, aber was genau, wusste er im Augenblick noch nicht. Auf dem Korridor hatte er aufgeschnappt, dass sich der Gerichtsmediziner gemeldet hatte. Ein alter Beinbruch sei auf der Röntgenaufnahme zu sehen gewesen, und eine kleine Kopfwunde habe man auch noch entdeckt, aber sonst gebe es nicht viel Neues. Davon und auch von anderen Dingen berichtete er Erika im Auto, da er das Gefühl hatte, etwas sagen zu müssen. Dann wurde es still.

Auf dem schnellsten Weg fuhr er zum Präsidium zurück. Leider führte dieser wegen der vielen Einbahnstraßen in einem weiten Bogen am Hafen vorbei, bevor sie auf den Stortorget und von dort in die Ordningsgatan abbiegen konnten, an der das Präsidium lag, ein recht unansehnliches Gebäude aus rotem Backstein.

Das Schweigen dauerte an, als wäre das Gespräch festgefahren. Erika kratzte sich mit langen Nägeln – konnten die echt sein? – am Kopf. Peter Berg registrierte jede ihrer Bewegungen. Er konnte sich nur noch schlecht aufs Autofahren konzentrieren, aber es herrschte nur wenig Verkehr. Ihre Gebärden mit ihren schmalen braunen Händen und die grazilen Bewegungen ihrer Finger waren ihm so vertraut. Sie entfernte das Haarband, schüttelte ihr Haar aus. Locken und Kräuselhaar. Ein Fahrradfahrer zwang ihn zum Bremsen, und Berg murmelte etwas Unverständliches, vergaß aber keine Sekunde, dass Erika neben ihm saß. Die Spannung wuchs.

»Wie geht es dir denn zurzeit?«, fragte Erika schließlich.

»Warum?«, fragte er rascher und abweisender, als er eigentlich gewollt hatte. Gleichzeitig schielte er unsicher zu ihr hinüber.

»Ich mein ja bloß«, sagte sie und schaute durchs Seitenfenster.

»Eigentlich recht gut«, antwortete er ausweichend.

»Das freut mich«, sagte sie und schaute ihn an, und ihm schien, als käme es von Herzen. Sie freute sich, dass es ihm gut ging. Er war so verblüfft und auch ein wenig geschmeichelt, dass er erst nicht wusste, was er sagen sollte. Also konzentrierte er sich auf die Straße, das Lenkrad und den Schalthebel.

»Ziemlich anstrengend, wieder auf die Beine zu kommen«, meinte er zum Schluss.

»Das ist ja nur natürlich«, sagte sie.

»Und du?«

Sie zuckte mit den Achseln.

»Ich finde es recht angenehm, dass alles so ist wie immer«, sagte sie dann.

»Ist es das wirklich? Ich meine, so wie immer?«

»Ich bilde es mir ein. Etwas ruhiger. Zu Hause also.«

Sie schielte zu ihm hinüber, wollte sich nicht deutlicher ausdrücken, nicht alles wieder aufwühlen, Wort für Wort, Erinnerung für Erinnerung. Es sollte liegen bleiben, wo es lag, weit unten auf dem Grund des Meeres. Sie ging davon aus, dass er das verstand, schließlich hatte Peter sie in dem Schuppen gefunden, zusammengeschlagen, verängstigt und erniedrigt, an diesem widerwärtigen Abend vor weniger als einem Jahr.

»Ja, man muss die Dinge hinter sich lassen«, sagte er leise und lächelte sie vorsichtig an.

Sie räusperte sich, fand aber keine Worte. Sie schaute erst auf ihre Knie, dann rasch durchs Seitenfenster, dann wieder auf ihre Knie. Dann blickte sie ihm gerade in die Augen.

Isabelle Axelsson hielt in der einen Hand eine Tüte mit frischen Gebäckstücken mit Zuckerguss, in der anderen eine mit Lebensmitteln. Sie nahm nicht den Fahrstuhl, und ihre Schritte hallten im Treppenhaus.

Dank Gleitzeit hatte sie bereits um halb vier aufhören können. Sie fühlte sich heute nicht ganz wohl. Und jetzt auch noch das mit Alf, dem Jungen von Sonja. Sie hatte ihr versprochen, niemandem etwas zu erzählen, und das fiel ihr auch nicht schwer. Zum einen mochte sie Sonja, zum anderen gab es gewisse Vertraulichkeiten, die einem die Lippen auf ewig versiegelten. Früher oder später würde es ohnehin herauskommen. Das war auch Sonja klar, aber die kurze Gnadenfrist, die den Brinks blieb, war wertvoll. Sie konnten sich wappnen gegen den zu erwartenden Klatsch und das Misstrauen, das sie für einige Zeit ihrer Privatsphäre berauben würde.

Es war ausgeschlossen, dass Sonjas Junge die Tat verübt haben konnte. Er war so lieb, fast schüchtern, was sich früher oder später natürlich auch erweisen würde. »Hoffentlich harrt Sonja bis dahin aus«, dachte Isabelle. Alle in der Familie Brink waren nett. Zuverlässig. Die Fahrradhändlerfamilie. Und sie war immer froh gewesen, dass ihr Tobbe mit Alf befreundet war. Sie hatte immer gefunden, Tobbe sei in guter Gesellschaft, wenn er bei Alf war. In viel besserer Gesellschaft als sonst. Leider. Aber was konnte man schon machen, wenn die Kinder nicht auf einen hörten?

Sie war rasch in die Pedale getreten, hatte den Oberkörper über den Lenker gebeugt, und ihre Rastlosigkeit hatte sich in Wärme und Schweiß verwandelt. Jetzt würde sie sich eine Tasse Kaffee schmecken lassen.

Sie klingelte wie immer nur ganz kurz, um ihren Vater zu warnen, bevor sie aufschloss.

»Hallo!«, rief sie, als sie über die Schwelle trat.

Das Licht in der Diele brannte, und die Badezimmertür stand weit offen. Auch dort brannte Licht, und das war ungewöhnlich. Ihr Vater gehörte noch jener Generation an, die Strom sparte und immer das Licht ausmachte. Strom kostete schließlich Geld.

Sie stellte die Tüte mit dem Gebäck auf die Spüle, räumte das Essen rasch in den Kühlschrank und betrat das Wohnzimmer. Ihr Unbehagen wuchs.

Sie fand ihn bewusstlos auf dem Boden neben dem Bett. So überspannt, wie sie in letzter Zeit war, dachte sie zuerst, jemand hätte ihn niedergeschlagen. Aber dann wurde ihr klar, dass das natürlich nicht der Fall sein konnte. Niemand hatte einen Grund, ihren alten Vater umzubringen.

Der Teppich neben dem Bett war unter ihm verrutscht, wie sie sah, als sie sich über ihn beugte. Wahrscheinlich war er darüber gestolpert. Viele alte Leute wurden mit gebrochenen Knochen ins Krankenhaus eingeliefert, weil sie gestolpert und gestürzt waren. »Kleine Teppiche, vor allem die mit Fransen, sollten verboten werden«, dachte sie, während sie ihm abwechselnd über die Wangen strich und versuchte, ihn wachzurütteln.

Er atmete unregelmäßig und schnarchte dabei. Sie versetzte ihm einen vorsichtigen, aber doch energischen Stoß, als könnte ihn das dazu bewegen, die Sätze auszusprechen, mit denen er sie normalerweise begrüßte. Erst Gemaule darüber, dass sie nicht früher gekommen war, dann die barsche Anweisung: »Setz Kaffee auf, Mädchen!«

Aber ihm war keine Äußerung zu entlocken. Er starrte sie angsterfüllt an, vielleicht schaute er aber auch an die Decke oder ganz woandershin. Er konnte seinen Blick nicht fixieren. Mit großer Trauer im Herzen sah sie ein, dass er sie möglicherweise nicht einmal erkannte. Wahrscheinlich hatte er eine Gehirnblutung oder eine Thrombose erlitten. Eine größere zerebrale Katastrophe, wie man es an ihrem Arbeitsplatz nannte. So musste es natürlich sein. Der Kontakt zur Außenwelt war abgebrochen, die gemeinsamen Stunden, die sie verbracht hatten, ohne sich wirklich miteinander zu unterhalten, legten sich wie ein Gewicht auf ihre Seele. Es war nun mal verdammt schwer, Gewohnheit und Routine hinter sich zu lassen und Neuland zu betreten.

Wie lange hatte er da auf dem Boden gelegen? Unruhig begann sie nachzurechnen, aber es war nicht so schwer. Am Vortag war sie noch bei ihm gewesen. Was für ein Glück, dass sie bei ihm vorbeigeschaut hatte, obwohl sie so viel um die Ohren hatte! Schlimmstenfalls hatte er also vierundzwanzig Stunden auf dem Boden gelegen, wenn er bereits am Vortag gestürzt war und nicht noch ihr Bruder nach ihr bei ihm gewesen war, was recht unwahrscheinlich erschien.

Er hatte dagelegen, ohne sich rühren zu können. »Ich will nicht alt werden«, dachte sie. »Nie im Leben!«

Sie fasste ihn um den Brustkorb, zwängte Hände und Arme unter seine Achseln und hob ihn vom Boden auf. Er war schwerer als erwartet und doch leichter, als er in jüngeren Jahren gewesen war. »Damals hätte ich ihn nicht vom Fleck bekommen«, dachte sie traurig. Ihre Wehmut verursachte ihr Schmerzen, ihr Mund war trocken, und Tränen standen ihr in den Augen. Sie zerrte an ihrem Vater herum und versuchte ihren inneren Aufruhr in Schach zu halten und ihn gleichzeitig bequemer hinzulegen. Unter größten Mühen gelang es ihr, seinen Oberkörper halb aufs Bett zu bekommen. Dann kippte sie seine Beine nach oben und schob ihn in die Mitte, ohne dass er reagierte. Das verhieß nichts Gutes. Er jammerte nur leise. »Vermutlich keine Brüche«, dachte sie und bereute im selben Augenblick, dass sie ihn überhaupt bewegt hatte. Die Sanitäter hätten ihn sicher schonender angehoben, aber jetzt war es zu spät. Er war so leicht geworden, dass er die Matratze kaum eindrückte. Er schien auf der Tagesdecke zu schweben.

Es sei gerade kein Krankenwagen verfügbar, sagte man ihr, man würde aber so schnell wie möglich kommen. Isabelle fand es empörend, dass ihr alter Vater warten musste, war aber mit den Verhältnissen vertraut. Es würde auch nicht mehr Krankenwagen geben, bloß weil sie sich aufregte. Außerdem fanden die Leute bei der Notrufzentrale wohl, dass es auf ein paar Minuten nicht ankäme, da er schon seit Stunden so gelegen hatte.

Sie setzte sich auf die türkisblaue Tagesdecke, die es bei ihnen zu Hause immer gegeben hatte. Mit der Handfläche strich sie über das Frotteemuster, hin und her, hin und her. Es war sehr weich. Es roch nach Zuhause, aber ein scharfer Geruch war hinzugekommen, der Geruch des Alterns. Diesen säuerlichen Geruch kannte sie. Er trat auf, wenn der Körper ermüdete und die Kräfte nachließen, wenn es schwierig wurde, in die Badewanne zu kommen, und gefährlich zu duschen. Schließlich konnte man ausrutschen und zu Tode stürzen. Die Angst nahm zu. Es gab auch Wichtigeres zu tun, wenn die Tage gezählt waren. Dazusitzen und nachzudenken beispielsweise. Danach sehnte sie sich selbst. An die Wand zu starren oder aus dem Fenster, den Himmel und die Bäume zu betrachten.

Sie strich ihrem Vater über die Stirn und dann mit den Fingerspitzen über die trockenen Wangen. Dann kamen die Worte. Sie hörte ihre Stimme Dinge sagen, die sie sonst nicht sagte. Ihre Stimme war weniger schroff, Hemmungen und Skrupel waren gewichen.

»Papa! Ich bin das. Isabelle. Deine Tochter. Hörst du mich? Tust du das? Ich wollte dir etwas frisches Gebäck bringen. Wir wollten doch Kaffee trinken. Du und ich. Du isst doch gern mal was Süßes, nicht wahr?«

Sie bekam keine Antwort. Überhaupt keine. Er starrte immer noch leer in die Luft. Seine Atemzüge waren jetzt regelmäßiger, aber immer noch pfeifend und angestrengt.

Isabelle schaute zum Fenster. Die Rollos im Schlafzimmer waren heruntergelassen und so eingestellt, dass sie etwas Licht durchließen, wie immer in Schlafzimmern. Es war, als hätten das Alter und die Schwäche ihren Vater in einen larvenähnlichen Zustand versetzt. Er hatte sich hinter einer verschlossenen Tür und heruntergelassenen Rollos versteckt. Er war nur selten weggegangen und wollte sie nicht einmal auf Ausflüge mit dem Auto begleiten, sondern saß am Küchenfenster und las und schaute nach draußen.

Als sie zu weinen begann, drehte er langsam seinen Kopf in ihre Richtung, folgte dem Schluchzen mit leerem Blick. Seine Augen waren merkwürdig wässrig und hell geworden, dachte sie, während er seinen Blick wieder an die Decke richtete. Er legte die Stirn in Falten. Dann holte er Luft und seufzte tief, als würde er sich weder um seinen Zustand noch um das, was in der Außenwelt vorging, kümmern. Es gab ihn, und er lebte – mehr ließ sich nicht sagen.

Isabelle ging in die Diele und rief ihren Bruder an. Gerade jetzt fehlte er ihr. Niemand hob ab, nur der Anrufbeantworter ging an, der auf eine Handynummer verwies. Auch unter dieser Nummer antwortete er nicht. »Typisch! Er ist sicher sauer, weil ich mich nicht gemeldet habe, und er wird mir die Schuld geben, obwohl es seine Schuld ist, dass er nicht zu Hause ist«, dachte sie. Die Menschen in ihrer Umgebung verließen sich darauf, dass sie da war. Isabelle regelte das meiste.

Als kleines Mädchen war ihr ihr Vater streng vorgekommen. Als sie älter geworden war, war ihr klar geworden, dass er nicht so gefährlich war, nur zerstreuter und weniger gesprächig als ihre Mutter. Er hatte es nicht leicht gehabt. Isabelles Mutter war eine resolute Person gewesen. Aber er hatte sie schließlich ausgesucht und sich somit schwierige Entscheidungen und heikle Situationen vom Hals geschafft. Seine Frau kümmerte sich um alles. Das war bequem gewesen, hatte ihn gelegentlich aber auch eingeengt. Eigentlich hatten er und Isabelle erst nach dem Tod der Mutter zueinander gefunden. Die Mutter hatte immer zwischen ihnen gestanden, und das war gut, aber auch schlecht gewesen. Isabelle hatte viel von ihrer Mutter gelernt, in vieler Hinsicht war sie ein gutes Vorbild gewesen, selbstständig und ausdauernd, aber sie hatte Platz beansprucht. Sehr viel Platz. Nach ihrem Tod war es ruhiger geworden. Und leerer.

Sie hatten es gut zusammen, Papa und sie. Sie versuchte, die Vorliebe ihres Vaters für ihren Bruder zu akzeptieren, für den einzigen Sohn, den Ingenieur, der so erfolgreich war. Sie hatte schon lange eingesehen, dass es ein ungleicher Kampf war, das musste sie hinnehmen, sonst hätte sie kaum vermocht, ihren Vater fast jeden Tag zu besuchen, um mit ihm Kaffee zu trinken und über Nichtigkeiten zu plaudern.

Für Isabelle gab es keinen Platz im Krankenwagen. Sie radelte keuchend bei Gegenwind nach Hause und nahm von dort das Auto zum Krankenhaus. Es würde sicher spät werden.

»Jetzt bin ich also wieder hier, diesmal allerdings als Angehörige«, dachte sie beim Einparken. Bedeutete dies nun das Ende oder den Beginn einer langen Wanderung durch ein Tal, das vom Tode überschattet wurde? Sie befürchtete Schlimmstes, genau wie alle ihre Freunde mit greisen Eltern. An dem Tag, an dem es so weit war, sollte es schnell gehen, fanden sie. Man wünschte den eigenen Eltern einen schnellen Tod, vielleicht dachte man dabei auch an sich. Bis ins Letzte sollte man effektiv sein. Besser einmal richtig sterben, als Ewigkeiten im Pflegeheim vor sich hin zu vegetieren. Ersteres war einfacher. Die Erinnerungen waren angenehmer, das behaupteten jedenfalls diejenigen, die sich auszukennen glaubten.

Aber noch war es nicht so weit. Weder mit ihrem Vater noch mit ihr.

Sie rief nochmals bei ihrem Bruder an, erreichte ihn aber wieder nicht. Sie hinterließ eine weitere Nachricht. Daraufhin rief sie Linda an. Sie einigten sich darauf, dass sie bei ihr vorbeischauen würde, wenn sie in der Klinik fertig waren. Womit auch immer sie fertig werden mussten. Dass sie ihren Vater stationär behandeln mussten, davon ging Isabelle aus. Sie rief auch bei Tobbe an, der nichts zu sagen wusste und in Eile war. Er sollte aushelfen in der Küche des Restaurants »Forellen«. Sie würden sich später ausführlicher unterhalten. »Jungen Leuten fällt es wirklich schwer, schlechte Nachrichten entgegenzunehmen«, dachte sie.

Auf der Notaufnahme war Flaute. Bereits nach einer halben Stunde erschien eine junge Ärztin und stellte eine rasche Diagnose. Isabelle kannte sie nicht. Sie war höchstens fünfundzwanzig, trug das Haar kurz und ging mit energischen Schritten zwischen den Behandlungszimmern hin und her. Der Ärztekittel war ihr mehrere Nummern zu groß, sie hatte die Ärmel hochgekrempelt, und ihre dünnen Unterarme ragten wie Stöckchen hervor.

»Sie sind also die Tochter?«, fragte die junge Ärztin schroff. Sie hieß Emelie und dann etwas, was mit Sjö begann, Isabelle aber nicht auf dem Namensschild entziffern konnte.

»Es könnte sich um eine Gehirnblutung handeln«, meinte die Ärztin und schaute Isabelle in die Augen. Isabelle nickte. Darauf war sie auch schon gekommen. Sie hatte sich bereits entsprechende Sorgen gemacht. Sie sah vor sich, was auf ihren Vater zukam und schlimmer war als der urtümliche Brauch, die Alten von hohen Felsen zu stürzen, nämlich das Pflegeheim.

Die Ärztin untersuchte den ganzen Körper, tastete und bewegte Gelenke, nahm eine Taschenlampe hervor, leuchtete in die Pupillen, nahm ihren Reflexhammer und schlug an verschiedenen Stellen auf Sehnen und Muskeln.

»Es scheint nichts gebrochen zu sein«, sagte sie und klang dabei neunmalklug, aber vielleicht war sie ja auch nur ehrgeizig, dachte Isabelle. Das Kind versuchte, eine richtige Doktorin zu mimen.

»Er hat ein paar blaue Flecken«, sagte die Ärztin und deutete auf den Hüftknochen. »Wie lange hat er auf dem Boden gelegen, glauben Sie?«

Hilflos zuckte Isabelle mit den Schultern.

»Wissen Sie, ob er irgendwelche Tabletten nimmt?«

»Soweit ich weiß, überhaupt keine.«

»Überhaupt keine?«, wiederholte die junge Ärztin und sah sehr erstaunt aus.

»Es ist möglich, dass ihm Tabletten verschrieben worden sind, aber er nimmt jedenfalls keine«, antwortete Isabelle etwas säuerlich.

»Ach so!«

»Ich weiß, dass ältere Patienten Unmengen Tabletten schlucken. Ich bin Krankenschwester«, sagte sie, damit es endlich gesagt war.

Die Ärztin warf ihr einen raschen Blick zu.

»Dies ist natürlich keine erfreuliche Situation«, meinte sie und klang jetzt ruhiger, nicht mehr so verzweifelt forsch und energisch wie vorher.

Isabelle sah zu Boden und nickte.

»Das ist wohl der Weg, den wir alle gehen werden«, hörte sie sich sagen und sah sofort ein, wie pathetisch das klang. Die Ärztin schien aber nichts gegen diesen Kommentar einzuwenden zu haben.

»Ja, so ist es wohl«, antwortete sie knapp, obwohl es hoffentlich noch dauern würde, bis sie sich – jung, wie sie war – mit dem Tod auseinander setzen musste, dachte Isabelle und folgte dem Bett, das zum Röntgen gefahren wurde.

»So ist es nun«, dachte Isabelle, als sie die Tür zur Wohnung ihres Vaters wieder aufschloss. Mit einem Mal fühlte sie sich sehr einsam und innerlich leer. Inzwischen war es bereits acht Uhr abends, und sie wollte nur etwas aufräumen, den Müll nach unten bringen, die Blumen gießen und sehen, dass alles in Ordnung war. Dann wollte sie zu Linda gehen, bei ihr etwas essen und einen Moment ausruhen.

In den letzten Tagen war viel passiert. Die Leiche einer jungen Frau war angeschwemmt worden, ihr Vater lag im Sterben, und dann auch noch das mit Sonja!

»Es kommen auch wieder andere Zeiten«, dachte sie. »So kann es nicht weitergehen.«

Sie beugte sich unter die Spüle, zog den Müllbeutel hervor und knotete ihn zu, hängte aber keinen neuen in den Drahtkorb. Das war vermutlich unnötig. Als sie sich aufrichtete, entdeckte sie die Tüte aus der Bäckerei auf der Spüle. Ein wenig Gebäck würde den ersten Hunger stillen, bis sie bei Linda war. Die Tüte war jedoch geöffnet. Sie schaute hinein. Sie war leer.

Sie stand in der Küche und versuchte sich vorzustellen, wie die Sanitäter rasch das Gebäck verdrückten. Aber die waren gar nicht in der Küche gewesen. Jedenfalls konnte sie sich nicht erinnern.

Eigentlich war sie nicht sonderlich ängstlich veranlagt, aber jetzt überschlug sich ihr Herz förmlich, fast noch schlimmer als damals, als sie endlich begriffen hatte, dass ihre Schwesternschülerin nicht nur eine Reise unternommen oder geschwänzt hatte, sondern leblos im Meer trieb.

»Hallo, ist da jemand?«, rief sie in die Wohnung.

Natürlich erhielt sie keine Antwort.

Sie verließ die Küche und ging vorsichtig in der Dreizimmerwohnung ihres Vaters von Raum zu Raum. Zwei Zimmer hätten auch genügt oder auch nur eins, aber er war stur gewesen und hatte sich geweigert umzuziehen. Daran dachte sie trotz ihrer Angst und stellte gleichzeitig fest, dass nichts aufgebrochen war und keine Schranktüren offen standen.

Als sie das Licht im Wohnzimmer ausmachen wollte, fiel ihr jedoch auf, dass die eine Schublade in der Anrichte nicht ganz geschlossen war. Sie zog sie resolut heraus und schaute hinein. Sie sah sofort, was fehlte. Ihr Herz hämmerte, und sie schlug die Hand vor den Mund, um einen Schrei zu unterdrücken.

SECHSTES KAPITEL

Dienstag, 20. November

Bernhard Göransson hatte ein bestimmtes Ziel vor Augen. Er wollte Gudrun Ask mit seinem zwanzig Jahre alten Saab abholen. Seine Hände hielten das Lenkrad in festem Griff, die Nägel waren ordentlich geschnitten und sauber. Er hatte sogar die Nagelbürste benutzt. Das würde Gudrun wahrscheinlich nicht weiter auffallen, aber man konnte nie wissen.

Auch das Auto war in tadellosem Zustand. Jährlicher Unterbodenschutz, Inspektionen, regelmäßiges Waschen und Wachsen. Die Schonbezüge mit Schottenmuster auf den Sitzen hatte er immer nur zwecks Reinigung abgenommen. Der Originalbezug war also weder fleckig noch abgenutzt. Mit anderen Worten: Das Auto war im Prinzip wie neu, aber zwanzig Jahre alt – eine Rarität, eine Kostbarkeit.

Schließlich hatte ein pensionierter Witwer Zeit, sein Fahrzeug zu pflegen. Er hatte auch nicht die Absicht, sich weitere Autos zuzulegen, jedenfalls nicht mehr in diesem Leben, und wie das nächste aussah, konnte man nicht so genau wissen. Darüber scherzte er gerne und tat das immer öfter, je älter er wurde und je näher das unvermeidliche Ende rückte, zumindest statistisch gesehen. Er pflegte auch jederzeit darauf hinzuweisen, dass man natürlich totgefahren oder von Halbstarken niedergeschlagen werden oder einer Feuersbrunst zum Opfer fallen konnte. Oder erdrosselt werden. »Armes Mädchen!«, dachte er düster und sah wieder vor sich, was er für eine ICA-Tüte gehalten hatte, eine Blase aus Plastik im Wasser.

Für nichts im Leben gab es Garantien, philosophierte er und zog seinen Schal enger um den Hals. Jedenfalls keine verlässlichen, die auch hielten, was sie versprachen.

Aber jetzt war nicht die Zeit für tiefsinnige und wehmütige Gedanken über das Leben, die Zeit und den Tod. Nichts hätte unangebrachter sein können.

Sein eigenes, höchst geschätztes Leben war zögernd in ein neues Stadium übergegangen. Er wollte unbedingt noch eine Weile dabei sein. Am liebsten noch lange. Länger, als ihm seiner Meinung nach zustand. Andererseits war er immer vernünftig und bescheiden gewesen, was seine Ansprüche betraf, warum also nicht? Eine Belohnung für all die Jahre, die er Zurückhaltung geübt hatte, vorsichtig und ordentlich gewesen war und nichts übertrieben hatte.

Auch dieses Mal hatte er voll getankt. Vermutlich würden sie keinen längeren Ausflug machen, obwohl sie einiges zu besprechen hatten, aber es war besser, auf Nummer sicher zu gehen. Plötzlich gab es einen Grund mehr, das Auto richtig oft aus der Garage zu holen, auszulüften und den Motor durchzupusten. Er selbst hatte selten etwas gegen einen längeren Ausflug einzuwenden. Eine richtige Tour mit dem Auto. Nur sie zwei. Um sie herum die schützende Karosserie, umgeben von der Natur und der beißenden Kälte, die ihnen in der Wärme des Autos nichts anhaben konnte. Man wusste nie, was sich Gudrun in den Kopf gesetzt hatte.

Sie hatten, wie gesagt, einiges zu besprechen. Gudrun hatte ihn angerufen. Sie sprachen auch so jeden Tag miteinander, aber Gudrun hatte diese besondere Frage angeschnitten: Was sollten sie tun? Hätte sie die Frage nicht gestellt, hätte er vermutlich früher oder später das Blatt vom Mund genommen, schließlich war er ein rechtschaffener Mann. Wenn die Schlagzeilen nicht zu gegebener Zeit ausposaunten, dass ein Verdächtiger festgenommen worden sei und gestanden habe, dann wollten sie zur Polizei gehen. So dachte er sich das. Die

Polizei löste den Fall vielleicht auch ohne ihre Hilfe. Sie würden also erst einmal abwarten. Das war sein Plan. Nicht, die Wahrheit für sich zu behalten. Im Übrigen konnten sie sich nicht sicher sein, dass sie richtig gesehen hatten. Das Gelbe im Schilf war vielleicht wirklich nur eine Plastiktüte von Egons Lebensmittelgeschäft gewesen. Wie sie geglaubt hatten. So einfach konnte es auch sein. Die jungen Leute heutzutage waren nachlässig und warfen ihren Müll überall hin. Sie waren unerzogen, ihre Eltern hatten keine Zeit, ein Auge auf sie zu haben, und die Schulen auch nicht. Faul und respektlos, und das bekam keinem. Die Kinder und Jugendlichen lernten nicht mehr, dass man auf die Natur Rücksicht nehmen musste, auf den Wald, den Strand, das Meer und die Wiesen. Die Orte, an denen wir uns alle aufhalten. Manchmal sah es dort wirklich ganz furchtbar aus. Ein Glück, dass sich die Gemeinde immer noch die Straßenreinigung leisten konnte!

Aber Gudrun hatte darauf bestanden, etwas zu unternehmen. Und zwar sofort. Deswegen mussten sie sich treffen und sich unter vier Augen unterhalten. Sie wollten sich überlegen, was sie sagen sollten. Da hatte er nichts dagegen. Nicht im Geringsten! Er ließ sich nicht zweimal bitten, wenn es um Gudrun ging.

Er parkte vor dem Haus und stellte den Motor ab. Nach einiger Zeit wurde es kalt und ungemütlich. Er zog seine Schirmmütze in die Stirn.

Gudrun war angenehm, schlagfertig und lustig. Als sie sich zum ersten Mal bei einem Nachbarn begegnet waren, war die Zeit wie im Fluge vergangen, sie hatten viel gelacht und herumgealbert. Und seitdem er ihr die erste Umarmung abgerungen hatte, war alles immer nur wundervoller geworden. »Man darf auch keine Hemmungen haben«, dachte er zufrieden darüber, dass er so beherzt zur Tat geschritten war. Sie war auf dem unebenen Weg bei der Brücke gestolpert – über eine Wurzel oder einen Stein –, hatte fast das Gleichgewicht verloren und war ihm praktisch in die Arme gefallen, die er natürlich bereitwillig für sie ausgebreitet hatte. Gudrun, die

Weiche und Warme, dachte er in der feuchten Kälte im Auto. Das war bei der Holzbrücke zur Insel Svinö gewesen, einer schmalen Fußgängerbrücke, die eigentlich nur im Sommer von Leuten, die baden oder angeln wollten, benutzt wurde.

Sie hatten den Tag nicht einmal überprüfen müssen. Es war ein Montag gewesen, da waren sich beide einig. Der erste Werktag nach Allerheiligen. Zwei Abende zuvor – doch, es mussten zwei Tage vergangen sein, nicht mehr und nicht weniger, auch wenn einem diese mickrigen Tage wie eine Ewigkeit vorkamen – hatte er sie am Esstisch des Nachbarn betrachtet, der ihn nach dem Friedhofsbesuch eingeladen hatte. Anfangs hatte er sie nur ganz verstohlen angeschaut, ein paar rasche Blicke auf Gudrun mit den goldenen Locken geworfen – vielleicht waren sie auch grau, aber das war wirklich egal! Wie ein Schulbub in kurzen Hosen hatte er sich verhexen lassen und war stiller als sonst gewesen. Es hatte ihm die Sprache verschlagen, aber dann hatte er nicht länger widerstehen können und alles auf eine Karte gesetzt. Im Treppenhaus auf dem Heimweg erhielt er ihre Erlaubnis, sich bei ihr melden zu dürfen. Er hatte bereits am Tag darauf angerufen, an einem Sonntag, aber sie hatte einiges zu besorgen gehabt, also hatte er sie am Montag zum ersten Mal abgeholt. Bereits da war ihm klar gewesen, dass sie stur war, sich um so einiges kümmern musste und sich zu nichts überreden ließ. Am Montag hatte er also zum ersten Mal vor ihrer Tür geparkt und im Auto gewartet. Wie jetzt.

Er fröstelte, stieg aber nicht aus, sondern blieb ruhig sitzen und hielt durch die beschlagenen Scheiben nach ihr Ausschau. Er zog seine dicken Handschuhe über, die ihm seine Tochter zum siebzigsten Geburtstag geschenkt hatte. Braunes Kalbsleder, warm gefüttert. Sie waren vermutlich nicht billig gewesen, aber sie konnte es sich leisten. Sein Schwiegersohn hatte Sinn für Geld und Geschäfte. Vielleicht war er nicht immer so aufmerksam, seine Tochter musste vermutlich mit einem Gefühlsdefizit leben, aber das war der Preis, den sie zahlen musste. »Vermutlich verlässt sie ihn erst, wenn die Kinder mit der Schule fertig sind«, dachte er und wischte mit einem Lappen die Feuchtigkeit von der Windschutzscheibe. Dann setzte er seine Überlegungen fort, während er geduldig wartete. Er wollte den Motor nicht anmachen, nur damit es im Auto warm wurde, wobei es ihm nicht um den Benzinverbrauch und das Geld, sondern um die Luft, den Wald und das Meer ging.

Eine leise Ungeduld machte sich jedoch breit. »Jetzt muss sie wirklich kommen!«, dachte er, als die Haustür geöffnet wurde. Aber es war nicht Gudrun, sondern ein Mann in Trainingsanzug, der im Dauerlauf den Asphaltweg entlanglief. Bernhard schaute auf die Uhr. Es war halb neun an diesem bewölkten Morgen. Es waren erst fünf Minuten vergangen, aber es kam ihm vor wie eine Ewigkeit.

Gudrun hatte natürlich durch das Küchenfenster nach dem Auto Ausschau gehalten. Sie wohnte im zweiten Stock in einem Mietshaus ohne Fahrstuhl, konnte aber glücklicherweise noch Treppen steigen. Und diese lief sie nun so schnell wie möglich hinunter. Das Alter machte sich bemerkbar, sie hatte Mühe beim Atemholen, ihre Hüftgelenke waren ersetzt, aber sonst fehlte ihr nichts, jedenfalls nichts von Bedeutung.

Ihr war entgangen, dass der Saab vorgefahren war. Das Telefon hatte geklingelt. Das Gespräch mit der Freundin war vollkommen belanglos gewesen. Sie hätten sich genauso gut später unterhalten können, aber sie konnte ihr schlecht ins Wort fallen, ohne sie zu kränken und ohne dass sie Verdacht geschöpft hätte.

Sie hatte also nicht gesehen, dass Bernhard vorgefahren war. Das war ärgerlich. Sie wollte es vermeiden, dass er ausstieg. Nicht so sehr, weil sie ihm diese Mühe ersparen wollte – ihm hätte das nichts ausgemacht –, sondern sie wollte nicht, dass die Nachbarn sahen, wer sie abholte.

»Ziemlich ungemütlich draußen«, begann er lächelnd und zeigte dabei sein intaktes Gebiss. Sie ließ sich keuchend auf den Beifahrersitz fallen, zog die Tür zu und holte Luft.

»Dann fahren wir also einfach drauflos«, sagte er.

»Gute Idee.«

Sie nahm die weiße Mütze aus Angorawolle ab und fuhr sich mit den Fingern durchs Haar. Ihre Kopfhaut war von dem für ihre Verhältnisse recht raschen Lauf die Treppe hinunter feucht geworden. Am liebsten hätte sie den Taschenspiegel hervorgezogen, unterließ es aber, da sie nicht eitel wirken wollte. Vor allem nicht jetzt, wo sie entscheiden wollten, was zu tun war. Sie wollten ernsthafte Dinge besprechen. Was sollten sie sagen? Die Polizei würde wissen wollen, warum sie sich nicht früher gemeldet hatten.

Bernhard schaltete den Blinker ein und fuhr auf die Fahrbahn. Endlich verließen sie ihre Straße. Auf dem Bürgersteig entdeckte sie Ohlsson aus ihrem Haus mit seinem Rauhaardackel, der angeleint neben ihm hertrottete. Ohlsson schaute nach unten und sah sie nicht.

Louise Jasinski hob den Hörer ab. Gleichzeitig schaute sie auf die Uhr. In fünfzehn Minuten begann die Besprechung. Bei Nina am Empfang wartete eine Dame, die Informationen zum Malin-Fall hatte.

»Kannst du sie nicht bitten, zu warten oder in einer Stunde wieder zu kommen?«

Sie wollte sich nicht festlegen und hatte keine Lust, noch schnell eine Vernehmung durchzuführen.

»Nein, das geht wohl nicht«, antwortete Nina Persson, und Louise hörte förmlich, wie Nina der Frau reserviert zulächelte.

»Gehört sie zu den Leuten, bei denen ich in ein paar Stunden zu Hause vorbeischauen könnte?«

»Nein.«

»Okay, dann schicke ich jemanden, der sie abholt.«

Sie musste schließlich selbst nach unten gehen und die Dame abholen, denn alle anderen waren bereits auf dem Weg zum großen Konferenzzimmer. Sie nickte Nina zu, als sie am Empfang vorbeikam, und bemerkte, dass diese grünlich bleich im Gesicht war. Es schien ihr was zu fehlen. Vernachlässigte sie etwa ihr Äußeres? Das sah ihr nicht ähnlich! Zu weiteren Überlegungen blieb Louise jedoch keine Zeit, denn sie sah ein, dass ihr eine schwere Aufgabe bevorstand. Sie würde gezwungen sein, einen Fleischberg, wenn man so überhaupt sagen durfte, in ihr Büro zu schaffen. Die auffällig riesige Frau, die auf der Bank saß, hatte es irgendwie zum Präsidium geschafft. Also musste sie auch in der Lage sein, zum Aufzug und dann die wenigen Schritte zu Louises Büro zu gehen. Aber das würde vermutlich dauern, die Besprechung würde sie verpassen.

Louise stand im Fahrstuhl, und die Frau saß neben ihr auf einem Stuhl, den Nina und sie mit Mühe in die Aufzugkabine bugsiert hatten, als ihr plötzlich klar wurde, was ihr schon längst hätte auffallen müssen. Nina war natürlich schwanger. Bestimmt. Diese grüngraue Gesichtsfarbe und der erschöpfte Gesichtsausdruck. Ihr war übel! In anderen Umständen! Aber wer war der Vater?

Louise ging diese interessante Frage nicht aus dem Sinn, während sie die keuchende Frau stützte, die mit ihren riesigen Beinen mit winzigen Schritten auf ihr Zimmer zuwankte. Louise drängte sich rasch vor, brachte den relativ leichten Besucherstuhl in Sicherheit und holte einen stabileren mit Stahlrohrbeinen und ohne Armlehnen. Er krachte gefährlich, als sich die Frau darauf niederließ. Sie wischte sich den Schweiß von der Stirn und seufzte schwer, bevor sie Louise niedergeschlagen anschaute. Vielleicht war der Blick auch als Entschuldigung für ihren grotesken Zustand zu verstehen, für ihren formlosen, abstoßenden und krankhaft aufgequollenen Körper, der auf dem Stuhl kaum Platz hatte. Als ein heimliches, stilles Flehen um Verständnis. Zweifellos war sie ein Mensch.

Trotzdem schlug Louise verlegen den Blick nieder, als sie hinter ihrem Schreibtisch Platz nahm. In diesem riesigen Körper schlug ein Herz, das tapfer Blut bis in die Orangenhaut des Fettgewebes beförderte. Eine Arbeit, die recht anstrengend sein musste.

»Ich habe vergessen, mich vorzustellen, ich heiße Louise Jasinski«, sagte sie, erhob sich halb von ihrem Stuhl und hielt der Frau über den Schreibtisch weg ihre Hand hin. Endlich nahm sie auch ihren Mut zusammen und schaute ihr ins Gesicht.

Sie hatte erstaunlich klare braune Augen mit riesigen Tränensäcken darunter. Das Gesicht war müde und in seinen Konturen unscharf.

»Elona Wikström«, sagte die Frau, und Louise überraschte erneut die Klarheit ihrer Stimme. Sie war hell wie die eines jungen Mädchens und passte nicht zu ihrem Körper.

Louise lächelte sie an. Elona Wikström lächelte fast unmerklich zurück. Ein seltsames, stilles Gefühl von Vertrautheit kam auf. »Vielleicht ist ihr robustes Herz ja aus Gold«, überlegte Louise und ließ sich auf ihren Stuhl sinken. Sie zog ihren Spiralblock zu sich heran.

»Ein Mann stand vor dem Wohnheim und hat hochgeschaut«, begann Elona Wikström. »Ich kann natürlich nicht behaupten, dass er der Täter war, aber das ist doch eindeutig verdächtig! Oder nicht? Ich habe alles über den Mord gelesen, also über Malin, die ermordet wurde.«

»Das klingt interessant. Könnten Sie mir noch etwas genauer erklären, was Sie gesehen haben?«

»Er steht einfach da. Meist am Abend. Hinter den Büschen. Ohne sich zu bewegen.«

Sie verstummte.

»Von wo aus haben Sie ihn gesehen?«, wollte Louise wissen.

»Von meiner Wohnung.«

»Von Ihrer Wohnung?«

Elona Wikström nickte.

»Aha. Da muss ich fragen, wo Sie wohnen.«

»Skarpskyttegatan. In einem der Mietshäuser, die etwas weiter unten am Hang liegen«, antwortete sie und machte eine minimale Kopfbewegung Richtung Fenster.

»Entschuldigen Sie, aber welchen Hang meinen Sie?«

»Den unterhalb des Wohnheims und der Volkshochschule.

Von meinem Wohnzimmer sehe ich schräg über mir das Wohnheim, etwa so«, sagte sie und deutete mit ihrer fleischigen rechten Hand nach rechts oben.

Louise nickte und überlegte sich, warum sie nicht auf diese Zeugin gestoßen waren, als sie von Tür zu Tür gegangen waren. Vermutlich hatte sie nicht aufgemacht, vielleicht waren die Polizisten auch schon weitergegangen, als sie endlich die Wohnungstür erreicht hatte. Vielleicht hatten sie sich diese Häuser auch noch nicht vorgenommen.

»Dann liegt die Hochschule für Krankenpflege etwas weiter links unten.«

»Genau. Der Hang geht schließlich weiter«, sagte Elona Wikström und machte eine Handbewegung nach unten.

»Sie sagen, dass dort abends ein Mann steht und Ausschau hält. Ich überlege mir nur … um diese Jahreszeit ist es doch schon ziemlich dunkel.«

»Ich kann im Dunkeln nichts sehen, solche Künste beherrsche ich nicht«, meinte Elona Wikström und lachte. Kinn und Bauch gerieten in Bewegung. »Aber es steht eine Laterne an einem recht schmalen Fußweg, der dort verläuft. Ich glaube, er ist geteert und außerdem beleuchtet. Vermutlich, damit sich keine Sittenstrolche dort herumtreiben. Schließlich ist das eine Abkürzung zur Hochschule für Krankenpflege. Da gehen viele Mädchen hin und her. Oder sie fahren Fahrrad.«

Sie verdrehte die Augen und keuchte vor Anstrengung. Offenbar war es mühsam, so viele Worte aneinander zu reihen. Sie sah müde aus. Vermutlich schlief sie schlecht. Wegen des Übergewichts hatte sie beim Liegen wahrscheinlich Schwierigkeiten mit der Atmung.

»Sie konnten also sehen, in welche Richtung er schaute?«, wollte Louise wissen.

»Ja, ich glaube schon. Hoch zum Wohnheim.«

»Wann haben Sie diesen Mann dort zuletzt gesehen?«

»Das ist schon eine Weile her. Ich erinnere mich nicht so genau. Vielleicht vor einer Woche«, erwiderte Elona Wikström, kniff die Augen zusammen und runzelte die Stirn, während sie nachdachte. »Nein, ich erinnere mich nicht genau«, sagte sie dann.

»Aber erinnern Sie sich, wann er zum ersten Mal dort stand?«, beharrte Louise. Sie war es gewohnt, dass die Leute, was Zeitangaben betraf, entweder ihr Erinnerungsvermögen überschätzten oder vollkommen im Dunkeln tappten.

»Das kann ich nicht genau wissen. Also ab wann er dort stand. Das kann schließlich recht lang her sein, ohne dass es mir auffiel, aber ich weiß ungefähr, wann ich ihn zum ersten Mal sah.«

Sie verstummte und sah Louise mit pfiffiger Miene an.

»Und wann war das?«, wollte diese wissen.

»Irgendwann im Oktober, glaube ich.«

»Ist das schon so lange her?«

»Ja! Ist daran etwas nicht in Ordnung?«

»Oh doch, das ist ganz okay«, beeilte sich Louise zu versichern. »Alles, was Sie zu sagen haben, ist von Wert. Ich glaube, sie haben uns wichtige Informationen geliefert. Wie Sie vielleicht verstehen, wäre es für uns von großer Bedeutung, wenn wir zu Ihnen nach Hause kommen und selbst einmal schauen dürften.«

»Aber jetzt steht er doch nicht mehr dort.«

»Aber der Blick. Wir wollen uns die Aussicht ansehen.«

Elona Wikström hatte dagegen nichts einzuwenden. Louise sorgte dafür, dass sie nach Hause gefahren wurde. Sie hatten vereinbart, dass sie im Verlauf des Tages bei ihr vorbeischauen würde.

Die Kollegen kamen nach und nach auf den Korridor. Beim Kaffee erfuhr sie den letzten Stand der Dinge und berichtete ihrerseits von der neuen Zeugin.

»Geh dieser Sache nach!«, sagte Claesson energisch.

»Ist schon eingefädelt«, erwiderte Louise und beugte sich dann näher an ihn heran. »Weißt du, ob Nina Persson mit jemandem zusammen ist?«, fragte sie halblaut.

Er sah sie fragend an und zuckte dann unsicher mit den Achseln.

»Das kann ich mir nur schwer vorstellen. Wieso?«

»Ich glaube, sie ist schwanger.«

Er sah sie an, als glaubte er nicht an die unbefleckte Empfängnis.

»Seltsam«, dachte Louise. »Niemand gibt sich so feminin wie Nina – süß, Schmollmund, gut geschminkt, Riesenbusen –, und trotzdem ist sie für die Männer eine Art Neutrum. Mehr ein Phänomen als eine Frau und mögliche Mutter.«

»Wir scheinen Fortschritte zu machen«, sagte Peter Berg.

»Wir haben die ganze Zeit Fortschritte gemacht«, meinte Claesson. »Gut, dass du gekommen bist. Sie warten unten.«

Sie wollten das ältere Paar begleiten, das meinte, eine gelbe Plastiktüte gesehen zu haben. Falls es sich dabei tatsächlich um Malin Larssons gelbe Jacke gehandelt hatte, ließe sich die vermutete Tatzeit besser festlegen. Sowohl der Mann als auch die Frau waren sich sicher, dass es bei einem kleinen Ausflug am Montag nach Allerheiligen gewesen war, also am 5. November. Malin hatte Alf Brinks Wohnung am Vortag gegen elf Uhr verlassen. Das hatte Brink zumindest behauptet. Sie war losgeradelt und dann nie mehr zurückgekommen. Was in der Zeit danach passiert war, wussten sie nicht.

»Es könnte sich wirklich um eine Plastiktüte gehandelt haben. Vielleicht liegt sie ja immer noch dort«, meinte Peter Berg, der bereits seine Jacke angezogen hatte.

»Stimmt.«

Mühsam zog sich Claesson seine Gore-Tex-Jacke über.

»Immer noch Ärger mit dem Rücken?«, fragte Peter Berg.

»Ja, ich gehe heute Nachmittag zum Chiropraktiker, falls ich die Zeit finde.«

»Was macht der eigentlich?«

Peter Berg war neugierig.

»Er nimmt einen Stab und presst die Muskelstränge zusammen, bis man an die Decke geht.«

Peter Berg sah ihn skeptisch an.

»Und das machst du freiwillig?«

»Ja. Anschließend tut einem alles so weh, dass man gar nichts mehr spürt, wie eine Art Betäubung.«

Peter Bergs Schweigen schien von Zweifeln erfüllt. Sie gingen Richtung Treppe.

»Vielleicht willst du lieber den Fahrstuhl nehmen?«, fragte Berg.

»Nein. Sonst roste ich noch ganz ein«, antwortete Claesson und trat vorsichtig auf die erste Stufe und ging dann beharrlich mit leichtem Schwanken weiter.

»Sie sind nicht verheiratet«, sagte Peter Berg, der ihm langsamen Schrittes folgte.

»Nein, offenbar nicht.«

»Es war ihr peinlich«, fuhr Berg fort. »Sie ist schon recht alt und mit einem anderen verheiratet, aber der Ehemann ist in irgendeinem Heim.«

»Eine Affäre, wenn das Leben seinen Zenit überschritten hat, kann man sich schon mal gönnen«, meinte Claesson, der endlich an der Tür zur Eingangshalle angelangt war.

Bernhard Göransson und Gudrun Ask erwarteten sie bereits.

Draußen war es ungewöhnlich trocken, was daran lag, dass das Wetter umgeschlagen war. Peter Berg öffnete galant die Tür zum Rücksitz und half Gudrun Ask beim Einsteigen. Bernhard Göransson setzte sich neben sie. Schweigend fuhren sie aus der Stadt.

Als sie sich der Küste näherten, gab ihnen das Paar auf der Rückbank abwechselnd Anweisungen. Sie waren sich jedoch hinsichtlich des Weges nicht ganz sicher. Gudrun Ask drückte mehrfach ihre Unruhe darüber aus, dass es ihnen vielleicht nicht gelingen würde, den Polizisten die richtige Stelle zu zeigen. Es war schwer, sich in der Natur zu orientieren, und die gelbe Plastiktüte, die sie am Ufer gesehen zu haben meinten, war vielleicht auch nicht mehr da.

»Wenn uns klar gewesen wäre, dass es sich eventuell um einen Menschen handelt, hätten wir uns natürlich sofort gemeldet«, sagte Gudrun Ask beschämt. »Aber auf diese Idee sind wir natürlich überhaupt nicht gekommen! Einer normalen ICA-Tüte schenkt man schließlich keine weitere Beachtung.«

Peter Berg sah im Rückspiegel, wie die ältere Frau nervös blinzelte, während sie die Umgebung durch das Seitenfenster betrachtete.

»Bernhard und ich unterhielten uns darüber, wie betrüblich es doch sei, dass die Leute heutzutage ihren Müll überall hinschmeißen«, fuhr sie mit leiser Stimme fort, als spräche sie mit sich selbst. »Die Natur muss sauber gehalten werden, damit habe ich es immer sehr genau genommen. Das habe ich auch meinen Kindern und Enkeln beigebracht. Schweden war einmal eines der saubersten Länder der Welt. Aber die Leute wissen einfach nicht mehr, dass Mülleimer und Mülltüten dafür da sind, dass man seinen Müll hineinschmeißt«, murmelte sie.

»Das war früher besser!«, fiel ihr Bernhard Göransson ins Wort. »Man stelle sich vor, was die Boote alles über Bord gehen lassen!«

»Wo sind wir jetzt eigentlich?«, fragte Gudrun Ask verunsichert. »Erkennst du noch was?«

Bernhard legte seine Hand auf die ihrige.

»Müssen wir nicht auf diesen schmalen Weg da einbiegen?«, fragte er und deutete nach rechts, während Peter Berg verlangsamte, damit das Paar sich orientieren konnte.

Claesson hatte ihre Fahrt auf der Straßenkarte verfolgt. Jetzt legte er einen Finger auf die Abzweigung, an der sie sich aller Wahrscheinlichkeit nach befanden.

Gudrun Ask reckte ihren Hals und schaute in alle Richtungen.

»Doch«, stellte sie fest. »Du hast Recht! Wir müssen dahinunter.«

»Du wirst schon sehen, wir werden den Herren von der Polizei schon noch zeigen können, wo wir gestanden haben«, meinte Bernhard Göransson voller Überzeugung. »Du weißt, da auf der Brücke.«

Gudrun Ask verstummte. Sie verkniff sich ihre nervösen

Kommentare und konzentrierte sich stattdessen auf die Landschaft, um den richtigen Weg zu weisen. Claesson konnte sich gut in ihre Lage versetzen. Gudrun Ask war eine rechtschaffene Person und gehörte einer Generation an, die noch an die Obrigkeit glaubte. Mit der Polizei hatte sie bisher nur zu tun gehabt, wenn sie einen Pass benötigte. Die Tatsache, dass ihr eine bedeutende Rolle in einer Mordermittlung zukam, war vermutlich nicht nur spannend, sondern bereitete ihr vor allem Unbehagen und erfüllte sie mit Schuldgefühlen. Wahrscheinlich waren sie an dem armen Mädchen vorbeigegangen, das schon tagelang, vielleicht wochenlang dort gelegen hatte, ohne dass es jemand vermisst hatte. Claessons Gedanken wurden von einem Räuspern Gudrun Asks unterbrochen.

»So ein süßes Ding!«, seufzte sie resigniert. »Und wir dachten, es sei nur eine Plastiktüte!«

»Abwarten«, meinte Bernhard Göransson. »Noch wissen wir überhaupt nichts. Vielleicht liegt die Plastiktüte immer noch da«, sagte er, als könnte seine Hoffnung die Wirklichkeit verändern.

Gudrun hatte sich etwas beruhigt. Die Polizisten waren so höflich und nett. Am sympathischsten fand sie den Älteren. Er schien klug und verständnisvoll zu sein. So einen Mann hätte ihre Tochter heiraten sollen und nicht diesen Stiesel.

Peter Berg bog auf einen holprigen Weg ein, der eigentlich nur aus zwei Radspuren mit Gras dazwischen bestand und sich zum Wasser hinunterschlängelte. »Ein richtiger Sommerweg«, dachte Claesson. Auf solchen Wegen war er vor vielen Jahren gefahren. Seine Assoziationen führten ihn zu brütend heißen Tagen, Sand unter Fahrradreifen, Badesachen auf dem Gepäckträger, Mückenstichen, Saft und Eierbroten. Die Freunde hatten sich am Badesteg getroffen und ihre mageren Glieder in der Sonne ausgestreckt. Sie waren getaucht und zu dem Stein hinausgeschwommen, von dem man ins Wasser springen konnte und der wie eine graue Nase emporragte. Die Sommer seiner Kindheit waren voller Sonne, Spaß und Sorglosigkeit gewesen.

Aber jetzt konnte weder von Sommer noch von Sonne die Rede sein. Die Tannen beugten sich dunkel über den Weg und standen zum Meer hin weniger dicht. Sie näherten sich der Lichtung, auf der Bernhard Göransson angeblich geparkt hatte. Peter Berg stellte seinen Wagen ein gutes Stück davon entfernt ab, um eventuelle Spuren nicht zu zerstören.

Die kleine Schar setzte sich schweigend und mit gewisser Mühe Richtung Strand in Bewegung, auf die schmale Holzbrücke zu, die auf die Insel Svinö führte. Peter Berg war der Einzige, der nicht hinkte, und er fand, dass die anderen komisch wirkten. Als die alte Dame aus dem Auto stieg, erzählt sie von ihren künstlichen Hüftgelenken. Der alte Mann hatte Probleme mit den Knorpeln seiner Kniegelenke und Claesson mit seinem Rücken, obwohl er es unterließ, die anderen von diesem Gebrechen in Kenntnis zu setzen. »Fehlt nur noch, dass ich Wasser in den Knien habe«, dachte Peter Berg. »Wasser in den Knien und eine Dauerwelle im Haar« – so hatte das ewige Sprüchlein seines Vaters gelautet, wenn dieser guter Dinge war.

Vor ihnen lag jetzt die Insel Svinö; sie war knapp einen Kilometer lang, bewaldet und diente hauptsächlich als Badeplatz. Hierher kam man mit dem eigenen Boot oder über die schmale Holzbrücke, vor der sie nun standen. Sie war etwa zweihundert Meter lang und ließ sich zu Fuß oder mit dem Fahrrad überqueren. Vielleicht hätte auch noch ein Mofa mit Ladefläche auf ihr Platz gefunden, aber kein breiteres Fahrzeug. Claesson meinte sich zu erinnern, auf der Brücke schon Angler gesehen zu haben, aber es war viele Jahre her, seit er zuletzt hier gewesen war.

Er wandte sich an Bernhard Göransson und Gudrun Ask.

»Am Montag, dem 5. November, sind Sie hierher gefahren, obwohl Sie das sonst nie tun. Habe ich das richtig verstanden?«

Sie nickten.

»Warum sind Sie hierher gekommen?«

»Das ergab sich einfach«, sagte Bernhard. »Wir sind diesen

Weg entlanggefahren, weil er so abgeschieden lag. Wir wollten niemandem begegnen.«

Gudrun hatte sich bereits dem Ufer zugewandt und fixierte einen Punkt etwas nördlich vom Ende der Brücke. Weder eine Plastiktüte von Egons Livs, einem der örtlichen Supermärkte, noch eine gelbe Jacke waren zu sehen. Bernhards Augen tränten im Wind. Er stellte sich neben Gudrun.

»Weg«, sagte er. Beide nickten.

»Was das Gelbe auch immer war, es ist offenbar nicht mehr da«, meinte Claesson. »Aber vielleicht könnten Sie uns trotzdem zeigen, wo genau Sie an diesem Montag, dem 5. November, entlanggegangen sind und diesen gelben Gegenstand gesehen haben.«

Bernhard und Gudrun sahen sich verlegen an.

»Wir kamen von da drüben«, sagte sie und deutete auf den Weg, den sie eben alle entlanggekommen waren. »Dann gingen wir auf die Brücke.« Sie trat, gefolgt von Bernhard und den beiden Polizisten, auf die Brücke.

»Wir unterhielten uns die ganze Zeit«, entschuldigte sie sich. »Ich weiß also nicht recht, wie weit wir eigentlich gegangen sind.«

Unsicher schaute sie Bernhard an.

»Ungefähr bis hier«, bestätigte er.

»Ja, so war das wohl«, meinte sie.

»Haben Sie dann kehrtgemacht?«, wollte Claesson wissen.

Die beiden älteren Leute wechselten leise ein paar Worte.

»Ja«, sagte Bernhard. »Wir blieben hier eine Weile stehen. Wir unterhielten uns und ...«

Er wurde verlegen.

»Ich habe Gudrun umarmt«, sagte er schließlich und lächelte verlegen.

»Und dabei rückte das Ufer in mein Blickfeld«, erklärte Gudrun. »Anfangs hatte ich nicht so genau hingesehen, aber dann blieben wir ja stehen.«

Bernhard nickte.

»Dann gingen wir wieder zurück, und da sagte Gudrun, wie

schrecklich es doch sei, dass die Leute ihren Müll überall hinschmeißen, und deutete auf die Plastiktüte, die sich deutlich von den Pflanzen abhob«, erklärte er.

Claesson nickte.

»Sie gingen nicht hin?«

»Sie meinen, um die Plastiktüte aufzuheben?«, erwiderte Bernhard. »Nein, in unserem Alter muss man etwas aufpassen. Es war nass und kalt und vielleicht sogar vereist«, erklärte er und wandte sich an die beiden Beamten, die in seinen Augen die Verkörperung der Jugend darstellten. »Das Gelbe schien uns vermutlich etwas zu groß für eine normale Tüte aus dem Supermarkt«, sagte er dann. »Aber darüber sprachen wir in jenem Augenblick nicht.«

»Nein«, warf Gudrun ein. »Wir dachten an andere Dinge.«

»Ja.« Bernhard nickte.

»Genau«, pflichtete ihm Gudrun bei.

»Woran denn, wenn man fragen darf?«, wollte Claesson neugierig wissen.

»Wie herrlich es ist, umarmt zu werden.« Bernhard lächelte.

Claesson merkte, wie er errötete, glaubte aber nicht, dass es bei dem kalten Wind zu sehen war.

»Als wir aber von dem Mädchen lasen, das verschwunden ist, haben wir darüber gesprochen«, sagte Bernhard.

Während sie zurückgingen, überlegte sich Claesson, wie viele Meter die Leiche bis zum Fundplatz nach Norden getrieben war. Handelte es sich bei dieser Stelle um den Tatort oder war sie irgendwo anders getötet und hier oder vielleicht noch weiter südlich nur abgeladen und dann von den Wellen davongetragen worden?

Louise Jasinski nahm den Hörer ab. Es war Gabriella, die ihre Sportsachen nicht finden konnte. Und dann war da noch etwas, der eigentliche Grund, weswegen sie anrief und ihre Mutter bei der Arbeit störte. Sie benötigte ihre Erlaubnis. Sie klang vage und gleichzeitig einschmeichelnd.

»Erlaubnis wozu?«

Louise stand hinter ihrem Schreibtisch. Sie war eigentlich auf dem Sprung und daher etwas kurz angebunden.

»Liebe Mama, darf ich außer Haus übernachten?«

»Bei wem?«

»Bei Lotta.«

Sie sagte den Namen so leise, dass er fast nicht zu verstehen war. Louise wollte sofort Nein sagen, konnte sich aber noch bremsen.

»Wann?«, fragte sie.

»Heute Abend.«

»Mitten in der Woche! Du hast morgen doch Schule.«

»Aber ich kann bis neun Uhr ausschlafen.«

Ein Nein wäre vermutlich die einfachste und beste Alternative gewesen, aber etwas in der Stimme ihrer Tochter ließ sie einlenken.

»Sind Lottas Eltern zu Hause?«

Schweigen.

»Ich glaube schon«, erwiderte Gabriella ausweichend. »Warum sollten sie das nicht sein …«

»Sie könnten beispielsweise verreist sein.«

»Das glaube ich nicht.«

»Du bist eine schlechte Lügnerin.«

»Nein!«, jammerte ihre Tochter mit gespielt kindlicher Stimme. »Das bin ich nicht. Ich sage doch, dass ich das nicht weiß! Ich kontrolliere doch nicht, ob sie zu Hause sind, es ist mir nicht im Traum eingefallen, danach zu fragen.«

Louise schaute auf die Uhr. Sie musste los. Jesper Gren hatte sie aufgehalten, und jetzt auch noch dieses Gespräch, aber die Kinder gingen trotz allem vor.

»Okay!«, sagte sie resigniert.

»Danke, liebe Mama …«

Louise konnte förmlich durchs Telefon hören, wie ihre Tochter vor Freude in die Luft sprang.

»Aber versprich, dass ihr keinen Unsinn macht.«

»Ich verspreche …«

»Und lass dein Handy an!«

Rasch lief sie die Treppen hinunter und brauste mit quietschenden Reifen Richtung Skarpskyttegatan. Elona Wikström erwartete sie. Louise war gewissenhaft und versuchte, immer pünktlich zu sein. Aber die Straßen im Zentrum verliefen kreuz und quer, und sie sah sich gezwungen, nicht nur die Geschwindigkeit des Autos, sondern auch ihr inneres Tempo zu drosseln. In diesen Zeiten von Stress, Burn-out, Depressionen und Krankschreibungen versuchte sie, ihren inneren Signalen Beachtung zu schenken. Es wäre zwar ganz schön gewesen, ausnahmsweise einmal etwas früher nach Hause zu kommen – sie schlief schlecht und war am Ende des Arbeitstages immer ganz erschöpft –, aber sie musste einfach zusehen, dass sie sich nicht unnötig unter Druck setzte. Außer ihr tat das sonst niemand!

Sie fühlte sich in Elona Wikströms Gesellschaft befangen. Beruhte das auf ihrer Unförmigkeit? Nein, das glaubte sie nicht, schließlich begegnete sie allen möglichen Leuten. Es lag wohl eher an den Folgen ihrer Bewegungslosigkeit. »Für die Polizei, die in einem Mordfall ermittelt, ist so eine Zeugin natürlich ein Volltreffer«, dachte Louise. »Aber man stelle sich bloß vor! Jeden Abend ein und denselben Mann zu beobachten. Das wirkt vollkommen sinnlos«, dachte sie, sah aber ein, dass es vielleicht doch der Wahrheit entsprach. Was sollte Elona Wikström auch sonst unternehmen? Aber vielleicht beobachtete sie nicht nur diesen Mann, sondern auch andere Personen und zog dann ihre Schlüsse. Wie ein Eindringling. »In Ermangelung eines eigenen Lebens schnorrt sie von dem der anderen«, dachte Louise, und es schauderte ihr bei dem Gedanken, dass sie selbst einmal unter Beobachtung stehen könnte. Vielleicht gab es ja Menschen, die mehr über die Dinge wussten, die ihr etwas bedeuteten und sie berührten, als sie selbst.

Es fröstelte sie erneut. Was wusste man in der Schule über Janos? Wussten die mehr als sie? Gab es überhaupt etwas zu wissen? Schließlich konnte sie sich nicht ganz sicher sein. Vielleicht war sie auch paranoid.

Vor ihr tauchte die kurvenreiche Straße zur Volkshochschule auf. Die nackten Zweige der Bäume erzitterten im kalten Wind. Sie fuhr nicht bis auf die Anhöhe, sondern bog stattdessen auf einen Parkplatz ein und stellte ihren Wagen auf einem für Besucher reservierten Platz ab.

Die Mietshäuser waren langweilig. Beton. Verglaste Balkons. Sie zählte die Stockwerke. Fünf. Grüne Büsche, Sandkasten und Schaukeln, die nicht benutzt wurden. Keine Menschenseele weit und breit.

Elona Wikström wohnte im dritten Stock. Das Haus besaß einen Fahrstuhl, sonst wäre es für sie vermutlich ein Ding der Unmöglichkeit gewesen, dort zu wohnen. Sie bräuchte natürlich eine Wohnung im Erdgeschoss, dachte Louise. Bei dem Gewicht. Aber viele hatten Angst vor Einbrüchen und wohnten deshalb ungern im Parterre.

Bevor Louise auf die Klingel drücken konnte, öffnete Elona Wikström bereits, was Louise zu der Vermutung veranlasste, sie habe auf einem Stuhl neben der Tür gesessen und auf sie gewartet. Also lächelte Louise besonders herzlich und trat mit einem großen Schritt über ein Paar unglaublich ausgelatschte Schuhe hinweg, die fast ebenso breit wie lang waren. Die Wohnung war hübsch möbliert, vielleicht sogar eine Spur übermöbliert, mit rustikalen Kiefernmöbel, Plüsch und polierten Oberflächen. Alles sah sehr ordentlich aus, als wäre Elona Wikström gerade erst mit Aufnehmer und Scheuerlappen unterwegs gewesen, wie auch immer sie das zeitlich geschafft haben mochte. Rasch durchzuputzen erforderte eine gewisse Beweglichkeit. Andererseits wurde es auch nicht so unordentlich, wenn man sich nur sparsam bewegte. Nicht wie bei Louise zu Hause, wo zwei Kinder ihre Sachen über das ganze Haus verteilten.

Auf dem gedeckten Wohnzimmertisch standen Kaffeetassen bereit, ein eidottergelber Sandkuchen thronte auf einem Teller. Vielleicht hatte sie ja noch rasch und routiniert – wie manche das im Gegensatz zu Louise konnten – einen Teig angerührt. Möglicherweise deuteten der Hausputz und der frisch gebackene Kuchen aber auch darauf hin, dass Elona Wikström den Zeitpunkt ihrer Enthüllung geplant hatte.

Louise war hungrig; beim Anblick des Kuchens lief ihr das Wasser im Mund zusammen. Aber sie wollte die Sache rasch hinter sich bringen.

Durch die großen Fenster an der Schmalseite des Wohnzimmers sah man auf den Hang, der zum Gelände der Volkshochschule hinaufführte. Das rote Schulgebäude war im Hintergrund auszumachen. Auf der Anhöhe lag das Wohnheim, in dem auch die Studenten von der Hochschule für Krankenpflege wohnten und in dem Malin Larsson ein Zimmer gehabt hatte. Hohe Bäume mit entlaubten Kronen umstanden das Wohnheim. Das gefällige Gebäude dominierte das Bild, und Louise hatte es sofort erblickt, als sie ins Wohnzimmer getreten war. Sie ließ ihren Blick den Hang hinaufgleiten. Laub lag wie festgeklebt auf der feuchten Erde zwischen Grasbüscheln und Sträuchern, die vor allem am Fuß des Abhangs standen. Um welche Art von Büschen es sich handelte, wusste sie nicht, sie kannte sich mit Pflanzen nicht aus. Unterhalb der Sträucher führte ein asphaltierter Fuß- und Fahrradweg zur Hochschule für Krankenpflege, deren Flachdach mit etwas Mühe links außen zu erkennen war, wenn man sich direkt vors Fenster stellte.

Die Aussicht wurde teilweise von einem Balkon verdeckt, und der Abstand zu dem Ort, an dem der Mann wahrscheinlich gestanden hatte, war so groß, dass Louise klar war, dass Elona Wikström kaum mehr als die Umrisse eines Menschen gesehen haben konnte.

»Von hier aus haben Sie ihn also gesehen?«, fragte Louise.

»Ja, das stimmt«, bestätigte Elona Wikström vom Sofa aus, während sie gemächlich Kaffee eingoss. »Setzen Sie sich doch!«, meinte sie dann herzlich, und Louise ließ sich in einen durchgesessenen Sessel sinken, von dem aus sie die Aussicht leider im Rücken hatte.

»Haben Sie darüber nachgedacht, wann er für gewöhnlich auftauchte?«, fragte sie und goss Milch in ihren Kaffee.

»Ich kann mich nicht daran erinnern. Aber vielleicht kam er meist an Wochenenden. Ich sah ihn erstmals Anfang Oktober, aber er kann schon früher dort gestanden haben, ohne dass es mir aufgefallen ist.«

»Ja, natürlich.«

Elona Wikström verstummte und starrte vor sich hin. Louise sagte nichts und betrachtete die Wand hinter dem Sofa. »Viele Bilder«, dachte sie. Alle recht gleich, schwarz gerahmt und in kräftigen Farben. Alte Männer und Frauen und knallrosa Himmel. Wahrscheinlich lief das unter naiver Malerei. Es waren sehr viele Bilder, die einen geradezu überladenen Eindruck erweckten. Aber einzeln, jedes für sich betrachtet, waren die Gemälde sehr schön, fand sie. Aber was wusste sie schon? Sie eignete sich nicht dazu, die Kunstwerke anderer Leute zu begutachten. Bei ihr zu Hause gab es kaum ein echtes Gemälde, und wenn jemand über Kunst sprach, kam sie sich meist recht unwissend vor. Irgendwie wirkte das Thema immer so aufgesetzt.

»Bedienen Sie sich!«, forderte die gewaltige Gastgeberin Louise auf und schob ihr den Teller mit dem Kuchen zu.

Als sich Louise vorbeugte, um eines der Riesenstücke zu nehmen, merkte sie, wie locker ihre Jeans um die Taille saßen. Der Kummer hatte sie schon etliche Kilo gekostet. Sie hätte es vorgezogen, aus Liebe und Leidenschaft abgenommen zu haben. Falls er gut sein sollte, hatte sie mühelos für ein weiteres Stück Kuchen Platz. »Aber höchstens zwei«, dachte sie. »Das muss reichen.«

Stille war eingetreten, während sich Louise überlegt hatte, wie sie ihre Frage formulieren sollte.

»Könnten Sie mir den da bringen?«, bat Elona schließlich und deutete auf einen Korb, der neben dem Sofa auf dem Boden stand.

Louise erhob sich und überreichte ihr den Korb, in dem zuoberst das Strickzeug lag. Elona hob es umständlich heraus und legte es neben sich aufs Sofa. Die Farben der Wolle waren wie die der Bilder und der ganzen Einrichtung hell und klar.

»Sie hat Freude an Farben«, dachte Louise, »und mischt sie mit sicherer Hand. Auch die schlimmsten Farben, die grellen und aufdringlichen. Türkise Kommode, löwenmähnengelbes Sofa, Teppich in seltsamem Braun mit Blaugrün und Rot. Merkwürdige Mischungen, aber weder geschmacklos noch hässlich.«

»Ich schäme mich«, sagte Elona, schob ihre fetten Hände in den Korb und zog einen kleinen schwarzen Gegenstand hervor. Ein Fernglas.

»Sie haben es zum Beobachten verwendet«, sagte Louise mit bemüht neutraler Stimme.

Elona nickte.

»Ich musste einfach. Manchmal wird es recht einsam. Schließlich komme ich nicht oft unter Leute.«

»Aber hier gibt es doch wohl nicht so viel zu sehen«, meinte Louise.

»Genau. Kaum Verkehr. Nur den Hang, das Gebüsch und natürlich vereinzelte Passanten, die zum Wohnheim wollen, den Fuß- und Fahrradweg zu den Schulen benutzen oder in die Stadt unterwegs sind. Aber alles begann mit dem Mann, der dort drüben stand«, sagte sie und deutete mit der Hand nach draußen. »Das mit dem Fernglas also. Eines schönen Tages sah ich ihn. Erst wollte ich bei der Polizei anrufen, aber dann dachte ich, er hat ja nichts verbrochen. Er tat schließlich nichts Ungesetzliches. Es hätte also einen komischen Eindruck erweckt, wenn ich angerufen hätte. Als wäre ich eine Klatschtante. Außerdem ...«

Sie keuchte und holte dann tief Luft, während Louise geduldig wartete.

»Außerdem gehört schon viel dazu, bis ich meine Wohnung verlasse, beispielsweise wenn ich Farbe brauche«, fuhr sie fort.

»Farbe?«

»Für die Bilder.«

»Sind Sie Malerin?«

Elona nickte.

»Oder wahrscheinlich eher eine Amateurin«, meinte sie und verzog das Gesicht.

»Dann haben Sie die also alle selbst gemalt«, sagte Louise und schaute sich mit neu erwachtem Interesse die Bilder an. »Vielleicht ist sie ja eine namhafte Künstlerin«, dachte sie und begann die große Dame auf dem Sofa in einem neuen Licht zu sehen.

»Sie gefallen mir! Sie machen einem gute Laune«, meinte Louise spontan. »Oder wie man das nennen mag«, fügte sie noch hinzu, da sie einsah, dass sie sich vielleicht etwas ungenau, vielleicht sogar dumm oder fehlerhaft ausgedrückt hatte.

»Das ist nett, dass Sie das sagen«, erwiderte Elona und schien sich zu freuen.

»Aber da Sie ein Fernglas verwendet haben, können Sie den Mann vielleicht eingehender beschreiben«, sagte Louise, um beim ursprünglichen Thema zu bleiben.

»Es ist immer recht dunkel, wenn er dort steht und glotzt. Er kommt frühestens in der Dämmerung. Aber die Laterne dort am Fahrradweg ist eine gewisse Hilfe. Ich glaube, er ist von durchschnittlicher Größe. Alles ist irgendwie durchschnittlich an ihm, Körperbau und Haarlänge. Normalerweise trägt er einen Mantel mit hochgestelltem Kragen. Zu Anfang, als es abends noch heller war, im Frühherbst, trug er eine Art Parka oder Skijacke – oder wie man diese Sportjacken nennt, die heutzutage alle das ganze Jahr über tragen.«

»Welche Farbe hatte die?«

»Grün.«

Louise notierte sich das.

»Wie lange steht er normalerweise dort?«

»Das ist unterschiedlich, aber meist recht lange. Eine Stunde oder vielleicht zwei. Jetzt ist es abends ja schon recht kalt, er blieb also immer kürzer. Glaube ich zumindest. So kam es mir vor. Ich habe die Zeit schließlich nicht gestoppt.«

Louise machte sich Notizen und kaute dann auf ihrem Stift.

»Haben Sie je darüber nachgedacht, warum er dort steht?«

»Aufrichtig gesagt, habe ich mir das fast jedes Mal überlegt.

Ein perverses Schwein, habe ich gedacht. Ein Spanner, einer der … Sie wissen schon, sich selbst befriedigt, wie die, die einen anrufen und in den Hörer keuchen. Aber er schien niemandem Schaden zuzufügen. Mir ist nie zu Ohren gekommen, dass jemand hier im Stadtteil irgendwelchen Frauen zu nahe getreten wäre.«

»Können Sie sein Alter schätzen?«

Sie zuckte mit den Achseln.

»Seine Art, sich zu bewegen, wirkt jung. Jedenfalls ist er kein alter Mann.«

»Meinen Sie mit jung einen Jugendlichen?«

»Könnte sein, aber ich glaube es nicht. Mein Gefühl sagt mir etwas anderes.«

Louise war bemüht, suggestive Fragen zu vermeiden, die auf Alf Brink abgezielt hätten, denn das wäre eine unpassende Methode der Vernehmung gewesen, dessen war sie sich bewusst. Trotzdem hatte sie fast das ganze Gespräch lang an ihn denken müssen.

Erst als sie wieder im Auto saß – die beiden Kuchenstücke lagen ihr schwer im Magen –, fiel ihr ein, dass sie Elona Wikström darum hätte bitten können, eine Zeichnung von dem Mann unter der Laterne anzufertigen, die alles wiedergab, was ihr aufgefallen war. Manchmal sagte ein Bild mehr als tausend Worte, und Elona war schließlich Malerin, obwohl ihre Figuren selten wie gewöhnliche Menschen aussahen.

Es dämmerte. Mit etwas Glück musste sie an diesem Tag nichts mehr erledigen. Gemächlich verließ sie den Parkplatz und fuhr langsam an der Abfahrt zur Hochschule für Krankenpflege vorbei. Vor einem Videoverleih stand eine Gruppe Jugendlicher. Sie fuhr Richtung Stadtmitte. Die Uhr am Kirchturm leuchtete, ein vertrautes Bild. Sie konnte jedoch nicht erkennen, wie spät es war, obwohl ihr das sonst immer gelang. Wenn sie die Augen zusammenkniff ging es besser, die Ränder verschwammen, aber es ging. Sie seufzte leise. Es würde ihr nichts anderes übrig bleiben, als zum Optiker zu gehen.

Der große Schulhof des Gymnasiums lag wie ausgestorben da. Bloß in der Nähe des Fahrradständers steckten zwei Personen wie Schattenrisse in der Dämmerung ihre Köpfe zusammen. »Eine angeregte Unterhaltung«, dachte Louise zerstreut und dennoch aufmerksam. Irgendetwas hatte ihr Interesse geweckt. Der Mann legte der relativ kleinen Frau einen Arm um die Schultern, und sie gingen auf das Tor zu. Louise verlangsamte das Tempo und legte den zweiten Gang ein, um dann an der Kreuzung rechts abzubiegen. Sie bremste, bog dann ab, und ehe sie noch einen höheren Gang eingelegt hatte, kamen der Mann und die Frau plötzlich einige Meter vor ihr aus dem Tor. Die Frau, auf deren Schultern der Arm des Mannes ruhte, hatte wallendes Haar. Sie wirkten glücklich.

In ihrem Inneren explodierte etwas. Der Auslöser war weder Schmerz noch Wut, sondern ein stärkeres Gefühl des Hasses, der Eifersucht und der Raserei. Eine Raserei, die ihr das Herz aus dem Leib riss und sie zwang anzuhalten. Sie musste aussteigen, sich hinter einen Busch stellen und sich weiterquälen. Sie hatten sie nicht bemerkt. Sie hatten nur Augen füreinander.

Gedemütigt in einigem Abstand dazustehen und sie mit dem Blick zu verfolgen bereitete ihr eine Qual, die sich nur deswegen ertragen ließ, weil sie das Gefühl hatte, Herrin der Lage zu sein. Die Geheimniskrämerei war nun zu Ende. Sie würde sich nicht mehr in die graue, kalte Luft hineinziehen lassen, die das Versteckspiel und alles, was sich hinter ihrem Rücken abgespielt hatte, umhüllte. Hätte sie ein Fernglas dabeigehabt, hätte sie nicht gezögert, es zu verwenden. Knirschend biss sie die Zähne zusammen.

Janos zusammen mit einer sehr jungen Frau, die das Leuchten derer besaß, die geliebt werden.

Sie ballte die Hände zu Fäusten.

Unbarmherzig hatte sich die nagende Unsicherheit in kalte Fakten verwandelt, in Wahrheit.

Pfui Teufel!

SIEBTES KAPITEL

Mittwoch, 21. November

Alf Brink hatte nicht protestiert, als Claesson ihn angerufen hatte, um ihm anzukündigen, dass er bei ihm vorbeikommen würde. Der Bursche war verängstigt, und wer wäre das nicht an seiner Stelle gewesen, dachte Claesson. Kaum hörbar hatte Alf Brink gemurmelt, das gehe in Ordnung, aber am besten vor zehn, bevor die Fahrradwerkstatt öffne.

Eine Ironie des Schicksals war, dass Veronika noch am Vortag in dem Geschäft gewesen war. Ein gelbes, funkelndes Fahrrad mit rostfreien Felgen stand in der Garage, das sich sowohl für Kopfsteinpflaster als auch Asphalt eignete, aber auch recht geländetauglich war. Es wirkte sportlich. »Hoffentlich freut sich Cecilia darüber«, dachte er, denn ihrer Mutter machte es größten Spaß, dass sie das Rad hatte kaufen dürfen und dass sie es jetzt verschenken konnte. Aber was Cecilia betraf, konnte man sich nie sicher sein. Er war sich bewusst, dass er in dieser Angelegenheit nicht gänzlich objektiv war, aber seiner Meinung nach war sie wählerisch und verwöhnt. In seiner Jugendzeit hatte man sich so etwas nicht erlauben können. Aber jetzt musste es immer das richtige Modell der richtigen Marke sein. Seine Schwester Gunilla mit ihren vier Söhnen sagte jedoch, dass das heutzutage ganz normal sei. Und Veronika kannte ihre Tochter.

»Wenn es ihr nicht gefällt, muss sie es eben umtauschen«, hatte sie lakonisch gesagt. »Wünsche soll man erfüllen. Man darf nicht sentimental und kleinlich sein, schließlich muss nicht ich damit herumfahren.«

»Nein«, hatte Claes etwas reserviert geantwortet.

»Erfreulich wäre natürlich, wenn mir tatsächlich das Kunststück gelungen wäre, genau das richtige Rad zu finden. Sollte es mir jedoch nicht gelungen sein, so war es jedenfalls ein netter Einkauf«, hatte sie sich verteidigt.

Er wusste, dass Veronika sich lieber von kundigem Personal beraten ließ, als in einem Warenhaus herumzuirren, speziell mit Klara im Schlepptau. Vielleicht kostete es ja ein paar Kronen mehr, lief aber letztendlich aufs Gleiche hinaus. Der Fahrradhändler hatte seine Hände auf den Lenker gelegt, dann über den funkelnden Chrom gestrichen und dabei mitreißend die Gangschaltung erläutert. Die Japaner hätten gute Neuerungen eingeführt, hatte er erklärt. Heutzutage seien sieben Gänge nicht anfälliger als früher drei. Sie funktionierten ausgezeichnet. Bisher hätten sie keine Reklamationen bekommen. Das Modell sei ideal für eine junge Dame, genau das, was die jungen Leute heute haben wollten. Das habe ihr der Verkäufer erzählt, hatte Veronika berichtet. »Das kann nur Alf Brinks Vater gewesen sein«, dachte Claesson.

»Er kannte sich wirklich damit aus«, hatte Veronika festgestellt.

»Genau«, dachte Claesson. »Wie man die Ware an den Mann bringt.« Denn der gelbe Lack hatte ein hübsches Sümmchen gekostet. »Ich hätte mitgehen sollen«, dachte er, »damit sie sich nicht übers Ohr hauen lässt.« Vielleicht hätte er auch den Preis runterhandeln oder einen Helm oder Korb rausschlagen können. Aber jetzt wäre das nicht gegangen. Nicht mitten in der Untersuchung eines Mordes.

»Aber er hat gesagt, die einfacheren Räder seien auch nicht zu verachten«, hatte sich Veronika verteidigt, die vermutlich seine Gedanken erraten hatte. »Die waren zwar nicht ganz so schnittig, aber durchaus auch sehr annehmbar.«

Sie wollte eine kleine Geburtstagsfeier veranstalten, bevor ihre Tochter am Wochenende wieder nach Lund zurückfuhr.

Claesson fand es angenehm, dass sie abreiste, obwohl ihm aufgefallen war, wie Veronika mit ihren beiden Töchtern im Haus förmlich aufgeblüht war. Aber für ihn war es nicht ganz unproblematisch, und das merkte sie natürlich, obwohl sie es vermied, darüber zu sprechen. Er hatte das Gefühl, einen Dauergast im Hause zu haben. »Vielleicht könnte Veronika es mir ja etwas einfacher machen«, dachte er, sah aber im nächsten Augenblick ein, dass sie es auch nicht so leicht hatte. Was sollte sie schon tun? Sie geriet zwischen die Stühle. Es brauchte halt alles seine Zeit. Die Gestaltung eines nahen Zusammenlebens erforderte mutige Monate und Jahre. Viel Zeit. Und so wahnsinnig nahe brauchten er und Cecilia sich ja auch gar nicht zu kommen. Aber es war erforderlich, dass sie sich vertrugen.

Die moderne, erweiterte Familie – für alles gab es Worte und Ausdrücke. Reservepapa – dieses erbärmliche Wort blieb ihm aber hoffentlich erspart. Schließlich wohnte Cecilia nicht mehr zu Hause. Heutzutage war ja auch von Bonuseltern die Rede. Wie nannte Cecilia ihn wohl, wenn sie ihren Freunden von ihm erzählte? Von Bonus konnte wohl kaum die Rede sein. »Aber man kann es nie wissen«, dachte er eitel und kratzte sich an seiner frisch rasierten Wange.

Er saß in seinem Auto, und ihm fiel auf, dass er Eva in letzter Zeit fast vergessen hatte. Das Autoradio war nicht angeschaltet, im Wageninneren war es wärmer geworden, und das Gebläse verstummte gerade. Nur das dumpfe Geräusch des Motors leistete ihm einschläfernd Gesellschaft. Und seine Gedanken.

Er wusste, dass Eva überspannt war, aber trotzdem hatte er nicht von ihr lassen können. Herz und Kopf stimmten nicht immer überein. Wie lange war das jetzt her? Er rechnete nach. Inzwischen mussten fünf Jahre vergangen sein. Die neurotische Eva! Die erste Zeit nach der Trennung war natürlich schmerzhaft gewesen, er hatte jedoch auch seine Freiheit genossen. Er hatte die Kraft gehabt, schließlich eine Entscheidung zu treffen. Schließlich war er es gewesen, der gesagt hatte, jetzt sei es aber genug. Oder etwa nicht? Dann hatte er Katina getroffen, und alles war einfacher gewesen. Ein unkompliziertes Intermezzo. Aber er hatte trotzdem nicht von Eva lassen können, nicht in seinen Träumen, nicht in seinen Gedanken. Ihre Augen, ihre Brüste, ihre Hüften. Weder während ihres Zusammenlebens noch anschließend hatte er es ertragen, wenn sie jemand kritisiert hatte. Er hatte sie immer verteidigt. Er war dazu erzogen worden, die eigene Herde zu beschützen. Rückblickend konnte man feststellen, dass sie regelrecht aneinander geklebt hatten. Oder zumindest er an ihr. »Ach ja! Sie ist vermutlich immer noch eine sehr attraktive Frau«, dachte er, machte jedoch eine Entdeckung, als er versuchte, sich ihr Gesicht vorzustellen. Das Bild war etwas verschwommen und farblos, obwohl er sich anstrengte und sich auf dieselben Dinge konzentrierte wie sonst immer – ihren Duft, ihr Haar, ihren Schoß –, aber das wollte ihm nicht recht gelingen, was ihn erstaunte. Er schaffte es nicht mehr, Evas schräge Augen und ihren schlanken Körper heraufzubeschwören, wenn er der Wirklichkeit ein Weilchen entfliehen wollte. Als ihm die Erkenntnis dämmerte, dass dieses Kapitel nun ein für alle Mal abgeschlossen war, breitete sich – trotz der anhaltenden Schmerzen im Rücken – ein Gefühl der Schwerelosigkeit in ihm aus.

»Erinnerung, Zeit und Vergessen«, dachte er. »Und Versöhnung.«

Inzwischen blieb ihm das ermüdende Karussell widersprüchlicher Gefühle erspart. »Bei Veronika weiß man nie, woran man ist«, dachte er und bog in die Fiskaregatan ein, die in einem älteren Stadtteil Richtung Hafen lag. Die meisten Häuser an der kurzen Straße waren renoviert. Erst kamen ein paar alte und kleine Holzhäuser, in denen früher einmal arme Fischer gewohnt hatten. Jetzt waren diese natürlich hübsch renoviert und nicht mehr billig. Dahinter standen zwei- und dreistöckige Häuser aus Holz, aber auch zwei Mietshäuser aus Beton, die nach einem Brand gebaut worden waren und nicht zur übrigen Bebauung passten. In einem der beiden wohnte Alf Brink.

»Was will ich eigentlich von dem jungen Mann?«, überlegte Claesson und versuchte, sich eine Fragestellung einfallen zu lassen.

Brink war als Letzter mit dem Opfer zusammen gewesen. Mal abgesehen von dem Mörder oder den Mördern, falls es nun mehrere waren. Und ganz unwahrscheinlich war es natürlich nicht, dass es sich bei Malins Freund um den Mörder handelte. Ein Motiv ließ sich leicht konstruieren. Das konnte sich selbst ein Amateurdetektiv zusammenreimen.

Jetzt hatte er vor, Alf Brink auf den Zahn fühlen. Er wollte ihn nicht aufscheuchen. Beweise lagen noch keine vor, und bis zu einem Geständnis war es vermutlich noch ein recht langer Weg. Geständnisse kamen erst, wenn die Ungewissheit, das Gewissen und ständige Verhöre einem Verdächtigen längere Zeit zu schaffen gemacht hatten. Wenn das Geständnis nicht sogleich erfolgte oder wenn es überhaupt je eins gab.

Er schlug die Autotür zu und hatte das Gefühl, dass ihm Blicke hinter den Gardinen folgten, als er über die Straße ging und das Haus betrat. Auf der Treppe begegnete er einer rundlichen Frau um die sechzig, die auf dem Weg nach unten war und seinem Blick etwas zu bemüht auswich. Sie nickten sich nicht einmal zu. Ihre graue Strickjacke war nicht zugeknöpft, und er hatte den Eindruck, dass sie sie in aller Eile übergeworfen hatte. Leider hallten seine Schritte so laut im Treppenhaus wider, dass er nicht hören konnte, ob sie das Haus wirklich verließ. Vielleicht war sie auch stehen geblieben, um zu lauschen, wo er klingelte.

Alf trug diesmal keine Arbeitskleidung. In Jeans und Pullover sah er ganz anders aus, durchschnittlich und lieb. Genauso unversehrt und rein wie seine Vergangenheit. Er hatte keinerlei Vorstrafen, und die Erkundigungen, die sie über ihn eingezogen hatten, hatten ebenfalls nichts Anstößiges zu Tage gefördert. Ein Prachtkerl, unauffällig, schüchtern und vorsichtig.

Alf wirkte also ungefährlich und erinnerte mit seinen blauen Augen und seiner treuherzigen Miene ein wenig an den

Kollegen Berg, obwohl er im Moment natürlich verängstigt aussah. Claesson konnte ihm fast ansehen, wie sein Herz hämmerte, als er den Kommissar erblickte.

»Ich komme nicht aus Neugierde oder um Ihre Wohnung auf den Kopf zu stellen. Nur damit Sie das wissen. Dazu bräuchten wir eine Genehmigung«, sagte Claesson, ohne zu erwähnen, dass es ihm ein Leichtes gewesen wäre, diese Genehmigung zu erwirken.

Die Wohnung verblüffte ihn. Nicht von der Einrichtung her, die wohl dem entsprach, was man von einem jungen Mann wie Alf Brink erwarten konnte. Der Fernseher und die Stereoanlage dominierten die Räumlichkeiten, und auf dem Fußboden lag ein Gewirr von Kabeln. Die Möbel passten nicht zusammen, und es herrschte ein ziemliches Durcheinander. Aber die Aussicht! Die beiden winzigen Zimmer seiner Junggesellenwohnung blickten aufs Meer, und da sie ganz oben lag und das Haus davor niedriger war, bot sich vollkommen freie Sicht über die gesamte Küstenlinie.

»Schöner Blick«, sagte Claesson.

»Stimmt«, erwiderte Alf unsicher.

»Genießen Sie ihn?«, fragte Claesson freundlich, stützte seine Hände auf die Fensterbank und versenkte sich in den Anblick der graugrünen Wogen. Ein einsames Segelboot befand sich auf See. Es windete recht stark. Das unbewohnte Inselchen Hästholmen in der Hafeneinfahrt verschwand fast im Dunst. Svinö war nicht zu sehen, da es zu weit entfernt lag.

Claesson drehte sich um, ignorierte die Unordnung und dachte, dass es zumindest nicht nach Abfall roch. Mit einer Geste deutete er an, dass er sich setzen wollte. Alf schob einen Stapel Zeitschriften beiseite, und Claesson nahm auf dem Sofa Platz. Die Hochglanzmagazine widmeten sich Autos, Fahrrädern und der Natur. Claesson zog eines davon hervor, das er wiedererkannte und das halb aus dem Stapel gerutscht war. Es hieß *Jagd*. Schweigend blätterte er darin und sah dann Alf an.

»Ich gehe mit meinem Vater auf die Jagd«, sagte der junge Mann nervös.

»Haben Sie dieses Jahr schon was erlegt?«, wollte Claesson wissen und versuchte, interessiert zu klingen.

»Nein. Ich hatte dieses Jahr noch keine Zeit oder auch keine Lust ... schließlich hatte ich jemanden kennen gelernt«, sagte er und schluckte.

Claesson nickte kommentarlos.

»Jagen Sie sonst gern?«

Alf zupfte nervös an seinem Pullover.

»Das ist schließlich nicht jedermanns Sache«, fuhr Claesson fort. »Manchen Leuten genügt es, zur Jagdgesellschaft zu gehören. Mir geht das auch so«, gestand er.

Alf wurde etwas umgänglicher.

»Genau. Ich gehe eigentlich auch nur mit, weil mein Vater es möchte.«

»Sie wollen Ihrem Vater eine Freude machen«, meinte Claesson, und Alf nickte. »Viele Kinder teilen die Interessen ihrer Eltern nur, weil sie nett sein wollen«, meinte er, um eine Art Einvernehmen mit dem jungen Mann herzustellen, dessen normale Gesichtsfarbe allmählich wiederkehrte. Gleichzeitig überlegte Claesson, ob er wohl nun etwas Unüberlegtes gesagt hatte. Beruflich war Alf Brink schließlich ganz und gar in die Fußstapfen seines Vaters getreten.

»Genau«, bestätigte Alf, schien aber nicht eingeschnappt zu sein. »Mich ermüdet der Wald nur. Ich bin lieber mit meinen Freunden zusammen. Das Schießen liegt mir auch nicht. Da können Sie meinen Vater fragen.«

Er klang übereifrig.

»Wonach soll ich ihn fragen?«

»Dass ich dieses Jahr nicht dabei war. Und dass ich nicht gut schießen kann«, erklärte er übersprudelnd.

»Ach so. Nein, das ist vermutlich nicht so wichtig«, sagte Claesson. »Ich glaube Ihnen auch so.«

Auf der Rückseite der Zeitschrift sah er, dass der Vater sie abonniert hatte, der vermutlich auch die Waffen und den Waffenschein besaß. Falls überhaupt einer vorhanden war. Es lag jedoch kein Grund vor, das anzuzweifeln.

»Dann besitzen Sie natürlich auch keine Waffen«, meinte er beiläufig, während er sein Jackett aufknöpfte.

»Oh nein. Die Gewehre gehören Papa«, antwortete Alf Brink ängstlich.

Claesson verstummte.

»Sie fragen sich vielleicht, was ich hier will«, sagte er dann und faltete gelassen seine Hände.

»Ja«, sagte Alf, der gespannt auf einem Küchenstuhl verharrte und ihn anstarrte.

»Ich will versuchen, Malin kennen zu lernen, verstehen Sie«, erklärte Claesson freundschaftlich. »Bei der Aufklärung eines Mordes ist es wichtig, das Opfer so gut wie möglich kennen zu lernen. Und da sie nicht mehr unter uns ist, muss ich mich an die Leute wenden, die ihr nahe standen und denen sie vertraute. Deswegen komme ich heute zu Ihnen. Malin hatte über Sie in ihrem Tagebuch viel Gutes zu sagen.«

Der junge Mann wurde über und über rot. Seine Neugier und sein Stolz waren ihm anzusehen. Er wuchs regelrecht um ein paar Zentimeter.

»Ist das wahr?«

»Ja.«

»Was hat sie denn geschrieben?«

»Ich kann Ihnen das Tagebuch natürlich nicht aushändigen, das müssen Sie verstehen, denn es ist ein wichtiger Bestandteil unserer Ermittlungen. Aber sie schrieb, dass sie Sie sehr mochte und hoffte, dass es klappen würde.«

»Was?«

Er klang rührend aufmerksam und sensibel. Vermutlich hatte genau das Malin angezogen, dachte Claesson.

»Mit Ihnen beiden. Sie hoffte auf eine Beziehung«, sagte er, was den jungen Mann mit Seligkeit zu erfüllen schien. Versonnen saß er da und versuchte das Gehörte zu verarbeiten.

»Aber damit kann man jetzt auch nichts mehr anfangen«, sagte Brink dann gedämpft.

»Nein«, pflichtete ihm Claesson bei. »Aber das Leben geht trotzdem weiter, Sie werden sehen, auch wenn es Ihnen im

Moment nicht so vorkommt. Aber daran haben Sie vermutlich schon selbst gedacht. Oder Ihre Eltern haben mit Ihnen darüber gesprochen«, meinte er und sah Alf prüfend an. Dieser nickte fast unmerklich.

Claesson besaß eine sehr angenehme Stimme und stellte seine Fragen weder aufdringlich noch streng. Alf entspannte sich allmählich und verspürte das Bedürfnis, sich auszusprechen. Aber was sollte er eigentlich sagen? Denn er wollte diesem Kommissar etwas mitgeben, obwohl er von der Polizei war – und überhaupt. In seinem Inneren ereignete sich so vieles, das er niemandem erzählen und nicht in Worte fassen konnte.

»Erzählen Sie einfach, was Ihnen gerade einfällt«, sagte Claesson, als hätte er den jungen Mann durchschaut und seine Gedanken gelesen, als seien ihm dessen innerer Zwiespalt und dieses Gefühl der Unbeholfenheit bekannt. »Es ist Ihnen vielleicht etwas eingefallen, was Sie nicht erzählen wollten, als Sie bei mir auf der Wache waren. Schließlich ist es ziemlich stressig, dort zu sitzen. Da kann es leicht mal passieren, dass man etwas vergisst.«

Alf nickte.

»Eigentlich war gar nicht so viel zwischen Malin und mir und dann doch wieder«, antwortete er zögernd. »Ich hatte sie schließlich kaum länger als einen Monat gekannt, aber wir ... wir verstanden uns sehr gut«, sagte er schließlich, als hätte er sich alle Ausdrücke der Liebe überlegt und sich gegen die stärkeren entschieden, gegen jene, die lächerlich klingen konnten und einem die Stimme versagen ließen.

»Sie haben sie sehr gern gehabt.«

Er nickte.

»Vielleicht dachte ich, dass sie irgendwie sehr einsam wirkt. Da war es ja gut, dass sie mir begegnete«, meinte er und sah etwas fröhlicher aus. »Ich dachte, wir könnten zusammenhalten. Und ich hatte den Eindruck, dass es ihr ähnlich erging. Sie freute sich immer, wenn ich kam, aber sie wollte immer ganz genau wissen, wann ich auftauchen würde ... Da war irgendwas, ich weiß aber nicht richtig, was.«

»Sie wollte wissen, wann Sie kommen würden, zu welcher Uhrzeit?«

Alf nickte.

»Genau. Es genügte also nicht, einfach zu sagen, ich komm irgendwann im Laufe des Nachmittags.«

»Woran lag es Ihrer Meinung nach, dass sie es mit der Zeit so genau nahm?«

Alf zuckte mit den Achseln und verzog fragend den Mund.

»Erst dachte ich, dass es vielleicht daran lag, dass sie immer alles so gründlich plante.«

»Was zum Beispiel?«

»Wann sie lernen wollte. Ich weiß ja nicht, wie man so etwas organisiert. Ich war schließlich nicht so lang auf der Schule. Ihre Ausbildung schien ihr sehr wichtig zu sein.«

»Sie glauben also, dass sie deswegen so genau mit den Zeiten war?«

»Nein. Eigentlich nicht, aber ich weiß nicht, woran es lag. Manchmal hatte ich den Eindruck, dass sie mir etwas verheimlicht ...«

»Was hätte das sein können?«

»Ein ehemaliger Freund.«

»Glauben Sie das immer noch?«

»Ich weiß es natürlich nicht. Nichts ist sicher. Aber gleichzeitig hatte ich nicht den Eindruck, dass es so war.«

»Und Sie haben sie nie gefragt?«

»Oh nein. Aber sie war glücklich, wir verstanden uns so gut, dass ich glaubte, dass sie mich auf alle Fälle mehr mochte. Also spielte es keine große Rolle, ob es noch einen anderen gab. Vielleicht noch dazu einen, den sie ohnehin abservieren wollte. Den sie überhatte.«

»Ja, denn sie hatte ja Sie«, ergänzte Claesson. »Aber rief nie jemand an, wenn Sie zusammen waren? Sie hatte doch ein Handy.«

Alf kratzte sich am Kopf und verhielt sich zusehends ungezwungener.

»Doch, einmal hat eine Mitstudentin wegen einer Hausaufgabe angerufen. Und ein anderes Mal kam ein Anruf, und Malin hat nur ganz kurz geantwortet, sie würde später zurückrufen.«

»Wer war das?«

»Keine Ahnung«, sagte er und zuckte mit den Achseln.

»Erinnern Sie sich, wann das war?«

»Tja, vielleicht irgendwann in der Woche, bevor ... sie verschwand. Im Übrigen hatte sie ihr Handy nicht immer dabei, wenn wir uns trafen.«

»Fanden Sie das nicht merkwürdig?«

»Warum?«

»Ich dachte, dass alle jungen Leute ständig ihr Mobiltelefon dabeihaben.«

Alf schien darüber nachzudenken und sich seine Freunde mit und ohne Handy in der Hand vorzustellen.

»Nein. Schulkinder haben es vielleicht immer dabei, aber nicht die Leute in meinem Alter. Ich lasse es manchmal zu Hause. Aber mir ist noch etwas anderes eingefallen, worüber ich mich wunderte. Wir gingen doch zum Friedhof, um erloschene Kerzen wieder anzuzünden und welche aufzustellen, wo es noch keine gab«, sagte er. »Auf dem Norra Kyrkogården las sie die Namen auf den Grabsteinen und ...«

Seine Stimme erstarb.

»Man kann es fast nicht unterlassen, die Namen auf den Grabsteinen zu lesen, wenn man auf einem Friedhof ist«, half ihm Claesson wieder auf die Sprünge.

»So ist es«, stimmte Alf zu und schien wieder in Schwung zu kommen. »Aber da war etwas mit einer Frau, die schon lange tot war und die bei ihrem Tod nicht alt gewesen war. Malin war dort stehen geblieben. Sie fand es merkwürdig, dass sie allein lag, im Grab also. An so was denkt man doch eigentlich nicht, dachte ich da.«

»Wieso, glauben Sie, dachte sie so?«

»Keine Ahnung. Sie tat ihr wohl irgendwie leid«, antwortete Alf zögernd.

»Glauben Sie, Sie könnten dieses Grab wiederfinden?«

Alf zuckte zögernd mit den Achseln.

»Vielleicht«, erwiderte er.

Claesson beugte sich auf dem Sofa vor, dessen Sprungfedern einiges zu wünschen übrig ließen, und sah ihn durchdringend an.

»Haben Sie irgendeine Erinnerung an sie?«, fragte er vorsichtig.

»Ja, viele.«

»Ich meine einen Gegenstand.«

Alfs Miene veränderte sich, zumindest meinte Claesson eine Bewegung der bleichen Züge wahrzunehmen.

»Was sollte das sein?«, fragte Alf, um Zeit zu gewinnen.

»Das weiß ich nicht«, entgegnete Claesson. »Vielleicht ein Brief, eine CD, etwas, was sie anhatte.«

Alf betrachtete Claesson aufmerksam und gleichzeitig skeptisch. Seine blauen Augen, klar wie Gebirgsbäche, folgten jeder Bewegung des Kommissars. Angespannt wie ein Tier auf der Lauer, saß er auf seinem Küchenstuhl.

»Sie haben also kein Andenken an sie?«, wiederholte Claesson. »Manchmal können solche Gegenstände dazu beitragen, den Täter aufzuspüren.«

Plötzlich sprang Alf von seinem Stuhl auf und begab sich ins Schlafzimmer. Die Tür stand offen, und ein ungemachtes Bett war zu sehen. Die Laken lagen zusammengeknüllt in der Mitte. Claesson sah, dass Alf die Matratze anhob, eine Hand darunterschob und etwas hervorzog. Dann kam er zurück.

»Den hier habe ich«, sagte er und legte einen schwarz-weißen, gestrickten Fausthandschuh vor Claesson hin, der diesen erst schweigend anschaute und dann in die Hand nahm.

»Gut, dass Sie mir den Handschuh gezeigt haben«, meinte er. »Ich würde ihn gern ins Präsidium mitnehmen, damit wir eventuelle Spuren analysieren können.«

Alf sah ihn entsetzt an.

»Sie hatte ihn hier vergessen«, erklärte er.

»Wann? War es am letzten Tag?«

»Ja«, sagte er mit belegter Stimme.

»Na gut, wahrscheinlich finden wir nichts Besonderes, aber so gehen wir nun mal vor. Sie bekommen ihn zurück, sobald der Mord aufgeklärt ist«, erklärte Claesson, und Alf sah mit einem Mal fast kindisch froh und zuversichtlich aus.

Claesson ging die Treppe hinunter und las den Namen Brink auch auf der Tür, aus der die Frau vermutlich gekommen war, als er auf dem Weg zu Alf gewesen war. Das war also Alfs Mutter gewesen. »Die Ärmste!«, dachte er. »Sie wird in den letzten Nächten nicht viel Schlaf gefunden haben. Die Sorge um die Kinder folgt einem durchs ganze Leben. Niemand möchte einen Mörder großziehen.« Er schob diese Gedanken von sich.

Auf dem Rückweg stellte er fest, dass die Straßen inzwischen trocken waren. Der Frost war vorbei. Vielleicht würde ja die Sonne hervorkommen, zumindest nahm laut Wetterbericht die Bewölkung nicht zu. Im Schaufenster des Stoffgeschäfts hingen große, bunte Weihnachtssterne aus Papier. Die Auslage bestand aus fächerförmig drapierten Tischdecken, Rot, Grün und ein wenig Weiß. Warme Farben in dem ganzen Grau. Bald war der erste Advent.

Ein bleiches, aprikosenfarbenes Licht drang zwischen den Wolken hervor. Ja, es würde aufklaren. Erst nächsten Donnerstag würde er wieder zu Dennis Bohman gehen. Es war ihm wichtig, diese Termine zu wahren. Sein Rücken fühlte sich mit jedem Tag etwas besser an, und es war ihm auch nicht mehr peinlich, diesen beneidenswert wohl trainierten Chiropraktiker aufzusuchen. Auf der Wache wussten inzwischen alle, dass sein Körper regelmäßige Betreuung nötig hatte. Dennis war okay. Kein Unsinn, kein esoterisches Gerede über Reflexzonen und falsche Gedankenströme, die umgeleitet werden müssten, und ähnlicher Nonsens, von dem man schon gehört hatte. Sein Körper erhielt, was er benötigte, und damit basta. Dass er sich wohler fühlte, wenn der Schmerz nachließ, wirkte sich natürlich auch auf seine seelische Verfassung aus. Eine gesunde Seele in einem gesunden Körper, vielleicht war es auch umgekehrt! Es war bequem, alles auf einem Tablett serviert zu bekommen. Sich durchkneten zu lassen und nicht selbst kämpfen zu müssen.

Die gemeinsame Lagebesprechung würde an diesem Vormittag nicht viel ergeben. Er wusste, dass Louise etwas zu erzählen hatte, aber im Übrigen befanden sich die Ermittlungen in einer Phase, in der es galt durchzuhalten.

Hinter dem Präsidium stieg er aus dem Auto. Louises Wagen war noch nicht da, hingegen Peter Bergs Fahrrad. Am Nachmittag würde Janne Lundin von seiner Fortbildung zurückkommen.

Claesson steckte die Autoschlüssel in die Jackentasche, ging recht unbeschwert über den Parkplatz zum Hintereingang und drehte sich, bevor er eintrat, schnell noch einmal um und starrte in die schwache Sonne. Er wäre viel lieber draußen geblieben, hätte einen Spaziergang am Strand gemacht, um sich dann ordentlich eingemummt auf einem Felsen niederzulassen und Kaffee zu trinken, die Wellen zu betrachten und den Wind im Gesicht zu spüren. Vielleicht konnte er ja unbemerkt das Büro verlassen und Veronika anrufen, ob sie auch kommen wollte. Sie war heute unterwegs, um für das Geburtstagsessen einzukaufen. Ihm fiel auf, dass er schon seit Tagen kaum mehr draußen gewesen war. Sein Rücken und jetzt der Mord hatten ihn in einen Stubenhocker verwandelt, und das gefiel ihm gar nicht. Und heute Abend würde er auch wieder nur an der Geburtstagstafel sitzen, denn ihm war klar, dass er daran teilnehmen musste, um seinen guten Willen zu demonstrieren.

Claesson war zu Ohren gekommen, Nina Persson sei gesundheitlich nicht auf der Höhe. Wer immer dieses Gerücht in Umlauf gebracht hatte, schien Recht zu haben. Das Gesicht hinter dem Empfangstresen sah graubleich aus, obwohl Augen und Mund wie immer geschminkt waren. War nicht Louise der Meinung gewesen, Nina erwarte ein Kind und ihr sei daher jetzt morgens immer übel? Nina schwanger – ein ungewohnter Gedanke. Aber warum auch nicht? Man hatte ihr die Rolle des hübschen, unnahbaren Vamps zugeschrieben. Aber selbst sie hatte wohl normale menschliche Bedürfnisse und offenbar auch ein heimliches Leben. Aber wer hatte es gewagt, den massiven Panzer aus weiblichen Attributen zu durchdringen?

Als er sein Fenster öffnete, um zu lüften, trat Peter Berg ein.

»Willst du dich erkälten?«, fragte Berg, der nur ein Hemd anhatte, fröstelnd.

»Nein. Ich brauche nur etwas frischen Wind im Oberstübchen.« Claesson deutete auf seine Stirn. »Gibt es was?«

»Ich wollte nur ein paar Gedanken austauschen«, begann Berg vage und betrachtete Claesson forschend, um herauszufinden, ob er ungelegen kam, aber dieser nickte in Richtung seines Besucherstuhls. Berg nahm Platz.

»Insgesamt fünf Personen haben Malin an diesem letzten Sonntag nach Allerheiligen gesehen. Alle Zeugenaussagen stimmen überein. In Anbetracht der Tatsache, dass es sich um einen Feiertag im November handelte, an dem die Sonne nicht schien, also kein Grund vorhanden war, das Haus zu verlassen, sind fünf Personen gar nicht so übel. Zwei Personen haben sie zu einem Zeitpunkt auf der Straße gesehen, als sie auf dem Weg zum Wohnheim gewesen sein muss, nach ihrem Besuch in Alf Brinks Wohnung. Das war zwischen elf und halb zwölf. Eine Person sah sie, als sie den Lilla Torget überquerte, die andere in einer Seitenstraße. Zwei Zeugen haben sie anschließend auf dem Fahrrad im Stadtteil Norrtorn auf dem Weg ins Zentrum gesehen. Da war es zwischen halb eins und eins. Wir nehmen an, dass sie da vom Wohnheim oben auf dem Hügel kam, aber dafür gibt es noch keine richtigen Beweise. Wahrscheinlich hatte sie eine Tasche auf dem Fahrrad. Oder einen Rucksack. Vielleicht hatte sie ihn auch auf dem Rücken. Die beiden Zeugenaussagen stimmen nicht ganz überein, und die eventuelle Tasche haben wir auch nicht gefunden. Es gibt nur eine Person, die sie auf dem Fahrrad unten am Hafen gesehen hat, nämlich den alten Mann, der im Krankenhaus liegt. Anschließend ist etwas passiert«, endete Berg mit bedeutungsschwangerem Ton und schaute auf.

Claesson nickte.

»Ist der Alte übrigens wieder bei Bewusstsein?«, wollte er wissen.

Sie waren sich hinsichtlich der Zeugenaussage des alten Mannes etwas unsicher, da niemand außer dem Wachhabenden, der das Gespräch entgegengenommen hatte, mit ihm geredet hatte. Dieser hatte mit den Details warten wollen, bis man jemanden in die Wohnung des Mannes schickte. Leider, ließ sich rückblickend feststellen, hatten sie dem Bericht des Alten nicht die ihm angemessene Beachtung geschenkt, aber niemand hatte vorhersehen können, dass er einfach umkippen würde. Aber immerhin war er nicht tot. Noch nicht.

»Offenbar kann er sprechen. Erika will heute hingehen«, sagte Peter Berg. »Aber fraglich ist, ob wir dann so viel klüger sind.«

»Mal sehen«, meinte Claesson aufmunternd. »Irgendjemand hat Malin unterwegs aufgehalten, und der Mann kann uns möglicherweise beantworten, wo. Schade, dass wir keinen einzigen Zeugen haben, der sie mit jemandem hat sprechen sehen.«

Peter Berg rieb sich seine müden Augen.

»Aber Alf Brink hätte sie doch jederzeit aufhalten können«, meinte er.

»Wie ist sie dann an den Fundort geraten? Brink hat keinen Führerschein«, entgegnete Claesson.

»Das muss ihn noch lange nicht am Autofahren gehindert haben. Vielleicht ist er nur in der Theorieprüfung durchgefallen.«

»Guter Gedanke«, lobte Claesson, und Berg lächelte zufrieden. »Hast du dich schon bei den Fahrschulen umgehört?«

»Ja«, antwortete Peter Berg und lächelte noch breiter. »Brink hat vor zwei Jahren bei Englund Fahrstunden genommen, sich aber nie zur Fahrprüfung angemeldet. Er kann Auto fahren, sagt Englund, oder konnte es zumindest damals.«

»Hättest du Zeit nachzuprüfen, ob er mit dem Wagen seiner Eltern unterwegs war – ohne seine Eltern also – oder ob er das Auto eines Freundes geliehen hat?«

»Klar. Ich fange mit dem Fahrradhändler an«, erwiderte Berg nachdenklich. »Das sind sehr anständige Leute. Können einem leidtun, falls es wirklich ihr Sohn war.«

»Stimmt«, meinte Claesson, drehte sich um, knallte das Fenster zu, das etwas klemmte, und schaute dann auf die langweilige Straße hinaus, während er mit kreisenden Bewegungen seinen Rücken massierte.

Peter Berg war sitzen geblieben.

»Und das Fahrrad ist nach wie vor spurlos verschwunden«, stellte er fest.

»Man könnte fast meinen, dass wir darauf warten, dass es von selbst wieder auftaucht«, meinte Claesson lachend und wandte sich wieder Berg zu. »Es kann natürlich sein, dass sich jetzt neue Zeugen melden, nachdem die *Allehanda* ausführlich darüber berichtet hat, wie tapfer wir versuchen, den Täter zu finden«, fuhr er fort. »Hast du den Artikel übrigens gesehen?«

Er klang eine Spur verärgert.

»Das ließ sich nicht vermeiden«, meinte Berg grinsend.

Neben dem Foto Malin Larssons in der Mitte der Seite hatte sich eine Abbildung des Wohnheims befunden. Ein schwarzer Pfeil hatte das Fenster gekennzeichnet, hinter dem die junge Schwesternschülerin, vermutlich über ihre Bücher gebeugt, gesessen hatte. Fotos ihrer Mitstudenten hatten den rechten Rand gesäumt, und ganz unten auf der Seite hatte sich anhand eines Stadtplans nachvollziehen lassen, welchen Weg Malin wahrscheinlich durch die Stadt zurückgelegt hatte. Der Artikel erinnerte an eine spannende Schatzsuche.

»War wie ein Rapport aufgebaut«, kommentierte Berg. »Sie müssen einen neuen Kriminalreporter haben.«

»Schon möglich. War vermutlich der Mann, der sich durch die Absperrung gemogelt hatte, als wir die Leiche inspizierten. Er versucht nur sein Möglichstes – wie wir alle.« Claesson seufzte und holte dann Luft, als wollte er noch etwas hinzufügen.

Peter Berg sah ihn neugierig an.

»Ist dir schon aufgefallen, dass so vieles an Malin Larsson vage ist?«

Berg schwieg.

»Schon, aber sie war auch erst kürzlich hierher gezogen«, erwiderte er auf der Suche nach einem klugen Einwand.

»Das meinte ich gar nicht. Es ist doch seltsam, dass niemand während der Wochen, in denen sie tot irgendwo lag, nach ihr gesucht hat, auch wenn sie gerade erst hierher gezogen war«, fuhr Claesson beharrlich fort. Er versuchte seine eigenen Gedanken zu ordnen. »Nicht einmal ihr Freund, frisch verliebt, versuchte herauszufinden, wo sie sich befand.«

»Hat er das gesagt?«, fragte Peter Berg neugierig.

»Vielleicht hat er sich nicht genau so ausgedrückt, aber er deutete an, dass er sie sehr mochte.«

»War er verliebt oder einfach nur geil?«

Claesson sah Berg finster an, und dieser errötete, denn er war nicht so abgebrüht, wie er vorgab. Er hatte mit dieser Frage provozieren wollen, aber aus seinem Mund klangen diese Worte einfach verkehrt, da er freikirchlich erzogen war. Aber selbst er hatte sich inzwischen ein unflätiges Vokabular zugelegt. Was tat man nicht alles, um sich anzupassen!

»Eines kann ich nicht verstehen«, fuhr Claesson unberührt fort. »Alf Brink hebt einen Handschuh als Andenken auf. Einen Handschuh«, wiederholte er. »Was sagst du dazu?«

»Süß!«, meinte Peter Berg und neigte seinen Kopf zur Seite.

»Er hat einen Handschuh aufbewahrt, aber nicht versucht, sie ausfindig zu machen«, führte Claesson weiter aus. »Aus Furcht, abgewiesen zu werden, wagte er es nicht, sich ihr zu nähern, wenn ich ihn recht verstanden habe. Er hegte den Verdacht, sie habe einen anderen und melde sich deswegen nicht mehr bei ihm. Er behauptet, er habe abgewartet.«

Claesson schaute Berg durchdringend an. Er hoffte auf ein Urteil, einen Kommentar, eine Ansicht. Berg ließ den Kopf hängen und sog seine bleichen, pockennarbigen Wangen ein, dann blies er sie auf.

»Es ist nicht leicht nachzuvollziehen, was in ihm vorgeht.

Bei schüchternen Menschen ist das manchmal schwierig«, meinte Peter Berg und wurde über und über rot. Er schien seine Äußerung zu bereuen, weil er befürchten musste, dass Claesson sie auf ihn selbst bezog. »Alf Brink befürchtete vielleicht, sie könnte ihm den Laufpass gegeben haben«, meinte er schließlich. »Aber ich bezweifle, dass er sie getötet hat. Aber vielleicht sollte man einen Psychologen hinzuziehen.«

»Hm«, brummte Claesson.

Es gab unterschiedliche Ansichten, was den Wert von Psychologen bei Ermittlungen anging.

»Im Tagebuch erwähnt sie jedenfalls, dass sie ihn gern hat, sofern sie sich auf Alf Brink bezieht«, murmelte Claesson. »Wir dürfen nicht vergessen, dass sie keine Namen nennt. Alf Brink hat starke Motive ... Er ist schüchtern, gehemmt, hat Angst davor, etwas zu verlieren, das ihm viel bedeutet.«

Berg ergänzte im Stillen, was Claesson nicht ausgesprochen hatte: die Eifersucht, den Besitzanspruch, die gewaltige Kraft, die die ganze Welt zum Einsturz bringen und den Verstand ausschalten konnte.

»Sollen wir ihn uns greifen? Jetzt mit dem Handschuh und ...«

»Noch nicht«, sagte Claesson entschieden. »Einstweilen haben wir nur Indizien. Das Labor soll den Handschuh unter die Lupe nehmen, dann sehen wir weiter ... Beide scheinen recht hilflos gewesen zu sein«, fuhr er nachdenklich fort. »Sowohl Malin Larsson als auch Alf Brink.«

Er suchte nach einer Reaktion in Peter Bergs Miene.

»Vielleicht«, stimmte ihm Berg zu, rutschte auf seinem Stuhl nach vorn, streckte seinen mageren Körper und schlug ein Bein über das andere. »Was wissen wir eigentlich über den jeweiligen Hintergrund der beiden? Abgesehen von greifbaren Fakten wie dem Tod der Mutter und dass der Vater im Eis einbrach.«

Claesson nickte. Er schaute auf die Uhr.

»Zeit für einen Kaffee«, meinte er.

Sie verließen das Zimmer.

»Wo ist eigentlich Louise?«, rief Claesson in den leeren Gang. »Sie müsste schon längst da sein.«

»Keine Ahnung«, log Peter Berg, der gerade telefonisch die Mitteilung bekommen hatte, sie habe Ärger. »Sie taucht schon noch auf …«

In Zimmer vier auf der inneren Station lagen drei brummige alte Männer und schlummerten, der vierte jedoch war munter. Vielleicht nicht gerade putzmunter, aber in Anbetracht der Umstände eben doch, das hatte der nette Doktor bei der Visite am Morgen zu ihm gesagt. Albert Axelsson erfreute sich immer noch an diesen Worten, wahrscheinlich hatten sie ihn gesünder gemacht.

Er saß in einem Sessel neben seinem Bett, trank langsam heißen Kaffee und versuchte die Lampe so zu drehen, dass er Zeitung lesen konnte. Das ging nicht sonderlich gut. Vielleicht war seine Brille zu schwach, oder er war doch noch zu müde und zu mitgenommen. Die Buchstaben bildeten ein graues Durcheinander, und die Worte schwammen herum und verursachten ihm Übelkeit. Schließlich faltete er die *Allehanda* zusammen und legte sie auf den Nachttisch. Er biss in seinen Zwieback und trank noch einen Schluck des inzwischen lauwarmen Kaffees. Er schaute aus dem großen Fenster. Er hatte keinen Fensterplatz. Der Himmel war wässrig blau, die Sonne schien schwach, die Wolken in der Ferne waren grau umrahmt, aber nicht schwer. Vielleicht würde es am Abend trotzdem Regen geben. Oder Schnee. Er überlegte, welche Temperatur draußen herrschte. Es wirkte frisch, sogar kalt.

Aus den Augenwinkeln sah er eine weiß gekleidete Frau, die sich seinem Bett näherte. Wahrscheinlich teilte sie die Medikamente aus. Aber dann sah er, dass es seine Tochter war.

»Aber hallo, mein Mädchen!«, rief er, und sein Gesicht leuchtete. Er streckte ihr seine sehnigen Hände entgegen.

Isabelle ergriff seine Hand, lächelte ihn wortlos an und wusste nicht recht, was sie sagen sollte. Wäre er einer der Patienten auf ihrer Station gewesen, hätte sie eine Menge Floskeln auf Lager gehabt, aber jetzt ging es um ihren eigenen Vater. Zuneigung, Erleichterung und ein deutliches Gefühl, noch einmal davongekommen zu sein, vermengten sich und machten sie sentimental. Ihre Augen wurden feucht. Wie überrascht man doch noch sein konnte! Vor zwei Tagen hatte sie sich schon auf das Ableben ihres Vaters vorbereitet. Sie hatte sich vorgestellt, wie es sein würde, die Älteste in der Familie zu sein. Auch mit einem eventuellen Aufenthalt im Pflegeheim hatte sie als traurige, aber vielleicht notwendige Lösung gerechnet. Jetzt saß er jedoch da, trank Kaffee und war im Großen und Ganzen wie immer. Er wirkte ein wenig matt und ungeschickt, aber sonst war er ganz der Alte. Der Krankenhauspyjama mit den weiten Hosen unterstrich noch seine Magerkeit. Über die Jahre war er immer knochiger geworden. Er baute ab.

Erstaunt hatte Isabelle die rasche Genesung ihres Vaters verfolgt. Sie fand, dass sie manchmal trotz allem etwas Glück hatte. So oft und so lange wie möglich war sie bei ihm gewesen. Sie hielt sich nicht an die Besuchszeiten – ohne zu fragen oder um Entschuldigung zu bitten. Irgendeinen Vorteil musste es schließlich haben, selbst Krankenschwester zu sein. Aber sie musste aufpassen, dass das Personal auf der Station ihres Vaters sich nicht von ihr genervt fühlte und das Gefühl bekam, sie würde herumschnüffeln, sich einmischen und kritisieren, lästig werden. Deswegen schaute sie jedes Mal im Schwesternzimmer vorbei und sagte was Nettes. Zur Entlassung ihres Vaters wollte sie auch etwas Gutes backen. Eine Schokoladentorte mit Punschgeschmack zum Beispiel. Wenn sie zwei machte, würde es für alle reichen. Dann würden sich alle nach dem Rezept erkundigen, dachte sie zufrieden. Am besten fertigte sie mehrere Kopien an und überreichte sie zusammen mit der Torte.

Ihr Vater wies weder hängende Mundwinkel noch schlappe Glieder auf und hatte auch die Sprache nicht verloren. Das Blutgerinnsel im Gehirn hatte sich wie durch ein Wunder von selbst aufgelöst. Jetzt würde er Medikamente erhalten, die verhindern sollten, dass wieder eines auftrat.

»Weißt du schon, wann du nach Hause darfst?«, fragte sie und zog sich einen Stuhl ans Bett.

Hinter den Worten verbarg sich eine gewisse Sorge – nicht darüber, dass ihr Vater vielleicht nicht überleben würde, sondern über alles, was sie noch organisieren musste.

»Nein, ein paar Tage werde ich wohl noch bleiben müssen«, sagte er und tätschelte ihre Hand auf eine Art, die sie nicht gewohnt war. Sie zuckte fast zusammen unter der Wärme der vertrockneten Finger, die leicht und vorsichtig über ihren Handrücken strichen. Die Berührung war wie ein lauer Wind und wandte sich direkt an sie. Die konfusen Gedanken, mit denen sie sich bereits auf die praktischen Fragen eingestellt hatte, die das Nachhausekommen ihres Vaters aufwerfen würde, gerieten aus ihrer Bahn. Sie hatte eingesehen, dass die mobile Altenpflege sich seiner in Zukunft würde annehmen müssen, denn sie hatte nicht die Zeit, oft genug bei ihm zu sein.

»Und wie geht es dir, mein Mädchen?«, fragte ihr Vater.

»Gut«, antwortete sie und merkte, dass ihre Augen brannten. Sie suchte in der Tasche ihres weißen Kittels nach einem Taschentuch und schnäuzte sich. Er schien vergessen zu haben, dass er der Kränkliche und Genesende war und nicht sie. Aber vielleicht machte ihn auch die ganze Aufmerksamkeit verlegen, die ihm zuteil wurde. So schnell ließ er sich nicht unterkriegen, und noch war er nicht tot!

Forschend betrachtete er Isabelles unregelmäßiges Gesicht mit dem vorspringenden Kinn, das sie von ihm geerbt hatte und das sie leider nicht hübscher machte. Sie lächelte ihn an. Sie saßen ganz nah beieinander. Seine Augengläser waren verschmiert und mussten geputzt werden, sah sie. Es juckte ihr in den Fingern, aber sie beherrschte sich und nahm ihrem Vater die Brille nicht ab. Das schwarze Gestell war ihm ein Stück die Nase heruntergerutscht, als sei es ihm plötzlich zu groß geworden.

»Hast du viel zu tun?«

Respektvoll betrachtete er ihre weiße Tracht.

»Nicht so schlimm«, meinte sie und glättete ihren Kittel. »Ich habe Kaffeepause«, log sie, stellte aber fest, dass er ihr nicht zuhörte, sondern an ihrer Schulter vorbei zur Tür blickte.

Sie drehte sich um und sah eine junge Frau in einem Anorak. Sie war schlank, hatte zurückgekämmtes Haar und goldbraune Haut. Sie sah sehr gut aus, stellte Isabelle fest, als die dunkle Schönheit auf sie zukam. Ihr Vater nickte und lächelte die junge Frau an, als würde er sie kennen.

»Sie sind schon da«, sagte er und gab der Fremden die Hand. »Entschuldige, aber ich bin etwas beschäftigt«, erklärte er Isabelle und wandte sich von ihr ab und der neuen Besucherin zu.

Enttäuscht und schweren Schrittes begab sich Isabelle auf ihre eigene Station zurück.

»Ich habe das Schwein rausgeschmissen«, sagte Louise, zog ihre Jacke aus und warf sie nachlässig auf den Schreibtisch in ihrem Zimmer.

»Wohin?«, wollte Peter Berg wissen und kam sich wie ein Idiot vor.

»Weiß der Teufel, wo er heute Nacht geschlafen hat. Vermutlich bei seiner Geliebten.«

Peter Berg musste diese Information erst einmal verarbeiten. Louise schniefte, aber er hatte nicht den Eindruck, dass sie weinte.

»Wie ging es mit dem Bild?«, fragte er vorsichtig.

»Ich habe es auf dem Weg hierher abgeholt«, sagte sie, riss ihre schwarze Wildledertasche auf und zog eine Bleistiftzeichnung hervor, die einen Mann schräg von hinten ohne Mütze zeigte. Es war die Abbildung eines x-beliebigen Mannes.

Die Zeichnung war mit *E. Wikström* signiert.

»Aha«, meinte er.

»Sagt nicht viel«, pflichtete ihm Louise bei, »aber wir sollten Claesson trotzdem fragen, wie viele Leute er entbehren kann, um die Zeichnung den Nachbarn zu zeigen.«

»Vermutlich kein Vogelkundler«, sagte Berg, »aber vielleicht so ein sexfixierter Typ. Findest du, dass er an Alf Brink erinnert?«

Louise drehte die Zeichnung in ihre Richtung.

»Der Nacken ist etwas zu breit«, fand sie.

»Stimmt.«

»Aber wer weiß. Jedenfalls hat er seit Anfang Oktober wiederholte Male dort gestanden, und das tut man nicht ohne Grund«, sagte Louise.

»Claesson war übrigens bei Alf Brink zu Hause und hat von dort einen Handschuh mitgebracht«, informierte Peter Berg.

Sie sah ihn an, und ihm fiel auf, dass ihre Augen verschwollen und gerötet aussahen.

»Den fehlenden?«, wollte sie wissen.

Er nickte, und sie pfiff durch die Zähne.

»Was hält Claesson davon?«

»Wahrscheinlich zieht sich die Schlinge um den Hals des Fahrradmechanikers zusammen. Es ist nur eine Frage der Zeit, bis ihm die Luft ausgeht«, meinte Berg. »Und zwar nicht nur in den Fahrradschläuchen«, fügte er noch grinsend hinzu.

Louise versuchte, ebenfalls über diesen Scherz zu lächeln, obwohl ihr das in ihrer momentanen Verfassung schwer fiel.

»Abwarten und nichts überstürzen, dann glätten sich die Wogen ganz von selbst.« Das hatte Isabelle vorsichtig zu Sonja gesagt, fast geflüstert, damit sonst niemand es hörte. Mit dieser banalen Weisheit hatte sie sich selbst mehrfach gut zugeredet, ja sogar so oft, dass sie ihre langweilige und vernünftige innere Stimme inzwischen satt hatte. Und nun schienen diese Tage vorüber zu sein. Sie hatte keine Bauchschmerzen mehr, und es war ihr gelungen, eine ganze Nacht zu schlafen, ohne davon aufzuwachen, dass sie in weißen Formularen zu ertrinken drohte. Malin Larssons Tod war bedauerlich, aber auch nicht viel mehr. Jedenfalls nicht, was Isabelle betraf.

Das Leben auf ihrer Station war teilweise wieder zum alten Trott zurückgekehrt, aber sie sprachen immer noch oft über das, was passiert war. Sie spekulierten neugierig darüber, was erfunden und was wirklich geschehen war. Sonja umgab natürlich eine große Unruhe. Man umkreiste sie, aber niemand wagte, zu fragen oder ihr in die Augen zu schauen. Das einzige Kind im Konflikt mit den Gesetzen! Man weiß nie, was sich unter der Oberfläche verbirgt. Aber Isabelle empfand keine Schadenfreude, dafür mochte sie Sonja viel zu gern, ihren Jungen und ihren Mann im Übrigen auch. Das waren keine bösen Menschen.

Alf hatte es in der Schule nicht leicht gehabt. Das Lernen hatte ihm immer Mühe bereitet, das wusste sie, aber Tobbe war es in dieser Hinsicht nicht anders ergangen. Alf hatte viele andere gute Seiten, die Eltern mit Stolz und Trost erfüllen konnten. Dass dieser Junge es zu etwas bringen würde, davon war Isabelle schon immer überzeugt gewesen. Das einzige Kind. Vielleicht verwöhnten sie ihn etwas zu sehr, aber das konnte leicht passieren, und dafür verurteilte sie die Brinks nicht. Alf war ordentlich und geschickt und hatte sich, soweit sie wusste, vorbildlich um die Werkstatt gekümmert. Aber Sonja und Erling hatten immer die Möglichkeit gehabt, ihm zu helfen, viel größere Möglichkeiten als sie jemals. Sie waren wohlhabend und besaßen das Haus und eine Firma, in der der Junge arbeiten konnte. Zuverlässig und angesehen. So gesehen hatten die Brinks es leichter als sie. Aber es war doch seltsam, wie unwichtig Geld wurde, wenn etwas richtig Schlimmes passierte.

»Kinder müssen lernen, auf eigenen Beinen zu stehen«, dachte Isabelle. »Sie müssen Fehler machen und aus den Fehlern lernen. Sie dürfen nicht glauben, dass ihre Eltern ihnen immer alle Probleme aus dem Weg räumen.« Kinder mussten lernen, sich selbst anzustrengen. Sonst wurde nichts aus ihnen. Das hatte sie immer gefunden!

Aber diese ehrgeizigen Erziehungsprinzipien waren ein schwacher Trost, wenn sie an Tobbe und seinen Aushilfsjob in der Küche des Restaurants »Forellen« dachte. Sie hätte ihm gern geholfen, ihn finanziell unterstützt und ihm eine ordentliche Arbeit besorgt, wenn sie das nur gekonnt hätte. Warum stellten sie ihn im »Forellen« eigentlich nicht fest an? Kochen konnte er, dachte sie, schob aber die Probleme ihres Sohnes einstweilen von sich.

Alf hatte also eine Freundin gehabt. Sie versuchte zu analysieren, warum sie das gleichzeitig erstaunte und freute, selbst nach allem, was passiert war. Eine richtige Freundin, eine zukünftige Krankenschwester, ein süßes und nettes Mädchen. Der Traum jeder Schwiegermutter. Ganz so komisch konnte Alf also nicht sein, wenn sich dieses Mädchen in ihn verliebt hatte. »Nur schade, dass alles so gekommen ist«, dachte sie und sah Alfs verletzliches Gesicht vor sich. Er tat ihr leid.

Sie schüttelte den Kopf. Es hätte so schön sein können. Und so nett für alle Beteiligten. Für Alf, Sonja und Erling. Verlobung, vielleicht eine Hochzeit und Enkelkinder. Was würde jetzt aus ihm werden? Hoffentlich ruinierte ihn diese Geschichte nicht vollkommen und ließ ihn für den Rest seines Lebens zum Sonderling werden. Von solchen traurigen Schicksalen hatte man schließlich gehört. Sie musste Tobbe fragen, wie es Alf ging, die zwei sahen sich ja fast jeden Tag. Ihre Wohnungen lagen nebeneinander.

Sonja war ihr netterweise dabei behilflich gewesen, eine Bleibe für Tobbe zu finden, nicht groß und deswegen auch nicht teuer. Die Brinks nahmen keine Wuchermieten. Sie beklagten sich auch nicht darüber, dass Tobbe unordentlich war und dass es bei ihm aussah wie in einem Schweinestall. Vielleicht waren sie es auch gewöhnt. Obwohl sie sich kaum vorstellen konnte, dass es bei Alf genauso schmutzig und unordentlich war wie bei Tobbe. Aber was hätte sie dagegen unternehmen sollen? Der Junge war flügge, aber trotzdem verstimmten sie sein Widerwille, seine Trägheit und die Tatsache, dass er sich nie zusammennahm. Alles war im Fluss. Er entzog sich ihrer Fürsorglichkeit, aber es gelang ihr auch nicht, ihn loszulassen. Wahrscheinlich war es das, was sie ihre ganze Kraft kostete.

Isabelle saß mit ihrer Kaffeetasse in der Pausenküche. Die anderen waren in einer Besprechung, während sie die Station überwachte. Das hatte sie selbst angeboten. Seltsamerweise klingelte nicht einmal das Telefon, und die meisten Patienten hatten Besuch. Eine Illustrierte, *Svensk Damtidning,* lag aufgeschlagen vor ihr, aber sie hatte keine Lust auf das ziemlich vorhersehbare Leben der Promis und des Königshauses. Das interessierte sie im Augenblick überhaupt nicht. Sie versank in Erinnerungen und dachte an die beiden blonden Jungen, die von der Schule nach Hause gekommen waren und sofort ihre Ranzen in die Ecke geworfen hatten. Beide hatten nicht still sitzen können. Sonja und sie hatten darüber gelacht und waren stolz auf ihre wilden Jungs gewesen. Die Zeit war vergangen, und jetzt waren sie groß. Und damit kamen auch die großen Probleme.

Aber immerhin war ihr Tobbe ein netter Kerl, auch wenn seine Einkünfte ziemlich dürftig ausfielen. »Und Alf ist auch nett«, dachte sie etwas wehmütig und sah erneut das gequälte Jungengesicht vor sich. Weder Tobbe noch Alf hatten sich je in den Vordergrund gedrängt. Deswegen waren sie wohl über all die Jahre hinweg Freunde geblieben. Würde sie Tobbe über Alf ausfragen, so würde er natürlich nichts erzählen. Nur selten bekam sie ein Wort aus ihrem Sohn heraus. »Wie sein Vater«, stellte sie fest und schaute mit zusammengekniffenen Augen in die Sonne, die ein paar bleiche Strahlen durch die schmutzige Fensterscheibe warf. »Die Fenster werden erst zu Weihnachten geputzt«, dachte sie und stellte im gleichen Moment fest, dass sie den Vater ihrer Kinder mit größerer Sorgfalt hätte wählen können. Aber damals war sie jung und naiv gewesen. Hoffentlich trank Tobbe nicht so viel wie Loffe, aber darauf hatte sie keinen Einfluss. Die Sorgenfalte zwischen ihren Brauen vertiefte sich. In der Küche des »Forellen« gab es vermutlich viele nicht ganz ausgetrunkene Flaschen. Was sollte sie nur tun? Tobbe war wie ein Stück Seife, das ihr aus den Händen glitt. »Das geht schon in Ordnung, Mama«, antwortete er auf alles, was sie sagte. Wenn er überhaupt antwortete. Aber solange nichts Gefährliches passierte, musste sie sich vielleicht keine Sorgen machen. Es erschien ihr besser, sich die Unruhe für Zeiten aufzuheben, in denen sie wirklich angebracht war. »Und diese Zeiten werden kommen«, dachte sie niedergeschlagen. Die Frage war nicht ob, sondern wann, und dann würde sie mit ihren Sorgen allein dastehen. Das wenige, was sich Loffe von seinem Hirn noch nicht weggesoffen hatte, würde er jedenfalls nicht darauf verwenden, sie zu trösten. Aber sie war es gewöhnt, allein zurechtzukommen.

Sie hatte sogar damit aufgehört, sich darüber den Kopf zu zerbrechen, was Nelly wohl dachte. Wut und Verdruss waren verraucht. Die Zeit heilt alle Wunden, hieß es. Sie wusste das aus Erfahrung. So war es beim letzten Mal auch gewesen, als etwas geschehen war, was eigentlich nicht hätte geschehen dürfen. Aber damals war es ihre Schuld gewesen. Das war ein großer Unterschied. Eine Fahrlässigkeit hinterließ seine Spuren.

Sie konnte inzwischen daran zurückdenken, ohne dass ihre Lider zuckten und sich ihr Herz überschlug. Sie musste auch nicht mehr das Bild des bewusstlosen Patienten im Bett verdrängen. Das waren Sekunden ihres Lebens gewesen, in denen alles stillgestanden hatte, obwohl sich alles im Kreis gedreht hatte. Die schweren Glieder des Mannes, sein blauweißes Gesicht – sie erinnerte sich, wie sie auf ihn eingeboxt hatte, um Leben in ihn zu bringen. Sie hatte um Hilfe gerufen, auf alle Alarmknöpfe gedrückt, während sie mit ungeschickten Händen die Manschette des Blutdruckmessers aufpumpte. Es hatte in ihren Ohren gerauscht, vor ihren Augen geflimmert, und Leute waren angerannt gekommen. Die Wirklichkeit war wie Feuer und Eis gewesen. Wie eine Flamme. Der Mann war in Isabelles Fantasie mehrfach gestorben. Kein Wort des Trostes war gefallen. Keiner von denen, die den Patienten übernommen hatten, hatte in ihre Richtung geschaut. Obwohl ihr klar war, dass alle wussten, dass sie allein die Schuld traf. Und sie wusste auch, dass es alle erleichterte, nicht selber einen Fehler begangen zu haben. »Wir alle, die eine Arbeit haben, bei der es um Leben und Tod geht, müssen solche Feuerproben bestehen – wir alle, die nicht menschlich sein dürfen, denen kein Fehler unterlaufen darf und von denen erwartet wird, dass sie perfekt sind«, dachte sie. Aber Doktor Björk war nett gewesen. Isabelle lächelte bei dieser Erinnerung. Er hatte anschließend im Krankenhaus aufgehört und bei der Gemeinde angefangen. Er hatte ihr gefehlt. Die Jahre waren vergangen, und sie traf ihn nur noch beim Malkurs. »Er ist alt geworden«, dachte sie. Sollte sie ihn vielleicht fragen, ob gerade eine Schwester im kommunalen Ärztezentrum gebraucht wurde?

Damals hatte sie den Beruf der Krankenschwester an den Nagel hängen wollen, es dann aber doch nicht getan. Sie musste Geld verdienen. Das Leben war wie ein Sumpf. Die Kinder, Loffe, der trank, durchwachte Nächte und blaue Flecken, die sie verstecken musste. Warum war es nur so gekommen? Sie hatte damals ihr Leben nicht in der Hand gehabt, sondern umgekehrt. Sie hatte gewusst, warum das so war, aber das hatte ihr nichts genützt. Loffe war gut aussehend und fröhlich, manchmal vielleicht sogar zu fröhlich. Ihre Schulfreundinnen Birgitta, Pia und sogar die kräftige Ann-Christin waren bereits verlobt gewesen, und sie wagte es auch nicht zu warten. Sie war zwar jung, aber keine Schönheit, und für ein hässliches Mädchen bestand immer die Gefahr, keinen abzubekommen. Sie hatte Loffe mit nach Hause gebracht, stolz und frech hatte er im Wohnzimmer gestanden und das Haar aus der Stirn geworfen. Ihre Mutter hatte steif gelächelt und sie anschließend gewarnt: »Dieser Mann macht dich unglücklich.« Da war natürlich Isabelles Widerspruchsgeist erwacht. Sie hatte es mit dem Heiraten eilig gehabt, und vor dem Traualtar war sie bereits mit Linda schwanger gewesen.

Es klingelte, und sie ging nachschauen. Die Frau eines Mannes mit Magenkrebs hatte viele Fragen.

»Warum unternehmen Sie denn nichts?«, wollte sie wissen. »Er liegt ja einfach nur da.«

Um die anderen Betten im Zimmer standen viele Angehörige. Isabelle konnte nicht frei sprechen.

»Haben Sie mit der Ärztin gesprochen?«, fragte sie ausweichend.

»Nein, niemand hat mit uns gesprochen«, erwiderte die Frau aufgebracht. »Man erfährt hier überhaupt nichts.«

Isabelle wusste, dass sich die Ärztin vor ein paar Tagen recht lange mit ihnen unterhalten hatte. Else-Britt Ek war eine Ärztin, die unangenehmen Situationen nicht auswich. Vermutlich hatte sie die Frau über den Stand der Dinge in Kenntnis gesetzt, aber das reichte natürlich nicht. Nichts reichte, wenn es ans Sterben ging.

»Ich kann noch einmal mit Frau Doktor Ek sprechen«, sagte Isabelle ruhig. »Sie wird sich mit Ihnen in Verbindung setzen.«

Es gelang ihr, vom Bett wegzukommen, ohne dass die Frau protestierte. Am Ende des Gangs entdeckte sie Nelly. War die Personalversammlung bereits vorbei? Nein, Nelly hatte nur etwas in ihrem Zimmer geholt. Sie hielt ein Papier in der Hand und verschwand damit im Konferenzzimmer, das so winzig war, dass der Sauerstoff dort sicher schon lange verbraucht war.

Isabelle begab sich ins Schwesternzimmer und vervollständigte die Krankenakten, aber es wollte ihr nicht so recht von der Hand gehen. Sie ärgerte sich über Nelly und auch über die vorige Stationsschwester, die sie mit ihrer harten Stimme um eine Unterredung gebeten hatte, nachdem das, was nicht hätte passieren dürfen, passiert war. Ob Isabelle denn nicht wisse, dass man Insulin nie verabreicht, ohne vorher den Blutzuckerwert zu kontrollieren, hatte sie gefragt und die Augenbrauen hochgezogen.

Das war das einzige Mal gewesen, dass etwas über sie in der Zeitung gestanden hatte, und das wäre ihr lieber erspart geblieben. Natürlich hatte ihr Name gefehlt, aber alle an der Klinik wussten Bescheid. Man bezichtigte sie einer Fahrlässigkeit. Sie hörte damit auf, den Leuten in die Augen zu schauen. Den Zeitungsausschnitt hatte sie noch zu Hause.

Gegen eine Krankenschwester wurde ein Disziplinarver-

fahren bei der Gesundheitsbehörde eingeleitet. Sie soll eine Überdosis Insulin verabreicht haben. Vor der Injektion hatte sie es verabsäumt, den Blutzuckerwert des Patienten zu kontrollieren. Der Mann fiel in ein Insulinkoma, sein Zustand verbesserte sich jedoch sofort nach angemessener Behandlung, und er hat keine bleibenden Schäden davongetragen. Die Schwester, die bereits zehn Jahre auf der Station tätig war, konnte keine Erklärung für den Vorfall abgeben.

Gegenwart und Vergangenheit verschwammen. »Wenn Björk nicht gewesen wäre, hätte ich vermutlich nicht überlebt«, dachte sie, als das Telefon klingelte. Eine Patientin wurde zu einer Computertomografie erwartet. Isabelle stand auf, ging den Gang entlang und öffnete die Tür des kleinen Konferenzzimmers einen Spaltbreit. Die abgestandene Luft schlug ihr entgegen. Sie suchte nach Sonja.

»Kannst du die Frau aus Zimmer drei zur CT bringen?«, wollte sie wissen. »Du kannst einen Rollstuhl nehmen.«

»Klar«, erwiderte Sonja und wirkte erleichtert, dass sie nicht länger bleiben musste.

»Wie geht es im Übrigen?«

»Leidlich«, antwortete Sonja.

»Verstehe«, meinte Isabelle und strich ihr über den Arm.

»Man macht so einiges mit«, sagte Sonja, und ihre Stimme klang brüchig.

»Das ist wohl so«, erwiderte Isabelle, und sie gingen den Korridor entlang.

Auf der Station hatten sie einen hektischen Vormittag gehabt, aber jetzt war es ruhiger geworden. Isabelle überlegte, ob sie noch einmal zu ihrem Vater hochgehen sollte, nachdem sie Sonja dabei geholfen hatte, die Patientin in den Rollstuhl zu heben. Eine junge Polizistin hatte ihn besucht. Was sie wohl gewollt hatte? Ging es um den gelben Punkt, den er auf dem Weg zum Hafen bemerkt hatte? Gelb wie Malins Jacke … Was konnte es sonst sein? Ihre Neugier war erwacht. Früher oder später würde sie es schon erfahren.

Vieles beunruhigte sie, und es fiel ihr schwer, einfach abzuwarten. Als Erstes musste sie mit Tobbe sprechen, und zwar sofort. Sie öffnete die Tür zum Ärztezimmer. Es war leer. Sie setzte sich an den Schreibtisch, auf dem stapelweise Krankenakten, ein Rezeptblock, Handbücher und bekritzelte Notizblöcke lagen. Sie schob die Arzneimittelliste beiseite, um ans Telefon zu kommen. Sie wollte in Ruhe telefonieren, und im Schwesternzimmer war immer der Teufel los. Sie hob den Hörer ab, wählte Tobbes Nummer zu Hause und ließ es klingeln.

Wohin waren die Scheine aus der Schachtel verschwunden? Das Geld musste wieder dort liegen, wenn ihr Vater nach Hause kam. Sie wusste nicht genau, wie viel es gewesen war, und hatte auch kein Geld übrig, um den Betrag zu ersetzen.

Es klingelte immer noch. Natürlich war Tobbe nicht zu Hause. Sie legte auf und wählte seine Handynummer.

»Tobbe.« Seine Stimme klang belegt.

»Hallo! Hier ist Mama.«

»Ah ja. Hallo.«

Sie konnte seine momentane Verfassung nicht beurteilen und verstummte. Sie suchte nach einer guten Formulierung, aber es fiel ihr auf Anhieb keine ein.

»Du«, sagte sie, »ich würde gern vorbeischauen.«

»Wo denn?«

Seine Stimme klang sehr undeutlich. War er nicht nüchtern?

»Dummerchen! Bei dir natürlich«, sagte sie mit kecker Stimme. »Irgendwann nach der Arbeit. Geht das?«

»Warum?«

»Ich würde dich gern etwas fragen.«

Pause.

»Das kannst du genauso gut jetzt tun«, erwiderte er gedehnt.

»Nein. Ich möchte, dass wir uns treffen.«

»Aber ich bin nicht zu Hause. Wann kommst du?«

»Um halb sechs«, antwortete sie. Dann konnte sie erst noch in den Farbenladen gehen und Schwarz und Berliner Blau kaufen. Am nächsten Abend war ihr Malkurs. Sie freute sich schon darauf. Dann konnte sie ihren Kopf ausruhen, indem sie sich auf etwas anderes konzentrierte. Außerdem war Björk fast jedes Mal da.

»Abgemacht«, vernahm sie leise seine Stimme. »Worum geht es denn?«

Etwas ängstlich klang er doch.

»Darüber sprechen wir dann«, antwortete sie in geschäftsmäßigem Ton. »Mach dir keine Sorgen«, fügte sie noch beflissen hinzu. Schließlich war er ihr Sohn, dieser Junge, der nie erwachsen zu werden schien. Er war etwas mürrisch und unsicher. Aber, wie gesagt, ein lieber Kerl.

Draußen war es schwarz. Das gelbliche Licht der Scheinwerfer im Hafen erhellte den Kai. Etwas weiter draußen lag ein Frachter vertäut. Der Parkplatz des Einkaufszentrums war fast voll – und das an einem Mittwochnachmittag! Die Läden mussten eine Goldgrube sein.

Sie kontrollierte mit dem Finger, ob sie die Blumen auf dem Fensterbrett in der Küche ihres Vaters gießen musste. Die Erde war trocken, aber dem Novemberkaktus schien es nicht schlecht zu gehen. Kleine rosa Knospen sprossen ganz zuäußerst an den grünen Verästelungen. Sie legte die Zeitung des Tages auf den Stapel auf dem Küchentisch. Sollte sie alle wegwerfen? Ihr Vater würde doch nicht die Zeit finden, sie zu lesen. Sie würden herumliegen, bis sie sie eines Tages zum Altpapiercontainer trug. Sie legte die Zeitungen in eine Papiertüte und stellte sie neben die Wohnungstür.

Am besten war es vermutlich, nochmals die Schublade zu kontrollieren, bevor sie Tobbe traf.

Sie machte Licht im Wohnzimmer, ging zur Anrichte, zog rasch die Schublade heraus und schaute hinein.

»Ich glaub, ich werd verrückt!«, sagte sie laut zu sich selbst und biss sich auf die Unterlippe.

Was sollte sie jetzt tun? Hatte sie sich vielleicht geirrt? Nein, das hatte sie nicht. Schusselig war sie nicht.

Ganz außen lag der Geldschein. Fünfhundert Kronen. Sie nahm ihn in die Hand, drehte und wendete ihn, als sei er gefälscht.

Ein Fünfhundertkronenschein. Nicht mehr und nicht weniger.

Gottfridsson betrachtete Claesson, sagte aber nichts. Dann senkte er seinen Blick und entdeckte einen Krümel auf seinem sich vorwölbenden Hemd. Gotte war fett. Er hatte gerade ein Stück Hefezopf mit Kardamomfüllung gegessen. Claesson hatte ärgerlicherweise abgelehnt und sich mit einer Tasse Kaffee mit einem Schuss Milch begnügt. Gotte schnipste den Krümel mit dem Zeigefinger weg und räusperte sich. Claesson fand es angezeigt, etwas zu sagen.

»Wir sind uns nicht so sicher«, meinte er schließlich und vermied es, Gotte in die Augen zu schauen.

Der Polizeichef nickte, nahm seine Brille mit den dicken Gläsern ab, fuhr sich mit der Hand über das Gesicht, rieb sich die Augen, setzte die Brille wieder auf und sah Claesson an.

»Aber das kann ich doch der Presse nicht mitteilen«, wandte er ein und sah Claesson flehend an. »Irgendwas musst du doch haben!«

Als könnte Claesson ein Ass aus dem Ärmel ziehen. Das hätte er an sich auch gekonnt, aber die Karte war unsicher. Der Handschuh, der Spion im Gebüsch, die Liebe, die Eifersucht. Aber dafür war es noch zu früh. Vielleicht morgen. Sie mussten sich erst noch einig werden.

»Warum kannst du nicht sagen, wie es ist?«, fragte Claesson. »Das ist doch kein Prestigeverlust. Mir geht dieses ganze Gerede verdammt auf die Nerven. Die Erde dreht sich immer schneller. Eine Ermittlung braucht einfach ihre Zeit. Wir dürfen auch nichts überstürzen.«

»Natürlich nicht.« Gotte seufzte. »Aber es ist immer besser, wenn man etwas in der Hand hat.«

»Reine Eitelkeit, Gotte, du bist viel zu entgegenkommend für einen Polizisten«, meinte Claesson und sah dem alten

Mann in die Augen. »Aber leider kann ich für dich nichts aus dem Ärmel schütteln. Meine Fantasie reicht nicht aus.«

Gotte lachte. Claesson verzog den Mund und warf seinem Chef einen aufmunternden Blick zu. Er war okay, aber einfach viel zu nett. Diese Spezies von Mensch war vom Aussterben bedroht.

»Meinst du wirklich?«, sagte Gotte nach einer kurzen Pause. »Bin ich zu weich?«

»Nein, natürlich nicht«, erwiderte Claesson und befürchtete, das Gespräch könnte entgleiten. »Sonst hättest du es ja nie so weit gebracht. Aber du machst von deinen Ellbogen keinen Gebrauch, Gotte. Freundlichkeit ist unmodern.«

Gotte schaute aus dem Fenster. Noch ein Tag, an dem es nicht richtig hell wurde. Der November war lang und grau.

»Bald ist das alles vorbei ...«

Seine Stimme klang belegt, und Claesson wusste nicht, was er sagen sollte, ohne dass es peinlich geworden wäre.

»Wieso?«, erkundigte er sich daher neutral.

»Man ist fertig.«

Die Wehmut lastete wie eine düstere Decke auf dem Polizeichef Olle Gottfridsson, daran gab es keinen Zweifel.

»Verdammt noch mal! Die meisten Leute leben auch nach der Pensionierung noch recht lange«, rief Claesson. Er versuchte den alten Mann aufzumuntern. »Dann kann man endlich um die Welt reisen und über die Stränge schlagen. Dann geht es einem besser denn je.«

»Die Kameradschaft, du weißt schon«, sagte Gotte und hielt inne. Er schluckte, und Claesson befürchtete bereits, er könnte vor lauter Sentimentalität in Tränen ausbrechen.

Barmherzigerweise tauchte Jesper Gren in der Tür auf.

»Die Frau vom Fernsehen ist jetzt hier«, wandte er sich an Gotte, der seine großen Hände auf die Armlehnen des Sessels legte und sich umständlich erhob. Claesson blieb sitzen. Durch die offene Tür des Kaffeezimmers hörte er die erste Frage.

»Haben Sie einen Verdächtigen?«, wollte sie wissen, und

Claesson fragte sich, warum die Stimmen von Reportern häufig so unnötig aggressiv klangen.

»Nein, noch nicht«, antwortete Gotte mit fester Stimme.

»Haben Sie irgendwelche konkreten Spuren oder Hinweise, denen Sie nachgehen?«

Claesson sah es richtiggehend vor sich, wie die Reporterin Gotte das Mikro förmlich ins Gesicht schob, und wie beide versuchten, einen Knochen abzunagen, an dem schon nichts mehr dran war. Gotte war immer für ein offenes und ernsthaftes Verhältnis zu den Massenmedien eingetreten.

»Wir haben viele Spuren, können sie aber noch nicht deuten«, hörte Claesson Gotte sagen.

»Gibt es Zeugen?«

»Es gibt viele Zeugen, und ich möchte diese Gelegenheit nutzen, allen zu danken, die sich gemeldet haben«, log Gotte und blickte dabei vermutlich dankbar in die Kamera. »Aber es kostet Zeit, die Informationen zu sortieren und zu kontrollieren.«

»Mit anderen Worten: Sie tappen immer noch im Dunkeln«, sagte die Reporterin.

»Da bin ich nicht Ihrer Meinung«, erwiderte Gotte geduldig. »Wir arbeiten intensiv an dem Fall.«

Claesson ahnte, dass Gotte allmählich die Geduld verlor, aber das konnten vermutlich nur diejenigen heraushören, die ihn gut kannten. Gotte wollte es jetzt endlich hinter sich bringen.

»Haben Sie irgendeine Theorie, was genau vorgefallen sein könnte?«

»Wir haben einige Hypothesen, mit denen wir arbeiten, aber worauf diese hinauslaufen, kann ich im Augenblick aus ermittlungstechnischen Gründen leider nicht preisgeben. Auch haben wir gewisse Vermutungen bezüglich des Motivs ...«

»Gotte schlägt sich gut«, dachte Claesson, der mit einer fast leeren Kaffeetasse vor sich dasaß. Es galt, sich geschickt aus der Affäre zu ziehen und zu reden, ohne sich zu verplappern.

Es lohnte sich, inhaltslose, gut formulierte, höfliche Floskeln, die man um sich streuen konnte, auf Lager zu haben.

»Er hat vollkommen Recht. Wir haben Spuren, aber keine richtig guten Beweise«, dachte Claesson, der es übrigens richtig bequem hatte. Er saß zugleich tief, aber aufrecht, sodass sich sein Rücken entspannen konnte. Er merkte, dass er ihn gar nicht spürte. Es war so angenehm, dass er gar nicht wagte, sich zu bewegen. Ein Teelicht brannte vor ihm auf dem Couchtisch. Wahrscheinlich hatte eine der Frauen es dort hingestellt. Die Neonröhre an der Decke brannte nicht, und die Stehlampe am einen Ende des Sofas verbreitete ein angenehmes Licht. Er war allein. Es war vier Uhr nachmittags, und draußen herrschte fast vollkommene Dunkelheit. Er genoss die behaglichen Pausen, die sich manchmal plötzlich zwischen Besprechungen und Verpflichtungen ergaben. Ideale Pausen zum Nachdenken. Meist saß er dabei im Auto. Deshalb fuhr er gern.

Die Standardmotive ließen sich in etwa an den Fingern einer Hand aufzählen. Gefühle, die mit aller Kraft hervorbrachen und sich nicht mehr beherrschen ließen. Hass, Eifersucht, eine Kränkung, die Rache erforderte. Und dann natürlich der Traum von Macht. Das grenzenlose Begehren. Dass man sich kaltblütig einfach nahm, was man begehrte. Dinge, Geld, sexuelle Befriedigung oder ein Leben. Eine schwere Kindheit konnte alle möglichen Konsequenzen haben. Einige entwickelten sich zu zuverlässigen Stützen der Gesellschaft, andere zu Psychopathen. In Ermangelung menschlicher Nähe strebten sie nach Kontrolle, nach Macht über einen anderen Menschen, wenn sie keine Macht über ihr eigenes Leben besaßen.

Sie wussten zu wenig über Malins Vergangenheit, die nur aus ein paar erstarrten Bildern zu bestehen schien. »Ein kurzes, aber erstarrtes Leben«, dachte er. Aber erst einmal mussten sie an Ort und Stelle graben.

»Ein weiterer Friedhofsbesucher«, sagte Louise und legte einen Zettel mit einem Namen vor Claesson hin.

»Wirkt er zuverlässig?«

Louise nickte.

»Hatte er was Neues beizutragen?«

»Eigentlich nicht. Auch er hatte Malin und Alf Brink bei dem Gedenkhain gesehen. Kann einem leidtun«, sagte sie und verstummte.

Claesson sah sie von der Seite an.

»Wer?«

»Alf Brink«, sagte sie. »Ich weiß nicht, warum mir das Herz blutet, wenn ich an ihn denke. Ich weiß, dass das unprofessionell ist.«

»Kommt manchmal vor«, sagte Claesson und schaute auf den Zettel.

»Offenbar stand der Mann ganz in der Nähe«, fuhr Louise fort. »Er behauptete, Malin habe so ernst gewirkt. Möglicherweise traurig, sagte er, oder verzweifelt.«

Zweifelnd schaute Claesson sie an.

»Und wie kommt es, dass ihm das aufgefallen ist? Schließlich waren an dem Abend recht viele Leute unterwegs, und recht dunkel war es außerdem.«

»Beim Gedenkhain brannten so viele Kerzen, dass er fast wie von Scheinwerfern beleuchtet wirkte, aber natürlich hübscher. Vielleicht hätte ich ja auch hingehen sollen«, meinte sie träumerisch.

»Vielleicht! Liegt jemand von deinen Angehörigen dort?«

»Nein. Die befinden sich sonst wo«, meinte sie und fuhr sich mit den Händen durchs Haar. Sie strich ihren Pony beiseite, und ihm fiel auf, dass sich die Schatten unter ihren Augen vertieft hatten. »Mein Zeuge erkannte Alf Brink am Gedenkhain, weil er seinen Vater Erling kennt«, fuhr sie fort. »Er wurde ganz einfach neugierig.«

Sie ließ ihr Haar los, und es fiel ihr strähnig ins Gesicht, was sie zu irritieren schien. Sie strich es wieder zurück, und Claesson musste abermals feststellen, wie erschöpft sie aussah.

Und dabei hatten sie noch nicht einmal eine Woche an dem Malin-Fall gearbeitet und machten ständig Fortschritte, obwohl die Leiche wochenlang im Wasser gelegen hatte. »Da muss etwas anderes dahinter stecken«, dachte er. »Vielleicht die Kinder. Oder ihr Mann beschwert sich. Das Übliche. Arbeit und Familie, die ständigen Kompromisse.«

»Jemand hat im Gebüsch unterhalb des alten Wohnheims herumgestanden. Das wissen wir, aber nicht, ob da ein Zusammenhang besteht«, fuhr sie fort und schnitt damit ein neues Thema an.

»Hast du von dieser Malerin ein brauchbares Bild erhalten? Diese ...«

Er breitete die Arme aus, um ihren Umfang anzudeuten.

»Elona Wikström«, sagte Louise. »Warte, ich hole schnell die Zeichnung.«

Sie verließ gerade das Zimmer, als Erika Ljung eintrat. Voller Eifer nahm Erika Platz und schlug rasch ein Bein über das andere. Sie schien geradewegs von draußen zu kommen, denn sie hatte ihren Anorak noch an.

»Dieser Axelsson, Alfred Theodor Axelsson«, las sie von ihrem Block ab, »war angesichts der Tatsache, dass er schon fast den Löffel abgegeben hätte, erstaunlich munter. Jedenfalls hat er erzählt, die Person auf dem Fahrrad habe angehalten und sich mit jemandem in einem Auto unterhalten. Er behauptet, die Person auf dem Fahrrad habe etwas Gelbes getragen, und das Auto sei weiß gewesen.«

Erika Ljung begann beharrlich auf einer Haarsträhne zu kauen, die so fest aufgerollt war, dass man sie zu ihrer vierfachen Länge strecken konnte.

»Hast du die Wohnung überprüft?«, fragte Claesson.

Sie nickte.

»Die liegt im dritten Stock, und das Haus befindet sich oben auf einer Anhöhe. Er hat also freie Sicht über den Hafen. Aber das ist natürlich ein Stück ... recht weit weg. Ich bin mir nicht ganz sicher, wie viele Meter es sind. Er hat mir seine Wohnungsschlüssel geliehen.«

»Wie gut sieht er?«

»Er trägt eine Brille. Schließlich ist er fast achtzig. Wahrscheinlich sitzt er dauernd am Fenster und glotzt. Aber was für ein Auto es war, ließ sich natürlich nicht in Erfahrung bringen. Auch nicht, dass es sich um Malin gehandelt haben könnte, einmal abgesehen von der gelben Jacke. Aber zeitlich kommt es ungefähr hin. Irgendwann nach zwölf, nach dem Mittagessen, das der Alte alleine zu sich nahm, und vor seinem Mittagsschlaf.«

»Ein weißes Auto«, sagte Claesson zögernd, und stellte fest, dass es dämmerte. Es war fünf nach halb fünf. Um sieben Uhr würde das Geburtstagsessen für Cecilia beginnen.

Claesson sah, dass sich im ersten Stock die Gardinen bewegten, als er zum zweiten Mal an diesem Tag auf der Fiskaregatan parkte. Er trat sich die Schuhe ordentlich auf der Matte hinter der Haustür ab. Im Treppenhaus roch es nach Gebratenem, und sein Hunger machte sich bemerkbar. Er klingelte.

Die Tür wurde geöffnet, und vor ihm stand eine füllige Frau zwischen fünfzig und sechzig. Sie war klein, hatte einen Stufenschnitt und trug dunkle Hosen und eine Art Tunika, die vermutlich verdecken sollte, dass ihr die Taille abhanden gekommen war, falls sie je eine besessen hatte.

Er stellte sich vor.

»Oh«, sagte Sonja Brink und lächelte nervös. Sie trocknete sich die Hände an einem Geschirrtuch ab, bevor sie ihn begrüßte. »Treten Sie doch ein. Treten Sie doch ein!«

Claesson stellte seine Schuhe auf die Fußmatte, behielt seine Jacke jedoch an. Er wollte nicht lang bleiben. Sie sollte den Eindruck erhalten, dass es sich nur um einen kurzen Besuch handelte, als hätte er nur zufällig vorbeigeschaut.

»Störe ich beim Essen?«

»Nein, überhaupt nicht. Mein Mann kommt erst kurz nach sechs, wenn er den Laden geschlossen hat.«

»Sie sind natürlich jetzt beunruhigt«, sagte er und setzte sich auf einen weinroten Plüschsessel.

»Oh ja! Das ist wirklich fürchterlich«, antwortete sie. Ihre Wangen röteten sich, und sie knüllte das Geschirrtuch zusammen. »Herr Kommissar, Sie müssen verstehen«, sie zögerte, »unser Alf ist ein schüchterner Junge. Er würde es nie wagen, jemanden zu tö ...«

Sie weinte.

»Darf ich fragen, ob Sie noch andere Kinder haben?«

Sie schüttelte den Kopf.

»Wir hatten ein Mädchen, aber sie lebte nur ein paar Tage.«

»Das tut mir leid«, erwiderte Claesson milde.

»Aber Alf gedieh. Und er ist gesund und stark. Als Kind war er etwas kränklich, aber seither hat dem Jungen nichts mehr gefehlt«, sagte die stolze Mutter mit dem Anflug eines Lächelns.

»Wussten Sie und Ihr Mann, dass er ein Mädchen kennen gelernt hatte?«

Verlegen starrte sie auf den Boden, dann fixierte sie das große Landschaftsgemälde, das in einem goldenen Rahmen über dem Sofa hing. Stromschnellen, dunkler Nadelwald und Flößer.

»Er hat sie uns nicht vorgestellt. Schließlich kannten sie sich noch nicht so lange, einen Monat oder so.«

»Seit Anfang Oktober, hat Alf erzählt. Glauben Sie, dass es so lange gewesen sein kann?«, fragte Claesson, und seine Stimme schien nicht nach größerer Genauigkeit zu verlangen.

»Schon möglich«, erwiderte sie und schien nachzudenken. »Wir haben sie hier draußen auf der Straße zusammen gesehen, mein Mann und ich.«

»Ja, Sie müssen sie gesehen haben, als sie nach Hause kamen. Er wohnt doch hier, etwas weiter oben, oder nicht?«

Sie nickte. Er wusste, dass sie ihn gesehen hatte, als er Alf aufgesucht hatte. Es war Frau Brink gewesen, der er am Vormittag im Treppenhaus begegnet war.

»Hat er des Öfteren Mädchen mit nach Hause gebracht?«

»Nein, nie, deswegen habe ich auch Erling, also meinen Mann, gerufen, als ich die beiden sah.«

»Was haben Sie da gedacht?«

»Oh, wir waren wahnsinnig froh«, rief sie spontan. »Das Mädchen sah so süß aus, und sie lachten so fröhlich, als wir sie sahen. Wir haben uns richtig darüber gefreut, dass Alf endlich jemanden kennen gelernt hatte.«

»Hatten Sie sich in dieser Hinsicht bereits Sorgen gemacht?«

»Nicht gerade Sorgen, aber … Haben Sie Kinder?«, wollte sie wissen, und Claesson bestätigte das mit einem Nicken. »Ja, dann wissen Sie ja auch, dass man sich manchmal Sorgen macht, dass den Kindern etwas Schreckliches zustößt.«

Sie holte tief Luft.

»Oder dass etwas nicht so ist, wie …«, fuhr sie mit halb erstickter Stimme fort.

»Natürlich ist das so«, bestätigte Claesson. »Hatten Sie einen Grund für diesen Verdacht?«, fragte er dann vorsichtig.

»Nein, überhaupt nicht«, rief sie. »Man weiß schließlich nicht. Man kommt aus dem Staunen nie heraus.«

Claesson flocht seine Finger ineinander.

»Das kann sein«, meinte er und räusperte sich, bevor er weitersprach. »Vielleicht klingt meine nächste Frage etwas merkwürdig, aber können Sie mir sagen, warum Alf keinen Führerschein hat?«

Sonja Brink lief rot an.

»Er hat es versucht, das können Sie mir glauben. Aber er hat Schwierigkeiten mit den Buchstaben und beim Lernen. Aber an seinem Verstand ist nichts auszusetzen.«

»Nein, ich habe auch keinen Grund, das zu vermuten«, beruhigte Claesson sie.

»Aber er ist sehr praktisch, und es fällt ihm leicht, andere Dinge zu lernen, Dinge, bei denen man seine Hände gebraucht. Und er kann fahren, müssen Sie wissen«, sagte sie stolz. »Und zwar sehr sicher. Mein Mann und ich haben mit ihm geübt, und zwar unzählige Kilometer hier in der Stadt.«

Er nickte und schaute sie etwas zu lange an. Ihr wurde unbehaglich. Hatte sie etwas Falsches gesagt? Sie wurde unsicher.

»Da Alf hier in der Stadt aufgewachsen ist, hat er hier natürlich auch seine Freunde. Oder?«, fragte Claesson dann.

»Ein paar sind weggezogen, aber er ist viel mit Tobbe zusammen. Tobias Axelsson, der Junge, der auch ganz oben wohnt«, sagte sie und zeigte mit der Hand zur Decke. »Und dann ist da noch Fredrik, der Junge von den Grahns, die die Tankstelle besitzen, und Leonard, der Sohn des Pizzeriabesitzers, und Mattias und … Mehr fallen mir im Augenblick nicht ein«, sagte sie.

»Wissen Sie, ob einer von denen ein Auto hat?«

Zum ersten Mal wirkte Sonja Brink widerwillig.

»Wieso wollen Sie das wissen?«

»Die Frage klingt vielleicht merkwürdig, aber wir stellen alle möglichen Fragen, um uns ein so umfassendes Bild wie möglich zu verschaffen«, sagte er ruhig. »Sie brauchen nicht zu antworten, wenn Sie nicht wollen.«

»Es ist klar, dass ein paar von ihnen einen Wagen haben. Nicht alle, aber Leonard hat jedenfalls irgendeine Klapperkiste.«

»Wissen Sic, was das für ein Auto ist?«

»Keine Ahnung«, winkte sie ab. »Vielleicht weiß ich es ja doch«, meinte sie dann und dachte nach. »Ich glaube, ein alter Volvo oder ein Saab. Braun, man staunt wirklich, dass die solche Fahrzeuge noch auf die Straße lassen.«

»Braun? Ist das nicht eine ungewöhnliche Farbe für ein Auto?«

»Rostbraun«, sagte sie und lachte. »Eigentlich ist das Auto blau. Jedenfalls das, was vom Lack noch übrig ist.«

»Mit Autos hat man so seine Last«, meinte Claesson und kratzte sich am Kinn. »Was haben Sie selbst für ein Auto?«

Sie sah ihn unsicher an.

»Das ist eine Routinefrage«, beruhigte er sie.

»Einen Volvo«, antwortete sie müde.

Er nickte.

»Einen ganz normalen. Er ist grau. Ich glaube, die Farbe heißt Silbermetallic.«

»Ich schreibe mir das mehr der Vollständigkeit halber auf«, sagte er und machte sich Notizen in seinem Block.

»Manchmal leiht sich Tobbe den Wagen seiner Mutter«, nahm sie den Gedanken wieder auf. »Er kann sich kein eigenes Auto leisten. Er lebt von diesem Aushilfsjob im ›Forellen‹, aber da ist im Winterhalbjahr nicht viel los. Das ist ein Kleinwagen«, sagte sie, und Claesson nickte. Er hatte das Thema bereits fallen lassen, aber Sonja Brink fuhr fort. Sie konzentrierte sich darauf, ihm eine erschöpfende Antwort zu geben. »Ein weißer Golf«, sagte sie und begann nervös die Goldkette um den Zeigefinger zu wickeln, die sie um den Hals trug.

Sonja Brink hatte die Pfanne von der Platte gezogen, um die Koteletts zu retten, während der Polizist zu Besuch gewesen war. Der Kommissar hatte eine angenehme, ruhige und aufrichtige Art. Sie stand hinter der Gardine und schaute ihm hinterher. Sie wünschte sich, sie hätte ihn zurückrufen können, um noch etwas länger mit ihm zu sprechen. Sie wusste nicht genau, worüber, aber sie hätte sich sicherer gefühlt, wenn er noch dageblieben wäre, obwohl die Fragen über Alf unbehaglich gewesen waren. Vielleicht hätte es sie beruhigt, wenn er ihr von den Ermittlungen erzählt hätte. Wenn sie ihn doch nur gefragt hätte. Dass sie immer so schüchtern und vorsichtig sein musste. Sie hatte nichts zu verbergen. Bei den Brinks standen Ehrlichkeit und Freundlichkeit hoch im Kurs. So war es immer gewesen, und so sollte es auch in Zukunft bleiben, jedenfalls solange sie das Sagen hatte.

Warum war sie eigentlich so vorsichtig? Das sah ihr gar nicht ähnlich. Sie war vielleicht nachgiebig, aber nicht ängstlich. Ihr war klar, dass Alf in irgendwas reingeraten war. Wie konnte sie ihm nur helfen? Vielleicht konnte sie ja die Ermittlungen weiterbringen, beschleunigen, damit kein Zweifel mehr daran bestünde, dass Alf mit dieser Sache nichts zu tun hatte. Sie konnte nicht einfach nur herumlaufen und sich die Haare raufen. Sie war dazu geboren, einzugreifen, Dinge zu erreichen, zuzusehen, dass sie wieder in Ordnung kamen.

Der Kommissar war ruhig gewesen. Weder streng noch bedrohlich. Er war sehr aufrecht gegangen, fiel ihr jetzt auf. Vielleicht sogar steif, als würde ihm etwas wehtun. Sie konnte Menschen lesen, jeden Tag tat sie das, mehr oder minder im Vorbeigehen. Sie staunte immer noch darüber, wie leicht es ihr fiel, auf einen Blick zu erkennen, ob es mit einem Patienten auf- oder abwärts ging und ob die Kräfte so weit nachließen, dass es für ihn keinen Sinn hatte, weiter am Leben festzuhalten. Kranke brauchten einem nichts vorzumachen.

Ein eisiger Schmerz durchfuhr sie wie bei starkem Zahnweh. Er begann irgendwo in der Herzregion und breitete sich dann zu den Haarwurzeln und zu den Zehennägeln aus. Eine Woge. Eine böse Ahnung. Sie wandte sich vom Fenster ab, ließ sich auf den Küchenstuhl sinken und starrte auf die Fransen des Läufers. Den Flickenteppich hatte sie vor Jahren selbst gewebt. Dunkel- und himmelblau gestreift. Vielleicht sollte sie einen neuen weben?

Dann war der Schmerz vorbei. Für dieses Mal.

»Was sollen wir nur mit Alf anfangen?«, dachte sie immer bedrückter. Man konnte dem Schrecklichen nicht immer ausweichen. Sie konnten ihn nicht seinem Schicksal überlassen. Ihn aufgeben. Er war ihr einziges Kind. Ihr Fleisch und Blut.

Vielleicht sollte sie Erling bitten, mit ihm zu reden, trotz allem. Er sollte versuchen, ihm zu entlocken, was eigentlich passiert war. Alf war bleich und schweigsam und ließ den Kopf hängen. Aber nichts war aus ihm rauszukriegen. Er wollte sie nicht sehen und sonderte sich ab, und das war fast noch schlimmer.

Es war etwas so Schreckliches geschehen, dass dafür die Worte fehlten. Dann brauchte man seine Familie erst recht. Für eine Frau wie sie war es eine Selbstverständlichkeit, dass die Familie zusammenhielt.

Fast hätten sie eine Schwiegertochter bekommen. Der Gedanke war unfassbar. Träumend versuchte sie, sich vorzustellen, wie es geworden wäre, wenn das nun nicht passiert wäre. Sie waren sehr vorsichtig gewesen, Erling und sie. Sie gehörten nicht zu den Leuten, die sich zu früh freuten. Man soll den Tag nicht vor dem Abend loben. Deswegen hatten sie kaum darüber gesprochen, nicht miteinander und mit Alf überhaupt nicht, als sie entdeckt hatten, dass er ein Mädchen mit nach Hause nahm. Aber natürlich hatten sie sich gefreut, und erleichtert waren sie auch gewesen. Mit ihrem Jungen war alles in Ordnung.

Die Gefühlsstürme hatten Alf richtiggehend aus der Fassung gebracht, das hatten sie ihm angesehen. Er war plötzlich nicht mehr derselbe gewesen. Erling und sie hatte das verlegen gemacht. Es war unglaublich gewesen, ihren Sohn so verändert zu sehen. Erling sagte nichts und auch sie nicht. Sie wagten es nicht einmal, sich anzusehen. »Die Zeit wird es zeigen«, hatte sie gedacht. »Falls aus den beiden ein Paar wird, erfahren wir es eines schönen Tages.«

Das war gewesen, bevor Alf grau und bedrückt geworden war. Sie hatte sich etwas zu früh gefreut, das hatte sich nicht verhindern lassen. Sie hatte sich schon daran gewöhnt, ihren eigenen Alf als eine Hälfte eines verliebten Paars zu sehen. Eines Liebespaars. Sie fragte sich, was sie dort oben in der Wohnung getan hatten. Sie gab sich Mühe, sich ihren schlaksigen Sohn als Don Juan vorzustellen, aber das gelang ihr nicht. »Aber lieb ist er«, dachte sie. »Viele Frauen wollen einen lieben Mann.«

Das Mädchen hatte Krankenschwester werden wollen. Dass Alf ein Mädchen kennen gelernt hatte, das eine Ausbildung machte! Vielleicht würde sie sogar eines schönen Tages weiterstudieren und Ärztin werden. Alf kümmerte sich vorbildlich um die Werkstatt. Er verdiente redlich sein Geld und hatte sogar expandiert, obwohl der Laden noch nicht einmal die leichteren und schnelleren Fahrräder im Sortiment führte, die ihnen Alf mehrmals vorgeschlagen hatte. Rennräder, wie sie bei der Tour de France gefahren werden. Sie sollten das Geschäft modernisieren, hatte ihnen Alf in den Ohren gelegen.

Sie schaute auf die Uhr. Es war ein paar Minuten vor sechs.

Jeden Augenblick konnte Erling kommen. Wahrscheinlich schloss er gerade den Laden ab.

Sollte sie Alf fragen, ob er mitessen wollte? Dann war er zumindest nicht allein. Sie hatte ein zusätzliches Kotelett in der Pfanne. Merkwürdig, dass es ihr nie gelungen war, weniger zu kochen. Sie hatte weitergemacht wie früher und für ihre beiden Männer ordentliche Mahlzeiten zubereitet. Als wäre nichts gewesen. Als hätte sie nicht bemerkt, dass Alf meist ablehnte. Er wollte lieber mit seinen Freunden ausgehen. Aber jetzt, unter diesen speziellen Umständen, wollte er vielleicht gerne zu ihnen nach unten kommen und in der Küche sitzen und mit ihnen essen, mit Erling und ihr.

Der Kommissar würde den Fall lösen, das hatte sie im Gefühl. Sie würden erfahren, was der Freundin von Alf zugestoßen war.

»Sie heißt Malin«, murmelte sie stolz. Im selben Augenblick schämte sie sich und bekam Angst.

Malin war tot. Ermordet. Und natürlich war jemand der Täter.

Stumm starrte sie vor sich hin und verspürte die schleichende Angst davor, wieder im tiefen Abgrund der Ohnmacht zu versinken. Eine Woge der Furcht spülte über sie hinweg. Sie holte keuchend Luft und ließ die Woge verebben. Das Gefühl der Katastrophe durfte nicht von ihr Besitz ergreifen. Rastlos lief sie in der Wohnung umher und versuchte, regelmäßig zu atmen, obwohl sie sich einer Ohnmacht nahe fühlte. Sie setzte sich vor den Fernseher und schaltete ihn mit der Fernbedienung ein. Kinderprogramm. Forsche Stimmen und grelle Farben. Sie machte aus und irrte weiter wie eine Besessene durch die Wohnung.

Das Essen wurde kalt. Sie würden es in der Mikrowelle aufwärmen müssen. Weshalb war Erling noch nicht da? Sie schaute erneut auf die Uhr. Es war erst fünf nach sechs. Wirklich furchtbar, wie langsam die Zeit verging. In ihr gärte es. Der Druck nahm immer weiter zu. Sie musste mit jemandem reden. Am liebsten mit jemand anderem als Erling. Er würde sich nur noch größere Sorgen machen als ohnehin schon. Der Ärmste! Er wirkte bedrückt. Für sein Herz und seinen Blutdruck wäre es nicht gut, ihm noch mehr aufzubürden.

Sie brauchte einen vernünftigen Menschen, der zuhören konnte, der sie nicht verriet und irgendwelche Unwahrheiten über Alf verbreitete, jemanden mit Schweigepflicht. Vielleicht einen Arzt, aber ihr fiel keiner ein, den sie hätte anrufen wollen. Schließlich kannte sie die Doktoren nicht so gut. Auf die war auch nicht unbedingt Verlass. Das Krankenhaus war klein, und alles sprach sich herum. Die Einzige, die sie sich vorstellen konnte, war Veronika Lundborg, aber die arbeitete im Augenblick nicht. Sie war mit ihrem kleinen Mädchen zu Hause. Aber die konnte sie auch nicht anrufen. Schließlich lebte sie mit dem Kommissar zusammen, der den Fall lösen sollte. Vielleicht ein Geistlicher? Die mussten doch auch schweigen. Aber welcher? Sie kannte keinen. Sie ging nur am ersten Advent in die Kirche und nur sehr selten in die Christmette. Sie konnte an den falschen geraten, an einen, der jung und unsicher war und Vorurteile hatte. Pfarrer war keine Berufung mehr, sondern nur noch ein Beruf wie jeder andere auch. Sie konnte einfach nicht mit jemandem reden, der sie nicht verstand.

Sie zog ihre Jacke enger um sich. »Isabelle«, dachte sie. Die konnte sie natürlich anrufen. Isabelle würde ihr jedenfalls keine Vorhaltungen machen. Sie würde auch nichts im Krankenhaus oder sonst wo herumerzählen. Der Typ war sie nicht. Isabelle wusste selbst, was bösartige Gerüchte anrichten konnten. Sie hatte gelernt, mit dem Leben anderer vorsichtig umzugehen. Das, was vorgefallen war, schien sie selbst sehr mitgenommen zu haben. Aber Nelly urteilte auch wirklich zu schnell. Sie musste auch immer alles bestimmen. Ständig saß sie über ihren Papieren und in irgendwelchen Besprechungen und rief sie anschließend in ihr Büro, wenn ihr was nicht passte.

Sonja holte das Telefonbuch. »Außerdem hat Isabelle Malin gekannt«, dachte sie. Irgendwie leuchtete ihr das ebenfalls ein. Vielleicht konnte ihr Isabelle dabei helfen, alles zu verstehen, und ihr ein deutlicheres Bild von dem vermitteln, was Alfs Freundin zugestoßen sein könnte. Vielleicht konnte sie es so erklären, dass sie sich noch sicherer wurde, dass ihr Alf mit dem Ganzen nichts zu tun hatte. Alf, der nicht einmal einer Fliege etwas zu Leide tat.

Sie wählte. Am anderen Ende klingelte es.

Janos stand in der Küche. »Verdammt!«, dachte Louise, als sie ihr Auto in der Auffahrt abstellte.

Er stand mit dem Rücken zum Fenster. Gabriella stand, an den Türrahmen gelehnt, ihm gegenüber, warf den Kopf zurück und lachte. »Da stehen sie und sind fröhlich«, dachte Louise bitter. »Das ist verdammt noch mal nicht gerecht.«

Sie merkte, dass das Gelächter verstummte, als sie die Haustür öffnete. Es wurde mucksmäuschenstill. Sie hängte ihre Jacke nicht auf, sondern ging direkt in die Küche und packte den Stier bei den Hörnern.

»Hallo«, grüßte Gabriella lahm, als rechnete sie mit Prügeln. Louise nickte ihr kurz zu.

»Was hast du hier zu suchen?«, pflaumte sie dann Janos an. Angriff war die beste Verteidigung.

»Ich hole ein paar Sachen«, antwortete er und klang unberührt. Das brachte sie auf die Palme.

»Du bist so nett und lässt dich hier nicht mehr blicken! Wenn du herkommen willst, teilst du mir das vorher mit. Ich wohne hier. Und die Mädchen. Auf ungebetene Gäste kann ich verzichten.«

»Louise, nun mal halblang!«

Trotz allem klang seine Stimme inständig bittend. Aber auf diesem Ohr war sie taub. Sie hatte die Tüte mit den Einkäufen vor dem Kühlschrank auf den Boden fallen lassen und zog jetzt die Jacke aus. Nachlässig warf sie sie auf einen Küchenstuhl, von dem sie lautlos auf den Boden glitt. Sollte sie da doch liegen bleiben!

»Wer soll hier halblang machen?! Du doch wohl!«, schrie

sie, sah ihn finster an und verschränkte die Arme vor der Brust.

Ihre rechte Hand lag auf der linken Brust. Sie spürte ihr Herz schlagen.

»Wir haben doch nicht einmal miteinander gesprochen.« Seine Stimme war immer noch flehend. Das machte sie zwiespältig, und ihre Wut verrauchte zum Teil.

»Und worüber sollen wir sprechen? Dass du eine andere mir vorziehst?«, fauchte sie.

Er schaute zu Boden. Vielleicht sah er unglücklich aus, schwer zu sagen. Gabriella hatte sich ins Obergeschoss verzogen. Lautstarke Auseinandersetzungen der Eltern waren für alle Kinder eine Qual. Davon hatte Louise selbst zu viel abbekommen und sich vorgenommen, ihren eigenen Kinder das zu ersparen. Jetzt stand sie da und schrie Janos an. Aber er hatte es nicht besser verdient!

»Okay«, sagte er schließlich gefasst, »wenn du es nicht anders willst.«

»Das bin doch wohl nicht ich, die es so will. Das bist du!«

Sie sprach laut, schrill und wenig beherrscht.

»Ich meine, wir könnten doch zumindest versuchen, miteinander zu sprechen«, meinte er dumpf.

Er wollte wohl die Kinder nicht verlieren. Vielleicht war es doch nicht so spaßig, mit einer knapp Zwanzigjährigen in einer winzigen Wohnung zu sitzen und jeden Abend so zu tun, als wäre man bis über beide Ohren verliebt. Auch wenn ein Riesenbusen und ein knackiger Hintern ihn sicher anmachten.

»Ich ziehe es vor, dass wir das Reden unseren Anwälten überlassen. Im Übrigen will ich hier im Haus wohnen bleiben, damit die Mädchen nicht die Schule wechseln müssen. Du darfst sie gerne treffen, so oft du willst«, sagte sie nobel. »Aber nicht hier.«

Sie war wirklich vollkommen außer sich, aber es war zu spät, das Gesagte zurückzunehmen. Einer Versöhnung ließ sie keinen Raum. Sie hatte Lust, die Küche zu verlassen und die Tür hinter sich zuzuknallen, damit es im ganzen Haus widerhallte und Decke und Wände vibrierten. Sie wollte deutlich machen, dass sie sich in Zukunft nur noch um ihre Angelegenheiten kümmern würde. Aber sie blieb stehen.

»Wo ist übrigens Sofia?«, fragte sie und begann mit ruckartigen Bewegungen die Sachen aus der Einkaufstüte in den Kühlschrank zu packen. Irgendwie musste sie ihre Energie loswerden.

»Vermutlich bei Vickan«, sagte er.

»Du hast also nicht mit ihr geredet?«

Sie drehte sich zu ihm um. Ihr Ton war ein anderer.

»Nein. Aber es ist auch erst sechs.«

Plötzlich erschien ihr alles unangenehm wie der übliche Trott. Als wäre gar nichts vorgefallen. Sie glaubte, sie müsste verrückt werden.

Janos verließ die Küche und ging ins Obergeschoss. Sie hörte ihn oben herumkramen, stellte Spaghettiwasser auf den Herd und warf das Hackfleisch zusammen mit einer Zwiebel in die Bratpfanne. Nach einer Weile kam er wieder nach unten. Er hatte seine Adidas-Tasche gepackt. Er baute sich mitten in der Küche auf. Sie spürte, dass er sie am Herd beobachtete und noch ihre kleinste Bewegung verfolgte. Vielleicht dachte er, dass das jetzt das letzte Mal war, dass er sie in einem Topf rühren sah.

Sie fragte nicht, ob er etwas zu essen wollte, ob sie wie früher gemeinsam essen und so tun sollten, als sei nichts. Sie war nicht dafür, sich etwas vorzumachen. Da klingelte das Telefon. Sie wandte sich zum Flur, um den Hörer abzunehmen, und Janos verschwand aus der Tür. Er ließ eine nicht unbedeutende Leere zurück. Sie spürte sie im Rücken, versuchte aber, sich zusammenzunehmen, sich auf das Gespräch zu konzentrieren und ihre Stimme wie immer klingen zu lassen.

»Was trauere ich da eigentlich nach?«, überlegte sie, nachdem sie aufgelegt hatte. »Was würde ich am liebsten behalten? Seinen Körper, seine Seele, seine Rolle als Ehemann und Vater, sein Geld?« Nach all den Jahren … Erinnerungen und

Bilder. Die Analyse verlief schleppend. Natürlich war es nicht so einfach. Aber sie zwang sich dazu nachzudenken. Zu sortieren und abzuwägen. Denn wenn sie einfach den Hahn öffnete, würde das Fass überlaufen. Sie würde nicht aufhören können. Nicht von selbst. Sie würde drei Tage lang heulen. Sie war eine einzige große Wunde.

Gabriella hatte die Stereoanlage voll aufgedreht. Louise stand am Küchenfenster und sah Janos' Rücken den Hang in ihrem Reihenhausviertel hinauf verschwinden. »Traurige Gegend«, kam es ihr in den Sinn. »So ordentlich, dass einen Geborgenheit und Langeweile förmlich betäuben. Ein niedriges Reihenhaus am anderen. Auto in der Auffahrt, Rosenhecke. Die Fassade des Familienidylls.«

Wie viele Nachbarn ihn wohl sehen mochten? Die meisten saßen beim Abendessen. Aber draußen war es dunkel. Die Straßenlaternen verschwanden fast im Nebel. Er war kaum noch zu sehen, aber das war sein rascher, ruckartiger Schritt, das wusste sie, schließlich kannte sie ihn gut. All die Jahre war sie seine Vertraute gewesen. Jetzt hatte er sie gegen ein jüngeres Modell ausgetauscht. Eine neue Vertraute.

Das Essen war fertig. Sie betrachtete die Hackfleischsauce und die Spaghetti auf dem Herd. »Ich will nicht bitter und vergrämt werden«, dachte sie, biss energisch die Zähne zusammen und rief Gabriella. »Ich habe die Kinder, ich habe die Arbeit, ich habe Freunde und Kollegen.« Es musste möglich sein, den tiefen, dunklen und schmerzvollen Graben zu überwinden. Schließlich hatten das vor ihr schon viele geschafft.

Als Gabriella nach unten kam, saß ihre Mutter am Küchentisch. Louise fand ihr eigenes Verhalten unanständig: Im Beisein ihrer Tochter heulte sie wie ein Schlosshund, dabei sollte sie Stärke und Entschlossenheit an den Tag legen. Die Welt ihrer Kinder war ebenfalls aus den Fugen geraten.

Sie sah, dass Gabriella nicht wusste, was sie tun sollte. Unbeholfen stand sie neben ihr und hatte vielleicht das Gefühl, ihre Mutter trösten zu müssen. Umständlich tätschelte sie ihr die Schulter und umarmte sie dann vorsichtig.

Nichts war wie früher, alles bewegte sich in verschiedene Richtungen. Es gab tiefe Verwerfungen. Warum ließ sich die Uhr nicht zurückdrehen? Louise spürte, dass Gabriella sie anstarrte. Sie sah, dass sie sich verändert hatte. Sie war gedemütigt und wehleidig. Nichts stimmte. War es möglich, wieder glücklich zu sein? Louise wollte flüchten. Vermutlich wollte Gabriella das auch. Sie wollte allen Peinlichkeiten entgehen, einem Dasein, das aus den Fugen geraten war.

»Warum kann nicht alles wieder so sein wie früher?«, fragte Gabriella schließlich.

Wer konnte schon den Ball aufhalten, der rollte, dachte Louise ohnmächtig.

»Liebe Gabriella«, sagte sie dann. »Kümmere dich nicht um mich. Das wird eines schönen Tages schon wieder in Ordnung kommen, du wirst schon sehen.«

»Wie denn?«, wollte ihre Tochter wissen.

Dann weinten sie beide.

Claesson legte auf. Louise hatte niemanden mit dem Namen Tobias Axelsson auf ihrer Liste. Sie war kurz angebunden gewesen, und ihre Stimme hatte merkwürdig geklungen, aber wahrscheinlich war sie müde. Auch Erika Ljung hatte ihn nicht auf ihrer Liste. Sie war auf dem Weg ins Fitnessstudio gewesen, als er sie auf ihrem Handy erreicht hatte. Peter Berg saß vor seinem Computer.

»Du bist also noch nicht nach Hause gegangen«, meinte Claesson.

Peter Berg drehte sich um.

»Du offenbar auch noch nicht.«

Claesson legte ein Blatt Papier vor ihn hin.

»Tobias Axelsson«, las Berg laut. »Wer ist das?«

»Ich will, dass du mit ihm redest«, sagte Claesson.

»Und?«

»Er gehört zum Freundeskreis von Alf Brink und hat sowohl einen Führerschein als auch die Gelegenheit, ein Auto zu leihen. Ein weißes.«

Peter Berg fuhr sich mit der Hand durchs Haar. Es war fast farblos, kurz geschnitten und borstig. Sein Hals war für einen Mann recht schmal, der Adamsapfel ragte vor. Er schluckte.

»Ich komm nicht ganz mit«, sagte er. »Wo finde ich ihn?«

»Entweder ist er zu Hause, oder er schnippelt Zwiebeln im ›Forellen‹.«

»Koch?«

»Was in dieser Richtung. Er springt manchmal ein.«

»Was willst du von ihm wissen?«

»Rede einfach mal mit ihm. Er wohnt direkt neben Alf Brink. Wahrscheinlich hat dieser alte Mann, der von den Toten erwacht ist, wirklich Malin gesehen. Sie wurde mit ihrem Fahrrad von einem weißen Auto angehalten. Brink hat zwar keinen Führerschein, aber er kann fahren.«

»Ich verstehe«, sagte Peter Berg.

»Was hat Alf Brink eigentlich abends unternommen, während seine Freundin im Wasser herumtrieb?« Diese Frage konnte sich Claesson nicht verkneifen. Langsam ging er in dem winzigen freien Winkel in Peter Bergs Arbeitsecke hin und her. Dieser teilte sich ein recht geräumiges, aber ziemlich voll gestelltes Büro mit Jesper Gren und Erika Ljung. Erikas Schreibtisch war natürlich tadellos aufgeräumt.

Claesson wollte sich nicht setzen. Zu Hause wartete ein Geburtstagsessen. Er wollte niemanden provozieren, indem er allzu spät kam.

»Wenn er sie vermisst gemeldet hätte, hätte er sich genauso verdächtig gemacht«, sagte Peter Berg. »Erinnerst du dich noch an den Burschen, der sich an der Suche nach seiner Frau beteiligte, die er selbst ermordet hatte, obwohl er dann behauptete, dass er sich daran nicht erinnern könnte?«

»Die Mechanismen des Erinnerns und Vergessens sind höchst interessant«, meinte Claesson philosophisch und ging auf die Tür zu.

»Übrigens«, meinte Peter Berg, drehte sich auf seinem Schreibtischstuhl herum und deutete auf den Monitor. »Bei den Listen mit den Anrufen gibt es Auffälligkeiten.«

»Gut, aber darum kümmern wir uns morgen.«

Claesson machte das Licht in seinem Büro aus und ging auf die Tür zum Treppenhaus zu. Er spürte ein Paket in der Jackentasche. Der Terminplaner für Cecilia. Er war noch nicht kühn genug, selbstständig Geschenke für diese erwachsene Tochter zu erstehen, die er bei seiner Partnerschaft als Dreingabe erhalten hatte. Er hatte einen Wink von Veronika bekommen. Es war ihm wichtig, zumindest nicht ganz danebenzuliegen. Er war in die Buchhandlung gegangen und hatte den gekauft, den er am schönsten fand. Falls der Kleinen das Geschenk gefiel, war es natürlich nett. Geschenke für Frauen waren ein Plage. Sie sollten persönlich sein, und man durfte auf keinen Fall das Falsche schenken. Es war nicht leicht, durch dieses Nadelöhr zu kommen. Für so etwas gab es keine Handbücher, und man konnte sich auch nicht bei sich selbst einen Rat holen.

Er fuhr am Markt vorbei. Der große Granitapfel, der im Sommer ein Brunnen war, war angestrahlt. Das schwächte die Düsterkeit ab. Der achteckige Kiosk am anderen Ende des Markts war ebenfalls beleuchtet. Ein paar Leute standen davor und aßen Junkfood. Er selbst würde, wenn er nach Hause kam, etwas Ordentliches bekommen.

Als er eigentlich nach Nordwesten, wo sie wohnten, hätte abbiegen müssen, fuhr er stattdessen in die entgegengesetzte Richtung, nach Osten. Das war kein größerer Umweg. »Die Abstände sind kurz«, dachte er. Es würde maximal zehn Minuten extra dauern. Er wollte es mit eigenen Augen sehen. Also parkte er in der Skarpskyttegatan, stieg aus dem Auto und schloss es ab. Er trat vorsichtig auf, da er sich immer noch recht unbeweglich und steif fühlte. Aber diese Veränderung war fast schon ein Teil seines Selbst geworden, der schmerzende Rücken ebenfalls. Das Schlimmste war, dass er sich nicht fit halten konnte. Das musste er dann nachholen, wann immer das sein würde.

Die Bäume beim Wohnheim waren fast nicht zu sehen, das Gebäude selbst mit seinen hohen Fenstern, hinter denen Licht brannte, war aber leicht zu erkennen. Das galt auch für die Volkshochschule schräg dahinter. Der asphaltierte Geh- und Fahrradweg schlängelte sich hinter den Mietshäusern zur Hochschule für Krankenpflege und von dort weiter ins Zentrum. Die Wiese hoch zum Gelände der Volkshochschule war recht steil, merkte er, als er näher kam. Man konnte sie hochgehen, aber nur sehr langsam, denn es war bei dem langen Gras wahrscheinlich recht glatt und beschwerlich. Außerdem standen dort Dornenbüsche. Claesson stellte fest, dass er Kindern verbieten würde, den Fahrradweg zu benutzen. Es gab zwar ein paar schwache Laternen, aber in so großem Abstand voneinander, dass sie kaum zu sehen waren.

Er ging den Weg entlang und schaute dabei zum Wohnheim hoch. Malins Fenster war dunkel. Das Zimmer wurde noch nicht wieder vermietet, schließlich hatten sie sie erst vor knapp einer Woche gefunden. Die Polizei würde es noch eine Weile versiegelt lassen.

Direkt neben einer der Laternen hatte man einen sehr guten Blick hoch zum Wohnheim. Er konnte jemanden im Zimmer neben Malins erkennen. Claesson setzte seine Brille auf, um besser sehen zu können. Es war ein Mann. Recht groß. Dann tauchte noch eine Gestalt auf. Kleiner. Eine Frau. Wahrscheinlich standen sie mitten im Zimmer. Claesson wusste, dass diese nicht groß waren.

»Faszinierend, hier zu stehen und zuzuschauen«, dachte er, als ihm auffiel, dass die beiden begonnen hatten, sich zu umarmen. »Meine Güte, was für ein Kuss!«, schoss es ihm durch den Kopf. »Wie im Kino!« Dann ließen sie sich los, und er zog ihr den Pullover aus. Sie hatte einen Pferdeschwanz und trug einen schwarzen BH. Der verschwand ebenfalls. Der Mann begann ihren Busen zu massieren, beide Brüste gleichzeitig. Das wirkte auf Abstand nicht so wahnsinnig erotisch, sondern eher mechanisch. Sie warf den Kopf zurück, und der junge Mann begann, sie leidenschaftlich auf den Hals zu küssen, anschließend ins Gesicht und dann machte er nach unten weiter, bis er verschwand. Claesson, der ahnte, was der Jüngling gerade tat, fühlte sich richtig angetörnt. Dann kullerte die Frau nach hinten. »Hoffentlich fängt eine Matratze sie auf, sonst bekommt sie blaue Flecken«, dachte er und drehte sich um. Er hatte das Gefühl, jemand sei in der Nähe, obwohl er keine Geräusche aus den Büschen gehört hatte, nur leises Rascheln. Vielleicht hatte auch das reifbedeckte Gras gezittert. Aber niemand war da. Vielleicht war es ja eine Krähe gewesen oder ein Hase.

Es war Zeit, nach Hause zu fahren. Er versuchte, auf seiner Armbanduhr zu sehen, wie spät es war, aber es war zu dunkel. Das Gras war glatt, und deswegen schlug er den Asphaltweg ein. Der Scheinwerfer eines Mopeds kam ihm entgegen. Als es vorbeigefahren war, wurde es wieder ganz dunkel. Etwas Schnee hätte wirklich einen großen Unterschied gemacht. Es wäre heller und schöner gewesen. Rein und weiß. Er lief gerne Ski, Langlauf, aber das würde diesen Winter vielleicht nicht gehen.

Er näherte sich dem Parkplatz. Dieser war bedeutend besser beleuchtet. Er konnte in ein Wohnzimmer schauen. Der Fernseher war an, aber keine Menschenseele zu entdecken. »Egal«, dachte er. »Man soll nicht bei anderen Leuten in die Fenster schauen.« Aber es war merkwürdigerweise sehr schwer, das bleiben zu lassen.

Schräg vor ihm waren zwei Gestalten. Sie kamen ihm irgendwie bekannt vor, aber er beachtete sie nicht weiter, sondern ging mit gesenktem Blick auf seinen Wagen zu. Er war hungrig. Veronika hatte den ganzen Nachmittag gekocht. Kochen war zwar nicht ihre starke Seite, aber sie kam recht gut damit klar, wenn man sie nur in Ruhe ließ.

Jemand räusperte sich.

»Was zum Teufel tust du hier?«

Er drehte sich um. Louise Jasinski starrte ihn wütend an.

»Ich schaue mich um«, erwiderte er gelassen.

Sie hatte Jesper Gren dabei.

»Und was macht ihr beiden hier?«

»Wir versuchen, einen Sittenstrolch zu fangen.«

»Schade, dass ihr ihn nicht erwischt habt«, meinte er lachend. »Hat sie wieder von sich hören lassen, die große Malerin?«

Louise nickte.

»Elona Wikström rief an und sagte, dass da wieder ein Mann steht, der zum Wohnheim hochglotzt. Woher hätten wir wissen sollen, dass du das bist?«, erwiderte Louise trocken.

»Jedenfalls ist sie wachsam«, stellte Jesper Gren fest.

»Dann können wir vielleicht zurückgehen, und du kannst mir ihre Wohnung zeigen«, meinte Claesson an Louise gewandt.

»Dann verschwinde ich schon mal«, sagte Jesper Gren. »Ich werde ja nicht mehr gebraucht.«

»Tu das«, antwortete Claesson.

Als sie über den nassen Rasen zurückgingen, merkte er, dass Louise nicht ganz auf der Höhe war. Sie sagte nämlich kein Wort.

»Du bist also gleich losgerast?«, sagte er.

»Ich hatte schon gegessen«, antwortete sie und schwieg wieder.

Er sagte nichts. »Wir müssen auch Dinge für uns behalten dürfen«, dachte er und schaute zu Elona Wikströms Wohnzimmer hoch, das genau auf den Platz ging, an dem er eben noch gestanden hatte.

Als er die Haustür öffnete, schlugen Wärme und Essensduft ihm entgegen. Es roch nach Gewürzen, Wein und Kerzen, und er hörte, dass das Essen in vollem Gange war. Stimmen und lautes Gelächter erklangen aus der Küche. Er hängte seine Jacke auf und nahm das Paket aus der Innentasche. Er hoffte, dass sie noch nicht mit dem Hauptgang fertig waren und sich seine Verspätung in Grenzen hielt.

Veronikas Wangen waren gerötet. Sie war fröhlich und ausgelassen, gab ihm einen Kuss auf die Wange, schob ihn auf einen Stuhl. Mit Klara auf ihrem Kinderstuhl, die das Fest mit den Erwachsenen sehr zu genießen schien, saßen acht Leute am Tisch. Ständig tätschelte ihr jemand den Kopf und schaute sie fröhlich an.

Claes gab Cecilia das Paket und gratulierte ihr mit einer vorsichtigen Umarmung. Zum ersten Mal wirkte das nicht gekünstelt, und er spürte auch keinen kantigen Widerstand. Sie riss das Geschenkpapier auf und kreischte laut und schrill. Das taten jüngere Frauen heutzutage.

»Genau, was ich brauche. Megaschick!«, rief sie und lachte ihn begeistert an.

Er nickte, und sie zeigte ihren Freunden den Terminplaner. Er nahm Braten und Kartoffelbrei. Die Unterhaltung wurde wieder lauter, und der junge Mann neben Cecilia legte ihr einen Arm um die Schultern. Er sah ihr tief in die Augen. Sie saßen ganz dicht nebeneinander. Der Mann war dieser Journalist, der noch nicht ganz trocken hinter den Ohren war, aber das machte nichts. »Er ist sicher okay. Wir waren alle mal jung und unreif«, dachte Claesson.

Es war ein angenehmes Gefühl, zu einem Fest nach Hause zu kommen. Zu einem Haus mit Leben. Sich zugehörig zu fühlen. Er probierte den Wein. Er war schwer und tiefrot und passte ausgezeichnet zu dem grauen und unerfreulichen Novembertag.

ACHTES KAPITEL

Donnerstag, 22. November

Draußen war es, falls das überhaupt möglich war, noch grauer als am Vortag, aber irgendwie machte das nichts. Claesson brummte ziemlich der Schädel, was er jedoch gerne in Kauf nahm. Den gestrigen Abend empfand er als sehr gelungen und sogar recht lustig. Die Tabletten gegen seine Kreuzbeschwerden linderten auch die Kopfschmerzen. Gut gelaunt fuhr er zum Präsidium, um sich mit frischer Energie seinem Mordfall zu widmen. Klara waren in ihrem Kinderstuhl die Äuglein zugefallen, und sie hatte die ganze Nacht durchgeschlafen – zur Freude ihrer Eltern, die sie in dieser Hinsicht wirklich nicht verwöhnte. Mehr als einmal war Claesson der Gedanke gekommen, zu alt für Kleinkinder und durchwachte Nächte zu sein.

Im Verlauf des Abends hatte er sich für die Schlagfertigkeit der jungen Leute, ihren Optimismus und ihr unkompliziertes Verhältnis zum Dasein begeistert. Früher war er auch einmal so gewesen, erinnerte er sich plötzlich. Eine Lachsalve hatte die andere abgelöst. Da war es ihm gleich viel besser gegangen. Einfach ausgedrückt, machte es Spaß, Spaß zu haben. »Lachen verlängert das Leben! Ein Klischee, aber trotzdem wahr«, dachte er. Sogar dieser Mattias Bredvik, der Cecilia etwas penetrant den Hof gemacht hatte, war eigentlich nicht so uneben. Jedenfalls war er das am Vorabend nicht gewesen. Der Bursche hatte ihn mit einem gewissen Respekt behandelt, das war nicht zu übersehen gewesen. Er hatte ihn wachsam und mit einer gewissen Verehrung angeblickt, und er hatte den guten Geschmack besessen, ihn nicht über den Fall auszufragen, der sie beide beschäftigte.

Vor der Morgenbesprechung kam Janne Lundin in sein Zimmer.

»Nett, dich zu sehen. Wie war die Fortbildung?«, polterte Claesson und klopfte Lundin auf die Schulter.

»Was soll ich sagen«, wehrte sich Lundin. »›Avancierte Verhörmethoden‹ hieß der Kurs. Recht theoretisch, aber irgendwie profitiert man doch. Wie steht es hier?«

Er setzte sich, und Claesson lieferte ihm einen sehr summarischen Bericht, den Rest würde er ohnehin bei der Besprechung erfahren.

»Aha«, kommentierte Lundin. »Die Dinge sind in Bewegung geraten. Jedenfalls wirkst du sehr munter. Ist der Rücken besser?«

»Tja, ich gewöhne mich dran. Aber sonst ist alles in Ordnung«, meinte Claesson zufrieden, wurde aber plötzlich ernst.

»Du siehst nachdenklich aus«, meinte Lundin.

Claesson rutschte auf seinem Stuhl hin und her.

»Ich denke nur daran, dass der Täter oft aus der unmittelbaren Umgebung des Opfers kommt.«

»Ja, das ist eine bekannte Tatsache«, meinte Lundin. »Denkst du an Alf Brink?«

Claesson nickte.

»Ich kann mir auf diese Sache mit den Handschuhen keinen Reim machen. Den einen haben wir am Fundort entdeckt, den anderen hatte Brink zu Hause unter der Matratze. Unaufgefordert hat er ihn mir gezeigt.«

»Wie eine Trophäe.«

»Vielleicht. Oder ein Andenken, das behauptet er selbst zumindest.«

Janne Lundin schien Zweifel zu haben.

»Wenn sie den Handschuh vergessen hat, wie Brink sagt«, fuhr Claesson fort, »und eilig aufgebrochen ist, kann man sich vorstellen, dass sie eine Hand in die Jackentasche gesteckt hat, um nicht zu frieren. Aber ist es vorstellbar, dass sie nach Vorbereitung des Picknicks bei dem kalten Wetter mit nur einem Handschuh zu Alf Brink zurückgeradelt ist?«

Lundin zog seine Jacke aus und legte sie auf die Knie.

»Ich hätte ein anderes Paar gesucht oder zwei ungleiche angezogen. Vielleicht waren die Jackenärmel so lang, dass man sie herunterziehen konnte«, meinte er, während Claesson ihn forschend ansah. »Was meinst du?«

»Das, was ich eben gesagt habe. Ein großer Teil der Mordopfer kennt den Täter.«

Lundin nickte.

»Du meinst, dass sie den Handschuh nicht bei ihm vergessen hat und dass er lügt. Aus irgendeinem Grund hat er ihn mitgenommen, nachdem er sie ermordet hat.«

»Ja. Etwas in dieser Richtung«, sagte Claesson.

»Was sagt die Spurensicherung über den Handschuh?«

»Bisher noch nichts.«

»Aber hätte er ihn dir dann gezeigt? Hätte er ihn dann nicht eher verbrannt oder weggeworfen?«

»Es gibt viele Dinge, die man nicht begreift«, konstatierte Claesson und schob sein Kinn vor.

»Und das Fahrrad?«

»Das haben wir noch nicht gefunden«, meinte Claesson.

»Das taucht schon noch auf.«

»Vermutlich. Ihre Schwester rief übrigens an und erzählte, sie habe einige Fotos, unter anderem eines, auf dem Malin mit ihrem Fahrrad vor dem Bahnhof von Växjö steht und das vor einem Jahr aufgenommen worden ist. Ihre Schwester hat das Bild gemacht, bevor sie mit dem Zug abfuhr. Malin hatte sie zum Bahnhof begleitet.«

»Wo wohnt diese Schwester noch gleich?«

»In Burlöv.«

Lundin sah ihn fragend an.

»Das ist ein Vorort von Malmö«, erklärte Claesson. »Ich habe vor, Louise hinzuschicken.«

Jetzt hatte es auf einmal den Anschein, als würde Lundin Zweifel bekommen. Claesson verstand nicht warum und ärgerte sich.

»Peter Berg soll sich schließlich heute mit diesem Freund von Alf Brink unterhalten«, erklärte er, als ginge es darum, die Arbeitsaufgaben gerecht zu verteilen.

»Alles klar«, meinte Lundin und stand auf.

Claesson blieb mit dem unbehaglichen Gefühl zurück, dass sein Kollege ihm etwas verschwieg. Es schien Lundin nicht zu gefallen, dass er Louise nach Malmö schicken wollte, aber sie war die Beste für diese Aufgabe.

Peter Berg trug seine warme, schwarze Jacke, echte Daune. Er zog die Schultern hoch und vergrub sein Kinn, um seinen Hals zu schützen. Es war kalt. Seine Mütze hatte er leider zu Hause vergessen.

Tobias Axelsson stellte sich als Tobbe vor. Seine Handfläche war feucht. Peter Berg wunderte sich, dass er ihn überhaupt reinließ. Nicht, dass er nicht schon Schlimmeres gesehen hätte, ganz und gar nicht, er war Elend und Junkies gewohnt, aber es war unaufgeräumt, schmutzig und stank nach Müll und Zigarettenqualm. Tobbe bemerkte die unausgesprochene Kritik, denn er öffnete sofort ein Fenster. Ein kühler Wind fuhr in die Mansardenwohnung.

Dann blieb er mitten in dem kleinen Zimmer stehen und sah Peter Berg unschlüssig an. Tobias Axelsson war mittelgroß und hatte fettiges, halblanges Haar, das er dringend hätte waschen müssen. Seine Ohren ragten zwischen den Strähnen hervor. Das Gesicht war schmal, der Mund gefühlvoll und der Blick scheu. Der Pullover war hellblau und hatte vorne einen Fleck. Eigentlich sah er nicht mal so übel aus, er bewegte sich ungezwungen und hatte eine sympathische Augenpartie, aber auch etwas Bittendes, fast schon Geprügeltes, als sei er es gewohnt, sich lieb Kind zu machen. Eine gewisse Körperpflege, mehr Hygiene sowie ein geringerer Zigaretten- und Alkoholkonsum hätten sicher einen gewaltigen Unterschied gemacht.

»Sie kennen Alf Brink«, sagte Peter Berg.

»Ja«, antwortete Tobias Axelsson. »Und?«

»Sie wissen sehr gut, was passiert ist«, konstatierte Peter Berg.

»Das schon«, entgegnete Tobias, schaute zu Boden und zündete sich eine Zigarette an.

»Kannten Sie Malin Larsson ebenfalls?«

Tobias zuckte mit den Achseln.

»Hören Sie zu«, sagte er und spie dabei Rauch aus wie ein Drache, »Alf und ich kennen uns schon aus dem Sandkasten. Ich lege für ihn meine Hand ins Feuer.«

Peter Berg dachte sarkastisch: »Als wäre das etwas wert!«, sagte aber nichts.

»Alf ist nett. Hören Sie! Lieb! Wenn einer von uns beiden in Schwierigkeiten geraten würde, dann ich und nicht er«, meinte Tobias Axelsson und versuchte einen ehrlichen Eindruck zu erwecken.

»Wieso das?«, wollte Peter Berg wissen. Diese Selbsterkenntnis imponierte ihm dann doch.

»Alf würde keiner Fliege was zu Leide tun.«

»Sie schon?«

Die Frage kam wie ein Peitschenhieb.

»Zum Teufel! Ich hatte doch wohl keinen Grund, der Tussi was anzutun. Ich kannte sie kaum«, erwiderte Tobias, hochrot im Gesicht.

Peter Berg sah ihn an und versuchte das, was er hörte, zu bewerten. Dass Alf nett war, fast eine Memme, hatte er jetzt schon von vielen gehört.

»Wann und wo haben Sie Malin zuletzt getroffen oder gesehen?«

»Im Treppenhaus, irgendwann um Allerheiligen.«

»Sie hatten jetzt wirklich viel Zeit, um sich zu überlegen, an welchem Tag das gewesen sein könnte.«

»Sagen wir mal am Samstag«, erwiderte Tobbe vorsichtig.

»Um welche Zeit?«

»Recht spät.«

»Wie spät?«

»Zwischen neun und zehn.«

»Am Abend?«

»Ja, genau.«

»War sie allein?«

Tobias schüttelte den Kopf.

»Alf hatte sie mitgebracht. Sie waren auf dem Weg zu ihm. Ich war auf dem Weg nach draußen. Ich wollte ins Pub.«

»Hatten Sie zu Hause schon was getrunken?«

»Was hat das mit der Sache zu tun?«

»Es geht darum, wie zuverlässig diese Aussage ist«, meinte Peter Berg sachlich.

»Ja. Ich hatte schon einiges gekippt, aber deswegen noch lange nicht das Gedächtnis verloren.«

»Danach haben Sie sie nicht mehr gesehen?«

Axelsson schüttelte den Kopf.

»Haben Sie gehört, wann sie am nächsten Tag gegangen ist? Schließlich wohnen Sie Wand an Wand«, sagte Peter Berg und deutete mit dem Kinn auf die Wand.

»Nein. Ich habe nicht hier übernachtet.«

»Wo haben Sie dann geschlafen?«

»Bei einer Bekannten.«

»Und wie heißt die?«, wollte Peter Berg wissen und zog seinen Block aus der Tasche.

»Sie meinen, wie mein Alibi heißt«, sagte Tobbe und grinste.

»Vielleicht auch das«, entgegnete Peter Berg.

»Johanna …«

»Und weiter?«

»Warten Sie, dann gebe ich Ihnen gleich die ganze Adresse.« Tobbe holte ein schwarzes Adressbuch mit Eselsohren. »Sie arbeitet auch im ›Forellen‹.«

Peter Berg schrieb sich alles auf.

»Wann sind Sie an diesem Sonntag ungefähr nach Hause gekommen?«

Tobbe schaute durch das offene Fenster. Eine Windbö

schlug es zu, und das Glas klirrte. Er stand auf und legte ein Feuerzeug zwischen Fenster und Rahmen.

»Das war irgendwann am Nachmittag.«

Peter Berg notierte das.

»Was können Sie mir über Malin erzählen?«, fuhr er fort und versuchte, nicht provozierend zu klingen.

Tobbe sah ihn mehrere Sekunden lang prüfend an.

»Nichts«, sagte er dann.

»Nichts? Das glaube ich nicht.«

»Ich kannte sie nicht. Alf und ich sind keine Busenfreunde, falls Sie das glauben. Sie war einfach eine Frau, die er kennen gelernt hatte. Das war alles.«

»Sie haben sie also nicht oft getroffen?«

»Ich habe sie eigentlich immer nur gesehen, Hallo gesagt und so. Wir mischen uns gegenseitig in die Angelegenheiten des anderen nicht ein, sind aber füreinander da, wenn es nötig ist.«

»Zum Beispiel?«

»Tja, wenn man etwas leihen will oder so. Oder wir trinken zusammen ein Bier. Oder so«, wiederholte er. »Schließlich sind wir Kumpel.«

»Hm. Was hat er denn von Ihnen geliehen?«

»Tja, ich weiß nicht.«

»Haben Sie etwas von ihm geliehen?«

Tobbe zuckte mit den Achseln und sah zu Boden.

»Vielleicht ab und zu mal ein paar Scheine.«

»Sie leihen also immer mal wieder Geld von Alf?«

»Immer mal wieder ist übertrieben. Es kommt vor«, antwortete Tobbe ausweichend.

»Handelt es sich um größere Beträge?«

»Nein, um Gottes willen! Den einen oder anderen Hunderter.«

Peter Berg sah den jungen Mann an. Er sah aus wie jemand, der sein Leben nicht im Griff hat. Woran man das auch immer sehen konnte. Wahrscheinlich war es der Gesamteindruck, das Durcheinander in der Wohnung, der Fleck auf dem Pullover, die ungepflegten Haare. Aber er hatte keine Vorstrafen, das hatte er überprüft.

»Haben Sie das Gefühl, Alf irgendwie verpflichtet zu sein?«, wollte Peter Berg wissen.

»Was zum Teufel wollen Sie damit andeuten?«

»Weil Ihnen Alf Geld leiht.«

»Natürlich ist das nett von ihm. Aber er weiß, dass ich es früher oder später immer zurückzahle. Er gehört auch nicht zu den Leuten, die etwas von einem erwarten.«

»Was denn zum Beispiel?«

Tobias Axelsson war mittlerweile ziemlich aus der Fassung. Sein Gesicht glänzte hochrot.

»Nichts. Er hat das nicht drauf mit Leistung und Gegenleistung. So ist er nicht.«

»Er hat Sie also nicht gebeten, irgendetwas zu verschweigen?«

»Was sollte das sein?«

Seine Stimme war jetzt eine halbe Oktave höher. Peter Berg schluckte und fuhr sich mit der Zungenspitze über die Lippen. Sie waren rissig von der Kälte, und es brannte.

»Sie wissen doch, dass Malin bei Alf plötzlich nichts mehr von sich hören ließ. Hat er das erwähnt?«

Tobbe beugte den Kopf nach vorn und kratzte sich im Nacken. Die Schuppen wirbelten.

»Nicht direkt.«

»Was meinen Sie damit?«

»Er verstummte vollkommen.«

»Er war also noch stiller als sonst?«

»Ja, das kann man sagen.«

»War er viel zu Hause? Wissen Sie das?«

»Eher im Gegenteil. Er war unterwegs, er machte Spaziergänge oder was auch immer. Sie müssen wissen«, sagte Tobbe und schaute Peter Berg in sein bleiches Gesicht, »dass ich glaube, dass ihn das ziemlich mitgenommen hat, das mit Malin. Ich habe ihn nie so fröhlich gesehen wie in der Zeit, nachdem er sie kennen gelernt hatte.«

Peter Berg sah ihn an. Vielleicht ließ ihn die Art, wie Tobias Axelsson seinen Freund verteidigte, beide in einem anderen Licht sehen. Sie hielten zusammen, und der eine verkaufte den anderen auch nicht meistbietend.

»Ich weiß, dass Alf keinen Führerschein hat. Stimmt das?«, fuhr Peter Berg fort.

»Ja. Sie sagen es ja selbst.«

»Wenn er irgendwohin fahren muss: Was macht er dann? Wissen Sie das?«

Wieder kratzte sich Tobbe im Nacken. Das war eine Gewissensfrage.

»Manchmal fahre ich ihn«, antwortete er diplomatisch.

»Mit welchem Auto?«

»Dem meiner Mutter. Wieso?«

»Sie leihen sich das also gelegentlich?«

»Ja, wann immer ich will. Sie fährt meist mit dem Fahrrad.«

»Was hat sie für einen Wagen?«

»Einen Golf.«

»Farbe?«

Tobbe sah, von den Fragen wie in einer Schlinge gefangen, Peter Berg unschlüssig an.

»Weiß«, sagte er mit kaum vernehmbarer Stimme.

»Haben Sie mit diesem Wagen Alf irgendwohin gefahren an dem Tag, an dem Malin nicht auftauchte?«

»Nein. Ich hatte ihn selbst. Ich war mit ihm zu Johanna gefahren«, antwortete er.

Peter Berg hatte sich ihre Adresse aufgeschrieben: Sie wohnte im Stadtteil Norrtorn, im Viertel unterhalb des Wohnheims. Tobias Axelsson konnte am Steuer nicht nüchtern gewesen sein, dachte Berg und steckte eine Halspastille in den Mund. Etwas anderes war nach einem Abend im Pub vermutlich undenkbar. Außerdem hatte er vorher schon zu Hause getrunken, aber egal, darum brauchte er sich nicht zu kümmern!

Peter Berg hatte Hunger. Das Frühstück hatte er sich gespart, weil er verschlafen hatte. Er war direkt zu Tobias Axelsson gefahren.

Am Vorabend hatte er das Präsidium spät verlassen, war nach Hause gefahren, hatte Trainingsklamotten angezogen und war eine schnelle Runde durch die Stadt gejoggt. Der Asphalt war seinen Fersensehnen nicht bekommen, das spürte er jetzt, am Tag danach. Er sollte sich neue Joggingschuhe kaufen. Die Elastizität der Sohlen seiner alten war bereits auf der Strecke geblieben. Bei dieser Formulierung musste er grinsen. Erst in letzter Zeit hatte er diese Joggingrunden zu schätzen gelernt. Jetzt widerstrebten sie ihm nicht einmal mehr. Nach seiner großen Operation, bei der sie ihm alle Gedärme umgekrempelt hatten, um die Kugel zu finden, hatte er eingesehen, wie wichtig es war, fit zu bleiben. Anfänglich war es anstrengend gewesen, aber nach einer Weile war es wie von selbst gegangen.

Sara hatte ihn recht spät am Abend angerufen. Sie war müde, aber klang wie immer. Johan schlafe, sei aber sonst zurzeit etwas anstrengend, hatte sie ihm erzählt. Er quengle und schlafe schlecht. Vielleicht die Zähne. Peter hatte auch keinen Rat gewusst. Seine Erfahrungen mit Kleinkindern waren sehr begrenzt. Sie beschränkten sich im Großen und Ganzen auf Saras Jungen, und Johan schien ein liebes Kind zu sein. Aber schließlich war ja auch Sara die Mutter. »Der Bursche hat es gut«, dachte er. Johan hatte in letzter Zeit zugenommen. Bei seiner Geburt war er nicht groß gewesen. Er war zu früh gekommen. Das hatte ihm Sara alles erzählt, und er hatte die Entwicklung des Jungen dann teilweise selbst verfolgen können. Den Vater hatte sie nie erwähnt, und er hatte auch nicht gefragt. Vielleicht war das nicht wichtig – außer für Johan. »Eines Tages wird der Junge das wissen wollen«, dachte Peter.

Sara hatte das Gespräch dann abbrechen müssen. Johan hatte angefangen zu quengeln. Das hatte ihm jedoch nicht viel ausgemacht, fiel ihm jetzt auf. Er hatte geduscht, war ins Bett gegangen und fast sofort eingeschlafen.

Der Duft von frisch gebackenem Brot schlug ihm in Nilssons Konditorei entgegen. Er nahm ein Minibaguette mit Schinken, Käse und Leberpastete und ließ es sich einpacken. Es war mit Essiggurken garniert, und die schmeckten ihm besonders gut. Ihm lief das Wasser im Mund zusammen.

Es ging auf elf zu, als er sich einen Kaffee mit Milch aus dem Automaten im Korridor des Präsidiums holte. Er setzte sich ins Kaffeezimmer und nahm sich die Zeitung, die er noch nicht gelesen hatte. »Nichts Neues auf der ersten Seite«, konstatierte er rasch.

Erika Ljung traf ihn mit dem Baguette hinter der Zeitung an. Sie wollte nur ein Glas Wasser trinken.

»Gut?«, fragte sie aus der Kochnische.

»Ja«, antwortete er und kaute weiter.

Noch immer machte sie ihn verlegen, da sie eine dauernde und nagende Erinnerung an seine eigene Unzulänglichkeit darstellte. Obwohl er die Sache beendet und stattdessen Sara gefunden hatte. Oder hatte Sara ihn gefunden? Vielleicht hatten sie sich auch einfach gegenseitig entdeckt.

»Wo warst du?«

Sie hielt ein Wasserglas in der Hand und schob die Hüfte vor, während sie ihr Gewicht auf ein Bein verlagerte. Diese Pose war gleichzeitig entspannt und geladen.

»Bei Tobias Axelsson«, sagte er und kaute beharrlich weiter an seinem Baguette.

»Wie war der?«

Peter Berg zuckte mit den Achseln.

»Sie scheinen sehr gute Freunde zu sein. Loyal, falls man dieses Wort verwenden will. Sie verraten sich nicht gegenseitig an den Meistbietenden. Aber irgendwas stimmt nicht. Bei beiden. Sie decken sich gegenseitig.«

»Irgendwas Besonderes?«

»Dieser Alte, dieser Axelsson, sprach von einem weißen Auto. Diese Zeugenaussage ist zwar mit Vorsicht zu genießen, aber trotzdem. Tobias Axelsson hat Zugriff auf ein weißes Auto, das seiner Mutter.«

»Aber ist der Alte nicht der Großvater von Tobias?«

Erika runzelte die Stirn. Auch das stand ihr, konstatierte Peter Berg. Alles steht einer Schönheit.

»Doch.«

»Er würde seinem Enkel doch nicht schaden wollen?«

»Warum nicht?« Er kaute immer noch, und Krümel fielen auf Tischplatte und Fußboden. »Manchmal ist die Verwandtschaft am schlimmsten. Das Auto befand sich außerdem am Tag von Malins Verschwinden in der Nähe des Wohnheims. Axelsson hatte bei einer Freundin übernachtet.«

Erika setzte sich ihm gegenüber hin und sah ihn an.

»Du meinst also, dass Tobias Axelsson der Täter sein könnte!«, sagte sie und wirkte gleichzeitig ernst und theatralisch.

Er hätte ihr gern die Wange gestreichelt, so im Vorbeigehen und ganz vorsichtig, hätte ihr sagen wollen, man könne es nie so genau wissen und dass das für vieles im Leben gelte.

»Wo liegt Burlöv?«, wollte Louise wissen.

»In der Gegend von Malmö«, antwortete Claesson. »Weshalb?«

»Okay«, entgegnete sie, klang aber nicht sonderlich begeistert. »Sicher eine ausgezeichnete Idee. Außerdem ist es vielleicht nicht schlecht, etwas rauszukommen.«

Er sah sie forschend an.

»So lange brauchst du ja auch nicht gleich zu bleiben«, wiegelte er ab, wieso auch immer, aber sie war etwas aus dem Gleichgewicht. Irgendwas war, aber was?

»Das lässt sich vermutlich an einem Tag erledigen. Vielleicht musst du ja übernachten«, meinte er und versuchte zu sehen, wie sie reagieren würde, aber sie nickte nur schweigend.

Louise Jasinski saß im Hochgeschwindigkeitszug X 2000 Richtung Schonen. Die Planung war etwas überstürzt erfolgt, aber jedenfalls hatte sie sich versichert, dass Malins Schwester Camilla Månsson nicht verreist war und dass Janos über

Nacht bleiben konnte, damit die Mädchen nicht allein waren. Am liebsten würde sie ihn gar nicht mehr ins Haus lassen, aber die Not kannte kein Gesetz. Außerdem waren die Mädchen im Augenblick ungewöhnlich still und friedlich. Sie litten, das fiel auf, aber sie schob es von sich. Was konnte sie schon tun? Kinder überlebten Scheidungen, redete sie sich ein. Manche fanden sogar, das Leben würde besser, wenn die Eltern getrennte Wege gingen und aufhörten zu streiten. Aber Janos und sie hatten nicht gestritten. Jedenfalls nicht viel. Nie hatten sie sich angeschrien oder geprügelt. Aneinander herumgekrittelt vielleicht. Meist sie. Immer hatte sie zu hören bekommen, sie läge ihm mit irgendwas in den Ohren. Aber er sagte ja auch nie was! Reagierte mit einem quälenden Schweigen. Als sei vor langer Zeit alles schon von allein zu Grunde gegangen. Die Gefühle, die Zusammengehörigkeit, die Freundschaft. Es war einfach nur immer weitergegangen. »Für Janos hat die Familie schon lange ihren Wert verloren«, dachte sie gekränkt. Er hatte sich davongestohlen. Hatte sich in die Heimlichtuerei geflüchtet und zu einer Jungen, Neuen, die nicht herumkrittelte. Die ihm schmeichelte und ihn natürlich über alles liebte. Ihn umsorgte. Jedenfalls jetzt noch. Aber sie würde schon noch erleben, wie langweilig er im Alltag sein konnte!

Der Frost lag wie eine dünne Haut über Småland, über den Äckern, den Seeufern und den schweren Ästen der Tannenwälder. Im Hinterland und im Hochland war es kälter. »Schweden ist schön«, dachte sie, obwohl es immer noch diesig und grau war. Nach Alvesta schlief sie kurz ein.

Sie hatte bei einer Kollegin in Malmö angerufen. Als sie in die feuchte Kälte des Bahnsteigs trat, suchte sie mit den Augen nach einem fremden Gesicht, das nach jemandem Ausschau zu halten schien, aber niemand nahm von ihr Notiz. Langsam ging sie Richtung Wartesaal. Ihre Umhängetasche schlug gegen ihre Hüfte. Sie fühlte sich unausgeschlafen und verlassen.

Die Bahnhofshalle hallte. Sie war riesig und ließ einen an lange Bahnreisen auf den Kontinent zur Blütezeit des Zugverkehrs denken. Leben und Bewegung, Koffer, Hüte und lange, rauschende Röcke, Trillerpfeifen und Reisefieber, Träume von Straßencafés, vom Großstadtleben oder vielleicht von Palmen und einem trägen Strandleben. »Einfach wegfahren können«, dachte sie verzückt. Auf dem Nachbargleis hatte, als sie ausgestiegen war, der Zug nach Kopenhagen gestanden, aber ihre Fantasie reichte bedeutend weiter als bis nach Dänemark. Nach Berlin, Prag oder – warum auch nicht? – Rom. Sie kniff die Augen zusammen, und ihre Tagträume wurden immer wilder. Da trat ganz atemlos eine Frau auf sie zu.

»Sind Sie möglicherweise Louise Jasinski?«, fragte sie neugierig.

Da war es auf der Bahnhofsuhr bereits Viertel nach drei, und Louise fühlte sich plötzlich in Malmö sehr willkommen.

Ulla Säwestam war eine kleine, mollige Frau um die fünfzig mit dunklem Haar und Lachfältchen. Sofort fühlte sich Louise in ihrer Gesellschaft wohl. Im Übrigen sah sie auch so aus, als würde sie Ulla heißen. Sie ging mit ihr zum Auto. Während ihre Kollegin vom Parkplatz fuhr, trug ihr Louise ihr Anliegen vor.

Ulla Säwestam hatte natürlich vom Malin-Mord gehört, aber hauptsächlich aus den Massenmedien. Der Schwester des Opfers in Burlöv seien die Journalisten nicht erspart geblieben, erzählte sie. Dann klagte sie kurz darüber, wie schwer es die Polizei in Malmö habe. Es war ungefähr so, wie man es von einer Großstadt in der Nähe des Kontinents erwarten konnte, die mit diesem durch eine hübsch geschwungene Brücke verbunden war, über die sich das eine oder andere, Waren und Menschen, transportieren ließ. Alle seien müde und abgearbeitet, teilte Ulla Säwestam mit, sah dabei aber vollkommen ausgeschlafen aus.

»Haben Sie schon die Öresundbrücke gesehen?«, fragte sie.

»Nein, in der Tat noch nie«, gab Louise zu.

»Dann müssen wir das noch irgendwo unterbringen«,

meinte Ulla Säwestam und fuhr energisch durch die regennassen Straßen der Stadtmitte von Malmö.

Das Präsidium war in einem recht neuen Ziegelbau an einem Kanal. Ulla nickte Richtung Empfang, tippte ihren Kode ins Türschloss und nahm Louise mit zur Kriminalpolizei. Sie stellte ihr eine Tasse Kaffee hin und zeigte ihr Burlöv auf einer Landkarte. Sie hatte abgekaute Fingernägel und trug keinen Ehering, konstatierte Louise. Außerdem sprach sie den weichen, fröhlichen Schonendialekt. Louise stand dieser südschwedischen Mundart positiv gegenüber, da ihr Polizeichef Gotte ebenfalls ein wahrer Schone war – jedenfalls unterstrich er das immer –, und zwar ein gutmütiger Schone. Ullas Umlaute klangen jedoch anders, heller und deutlicher.

»Was haben Sie anschließend vor?«, fragte sie.

Louise schaute auf die Uhr. Sie spürte ihre Müdigkeit.

»Wenn ich es schaffe, nehme ich einen späten Zug nach Hause. Sonst nehme ich morgen früh den ersten Zug.«

»Melden Sie sich, falls Sie bleiben, dann können wir heute Abend ausgehen, eine Kleinigkeit essen und uns unterhalten. Ich habe nichts Besonderes vor«, meinte Ulla und reichte ihr ihre Visitenkarte. »Wir könnten damit anfangen, uns die Öresundbrücke bei Nacht anzusehen«, schlug sie vor und blinzelte, als hätte sie etwas wie »Paris by night« vorgeschlagen.

Louise wollte allein zu Camilla Månsson fahren. Sie erhielt die Schlüssel des Wagens, den sie gerade abgestellt hatten. Sicherheitshalber rief sie noch einmal bei Camilla Månsson an. Sie könne vorbeikommen, sagte diese, sie sei fast mit einer Kundin fertig.

Louise fuhr vom Parkplatz des Präsidiums, geriet in den Berufsverkehr und merkte, dass es nicht leicht sein würde, den Weg zu finden. Hinter dem Hochhaus des *Sydsvenska Dagbladet* sollte sie abbiegen und durch Arlöv fahren. Das gelang ihr.

Nach der hellen, frostigen und weißen Landschaft Smålands erschien ihr das graubraune Schonen deprimierend, nicht zuletzt Burlöv. Gleichförmige Hochhäuser ragten aus der fruchtbaren schonischen Erde in den Himmel. »Öder können Vororte nicht sein«, dachte sie. Dass sie zu weit fuhr und bei einem riesigen Supermarkt mit einem endlosen, schmutzig grauen Parkplatz landete, machte die Sache nicht besser. Sie wendete bei einem Kreisverkehr und dachte, dass sie hier keinesfalls wohnen wollte. Wieso sollte sie auch? Aber irgendwie hatte sie begonnen, sich umzusehen und nach neuen Möglichkeiten Ausschau zu halten. Jedenfalls in Gedanken, aber irgendwo mussten die Veränderungen schließlich anfangen. Umziehen, weiterziehen, da ohnehin alles Kopf stand. Fliehen. Konnte Janos das, dann konnte sie das auch! Sie wusste jedoch, dass es unklug war, alles im Leben gleichzeitig zu verändern. Genauso wenig konnte man gleichzeitig abnehmen und mit dem Rauchen aufhören. »Eine Veränderung nach der anderen!«, rieten die Vernünftigen. Aber was kümmerte sie schon, was die meinten, die zu allem ihren Senf gaben. Sie hatte immer getan, was ihr richtig erschienen war, und sie war stark.

Sie hing ihren Gedanken nach, während sie durch die Windschutzscheibe Ausschau hielt. In der Dunkelheit konnte sie die Straßennamen nur mit Mühe entziffern; schließlich musste sie bei einer Tankstelle halten und nach dem Weg fragen. Sie verstand kaum, was der Mann sagte, er hatte einen dänischen Akzent, aber er deutete in die Richtung, in die sie fahren musste. »Wir hätten Erika schicken sollen«, dachte sie. Diese hatte in Malmö gewohnt, konnte sich orientieren und verstand das Kauderwelsch. Gotte kam irgendwo vom platten Land, von einem großen schonischen Bauernhof. »Er mag Schweinshaxe«, dachte sie. Mochte das außer den Leuten aus Schonen noch jemand?

Als sie vor einem roten Backsteinhaus mit einem Damensalon an der Ecke parkte, war es stockdunkel. Nillas Friseurecke wartete auch mit Maniküre und Pediküre auf. Der Name des Salons leuchtete über der Tür.

Als Louise eintrat, kehrte Camilla Månsson Haare zusammen. Der Salon war klein und schon nicht mehr neu, aber gemütlich.

»Störe ich?«

Camilla schüttelte den Kopf.

»Ich habe heute keinen Kunden mehr. Ich schließe jetzt. Ich bediene hauptsächlich Stammkunden.«

»Haben Sie diesen Salon schon lang?«

»Fast seit zehn Jahren. Vielleicht ist das zu lang. Man sollte sich verändern oder zumindest Kollegen haben, aber ich habe mich daran gewöhnt, mich um alles selbst zu kümmern.«

»Diese dauernden Gedanken, was man tun und lassen sollte«, kam es Louise in den Sinn. »Nichts darf sein, wie es ist.«

»Wenn Sie sich wohl fühlen, haben Sie doch keinen Grund, was zu ändern«, meinte sie. Sie hatte ihre Jacke anbehalten und wartete darauf, dass Camilla fertig wurde. Sie wollten in die Wohnung im Obergeschoss gehen.

»Verheiratete Månsson«, dachte Louise und folgte ihr mit den Augen. Schlank, einfach und praktisch gekleidet, lange Hose, Pullover und bequeme Schuhe. Sie sah gut aus. Strähnchen im Haar, das nachlässig mit rosa Klammern hochgesteckt war, was bei dem Beruf erstaunlich wirkte. Sie war ungeschminkt und genau wie ihre kleine Schwester blond und hellhäutig. Da hörte die Ähnlichkeit jedoch auf. Malin war größer gewesen und sportlicher und hatte ein herzförmiges Gesicht gehabt, soweit sich Louise an die Fotos erinnern konnte. Camilla Månsson holte ihre Schlüssel und zeigte Louise den Weg in die Wohnung durch eine schwere, grün angestrichene Haustür neben dem Salon.

Louise hatte sich bereits über Camilla Månssons Position in der ursprünglichen Familie eine Meinung gebildet. Man hatte ihr einiges aufgebürdet. Sie hat ihren Eltern helfen, vielleicht sogar zeitweilig die Eltern ersetzen müssen, dachte Louise, während sie hinter Camilla die Treppe hochging. Das war nichts Ungewöhnliches in Familien, in denen aus irgendeinem Grund ein Elternteil fehlte, sei es durch Krankheit, Scheidung, Tod oder ganz einfach durch viel Arbeit. Das hatte sie nicht nachlesen müssen, das wusste sie, und das Schlimmste war, dass so etwas vermutlich viel zu leicht passierte. Würde ihre Gabriella deswegen jetzt schneller erwachsen werden? Musste ihre Älteste mehr Verantwortung übernehmen – auch für Sofia? Das war aber vielleicht nicht nur schädlich, verteidigte sie sich vor sich selbst. Man wuchs mit den Aufgaben. Mit größerer Verantwortung hatte man aber auch mehr Macht. Wie viel hatte diese große Schwester wohl früher zu sagen gehabt?

Camilla warf die Schlüssel in einen Korb hinter der Tür, hob ein Paar Handschuhe vom Fußboden auf, öffnete die Tür zum Wohnzimmer und sah Louise energisch und ganz und gar nicht verlegen an. Sie deutete auf das ausladende Ledersofa.

Das Fotoalbum hatte einen dunkelgrünen Einband. Camilla legte es vor sie auf den Couchtisch. Es waren nicht sonderlich viele Fotos darin, die meisten Seiten waren leer, und doch lag es schwer auf dem handgewebten Tischläufer. Camilla schob zwei Kerzenhalter aus Pressglas mit Manschetten aus hellblauen Seidenblumen beiseite.

»Meine eigene Familie ist in diesen«, sagte sie und deutete auf ein paar Alben mit Spiralbindung ganz unten im Bücherregal.

Camillas zwei Kinder schauten herein, sie waren in der Grundschule und der Mittelstufe. Neugierig starrten sie Louise an, und sagten Guten Tag, nachdem sie von ihrer Mutter streng dazu aufgefordert worden waren. Sie schienen wie die meisten Kinder zu sein. Ihr Mann besitze eine Installationsfirma und arbeite viel, erzählte Camilla. Deswegen war er jetzt auch nicht zu Hause.

»Nichts im Leben ist gratis. Man muss sich anstrengen«, sagte sie. »Manchmal ist es anstrengend, aber es geht uns gut«, betonte sie, als müsste das erklärt werden, und deutete dann auf das neueste Bild von Malin. Es klebte auf einer sonst leeren Seite. Davor waren Malin und die anderen beiden Geschwister in unterschiedlichem Alter zu sehen gewesen. Es fiel Louise auf, dass sie selten lachten. Immer dieselbe tiefernste Miene. Wie erfroren. Nach dem letzten Bild kamen leere Seiten, die wahrscheinlich leer bleiben würden.

Das Foto war in Farbe und die Qualität schlecht. Malin stand neben ihrem Fahrrad und hielt den Lenker, an dem nichts hing, mit einer Hand fest. Sie stand sehr gerade und blickte ernst in die Kamera. Ihre Jacke war aufgeknöpft. Es schien Frühling zu sein. Dunkle lange Hosen, wahrscheinlich Jeans. Vielleicht waren es die Jeans, die sie getragen hatte, als sie ermordet worden war. Sie trug nichts um den Hals, ihr Pullover hatte einen runden Ausschnitt und war gestreift. Sie versuchte wohl zu lächeln, denn ihr Mund stand halb offen, und das wirkte so steif und halbherzig, wie es immer dann wirkt, wenn einem gesagt wird, man solle fröhlich aussehen. Malin gehörte nicht zu den Mädchen, die versuchen, vor der Kamera eine gute Figur zu machen. Sie schien nicht geschminkt zu sein. Das Bild war in Kniehöhe abgeschnitten, es war also nicht das ganze Fahrrad zu sehen. Der Sattel schaute hinter ihrer Jacke hervor. Die Jacke war beige und der Sattel braun, das Fahrrad dunkel, wahrscheinlich schwarz. Wenn man das Bild vergrößerte, würde vielleicht die Marke des Fahrrads zu erkennen sein. Ein heller Giebel war im Hintergrund auszumachen.

»Der Bahnhof von Växjö«, erklärte Camilla.

»In Växjö haben Sie Ihre Kindheit verbracht, Sie, Malin und Ihr Bruder«, meinte Louise und hoffte, dass das Wort Kindheit irgendwelche Gefühlsreaktionen auslösen würde. Aber Camilla sah sie nur steif und verschlossen an, vielleicht bedrückt oder möglicherweise abwartend.

»Wollen Sie davon erzählen?«, fragte Louise so vorsichtig, dass sie die Worte kaum über die Lippen brachte, aber Camilla sagte immer noch nichts. Sie starrte auf die gegenüberliegende Wand und auf eine Glasvitrine voller Nippes. Sie blinzelte.

»Sie hatten es nicht leicht, habe ich mir sagen lassen«, fuhr Louise beharrlich fort und sah, dass es begann, in den Mundwinkeln von Camilla Månsson zu zucken.

Ein Lastwagen fuhr am Haus vorbei, und alles vibrierte. Die Autobahn nach Lund war in der Ferne zu hören. »Sie wohnt eingeklemmt zwischen Schnellstraßen«, dachte Louise, »und trotzdem auf einem Acker.« Das Land rundum war eben, viel Landwirtschaft.

»Ich habe viel auf Malin aufgepasst, als sie klein war«, sagte Camilla und klang müde.

Die Worte kamen zögernd, der Blick war immer noch nach innen gerichtet.

Louise saß ganz still und nickte nicht einmal.

»Malin war wahrscheinlich nicht geplant«, fuhr Camilla fort. Ihre Stimme klang jetzt eher eintönig. »Das klingt furchtbar, aber sie hatten schon mit zwei Kindern zu viel um die Ohren. Aber sie war lieb, Malin. Wenn ich sie fütterte, mit ihr spielte, mit ihr im Kinderwagen spazieren ging, blieb es zu Hause recht friedlich. Ich konnte dann sogar gelegentlich Freunde mitbringen, oder Mama erlaubte mir dabeizusitzen, wenn sie jemanden zum Kaffee eingeladen hatte. Oder so«, sagte sie und schlug den Blick nieder. »Aber das passierte nicht so oft. Mama verkraftete keine Leute.«

»Was passierte sonst? Wenn Sie nicht auf Malin aufpassten?«

»Sie vergaß sich«, antwortete Camilla, und ihre Stimme hatte wieder mehr Kraft.

»Ihre Mutter?«

»Ja, sie war fürchterlich launisch. Wahrscheinlich hätte sie gar keine Kinder bekommen sollen. Sie mochte keine Kinder, regte sich über sie nur auf. Fand, dass wir alles schmutzig machten, furchtbare Tischmanieren hatten und so. Sie fand es eklig, Windeln zu wechseln. Manchmal wurden wir krank, Darmgrippe zum Beispiel. Da wurde sie dann wahnsinnig wütend. Fand es abstoßend. Aber Kinder sind schließlich so … Wir konnten doch nichts dafür.«

»Könnte man sagen, dass sie sehr ordentlich war? Pedantisch?«

»Ich weiß nicht. Vielleicht war sie das. Aber ich weiß eigentlich wirklich nicht … Sie ertrug ganz einfach diese Belastung nicht. Sie schlug uns zwar nicht, aber wir hatten

Angst vor ihr. Jedenfalls ich. Ich weiß nicht, wie das bei meinem Bruder war. Er ging ihr meist aus dem Weg. Merkwürdig, dass wir trotzdem so normal geworden sind.« Sie seufzte. Louise zog es vor, das nicht zu kommentieren.

»Und Malin?«, fragte sie dann.

»Ich weiß nicht. Sie hing mir meist am Rockzipfel. Und manchmal war sie mit Alexander zusammen, aber nicht sonderlich viel mit Freunden. Aber sie war, wie gesagt, nicht sonderlich anstrengend. Kam in der Schule recht gut zurecht. Jedenfalls kann ich mich an keine Eintragungen ins Klassenbuch erinnern. Vielleicht war sie auch zu wenig selbstbewusst«, meinte Camilla nachdenklich. »Sie ordnete sich rasch unter und wurde mit den Jahren immer stiller, besonders nachdem Mama krank geworden war. Das war wirklich eine Strapaze. Mama wurde natürlich ruhiger, da ihre Kräfte nachließen, aber es war stressig zuzuschauen, wie sie langsam abbaute. Und dann starb sie, aber da war sie in der Klinik. Brustkrebs.«

»Wie alt waren Sie da?«

»Tja, ich war wohl fünfzehn.«

»Und Malin?«

»Neun müsste sie gewesen sein«, antwortete Camilla, nachdem sie nachgerechnet hatte. Dann versank sie in Gedanken. »In diesem Jahr hat sie sich übrigens auch das Bein gebrochen.«

»Aha. Wie kam das?«

»Sie stürzte mit dem Fahrrad. Sie war mit Alex unterwegs, vermutlich fuhren sie zu schnell. Da kam ein Auto, und sie machte eine Vollbremsung sowohl mit der Handbremse als auch mit dem Rücktritt, und ... Ich weiß nicht, was eigentlich genau passierte, aber sie bekam einen Gips, und dann wurde sie wieder gesund. War wohl keine größere Sache, außer dass sie eine Weile mit dem Gips herumlaufen musste. Ich musste ihr helfen, aber mehr war nicht. Es blieb auch nichts zurück.«

Louise nickte, jetzt wusste sie endlich, wie es zu dem Beinbruch gekommen war, den man auf dem Röntgenbild sah. Die

Angaben in der alten Krankenakte aus dem Krankenhaus von Växjö waren äußerst dürftig gewesen.

»Man könnte also sagen, dass Sie eine Ersatzmutter für Ihre kleine Schwester waren«, fuhr sie fort.

»Vielleicht«, antwortete Camilla zögernd. »Aber so habe ich das damals nicht gesehen, eher später, besonders seit sie tot ist.«

»Und was ist dann passiert?«, setzte Louise die Befragung fort.

»Nichts Besonderes. Papa arbeitete viel und war selten zu Hause. Er trank, war bis spätnachts unterwegs. Zu Hause war es recht chaotisch. Ich hatte irgendwie nicht die Kraft, für ein richtiges Zuhause, also sauber und ordentlich und mit geputzten Fenstern, zu sorgen. Aber wir mussten wirklich nicht hungern und bekamen Geld, um Kleider zu kaufen. Wir aßen ziemlich viel Fertiggerichte und belegte Brote.«

»Sie hatten sich. War das so?«

»Ja, so war das wohl. Schließlich waren wir das gewöhnt. Es gab viel Streit, aber das meiste mussten wir selber regeln.«

»Wenn ich mal so fragen darf«, begann Louise und bemühte sich, eine gute Formulierung zu finden, da sie das Gefühl hatte, sich auf brüchigem Eis zu bewegen, »könnten Sie mir beschreiben, wie der emotionale Kontakt bei Ihnen zu Hause aussah?«

Die Worte schienen beim einen Ohr Camillas rein- und beim anderen wieder rauszugehen. Sie stießen auf keinerlei Widerhall. Sie reagierte überhaupt nicht, ihre Miene war vollkommen ausdruckslos. »Vielleicht eine Form der Selbstverteidigung«, dachte Louise.

»Das ist möglicherweise nicht so leicht«, fuhr sie fort, »aber wenn ich es einmal so ausdrücke: Hat Sie Ihre Mutter manchmal umarmt – oder auch Ihr Vater natürlich? Ist sie Ihnen übers Haar gefahren oder gab es irgendeinen anderen Körperkontakt?«

Louise hörte selbst, dass das richtig klang, aber falsch gedeutet werden konnte. Das war beabsichtigt.

»Was für Fragen Sie stellen«, entschlüpfte es Camilla. Sie nahm die Klammern aus ihrem Haar.

Dünne Strähnen fielen auf ihre Schultern. Rasch machte sie sich eine elegante Frisur. Sie steckte die Haare wieder hoch.

»Wie eine Psychologin«, meinte sie kritisch.

Louise sah ein, dass sie zu weit gegangen und zu aufdringlich gewesen war, aber sie lenkte trotzdem nicht ein.

»Mit Umarmungen und Zärteleien war nicht viel«, meinte Camilla und schaute betrübt vor sich auf den Tisch, auf das Fotoalbum und das Foto ihrer kleinen Schwester. »Da war eine Leere, wenn man das so sagen kann. Es war hart. Manchmal umarmte sie uns. Aber sie mochte es nicht, wenn wir sie umarmten. Dann zuckte sie zusammen.«

Louise staunte, dass die Frau vor ihr trotzdem so harmonisch wirkte, trotz ihrer gefühlskalten Kindheit. Sie war tüchtig gewesen, vielleicht sogar zu tüchtig. »Wie lange sie das noch durchhält?«, fragte sich Louise. Camilla Månsson sah sich als eine Frau, die mit allem klarkam. Vielleicht würde sich der Schmerz eines schönen Tages in den Schultern zu erkennen geben oder durch andere verspannte oder schmerzende Muskeln. Oder sie würde stechende Magenschmerzen bekommen. Louise schob dieses düstere Zukunftsbild von sich und räusperte sich.

»Vertrug sich Malin mit Ihrem Bruder Alexander ebenso gut wie mit Ihnen?«

»Ja, das kann man vermutlich sagen. Sie sind sich ähnlicher, also was ihre Art angeht, als Malin und ich das sind. Waren«, verbesserte sie sich und wurde rot. »Ich glaube sogar, dass sie weniger stritten als Malin und ich. Sie existierten mehr nebeneinanderher.«

»Sie hatten also nicht so viel Kontakt wie Sie und Malin?«

»Vielleicht nicht. Schwer zu sagen. Alex war viel mit seinen Freunden unterwegs, aber auch viel zu Hause. Dann übernahm er nach Vaters Tod die Verantwortung. Zum Teil jedenfalls, glaube ich. Bis Malin zu unserer Tante zog. Da wohnte ich schon nicht mehr bei ihnen, aber ich bilde es mir zumindest ein.«

Ein weiterer Lastwagen donnerte vorbei, und die Fensterscheiben klirrten. Das Telefon klingelte. Camilla ging, nahm den Hörer ab und sagte, dass sie später zurückrufen werde. Die Wohnung hatte viele Zimmer, die alle recht klein wirkten. Camilla hatte Sinn für Blumen und Nippes. Überall standen Kerzenhalter, Schalen aus Keramik und Figürchen. Auf den Stühlen lagen Kissen, und an den Wänden hingen Gobelins.

»Wenn Sie auf diese Zeit zurückblicken, finden Sie dann, dass man Ihnen zu viel Verantwortung aufbürdete?«

»Vielleicht. Dann ist es einfach so weitergegangen«, meinte sie und lachte. »Aber jetzt habe ich das Sagen. Es gefällt mir, Verantwortung zu tragen und Probleme zu lösen.«

»Wie war Malin zu dieser Zeit? Können Sie sie beschreiben? Was hatte sie für Interessen? Was hatte sie für Freunde?«

»Man kann sagen, dass Mutters Tod alles veränderte, obwohl das meiste blieb, wie es war. Natürlich entstand eine Leere. Malin veränderte sich nicht so sonderlich. Sie war noch immer recht still, igelte sich förmlich ein. Und wenn sie sich eingeigelt hatte, dann war das so. Es konnten Tage vergehen, bis sie wieder etwas sagte. Eigentlich wusste ich nicht so genau, was sie eigentlich tat. Selten brachte sie eine Freundin mit nach Hause – niemanden, an den ich mich jetzt noch erinnern könnte. Vielleicht war sie sehr einsam, aber irgendwie fand ich, dass sie das nicht war. Sie war einfach so. Das war ihre Art. Und wir waren schließlich auch noch da, Alex und ich.«

Louise schaute sich noch einmal die Fotos von Malin als Kind an. Kein einziges Lächeln. Ernste Augen. Leblose Gesichtszüge.

»Sie glauben also, dass das ihre Persönlichkeit war?«

»Woher soll ich das wissen? Und jetzt ist es zu spät«, sagte Camilla, und Louise sah, dass sie wieder die Wehmut ergriff. Ihre Augen füllten sich mit Tränen, und ihre Nase begann zu laufen. Sie schniefte und trocknete sich mit dem Handrücken die Augen.

»Sie haben später nie wieder darüber gesprochen? Wie Sie es damals hatten?«

Camilla schüttelte den Kopf, eilte in die weiße Küche, riss ein Stück Küchenkrepp ab und putzte sich die Nase. Sie weinte still.

»Das Schlimmste ist, dass nichts mehr zu ändern ist. Vielleicht dachte ich, dass wir uns einmal zusammensetzen könnten, um über die Kindheit und die Erinnerungen zu sprechen, wie man das in normalen Familien tut, aber irgendwie wurde nie was draus. Schließlich hatten wir alle mit unserem Leben zu tun. Die Zeit verging einfach. Man rechnet einfach nicht damit, dass einer stirbt. Aber ich hätte für dieses Treffen sorgen sollen.«

»Sie meinen, Sie hätten die Initiative dazu ergreifen sollen?«

»Wer sonst?« Sie brachte ein halbes Lächeln zu Stande. »Malin hielt sowieso kaum Kontakt. Ich war es, die sie gelegentlich anrief. Sie ließ von sich hören, wenn es was wirklich Wichtiges gab, wenn sie Hilfe brauchte oder so, aber sonst nie. Und unserem Bruder wäre es ohnehin nie eingefallen, etwas zu organisieren. Ich glaube nicht, dass Männer sonderliches Talent dazu haben. Und seiner Frau ist die angeheiratete Verwandtschaft nicht so wichtig, als dass sie sich angestrengt hätte. Schließlich erfordert das eine gewisse Planung.«

»Sie haben gesagt, dass Sie mit Malin zum letzten Mal Ende August gesprochen haben, unmittelbar vor ihrem Umzug. Sie brauchte ein paar Ratschläge für die Übersiedlung.«

Camilla nickte.

»Eigentlich war es nur das. Ich glaube, wir kamen zu dem Schluss, dass sie Alex bitten sollte, ihre Sachen zu transportieren. Sie brauchte ohnehin nicht viel. Das Zimmer war möbliert.«

»Wie wirkte sie? War sie fröhlich, nervös oder unruhig?«

Camilla schwieg und dachte nach.

»Genau wie ich früher schon gesagt habe, schien sie hauptsächlich froh zu sein. Sogar ungewöhnlich froh für ihre Verhältnisse. Sie war natürlich unruhig, wie das alles gehen und ob sie das Studium schaffen würde. Sie hatte, glaube ich, schon länger versucht, einen Studienplatz an der Hochschule für Krankenpflege zu bekommen. Wer weiß, warum sie in der Krankenpflege arbeiten wollte. Ich begreife das nicht! Da wird schließlich überall nur gespart, und schlecht bezahlt ist es auch. Die billigen weiblichen Arbeitskräfte werden nach Strich und Faden ausgenutzt.«

Louise kommentierte Camillas Ansichten über den Krankenpflegesektor nicht weiter. Im Grunde war sie ihrer Meinung. Sie hatte sich selbst einmal gegen die Krankenpflege entschieden und umgesattelt, obwohl sie schon fertige Krankenschwester gewesen war. Nicht dass sie jetzt so viel mehr verdient hätte, sie glaubte es zumindest nicht, aber die Arbeit bei der Polizei war eigenständiger und stellte einen vor größere Herausforderungen. Manchmal jedenfalls. Zumindest hatte sie aufgehört, sich einzubilden, dass alles andere notwendigerweise immer besser war.

»Aber sie war wirklich gut dabei«, fuhr Camilla langsam und fast träumerisch fort. »Vielleicht hatte ich sie noch nie so erlebt. Sie war nicht mehr so vorsichtig. Ich beneidete sie fast, dass sie einfach so von vorn anfangen konnte, frei und ungebunden.«

Dieser Gedanke schien vitalisierend zu wirken. Camillas Augen leuchteten, und ihre Gesichtszüge wurden einen Augenblick lang weich.

»Haben Sie darüber nachgedacht, ob Sie sich an einen von Malins Freunden erinnern können?«, wollte Louise wissen.

»Ich weiß oder vermute zumindest, dass sie am Schluss in Växjö einen hatte, ehe sie umzog, aber sie erzählte nie, wer das war.«

»Haben Sie nie gefragt?«

»Nein. Weshalb hätte ich das tun sollen? Schließlich war das ihre Angelegenheit.«

»Aber wie kamen Sie auf diesen Verdacht?«

Camilla neigte den Kopf zur Seite.

»Vielleicht bildete ich mir das auch nur ein. Oder Alex hatte etwas gesagt. Die beiden trafen sich schließlich öfter.«

»Sie haben also keinen Namen oder irgendeine Beschreibung, von der wir ausgehen könnten?«

Sie schüttelte den Kopf und wurde rot.

»Nein«, sagte sie mit Bestimmtheit.

Louise schaute auf ihre hingeschmierten Notizen. Sie hatte das meiste mitgeschrieben, und in der Regel schaffte sie es, ihr Gekritzel zu entziffern, wenn sie es umgehend ins Reine schrieb. Vielleicht konnte sie das ja auf dem Heimweg im Zug erledigen. Sie blätterte um und stellte die nächste Frage.

»Sie haben gesagt, dass Sie recht bald von zu Hause ausgezogen sind. Hierher nach Malmö. Wollen Sie davon erzählen?«

»Växjö ist ein Kaff, und ich saß dort fest. Als würde meine Jugend einfach verschwinden. Ich machte mich aus dem Staub und zog hierher. Lernte Friseuse. Ich hatte hier eine Freundin, deswegen entschied ich mich für Malmö. Die Stadt spielte keine Rolle, solange sie größer war. Zu Hause waren wir irgendwie abgestempelt. Alle wussten, was passiert war. Dass uns zwei Katastrophen heimgesucht hatten. Es gibt eine Menge Leute, denen man dann leidtut. Das ist irgendwie wenig lustig. Die Leute stellen sich irgendwas vor und reden. Irgendwie bleibt man in diesem ganzen dummen Gerede hängen. Man kommt da einfach nicht raus. Dann traf ich meinen Mann hier in Malmö, und dann sind die Jahre einfach vergangen.«

»Was glauben Sie denn, worüber geredet wurde?«

Camilla dachte nach und suchte die passenden Worte.

»So genau weiß ich das nicht. Vielleicht wurde ja auch überhaupt nicht geredet. Was weiß ich? Es wird immer eine Menge Unsinn geredet, wenn was Schreckliches oder Tragisches passiert. Wie das mit Malin zum Beispiel. Die Journalisten haben auch schon bei uns angerufen. Einige waren so aufdringlich, dass man sie nur noch zum Teufel wünschen wollte.«

»Aber damals? Worüber, glauben Sie, wurde damals geredet?«

»Über Papa und so.«

»Zum Beispiel?«

»Was soll ich sagen? Im Grunde war er ganz lieb, aber wenn er trank, wurde er rasend und prügelte. Er verletzte sich auch selbst, stolperte auf der Straße und fiel in Türen und Fensterscheiben und zog sich Knochenbrüche und Verletzungen zu, die genäht werden mussten. Er landete im Krankenhaus und kam auf der Arbeit nicht mehr klar. Er war eigentlich ein guter Monteur.«

»Fehlte ihm Ihre Mutter?«

Camilla zuckte mit den Achseln und zog die Mundwinkel nach unten.

»Vielleicht, und dann geschah dieses Unglück auf dem Eis.«

»Erzählen Sie mir davon.«

»Er brach nicht weit von zu Hause im Växjösjö ein und ertrank.«

»Wie war das genau? Erinnern Sie sich daran?«

Sie antwortete nicht sofort, vermutlich hatte sie keine fertige Antwort und musste jedes Wort auf die Goldwaage legen.

»Wie er lebte, strebte er mit jeder Sekunde schneller dem Tod entgegen«, meinte sie schließlich.

»Könnte man es als eine Art verzweifelte Todesverachtung bezeichnen?«

»Eine Art, sich langsam, aber sicher das Leben zu nehmen. Ist Alkoholismus das nicht immer?«, konstatierte Camilla sachlich.

»In gewisser Weise, ja. Oder es ist ein Hilferuf. Was glauben Sie?«

»Vielleicht. Ich weiß nicht, aber das spielt eigentlich auch keine Rolle mehr. Tote lassen sich nicht zum Leben erwecken. Und – so schrecklich das auch klingen mag – es war auch gut, dass alles ein Ende hatte. Man soll so etwas zwar nicht über seine Eltern sagen, aber dieses Gefühl stellte sich ein. Jedenfalls bei mir.«

»Gedanken und Gefühle sind selten verboten«, meinte Louise lächelnd, »gewisse Handlungen hingegen schon.«

»Ich weiß, aber dann will man doch nicht, dass alle davon erfahren. Die Journalisten fragen dauernd, was das für ein Gefühl ist. Natürlich ist es traurig, wenn die eigene Schwester stirbt. Was denken die sich? Das andere, das mit Vater und dem Eis, habe ich hinter mir gelassen. Das geht die nichts an. Das geht niemanden etwas an.«

»Aber ich würde trotzdem gerne wissen, was genau passiert ist, mehr der Vollständigkeit halber.«

»Ich glaube nicht, dass ich je begreifen werde, was er da eigentlich auf dem Eis zu suchen hatte. Ich war verreist, als es passierte. Sie müssen Alexander fragen. Er erinnert sich besser an die Sache mit der Polizei und das alles.«

»Wollen Sie sich nicht erinnern? Manchmal ist das so.«

»Ich erinnere mich durchaus«, entgegnete sie eine Spur unwillig. »Jedenfalls an einiges. Ich hatte mich mit meinem Freund abgeseilt. Deswegen gab es zu Hause ziemlichen Krach«, erklärte sie. Sie sprach nachdenklich und schien tief in ihrem Innern nach den Erinnerungen zu graben. »Papa fand, ich sei zu jung und der Typ zu alt. Er war drei Jahre älter als ich. Er hatte ein Auto, und das wirkte natürlich gefährlich. Heute kann ich meinen Vater verstehen. Aber ich musste schließlich recht viel hinter mir lassen, verstehen Sie?« Sie sah Louise fragend an. »Deswegen war es auch so schrecklich, dass das passierte«, sagte sie, und ihre Stimme zitterte leicht, aber sie kämpfte dagegen an und begann nicht wieder zu weinen. »Irgendwie kam ich mir schuldig vor«, stellte sie fest. »Ich hatte schließlich keine Möglichkeit mehr, Papa zu beweisen, dass ich wieder ordentlich nach Hause gekommen war. Er war bereits tot«, sagte sie kaum hörbar.

Louise legte den Sicherheitsgurt an und starrte leer durch die Windschutzscheibe. Sie versuchte ihre Unlustgefühle zu unterdrücken. Der Himmel war nachtschwarz. Sie drehte den Zündschlüssel herum und fuhr Richtung Malmö. Gelbe Straßenlaternen säumten den Weg. Es war kaum noch Verkehr, und die Straßen funkelten schwarz.

Sie parkte beim Präsidium, stellte den Motor ab und blieb träge und lustlos sitzen, bis es ihr zu kalt wurde. Dann zog sie Ulla Säwestams Visitenkarte hervor und wählte ihre Nummer. Sie war unendlich dankbar, dass Ulla angeboten hatte, den Abend mit ihr zu verbringen. So entkam sie dem durchdringenden Gefühl des Verlassenseins, das sie in einer fremden Stadt in einem gesichtslosen Hotelzimmer der unteren Budgetklasse immer befiel. Am liebsten wäre sie nach Hause zu den Mädchen gefahren, aber sie hatte den letzten Zug verpasst, da sie es sich erlaubt hatte, zu lange auf dem Sofa von Camilla Månsson zu verweilen. Sie hatte der tragischen Familiengeschichte ihre Zeit geben wollen. Sie hatte sich in ihr festgesetzt, das spürte sie. Sie fühlte sich sehr sensibel.

Sie wartete darauf, dass Ulla sie abholen würde, und ging am Parkplatz auf und ab. Es war feuchtkalt, und sie war müde. Sie griff wieder zu ihrem Handy und rief zu Hause an. Janos war am Apparat. Ihr Herz überschlug sich. Sie hielt den Atem an, um besser hören zu können, damit ihr keine Nuancen und Tonlagen entgehen würden. War da Reue oder Scham über den Verrat? Sehnsucht? Wollte er wieder nach Hause?

Gleichzeitig nahm ihr das Gefühl, die Gekränkte zu sein, jeden Handlungsspielraum. Es war ihm zu gönnen! Hoffentlich geht es ihm hundeelend! Sie war von widerstreitenden Gefühlen erfüllt und recht einsilbig. Ihr Mund war trocken. Janos gab den Hörer rasch an Sofia weiter. Diese hatte es jedoch eilig, das war zu hören. Sie hatte keine Zeit für sie und antwortete einsilbig, sagte aber, alles sei in Ordnung. Dann war das Gespräch vorbei. Auf einem ungemütlichen Parkplatz in Schwedens drittgrößter Stadt kam sich Louise genauso weggeworfen und überflüssig vor wie ein Spielzeug, das auf dem Speicher gelandet ist.

Mit einer gewissen Erleichterung setzte sie sich deswegen

in Ulla Säwestams Privatwagen, einen Renault Mégane. Er war gelb und roch noch ganz neu. Ein kleines, freches Auto.

»Mit dem Geld gekauft, das ich von meinem Vater geerbt habe«, meinte Ulla und tätschelte das Armaturenbrett wie einen anhänglichen Hund. »Und noch so manches andere. Man muss es üben, sich auch mal was zu gönnen, wenn man das nicht gewohnt ist. Man muss sich immer wieder vorsagen, dass man natürlich ein neues Auto kaufen kann, wenn man das wirklich will. Obwohl ich das vorher noch nie getan habe. Irgendwie habe ich mir das nie leisten können. Ich fand das auch unnötig und lächerlich und so.«

»Man ändert vermutlich je nach den Möglichkeiten seine Ansichten«, meinte Louise und dachte daran, dass ihren eigenen Finanzen vermutlich schwere Zeiten bevorstanden. Zwei Teenager und ein Einkommen. Von einem Neuwagen konnte da auf jeden Fall nie mehr die Rede sein.

Ulla kannte ihre Stadt in- und auswendig. Sie fuhr Louise direkt zu einem Hotel, das sie ihr empfohlen hatte. Es hieß »Tempus«. Ulla wartete, während ihre Kollegin eincheckte – »ein Zimmer zum Hof, ruhig und angenehm«, dachte Louise –, und dann fuhren sie am Meer entlang in den Stadtteil Limhamn. Die Hochhäuser älteren Modells, vermutlich aus den Vierzigern, auf der einen Seite, der Öresund, fast ganz von der Dunkelheit verschluckt, auf der anderen. Die Brücke war zu sehen, der niedrige Bogen verschwand über dem Wasser. Ulla bestand darauf, näher an das Ende der Brücke heranzufahren. Die Hochhäuser wurden von protzigen Villen abgelöst, die hohe Fenster und Veranden aufs Wasser hatten.

»Das hier kann unmöglich Malmös größtes Problemgebiet sein«, konstatierte Louise trocken und sah sich die parkähnlichen Gärten an, an denen sie vorbeifuhren.

»Nein«, bestätigte Ulla. »In Bellevue wohnen die Reichen, ein paar Kriminelle natürlich auch. Die russische Mafia hat dafür gesorgt, dass sie bezaubernd wohnt. Vor einiger Zeit gab es in einem der Häuser eine Schießerei. Können Sie übrigens Kopenhagen sehen?«, unterbrach sie sich.

Ulla war munter und betriebsam auf eine angenehme Art. In weiter Ferne, wo vermutlich Himmel und Meer aufeinander stießen, sah Louise einen Lichtschein. Das war also Kopenhagen. Sie bekam wieder Lust zu verreisen. Unbewusst hatte Ulla sie auf angenehmere Gedanken gebracht. Sie fühlte sich besser als seit langem. Ihre beklemmende Unlust hatte sie fast ganz verlassen, als sie durch das eigentliche Limhamn fuhren. Niedrige Häuser im dänischen Stil lagen direkt an der Straße.

»Limhamn war einmal ein idyllischer Fischerort«, sagte Ulla. »Jetzt ist es recht schick, hier zu wohnen.«

Sie stellten den Wagen auf einen leeren und abgelegenen Parkplatz, der seine Existenz der Brücke verdankte. Dann stiegen sie aus. Ein Zug fuhr auf dem unteren Geschoss der Brücke. Der Autoverkehr darüber war spärlich.

»Brücken sind mehr als nur eine Ingenieurleistung«, meinte Louise, während ihr der Wind durch die Kleider fuhr.

»Stimmt! Brücken sind magisch. Sie verbinden Länder und Völker – und sogar Dänen und Schweden.«

»Ja, erstaunlich«, sagte Louise.

»Dänemark ist unsere Brudernation«, meinte Ulla, »und Sie wissen ja, wie oft sich Geschwister zanken.«

Die Herbststürme waren wiederholte Male über die südlichen Landesteile hinweggezogen. Sie setzten sich wieder ins Auto und fuhren Richtung Zentrum, vorbei an Vororten, die ebenso wenig aufmunternd waren wie Burlöv. Grau, gleichförmig und trist. Aber Louise sagte nichts. Sie wusste auch nicht, wo Ulla wohnte. In der platten Landschaft konnten sich die Häuser nicht verstecken. Es gab keine Hügel oder Wälder, die barmherzig etwas abgemildert oder die Kanten verborgen hätten. Sie wusste nicht recht, was sie von Malmö halten sollte. Vielleicht hatte sie auch noch keine Meinung. Sie hatte noch zu wenig gesehen.

Sie landeten in einem italienischen Restaurant im alten Teil des Zentrums. Ulla schien es bereits zu kennen. Ein einfacheres Lokal, genau das Richtige für Louise. Sie bestellte Spaghetti Carbonara, denn sie brauchte etwas Herzhaftes. Den ganzen Tag hatte sie noch nichts Vernünftiges gegessen.

Bereits der erste Schluck Rotwein machte sie etwas beschwipst. Als sie das ganze Glas getrunken hatte, war sie nicht mehr zu bremsen. Ihr gegenüber saß die neue und vor einigen Stunden noch vollkommen fremde Kollegin und schien alles verkraften zu können. Alle Dämme barsten. Ihr ganzes erbärmliches Leben lag auf einmal sturzflutartig vor ihr. Sie blutete regelrecht. Und da Ulla in einem Alter war, in dem man notwendigerweise die eine oder andere Katastrophe selbst erlebt hatte, sowohl große als auch kleine, ohne dabei den Lebensmut zu verlieren, war sie sich nicht zu fein dafür, ihr zuzuhören und ihr den einen oder anderen guten Rat zu geben.

»Sehen Sie nur zu, dass Sie sich selbst ertragen«, meinte sie. »Vergessen Sie das nicht! Wer bin ich? Fragen Sie sich das! Was will ich mit meinem Leben? Über Janos können Sie ja doch nicht mehr bestimmen.«

Alf Brink machte ein Bier auf. Der Schaum spritzte aus der Dose, die auf dem Heimweg durchgeschüttelt worden war. Draußen auf der Treppe hörte er schwere Schritte. Vielleicht Tobbe. Die Schritte verstummten jedoch vor seiner Tür. Es konnte trotzdem Tobbe sein. Vielleicht brauchte er mehr Geld oder wollte ihm das geliehene zurückgeben? Das war ihm im Augenblick gleichgültig. Er musste sich um wichtigere Dinge als um Geld kümmern.

Das Klopfen kam ihm unbekannt vor. Es war unangenehm. Er blieb mit der Bierdose in der Hand in der winzigen Küche stehen und zögerte. Sollte er vielleicht gar nicht aufmachen?

Stur klopfte es erneut. Vielleicht hörte man ja, dass er zu Hause war, obwohl er vollkommen reglos dastand? Schließlich lief Musik.

Mit bedächtigen Schritten ging er zur Tür und öffnete. Erstaunt zog er die Brauen hoch. Vor ihm stand Mattias Bredvik, mit dem er schon seit Jahren nichts mehr zu tun gehabt hatte, und lächelte angestrengt. Stumm starrte Alf ihn an.

»Darf ich reinkommen?«, fragte Mattias betont fröhlich.

»Worum geht's?«, wollte Alf schroff wissen und ließ dabei die Klinke nicht los. Er war auf der Schwelle stehen geblieben und versperrte den Eingang.

»Ich wollte nur, dass wir ein wenig miteinander reden«, sagte Mattias und lächelte weiterhin. Er öffnete seinen schwarzen Parka und stemmte eine Hand in die Hüfte. Seine Jeans und sein Rolli waren ebenfalls schwarz.

Unentschlossen starrte Alf auf seinen dunkel gekleideten ehemaligen Mitschüler, den er so lange nicht mehr getroffen hatte, dass er ihn fast nicht wiedererkannt hätte. Er war so einer, der immer grinste, und eigentlich hatten sie nie etwas miteinander zu tun gehabt. Sie kannten sich nur oberflächlich, so wie man die Gleichaltrigen in einem kleinen Ort eben kennt. Schließlich waren sie beide hier im Haus aufgewachsen. Aber es hatte sie nie etwas verbunden. Mattias hatte andere Pläne für sein Leben und für seine Zukunft. So hatte Alf jedenfalls seine Eltern verstanden. Mattias hatte noch viel vor. Aber nicht darüber wollte er mit ihm sprechen. Alf war nicht dumm, obwohl er nur mit Müh und Not die neunklassige Volksschule geschafft hatte.

»Worum geht's?«, fragte er noch einmal schroff.

»Wir reden bei dir drin weiter«, sagte Mattias, der offenbar nicht die Absicht hatte, sich abwimmeln zu lassen. »Du hast wirklich eine gemütliche Bude«, trug er etwas zu dick auf und versuchte gleichzeitig, Alf über die Schulter zu schauen.

»Okay, aber nicht lang«, erwiderte Alf und ließ ihn eintreten.

»Super Aussicht von hier oben«, fuhr Mattias fort und schaute aus dem Fenster aufs Meer und die Insel Hästholmen.

Alf forderte Mattias nicht auf, seinen Mantel aufzuhängen, und auch nicht, Platz zu nehmen. Er sah den Eindringling kritisch an. Er fand keine Gnade.

»Was willst du?«, fragte er, stellte seine Bierdose auf den Fernseher und verschränkte die Arme vor der Brust.

Er merkte, dass sich Mattias seiner Sache nicht so verdammt sicher war, wie er es mit seinem breiten Lächeln andeuten wollte. Dieses Lächeln würde er ihm schon austreiben.

»Du weißt schon, im Leben geht es manchmal kreuz und quer«, begann Mattias zu schwadronieren.

Alf erstarrte.

»Ja! Na und?«

»Du und ich, wir sind doch alte Freunde ...«

Alf sah ihn skeptisch an, erwiderte aber nichts.

»Wenn ich die Sache recht verstehe, bist du in gewisse ... wie soll ich sagen ... gewisse Schwierigkeiten geraten. Du weißt, die Sache mit Malin. Das ist wirklich überaus bedauerlich. Ein so nettes Mädchen!«

Alf starrte ihn mit einem noch leereren Blick an. Es begann in seinen Schläfen zu pochen.

»Mir ist klar, dass sie wirklich wahnsinnig nett war«, fuhr Mattias fort. Alf spürte, dass sein Ekel immer mehr zunahm. »Vielleicht brauchst du das ja, dass du mit jemandem über Malin sprichst«, fuhr Mattias fort, als hätte er nichts gemerkt. »Dampf ablassen. Dann fühlt man sich gleich besser. Es gibt viele, die sicher gerne genauer wüssten, was für eine fantastische Freundin sie war ... und wie schrecklich es für dich ist, sie verloren zu haben. Das muss wirklich entsetzlich sein!«

»Wer will was über Malin wissen?«, fauchte Alf ihn an und ballte die Hände zu Fäusten.

»Du weißt das vielleicht nicht, aber ich schreibe für die Zeitung«, antwortete Mattias und klang verdammt vorlaut und selbstsicher. »Warst du schon mal irgendwann in der Zeitung?«, wollte er wissen, als sei Alf ein kleines Kind, das man verschaukeln konnte.

»Nein«, antwortete Alf. Er konnte seine Wut nicht mehr bezwingen. »Und ich will auch nicht in dein verdammtes Schmierblatt, verstehst du!«

Er wäre gern einen Schritt auf Mattias' selbstzufriedene Visage zugetreten, hätte seine verdammte Kapuze gepackt und ihn an die Wand geknallt. Oder noch lieber: hätte ihn rausgeworfen und zugeschaut, wie er die Treppe hinuntergekullert wäre. Aber er blieb stehen. Die Wut kochte in ihm, aber er verzog keine Miene. Er hatte Übung darin, sich zu beherrschen, nichts zu überstürzen und keine Dummheiten zu sagen, die man nachher bereute.

»Ach so«, seufzte Mattias. »Aber so schlimm ist es doch auch wieder nicht«, versuchte er den anderen zu besänftigen, sogar mit den Händen, mit denen er fuchtelte.

»Für mich schon. Ich will, dass du gehst«, befahl Alf verbissen, aber Mattias bewegte sich nicht vom Fleck. Alf spürte, dass er einer Explosion gefährlich nahe war.

»Verschwinde, verdammt! Sofort!«, brüllte er, streckte den Arm aus und wies mit der Hand zur Tür.

Mit hängenden Schultern und hochrot im Gesicht begann Mattias Bredvik demonstrativ langsam den Rückzug. In der Tür warf er Alf einen finsteren Blick zu, den dieser aber kaum wahrnahm. Alf schlug die Tür so fest zu, dass der Knall im ganzen Treppenhaus widerhallte.

*

Er hatte Ausschau nach ihr gehalten und sich danach gesehnt, sie zu sehen. Jetzt ging sie mit drei anderen Frauen an der Hochschule für Krankenpflege entlang. Sie blieben einen Augenblick stehen und unterhielten sich. Malins schwer aussehende Tasche hing an ihrer Schulter. Die vier lachten. Der Wind trug ihm ihr Gelächter zu. Es war kühler geworden. Malin warf beim Lachen den Kopf in den Nacken. Sie schien überhaupt nicht unsicher zu sein, dachte er, vielleicht erstaunt. Das war auch schmerzlich. Sie gehörte so selbstverständlich dazu, obwohl ihre Stimme nicht die lauteste, schrillste und unbeschwerteste war.

Dann gingen sie auseinander. Malin und eine recht kleine Frau blieben zusammen. Er hoffte inständig, dass sie sich auch noch trennen würden. Sie ging immer direkt nach Hause. Das wusste er. Wollte wahrscheinlich lernen. Oder was immer sie tat.

Er blieb etwas auf Abstand, damit sie ihn nicht entdecken würde. Nicht jetzt. Das verlieh der Situation eine besondere Spannung, quälte ihn aber auch. Am liebsten wäre ihm gewesen, wenn sie gemeinsam dort gegangen, zusammen gewesen wären, und das wollte er Malin auch erzählen. Falls sich dazu eine Gelegenheit ergab. Dann wollte er auf sie zutreten und sie überraschen.

Bereits beim Fahrradweg zum Wohnheim trennten sie sich, Malin und die kleine Mitstudentin. Er kam sich etwas dumm dabei vor, sie zu verfolgen, und eilte deswegen um das Mietshaus herum, um ihr unerwartet aus der anderen Richtung entgegenzukommen.

Mit einer Hand hielt sie die Tasche fest, die gegen ihre Hüfte schlug. Malin ging fast immer schnell. Sie wirkte ernst und schaute konzentriert auf den Asphalt. Es dauerte daher eine Weile, bis sie ihn entdeckte. Da war sie genau bis zum Anfang der Allee gekommen.

»Hallo!«, sagte er.

»Oh, hallo«, erwiderte sie und blieb stehen. »Bist du hier?«

»Sie scheint sich doch zu freuen«, dachte er. Jedenfalls reagierte sie überrascht, und das war beabsichtigt gewesen.

»Wo willst du hin?«, fragte er.

»Nach Hause«, antwortete sie. »Ich bin eben erst für heute fertig geworden.«

»Ach so!«, sagte er und verstummte. Seine Gedanken verhedderten sich. Er wusste nicht recht, was er sagen sollte, damit sie ihn auch wirklich begleiten würde. Zumindest eine Weile.

Da klingelte ein Handy, eine muntere Melodie, die nicht aufhörte. Sie reagierte nicht.

»Willst du nicht drangehen?«, fragte er.

»Das ist sicher nur eine Mitstudentin«, meinte sie achselzuckend.

»Vielleicht«, dachte er, wurde aber den unbehaglichen Gedanken nicht los, dass es möglicherweise jemand ganz anderer war, aber das würde er anschließend schon noch herausfinden.

»Sollen wir einen Spaziergang machen?«, fragte er.

Bevor sie antworten konnte, klingelte es erneut. Sie klemmte sich ihre Tasche fest unter den Arm, als wollte sie das Geräusch unterdrücken, und sah ihn verlegen an. Es klingelte beharrlich weiter. Schließlich öffnete sie die Tasche und nahm das Handy heraus.

»Malin«, sagte sie und wandte ihm den Rücken zu. Aber er hörte trotzdem jeden Ton. »Du, ich kann jetzt nicht reden«, fuhr sie fort, und er fand, dass ihre Stimme sehr freundlich klang, obwohl deutlich war, dass sie das Gespräch so schnell wie möglich beenden wollte. Sie wickelte eine Haarsträhne um ihren Zeigefinger, während die Person am anderen Ende drauflosredete. »Du, ich ruf später zurück. Bis bald! Tschüs«, sagte sie schließlich und unterbrach die Verbindung.

Dann wandte sie sich wieder ihm zu, und da schien es mit einem Mal, als stünde etwas zwischen ihnen, diffus und unbehaglich, aber deutlich spürbar. Er blieb trotzdem stehen und hoffte, dass es vorbeigehen würde.

NEUNTES KAPITEL

Donnerstag, 29. November

Eine Woche verging. Claesson musste die Reise nach Växjö vorläufig aufschieben. Ein angeschossener Taxifahrer kam ihm dazwischen, dessen Zustand zwar nicht mehr lebensbedrohlich war, der aber wohl kaum wieder der Alte werden würde. Viele günstige Faktoren trugen dazu bei, dass sie den Täter umgehend festnehmen konnten. Er war ungeschickt gewesen, hatte mitten am Tag geschossen, und deswegen hatten viele ihn flüchten sehen. Eine Streifenwagenbesatzung, die sich zufällig in der Nähe befunden hatte, hatte ihn aufgegriffen. Es handelte sich um eine Abrechnung in Unterweltkreisen. »Solange sie sich gegenseitig fertig machen, kann man froh sein«, dachte Claesson zynisch.

Er hatte eben gefrühstückt und stand mit Klara auf dem Arm in der Küche. Veronika war im Bad. Das Radio dudelte leise. Eine Masurka. Aus einer Eingebung heraus probierte er aus, ob sein Rücken gewisse provozierte Bewegungen aushalten würde. Deswegen beugte er sich vorsichtig vor, richtete sich aber sofort wieder auf. Bereits ganz am Anfang tat es betrüblich weh, besonders mit Klara, die in seinen Armen wippte. Stattdessen versuchte er sich zur Seite zu beugen. Das gelang besser, und er verspürte eine winzige Hoffnung aufkeimen. Sein Körper und seine Seele dürsteten nach richtigem Training, nach Tempo, raschem Pulsschlag und Schweiß. Er war in einem Gefängnis der Unbeweglichkeit gefangen.

Klara stopfte ihre Finger in seinen Mund. Prustend befreite er sich von ihnen, und sie strahlte ihn an. Er küsste sie auf die Wange.

»Sollen wir uns die Vögel anschauen?«, fragte er und ging zum Fenster.

Die Vogelfutterschale war fast leer. Er musste nachfüllen.

»Piepmatz«, hörte er sich sagen und deutete gleichzeitig auf den recht zerzausten Fink auf der Stange des Vogelhäuschens. Er staunte über sich. Wo kam auf einmal diese Babysprache her? Sie war einfach da. Vielleicht war sie bereits in der DNA gespeichert und wurde bei der Geburt eines Kindes abgerufen. Er begriff zwar nicht, wie das zuging, aber etwas Fundamentales schien es zu sein.

Es herrschte immer noch Morgendämmerung. Endlich brannte auch wieder Licht bei den Nachbarn. Das buttergelbe Einfamilienhaus hatte längere Zeit unbewohnt gewirkt. Timer hatten hin und wieder Licht gemacht, um den Eindruck zu erwecken, jemand sei zu Hause. Im Übrigen war das Haus mit einer Alarmanlage ausgestattet – Claes waren die Schilder aufgefallen –, und das war vermutlich in Zeiten mit vielen unwillkommenen Gästen das Sicherste. In einem Monat war Weihnachten, dann würde auch die Zahl der Einbrüche ansteigen. Drüben waren die Auffahrt und der Altan erleuchtet. »Vermutlich sind sie in Urlaub gewesen«, dachte er, »haben Golf gespielt und sind braun gebrannt.« Sie gehörten zu den Leuten, die laut lachten, auffallende Farben und teure Marken trugen, in teuer möblierten Salons verkehrten und immer sonnengebräunt waren. Gesund, jedenfalls äußerlich. Nicht dieser Rohkostfanatismus mit Karottensaft und Luftbädern. »Künstliche Entspannung«, dachte er, »um das Tempo zu ertragen.« Es gab wirklich Leute, die sich das leisten konnten. Auch die teuren Weine. Aber vermutlich tranken sie auch die harten Sachen. Er wusste zwar nichts Genaueres, aber gelegentlich hatten Vorurteile auch ihr Gutes.

Veronika trug ihren Bademantel. Sie duftete frisch geduscht, kam auf ihn zu und stellte sich neben ihn.

»Ich muss die Fenster putzen«, sagte sie mit einem leisen Seufzer, und er zuckte zusammen. Dabei müsste er ihr eigentlich helfen, aber das ging jetzt nicht.

»Warum das?«, fragte er vorsichtig.

»Man kann den Adventsstern nicht vor eine dreckige Scheibe hängen«, antwortete sie sachlich.

Davon hatte er keine Ahnung. »Woher weiß man so was?«, überlegte er.

»Aber es reicht doch, das Fenster zu putzen, in dem der Stern hängen soll«, schlug er vor, und sie sah ihn an, als sei er nicht recht bei Trost. Dann zog sie die Brauen hoch.

»Keine schlechte Idee, aber welches?«

»Tja«, entgegnete er erleichtert, noch einmal davongekommen zu sein. »Warum nicht das hier? Wir sitzen doch sowieso meist in der Küche.«

Sie nickte.

»Ich mach das«, meinte sie. »Ich habe Zeit und außerdem keinen Rücken, der wehtut.«

Sie nahm ihm Klara ab. Sein Rücken federte zurück. Es war Zeit, die Jacke anzuziehen und zu gehen. Er wandte sich Veronika zu. Ihre Haut funkelte im Schlitz ihres Morgenmantels. Er konnte es nicht bleiben lassen, mit einer Hand hineinzufahren, und spürte ihren Busen. Er berührte ihn vorsichtig mit seinen Fingerspitzen. Sie schloss kurz die Augen und sah ihn dann streng an.

»Jetzt nicht«, sagte sie lächelnd.

»Nein, vielleicht nicht.« Er lächelte ebenfalls. »Du bist wirklich eine Schönheit.«

»Ach was!«

»Doch«, beharrte er. »Das finde ich.«

»Dann danke ich für das Kompliment!«

»Komplimente haben keinen Preis. Sie sind gratis. Bitte schön!«

»Bist du dir da so sicher?«

Irgendwann am Vormittag rief Elofsson vom Fundbüro an und sagte, sie hätten ein Fahrrad reinbekommen, das Malin vielleicht gehört haben könnte. Es sei von einem Mann abgegeben worden, der es wiedererkannt und sich gern mit Claesson unterhalten hätte. Aber er sei nicht zu erreichen gewesen. Sein Handy war abgestellt gewesen, aber das sagte Claesson nicht.

»Wie hieß der Mann?«, wollte er wissen.

Claesson hörte das Rascheln von Papier.

»Brink«, antwortete Elofsson, und Claesson zuckte zusammen, verstummte und sah abwechselnd zwei Gesichter vor sich. Ein junges und ein zerfurchteres. Er entschied sich für das ältere und kam zu dem Schluss, dass der Vater jetzt irgendwie seinen Sohn retten wollte.

»Er hat doch wohl auch einen Vornamen«, meinte er schließlich.

»Alf«, sagte Elofsson und buchstabierte, als hörte Claesson schlecht. »Ich habe die Nummer hier, Sie können ihn anrufen«, fuhr er fort.

»Danke, aber die Nummer habe ich«, unterbrach ihn Claesson.

Technik-Benny war bereits informiert, merkte Claesson, als er die Spurensicherung aufsuchte. Von Malins Schwester wussten sie, dass das Fahrrad gebraucht in Växjö gekauft war. Sie besaßen sogar ein Foto. Aber war das das richtige? Räder waren sehr ähnlich oder sehr verschieden. Häufig konnten sie nur die Besitzer auseinander halten oder eventuell ein Fachmann. Einer wie Alf Brink. Aber war er glaubwürdig? Der Schlüssel, den sie in Malins Jackentasche gefunden hatten, passte nicht ins Schloss. Jemand konnte aber das Schloss ausgetauscht haben.

»Das hier ist nicht leicht«, meinte Benny und klang pessimistisch. »Es hat lange im Freien gestanden. Es fragt sich also, was wir finden können. Die Fingerabdrücke sind vermutlich weg. Glaubst du, dass jemand bestätigen kann, dass das wirklich Malins Fahrrad ist?«, wollte er wissen. »Es ist so alt, dass sich der Besitzer nicht mehr mithilfe der Rahmennummer und über die Versicherungen ermitteln lässt.«

Claesson dachte nach.

»Eventuell einer der Mitstudenten oder Mitbewohner, aber die schienen recht unsicher zu sein, als wir nach dem Fahrrad gefragt haben«, sagte er und überlegte, was den so genannten Freund dazu gebracht haben könnte zu lügen.

Als Claesson durch die Tür trat, telefonierte Alf Brink und wischte sich gleichzeitig seine andere, ölige Hand an seinem Blaumann ab. Ein älterer Herr mit karierter Schirmmütze schob ein Fahrrad auf den Hof. »Pech«, dachte Claesson und folgte ihm durch das breite, niedrige Fenster über der Werkbank mit dem Blick. Das Fenster hatte wegen der Einbruchsgefahr ein Gitter. Der Mann mit dem Fahrrad blieb stehen und begann eine Unterhaltung mit dem Fahrradhändler, der die breite Tür zum Laden schräg auf der anderen Seite des Hofs geöffnet hatte. Der Vater hatte natürlich bemerkt, dass Claesson auf dem Weg zu seinem Sohn war. Wachsam beschützten die Eltern ihren Sohn. Zweifellos war ihr Leben aus den Fugen geraten.

»Ich will wissen, wo Sie das Fahrrad herhaben. Aber man wird uns gleich stören«, sagte Claesson und warf noch einen Blick aus dem Fenster.

»Eine Frau hat es abgegeben«, antwortete Alf eifrig.

»Kann ich ihren Namen und so haben?«

Alf Brink wurde feuerrot und biss sich auf die Unterlippe.

»Ich habe nichts.«

»Überhaupt nichts?«

»Nein. Ich schreibe nie was auf. Die Leute kommen doch trotzdem und holen ihre Räder ab, wenn sie repariert sind. Aber sie war recht jung. Um die dreißig. Langes Haar.«

Claesson spürte, wie sein Ärger zunahm.

»Kannten Sie sie?«, fragte er.

Alf Brink schüttelte den Kopf.

»Noch nie gesehen.«

»Wann sollte sie das Rad abholen?«

»Sie wollte, dass ich den Platten im Laufe des Tages repariere. Das wollen alle. Wahrscheinlich muss ich den Mantel und den Schlauch wechseln. Das dauert eigentlich nicht so lang, aber ich wurde nervös, als ich sah, was für ein Fahrrad das war. Ich sagte was in der Art, dass ich es versuche, aber nichts verspreche.«

»Und was antwortete sie?«

»Sie war verärgert und sagte dann, dass sie vorbeikommen würde, bevor ich zumache«, erzählte er und sah etwas zweifelnd aus. »Was soll ich dann sagen? Also wenn sie kommt. Schließlich ist das Fahrrad weg. Sie haben das!«

Claesson sah, dass der Mann vom Hof jetzt auf dem Weg in die Werkstatt war.

»Rufen Sie jetzt am Vormittag an, sobald Sie können, dann erhalten Sie Anweisungen«, sagte er und gab ihm seine Visitenkarte. »Haben Sie das verstanden?«

Das war ein Befehl. Alf Brink blinzelte.

»Übrigens«, sagte Claesson und drehte sich in der Tür um. »Das Schloss. Haben Sie daran gedacht?«

»Ich bat sie, den Schlüssel zu behalten und das Fahrrad nicht abzuschließen. Es ist unmöglich, auch noch bei Schlüsseln Ordnung zu halten. Ich schiebe alle Räder über Nacht in die Werkstatt«, entgegnete er.

»Es hat also niemand bei Ihnen das Schloss dieses Fahrrads austauschen lassen?«

»Nein«, antwortete er verschreckt, und der Mann mit der Schirmmütze räusperte sich, damit Claesson ihn vorbeiließ, während dieser dachte: »Niemand hat es so eilig wie ein Rentner.«

Claesson setzte sich ins Auto und rief Lundin an. Er bat ihn, dafür zu sorgen, dass die Fahrradwerkstatt observiert würde. Dann fuhr er zu der inzwischen wohl bekannten Adresse von Dennis Bohmans Praxis. Er ging jetzt schon viel federnder als beim ersten Mal; da hatte er sich die ausgetretenen Stufen förmlich noch hochquälen müssen. Es gab keinen Fahrstuhl. Er fragte sich, wie die wirklich schweren Fälle, die nicht einmal aufrecht gehen konnten, die Treppe bewältigten. Er hatte eine unglaubliche Geschichte von einem Mann mit Hexenschuss gehört, der auf allen vieren in den Kofferraum seines Kombis gekrochen war, um sich ins Krankenhaus oder wohin auch immer schaffen zu lassen.

Er setzte sich auf einen Stuhl in der Diele und wartete. Die Tür zum Behandlungszimmer war geschlossen. Leise Stimmen waren zu hören. Er ließ die bunten Zeitschriften liegen. Es war wohltuend, dazusitzen und einfach nur an die Wand zu starren, seinen Gedanken nachzuhängen und die Festplatte neu zu formatieren.

Er dachte über das Fahrrad nach. Irgendwas irritierte ihn. In was für einem Ausmaß war eigentlich Alf in die Sache verwickelt? Falls es wirklich das richtige Fahrrad war, was er von ganzem Herzen hoffte. Er versuchte eine Rekonstruktion in Form von Bildern, genauer: von Szenen. Blätterte zurück.

Keine Zeugen hatten Malin am Tag nach Allerheiligen, am Sonntag, dem 4. November, nach der Mittagszeit gesehen. Da war nichts mehr, abgesehen vielleicht von einem gelben Fleck. Und etwas Weißem. Möglicherweise einem Auto. Tobias Axelsson hatte ein Alibi für die Nacht und für einen Teil des Vormittags vor Malins wahrscheinlichem Verschwinden. Erst eine lange Nacht im Pub, die er dann im Bett einer jungen Dame fortsetzte, die dafür garantierte, dass er bei ihr gewesen war. Er war in einem weißen Golf zu ihr gefahren. Vermutlich recht betrunken. Das Auto seiner Mutter, hatte Tobias offen und unbekümmert erzählt. Die Mutter war die ängstliche Isabelle Axelsson, die auf eine verwirrende Art hie und da im Verlauf der Ermittlung aufgetaucht war.

Vielleicht hatte sie das Fahrrad wiedererkannt, kam es ihm in den Sinn.

Er griff zum Handy und rief Louise an, die ihm die Telefonnummer von Isabelle Axelsson gab. Eintönig klingelte es bei ihr zu Hause. Wahrscheinlich war sie bei der Arbeit, dachte er. Er rief die Vermittlung der Klinik an und verlangte Station sechs, Chirurgie. Eine junge Frau nahm das Gespräch entgegen, und er sagte, mit wem er sprechen wollte, ohne seinen Namen zu nennen.

»Geht es um einen Patienten?«, erkundigte sich die mädchenhafte Stimme.

»Nein«, antwortete er, »aber ich will trotzdem sofort mit ihr sprechen.«

»Sie ist gerade unabkömmlich. Können Sie nicht später noch einmal anrufen?«, wollte die Frau wissen.

»Nein, am liebsten nicht«, antwortete er.

»Darf ich fragen, worum es geht? Was für einen Namen soll ich ihr sagen?«

Die Stimme klang neugierig und gleichzeitig scharf. Sie war auf der Hut. Wahrscheinlich riefen viele Verrückte an, dachte er.

»Ich habe nicht die Absicht, Ihnen zu sagen, worum es geht, aber ich bin von der Polizei, und es ist wichtig«, betonte er, als in einiger Entfernung von ihm eine Tür aufging. Eine junge Frau mit einer blonden Mähne trat in die Diele, die gleichzeitig als Wartezimmer diente. Sie trug eine beeindruckende silberne Daunenjacke und verabschiedete sich durch die Tür des Behandlungszimmers. Da hörte Claesson die Stimme von Isabelle Axelsson in seinem Handy. Die Frau trat ins Treppenhaus, und Claesson sah ihr Gesicht. Ausgerechnet Nina Persson! Die Empfangsdame aus dem Präsidium. Einen Augenblick lang war er verwirrt, nickte ihr zerstreut zu und wandte dann Dennis Bohman den Rücken zu, der in die Diele getreten war, um ihn zu empfangen.

»Hier ist Kriminalkommissar Claesson«, sagte er in sein Handy. »Entschuldigen Sie, dass ich Sie bei der Arbeit anrufe, aber könnten Sie uns behilflich sein und sich ein Fahrrad ansehen?«

»Ein Fahrrad?«

Isabelle Axelsson war außer Atem, als sei sie gerannt, und das war sie vielleicht auch.

»Sie sollen sich überlegen, ob es vielleicht das Fahrrad von Malin Larsson ist«, sagte er.

»Vielleicht kann ich mich ja nicht mehr richtig erinnern!«

Wie immer sicherte sie sich ab.

»Das sehen wir dann«, erwiderte er.

Sie vereinbarten, dass sie sich nach der Mittagspause eine Stunde freinehmen und zum Präsidium kommen würde.

»Schließlich wäre es Verschwendung von Steuergeldern, wenn wir das falsche Rad unter die Lupe nähmen«, meinte er scherzend, und Isabelle Axelsson lachte tatsächlich am anderen Ende.

Dann ging er ins Behandlungszimmer und zog sich aus. Inzwischen machten ihm die Kontrolle und das Durchkneten nichts mehr aus. Er hatte sich daran gewöhnt. Es machte ihm sogar Spaß.

Eine Dreiviertelstunde später verließ er Dennis Bohman wie immer leicht benommen, aber nicht mehr verspannt. Die Muskulatur war empfindlich, was aber weiter nicht unangenehm war. Die Behandlung war eine Art innerer Reinigung, auch der Druck sank, und jetzt wollte er seinen Körper nicht zu neuen Anspannungen zwingen.

Bald war Zeit zum Mittagessen. Er ließ seinen Wagen stehen und schlenderte durch die Straßen Richtung Hafen. Kühle, westliche Winde wehten ihm in den Rücken, nicht stark, aber ausreichend, um den Stoff seiner Gore-Tex-Jacke in seinen Rücken zu drücken. Es hatte aufgeklart. Etwas Sonne genügte, und schon war der ungemütliche Novembertag erträglich. Bald war Dezember. Schon am Sonntag war der erste Advent.

Die Fähre zu den Hästholmarna lag an ihrem Platz am Kai. Rost lief den weiß gestrichenen Schiffsrumpf herunter. Das große Lagerhaus, umgebaut zum Einkaufszentrum, lag links. Er ging in die andere Richtung den Kai entlang zum Lotsenhaus. Bei dem kalten Wind tränten ihm die Augen. Er schlug den Kragen hoch, da er am Kopf fror. Er versuchte, seine Schritte zu beschleunigen und freute sich über den ersten längeren Spaziergang seit langem, bei dem er sich einigermaßen unbehindert bewegen konnte. »Es kommt wirklich auf die Unterschiede an«, dachte er. Zwischen Großem und Kleinem, zwischen Erwartetem und Unerwartetem, Grandiosem und Armseligem, Traurigem und Lustigem ... Dann fiel ihm nichts mehr ein.

Das alte Lotsenhaus war ein schmales, hohes, rot gestrichenes Gebäude. Seit er sich erinnern konnte, war hier ein Lokal für Leute, die im Hafen arbeiteten, Schauerleute, Zöllner und Lastwagenfahrer, aber er war schon lange nicht mehr dort gewesen. Hier gab es, soweit er sich erinnern konnte, riesige belegte Brote, aber vielleicht hatte sich das inzwischen geändert. Seine Ohren waren mittlerweile fast erfroren. Er trat ein, eine trockene Wärme schlug ihm entgegen. Es duftete nach Kaffee und geschmolzenem Käse, und er merkte, wie hungrig er war. Offenbar verkehrten in dem Lokal überwiegend Arbeiter. Sie schauten ihn an, und an einigen Tischen verstummte das Gespräch. Ein Fenstertisch mit Aussicht auf den Horizont war frei. Nachdem er seine Jacke über den Stuhlrücken gehängt hatte, waren alle Gespräche wieder in Gang.

Das runde Brot aus grobem Mehl mit einem Loch in der Mitte hatte einen ausgeprägten Kümmelgeschmack. Die, die mit Fleischkügelchen belegt waren, konnte eigentlich nur jemand essen, der körperlich hart arbeitete. »Was anderes als diese langweiligen Baguettes«, dachte er. Der sich ständig verändernde Anblick des Meeres mit seinen blanken Wogen und den Schaumkronen faszinierte ihn. Ein Glück, dass er nicht im Hinterland wohnen musste! Die Wolkendecke war aufgebrochen und nicht mehr kompakt grau. Die Wolken zogen schnell vorbei, und während das bleiche Sonnenlicht kam und wieder verschwand, spürte er, dass sich seine Konzentration langsam umstellte. Den angeschossenen Taxifahrer ließ er vollkommen hinter sich und wandte sich wieder dem Fall der jungen Malin Larsson zu. »Wir werden ihn lösen! Vermutlich jedenfalls«, dachte er übermütig, wie um sich Mut zu machen, konzentrierte sich dann aber rasch auf die Wirklichkeit. Ihm kam Alf Brink in den Sinn. Ein etwas bubenhafter, unreifer junger Mann. Es fiel ihm schwer, sich einen Reim auf ihn zu machen. Oder doch nicht? Seine Furchtsamkeit und Verzagtheit, die Spießigkeit seiner Eltern, die Fahrradwerkstatt, in der er sein Auskommen, seine Identität und nicht zuletzt die Möglichkeit fand, Leute kennen zu lernen, unter anderen auch Malin. Unsicher nicht nur, was Frauen anging, sondern auch in fremden Milieus. Jahrelange Freundschaften hatte er jedoch pflegen können. Er traf immer noch seine Schulfreunde, sehr unterschiedliche junge Herren, von denen ihm der bedenklichste, Tobias Axelsson, am nächsten zu stehen schien. Der junge Herr Brink war, hatte er gehört, in der Schule still und etwas gehemmt und auch keine sonderliche Leuchte gewesen, hatte aber den Abschluss geschafft. Er hatte kaum gefehlt, hatte sich nicht schlecht betragen – alles Gerüchte, die ihnen zugetragen worden waren. Und das Wichtigste, wenn man Brink glauben konnte: Er hatte Malin wirklich gern und deswegen natürlich keine Absichten gehabt, ihr irgendwie zu schaden. Eher im Gegenteil. Aus den Telefonrechnungen ging hervor, dass er sie häufig angerufen hatte, manchmal mehrmals täglich. Später seltener. Aber das konnte natürlich auch eine Finte sein. Oder er hatte die Tat vollkommen verdrängt. Schließlich rief man nicht jemanden an, von dem man wusste, dass er tot ist. Aber die Verdrängungsmechanismen konnten ausgeprägt sein, sie glichen schwarzen Vorhängen. Vielleicht hatte er die Fassung verloren und sie gewürgt, aber dann geglaubt, dass sie noch am Leben war. Wie sie ins Wasser geraten war, wäre dann schleierhaft. Laut der gerichtsmedizinischen Einschätzung Zenkmans war sie bereits tot gewesen, als sie ins Wasser geworfen worden war. In ihren Lungen hatte sich kein Meerwasser befunden. Aber ganz sicher konnte man natürlich nie sein. Und wo passte dann das weiße Auto ins Bild? Vielleicht via Tobias Axelsson? Axelsson hatte im Übrigen eine vernünftige Mutter, die sich trotz aller widerstreitenden Gefühle in der Gewalt hatte. Der Vater schien seinem Sohn jedoch ein zweifelhaftes Erbe hinterlassen zu haben, den Hang zum Alkohol und vielleicht auch zu anderen Rauschmitteln.

Wie hatte sich Malin nur mit diesem bleichen jungen Mann einlassen können? Eine Antwort darauf würden sie nie bekommen. Die Irrwege der Liebe waren unergründlich! Bemerkenswert war, dass Malin über ihre neue »Freundschaft«, wie sie in ihrem Tagebuch schrieb, mit keiner Menschenseele gesprochen hatte. Jedenfalls hatten sie darüber nichts in Erfahrung gebracht. Frauen vertrauten sich doch sonst einander an. Die Erklärung konnte jedoch ganz einfach sein: Sie war gerade erst zugezogen und hatte vielleicht noch keine Vertrauten in der Stadt. Oder steckte etwas anderes dahinter? Er wusste nicht, in welcher Richtung er mit seinem sechsten Sinn weitersuchen sollte. Eine neue Liebe musste in Ruhe wachsen können, daran war an sich noch nichts bemerkenswert. Aber trotzdem. Irgendwas steckte dahinter.

»Wenn wir mit den Ermittlungen nicht weiterkommen, muss ich ein Täterprofil erstellen lassen«, dachte er, stand auf und nickte den Männern in Blaumann am Nachbartisch zu. Sie nickten zurück. Vermutlich wussten sie, wer er war.

Seine Glieder taten ihm noch immer weh, und es kostete ihn größere Anstrengung, durch den Hafen zurückzugehen. Der Wind wehte ihm ins Gesicht, er zog den Schal hoch und hielt seinen Kragen zu.

Schon von weitem sah er an der Windschutzscheibe, dass er ein Strafmandat wegen Falschparkens hatte, aber das war ihm egal. Er hatte andere Sorgen.

Louise saß über einen Bericht gebeugt. Als Claesson eintrat, zuckte sie zusammen und schob die Papiere beiseite. Er hatte ihre gewaltigen Gefühlsschwankungen in letzter Zeit ignoriert, hatte sich im Hintergrund gehalten und darauf geachtet, was er gesagt hatte. Aber so konnte es natürlich nicht weitergehen. Obwohl sie den Boden unter den Füßen verloren hatte und zeitweilig nur noch eine Karikatur ihrer selbst gewesen war, ging das Leben außerhalb und innerhalb des Präsidiums auf Hochdruck weiter. Inzwischen wusste er zumindest, was Sache war. Er hatte es als Letzter erfahren, und das kränkte ihn. Heulend hatte sie bei Lundin gesessen. Sie würden sich scheiden lassen. Das war zumindest das Neueste.

»Du, übrigens, ehe ich's vergesse«, sagte sie, »Peter Berg hat jemanden im Wohnheim aufgetrieben, eine junge Frau namens Sanna Öhrstedt. Sie konnte bestätigen, dass es sich vermutlich um Malins Fahrrad handelt.«

»Gut. Ich habe diese Krankenschwester Isabelle Axelsson, du weißt schon, gebeten, ebenfalls einen Blick auf das Rad zu werfen. Wo ist Lundin?«

»Weiß nicht.«

»Wir sehen uns später bei der Besprechung.«

Sie nickte und sah müde aus, aber er fragte nicht, wie es ihr ging. Was würde sie antworten?

»Wenn du bezüglich des Motivs mutmaßen müsstest: Was wäre deine Annahme?«, wollte er stattdessen wissen.

Er sah, dass ihre Lippen bleich waren. Sie trommelte mit dem Stift auf die Tischplatte und machte einen Buckel wie eine Katze.

»Eifersucht«, knallte sie ihm in einem Ton vor den Kopf, der ihn zusammenzucken ließ. Da klingelte das Telefon auf ihrem Schreibtisch. Sie riss den Hörer an sich und antwortete kurz angebunden, fast schon aggressiv. Claesson ging in sein Büro, stellte sich ans Fenster und schaute über die Dächer. »Die Menschen gleichen Ameisen«, ging es ihm durch den Kopf. »Rackern sich ab und bauen auch nach großen Katastrophen alles wieder auf. Nach Naturkatastrophen oder persönlichen Krisen.«

Er setzte sich an seinen Schreibtisch und betrachtete Klara. Inzwischen gehörte er zu den Männern mit einem Kinderfoto im Büro.

Aus einer Eingebung heraus griff er zum Hörer. Veronika war zu Hause. Sie klang überrascht.

»Hallo, was willst du?«, fragte sie.

»Nichts Besonderes«, antwortete er und dachte: »Nur deine

milde Stimme hören.« Die Stimme einer Frau, die sich nicht in Auflösung befand und ihm das Gefühl geben konnte, dass er das auch nicht war.

»Ich bin mir sicher. So sicher, wie man sich nur sein kann«, sagte Isabelle Axelsson. Sie war bei der Spurensicherung, und das schwarz lackierte Fahrrad stand vor ihr.

Sie trug dunkle Hosen und einen dunklen Rolli und sah munterer aus als bisher. Claesson erkannte sie erst nicht wieder. Sie hatte geschlafen – oder war etwas mit dem Gesicht, dem orangen Lippenstift und dem mahagonifarbenen Haar?

»Danke, das ist gut!«, sagte er, und sie wirkte erleichtert, dass sie ausnahmsweise etwas Bestimmtes sagen konnte. »Könnten Sie vielleicht noch einen Augenblick in mein Büro kommen?«

Ihre Miene veränderte sich radikal. Sie kniff die Lippen zusammen.

»Nur noch ein paar Fragen«, sagte er, als sie bei ihm im Zimmer waren.

Sie trug ihre Jacke überm Arm, stellte vorsichtig ihren Fahrradkorb ab, setzte sich, legte die Jacke auf die Knie und beugte sich ängstlich vor.

»Wir würden uns gern Ihren Wagen auf Spuren hin ansehen«, sagte er. »Haben Sie was dagegen?«

Entsetzt schnappte sie nach Luft.

»Warum das?«

»Das Auto ist weiß.«

»Was hat das mit der Sache zu tun?«

»Wir haben den Verdacht, dass ein weißes Fahrzeug in den Fall verwickelt ist.«

»Aber nicht mein Wagen«, sagte sie energisch.

Er sagte nichts, saß einfach da und betrachtete sie. Er wusste, dass sie auch wusste, dass der Wagen gelegentlich verliehen wurde.

»Es gibt Unmengen weißer Autos«, sagte sie schrill. Verzweifelt schien sie nach einem Ausweg zu suchen.

»Hätten wir uns dafür entschieden, einen Verdächtigen festzunehmen, ich sage nicht, wen, dann hätten wir verlangen können, das Fahrzeug zu untersuchen. Der Staatsanwalt hätte uns das genehmigt. Aus verschiedenen Gründen haben wir uns vorerst dagegen entschieden. Es hätte trotzdem große Vorteile für uns, wenn Sie uns einen Blick auf den Wagen gestatten würden.«

Ihre Gedanken gingen im Kreis. Der Kommissar bat sie, trotzdem klang es wie eine Drohung. Was sollte sie sagen?

»Natürlich. Machen Sie das, wenn Sie glauben, dass es Ihnen weiterhilft«, sagte sie knapp und sah plötzlich wieder so müde und abgekämpft aus wie früher. Dann nahm sie sich zusammen. »Ich habe nichts zu verbergen!«

»Das wissen wir.«

»Dann ist es gut, wenn wir diese Sache aus der Welt schaffen. Nehmen Sie den Wagen!«

Er nickte.

Den Nachmittag über warteten sie. »Wird die Frau auftauchen, die das Fahrrad abholen wollte?«, überlegte sich Claesson an seinem Schreibtisch. Gegen sechs trat Benny ein. Draußen war es stockdunkel. Claesson war etwas schläfrig. Er hatte versucht, die Akte über den Überfall auf den Taxifahrer in der Wartezeit abzuschließen. Falls nichts passieren würde, hätte er kurz nach sechs nach Hause gehen wollen.

»Wir sind natürlich noch nicht fertig. Es gibt vermutlich keinen Grund für zu großen Optimismus«, sagte Benny. »Jedenfalls ist uns was aufgefallen, aber ich weiß nicht, ob sich damit etwas anfangen lässt. Das Rücklicht ist gesprungen, als wäre es irgendwo dagegengestoßen.«

»Ist das nicht aus Plastik?«, fragte Claesson.

»Doch. Rotes, durchsichtiges Plastik. Vermutlich bekommt ein Rücklicht leicht mal was ab.«

»Stimmt«, meinte Claesson.

»Es fehlt ein winziges Stück.«

»Ach! Wie groß?«

»Sehr klein, mehr ein Splitter«, antwortete Benny.

Claesson dachte, dass dieses kleine rote Plastikstück irgendwo liegen konnte. Auf dem Weg, im Wald, am Strand. Oder in einem Kofferraum.

»Hast du den Wagen bekommen?«, wollte er wissen.

»Ja«, entgegnete Benny. »Vor einer Stunde. »Das wird einiges an Arbeit machen. Glücklicherweise scheint die Neue recht brauchbar zu sein.«

Claesson war froh, dass niemand sie hörte.

Um Viertel nach sechs gab er auf, zog den Mantel an und ging zu seinem Wagen. Auf dem Lilla Torget stand ein Weihnachtsbaum. Die Beleuchtung brannte jedoch noch nicht, da erst in drei Tagen der erste Advent war.

Der kalte Schweiß war ihr ausgebrochen. Wie besessen lief Isabelle in ihrer Wohnung herum. Sie vermochte es nicht, Tobbe anzurufen. Ihren Vater auch nicht, der gerade erst nach Hause gekommen war und Ruhe brauchte. Sie ging in die Küche und riss die Tür der Speisekammer auf. Sie hatte nur einen Schluck Sherry im Haus. Sie goss sich ein kleines Glas ein, trank es in einem Zug aus und musste husten. Dann goss sie sich noch ein Glas ein, aber als sie es ebenfalls kippen wollte, fühlte sie einen brennenden Schmerz im Magen und beugte sich vor. Sie hatte nichts gegessen, fiel ihr auf. Sie öffnete den Brotkasten und nahm einen Kanten heraus. Sie verzichtete auf Butter, riss das Brot in Stücke und kaute nervös. Dann goss sie Wasser ein und trank, obwohl es nach Chlor schmeckte. Sie ließ das Sherryglas stehen, ging zum Telefon und starrte es an, als ließe sich mit dem Hörer auf der Gabel kommunizieren.

Sie wusste nicht, wo sie sich lassen sollte. Wer würde ihr zuhören? Sie musste ihre eigene Stimme hören, damit ihr Dasein wieder Konturen annahm. Zum Schluss griff sie nach dem Hörer und wählte die Nummer von Sonja Brink. »Eine Hand wäscht die andere«, dachte sie. Sie wurde von ihr angezogen wie vom Feuer. Gleichzeitig hielt sie etwas zurück. Was sollte sie sagen? Sie durfte nicht das Falsche sagen, nur weil sie selbst sich in Auflösung befand, und Sonja und Erling damit einen wahnsinnigen Schrecken einjagen. Sie durfte sich nicht verplappern und etwas sagen, was sie laut Polizei für sich behalten sollte. Aber sie brauchte nicht länger nachzudenken, bei den Brinks ging niemand an den Apparat.

Okay, die Polizisten machten nur ihre Arbeit. Aber es versetzte Isabelle in Unruhe, dass sie kamen und gingen. Sie konnte sich nicht entspannen. Auch Claesson begann ihr auf die Nerven zu gehen, obwohl er höflich und freundlich war. Vollkommen gleichgültig war er ihr natürlich nicht, denn er war der Mann von Veronika Lundborg. Es war ihr lieber, dass sie die Leute mochte, mit denen sie zu tun hatte.

Die Polizei wusste etwas, das war ganz deutlich. Aber was? Ihre Unruhe hatte eine bestimmte Richtung. Ihrem Sohn war der Schweiß ausgebrochen, als sie ihn endlich nach dem Geld gefragt hatte.

»Das kommt in Ordnung, Mama!«, hatte er gesagt und war leichenblass geworden. »Nur ein kleiner Kredit. Vorübergehend. Ich verspreche, ihn zurückzuzahlen. Deswegen brauchst du nicht gleich alles auf den Kopf zu stellen! Großvater brauchte das Geld ja doch nicht.«

»Was weiß Tobbe schon?«, dachte sie. Was hatte er sonst noch auf dem Kerbholz? Nervös hatte er eine Zigarette nach der anderen geraucht. Er schien es jedoch nicht zu bereuen. Hatte er nichts zu bereuen? Natürlich war er nachlässig, aber nie gewalttätig. Er war lieb und unentschlossen. Sogar etwas weich. Leider! Warum bekam er sein Leben nicht in den Griff?

Er hatte den Kopf zur Seite gelehnt und sie angelächelt. Seine Augen hatten gefunkelt. Ein Erwachsener mit einem Kinderblick. Ihr Kind. Sie hatte sich auf das stille Flehen ihres Sohns konzentriert, auf seine Verletzlichkeit, und es hatte ihr fast das Mutterherz gebrochen.

»Lieber Tobbe, mein Freund! Was hast du eigentlich angestellt?!«, heulte sie in ihrer Einsamkeit, sie rang die Hände, und ihre Verzweiflung glich einem schwarzen Abgrund.

Dann weinte sie eine Weile, bis sie nicht mehr konnte, schaute auf die Uhr, schnäuzte sich und packte Farbtuben, Pinsel und die aufgerollte Leinwand in ihren Fahrradkorb. Sie nahm zwar nie das Auto, aber an diesem Abend wäre es auch gar nicht gegangen. Man hatte ihren Wagen weggefahren, und er war Gegenstand einer genauen Untersuchung der Spurensicherung, wie der Kommissar sich ausgedrückt hatte.

In dem Kellerraum roch es nach Terpentin. Die Leuchtstoffröhren an der Decke brannten, der junge Künstler, der die Vertretung übernommen hatte – der ältere war vermutlich wegen exzessiven Alkoholkonsums ausgefallen –, betrachtete mit geübtem und kritischem Blick ihre halb fertigen Werke. Isabelle hatte ihre Leinwand grundiert und mit Bleistift das Hauptmotiv vorgezeichnet, eine rostrote Scheune. Vielleicht sollte sie ja nicht ganz in der Mitte sein, meinte der Künstler. Sie nickte, hörte aber kaum, was er sagte. Sie konnte sich nicht konzentrieren und schaute nervös Richtung Diele.

Dann kam endlich Doktor Björk, eine halbe Stunde verspätet. Manchmal blieb er auch ganz weg. Sie selbst fehlte gelegentlich auch. Sie hatte vor, anschließend mit ihm ein paar Worte zu wechseln.

Eine Stunde verging. In der Pause drängten sie sich um den Tisch in der Diele. Thermoskannen mit Kaffee und heißem Wasser standen darauf. An diesem Abend gab es selbst gemachtes Brot mit selbst gemachter Marmelade, und alle lobten die Sekretärin der Stadtverwaltung, die beides mitgebracht hatte.

»Vorzüglich«, sagte Doktor Björk, der immer alles lobte, und Isabelle hatte das Gefühl, dass er kaum merkte, was er aß, schließlich war es so ungewöhnlich auch wieder nicht.

»Sind der Käse und die Leberwurst ebenfalls selbst gemacht?«, fragte eine Hausfrau des alten Schlags lachend.

»Nein, aber eigenhändig eingekauft«, erwiderte die Angestellte der Stadtverwaltung, um das Lob Björks etwas abzuschwächen.

»Wie ist diese Mordgeschichte eigentlich weitergegangen?«, fragte plötzlich jemand, und Isabelle erstarrte sofort und verkroch sich in sich selbst.

Niemand wusste es.

»Sie haben wohl noch keinen Täter«, sagte ein Mann, der im Elektrogeschäft arbeitete. Er hatte künstlerische Träume, denen jetzt zu ihrem Recht verholfen wurde. Sogar schon ausgestellt hatte er.

»Der Junge des Fahrradhändlers ist in die Sache verwickelt«, sagte ein magerer Mann, der bei der Bahn arbeitete, niemand wusste jedoch, als was.

»Ach«, sagte Björk und belegte mit solchem Eifer ein Brot, dass man nicht geglaubt hätte, dass er je etwas zu essen gesehen hatte, dachte Isabelle zwischen ihren Panikattacken.

»Wie das?«, fragte eine pensionierte Kindergärtnerin und goss Milch in ihren Tee.

»Die beiden waren doch zusammen«, sagte der Magere von der Bahn.

Das Herz sprang Isabelle fast aus der Brust. Was die Leute alles wussten!

»Das ist doch kein Geheimnis«, meinte die Gemeindesekretärin. »Der Ärmste.«

»Ach so«, sagte Björk wieder auf seine neutrale, fast uninteressierte Art und kaute eifrig weiter, während er bereits das nächste Brot belegte.

Isabelle fand seinen Mangel an Neugier angenehm. Björks Frau war vor einigen Jahren gestorben, an Krebs. Wahrscheinlich bekam er zu Hause nichts zu essen.

Eine mütterliche, füllige Schneiderin, die den Mädchen die Ballkleider zum Abitur nähte, sah den Bahnmenschen an und sagte:

»Du meinst also, dass er vielleicht ...«

Sie brachte den Satz nicht zu Ende. Niemand sagte was.

»Es gibt zu wenig Polizei«, stellte ein älterer Gymnasiallehrer fest und verschob die Perspektive vom Verbrechen auf die Ermittler. Isabelle war erleichtert.

»Aber die Polizei hat heute bessere Methoden, also rein technisch«, informierte ein Pharmazeut, der immer zu spät kam und dafür seinen vielen Kindern die Schuld gab.

»Aber ich habe gehört, dass sie noch einen anderen Verdächtigen haben«, meinte der Magere von der Bahn.

Isabelle sprang auf, verschwand auf der Toilette, war aber zu nervös, um dort etwas erledigen zu können, wusch sich stattdessen die Hände und spülte nur pro forma.

Als sie zurückkam, sprachen die anderen über Kunst. Sie setzte sich. Niemand sah sie an. Der Kursleiter hielt begeisterte, glühende Reden. Isabelle schwieg, irgendwie kam ihr das so ermüdend bekannt vor, bloß hatte sie das letzte Mal mit ihren Freundinnen vom Lesekränzchen zusammengesessen.

Sie brachte Björk dazu, etwas zu verweilen. Sie standen vor dem Haus, die Kälte rötete ihre Wangen, und Isabelle schlug die Stiefel gegeneinander, um keine kalten Füße zu bekommen. Die anderen waren bereits nach Hause gegangen.

Hinter Björks Kopf verbreitete die Lampe über der Kellertür einen gelben Schein. Sein weißes, dünnes und lockiges Haar erschien wie ein Heiligenschein – oder wie Engelshaar, dachte Isabelle. Der Erzengel Gabriel.

»Könntest du mir ein Schlafmittel verschreiben?«, fragte sie und richtete ihren Blick etwas beschämt auf einen ungefährlichen Punkt schräg hinter ihm. Sie kam sich vor wie eine Bettlerin.

Björk ließ sich mit seiner Antwort Zeit.

»Ich kann nicht einfach so irgendwelche Mittel verschreiben, von denen man abhängig wird. Das weißt du. Nicht dass das wieder so wird wie ...«

Sie wusste, was er sagen wollte. Wie letztes Mal. Sie kaute auf ihrer Unterlippe.

»Aber das ist lang her«, erwiderte sie müde.

»Aber ich muss wissen, worum es geht«, sagte Björk und klang wie der Doktor, der er ja auch war. »Ich will nur dein Bestes, das weißt du doch. Ich muss das ins Krankenblatt eintragen. Ich habe die medizinische Verantwortung ... und meine Verantwortung für dich«, sagte er und versuchte ihren nervös umherirrenden Blick aufzufangen.

Sie wusste nicht, was sie antworten sollte. Er war unbestechlich, und sie wollte nicht zu irgendwelchen billigen Tricks greifen.

»Es sind verschiedene Dinge«, entgegnete sie daher vage. Die Kälte drang durch ihre Schuhsohlen, und ihr war klar, dass sie ihm nicht alles erzählen konnte.

»Ich höre gern zu«, meinte Björk. »Du kannst im Ärztehaus vorbeikommen, wenn du willst ...«

Sie kämpfte gegen die Lust zu schreien an. Brauchte sie wirklich einen Termin? Musste sie wirklich warten, bis sie vor Unruhe vollkommen verrückt wurde?

»Wir können auch irgendwo hingehen«, meinte er. »Hier ist es zu kalt.«

Konnte sie Björk mit nach Hause nehmen? Dort war es nicht aufgeräumt. Sie fragte trotzdem. Manchmal hatte ihr Mund seinen eigenen Willen. Er antwortete, er komme gern mit und könne zumindest einen Augenblick bleiben.

Sie legte die Tüte mit den Pinseln und Farbtuben in den Fahrradkorb und schloss ihr Fahrrad auf. Aber als sie es aus dem Ständer nehmen wollte, hatte es sich an dem daneben verhakt, einem schwarzen mit braunem Sattel.

ZEHNTES KAPITEL

Freitag, 30. November

Es war etwa zehn Uhr am Vormittag, und Claesson legte gerade den Telefonhörer auf.

»Der Teufel soll mich ...«, fluchte er und ging rein zu Louise, aber ihr Büro war leer. Dann klopfte er an die geschlossene Tür von Lundin.

»Herein!«, rief Lundin.

Claesson öffnete vorsichtig einen Spaltbreit, aber Lundin war allein, also trat er ein.

»Es könnte das falsche Fahrrad sein«, sagte Claesson verbissen.

Lundin seufzte.

»Ich erhielt gerade einen Anruf von Isabelle Axelsson. Sie nahm ihre Angaben von gestern teilweise wieder zurück, dass sie ein vergleichbares Fahrrad gesehen habe.«

»Sie schwankt also?«

»Ich weiß nicht. Aber etwas, woran sie schon früher hätte denken sollen, kam plötzlich zur Sprache. Sie behauptete, sie habe vor rund zwei Wochen ein ähnliches Fahrrad vor einem der Wohnwagen auf dem Fröjdeberga-Campingplatz gesehen. Damals, als wir dort draußen waren.«

»Wir scheinen uns bald vor schwarzen Fahrrädern mit braunen Sätteln nicht mehr retten zu können«, sagte Lundin und drehte seinen Schreibtischstuhl zur Seite, um die Beine übereinander schlagen zu können.

»Ja. Keine Ahnung, warum sie nicht schon früher was gesagt hat«, meinte Claesson.

»Vermutlich steht sie unter Druck«, entgegnete Lundin.

»Klar! Wir können nur hoffen, dass die Erklärung so einfach ist. Ich habe zu Beginn der Ermittlungen eine Frau vernommen, die in einem der Wohnwagen wohnt. Erinnerst du dich?«

Lundin nickte.

»Die Kindergärtnerin.«

»Genau. Jeanette Johansson. Ob du es glaubst oder nicht, sie fährt jeden Tag mit dem Fahrrad zu ihrem Job in der Stadt.«

»Es gibt solche Fitnessfanatiker.«

»Ja.«

»Hast du sie erreicht?«

»Nein. Aber ich werde sie aufsuchen. In der Kindertagesstätte Grynet. Kannst du hier bleiben?«

Lundin nickte.

Die Kindertagesstätte lag in einem niedrigen gelben Backsteingebäude am Rand einer kleineren Grünfläche zwischen den Mietshäusern im Süden der Stadt. Den Spielplatz der Kinder mit Sandkasten, Rutschbahn, Schaukeln und einem kleineren Klettergerüst aus Holz umgab ein Lattenzaun. Plastikspielzeug lag überall verstreut, und ein paar stabile Dreiräder standen verlassen auf einem Streifen Asphalt im Kies, als hätten die Kinder sie gerade erst stehen lassen und seien ins Haus gegangen.

Er trat ein. Der Fußboden war sandig. An niedrig hängenden Haken hingen Allwetteroveralls und Jacken. Darüber waren kleine Fächer mit Mützen und Handschuhen. Unter den winzigen Kleidern standen robuste Holzbänke und unter diesen winzige Stiefel, Schnürschuhe und Halbschuhe in allen möglichen Farben. Diese kindgerechte Umgebung, alles in Miniatur, strahlte eine Wehrlosigkeit aus, die ihn rührte und gleichzeitig beklemmte. Eines Tages würde er hier mit Klara auf dem Arm stehen. Wie würde er sich dann fühlen? Darüber brauchte er sich jetzt jedoch noch keine Gedanken zu machen. Er überlegte, ob er die Schuhe anbehalten konnte, als ihm ein Korb mit hellblauen Plastiküberziehern auffiel.

Die Kinder aßen gerade. Einige hatten ein Lätzchen aus Plastik um. Das Alter war unterschiedlich. Eine blonde Frau in einem Pullover mit schwarzen und weißen Punkten, die gerade einen kleinen dunkelhaarigen Jungen fütterte, sah ihn fragend an. Er stand in der Tür und kam sich vor wie ein Elefant.

»Kann ich Ihnen helfen?«

Da drehte sich die Frau um, die mit dem Rücken zu ihm saß. Es war Jeanette Johansson.

»Können wir uns einen Moment unterhalten?«, fragte er, und sie stand wortlos auf und nickte ihrer Kollegin zu. Sie verließen das Zimmer, und alle Kinder schauten ihnen hinterher. Sie führte ihn in ein Zimmer mit einem Schreibtisch in Erwachsenengröße. Das Büro der Leiterin.

»Wir haben uns bereits einmal unterhalten«, begann Claesson.

Sie nickte.

»Ihr Fahrrad«, sagte er und konnte direkt etwas von ihrem Gesicht ablesen. Sie bekam Angst.

»Was ist damit?«, erwiderte sie heftig.

»Wo befindet es sich im Augenblick.«

»Warum?«

»Könnten Sie so freundlich sein und meine Frage beantworten?«

Sie machte eine abwehrende Geste.

»In Reparatur. Warum?«

»Wo?«

»In einer Werkstatt natürlich.«

»Welcher?«

»Der in der Nähe vom Lilla Torget.«

»Brinks.«

»Ja, so heißt die vielleicht«, sagte sie mit einer Stimme wie ein trotziges Kind, dem man alles aus der Nase ziehen muss.

»Wann haben Sie es abgegeben?«
Sie sah ihn finster an.
»Gestern war das vermutlich.«
»Vermutlich?«
Sie seufzte.
»Es war gestern«, bestätigte sie. »Am Vormittag, wenn Sie es genau wissen wollen«, präzisierte sie in säuerlichem Ton. »Ich habe es noch nicht abgeholt, weil ich bei einer Freundin übernachtet habe. Ich habe gestern hier zugemacht, und es wurde spät. Was ist denn mit dem Rad?«
Ihr Blick flackerte.
»Was glauben Sie?«, fragte Claesson, bereute die Frage aber sofort, schließlich veranstalteten sie kein Ratespiel, obwohl das so auch wieder nicht stimmte.
Sie antwortete nicht.
»Es ist schwarz, oder?«, konstatierte er.
»Ja«, antwortete sie und sah ihn misstrauisch an.
»Wie lange haben Sie das Fahrrad besessen?«, wollte er wissen mit einer fast überdeutlichen Betonung des Wortes »besessen«.
Sie kniff die Lippen zusammen. Sagte nichts. Zuckte mit den Achseln.
»Erinnern Sie sich nicht?«, drängte er.
»Einen Monat oder so. Ich ...«
Er nickte und wartete auf die Fortsetzung, es kam aber keine.
»Also ...«, sagte er und änderte die Tonlage. Er schaute sie milde an. »Wie war das jetzt?«
Seine Stimme war ohne jeden Vorwurf. Sie schaute immer noch hin und her, auf den Boden, die Wände, das Fenster, die Tür.
»Ich habe es gefunden«, gab sie schließlich zu und schien wirklich ein schlechtes Gewissen zu haben.

Plötzlich geriet alles in Bewegung.
»Wie war das nun genau mit dem Haargummi, das du drau-

ßen auf dem Fröjdeberga-Campingplatz gefunden hast?«, fragte Claesson.

»Mit neunundneunzigprozentiger Sicherheit gehörte es Malin Larsson«, antwortete Benny. »Mit anderen Worten, es war ihres. In der winzigen Klammer haben sich ein paar Haare verfangen, die mit Malins DNA übereinstimmen. Der Test ist im Großen und Ganzen zuverlässig.«

»Und gefunden habt ihr das Gummi am Fröjdeberga-Campingplatz?«, fragte Claesson, obwohl er die Antwort wusste. Er war schließlich selbst dabei gewesen, aber er musste gelegentlich seine Erinnerung auffrischen.

Ihm war dieser Zusammenhang schon eine ganze Weile klar gewesen, aber er hatte nicht gewusst, was er mit dieser Information anfangen sollte.

»Ein Stück von den Wohnwagen entfernt, Richtung Fundplatz«, meinte Benny, dessen Haut auf Grund von Schlafmangel lederartig wirkte.

»Wie kommt ihr mit dem Fahrrad weiter?«

»Noch nichts Neues. Das Auto nehmen wir auch gerade auseinander. Fasern, Haare, Fahrradöl. Die Auswertung ist aber noch nicht fertig.«

»Kann man mit einem Golf ein Fahrrad transportieren?«, fragte Peter Berg.

»Nein, eigentlich nicht«, antwortete Claesson.

»Nicht ganz einfach«, stimmte ihm Benny zu.

»Vielleicht, wenn man es darauf anlegt«, meinte Louise.

»Zweifelhaft«, fand Lundin. »Wir können es doch einfach ausprobieren. Die Hälfte des Fahrrads hängt vermutlich hinten raus. Das hätte jemandem auffallen müssen.«

»Aber das Fahrrad hat sich vielleicht nie in irgendeinem Auto befunden«, meinte Erika Ljung.

»Nein, schwer zu sagen«, meinte Claesson.

»Es gibt wirklich viele offene Fragen«, konterte Lundin.

»Aber glaubt ihr wirklich, dass sie bis nach Fröjdeberga geradelt ist? Das sind doch mindestens zwanzig Kilometer«, meinte Louise, als hätte sie nicht zugehört.

»Es sind genau sechzehn«, erläuterte Peter Berg.

»Wieso sollte Malin dorthin geradelt sein? Wie bekommen wir das außerdem mit dem Auto unter einen Hut? Glaubt ihr, es ist ihr hinterhergefahren?«, sagte Louise, und alle grinsten.

»Wie das ausgesehen hätte«, lächelte Lundin, legte die Arme in den Nacken und begann wie immer mit seinem Stuhl vor- und zurückzuwippen.

»Lundin ist mager geworden«, dachte Louise, mit der im Augenblick nicht gut Kirschen essen war. Sie konnte im Augenblick nur an sich denken, aber ihr war trotzdem aufgefallen, dass Lundins kariertes Hemd nicht mehr über dem Bauch spannte.

»Vielleicht ist überhaupt kein Auto in diese Sache verwickelt«, meinte Benny, der jetzt schon eine ganze Weile versucht hatte, ebenfalls etwas zu sagen.

»Oder die Person mit dem Auto befand sich bereits auf dem Campingplatz und wartete auf sie«, meinte Peter Berg.

»Was hätte sie in diesem Fall verlockt, an einem eisigen Novembertag da rauszustrampeln? Das hätte ich jedenfalls nicht getan«, meinte Louise.

»Ich auch nicht«, pflichtete ihr Lundin bei. »Aber man weiß nie. Vielleicht eine Drohung?«

Sie saßen im Konferenzzimmer und bereiteten sich eigentlich darauf vor, mit der Kindergärtnerin Jeanette zu dem Platz zu fahren, an dem sie das Fahrrad gefunden hatte. Sie hatte geglaubt, es habe keinen Besitzer.

»Aber das haben doch alle Fahrräder«, meinte Louise.

»Es war nicht abgeschlossen und lag im Graben. Ihr Auto war kaputt und sollte verschrottet werden. Sie musste sich also ein Fahrrad zulegen. Ihr Lohn reicht nicht für ein neues Auto, jedenfalls nicht im Augenblick, behauptet sie.«

»Offensichtlich reicht er auch nicht für ein Fahrrad«, warf Louise ein, die immer noch recht streitsüchtig war.

»Kindergärtnerinnen haben es nicht so fett«, meinte Erika.

»Und du? Hast du es so viel besser?«, fragte Peter Berg und warf Erika Ljung einen kurzen, viel sagenden Blick zu.

»Doch. Glaube ich zumindest«, entgegnete sie rasch, ohne ihn anzusehen. »Sollen wir das ältere Paar auch mitnehmen?«

»Warum das?«, meinte Louise gereizt, woran sie sich bereits gewöhnt hatten.

Sie war am Vormittag bei einer Anwältin gewesen, die auf Familienrecht spezialisiert und ihr an sich auch sympathisch war, aber die Trennung war trotzdem mühsam. Das hatte sie erzählt, aber meist schwieg sie. Und fauchte.

»Klar, dass wir mit denen noch mal da rausfahren, aber das ist jetzt nicht so wichtig«, meinte Claesson. »Vielleicht erinnern sie sich besser, wenn wir ihnen genau sagen können, wo sie eventuell etwas gesehen haben könnten.«

»Was eventuell an ein Fahrrad erinnert«, ergänzte Louise genauso beißend wie vorher.

Claesson sah sie finster an.

»Ja. Genau«, sagte er.

»Was ist eigentlich mit dieser Krankenschwester? Sie scheint sich nicht recht entscheiden zu können. Jedenfalls nie sofort«, fuhr Louise fort.

»Das wirkt wirklich sehr obskur«, stimmte ihr Peter Berg zu.

»Ist das nicht immer so, wenn man plötzlich mit der Polizei zu tun bekommt?«, meinte Erika Ljung.

»Was?«, wollte Peter Berg wissen

»Das Dasein gerät aus den Fugen.«

Peter Berg schluckte.

»Die ganze Dame scheint aus den Fugen zu sein«, sagte er dann und sympathisierte mit Louise.

»Mir kommt sie nicht so vor«, meinte Claesson. »Sie lässt sich nur leicht einschüchtern. Sie hat wahnsinnige Angst, etwas falsch zu machen. Sie kannte Malin. Das dürfen wir nicht vergessen.«

»Und dann hat sie diesen Sohn, den sie schützen will«, ergänzte Lundin.

»Genau, das ist das Wichtigste«, bestätigte Claesson.

»Ja, das ist klar«, lenkte Peter Berg nachdenklich ein.

»Glaubt ihr, dass er der Täter ist?«, fragte Erika Ljung neugierig und versuchte, in den Gesichtern ihrer erfahreneren Kollegen zu lesen.

Claesson und Lundin sahen sich unschlüssig an.

»In diesem Fall riskiere ich keine Vermutung«, sagte Lundin, ließ die beiden vorderen Stuhlbeine auf den Boden knallen und stand auf. »Ich muss gehen. Wer fährt mit raus?«, fragte er an Claesson gewandt.

Claesson schaute Benny an, und dieser nickte.

»Dann noch Erika und Berg. Wie ist es mit dir?«, erkundigte er sich an Louise gewandt.

»Ich bleibe hier«, erwiderte sie knapp.

Die anderen standen auf.

»Louise«, sagte Claesson, ehe sie das Konferenzzimmer verließen, »kannst du nicht Nina mitteilen, wo wir sind?«

»Sie ist krankgeschrieben.«

Er sah Louise an und erinnerte sich, dass er Nina am Vortag gesehen hatte, wie sie eine bestimmte Praxis recht unbekümmert verlassen hatte. Da war sie noch vollkommen gesund gewesen.

»Ach«, meinte er.

»Sie liegt zu Hause und kotzt.«

»Geht diese Darmgrippe wieder um?«

»Nein. Sie erwartet ein Kind.«

Plötzlich erinnerte er sich an Veronikas bleiches Gesicht.

»Aha«, meinte er ratlos. »Dann sag halt der Vertretung Bescheid.«

»Willst du nicht wissen, mit wem sie zusammen ist?«, fragte Louise, als sie Claesson auf den Korridor begleitete. Einen Augenblick lang war sie wie immer verspielt und neugierig und nicht so scharf und heftig wie seit dem In-die-Brüche-Gehen ihres Privatlebens.

»Vielleicht«, erwiderte er und erwartete, dass er jetzt den Klatsch des Präsidiums zu hören bekommen würde.

»Das wollen wir auch wissen. Aber sie schweigt eisern«, erwiderte Louise und verdrehte die Augen.

»Das ist natürlich ihre Privatsache«, sagte Claesson und dachte, dass es vermutlich nicht Rückenschmerzen oder Muskelzerrungen waren, die Nina Persson dazu veranlassten, den Chiropraktiker aufzusuchen, aber er sagte nichts. Triumphierend behielt er diese Information für sich.

Auf dem Weg zum Fröjdeberga-Campingplatz – Jeanette Johansson saß im Auto neben ihm – überlegte sich Claesson, wie die super geschminkte Nina Persson mit ihrer Puppenfrisur und ihrer schlanken Figur wohl damit zurechtkommen würde, vollkommen aus den Nähten zu gehen. »Aber ich gönne es ihr«, dachte er, bog zum Strand ab und stellte den Wagen an dem Platz ab, den ihm die etwas schuldbewusste Kindergärtnerin zeigte. Es war immer noch ein wenig hell, heller wurde es zu dieser Jahreszeit auch gar nicht.

ELFTES KAPITEL

Sonntag, 2. Dezember

Es war richtig kalt geworden. Eine Kaltfront aus dem Osten. Trockene, winzige Schneeflocken purzelten still zur Erde. Der Garten wirkte wie mit Puderzucker bestäubt.

Es war erster Advent. Klara betrachtete von ihrem Kinderstuhl aus den dunkelroten Stern im Küchenfenster. Auf dem Küchentisch stand ein Adventsgesteck aus Moos, Fliegenpilzen und vier Kerzen. Veronika hatte Safranschnecken gebacken und war ins Elektrogeschäft gefahren und hatte dort nicht weniger als drei Lichterketten für den Garten erstanden. Claes hatte erst gemeutert, ihr dann aber geholfen. Jetzt leuchtete es traulich, je eine Kette hing in den beiden Büschen vor der Haustür und eine in dem stark beschnittenen Apfelbaum vor dem Küchenfenster. Sie wollten sich die weihnachtlichen Schaufenster in der Stadt ansehen. Danach erwarteten sie Janne Lundin und seine Frau Mona zu Adventskaffee und Glögg. Sie würden sich auf eine kurze Runde in der Stadt beschränken, denn es war eisig draußen.

Claes war ins Präsidium verschwunden. Veronika hatte aufgehört zu fragen, was er für Pläne hatte. »Ein paar Stunden arbeiten«, sagte er immer nur. Es waren in letzter Zeit viele Stunden geworden. Seine Schwester Gunilla hatte angerufen und über die Weihnachtsplanung sprechen wollen. Veronika hatte bislang keine Schwägerin gehabt. Sie mochte sie, und vor allen Dingen imponierte sie ihr. Gunilla hatte vier Söhne, ihre ganze

Familie befand sich in ständigem chaotischem Aufruhr, unbeschwert von jedweder Zeiteinteilung oder dem Streben nach Perfektionismus. Jetzt hatte sie es außerdem noch auf sich genommen, über Weihnachten Gäste zu empfangen.

Um halb drei war Claes endlich wieder zu Hause. Sie zogen lange Unterhosen, warme Pullover und Winterstiefel an und setzten Klara auf das Schaffell im Kinderwagen. Dann begaben sie sich Richtung Stadtmitte. Claes war einsilbig und wirkte abwesend.

»Ist was passiert?«, wollte Veronika wissen.

»Vielleicht«, antwortete er. Zum ersten Mal seit seinem Hexenschuss schob er den Kinderwagen.

Sie hörte ihm an, dass er nichts erzählen wollte, und fragte deshalb nicht weiter. Sie ging einfach neben ihm her und dachte daran, wie sein Schweigen sie manchmal ausschloss, ohne dass sie dagegen etwas ausrichten konnte. Aber früher oder später würde sie erfahren, was vorgefallen war.

Es war dunkel geworden. Auf der Storgatan hingen mit Tannenzweigen umwundene Lichterketten über dem Menschengewimmel, und auf dem Lilla Torget erstrahlte der höchste Weihnachtsbaum der Stadt. Ein Weihnachtsmann mit einer versoffenen Stimme jagte Klara eine Heidenangst ein. Aus vollem Hals plärrte sie in das weißbärtige Gesicht, das sich über den Kinderwagen beugte. Claes nahm sie hoch und tröstete sie. Als er mit dem schreienden Kind auf dem Arm dastand, trat eine Frau mit einem Mädchen im Schulalter an ihn heran.

»Das ist also die kleine Klara?«, sagte die Frau, legte Klara eine Hand auf den Rücken und wandte sich mit einem charmanten Lächeln an Claes.

Ihr Ton klang vertraulich, und Veronika wurde von der Einsicht überrumpelt, dass Claes auch eine Existenz außerhalb der Familie hatte. Das hatte sie natürlich die ganze Zeit gewusst, schließlich war sie selbst lange genug berufstätig gewesen, aber vielleicht hatte sie es sich nie so recht eingestehen wollen.

Claes hatte sich rasch gefangen.

»Darf ich vorstellen«, sagte er, als Klara kurz mal die Luft anhielt. »Das hier ist Louise. Veronika.«

Die zwei Frauen maßen sich mit Blicken und gaben sich gehorsam die Hand.

»Wie nett, Sie kennen zu lernen«, sagte Veronika, wie es der gute Ton vorschrieb, und lächelte.

»Ganz meinerseits«, antwortete Louise, die ganz anders aussah, als Veronika sie sich vorgestellt hatte. Alltäglicher, ein wenig müde, aber alles andere als unattraktiv.

»Ich habe von Ihnen gehört«, meinte Veronika.

»Ebenfalls«, erwiderte Louise und lachte vielleicht eine Spur zu laut.

»Und das ist eine deiner Töchter?«, wollte Claes wissen und wandte sich an das verlegene und mürrische Mädchen. Seine eigene Tochter war auf seinem Arm endlich still geworden und betrachtete alle mit todernster Miene. Ihre Mütze war ihr in die Stirn gerutscht und verdeckte ein Auge. Veronika zog sie gerade, wischte Klara die Nase und stellte sich dann dicht neben Claes.

»Genau«, meinte Louise und räusperte sich. »Das hier ist Sofia.«

Sie legte ihrer Tochter einen Arm um die Schultern. Sie standen da wie zwei steif gefrorene Formationen mit verschiedener Familienzugehörigkeit. Alle lächelten, so viel sie nur konnten.

»Es ist kalt«, meinte Claes. »Wir müssen wohl weiter.«

»Bis dann«, sagte Louise zu Claes und zog mit ihrem Mädchen weiter.

Claes nickte, und Veronika verspürte einen wohl bekannten Stich. Mit abwesendem Blick betrachtete sie dann die mit Schneedekor besprühten Schaufenster voller Weihnachtsgeschirr, Bademäntel, Stereoanlagen, Spielsachen und Kochbücher. Das Gedränge nervte Veronika, sie äußerte sich aber nicht darüber. Die Uhr über dem Uhrmacher Svensson stand auf kurz vor halb fünf. Sie begaben sich wieder heimwärts, schoben den Kinderwagen durch den Pulverschnee, vorbei an elektrischen Kerzen in den Fenstern und Lichtergirlanden auf den Balkons und in den Gärten.

Jetzt war Veronika an der Reihe, schweigsam vor sich hin zu brüten. Claes hingegen dachte nicht mehr an die Arbeit. Er war gut gelaunt und gesprächig und versuchte, sie aufzumuntern.

»Was ist los?«, wollte er wissen.

»Nichts«, antwortete sie und presste die Lippen zusammen.

»Ach nein«, seufzte er.

Erneutes Schweigen.

»Louise ist doch mit einem Lehrer verheiratet?«, fragte sie schließlich und versuchte damit unbewusst, sich dem Thema auf Umwegen zu nähern.

»Sie lassen sich gerade scheiden«, sagte er in einem möglichst alltäglichen, beiläufigen und nicht allzu gewichtigen Ton, gewissermaßen ohne die dunklen Schatten.

»Wieso hast du mir das nicht erzählt?«

Ihre Frage klang nicht unbedingt vorwurfsvoll, sondern eher neugierig. Er sah sie fragend an, und sie sah natürlich ein, dass es sie nichts anging, dass sie die Sache zu wichtig nahm und natürlich auch etwas eifersüchtig war. Sie war sich dessen bewusst, dass dies unter anderem auf das entmutigende Gefühl zurückzuführen war, dass sie momentan keine anderen Aufgaben hatte, als sich um Klara zu kümmern. Eine Beschäftigung, die offenbar nicht ausreichte, um ein gesundes Selbstbewusstsein aufrechtzuerhalten. Der Alltagstrott beengte sie. Sie sehnte sich danach, wieder Probleme zu lösen, nach Konflikten und Kaffeepausen und nach den Dingen, die sie an ihrem eigenen Arbeitsplatz angingen.

»Tja, ich weiß nicht«, antwortete er ausweichend. »Du kennst sie ja gar nicht. Und ich habe es selbst auch gerade erst erfahren.«

»Wirklich nicht lustig!«, meinte sie, um etwas gesagt zu haben.

Klara mit ihren Apfelbäckchen schlief auf dem grauen Schaffell im Wagen. »Mein Häschen«, dachte Veronika.

Am Tag darauf, Montag, dem 3. Dezember, verließ Claes zeitig, als Veronika noch schlief, das Haus. Etwas später schlug sie die Zeitung auf.

Ein Mann, der unter dem dringenden Verdacht steht, die dreiundzwanzigjährige Malin Larsson ermordet zu haben, wurde festgenommen. Der Staatsanwalt hat eine Woche Zeit, die nötigen Beweise beizubringen, um eine längere Untersuchungshaft zu erwirken. Der Verdächtige streitet die Tat ab. Er sei nie an dem Ort gewesen, an dem die Tote aufgefunden wurde. Ergebnisse des SKL (des staatlichen kriminaltechnischen Labors) werden noch abgewartet.

»Hätte die Polizei nicht warten müssen, wäre mein Klient heute bereits wieder auf freiem Fuß«, behauptet die Strafverteidigerin Katarina Rosén. Staatsanwalt Roland Wennberg, der die Ermittlungen leitet, war für eine Stellungnahme nicht verfügbar, sagte jedoch vor dem Beschluss auf Untersuchungshaft, dass die Beweise nur für eine einwöchige U-Haft ausreichten. »Wir müssen noch weitere Zeugen hören«, lautete sein Kommentar.

Da die Verhandlung unter Ausschluss der Öffentlichkeit stattfand, konnte Rechtsanwältin Katarina Rosén nicht darauf eingehen, was der Staatsanwalt gegen den Verdächtigen vorzubringen hatte.

*

Endlich war es ihm gelungen, das CD-Regal an der Wand anzubringen. Lange hatte das Metallregal in seiner Verpackung herumgelegen, aber plötzlich hatte er sich einen Ruck gegeben, und im Nu war es erledigt gewesen, wie in einem Rausch, der ihn umtrieb und ihn weder schlafen noch still sitzen ließ. Das Regal war aber immer noch leer. Er stand da, betrachtete den etwas staubigen Stapel mit CDs und überlegte, ob er auch noch die Kraft aufbrachte, sie einzuordnen, aber plötzlich wurde seine Müdigkeit übermächtig. Er konnte seine Gedanken nicht so weit sammeln, um sich zu überlegen, wie er die CDs am besten sortierte, um sie leicht wiederzufinden.

Aber ihm fehlte nicht nur die Kraft, sondern auch die Motivation. Spielte es denn überhaupt eine Rolle, wie er seine Musik ordnete? Ein Großteil seiner Kraft wurde davon in Anspruch genommen, überhaupt so normal wie möglich zu funktionieren, ein Mensch zu sein, der sich ankleidete und zur Arbeit ging. Damit war es zwar nicht zum Besten bestellt gewesen, aber alle um ihn herum waren sehr verständnisvoll gewesen auf eine fast unbegreifliche Art, die ihn verlegen und manchmal sogar wütend machte. Es war irgendwie widerlich, aber natürlich war er nicht so dumm, dass er den kleinen Spielraum, den ihm das einräumte, nicht ausgenutzt hätte. Alle fanden natürlich, dass ihm da etwas Fürchterliches zugestoßen war. Insbesondere die Tatsache, dass niemand so recht wusste, was eigentlich geschehen war. Unerklärliches erschreckte immer und reizte gleichzeitig. Wer hatte es getan? Wer hatte eine junge Frau so unverzeihlich grausam behandelt? Niemand wusste es. Noch nicht.

Vielleicht würde man es nie erfahren, dachte er mit gemischten Gefühlen. Das Leben musste auch ohne eine Antwort weitergehen. Würde er es schaffen, trotz der Ungewissheit weiterzuleben?

Er ließ den CD-Stapel liegen, ging in die Küche, nahm ein Bier aus dem Kühlschrank und blieb neben der Spüle stehen.

Ihm fiel auf, dass er trotzdem erstaunlich wenig empfand. Als würde die Zeit einfach vergehen – all die Menschen in seiner Nähe, die nichts sagten, die beharrlichen Fragen der Polizei, die durchdringenden Blicke der Leute auf der Straße, die unausgesprochenen Fragen und die Vorsicht, die ihn umgaben. Er spielte mit, unterließ es nachzudenken und unterließ es sogar, etwas zu empfinden, vor allem, in sich zu gehen.

Unbewusst, manchmal auch bewusst schob er alle Gedanken an das, was geschehen war, beiseite und vermied somit, dem eigentlichen Vorfall nahe zu kommen. Er tat dies, um die Leere und das frustrierende Gefühl der Einsamkeit ertragen zu können sowie die alles verzehrende Kälte, die die Tatsache umgab, dass es unwiderruflich war. Es ließ sich nicht ändern, obwohl sie ihm so wichtig und so verzweifelt nahe gewesen war. Aber jetzt nicht mehr. Oder doch, ein wenig vielleicht. In Gedanken. Nahe und gleichzeitig so fern.

Aber es war nicht nur seine Schuld. Wenn sie nicht so stur gewesen wäre, sich nicht geweigert hätte, ihm zu antworten, sich nicht hätte erweichen lassen, sondern stattdessen auf ihn gehört hätte, versucht hätte zu verstehen, was er sagen wollte, dass er ihr eigentlich wohl gesinnt war, dann wäre er nicht so wütend geworden. Aber sie hatte ihn fast höhnisch angelächelt, ihm regelrecht ins Gesicht gegrinst.

Er hatte ganz einfach vollkommen die Beherrschung verloren, aber wem wäre es in vergleichbarer Situation nicht ebenso ergangen? Er war schließlich auch nur ein Mensch, und wenn man berücksichtigte, wie es ihm zeitweise ergangen war, war es noch verständlicher.

Wie konnte sie nur glauben, dass er akzeptieren würde, dass sie keine Rücksicht auf seine Gedanken und Gefühle nahm? Dass sie es sich ganz plötzlich anders überlegt hatte. Als wären seine Gefühle nicht genauso viel wert gewesen. Als wäre es plötzlich nur noch auf ihre Gefühle angekommen. Sie hatte geglaubt, mit seinen Gefühlen spielen zu können, ohne dass er etwas unternahm. Dass er trotzdem noch da sein würde. Wie konnte sie es nur wagen, das zu glauben? Deswegen hatte er es ihr gezeigt.

Er hob die Bierdose an die Lippen, schloss die Augen und trank mit so großen Schlucken, dass ihm die Augen tränten. Sofort wischte er sich mit dem Handrücken über die Wangen, schließlich durfte es nicht aussehen, als würde er heulen.

Die plötzliche Reaktion trat sowohl unerwartet als auch stark ein. Die heftigen Gefühle überfielen ihn förmlich. Er sah sich gezwungen, tief Atem zu holen. Die eigene Hand im Gesicht, eine Berührung Haut an Haut. »Wie man ein Kind tröstet«, dachte er. Er war sich bewusst, dass er ein sehr einsamer Mann war. Zutiefst unglücklich und nicht zuletzt sich selbst unbeschreiblich fremd.

Langsam begannen seine Schultern zu beben. Es war still

im Haus, so still, dass er es in den Wänden knacken hören konnte. Unbewusst umfasste er die leere Bierdose mit den Fingern. Drückte zu und zermalmte das nachgiebige Blech. Sein Arm zitterte, und die Adern an den Schläfen schwollen an. Er biss die Zähne zusammen und prustete dann so, dass die Spucke spritzte. Er zermalmte die Dose, aber auch seine Wut.

Er fühlte einen stechenden Schmerz in der Hand. Er streckte seine Finger aus, warf die Dose in die Mülltüte und stellte dann fest, dass er sich nicht an dem Blech geschnitten hatte. Obwohl es egal gewesen wäre.

ZWÖLFTES KAPITEL

Luciatag, Donnerstag, 13. Dezember

Claesson befand sich in dem leicht gereizten, aufgedrehten Zustand, den zu viel Kaffee, zu wenig Schlaf und zu spärliche Resultate hervorrufen. Er hätte es besser wissen und sich zurückhalten sollen. Trotzdem war er in aller Herrgottsfrühe aufgestanden, hatte Kaffee gekocht, die Zeitung durchgeblättert und dann den Fernseher im Wohnzimmer angemacht. Aus dem Lautsprecher erklang das jahrhundertealte Lucialied wie aus einer anderen Welt. Er betrachtete die Lichtgestalt, die langsam, gefolgt von den Mägden, durch den Dom in Lund schritt. Er hatte den Fernseher ganz leise gestellt, aber trotzdem erwachte Veronika an diesem dunklen, stimmungsvollen Morgen. Verschlafen lehnte sie sich von hinten an seinen Rücken.

»Und wieder ist Lucia«, sagte sie mit belegter Stimme, und er spürte ihren Morgenatem im Nacken.

»Hm.«

»Ich will nicht, dass die Jahre vergehen. Jetzt nicht mehr.«

»Seit wann?«, fragte er.

»Seit ich fünfundvierzig bin.«

»Da werde ich wohl noch warten müssen«, entgegnete er.

Er war drei Jahre jünger als sie. Veronika scherzte immer, sie habe sich an einem Kind vergriffen.

Ein Knabenchor erschien im Bild und sang *Stefan war ein Stallknecht,* und Claes stimmte ein.

»Wir danken ihm so gerne«, sang er, und es klang richtig schön, »er tränkte seiner Fohlen fünf – unter dem hellen Stern – noch war die Dämm'rung fern – die Sterne am Himmel funkelten.«

Das Lied abbrechend, sagte er dann: »Erwachsen werden bedeutet, dass man nicht mehr mit spitzem Hut hinter der Lucia hermarschieren muss.«

»War das so schrecklich?«

»Die Mädchen waren immer so süß mit Lametta im offenen Haar. Und wir mussten mit dieser Narrenmütze herumlaufen. Außerdem saß sie nie richtig, sondern rutschte hin und her.«

»Warum fängst du eigentlich nicht wieder an zu singen«, sagte sie, legte einen Arm um ihn und zog ihn fest an sich, »und trittst einem Chor bei?«

»Wann hätte ich dazu Zeit?«

Sie legte den Kopf nach hinten und zog die Brauen hoch.

»Vielleicht nicht gerade jetzt, aber etwas später«, meinte sie leichthin.

»Wann ist später?«

Sie ließ ihn los. Die Worte hingen in der Luft, während sie in die Küche ging.

»Später, das kann jederzeit sein«, fuhr sie fort, als sie zurückkam. »Fast sofort. Oder nächste Woche. Möchtest du Pfefferkuchen und Safranschnecken?«

»Nein danke. Wahrscheinlich gibt es Luciakaffee im Büro. Ich muss los.«

Sie verstummte.

»Seid ihr nicht bald mit dieser Sache fertig?«

Er hörte aus ihrer Stimme eine Mischung aus Enttäuschung und Sehnsucht heraus. Vielleicht auch den Wunsch, dass das Ganze bald vorüber sein würde. So empfand er es auf alle Fälle selbst. Ein Gefühl der Frustration hatte ihn ergriffen, und er fand, dass es an der Zeit war, wieder mit dem eigenen Leben zu beginnen.

Der Mann, den sie vorläufig festgenommen hatten, war in Ermangelung sowohl eines Geständnisses als auch solider Beweise wieder auf freien Fuß gesetzt worden, denn es gab nur Indizien. Sie hatten ihn gewissermaßen auf gut Glück festgenommen, was vielleicht dumm und außerdem gemein gewesen war. Seine Gefühle waren gemischt. Er fühlte sich hin und her gerissen. Unter allzu großem Druck entwickelte man leicht mal einen gewissen Zynismus, dachte er, trotzdem hatte es ihn erleichtert, als der sensible Fahrradmechaniker – zumindest einstweilen – aus der Untersuchungshaft entlassen worden war.

Draußen war es grau und diesig, aber es lag noch etwas Schnee. Die Tische im Kaffeezimmer waren mit roten Servietten gedeckt, auf denen Pfefferkuchenherzen lagen. Janne Lundin war gerade in ein fröhliches Gelächter ausgebrochen, und alle am Tisch, selbst Claesson, lachten mit. Da klingelte sein Handy.

»Wir haben eine Tasche reinbekommen«, sagte Joelsson am anderen Ende und klang außerordentlich gut gelaunt. »Ich glaube, das ist was«, meinte er fast triumphierend.

Claesson trank einen Schluck alkoholfreien Glögg und aß den Rest seiner gelben Safranschnecke, in der sich nicht die Spur von echtem Safran fand – Veronikas waren besser, sie konnte zwar nicht kochen, aber dafür backen –, und winkte dann Louise zu sich, die an einem anderen Tisch saß.

Auf einem Tisch zwei Stockwerke tiefer stand eine Tasche aus dunkelblauem Nylon, die an einen kleineren Sack erinnerte. Sie besaß einen Schulterriemen, der sich von der einen Seite gelöst hatte. Claesson beugte sich über die Tasche, versuchte reinzuschauen und erblickte eine Thermoskanne. Unter anderem.

Ein älterer, warm gekleideter Herr saß daneben auf einem roten Plastikstuhl. Claesson kam er vage bekannt vor. Er hatte seine karierte Schirmmütze mit Ohrenklappen abgenommen und sie über ein Knie gehängt, seine Jacke jedoch nicht aufgeknöpft. Nichts deutete darauf hin, dass er schwitzte. Sein Gesicht war kreidebleich. »Wahrscheinlich ist man verfroren, wenn man älter wird«, dachte Claesson, beugte sich zu ihm herab und legte ihm eine Hand auf die Schulter.

»Sie haben diese Tasche also gefunden?«, sagte er aufmunternd.

»Wie bitte?«

Der Mann hielt eine Hand hinters Ohr und schaute Claesson mit wässrigen Augen an.

»Also Sie haben diese Tasche gefunden«, wiederholte mit lauterer Stimme.

»Ja, genau«, sagte der Mann. »Mein Name ist Roland Johansson, aber alle nennen mich Rolle.«

»Wir freuen uns, dass Sie diese Tasche gefunden haben«, meinte Claesson. »Wir haben lange nach ihr gesucht.«

Der Mann gehörte vermutlich zu jener großen Anzahl Menschen, die sich ihre spärliche Rente oder ihre Sozialhilfe mit dem Sammeln von Pfandflaschen und -dosen aufbesserten.

»Ich habe die Sache schließlich verfolgt«, sagte Rolle mit Verschwörerstimme. »Das arme Mädchen.«

»Das war gut. Können Sie mir vielleicht erzählen, wo genau Sie die Tasche gefunden haben?«

»In einem Müllsack.«

»Wo?«

»Ein Stück weit weg«, sagte Rolle und deutete mit der Hand Richtung Fenster. Er trug schwarze Handschuhe.

»Wie weit denn?«, fragte Claesson.

»Bei der Statoil-Tankstelle.«

»Der am Kreisverkehr?«

»Nein, der an der westlichen Ortsausfahrt«, antwortete Rolle und deutete mit der anderen Hand in die entgegengesetzte Richtung.

»Ist der Alte so weit gelaufen?«, überlegte Claesson. »Für sein Alter muss er wirklich ganz schön fit sein.«

Im Verlauf des Nachmittags stand fest, dass keiner der Männer, die in erster Linie des Mordes an der jungen Malin Larsson verdächtigt worden waren, irgendwelche Fingerabdrücke auf der Tasche oder ihrem Inhalt hinterlassen hatten. Sie enthielt eine Thermoskanne aus rostfreiem Stahl, zwei Plastikbecher, Würfelzucker in einer Plastiktüte, eine ungeöffnete Rolle Marie-Kekse und eine Glasflasche mit so saurer Milch, dass sie bereits geronnen war. Mit einem gewissen Aufwand ließen sich einige Fingerabdrücke außer denen von Malin sichern. Die Tasche hatte zuoberst und relativ geschützt in dem Müllsack gelegen, in den es weder hineingeregnet noch hineingeschneit hatte, da der Deckel der Mülltonne geschlossen gewesen war. Der Fund war nicht bei der Tankstelle gemacht worden, sondern bei einer Parkbucht, die etwa einen halben Kilometer westlich davon lag. Laut Stadtreinigung wurde die Mülltonne im Winter nur sehr selten geleert, und dafür war Claesson im Augenblick außerordentlich dankbar.

Mittlerweile bewegte er sich wieder recht unbeschwert. Sein Hexenschuss war verschwunden und bremste ihn nicht mehr. Oder nur in ganz bestimmten Augenblicken, aber kaum noch so, dass es aufgefallen wäre. Das konnte sich aber rasch wieder ändern, dessen war er sich sicher. Die geringste falsche Bewegung, ein Ruck, ein zu schwerer Gegenstand oder zu viele Stunden am Schreibtisch, und es würde wieder von vorne anfangen. Er war auf dem Weg zu Louise und überlegte, wie er die Sache angehen sollte.

»Ich fahre heute nirgendwohin«, betonte sie. »Es ist Lucia. Ich muss nach Hause zu den Mädchen. Ich will Janos nicht schon wieder bitten müssen.«

Claesson stand ihr gegenüber. Sie saß an ihrem Schreibtisch und sah nachdenklich aus. Es fiel ihr schwer, Nein zu sagen, das kostete sie Kraft, da sie lieber immer Ja sagen und als zuverlässig und tüchtig gelten wollte. Die meisten Dinge erledigte sie mit links und außerdem oft noch mit einem forschen Lächeln. Aber jetzt zuckten ihre Mundwinkel nicht einmal.

Sie hatte Magen- und Kopfschmerzen. »Hätte ich überhaupt Kraft dazu?«, überlegte sie und wusste, dass er schlimmstenfalls sagen konnte, dass das zu ihren Dienstverpflichtungen gehöre. Da konnte sie dann auf die Märtyrerrolle zurückgreifen.

Der Auftrag lockte sie, nicht zuletzt, weil er schwierig war. Heikle Aufgaben hatten immer eine spezielle Anziehung auf sie ausgeübt. Besonders jetzt. Die Aufgabe war so groß und schwer, dass sie alles andere vergessen konnte, auch sich selbst. Der Versuch, in das psychologische Labyrinth eines Mordes einzudringen, der für Schlagzeilen gesorgt hatte, reizte ihren Kampfgeist. Außerdem hätte es ihrer Eitelkeit geschmeichelt, dem inneren Kreis anzugehören.

Claesson schien nachzudenken. Erika war noch nicht ganz so weit, das hatte er schon mehrfach gedacht. Wenn sie bald einmal zwei voll ausgebildete Frauen im Team hatten, würde alles einfacher werden. Dieses Mal brauchte er unbedingt eine Frau.

»Wie wäre es mit morgen?«, wollte er wissen.

Sie starrte vor sich hin und hoffte auf eine Eingebung. Es bereitete ihr einen gewissen Genuss, jemanden hinhalten zu dürfen. Sie fühlte sich wirklich sadistisch.

»Okay«, antwortete sie schließlich. »Das gibt mir Zeit, meine Mutter um Unterstützung zu bitten. Wir müssen doch wohl übernachten?«

»Vermutlich. Ich weiß es zu schätzen!«, sagte er anerkennend. Er hatte wieder gute Laune und lachte, aber zu seiner großen Bestürzung brach Louise vollkommen unvermutet lautstark in Tränen aus. Er war völlig überrumpelt und wusste weder, was er sagen, noch, was er tun sollte. Vielleicht war es ein Fehler gewesen, sie zum Mitkommen zu überreden. Sie war ganz offenbar aus dem Gleichgewicht.

»Keine Sorge«, sagte sie, als hätte sie seine Gedanken gelesen. »Ich werde Ruhe bewahren. Aber ich bin Anerkennung gar nicht mehr gewohnt. Du weißt schon, das bisschen normale Freundlichkeit«, sagte sie und begann, in ihrem Schreibtisch nach einem Papiertaschentuch zu suchen.

Am nächsten Tag, Freitag, dem 14. Dezember, befanden sie sich auf dem Riksvägen 23 Richtung Växjö. Bis dort waren es knapp zwei Stunden. Der Wald stand in dichter Einförmigkeit, die von einzelnen Kahlschlagzonen, so genannten Erneuerungsflächen, unterbrochen wurde. Eine festgefahrene dünne Schneeschicht bedeckte die Fahrbahn. Der Himmel war düster. Sie rekapitulierten den Fall. Louise hatte ihre Notizen auf den Knien. Sie legten sich, soweit möglich, eine Strategie zurecht. Im Übrigen standen Improvisation und Offenheit ganz oben auf der Tagesordnung.

Das Präsidium war nicht schwer zu finden. Es lag wie ein buttergelber Karton am Oxtorget, flankiert vom Multiplexkino Filmstaden und dem Radisson-Hotel. Auch das Untersuchungsgefängnis und die Staatsanwaltschaft befanden sich im selben modernen Gebäude, das dank seiner Innenausstattung anfänglich ihren Neid erweckte. Aber bei näherem Hinsehen wirkte dann doch alles recht grau.

Inspektor Johan Wilhelmsson empfing sie. Ein sympathischer Mann um die vierzig ohne Ehering, wie Louise, die Männer in letzter Zeit mit ganz anderen Augen betrachtete, feststellen konnte. Sie aßen Käsebrötchen und tranken Kaffee, und sie merkte selbst, dass sie etwas zu wild gestikulierte und zu laut lachte, konnte sich aber nicht bremsen. In der Tiefe ihrer Seele wusste sie, dass man eine langjährige und innige Beziehung nicht einfach von heute auf morgen austauschen konnte. Das war frustrierend. Die Zeit, die alles brauchte, machte ihr wie immer zu schaffen. Es dauerte erbärmlich lange, wieder auf die Füße zu kommen. Nicht Wochen, sondern Monate und vermutlich Jahre. Aber trotzdem ließ sie ihrer Verzweiflung freien Lauf, und es war ihr egal, was Claesson meinte, falls er überhaupt eine Meinung dazu hatte.

Die Akte über Eberhard Larssons Tod im Eis vor vierzehn Jahren war inzwischen im Archiv ausgegraben worden. Sie war nicht sonderlich umfangreich und lag jetzt vor ihnen. Louise blätterte und las hier und da ein paar Zeilen.

»Ist dieser See weit entfernt?«, wollte sie wissen, schlug die Beine übereinander und lehnte sich zu Inspektor Wilhelmsson vor.

»Nein. Der liegt sozusagen mitten in der Stadt«, sagte er

und nutzte die Gelegenheit zur Flucht unter dem Vorwand, eine Karte zu holen.

Louise und Claesson überflogen gemeinsam die Akte.

Larsson wurde um ca. 6.15 h von Hrn. Arnold Agewall, der mit seinem Hund unterwegs war, im Südteil des Sees aufgefunden. Larsson lag etwa 20 m vom Ufer entfernt, das Gesicht im Wasser. Das Eis war aufgegangen, vermutlich auf Grund des Körpergewichts.

Sie lasen weiter. Die Obduktion hatte Erfrieren in Kombination mit Ertrinken als Todesursache ergeben. Nichts wies auf Gewalteinwirkung hin. Eberhard Larsson hatte nicht weniger als eins Komma sechs Promille im Blut gehabt, was dafür sprach, dass er eine gut trainierte Leber gehabt haben musste, um überhaupt noch aufrecht gehen zu können.

»Ein schöner Tod«, sagte Louise träumerisch und mit einem Blick, der den inzwischen wiedergekehrten Inspektor Wilhelmsson dazu veranlasste, verunsichert stehen zu bleiben, während er einen Stadtplan von Växjö vor ihnen ausbreitete.

»Was hatte er eigentlich auf dem Eis verloren?«, fragte Claesson.

»Keine Ahnung«, erwiderte Wilhelmsson abweisend. Er hatte keine Veranlassung gehabt, sich mit dem Fall zu befassen, und wusste also eigentlich gar nichts darüber, wie sich herausstellte, aber er kannte sich in Växjö sehr gut aus.

»Man hielt es für einen Unfall im Suff«, sagte Claesson, ohne den Blick von der Akte zu heben. »Übrigens, der Mann, der sich um die Angelegenheit gekümmert hat, Gösta Stolt, wo ist der?«

»Weiß nicht so genau«, meinte Wilhelmsson, »zu Hause, vermute ich. Er ist in Pension. Als ich ihm zuletzt begegnet bin, wollte er in die Gegend von Ljungby zur Elchjagd. Er ist ein rüstiger Rentner«, konstatierte Wilhelmsson, suchte die Adresse hervor und erklärte ihnen, wie man hinkam. Er beschrieb ihnen auch, wie man zu den Verwandten von Malin, bei denen diese eine Zeit lang gewohnt hatte, und zu ihrem Bruder Alexander kam.

»Wo übernachten wir am besten?«, wollte Claesson wissen.

»Auf der anderen Straßenseite oder im Hotel Cardinal in der Bäckgatan.«

Sie bedankten sich und gingen, nachdem Louise ein letztes Mal versucht hatte, Wilhelmsson mit ihrem Blick zu verschlingen, was dieser jedoch nur mit einem höflichen Lächeln beantwortet hatte.

»Der ist ohnehin nichts für mich«, dachte sie auf der Treppe nach unten. »Wahrscheinlich interessiert er sich gar nicht für Frauen!«

Bis zur Södra Esplanaden war es so nah, dass Louise es vorzog zu laufen. Mit raschen Schritten ging sie an einem Friedhof vorbei, kam über die Bahngleise und hatte dann nur noch ein kurzes Stück Weg vor sich. Es klarte auf. »Würde ich hier wohnen wollen?«, überlegte sie, wie sie das inzwischen immer tat. Darüber ließ sich natürlich nach einer raschen Fahrt durch die Stadtmitte und die Randbezirke nichts sagen. »Würde ich eine Kollegin von diesem steifen Wilhelmsson werden wollen?«

Die Verwandten wohnten in einem netten Reihenhaus an einem Park. Gelb, mit weißen Fensterläden, Vorgarten mit abgedeckten Rosen und frostigem Rhododendron. Die Frau, die ihr aufmachte, war zwischen fünfundsechzig und siebzig. Sie hatte auffällig volles, stahlgraues Haar, das so geschnitten war, dass es in alle Richtungen abstand. Wahrscheinlich hätte es ordentlich in Wellen liegen sollen. Sie war dünn, hielt sich sehr aufrecht und kannte vermutlich kein Pardon. Ihr Händedruck war fest und energisch.

»Liljan Grönroos«, sagte sie und ließ Louise ins Haus.

Die Küche war klein, so wie man in den Fünfzigern gebaut hatte, aber das Wohnzimmer dahinter, von dem man in den Garten und den Park blickte, war geräumig.

»Fantastische Aussicht! Wirklich eine ruhige und schöne Gegend«, begann Louise, aber Liljan Grönroos schien nicht zuzuhören.

»Mein Mann ist bei der Arbeit«, informierte sie ernst. »Das macht er mehr zur Zerstreuung«, fuhr sie fort. »Wir sind beide in Rente. Er hilft auf dem Amt. Er ist Spezialist für Wasserreinigung.«

Louise setzte sich auf ein Chesterfieldsofa auf einem Perserteppich und schaute auf eine schwere, hohe Orrefors-Vase auf einem Mahagonitisch.

»Wie Sie wissen, bin ich hier, um mich nach Malin zu erkundigen«, sagte Louise.

Liljan zog ein Taschentuch hervor und schnäuzte sich.

»Ja, du lieber Himmel, dass es so schlimm enden würde!«, meinte sie.

Eine kurze Pause trat ein.

»Ich bin ihre Tante. Alles war so chaotisch, nachdem Ebbe im Eis einbrach. Schon vorher waren schwere Jahre gewesen, aber da, als zum zweiten Mal innerhalb von so kurzer Zeit eine Trauernachricht kam, sagten uns mein Mann und ich, dass wir helfen müssten.«

»Sie entschlossen sich also, sich um die Kinder zu kümmern?«

»Das Jugendamt war natürlich eingeschaltet. Man kann sich schließlich nicht um die Kinder anderer Leute kümmern, wie es einem gerade einfällt. Aber man traute uns zu, den Kindern die Stütze zu sein, die sie brauchten. Wir nahmen sie also zu uns. Unsere zwei eigenen Kinder waren da schon ausgeflogen, wir hatten also Platz. Vermutlich wäre es nicht leicht gewesen, Pflegefamilien zu finden, und schließlich ist Blut dicker als Wasser.«

Louise nickte.

»Sie zogen also bei Ihnen ein.«

»Malin und Alexander, Camilla aber nicht. Sie zog nach Malmö. Ein patentes Mädchen. Ich fand zwar damals, dass sie noch zu jung war, aber sie hat sich gut gemacht. Vielleicht war es auch schön für sie, für sich sein zu können und sich nicht die ganze Zeit um ihre Geschwister kümmern zu müssen. Eberhard war nicht sonderlich für häusliche Arbeiten. Mit ihm hatte man wirklich seine Last«, sagte sie und zerknüllte ihr Taschentuch.

»Wieso das?«, erkundigte sich Louise vorsichtig.

»Man soll ja von den Toten nicht schlecht reden, aber verantwortungslos war er. Er trank zu viel. Es ist ein Wunder, dass aus den Kindern überhaupt was geworden ist.« Sie starrte leer vor sich hin. »Entschuldigen Sie, ich dachte gerade nicht daran, dass Malin … von uns gegangen ist.«

Louise nickte.

»Malin und ihr großer Bruder sind also hier eingezogen?«

»Genau. Das ging gut. Sie hatten dann doch ein etwas geordneteres Leben«, sagte sie stolz. »Sie waren sehr anstellig und ruhig. Ich denke da hauptsächlich an Malin, denn Alexander zog nach einem Jahr oder so schon wieder aus …«

Sie schaute zum Fenster und blinzelte, wie man das tut, wenn man sich in Erinnerungen verliert.

»Vielleicht war es auch nur ein halbes Jahr«, fuhr sie fort. »Man vergisst so leicht. Es fiel ihm wahrscheinlich schwer, sich anzupassen«, meinte sie, wieder an Louise gewandt. »Er war recht mürrisch und aufsässig. Als er ungefähr fünfzehn war, zog er mit einem Freund in eine Wohnung hier in der Stadt.«

Louise hörte eine gewisse Bitterkeit.

»Die Pubertät sind keine leichten Jahre!«, sagte die grauhaarige Dame dann so verächtlich, dass es Louise kalt den Rücken herunterlief.

Die Jugend wurde immer als eine Periode mit Schweiß, Akne und Verzagtheit dargestellt, die man vollkommen aus dem Leben des Menschen ausradieren sollte, dachte Louise. Einige Kinder schienen irgendwie übrig zu bleiben, keiner wollte sie haben, aber irgendeiner ist dann aus Pflichtgefühl oder was immer doch bereit, die Betreuung zu übernehmen, jedenfalls äußerlich. Schlafplatz, Verpflegung und Hilfe mit der Wäsche. Aber dass jemand dann auch noch beschwerlich war, nein, dafür gab es vermutlich keinen Platz.

»Gibt es was Besonderes aus diesen Jahren, das Sie mir erzählen wollen?«, wollte Louise wissen.

Liljan reckte sich, zog ihren Pullover nach unten und begann an ihrer Perlenkette zu nesteln.

»Ich wüsste nicht, was. Es passierte eigentlich nie etwas Besonderes. Die Tage vergingen einfach.«

»Meine Güte!«, dachte Louise. »Zwei Teenager im Haus, und es passiert nichts Besonderes.« Normal wäre gewesen, wenn es im Haus nur so gescheppert hätte. Zumindest ab und zu. Aber die Kinder hatten sich vermutlich nicht getraut, dachte sie müde. Eine leise und zurückhaltende Anpassung war das Einzige, was für das fremde Element in einem wohl geordneten und vielleicht etwas gefühlskalten Haushalt in Frage kam.

»Sie erlebten sie also als recht in sich gekehrt?«, fragte sie.

»Das kann man sagen«, sagte Liljan und schaute Louise an. Die bereits niedrig stehende mattgelbe Sonne spiegelte sich in ihrer Brille. »Aber wir tolerierten natürlich nicht alles. Wir waren es immer gewohnt gewesen, dass man aufeinander Rücksicht nimmt. Unsere Kinder sind so erzogen.«

»Wie alt sind Ihre eigenen Kinder?«

»David ist dreiunddreißig und Lotta achtunddreißig.«

»Und sie wohnen beide hier in der Stadt?«

»David schon, Lotta aber nicht. Sie wohnt in Hultsfred.«

»Und sie waren in dieser Zeit nur selten zu Hause?«

»Stimmt. Vor allem David. Ab und zu schaute er mal vorbei. Das tut er immer noch.«

»Ich würde mich gern auch mit ihm unterhalten«, sagte Louise. »Mehr der Vollständigkeit halber«, meinte sie noch. Liljan gab ihr Adresse und Telefonnummer.

»Ich weiß, dass es viele Jahre her ist, aber könnten Sie mir vielleicht trotzdem das Zimmer zeigen, in dem Malin gewohnt hat?«

»Natürlich«, antwortete Liljan Grönroos, erhob sich und strich ihren Faltenrock glatt.

Das Haus hatte anderthalb Stockwerke und Keller. Sie gingen eine schmale und steile Holztreppe hinauf. »Wie die Jakobsleiter aus der Bibel«, dachte Louise. Das Obergeschoss war klein, zwei winzige Zimmer nebeneinander und ein größeres so genanntes Elternschlafzimmer gegenüber mit einer kleinen Diele dazwischen. Eng, fand Louise. Kleine Kinder, die Angst vor der Dunkelheit hatten und ihre Eltern in der Nähe haben wollten, fanden dort vielleicht Geborgenheit. Aber für größere Kinder, denen ihre Integrität und eine gewisse Freiheit wichtig waren, war diese räumliche Nähe zu intim. Besonders wenn man außerdem noch ein fremder Vogel war und eigentlich nicht dazugehörte, dachte sie und hatte Lust, an die Wand zu klopfen, um zu sehen, wie hellhörig es war. Sie nahm jedoch davon Abstand.

»Alex ist dann ins Erdgeschoss gezogen«, meinte Liljan, als hätte sie ihre Gedanken gelesen. »Wir haben noch ein Zimmer neben der Haustür. Malin hätte auch gern dort gewohnt, aber wir fanden, dass sie in ihrem Zimmer bleiben sollte, wo sie schon einmal ein eigenes Zimmer hatte.«

»Die Geschwister hielten also zusammen?«, fragte Louise und betrachtete den kleinen Perserteppich. »Vielleicht ein Gebetsteppich«, dachte sie. Frau Liljan Grönroos mit Pantoffeln mit Spange hielt inne, hörte auf, an ihren Perlen herumzufingern, und zögerte eine halbe Sekunde. Dann presste sie ihre Hand auf die Lammwolle auf ihrer Brust, als wolle sie ihr Herz daran hindern durchzugehen.

»Ja«, antwortete sie knapp, drehte sich um und begann die Treppe hinunterzugehen.

Auf der Jakobsleiter hatte man doch direkt in den Himmel gehen können, aber auch in die entgegengesetzte Richtung. Louise überlegte, ob sie auch in die Hölle geführt hatte, als sie hinter der beherrschten, freundlichen Dame herging, die sich nichts vorzuwerfen hatte, auch wenn ihr nichts sonderliche Freude bereitet zu haben schien.

Ganz hinten im Keller stand der Karton. Malins wenige Habseligkeiten waren ordentlich zusammengepackt. Daneben ein paar Küchenstühle, ein Küchentisch, eine kleine Kommode, die sie vermutlich geerbt hatte, eine Stehlampe, ein zerlegtes Bücherregal sowie eine Kiste mit Küchensachen und eine mit Bettwäsche und Handtüchern. Und dann eben ein Karton mit persönlicheren Gegenständen, darunter auch Tagebücher. Er stand ganz hinten und ganz unten. Niemand schien diesen Umzugskarton geöffnet zu haben, seit Malin ihn dort abgestellt hatte.

Louise hatte die ganze Zeit das Gefühl gehabt, dass es weitere Tagebücher geben müsste, hatte aber nie richtig die Zeit gehabt, nach ihnen zu suchen. »Jetzt habe ich sie doch noch gefunden«, dachte sie. Natürlich hätten sie schon früher nach Växjö fahren sollen, aber besser spät als nie!

Louise rief Claesson an, der das Auto hatte. Sie wollte den Umzugskarton direkt mitnehmen. Falls das strebsame Ehepaar Grönroos noch nicht so neugierig gewesen war, in diesen Sachen zu wühlen, wollte sie es auch gar nicht erst auf den Gedanken bringen.

Claesson und Louise stellten Malins Karton in den Wagen, bedankten sich bei Frau Grönroos für die Zusammenarbeit und fuhren zum Präsidium.

Claesson hatte den Bruder nicht erreicht, dafür aber seine Ehefrau, eine recht bleiche und eher vorsichtige Frau, die bei der Krankenkasse arbeitete. Sie hatte nicht viel zu erzählen gehabt, weder über Malin noch über ihren Ehemann, das war merkwürdig, aber deswegen noch lange nicht verdächtig. Sie hatte ihrem Mann ein Alibi für Allerheiligen gegeben: Sie seien fast das ganze Wochenende zu Hause gewesen. Claesson glaubte, dass sie ihre Schwägerin nicht mochte, hatte ihr aber nichts entlocken können, um das zu untermauern. Dass Malin ermordet worden war, schien sie, wenn überhaupt, äußerst wenig zu berühren.

Im Präsidium durften sie den Karton in einer Ecke abstellen. Dieses Mal half ihnen nicht Wilhelmsson, sondern eine resolute Kollegin, die offenbar von ihrer Anwesenheit und den Grund dafür wusste. Es hatte sich herumgesprochen, was den Vorteil besaß, dass sie nicht mehr das Gefühl hatten zu stören, sondern sich regelrecht willkommen fühlten.

»Ich glaube, dass Alexander irgendwo hier in der Nähe ist«, meinte Claesson, als sie in einem engen Café in der Storgatan saßen, das »Askelyckan« hieß.

Er hatte ein Gebäck mit Zuckerguss genommen, sie nur eine Tasse Kaffee. Es war voll. Überall standen brennende Teelichter in schweren runden Haltern aus rotem Glas, die an Schneebälle erinnerten. Auf den Tischen lagen grüne Deckchen.

»Ich werde auch nicht wieder dort anrufen, sondern einfach hinfahren. Ich habe nämlich zu der Frau gesagt, dass ich mich telefonisch anmelden würde. Ich will, dass du mitkommst.«

»Heute Abend?«, fragte Louise.

Er nickte, knöpfte seine Jacke auf und nahm ein paar zusammengerollte Papiere aus der Innentasche und breitete sie auf dem Tisch aus. Erst schob er jedoch noch die Krümel mit der Hand auf den Fußboden. Eine der Kellnerinnen sah ihn, warf ihm einen müden Blick zu und kam mit einem Lappen.

»Soll ich den Tisch abwischen?«, fragte sie in breitem Småländisch, das aus der Verfilmung eines Heimatromans hätte stammen können.

»Danke.« Claesson lächelte. Er hob die Papiere an, während sie mit dem Lappen herumwischte.

Da hatte Louise auch schon gesehen, worum es sich handelte.

»Die spezifizierten Telefonrechnungen?«

»Genau.«

Sie riss die Papiere an sich und überflog sie rasch, während Claesson seinen Kaffee schlürfte und auf ihre Reaktion wartete.

»Siehst du, was ich sehe?«, wollte er wissen, noch bevor sie etwas gesagt hatte.

»Ich glaube«, erwiderte sie und legte ihren Finger auf einen Punkt unterhalb der Mitte auf einem der vielen Computerausdrucke, »hier hat er aufgehört, die Nummer anzurufen. Ganz und gar. So ein Idiot!«

»Genau!« Claesson nickte zufrieden.

»Hast du das die ganze Zeit gewusst?«, fragte sie kritisch, als hätte er bewusst Informationen zurückgehalten.

»Peter Berg ist das aufgefallen, um ehrlich zu sein. Aber ich habe nicht recht auf ihn gehört, nicht ausreichend jedenfalls. Ich habe das übergangen. Aber jetzt sind wir ja hier«, meinte er, um zu betonen, dass es keinen Sinn hatte, etwas zu bereuen.

Sie nickte und strich sich mit den Fingern über den Nasenrücken, rieb sich die Augen und gähnte hinter vorgehaltener Hand.

»Müde?«

»Ja.«

»Du wirst noch eine Weile nicht ins Bett kommen.«

»Schon okay«, sagte sie und ging Kaffee nachschenken.

»Wie viele Leute!«, dachte sie. Växjö war größer, als sie geglaubt hatte. Das Publikum, das am Tresen anstand, war recht gemischt, altersmäßig, sozial und ethnisch. Wahrscheinlich sah es bei ihnen bei Nilsson an einem Werktag kurz vor Weihnachten genauso aus. Aber sie wusste das nicht, da sie nur selten ins Café ging und höchstens mal Gebäck nach Hause oder in die Arbeit mitbrachte.

»Was machen wir jetzt?«, wollte Louise wissen, nachdem sie sich wieder gesetzt hatte.

»Was anderes. Wenn es stockdunkel ist, fahren wir zu ihm raus, damit wir durchs Fenster schauen können. Wir müssen außerdem mehr in der Hand haben. Die Liste reicht vor Gericht nicht aus«, meinte er und schlug so hart auf die Papiere, dass sie fast zu Boden gefallen wären.

»Dann kann ich vorher auf jeden Fall noch David Grönroos aufsuchen«, meinte sie.

Claesson nickte.

»Womit haben wir es eigentlich zu tun?«, fragte sie und verzog den Mund.

»Wer das wüsste«, erwiderte er geheimnisvoll.

Louise nahm den Wagen, Claesson besorgte zwei Hotelzimmer und streckte sich dann auf seinem Bett aus. Vielleicht hätte er die Stadt anschauen, einen Spaziergang machen und den Dom besichtigen sollen, dessen zwei Türme an die Ohren eines wachsamen Hasen erinnerten, aber seine Trägheit übermannte ihn. In der Gewissheit, nicht gestört zu werden, schlief er sofort ein. Mit dem Schreien eines Babys und auch mit anderen Anforderungen war nicht zu rechnen. Er würde sich einer Weile der Einförmigkeit hingeben. Er hatte das nötig. Nicht einmal seinen Rücken spürte er. Dann wollte er den pensionierten Kriminalinspektor Gösta Stolt aufsuchen, der in der Stadtmitte in der Nygatan wohnte. Er würde zu Fuß gehen.

David Grönroos wohnte in dem südlichen Vorort Teleborg. Louise schaute sich im Auto den Stadtplan an, fuhr auf die Ausfallstraße, vorbei an einer Schwimmhalle und einem weiteren See, allerdings auf der anderen Seite des Växjösjö. Laut Stadtplan hieß er Trummen. Es hatte begonnen, leicht zu schneien, aber auch wieder nur winzige Schneeflocken, die zu Matsch werden würden. Nach links ging es zum Universitätsviertel, aber sie bog rechts in ein Wohnviertel ab. Die Adresse war nicht leicht zu finden. Sie musste anhalten und einen Mann nach dem Weg fragen. Schließlich kam sie, nachdem sie sich etliche Male verfahren hatte, in ein Viertel mit einigen Mietshäusern zwischen den Einfamilienhäusern.

David Grönroos wohnte allein in einer Dreizimmerwohnung. Er wirkte sehr ordentlich und hatte gerade ein Fertiggericht aus der Mikrowelle genommen, ein Bier aufgemacht und sich vor den Fernseher gesetzt. Louise hatte den Eindruck, dass seine Mutter ihn vorgewarnt hatte.

Sie trat ein.

»Störe ich beim Essen?«, fragte sie.

»Das macht nichts«, erwiderte er, aber es war ihm anzusehen, dass er das Gegenteil dachte.

Louise fand, dass er einsam wirkte, aber vielleicht irrte sie sich. Alles war sehr aufgeräumt. Über dem Küchentisch hing ein kleiner Kronleuchter. Das überraschte sie.

»Sie können weiteressen, während wir uns unterhalten.« Sie fand es selbst nicht sonderlich angenehm, sich beim Essen zuschauen zu lassen, schließlich waren Mahlzeiten ein gemeinsames Ritual.

»Ihre Cousine Malin ...«, begann sie. Sie saß auf einem mit schwarzem Leder bezogenen Stuhl, den Block auf den Knien.

Das reichte, um ihn in Gang zu bekommen.

»Betrübliche Geschichte«, sagte er direkt und aß gleichzeitig mit herzhaftem Appetit seine Lasagne. »Das hätte man wirklich nicht geglaubt, dass es einmal so enden würde.«

»Nein.«

»Sie hat sich so gefreut, dass sie reingekommen ist.«

»Wie bitte?«

»Also auf diese Hochschule.«

Louise nickte.

»Hat sie Ihnen das erzählt?«

»Klar. Sie musste hier auch weg. Sie müssen wissen, dass diese Kinder es nicht leicht hatten!«

Louise nickte.

»Aber jetzt sei endlich mal sie an der Reihe, hat sie vor ihrem Umzug gesagt«, fuhr David fort. »Wollen Sie übrigens ein Bier?«

»Nein, danke. Hat sie das gesagt?«, nahm Louise den Faden wieder auf und erinnerte sich gleichzeitig an einen Satz aus Malins Tagebuch: *Jetzt bin ich an der Reihe.*

»Womit hatte sie denn noch Pech, außer dass ihre Mutter starb und ihr Vater im Eis ertrank?«

David Grönroos hörte auf zu kauen und schaute sie durchtrieben an.

»Das ist eine gute Frage«, antwortete er, so wie es alle guten Verkäufer gelernt haben, und das war er auch und zwar durch und durch.

»Vielleicht etwas, was sie nur Ihnen erzählt hat?«

Grönroos starrte sie an, bewertete sie als Frau und fand sie vermutlich uninteressant. Dann betrachtete er durch das schmutzige Wohnzimmerfenster die Baumwipfel.

»Da war irgendwas mit einem Mann, glaube ich«, sagte er und stocherte auffallend graziös mit dem Daumennagel zwischen den Schneidezähnen.

Louise wurde es ganz heiß.

»Das klingt interessant«, sagte sie.

»Ja, aber mehr weiß ich auch nicht«, erwiderte er und kaute weiter.

Sie presste die Lippen zusammen und dachte nach. Hatte es einen Sinn, die Befragung fortzusetzen? Sie entschloss sich, alles auf eine Karte zu setzen.

»Und dieser Mann waren nicht zufällig Sie?«, fragte sie.

Er glotzte sie an und brach dann in lautes Gelächter aus.

»Ich bitte Sie!«, antwortete er im Brustton der Überzeugung.

»Man kann nie wissen«, meinte Louise.

»Aber ich weiß es«, antwortete er. »Früher hatte ich auch gelegentlich mal was mit Frauen, aber jetzt schon lange nicht mehr.«

»Nicht?«

»Nein. Ich hatte endlich mein Coming-out«, sagte er. »Das Doppelspiel ist vorbei.«

Sie nickte und merkte, dass sie hochrot geworden war.

»Erinnern Sie sich an den Tod von Eberhard Larsson auf dem Eis?«, fragte sie.

»Daran erinnere ich mich recht gut. Alle sprachen davon, müssen Sie wissen! Es gab auch eine polizeiliche Ermittlung, allerdings keine Zeugen. In den frühen Morgenstunden war er sturzbetrunken nach Hause getaumelt. Es war wohl nicht zu klären, ob er einfach eingebrochen war oder ob ihn jemand aufs Eis gelockt hatte. Wer das auch immer hätte sein sollen. Was hatte er überhaupt auf dem Eis zu suchen? Man versuchte das Ganze so zu erklären, dass Ebbe so betrunken gewesen sei, dass er den falschen Weg eingeschlagen und den Spazierweg, der um den See herumführt, verfehlt habe. Vielleicht hatte er auch versucht, den Heimweg über den See abzukürzen. Schließlich wohnten sie nicht so weit weg. Er war stockbesoffen, als er aus der Kneipe kam und wollte natürlich rasch nach Hause. Das klingt durchaus nach einer guten Erklärung«, meinte er und sein Blick verlor sich in der Ferne.

Louise holte ihn in die Wirklichkeit zurück.

»Was haben Sie Allerheiligen gemacht?«, fragte sie schroff.

»Sie wollen mein Alibi wissen«, erwiderte er breit lächelnd. Er hatte einen leichten Überbiss.

»Ja, bitte!«, erwiderte Louise etwas spitz und schlug mit ihrem Stift auf den Block.

»Ich war verreist.«

»Wo?«

Sie trommelte immer rascher mit dem Stift auf den Block.

»In Kopenhagen.«

»Kann das jemand bezeugen?«

»Ja.«

»Wer?«

»Stefan.«

»Adresse und Telefonnummer, danke«, sagte sie und bekam beides.

»Warum haben Sie das nicht gleich gesagt?«, fragte sie, während sie schrieb.

»Ich zanke mich gern ein wenig«, antwortete er, und Louise merkte, dass sie wütend wurde.

»Haben Sie Malin oft getroffen, als sie noch bei Ihren Eltern wohnte?«, fragte sie dann aber, um sich von ihrem Ärger abzulenken.

Er zuckte mit den Achseln.

»Manchmal. Aber für mich war sie ein kleines Kind. Wir hatten kaum was gemeinsam. Sie war recht süß und einsilbig. Meine Eltern haben sich in der Notsituation in die Bresche geworfen, und niemand hat es ihnen gedankt«, meinte er. Er unterdrückte ein Aufstoßen.

»Was für einen Dank haben sie sich denn erwartet?«, überlegte Louise auf dem Weg zu ihrem Auto. Ob Liljan Grönroos wohl wusste, dass ihr Sohn schwul war? Sehr viel sprach dafür, dass er seine Mutter darüber im Dunkeln ließ. Es war auch nichts Neues, dass die nächsten Angehörigen sich am längsten betrügen ließen, dachte sie wütend. Man sieht nur, was man sehen will, und hört nur, was man hören will. Sie selbst hatte schließlich auch die Augen zugemacht. Jedenfalls recht lang. Vier oder fünf Monate bei genauerem Nachdenken. Sie hatte die Augen zugemacht und so getan, als sei nichts, bis es nicht länger ging.

Der Schnee war eine Segnung, dachte Claesson, obwohl er aufpassen musste, dass er nicht ausrutschte. In letzter Zeit war er gezwungen gewesen, extra vorsichtig zu sein. »Das Anpassungsvermögen des Menschen ist unglaublich«, dachte er. Er stolperte wie ein Rentner herum, und auch das ging. Es war zwar nicht sonderlich angenehm, aber okay.

Gösta Stolts Frau öffnete. Sie war ganz reizend, wie sein Vater sich ausgedrückt hätte. Wenig später trat Gösta aus dem Badezimmer. Claesson hörte die Spülung.

»Entschuldige, aber das ist so eine Sache mit der Prostata!«, begann er, drückte Claesson fest die Hand und lächelte ihn kollegial an.

Stolt schien ebenso reizend zu sein wie seine Frau, obwohl man Männer wohl nur ungern so charakterisierte. Claesson hatte fast sofort das Gefühl, dass er Stolt gerne in seinem Team gehabt hätte. Mit ihm gab es keinen Ärger. Bescheiden, fleißig und freundlich, Eigenschaften, die im gegenwärtigen Arbeitsleben nicht sonderlich geschätzt wurden. Jetzt waren Flexibilität, Visionen und Durchsetzungsvermögen angesagt. Ob dann noch sonderlich viel gearbeitet wurde, war eine andere Sache. Resultate zählten irgendwie nicht.

Eberhard Larssons Tod auf dem Eis war Gösta Stolt durchaus nicht entfallen.

»Zeit zum Abendessen«, sagte seine Frau und blickte ins

Zimmer. »Ich weiß, dass ihr zu arbeiten habt, aber eine Kleinigkeit würde vielleicht trotzdem schmecken.«

Claesson hätte fast schon automatisch Nein gesagt, da merkte er, dass er Hunger hatte. Außerdem fühlte er sich bei den Stolts wohl. Sie schienen ihr Rentnerdasein zu genießen, und er wurde fast schon neidisch im Voraus. Das wäre auch so etwas gewesen, was sein Vater hätte sagen können, wäre er noch am Leben gewesen. Er nahm also dankend an, und Frau Stolt legte in der Küche los.

»Du hast die Akte gelesen, habe ich gehört«, sagte Stolt.

»Ja.«

»Da steht eigentlich nicht viel drin.«

»Stimmt. Aber das ist ja häufig so. Es gibt immer viel, was sich nicht schriftlich festhalten lässt.«

Stolt nickte.

»Die Sache war wirklich zu bedauerlich, vor allem wegen der Kinder«, sagte er. »Erinnert etwas an das Kinderbuch *Sieben kleine Heimatlose.* Dass Larsson Alkoholiker war, war kein Geheimnis. Darauf kamen wir schnell, und er hatte auch einen wahnsinnigen Alkoholpegel im Blut, als er aufgefunden wurde. Selbst wäre man da vermutlich schon halb bewusstlos gewesen. Zumindest war das die Ansicht des Gerichtsmediziners. Aber Larsson war ein Tier. Er hatte auch nie seine Arbeit verloren. Bei seiner Firma waren sie in der Tat recht bestürzt. Der Mann war tüchtig. Über sein Privatleben wussten sie dort offenbar nicht so viel. Es war eben wie immer. Man redete über Fußball, Pferderennen, den Urlaub und die Jagd.«

Beide lachten.

»Aber du hast die Kinder getroffen. Woran erinnerst du dich?«, fragte Claesson.

»Tja, was soll ich sagen. Sie waren natürlich kreidebleich und am Boden zerstört. Nach Katastrophen verstummen Kinder ja manchmal vollkommen.«

Claesson nickte.

»Ich denke da hauptsächlich an den Jungen. Er nahm sich so wahnsinnig zusammen. Ich drang fast gar nicht zu ihm durch. Er antwortete fast überhaupt nicht. Es war irgendwie ...«

Gösta Stolt verstummte, überlegte, zog seine dunkelblaue Wolljacke glatt, die er über einem Hemd trug, das am Hals aufgeknöpft war. Er war schlank und sehnig und hielt sich sehr gerade. Er suchte die richtigen Erinnerungsbilder und Worte.

»Du kannst einfach sagen, was dir einfällt«, meinte Claesson. »Ich schreibe das schon nicht in den Bericht.«

Der ältere Kollege schaute ihm in die Augen und fasste sich ein Herz.

»Um es einmal so zu sagen«, meinte er, »ich hatte das deutliche Gefühl, dass zumindest der Sohn irgendwie in die Sache verwickelt war.«

»Du meinst, in den Tod seines Vaters?«

Gösta Stolt nickte.

»Das war nur so ein Gefühl«, fuhr er fort. »Absolut nichts Handgreifliches, aber du weißt ja, die Intuition ist gefährlich.«

»Schon, einerseits kann man sich in gewissen Bereichen auf sie verlassen, aber sie kann einen auch auf den Holzweg führen.«

»Genau das«, erwiderte Stolt. »Aber wenn es um diffusere Situationen geht – wir können das mal Gefühle nennen –, dann funktioniert die Intuition besser. Jedenfalls ist das meine Erfahrung. Im Unterschied zu seiner kleinen Schwester – die Älteste war, soweit ich mich erinnere, zum Zeitpunkt des Unglücks nicht zu Hause – hatte der Junge weder gemerkt oder auch nur daran gedacht, dass sein Vater weggegangen war – was sich damit erklären ließ, dass er zu diesem Zeitpunkt selbst nicht zu Hause gewesen war –, noch, dass er nicht nach Hause gekommen war. Die Kleine sagte nicht so viel, sie war recht schüchtern, etwa neun oder zehn, aber sie erzählte zumindest, dass sie gerade Hausaufgaben gemacht habe, als ihr Vater gegangen sei. Sie waren es wohl gewohnt, dass sich niemand um sie kümmerte, dachte ich. Aber irgendwie war da etwas an ihrer stillen Art, stur zu behaupten, dass sie nicht begriffen hätten, dass etwas nicht in Ordnung gewesen sein könnte. Ich weiß nicht ...«

»Was weißt du nicht?«

»Ja, was bloß?«, wiederholte Stolt gedankenversunken. »Ich glaube, die Kinder wussten, schon bevor wir dorthin kamen, was passiert war. Wir weckten sie gegen sieben Uhr morgens, bevor sie zur Schule mussten. Nicht einmal, dass ihr Vater nicht im Bett lag, schien sie zu erstaunen. Ich glaube, dass sich das dadurch erklären lässt, dass sie wussten, was passiert war. Vielleicht sogar ... tja!«, meinte er, und sah Claesson nachdenklich in die Augen. Claesson nickte, dass er verstanden hätte. »Mehrere Nachbarn erzählten nämlich«, fuhr Stolt fort, »dass sie früher hin und wieder gesehen hätten, wie die Kinder nach ihrem Vater gesucht hätten, wenn dieser auf Kneipentour war. Sie hatten ihn dann nach Hause geschleift.«

»Aber dieses Mal nicht?«

»Nein, dieses Mal nicht«, erwiderte Stolt.

Claesson hatte sich trotz der herzerweichenden Geschichte von der Ruhe und Nachdenklichkeit seines älteren Kollegen anstecken lassen. Er ergriff diese äußerst seltene Gelegenheit und entspannte sich, obwohl er im Dienst und an einem fremden Ort war. Außerdem hatte er etwas, worüber er nachdenken musste.

Mit Frau Stolts Kohlrouladen im Magen ging er zurück zum Hotel Cardinal. Frau Stolt gehörte noch zu der Generation Frauen, die kochen konnte. Richtiges Essen, keine Fertigsaucen. Aber die Zeiten hatten sich verändert, und darüber war er eigentlich nicht traurig. Er genoss es, selbst etwas in der Küche glänzen zu können. Kochen sei die einzige kreative Hausarbeit, hatte er einmal eine Kollegin sagen hören. »Das stimmt«, dachte er. Die Luft kühlte seine Wangen, und es war dunkel geworden. Växjö nahm sich mit Schnee auf den Straßen und Weihnachtsbeleuchtung recht gut aus. Es waren viele Leute unterwegs, und auf der Storgatan herrschte beinahe

Gedränge. »Weihnachtseinkäufe«, dachte er. Bis Heiligabend waren es noch zehn Tage, und die Geschäfte hatten länger geöffnet. Was sollte er nur Veronika schenken?

Er nahm die Schaufenster unter die Lupe und hoffte, dass etwas Passendes auftauchen würde, damit er diese Sorge loswurde. Bei näherem Nachdenken gefiel ihm die Aufgabe jedoch auch. Aber so wie viele andere Männer schwarze Wäsche in der falschen Größe und mit zu großen Körbchen kaufen? Damit würde er nicht punkten können. Veronika würde ihn auslachen und fragen, was er von ihr dachte. Er musste grinsen, als er sich die Szene vorstellte. Aber ein Schmuckstück? Das war zwar auch etwas fantasielos, aber warum nicht? Wenn er es in Växjö kaufte, würde er es aber nicht umtauschen können, dachte er praktisch. Aber manchmal musste man eben etwas riskieren, ging es ihm durch den Kopf, als er die Ladentür öffnete.

Natürlich war er nicht allein im Laden, und das war auch gut so. Er hatte Zeit, sich ordentlich umzusehen und sich eine Vorstellung von den Preisen zu machen. Er wusste nicht, was Gold und Edelsteine kosteten. Das Schmuckstück sollte schlicht sein, aber nicht unbedingt billig. Veronika trug nicht viel Schmuck, aber der, den sie besaß, war einfach und schön. Sie war wählerisch.

Er hörte ein junges Paar am Verkaufstisch fragen, was es koste, später weitere Brillanten einsetzen zu lassen. Sie probierten Eheringe an. Er hatte nie einen Ring getragen. Ob er sich daran gewöhnen könnte? Der Gedanke kam ihm, während er dem Gespräch des Paares lauschte. Sie versuchten, sich auf Weißgold oder Rotgold, breit oder schmal zu einigen. Die Verkäuferin war geübt freundlich und geduldig. Sie wusste, dass es sich um einen wichtigen Kauf von großer symbolischer Bedeutung handelte.

Dann war er an der Reihe.

»Ein Paar Ohrringe«, sagte er.

»Für Löcher in den Ohrläppchen?«, wollte die Verkäuferin wissen, und er dachte blitzschnell nach.

»Ja«, antwortete er bestimmt. Veronika hatte doch durchstochene Ohrläppchen. Oder?

Sie legte ihm ein Samttablett nach dem anderen hin.

»Darf ich fragen, für wen die Ohrringe bestimmt sind?«, fragte die Verkäuferin und sah ihn freundlich und überhaupt nicht neugierig an. »Ich meine, wie alt ist die Beschenkte? Oder sind die Ohrringe für eine Heranwachsende oder ein Kind?«

»Sie sind für meine Frau«, hörte er sich sagen und spürte, dass seine Ohrläppchen warm wurden.

Als er später seinen Schlüssel vom Portier in Empfang nahm, hatte er ein kleines Paket in der Jackentasche. »Zu Hause hätte ich die vermutlich nie gekauft«, dachte er. Kleine, mit ein paar Brillanten besetzte Sterne. Er hätte es einfach nicht über sich gebracht, zu einem Goldschmied zu gehen, nur damit anschließend alle wussten, was er gekauft hatte. Manchmal hatte es seine Vorteile, dass einen niemand kannte, dachte er. Man konnte leichter mal spontan sein. Auch in Gedanken offenbar. Warum hatte er gelogen? Veronika und er waren gar nicht verheiratet.

»Wir essen anschließend«, sagte Louise und versuchte ihren Weg auf dem Stadtplan zu verfolgen.

Claesson war die Straße Richtung Norden zu den neuesten Stadtteilen an diesem Tag bereits einmal gefahren, fand den Weg in der Dunkelheit jedoch nicht wieder. Alexander Grenberg und seine Frau und das etwa Einjährige, er erinnerte sich nicht mehr, ob es ein Mädchen oder ein Junge gewesen war, wohnten im Erdgeschoss. Der Stadtplan war veraltet, die für den Autoverkehr gesperrte Sackgasse, nach der sie suchten, war nicht eingezeichnet, Claesson hatte sie aber, so gut es ging, nachgetragen.

So allmählich fanden sie das Haus, parkten aber ein paar Häuser weiter. Gegenüber war noch nichts gebaut, der Wald jedoch schon gefällt, und die Bagger standen in Bereitschaft.

Schweigend gingen sie nebeneinanderher. Kein Mensch war

draußen. Es war kälter geworden, der Schnee war gefroren, und es war glatt.

»Nette Gegend«, meinte Louise mit leiser Stimme.

»Wenn erst mal ein paar Büsche gewachsen sind, wird das schon«, entgegnete Claesson.

Sie kamen von hinten und gingen im Schutz der Dunkelheit über eine Rasenfläche, die von den Häusern umstanden wurde. Claesson zeigte Louise die Wohnung von Alexander Grenberg.

»Da ist es stockdunkel«, sagte Louise.

»Ja.«

»Vielleicht sind sie nicht da. Schließlich ist Freitagabend«, meinte sie.

»Möglich.«

»Was machen wir jetzt?«

Sie sah ihn fragend an. Der Atem stand ihr vor dem Mund.

»Wir warten bis morgen«, antwortete Claesson. »Aber wir können schon mal an den Garagen und am Parkplatz vorbeigehen.«

»Klar. Was fährt er für einen Wagen?«, wollte Louise wissen.

»Einen Saab 9000, Baujahr 1987, mit Heckklappe. Ideal für Familien mit Kindern. Kostet etwa zehntausend Kronen. Guter Preis für einen Lehrer in Werken, der gerade erst angefangen hat.«

»Du klingst wie ein Autoverkäufer«, sagte Louise.

»Schon möglich«, erwiderte er und starrte auf die Erde. Er versuchte zu sehen, wo Eis war.

»Und?«, meinte sie. Sie hatte das Gefühl, dass immer noch eine Frage unbeantwortet war.

»Das Auto ist dunkelrot«, fuhr Claesson fort. Da glitt sein linker Fuß aus, und er wäre beinahe hingeknallt, aber Louise fing ihn im letzten Augenblick auf, indem sie ihn am Arm packte.

Der Schmerz in seinem Rücken war katastrophal.

»Zum Teufel!«, fluchte er.

»Was ist?«

»Der Scheißrücken«, brachte er mit Mühe über die Lippen. Gleichzeitig versuchte er, den Schmerz abzuschwächen, indem er langsam den Rücken streckte und sich dann vorsichtig vorbeugte und mit den Händen auf den Knien abstützte.

Grenbergs Wagen stand nicht auf dem Parkplatz, der zu seiner Wohnung gehörte. Dort stand ein anderer Saab. Er schien neuer zu sein. Und er war weiß.

»Hast du noch Kraft, den Umzugskarton durchzuschauen, oder soll ich das allein machen?«

Louise hatte ihr Handy abgestellt, nachdem sie die Kollegen zu Hause gebeten hatte, den Besitzer des weißen Wagens bei der Zulassungsstelle zu ermitteln. Es war halb neun. Claesson war nur mit Mühe wieder ins Auto gekommen und langsam ins Stadtzentrum gefahren. Sie sahen nicht weniger als zwei Autos im Straßengraben. Es war inzwischen spiegelglatt.

Claesson sagte kein Wort. Er war enttäuscht, dass er seinen Rücken wieder angeknackst hatte und erneut zum Invaliden geworden war. Das machte ihn fertig.

»Soll ich fahren?«, fragte Louise, der seine Niedergeschlagenheit natürlich aufgefallen war.

»Kein Problem«, antwortete er.

»Willst du nicht irgendwas schlucken?«

Ihre Stimme war mütterlich und ihr Blick besorgt.

»Vielleicht«, erwiderte er seufzend.

Sie fuhren beim Hotel vorbei. Claesson nahm ein paar Schmerztabletten und hoffte, nicht zu benommen von ihnen zu werden. Dann wechselten sie sich doch am Steuer ab. Louise parkte auf dem Oxtorget, und nach einigem Hin und Her durften sie den gelben Butterkarton endlich betreten. Das Präsidium war still wie ein Grab.

Sie stellte sich ans Fenster und wollte sich orientieren.

»Von hier aus sehen die direkt auf den Friedhof«, sagte sie. »Man sieht sogar das eine oder andere Grablicht. Stimmungsvoll.«

»Ja«, sagte Claesson, klappte den Deckel hoch und seufzte schwer. »Hat die ganze Sache nicht überhaupt auf dem Friedhof angefangen?«

Louise wandte dem Fenster den Rücken zu und begann in Malins Habseligkeiten zu wühlen. Sie hatten den Karton auf zwei Stühle gestellt, damit Claesson sich nicht bücken brauchte. Eine Schreibtischlampe leuchtete gelb.

»Du meinst Malin Larssons Friedhofswanderung mit dem schüchternen und vorsichtigen Freund Alf?«, fragte sie.

»Ja.«

»Irgendwas ist da passiert«, meinte sie nachdenklich.

»Glaubst du?«

»Ja.«

»Das glaube ich auch«, erwiderte er und nahm einen größeren Metallkasten mit einem recht schlechten Vorhängeschloss aus dem Karton. Er umfasste das Schloss und bog es hin und her, aber es ging nicht auf.

»Sie hatte ihre Geheimnisse unter Verschluss«, meinte Louise.

»Stimmt.«

»An dem Schlüsselbund, den sie bei sich hatte, war ein kleiner Schlüssel.«

»Ich weiß«, fiel er ihr ins Wort, packte das Schloss erneut und machte einen Ruck. Der Bügel ging auf.

»Ein schwaches Schloss. Wir konnten schließlich nicht warten, bis wir den Schlüssel haben«, entschuldigte er sich, nahm das Vorhängeschloss ab und vier dicke Tagebücher in unterschiedlichen Größen aus dem Kasten. Er legte sie auf den Tisch.

Louise machte die Deckenlampe an, und der unbarmherzige blauweiße Schein von Neonröhren fiel auf die Tagebücher. Sie ordneten sie in chronologischer Reihenfolge an und begannen dann zu blättern.

»Wir können gleich alles lesen«, meinte Claesson.

»Das mache ich mehr als gern«, meinte Louise. »Vermutlich geht das schnell.«

Eine konzentrierte Stille trat ein. Irgendwo ratterte ein Zug vorbei.

Louises Blick fuhr über die spärlichen Zeilen. Die Sätze waren recht knapp und mit Bleistift, Kugelschreiber oder verschiedenfarbigen Filzstiften geschrieben. Die Seiten waren liebevoll verziert. Sticker, gemalte Bilder und Muster waren zwischen die Texte gequetscht. Louise begann ihre Lektüre etwa zur Zeit des Umzugs, als man Malin und ihren Bruder gezwungen hatte, ihre Zimmer zu Hause zu räumen, um sie bei Familie Grönroos einzuquartieren. Jedenfalls hatte Malin nicht die Schule wechseln müssen.

Ungefähr zwei Monate nach dem Tod des Vaters stand da:

Es ist jetzt so weit bis zu Lollo. Ich habe keine Lust, bis dahin zu radeln. Liege auf dem Bett. Könnte auch runtergehen und fernsehen, aber Tante Liljan ist vermutlich lieber allein. Alex kommt nie nach Hause. Er will hier nicht wohnen.

Zwei Wochen danach:

Müde in der Schule. Vielleicht kann ich zu Hause bleiben? Aber das geht nicht. Ich kann nicht zu Hause bei der Tante sein. Wohin soll ich nur?

Zwei Monate später war der Bruder ausgezogen.

Heute fragte Roland, warum ich so still bin. Ist er nicht ganz bei Trost? So was kann man doch nicht beantworten. Er packte mich am Oberarm. »Lass das!«, sagte ich und wollte ihm schon sagen, dass Lehrer Schüler nicht schlagen oder zu etwas zwingen dürfen. Er sah mich ernst an. »Du musst essen!«, sagte er zu mir. Alle Lehrer sind verrückt. Sie glauben, dass alle Mädchen an Magersucht leiden. Ich habe keinen Hunger. Warum soll ich dann was essen? Aber Roland ist nett.

Eine Zeile darunter stand mit großen Buchstaben:

Ich träume von jemandem. Ich träume von ihm.

Die Zeit verging, und der Sommer näherte sich seinem Ende. Malin schien mit ihren Klassenkameraden baden gegangen zu sein, vielleicht nicht oft, aber zumindest einige Male. Ob es neue Freunde aus der Gegend, in der sie jetzt wohnte, oder die alten Mitschüler waren, wurde nicht recht deutlich. Sie gehörte wohl an beiden Orten irgendwie dazu. Oder nirgends. Vermutlich konnte es genauso gut auch so sein. Vielleicht war das das Wahrscheinlichste, obwohl das eine düstere Perspektive darstellte, dachte Louise und versuchte das traurige Gefühl der Verlassenheit und des Verrats zu unterdrücken, das sie die ganze Zeit begleitet hatte, während sie mit dem Malin-Larsson-Fall befasst war.

»Was für furchtbare Eltern sie gehabt haben«, kam ihr plötzlich über die Lippen, aber Claesson hörte nicht zu, er brummelte was und überging ihren Kommentar, dem auch kein normaler Mensch widersprochen hätte.

Malin war gezwungen gewesen, ein paar Sommerwochen mit ihren Pflegeeltern in einem Sommerhaus mitten im Wald zuzubringen. Es sei saulangweilig gewesen, las Louise. Malin hatte keine Lust, Blaubeeren oder Pilze in einem Wald zu pflücken, in dem es vor Mücken nur so wimmelte, und man konnte sich wirklich fragen, was ihre so genannten nächsten Angehörigen sich eigentlich dabei dachten. Ihnen schien vollkommen die Gabe abhanden gekommen zu sein, sich in die Bedürfnisse eines Kindes hineinzuversetzen. Wahrscheinlich hatten sie nie irgendwelches Einfühlungsvermögen, Fantasie oder Engagement besessen. Die Tochter hatte Louise nie getroffen, aber den Sohn, David Grönroos, und der war auch nicht gerade die Herzlichkeit in Person, und zu lachen gab es bei ihm auch nichts. Sie hatte die Eifersucht geahnt, als sie bei ihm gewesen war. Zwei neue Kinder, die das Elternhaus okkupiert hatten, um die man sich sorgte und die Geld kosteten. Klaustrophobisch, ganz einfach. Liljan Grönroos wusste, was sie wollte, und wusste vermutlich auch, was das Beste für alle war, und so handelte sie.

Im Übrigen waren die Kommentare in Malins erstem Sommer ohne Eltern eher spärlich. Zu spärlich, fand Louise. Die Stille war fast beklemmend. Vermutlich war es Malin nicht nur unerträglich langweilig, sie war auch irgendwie gelähmt gewesen.

Alex in der Stadt getroffen. Er lud mich auf ein Eis ein. Wie ein Erwachsener. Sonst war er wie immer. Sich das vorzustellen, alles entscheiden zu dürfen, wenn man erwachsen ist. Ich freue mich schon darauf, wenn die Schule wieder anfängt. Es ist langweilig, nichts zu tun zu haben und die ganze Zeit nett sein zu müssen.

So ging es weiter. Einsam, als sei die Luft um sie herum dünn und kalt, jedoch ohne größere Klagen, ohne Wutausbrüche oder Flüche. Eine stille Beschreibung der Lage und die ewige Sehnsucht, endlich erwachsen zu werden und ein eigenes Leben führen zu dürfen.

Louise nahm das nächste Tagebuch, grellrosa Einband, dick und mit runden Ecken. Die Handschrift hatte sich etwas verändert, war aufmüpfiger. Malin hatte mit ihrer Schrift experimentiert, das tat man in diesem Alter, erinnerte sich Louise. Zeitweilig hatte sie selbst versucht, ihre Schrift nach links kippen zu lassen, obwohl das für sie unnatürlich gewesen war, aber sie hatte sich von dem Mädchen an ihrem Pult beeinflussen lassen, das Linkshänderin war. Sie hatte das schick gefunden und hatte versucht, ein eigenes Profil zu finden. Es war ihr damals jedoch noch nicht aufgegangen, dass einem das nicht gelang, indem man andere imitierte. Malin hatte angefangen, sehr gerade zu schreiben, die eckigen Buchstaben waren höher und schmaler, und in den Zeilen stand mehr. Sie war jetzt etwa fünfzehn, und der Inhalt war ungefähr so strukturiert wie früher. Kurz, alltäglich, etwas altklug. »Manche sind schon sehr früh im Leben gezwungen, sich auf ihr eigenes Urteil zu verlassen«, dachte Louise.

Malin schien nicht aus der Bahn geworfen worden zu sein, dachte Louise beim Lesen. Sie hatte nicht protestiert, indem sie herumgebrüllt, mit Sachen geworfen und in den falschen Kreisen verkehrt hatte. Sie hatte keine Drogen genommen und mit Männern rumgemacht. Jedenfalls ging das nicht aus dem Tagebuch hervor, und auch niemand von denen, die sie befragt hatten, hatte davon erzählt. Etwas heikel beim Essen. Das war alles.

Eines war auffällig. Kein Freund wurde mit Namen genannt. Kein einziger. Auch keine Freundin, dachte Louise, die es vermeiden wollte, von vornherein davon auszugehen, dass sie mit einem Mann zusammen gewesen sein musste. Es war immer nur von Freunden die Rede. Seltsam! In Tagebüchern von Teenagern ging es doch sonst um Liebesqualen, um heftige Anbetung aus der Ferne, übertriebene Idealisierung des Angebeteten und Hass und Verzweiflung, wenn was zu Ende war. Kurz und intensiv, gleichgültig, in welche Richtung es ging. Das Objekt dieser Begierde tauchte in der Regel auch mit Namen und mit einer kaum objektiven Beschreibung auf. Glut und Leben und große Pläne. Nichts davon fand Louise.

»Wie kommst du vorwärts?«, fragte sie Claesson.

»Gut.«

Er befand sich gerade in Malins Welt als Pflegehelferin in einem Heim für altersdemente Menschen. Das war das neueste Tagebuch. Die letzte Eintragung hatte sie einige Wochen vor ihrem Umzug gemacht, bevor sie die Ausbildung zur Krankenschwester begonnen hatte.

»Ich glaube nicht, dass es für eine junge Frau, die es schon so schwer gehabt hat, sonderlich konstruktiv ist, mit senilen Demenzkranken zu arbeiten«, meinte er.

»Beklagt sie sich?«

»Nein. Sie scheint eher der Typ zu sein, der nach vorne schaut.«

»Das tut man, wenn man jung ist«, meinte Louise nachdenklich.

»Nicht alle.«

Er blätterte zurück und fasste zusammen.

»Jedenfalls traf sie regelmäßig ihren Bruder. Über ihre große Schwester keine Zeile«, kommentierte er. »Aber die war ja weggezogen, nach Schonen.«

»Auch nichts über irgendwelche Freunde«, meinte Louise, »höchstens indirekt, beiläufig, aber ohne Namen und was sonst noch dazugehört.«

»Zum Beispiel?«

Er schaute von seinem Tagebuch auf.

»Das Schwärmen, du weißt schon«, meinte sie, »die großen Worte.«

Sie verdrehte die Augen.

»Nein, ich weiß nicht«, erwiderte er. »Ich habe keine so große Erfahrung. Ich habe nie Tagebuch geführt, als ich jung war.«

»Tust du das denn jetzt?«

»Natürlich nicht. Ich verfasse nur Schriftstücke. Rapporte und Meldungen. Was fehlt denn, meinst du?«

Er nahm die Brille ab und massierte die roten Flecke auf der Nase. Er sah sie müde und irgendwie vollkommen wehrlos an. Sie wich seinem Blick nicht aus, aber bildete sich auch nichts ein.

»Verliebtes Gefasel«, meinte sie.

»Ach?«

»Das Rumgegurre. Wie süß er ist und so«, meinte sie und übertrieb noch.

»Das stimmt vielleicht«, erwiderte er zögernd. Er war froh, dass es ihm gelungen war, sie zum Mitkommen zu überreden. Genau wegen solcher Details.

»Und woran liegt das?«, wollte er wissen.

Sie zuckte mit den Achseln.

»Weiß nicht.«

»Irgendeine Vermutung?«

»Weiß nicht. Ich wage mich auch nicht an irgendeine Vermutung.«

Claesson sah ihr an, dass sie log. Ihre Vermutung war bereits eine fertige Hypothese. Sie stand auf, beugte sich über Claessons Schulter und las:

Ihm ist klar, dass ich umziehe. Wir können uns nicht mehr treffen. Ich habe Bescheid erhalten, dass ich ein Zimmer bekomme. Im Wohnheim, aber das wird schon gehen. Am liebsten hätte ich natürlich für mich gewohnt. Aber man kann nicht alles haben. Aber vielleicht wird es schwer, ganz allein zu sein.

»Sieh da!«, sagte Louise viel sagend und schaute schräg von hinten auf Claesson, der immer noch nichts begriff, jedenfalls nicht ganz. Aber er hatte doch schon recht viel verstanden, vermutlich ausreichend.

»Vor ihrem Umzug hatte sie schließlich in Växjö in einer eigenen Wohnung gewohnt«, meinte sie, um sich an den Text im Tagebuch zu halten.

»Aber offenbar war sie doch nicht ganz einsam«, meinte er nachdenklich. »Sie hatte Angst vor der Einsamkeit.«

»Das haben doch alle«, sagte Louise. »Aber sie hatte doch ihre Freunde. Und in diesem Alter bekommt man rasch neue, wenn alles noch in Bewegung ist.«

»Es muss irgendeine andere Beziehung gewesen sein, wegen der sie nicht einsam war«, meinte Claesson zögernd und drehte sich zu Louise um.

»Treffer«, sagte sie und richtete sich rasch auf.

Claesson war ihr zu nahe gekommen, dachte sie. Jedenfalls im Augenblick. Ihr Verhältnis war nicht ausgewogen. Er hatte alles, und sie hatte nichts. »Ich darf mich nicht lächerlich machen, bloß weil ich liebeskrank bin«, dachte sie. Sie hatte immer gewusst, dass sie sich in Claesson verlieben könnte, wenn sich eine Gelegenheit dazu bot. Bewusst vergrößerte sie ihren Abstand, indem sie sich das ganz klar machte. Aber diese Gelegenheit würde es nie geben, es war einfach nicht gottgewollt, und das war in Ordnung!

»Weder ein Freund noch ein Kollege«, half sie ihm auf die Sprünge. Er hatte ihr den Rücken zugewandt und schaute auf die Gräber, die von Straßenlaternen umgeben waren und auf denen die Grablichter ganz schwach leuchteten.

»›Aber vielleicht wird es schwer, ganz allein zu sein‹«, memorierte sie laut aus dem Tagebuch.

»Hm«, meinte Claesson und schlug das Buch zu.

DREIZEHNTES KAPITEL

Samstag, 15. Dezember

Als Claesson und Louise ihr Auto auf dem Parkplatz abstellten, war ein Mann damit beschäftigt, den Raureif von seiner Windschutzscheibe zu kratzen. Der Motor seines Audi lief, und das Gebläse blies Warmluft gegen die Scheibe. An diesem Tag war es besonders mühsam gewesen, den Reif von den Scheiben zu bekommen, das wusste Claesson, da er es gerade erst selbst getan hatte. Die Kälte war schneidend, und die Eisschicht saß fest wie ins Glas geschliffen. Sie nickten dem Mann zu und hatten seinen Blick im Nacken, als sie zielbewusst und ohne sich auf dem Übersichtsplan über die Häuserblocks zu orientieren auf den gestreuten Weg zugingen, der zwischen den rot gestrichenen Garagen verlief, die das Wohnviertel einrahmten. Sie verschwanden auf den hintersten Block zu. Dort konnte der Mann, der versuchte, sein Auto warm zu bekommen, sie nicht mehr sehen.

Sie stellten sich vor die Tür und klingelten lange. Sie hatten bereits gesehen, dass jemand am Küchentisch saß. Es ging auf neun Uhr zu.

Alexander Grenberg öffnete, bevor sie noch ein zweites Mal klingeln mussten. Weder Claesson noch Louise sagten etwas. Sie traten ein und gingen an Grenberg vorbei, der völlig entgeistert die Tür hinter ihnen schloss.

»Sie hätten vorher anrufen können«, brachte er schließlich über die Lippen.

Claesson und Louise sagten immer noch nichts.

»Was wollen Sie hier überhaupt?«

Grenberg machte einen sichtlich verwirrten Eindruck.

»Können wir in die Küche gehen?«, fragte Claesson.

»Was? Ja, natürlich!«, erwiderte Grenberg und ging voraus.

Auf dem Küchentisch standen zwei gebrauchte Gläser und ein kleiner Teller. Der Rest des Frühstücksgeschirrs schien bereits in der Geschirrspülmaschine zu sein.

»Setzen Sie sich!«, befahl Claesson und deutete auf einen der Küchenstühle.

Grenbergs Frau tauchte auf, eine etwas mollige und recht hübsche Person. Ein kleines Mädchen, Claesson schätzte es auf etwa ein Jahr, hielt sich schwankend am Hosenbein ihrer Mutter fest.

»Es wäre gut, wenn wir uns allein unterhalten könnten«, sagte Claesson höflich, an die junge Ehefrau gewandt. Diese hob das Mädchen auf den Arm und verschwand im Wohnzimmer.

Louise schloss die Tür. Der Filz unter den Stuhlbeinen schrappte, als sie sich setzte.

»Ihre Schwester hat Ihnen sehr viel bedeutet?«, begann Claesson.

»Was für eine Frage! Das versteht sich doch von selbst«, erwiderte Grenberg gereizt, und eine leichte Röte breitete sich auf seinem bleichen Gesicht aus.

Stille trat ein. Grenberg schaute zwischen Claesson und Louise hin und her. Es ließ sich bereits ahnen, dass ihm der Schweiß auf der Stirn ausbrach. Er war jedoch nicht zu warm angezogen. Er trug ein Polohemd und Blue Jeans. An den Armen hatte er keine Kratzer, jedenfalls keine, die man sofort gesehen hätte.

»Wie oft haben Sie sich getroffen, Sie und Ihre Schwester?«

Claessons Stimme klang energisch. Er erwartete also eine bestimmte Antwort, aber Alexander Grenberg zuckte nur mit den Achseln.

»Ich will, dass Sie antworten«, betonte Claesson, und seine Stimme war scharf.

»Das war verschieden«, entgegnete der Bruder vage.

»Wenn wir uns auf die Zeit konzentrieren, nachdem Malin aus Växjö weggezogen war?«

»Ab und zu vielleicht«, meinte Alexander ausweichend.

Claesson nickte.

»Dann will ich gern wissen, wann Sie sie das letzte Mal getroffen haben.«

»Ich erinnere mich nicht«, erwiderte Grenberg, jedoch etwas zu schnell.

»Würde es Ihnen weiterhelfen, wenn ich Ihnen einen Kalender zur Verfügung stelle?«

»Nein«, antwortete Alexander bestimmt. »Ich schreibe mir nie auf, was ich tue.«

»Aber anhand eines Kalenders kann man sich gut orientieren, wenn man Mühe hat, sich zu erinnern«, beharrte Claesson.

»Mir geht das nicht so«, erwiderte Alexander stur.

»Das habe ich begriffen«, meinte Claesson. »Der Kalender hat Ihnen auch schon nicht geholfen, als Sie damals bei mir im Präsidium waren.«

»Stimmt.«

»Es ist ungewöhnlich, dass jemand einen so schlechten Überblick über sein Leben hat, dass er sich nicht einmal daran erinnert, hundertfünfzig Kilometer gefahren zu sein, um seine Schwester zu treffen.«

»Aber mir geht das so«, fuhr der junge Mann genauso beharrlich fort.

»Wenn ich behaupte, Ihr Auto sei Sonntag nach Allerheiligen in der Nähe des Wohnheims von Malin gesehen worden, was sagen Sie dann?«

»Dass das nicht stimmt. Mein Wagen war zu diesem Zeitpunkt zur Reparatur.«

»Daran können Sie sich also erinnern?«

»Sie können meine Frau fragen. Ich war zu Hause. Hier«,

sagte er und deutete auf den Küchenfußboden. Seine Stimme war etwas schriller, angespannt, er schluckte, und sein Gesicht glänzte noch mehr. »Sie können die Werkstatt fragen«, meinte er noch und war sich vermutlich vollkommen im Klaren darüber, dass sie ihm nicht glaubten.

»Das habe ich bereits getan«, log Claesson und machte eine Pause, um zu sehen, wie der andere reagieren würde. »Ihr dunkelroter Saab war ganz richtig in der Werkstatt«, fuhr er fort, ohne sich zu schämen.

Alexander Grenberg wirkte einen Moment ratlos und fuhr sich mit der Zungenspitze über die Lippen. Seine Augen waren jedoch noch nicht erloschen. Er setzte sich gerade hin.

»Da sehen Sie!«, sagte er und versuchte ein triumphierendes Lachen, das ihm aber nicht gelang.

Claesson war todernst, verzog keine Miene und starrte Grenberg ungefähr genauso munter an wie ein Bestattungsunternehmer. Er bereitete den nächsten Anwurf wegen des Autos vor, überlegte es sich dann aber anders.

»Und Ihre Frau sagt die Wahrheit?«, fragte er stattdessen, und seine Stimme klang plötzlich weicher.

»Natürlich«, antwortete Alexander.

»Das sagen Sie«, meinte Claesson immer noch beherrscht.

»Schließlich können wir nicht beide lügen«, fauchte Alexander erregt.

»Doch, natürlich können Sie das«, stellte Claesson versonnen fest, und seine Milde war wie weggeblasen. Sein Ernst und sein unangenehmer Blick waren zurückgekehrt. »Falls Sie sich darauf geeinigt haben«, meinte er, und dagegen ließ sich im Prinzip nichts einwenden, aber Grenberg war außer sich.

»Aber solche Leute sind wir nicht«, verteidigte er sich mit lauter Stimme.

»Was sind Sie nicht für welche?«, fragte Claesson unberührt weiter.

»Leute, die lügen.«

»Ich glaube, dass die meisten Leute dazu in der Lage sind«,

stellte Claesson fest. »Wenn sie nur einen triftigen Grund haben.«

Grenberg wollte gerade protestieren, als er sich plötzlich anders zu besinnen schien. Er schloss seinen halb offenen Mund und schaute Claesson aufgebracht und verängstigt an.

»Wie fand Ihre Frau das eigentlich, dass Sie Ihre Schwester getroffen haben?«, fuhr Claesson fort.

Grenberg ließ die Frage des Kommissars etwas in der Luft hängen, bevor er antwortete.

»Keine Ahnung«, sagte er dann.

»Keine Ahnung?«

»Nein. Wie hätte sie das finden sollen?«

»Tja, was weiß ich«, meinte Claesson. »Den Leuten kommt so einiges in den Sinn. Eifersucht zum Beispiel.«

»Man ist doch wohl nicht eifersüchtig auf eine Schwester«, meinte Alexander, und es war ihm anzumerken, dass er sich das schon viele Male überlegt hatte.

»Man kann auf alles eifersüchtig sein«, sagte Claesson. »Auf eine Katze, die viel Liebe bekommt, auf ein Auto, das der Ehemann zärtlich pflegt, jedenfalls zärtlicher als die Ehefrau, auf eine Arbeit, die viel Zeit kostet. Warum dann nicht auch auf eine Schwester? Halten Sie das nicht für möglich?«

»Ich weiß nicht«, entgegnete Alexander Grenberg ausweichend. »Die Menschen sind verschieden.«

»Genau«, sagte Claesson. »Und Ihre Frau, die liebt Sie vielleicht.«

Grenberg verzog das Gesicht, um zu bedeuten, dass er das für eine Selbstverständlichkeit hielt, vielleicht sogar für eine Banalität.

»Oder?«, fragte Claesson.

»Ich vermute«, murmelte Grenberg.

»Und Sie«, fuhr Claesson mit derselben heimtückisch ruhigen Stimme fort, »Sie lieben Ihre Frau doch auch?«

Seine Ratlosigkeit brachte Grenberg jetzt beinahe aus der Fassung.

»Das geht Sie doch wohl nichts an«, sagte er trotzig.

»Nein, das stimmt. Aber es geht uns etwas an, dass Malin erdrosselt worden ist«, sagte Claesson und zog die Daumenschrauben an.

»Aber damit habe ich nichts zu tun.«

»Ihre Frau hat eine Schwester, die im Augenblick im Ausland arbeitet«, meinte Claesson.

»Und?«, stöhnte Grenberg. Diese Wendung machte ihn vollkommen konfus.

»Sie braucht also ihr Auto im Augenblick nicht.«

Grenberg wurde es heiß, es war ihm anzusehen, dass es ihn innerlich verzehrte. Er kniff die Lippen zusammen.

»Und mit ihrem weißen Saab sind Sie gefahren.«

Immer noch keine Antwort.

»Sie haben auch Ihre Schwester Malin recht oft angerufen. Geredet. Wissen wollen, wie es ihr geht«, sagte Claesson und stützte sich mit den Händen auf dem Küchentisch ab, lehnte sich mit seinem ganzen Gewicht nach vorne, auf Grenberg zu, der sich wieder nervös mit der Zungenspitze über die Lippen fuhr. Er öffnete den Mund, um den Gegenangriff zu beginnen, aber es kam nichts.

»Sie wollten wissen, woran Sie mit ihr waren«, fuhr Claesson fort. »Stimmt das?«

»Es kann schon sein, dass ich sie gelegentlich mal angerufen habe«, antwortete Grenberg gewollt gleichgültig. »Daran ist doch weiter nichts!«

»Nein, das ist wahr«, stimmte ihm Claesson zu. »Aber ganz plötzlich haben Sie aufgehört, sie anzurufen.«

Jetzt schienen die Gedanken richtig im Kreis zu gehen. Sie ließen sich weder ordnen noch aufhalten. Sie gingen hin und her wie Blitze und unberechenbare Raketen. Der Klumpen in Grenbergs Brust wurde größer und verwandelte sich in Angst und Panik, verlangte nach Erlösung, danach, die wochenlange Ungewissheit hinter sich zu lassen. Claesson sah das.

»Aber sie hörte doch nicht auf mich«, jammerte Alexander. »Sie verstand nicht, wie viel sie mir bedeutete. Ich wollte nie …«

Das Geständnis löste keine Tränen aus, auch keine Reue. Mit geballten Fäusten hämmerte er auf den Küchentisch, sodass die Gläser nur so tanzten. »Vermutlich ist er stark genug, die Tischplatte zu zerschlagen«, dachte Claesson.

VIERZEHNTES KAPITEL

Montag, 17. Dezember

Es war acht Uhr morgens, und Claesson hatte sich gerade auf der Liege von Dennis Bohman ausgestreckt.

»Wirklich ärgerlich, dass Sie ausgerutscht sind«, meinte Bohman und drückte ihm die Handballen ins Kreuz.

»Ich komme mir wie ein alter Mann vor«, jammerte Claesson, der inzwischen ein stabiles, unkompliziertes Verhältnis zu seinem Therapeuten hatte. Ungefähr so wie zu seinem Friseur Malm, zu dem er jetzt schon seit vielen Jahren ging. Veränderungen schätzte er nicht.

»Das kriegen wir schon wieder hin«, fuhr Bohman optimistisch fort. »Wenn das Ganze vorbei ist, müssen Sie sachte wieder mit irgendeinem Training anfangen.«

»Ich weiß«, sagte Claesson und stöhnte unter Bohmans Händen.

»Der Rücken ist nicht für so viel Sitzen gemacht«, meinte Bohman.

»Aber ich sitze kaum«, protestierte Claesson, sah jedoch sofort ein, dass er phasenweise ständig saß. Trotzdem wollte er sich noch als den jugendlichen und beweglichen Menschen sehen, der er nicht mehr war.

»Nein, aber viele tun das«, antwortete Bohman diplomatisch. »Die ganze heranwachsende Generation.«

»Aber als alle noch auf den Rübenäckern herumkrochen, war es doch auch nicht viel besser.«

Bohman lachte und wechselte das Thema.
»Sie haben also den Täter«, meinte er.
»Ja«, antwortete Claesson und verspürte wie immer großen Widerwillen, über die Arbeit zu sprechen, jedenfalls solange sie nicht abgeschlossen war.
»Das muss ein schönes Gefühl sein«, meinte Bohman.
Claesson wusste nicht, was er antworten sollte. »Schön« war vielleicht nicht das richtige Wort, aber etwas in dieser Richtung.
»Das hat alles nicht viel mit Räuber und Gendarm zu tun«, meinte er munter, und Dennis Bohman lachte ein weiteres Mal an diesem weißen Dezembermorgen eine Woche vor Heiligabend.
Noch war es draußen nicht hell, auch noch nicht, als sich Claesson etwa ein halbe Stunde später wieder auf den Weg machte.
»Haben Sie Sprechstunde über die Feiertage?«, fragte Claesson, als er seine Schuhe anzog.
»Heikel«, meinte Dennis. Er stand am Waschbecken und wusch sich die Hände.
»Schade«, meinte Claesson, »aber vielleicht nicht für Sie.«
»Ich fahre zwei Wochen weg. In den Süden. Wir müssen die Gelegenheit nutzen, solange wir noch können«, meinte Dennis Bohman und nahm ein sauberes Frotteehandtuch aus dem Schrank.
»Ach?«
»Wir erwarten was Kleines«, lächelte Bohman, »zwar erst in einem halben Jahr, aber schließlich will man auch nicht mit einem Riesenbauch am Strand liegen. Ich meine die Frau.«
»Natürlich«, erwiderte Claesson und dachte an Nina Persson, konnte sich jedoch nicht zu der Frage aufschwingen, ob sie wirklich die werdende Mutter war.
In diesem Fall hätte Nina wirklich einen guten Mann gefunden, dachte er, während er mit raschen Schritten aufs Präsidium zueilte.

Alexander Grenberg wurde am Samstag, dem 15. Dezember, in Växjö festgenommen und am darauf folgenden Tag die hundertfünfzig Kilometer transportiert, die er vorher unzählige Male gefahren war, um seine geliebte Schwester zu überwachen. »Er hat das selbst gesagt, und es ist vielleicht was dran«, dachte Claesson. Den weißen Saab hatte man ebenfalls abgeholt, und die Spurensicherung nahm ihn gerade unter die Lupe. Sie durchkämmten ihn Stück für Stück und sicherten mit Klebeband Fasern und Haare, mit denen sich beweisen ließ, dass sich Malin Larsson oder ihr Fahrrad in dem Auto befunden hatte.

Das Material, das dem Untersuchungsrichter vorgelegt werden sollte, war bereits seit Sonntag zusammengestellt. Claesson fühlte sich eher dadurch gestresst, dass Weihnachten kurz bevorstand. Er wollte nicht über die Feiertage arbeiten. Auf keinen Fall wollte er darauf verzichten, in Stockholm Weihnachten zu feiern. Er wollte nicht allein dasitzen und Bereitschaft haben, während Veronika und Klara wegfuhren. Das Leben ließ sich nicht wiederholen, die Arbeit ging nicht immer vor, auch wenn sie das in Wirklichkeit recht oft tat.

Am Montag sollte der Antrag auf Untersuchungshaft möglichst noch vor zwölf Uhr eingereicht werden. Mit etwas Glück war er bereits am Mittwoch genehmigt, und dann konnten sie mit eingehenderen Verhören beginnen. Sie rechneten damit, dass sie zwei Wochen Zeit haben würden, da die Untersuchungshaft dieses Mal auf triftigen Gründen beruhte. Dieses Mal hatten sie bedeutend mehr in der Hand als bei Alf Brink, nicht zuletzt ein in psychologischer Hinsicht zwar etwas vages und diffuses Geständnis, aber immerhin, und ausreichend viele Spuren. Alexander Grenbergs Fingerabdruck befand sich auf der blauen Nylontasche, die in der Mülltonne an der abgelegenen Parkbucht an der Ausfallstraße Richtung Westen gefunden worden war.

Es war kurz vor neun, als Technik-Benny anrief. Claesson war da, vom Markt aus gesehen, bereits zum hinteren Ende der Ordningsgatan gekommen.

»Wo bist du?«, wollte Benny wissen.

»Gleich vor dem Präsidium«, antwortete Claesson.

»Ich hab was für dich. Wir besprechen das später.«

Als Claesson seinen Mantel aufhängte, fiel ihm auf, dass er seine Brille vergessen hatte. Er fluchte leise. Er hatte keine Lust, sofort wieder nach Hause zu rasen, wo er schon einmal so schön in Fahrt war. Er wollte runter zur Spurensicherung. Nach kurzem Zögern rief er Veronika an.

»Du«, sagte er, »ich habe meine Brille vergessen.«

»Ich weiß«, antwortete sie. »Sie liegt auf dem Waschbecken.«

Im Hintergrund hörte er Klara krakeelen.

»Soll ich sie dir vorbeibringen?«, fragte sie, als sei das das Selbstverständlichste auf der Welt. Er fühlte sich von freudiger Dankbarkeit überwältigt.

»Glaubst du, du kannst das?«

»Klar. Ich muss nur erst Klara zur Ruhe bringen.«

Benny Grahn stand an einem Labortisch. Der Abzugsschrank donnerte. Er stellte ihn ab. Die neue Frau, die bei der Spurensicherung angefangen hatte, lächelte ihn an. Sie war ganz süß.

»Schau mal«, sagte Benny und hob eine Plastiktüte hoch, in der ein kleiner roter Plastiksplitter lag.

»Das Rücklicht«, sagte Claesson.

»Genau. Er muss damit irgendwo angestoßen sein, als er das Fahrrad ins Auto hob. Die Kanten stimmen überein.«

Claesson nickte.

»Sonst noch was?«

»Nein, bisher nicht«, sagte Benny. »Etwas Fahrradöl im Kofferraum. Ich glaube nicht, dass er die Leiche von Malin mit dem Auto transportiert hat.«

»Nein«, erwiderte Claesson. »Die war noch am Leben und saß vorne.«

Benny nickte.

Das Telefon klingelte. Claesson stand vor dem Fenster und sammelte sich. Er wollte sich nicht setzen, wenn es sich vermeiden ließ. Langsam nahm die Sache Konturen an. Er hob den Hörer ab.

»Hier ist Nina. Für dich liegt eine Brille hier«, sagte die Dame vom Empfang. »Deine Frau hat sie eben hier abgegeben.«

»Danke, ich komme runter.«

Unglaublich, wie viel in letzter Zeit von »seiner Frau« die Rede war, dachte er auf dem Weg nach unten. Oder hatte sich nur seine Perspektive verschoben? Vielleicht hörte er mit anderen Ohren. Er hatte Nina auch nicht verbessert.

»Hier«, sagte Nina und schob ihm das Brillenetui hin.

Er nahm es sofort an sich und warf ihr einen flüchtigen Blick zu. Ihr Gesicht war vielleicht etwas geschwollen. Aber sonst sah sie aus wie immer.

»Du hast wirklich ein süßes Kind«, meinte Nina lächelnd.

Er war bereits auf dem Weg hoch, blieb aber noch einmal stehen.

»Danke.« Er lächelte stolz und empfand einen Augenblick lang eine gewisse Zusammengehörigkeit mit Nina, eingebildet oder wirklich. Sie würde ebenfalls ein Kind bekommen, nahm er jedenfalls an, denn sein Verdacht war noch nicht bestätigt worden. Bisher handelte es sich nur um Gerüchte. Er hätte die Gelegenheit nutzen und fragen können, aber er konzentrierte sich gerade auf Alexander Grenberg und ging deswegen weiter die Treppe hoch. Wie stellte man außerdem eine solche Frage, ohne zu riskieren, jemanden zu verletzen? »Erwartest du ein Kind?« Und wenn die Antwort nein lautete?

Er setzte sich an den Schreibtisch, fügte die Information über den roten Plastiksplitter dem Antrag auf Untersuchungshaft bei, las ihn noch einmal durch und schickte ihn ab. Da war es noch nicht einmal halb zwölf.

Am Abend feierte er mit Veronika, obwohl nie ausgesprochen wurde, was es zu feiern gab, schließlich wäre es anstößig gewesen zu feiern, dass sie jetzt einen Tatverdächtigen hatten.

Aber vielleicht war es ja doch ein Grund zu feiern. Die Freiheit und seine freien Tage näherten sich. Es gab Rinderfilet in Weinsauce, Kartoffelkroketten, Salat und Johannisbeergelee. Dazu einen chilenischen Rotwein, den Veronika gekauft hatte. Es brannten drei Kerzen. Sie aßen gut und ausgiebig, kauten langsam und nahmen sich Zeit füreinander. Draußen funkelte die Lichterkette im Apfelbaum. Der Himmel war tiefschwarz. Die Sterne leuchteten am Firmament, da es sehr kalt und klar war. Die Erde war schneebedeckt. Er sah, dass die Protzvilla der Gruntzéns wieder teilweise im Dunkeln lag.

»Sind sie wieder weggefahren?«, fragte er.

Er wusste, dass sie viel verreist waren.

»Nein«, antwortete Veronika. »Sie lassen sich scheiden.«

»Ach! Woher weißt du das?«

»Ich habe die Frau vor dem Haus getroffen, und sie hat ihr düsteres Leben mehr oder minder über mir ausgeschüttet.«

»Und das bei so viel Geld«, kam es ihm über die Lippen.

»Dummkopf. Was hat das damit zu tun?«, erwiderte sie spöttisch.

»Nichts«, antwortete er. »Doch, ein wenig vielleicht«, korrigierte er sich. »Man fühlt sich vermutlich besser, wenn man weiß, dass Essen auf dem Tisch steht.«

Sie stießen miteinander an.

»Du«, sagte er und spürte, dass sich sein Herzschlag nervös beschleunigte. »Es ist vielleicht nicht ganz passend, jetzt damit anzufangen … ich meine, wegen der Sache mit den Gruntzéns, aber …«

Er räusperte sich.

»Und?«, wollte Veronika neugierig wissen und fuhr sich mit ihren schmalen Händen durchs Haar.

»Was hältst du davon, wenn wir heiraten?«

Er schaute ihr durchdringend ins Gesicht, damit ihm auch ja keine Veränderung ihrer Miene entgehen würde.

»Machst du mir einen Heiratsantrag?«, sagte sie, um ihn auf die Folter zu spannen.

Er nickte.

»Das klingt gut«, sagte sie und lächelte über das ganze Gesicht.

Und dann begannen sie beide vor Erleichterung laut zu lachen nach dem großen gemeinsamen Beschluss über etwas, was zumindest Claes noch nie erlebt hatte.

FÜNFZEHNTES KAPITEL

Mittwoch, der 19. Dezember, war ein sehr kalter Tag. Der Reif lag wie ein weißer Filz auf den Bäumen. Der Himmel leuchtete kaltgelb, und das war sehr schön. Vor dem Präsidium fuhren die Autos wegen der Glätte ganz langsam auf den Parkplatz auf dem Lilla Torget zu. Das Weihnachtsgeschäft hatte noch nicht seinen Höhepunkt erreicht, aber fast.

Das Verhörzimmer war schlicht. Der Strafverteidiger Kvist war höchstpersönlich erschienen. Claesson kannte ihn und hatte nichts gegen ihn. Alle begrüßten sich und setzten sich. Louise war ebenfalls zugegen. Alexander Grenberg wirkte müde und abgekämpft. Immer wieder faltete er die Hände.

Claesson begann mit den Formalien, machte das Tonband an, und dann konnte das Verhör beginnen. Er wiederholte, was sie bereits in Växjö herausgefunden hatten. Er fragte Alexander, ob er noch etwas hinzufügen oder ändern wolle. Dieser schüttelte nur schweigend den Kopf. Claesson forderte ihn höflich auf, laut und deutlich zu antworten. »Keine weiteren Kommentare«, sagte dieser daraufhin, und Claesson schob seine Papiere zur Seite. Er erklärte ein weiteres Mal, dass er das Verhör leite und dass die anderen beiden zugegen seien, damit alles korrekt ablaufe. Das schien Grenberg etwas aus der Reserve zu locken, seine Gesichtszüge wurden weicher, aber die Situation war sehr anstrengend für ihn.

»Könnten Sie mit eigenen Worten von Ihrer letzten Begegnung mit Ihrer Schwester Malin berichten?«, bat Claesson, der bemüht war, nicht allzu trocken und formell zu klingen.

Grenberg starrte auf die Tischplatte, bewegte die Lippen und begann dann nach einigen Sekunden Verzögerung zu erzählen.

»Ich wusste, dass sie jemanden kennen gelernt hatte. Diesen Alf also, das habe ich später erfahren«, sagte er und schaute auf, um sich bestätigen zu lassen, dass das der richtige Name war. »Ich hatte irgendwie verstanden, dass da was ist, als ich anrief. Das hörte ich an ihrer Stimme. Sie konnte mich nicht täuschen. Vermutlich kannte ich sie am besten«, sagte er und sah plötzlich stolz und selbstsicher aus. »Aber ich hatte das ja auch abgecheckt. War ein paarmal hingefahren, hatte das Auto genommen, das dauerte ja auch nur eindreiviertel Stunden oder so, wenn ich mich dranhielt, ich hatte auch gesehen, dass da jemand in ihrem Zimmer war. Also durchs Fenster.«

»Entschuldigen Sie, dass ich Sie unterbreche. Aber Alf Brink behauptete, er sei Allerheiligen zum ersten Mal bei Malin im Wohnheim gewesen. Haben Sie ihn wirklich dort gesehen?«

Es schien Grenberg zu ärgern, dass jemand seine Aussagen in Zweifel zog.

»Okay. Vielleicht habe ich ihn dort nicht gesehen, aber ich wusste, dass es ihn gab.«

»Von wo aus haben Sie in ihr Zimmer geschaut.«

»Von dieser Stelle aus.«

»Welcher Stelle?«

»Wo ich halt stand. Da am Hang.«

»Danke«, sagte Claesson. »Erzählen Sie weiter.«

»Wo war ich stehen geblieben?«

»Sie sind mit dem Auto gefahren, um zu sehen, was Malin tat.«

»Ich wollte nichts Böses, nur wissen, dass es ihr gut ging«, änderte Grenberg seine Argumentation. »Ich konnte sie schließlich nicht einfach irgendwem überlassen … Ich war gezwungen, das abzuchecken. Sie ist schließlich, Entschuldigung, war schließlich meine kleine Schwester. Wir haben immer zusammengehangen. Und sie antwortete nicht direkt, als ich sie am Telefon fragte, sagte nur, es sei nichts Besonderes. Erzählte, es sei nett mit den Mitstudenten, sie wich jedoch aus, als ich fragte, ob sie einen Typen kennen gelernt hätte. Aber ich hörte schließlich, dass sie das getan hatte. Ich kannte das schon.«

»Sie haben das gehört, sagen Sie?«

»Ja. Mich konnte sie nicht täuschen«, meinte er.

Claesson nahm an, dass es vermutlich nicht das erste Mal gewesen war, dass der Bruder seine Schwester eifersüchtig umkreist hatte, nachdem sie einen Mann kennen gelernt hatte. Das ließ er aber einstweilen auf sich beruhen. Er hatte überdies das Gefühl, dass noch mehr dahinter steckte.

»Sie hatten sie also nicht zusammen gesehen, Malin und ihren Freund Alf?«

»Nein«, antwortete Grenberg, »oder vielleicht doch, aus Entfernung, aber ich war mir nicht sicher.«

»Was passierte an Allerheiligen?«, drängte Claesson.

»Ich sah mich gezwungen, mir einen Beweis dafür zu verschaffen, dass meine Schwester nicht log, dass sie mich nicht täuschte, also fuhr ich zum Wohnheim. Ich hatte am Vorabend kontrolliert, dass sie zu Hause war. Erst sagte ich mir, dass ich sie in Ruhe lassen würde, aber dann konnte ich mich nicht halten. Meine Frau war schließlich auch nicht zu Hause. Sie war mit der Kleinen verreist ...«

Er machte eine Pause, als würde er überlegen, ob er alles auf einmal erzählen sollte.

»Okay«, meinte er zum Schluss. »Wir haben gelogen. Ich kann das genauso gut gleich zugeben. Meine Frau war nicht zu Hause.«

»Aha«, meinte Claesson eher gleichgültig, da er schon lange das Gefühl gehabt hatte, dass es sich so verhielt. »Und weiter?«

»Es war dunkel, als ich zu dieser alten Bruchbude kam, in der die Studenten wohnen. Fast alle Fenster waren dunkel, schließlich stand in den Ferien alles leer. Aber in Malins brannte Licht, das wusste ich, da ich aus dem Auto ausgestiegen war und nachgesehen hatte. Sonst hätte ich bei der Volkshochschule geparkt, die liegt ja schräg hinter dem Wohnheim. Ich rechnete nicht damit, dass sie dort nachschauen würden. Gleichzeitig ist es davor offen, zwar nehmen einem ein paar Bäume etwas die Sicht, aber den Eingang des Wohnheims sah ich. Ich setzte mich also wieder ins Auto und wartete. Dann sah ich diesen Fahrradmenschen kommen. Dachte erst, dass sie über Nacht bei ihr im Zimmer bleiben würden, und erwog schon, aufzugeben, nach Hause zu fahren und im Auto zu versuchen, mich zu beruhigen. Aber da traten sie ins Freie, also folgte ich ihnen ganz einfach. Ich konnte es nicht lassen. Ich weiß nicht, was mich trieb. Das kam einfach so. Irgendwie war es auch spannend«, meinte er und seine Augen funkelten vor Erregung. »Ich war wirklich baff, dass sie auf den Friedhof wollten«, fuhr er fort. »Aber das machte es mir irgendwie auch leichter. Es war schließlich dunkel, und eine Menge Leute waren unterwegs, ich konnte sie also leicht beschatten. Aber ich glaube trotzdem, dass Malin mich sah«, sagte er und strahlte, aber dann hatte er den Faden verloren.

»Malin entdeckte Sie auf dem Friedhof, sagen Sie«, meinte Claesson. »Glauben Sie, dass Alf Brink Sie ebenfalls sah?«

»Nein, nein, überhaupt nicht«, meinte Grenberg abwehrend. »Ich glaube nicht, dass meine Schwester erzählt hatte, dass es mich gab. Ich bin mir da fast sicher«, meinte er und lächelte siegesgewiss.

Claesson erstarrte.

»Aber sie staunte wirklich, als sie mich entdeckte«, fuhr Grenberg fort und verzog zufrieden den Mund. »Das war übrigens bei diesem Gedenkhain. Aber da unternahm ich nichts. Ich fuhr einfach mit dem Auto nach Hause.«

Ein mattes Schweigen trat ein.

»Und dann?«, fragte Claesson.

»Ich kriegte das nicht aus dem Kopf. Ich war irgendwie gezwungen, am nächsten Tag wieder hinzufahren und alles abzuchecken. Ich wusste schließlich, dass sich meine Schwester immer an mich wandte, wenn was Wichtiges war. Ich musste ein ernstes Wort mit ihr reden und abchecken, dass alles in Ordnung war«, sagte Grenberg, und seine Stimme hörte sich Vertrauen erweckend und beschützend an.

Die Sorge des Bruders um die Schwester klang mehr nach der uneingeschränkten Macht des älteren Bruders über die jüngere Schwester. »Wahrscheinlich hat er sich über längere Zeit gegen sie durchgesetzt, vielleicht immer«, dachte Claesson.

Grenberg suchte den Blick der anderen, heischte vermutlich nach Verständnis oder zumindest Zustimmung, damit er es wagte weiterzuerzählen. Aber ihm begegneten nur unbarmherzige, vollkommen ausdruckslose und verschlossene Gesichter.

»Am Tag darauf, am Sonntag, fuhren Sie also zum Wohnheim zurück«, sagte Claesson so neutral wie möglich und brachte so die Erzählung wieder in Gang. Er versuchte den Mann auch als Opfer der Umstände seiner Kindheit zu sehen.

»Ja«, sagte Grenberg und starrte erneut auf die Tischplatte. »Ich fuhr zu diesem Wohnheim, aber dort war keiner. Niemand machte auf. Ich wusste nicht recht, was ich anstellen sollte. Ich überlegte mir, dass ich vielleicht etwas rumfahren sollte, um mich abzuregen, aber dann kam meine Schwester nach einer Weile, machte auf und ließ mich rein.«

»Freute sie sich, Sie zu sehen?«, fragte Claesson, seine tiefe Stimme klang freundlich, fast milde.

»Das weiß ich nicht«, druckste Grenberg herum. »Vielleicht nicht. Übrigens«, er versuchte, ehrlich zu sein, »sie wollte, dass ich wieder gehe. Sie war gerade dabei, Kaffee zu kochen. Ich sollte sofort gehen, aber schließlich ließ sie mich doch rein.«

»War das auf dem Gang?«

»Ja, an dieser Glastür. Wir redeten und so, und dann ging ich mit ihr in die Küche, während sie eine Thermoskanne Kaffee machte.«

»Waren Sie in ihrem Zimmer?«, wollte Claesson wissen.

Grenberg dachte nach.

»Nein. Da war ich nie. Nur in der Küche und im Gang natürlich. Ich wartete dort, während sie ihre Jacke anzog«, sagte er zögernd und in sich gekehrt.

Wieder entstand eine geladene Stille. Grenberg hatte langsam Farbe bekommen. Die Erleichterung, zumindest einiges loswerden zu können, ließ ihn weniger steif und aggressiv erscheinen. Claesson kannte das schon.

»Was ist dann passiert?«, trieb er Grenberg an.

»Also, sie nahm ihr Fahrrad«, antwortete dieser etwas langsamer und vorsichtiger. »Sie radelte den Hang hinunter.«

Grenberg trank einen Schluck Mineralwasser.

»Aha«, meinte Claesson.

»Und ich dachte, dann fahre ich eben nach Hause«, fuhr Grenberg zögernd fort und starrte auf einen Punkt oberhalb der Fußleiste. »Aber irgendwie war es nicht gut, als wir uns trennten. Sie war so kurz angebunden«, sagte er, und sein Ton veränderte sich, er klang hitzig. »Sie wollte nicht mal Tschüs sagen, wollte gar nichts, nicht mal eine Umarm...«

Er schaute auf.

»Eine was?«, fragte Claesson.

»Scheißegal«, fuhr Grenberg wütend fort. »Malin fuhr den Abhang hinunter, und ich konnte es nicht lassen, ihr mit dem Auto zu folgen. So war das«, sagte er hitzig und überlegte wohl, ob das als Geständnis ausreichen würde.

Claesson schien jedoch von Grenbergs Unausgeglichenheit vollkommen unbeeindruckt zu sein.

»Sie sagen also, dass Sie Ihren Wagen nahmen und Ihrer Schwester Malin folgten«, meinte er langsam, um Grenbergs Gereiztheit auszugleichen. »Sie hatten unsere Stadt ja kennen gelernt, zumindest ein wenig. Glauben Sie, Sie könnten versuchen zu beschreiben, wo Sie entlangfuhren? Malin auf dem Fahrrad und Sie hinterher, wenn ich das recht verstanden habe.«

»Ich fuhr in einigem Abstand hinter ihr her. Den Hang runter, Richtung Stadtmitte.«

Er verstummte erneut.

»Wie fühlten Sie sich da?«, fragte Claesson.

»Wie ein Dreck! Ich fühlte mich wirklich beschissen!«, rief Grenberg. »Ich spürte den Druck. Hier also«, sagte er und schlug sich mit der Hand auf die Brust. »Wollte noch mal mit ihr reden, sie bitten, mir noch eine Chance zu geben. Ich konnte nicht einfach aufgeben, ich fuhr also neben ihr, als wir irgendwo zum Hafen gekommen waren. Da ist mehr Platz. Leute waren auch keine da.«

Die Erzählung war wieder lebhafter geworden. Es schien Grenberg warm zu sein.

»Und dann blieb meine Schwester endlich stehen. Wir redeten hin und her«, fuhr er weitschweifig fort. »Schließlich kam sie mit mir mit. Sie sah ein, wo sie hingehörte. Dieser magere Fahrradtyp war schließlich nichts. Nichts für sie jedenfalls«, meinte er und sah unverschämt zufrieden aus.

Claesson wollte sich die Kommentare über die, gelinde gesagt, fast schon krankhafte Nähe für später aufsparen, sah aber dann ein, dass er bereits jetzt ansprechen musste, was offenbar war. Und gleichzeitig verboten.

»Wollen Sie uns sagen, was Sie ... für Wünsche hatten, was den Mann Ihrer Schwester betraf?«

Grenberg wurde über und über rot.

»Jedenfalls nicht der!«

»Glauben Sie nicht, dass Ihre Schwester das selbst entscheiden konnte, mit welchem Mann sie zusammen sein wollte?«, kommentierte Claesson, ohne insinuierend zu klingen.

»Vielleicht«, meinte Grenberg ausweichend. »Es ist klar, dass ich einsehe, dass das ihr Recht ist, schließlich leben wir in einer demokratischen Gesellschaft, aber wir zwei hatten einen eigenen Kontakt. Und der war speziell.«

»Auf welche Art speziell?«

Es trat eine Verzögerung der Bewegungen ein. Eine atemlose Spannung, als habe die Zeit aufgehört.

»Wir haben immer zusammengehalten«, erklärte Grenberg knapp. »Zu Hause war es schließlich chaotisch und irgendwie einsam. Aber wir hielten zusammen. Ich meine, unsere Mutter gehörte ja auch nicht zu den Menschen, die einen umarmen. Sie war recht kühl. Sie wollte das so. Ordentlich und so. Und dann passierte das mit Vater. Dass er im Eis einbrach. Nach diesem Unglück waren wir allein … Und Malin und ich einigten uns zusammenzuhalten. Sie ist immer zu mir ins Bett gekrochen, als sie klein war«, sagte er versuchsweise und fuhr sich mit der Zungenspitze über die Lippen. »Wahrscheinlich fühlte sie sich bei mir geborgen.«

Immer noch war es vollkommen still. Niemand rührte sich.

»Wenn ich mal so frage«, meinte Claesson und suchte nach den Worten. »Wie würden Sie Malins und Ihr Verhältnis beschreiben, außer dass Sie Geschwister waren?«

Grenberg antwortete nicht sofort, und stritt vor allem auch nichts ab. Claesson sah, dass das, was nie ausgesprochen und unter langjähriger Einsamkeit und schamhaftem Schweigen versteckt worden war, brannte und rauswollte.

»Okay, wir haben miteinander geschlafen«, gestand Grenberg und starrte auf den Fußboden. »Aber es gefiel ihr«, meinte er noch und sah Claesson starr an, der mit seinem Blick nicht auswich.

Claesson beugte sich vor und räusperte sich.

»Wollen Sie jetzt eine Pause einlegen? Dann können wir was zu essen kommen lassen.«

»Nein, verdammt!«, rief Grenberg. »Ich kann diesen Scheiß genauso gut gleich hinter mich bringen.«

»Okay«, antwortete Claesson. »Ich vermute, Sie wissen, wie man das nennt?«

»Ja, Liebe«, antwortete Grenberg herausfordernd.

»Daran dachte ich nicht.«

Grenberg verstummte. Nach einigen Sekunden fragte er schrill: »Wollen Sie nicht wissen, was dann passiert ist?«

»Doch.« Claesson nickte. »Das wollen wir gern. Wir haben viel Zeit. Immer mit der Ruhe«, sagte er und sah, nach Zustimmung suchend, den Verteidiger Kvist an.

»Malin kam also mit mir mit, und ich warf ihr Fahrrad in

den Kofferraum. Sie half mir sogar«, sagte er mit einer gewissen Befriedigung. »Dann fuhren wir herum, bis wir ein Stück aus der Stadt raus waren, wo wir uns in Ruhe unterhalten konnten. Draußen war es recht ungemütlich. Da standen Wohnwagen, in denen Leute wohnten, wir gingen also ein Stück weiter. Meine Schwester fror. Sie hatte keine Handschuhe, doch einen, sie zog also die Ärmel runter. Ich bot ihr meine Handschuhe an, aber sie wollte sie nicht. Sie nahm das Gummi aus dem Haar, damit es im Nacken etwas wärmer würde. Wir gingen am Strand entlang, tatsächlich ein ziemliches Stück, und es wehte ein verdammt starker Wind. Ich versuchte, sie zur Vernunft zu bringen, aber sie sagte, dieses Mal sei es ernst. Sie wolle endlich ihr eigenes Leben führen, sie würde diesen Typen mögen, sie wolle leben wie alle anderen auch ... Und als ich einsah, dass es keinen Sinn hatte ...«

Seine Stimme zitterte leicht, ständig fuhr er sich mit der Zungenspitze über die Lippen und machte nervös mit den Fingern an der Tischkante herum. Er sah aus, als wollte er aufstehen und flüchten. Aber er blieb sitzen.

»Ich weiß nicht, was in mich gefahren ist«, brach es plötzlich aus ihm heraus, und seine Schultern begannen zu beben. »Ich hatte mich nicht in der Hand ... Das wollte ich nicht ... Ich wollte sie eigentlich nur etwas unter Druck setzen ... Aber dann begann sie zu nerven, ich sollte sie zurückfahren, sie wollte zu diesem Typen, sie wollte, dass wir nur Freunde sind, wie normale Geschwister, und so ... Aber da, als ich einsah, dass ich nicht mehr zu ihr durchdrang, dass sie nie mehr mit mir zusammen sein würde, da geriet ich in Panik. Ich wusste nicht, was ich tat«, heulte er und breitete die Arme aus, als sei das eine Beichte, und das war es ja in gewisser Weise auch.

Die anderen verzogen keine Miene. Sie saßen da wie versteinert.

»Und deswegen haben Sie sie erwürgt«, sagte Claesson trocken.

Grenberg nickte, was Claesson laut kommentierte, damit es mit aufs Band kam. Die anderen beiden, die schon eine ganze Weile den Atem angehalten hatten, wagten jetzt endlich, Luft zu holen.

»Ich wusste schließlich kaum, was ich tat«, meinte Grenberg mit belegter Stimme.

»Es ist nicht leicht, jemanden zu erwürgen«, meinte Claesson unbarmherzig.

»Wie bitte?«

Grenberg versuchte ganz plötzlich auszusehen wie ein unschuldiges Kind.

»Ich sagte, es ist nicht ganz leicht, jemanden zu erwürgen. Sie müssen Kraft haben und die Fähigkeit, die Kontrolle über Ihr Opfer zu behalten, also über Malin, bis sie verschied.«

Claesson kannte keine Gnade. Grenberg starrte ihn finster an.

»Ich hielt sie einfach«, sagte er und hob die Hände in einer Greifbewegung in die Luft.

»Malin muss sich gewehrt haben«, fuhr Claesson beharrlich fort.

»Sie riss an der Jacke«, erwiderte Grenberg gedämpft. »Riss die Ärmel an meiner Jacke hoch und kratzte mich. Aber ...«

»Aber was?«

»Ich konnte nicht aufhören. Es ging einfach nicht ...«

Er schaute auf den Tisch, sein Blick irrte herum, er mied den Blick der anderen.

»Und dann? Was geschah dann?«

»Es ging so schnell, ich war gestresst, wusste nicht recht, was ich tat, ich schleppte sie einfach runter ins Wasser. Das war nicht weit, irgendwo in der Nähe einer kleinen Brücke. Da war Schilf. Ich dachte, dass ich sie da verstecken kann. Ich hätte sie noch weiterschleppen sollen, aber ich hatte irgendwie nicht die Kraft, und außerdem musste es schnell gehen.«

Die Stille senkte sich wieder. Nicht einmal der Verkehr von der Ordningsgatan war zu hören.

»Und das Fahrrad?«, wollte Claesson wissen.

»Das warf ich ein Stück weit weg in einen Graben oben am Weg und fuhr nach Hause.«

»Sie fuhren direkt nach Hause?«

»Ja.«

»Ihre Frau hat Ihnen ein Alibi gegeben«, sagte Claesson. »Sie hat gelogen und gesagt, Sie seien beide zu Hause gewesen.«

Grenberg nickte.

»Warum tat sie das? Wissen Sie das?«, fragte Claesson.

»Sie hat Malin nie gemocht«, antwortete er, ohne zu schluchzen oder zu weinen. Seine Augen wurden schmaler, und er wirkte eiskalt, fast zufrieden. »Kein Wunder, dass die Frauen auf ihn reinfallen«, dachte Claesson. »Die Verbindungen sind aber wahrscheinlich oberflächlich, jedenfalls von seiner Seite.«

»Aber haben Sie Ihrer Frau gesagt, was passiert war?«

»Nein«, erwiderte Grenberg energisch. »Ich faselte was davon, dass ich will, dass sie sagen soll, dass wir beide zu Hause gewesen sind, dass das wichtig sei, aber nicht, warum.«

»Und damit gab sie sich zufrieden?«, sagte Claesson zweifelnd.

Grenberg zuckte leicht mit den Achseln.

»Ja«, antwortete er knapp.

»Wusste sie, dass Sie und Malin ein inzestuöses Verhältnis hatten?«

Jetzt war es endlich heraus. Grenberg schien den Ausdruck hin- und herzuwenden. Er versuchte wohl seine Tragweite aus einer anderen Perspektive als seiner eigenen zu erfassen. Aus jener der Gesellschaft, der Strafgesetze und des Gerichts.

»Was weiß ich«, sagte er leise und klang naiv verärgert. »Vielleicht ahnte sie was«, besann er sich dann eines anderen. »Dass wir uns sehr nahe standen, aber nicht, dass wir miteinander schliefen. Das war wohl nicht, wie es sein sollte«, bekannte er und sah Claesson flehend an.

Zum ersten Mal zeigte er so etwas wie Schuldgefühle und Reue, dachte Claesson und beendete das Verhör, um eine kurze Pause einzulegen.

Als sie sich wieder setzten, dieselben Personen, Claesson, Louise und Strafverteidiger Kvist, und zwar auf dieselben Stühle wie vorher mit Grenberg in der Mitte, war die Luft teilweise gereinigt. Aber Claesson hatte weitere Fragen. Er wollte tiefer gehen.

»Ich will zeitlich jetzt etwas zurückgehen«, begann er, »zu dem schmerzlichen Ereignis, dem Tod Ihres Vaters auf dem Eis des Växjösjö.«

»Aha«, antwortete Grenberg. Seine Stimme war matt, farblos und ohne Kraft. »Warum das?«

Claesson antwortete nicht.

»Was können Sie darüber erzählen?«, fragte er stattdessen.

»Das können Sie alles im Polizeibericht nachlesen«, meinte Grenberg ausweichend.

»Das stimmt. Aber ich würde trotzdem gern hören, woran Sie sich erinnern.«

Grenberg sah Claesson finster und zweifelnd an.

»Vater kam nicht nach Hause. Dann kam morgens die Polizei und erzählte, was passiert war«, antwortete er mürrisch. »Das war alles.«

»Was dachten Sie da?«, beharrte Claesson.

»Was ich dachte?«, wiederholte Grenberg und schien plötzlich zu überlegen, sich zu erinnern und die Zeit zurückzuholen. »Ich dachte irgendwie gar nichts.«

»Aber Sie müssen doch etwas empfunden haben, oder?«

»Natürlich, ich bin doch wohl normal!«

Dann sagte er nichts mehr.

»Ihr Vater war gestorben, jetzt war von Ihren Eltern niemand mehr am Leben. Die Gefühle sind oft trotz der Trauer gemischt. Erinnern Sie sich, was vorherrschend war?«

Grenberg sah Claesson skeptisch an. Seine Miene war aber nicht mehr so verschlossen.

»Leere vielleicht«, antwortete er schließlich.

»Hat Sie die Nachricht damals überrascht?«, fragte Claesson schonungslos. Grenberg schnappte heftig nach Luft und wehrte sich mit allen Fasern seines Wesens.

»Was für eine Frage! Natürlich war ich überrascht! Obwohl unser Vater natürlich auch anstrengend war. Er war ziemlich oft betrunken.«

»Ich habe gehört, dass Sie Kinder, vor allem Sie und Malin, dafür sorgten, dass Ihr Vater abends nach Hause fand und mit dem Leben klarkam. Sie waren schließlich damals noch nicht so alt. Das ist eine große Verantwortung für Kinder«, stellte Claesson milde fest.

»So klein war ich auch wieder nicht!«

»Ein Junge, ein Teenager«, fuhr Claesson fort und merkte, dass er Mitleid mit dem jungen Grenberg bekam.

»Okay, es war recht chaotisch. Irgendwie bewegte man sich dauernd durch ein Minenfeld. Wir hatten es ziemlich satt. Wollten uns schließlich nicht ganz unmöglich machen. Vater war ein verdammter Egoist, eigentlich«, meinte Grenberg, der seine Wut nun nicht mehr unterdrücken konnte.

Claesson wartete eine Weile mit der nächsten Frage, bis sich Grenbergs Gefühle wieder etwas beruhigt hatten.

»Hatten Sie Angst?«, fragte er, ohne das näher zu erklären.

»Vielleicht nicht direkt«, antwortete Grenberg. »Nicht vor Vater. Jedenfalls nicht ich. Aber es war … naja … hart.«

Claesson nickte.

»Dieser Abend, an dem er nicht nach Hause kam. Erinnern Sie sich an den?«

Grenberg zuckte mit den Achseln.

»Was glauben Sie, woran sich Malin erinnern würde, wenn man sie noch fragen könnte?«, fuhr Claesson fort und merkte, dass Verteidiger Kvist Anstalten machte zu protestieren, dann aber stumm blieb.

»Aber wir hatten uns doch gegenseitig versprochen, nie …«

Grenberg verstummte.

»Was hatten Sie sich versprochen?«

»Gewisse Dinge behält man für sich. Ein Leben lang«, stellte Grenberg fest.

»Wir haben alle unsere Geheimnisse«, stimmte ihm Claesson zu. »Aber einige sind schwerer zu tragen als andere.«

Bockig presste Grenberg die Lippen aufeinander und verschränkte die Arme auf der Brust, als wollte er sich abschotten.

»Sie und Malin waren zu Hause. Vielleicht sahen Sie fern«, fuhr Claesson freundlich fort.

»Nein, das taten wir nicht«, protestierte Grenberg. »Vielleicht eine Weile. Ich war beim Training, Eishockey, und als ich nach Hause kam, sagte meine Schwester, Vater sei ausgegangen. Es war also wie immer. Wir aßen ohne ihn, Tee und Brote. Das war alles.«

Claesson nickte.

»Das war alles?«, wiederholte er und dachte gleichzeitig, dass er den Tod des Vaters auch auf sich beruhen lassen könnte. Der Fall war ohnehin verjährt.

»Ja«, sagte Grenberg, »aber als wir uns hinlegen wollten, fragten wir uns natürlich, wo er steckt. Wir hatten vermutlich ein Video gesehen, und es war recht spät.«

»Sie waren also müde und gingen ins Bett?«, fuhr Claesson fort, und es war deutlich zu hören, dass er auf etwas aus war. »Sie können erzählen, was passiert ist. Das verwenden wir nicht gegen Sie. Es ist so lange her, und außerdem waren Sie damals noch ein Kind. Aber vielleicht fühlen Sie sich dann besser.«

Grenberg, der an diesem Tag bereits mehr hinter sich hatte, als er verkraften konnte, räusperte sich und ergriff wieder das Wort.

»Wir gingen hoch. Zogen uns an. Es war dunkel und kalt, und wir wollten so schnell wie möglich wieder zu Hause sein. Wir fuhren mit dem Fahrrad Richtung Stadt und dann im Stadtteil Söder hin und her. Malin fiel mit dem Fahrrad hin, weil es so glatt war, aber das war nicht so schlimm, denn sie tat sich nichts. Jedenfalls sahen wir Vater nirgends herumwanken. Aber dann, als wir am Växjösjö wieder nach Hause fuhren, entdeckten wir jemanden draußen auf dem Eis …«

Seine Stimme wurde leiser. Alle im Zimmer warteten auf die Fortsetzung.

»Das war er«, sagte Grenberg.

»Da kommt es«, dachte Claesson wenig überrascht.

»Wissen Sie, warum er da auf dem Eis war?«, fragte er.

»Keine Ahnung! Er wankte, hatte sich wohl verlaufen, dachten wir ... Und dann hörten wir, dass unter ihm das Eis barst. Das war furchtbar!«

Seine Stimme war belegt. Verteidiger Kvist rutschte hin und her.

»Wir wagten nicht, aufs Eis zu gehen. Schließlich hätten auch wir einbrechen können. Es war auch kein einziger Mensch da, der uns hätte helfen können. Es war mitten in der Nacht und eisig kalt ...«

Verstört und mutlos holte er Luft und schaute Claesson fast hasserfüllt an. Dieser räusperte sich.

»Dann ...«, sagte Claesson, der zwar zu wissen glaubte, was weiter passiert war, es aber von Grenberg hören wollte.

»Dann fuhren wir nach Hause.«

Claesson nickte.

»Sie riefen nicht die Polizei?«

Grenberg schüttelte verneinend den Kopf.

»Wir hatten Angst.«

Jetzt sah er aus wie das verwundete Kind, das er vermutlich immer gewesen war, und das war schmerzlich.

»Angst wovor?«, wollte Claesson vorsichtig wissen.

»Irgendwie in die Sache verwickelt zu werden. Schließlich hätten wir in einer Jugendstrafanstalt landen können. Was wussten wir schon?«

»Sie hatten Angst vor der Polizei?«

»Natürlich. Wir wussten schließlich nicht, was passieren konnte. Sie hätten uns vielleicht auseinander gerissen, uns kontrolliert. Schließlich hatten wir wenig gute Erfahrungen mit dem Jugendamt und der Polizei.«

»Sie einigten sich also darauf, nichts zu sagen?«

Grenberg nickte.

»Wir haben uns eigentlich auf niemanden verlassen, nur auf uns«, stellte er fest.

»Hatten Sie die Sorge, dass Malin jemandem das Geheimnis verraten könnte?«

Grenberg war vollkommen erschöpft und zuckte abwesend mit den Achseln.

»Vielleicht«, antwortete er kaum hörbar.

»Sie hatten Angst, dass Malin mit Alf Brink, in den sie verliebt war und der nett zu ihr war, zu vertraut werden und dass sie ihm alles erzählen würde.«

»Weiß nicht«, antwortete Grenberg und starrte leer an die kahle Wand. »Vielleicht«, sagte er dann tonlos.

Da stellte Claesson das Tonband ab.

»Du meine Güte! Das waren wirklich betrübliche Familienverhältnisse!«, rief Louise, mehr, um überhaupt etwas gesagt zu haben.

»Ja«, meinte Claesson müde wie nach einem Marathonlauf. »Nur die Älteste ist einigermaßen klargekommen.«

Sie saßen in seinem Büro, weil es das größte war, und warteten auf die anderen des Teams, Lundin, Peter Berg, Benny und Erika Ljung. Sie wollten ein Bier trinken gehen, wahrscheinlich würde es auf ein dunkles Weihnachtsbier hinauslaufen.

Louise rieb sich die Augen und massierte dann ihren Hinterkopf.

»Meine Güte, wie müde man sein kann!«, sagte sie. »Ich habe Kopfschmerzen.«

Claesson antwortete nicht. Er saß am Schreibtisch und schob seine Papiere hin und her. Das war eine Art Therapie, um wieder auf den Boden zu kommen.

»Aber jetzt ist es vorbei«, meinte sie nachdenklich und schaute auf das Stück grauen Himmel über den Hausdächern. »Das trifft einen irgendwie im Innersten«, fuhr sie fort, als würde es ihr nichts ausmachen, ob Claesson zuhörte oder nicht.

»Natürlich«, meinte er, heftete ein paar Papiere mit einer Büroklammer zusammen und legte sie in das Regal hinter sich. Dann wandte er sich an Louise, die immer noch träumend nach draußen schaute.

»Irgendwie traurig und ungerecht«, fuhr sie fort und sprach ihre Gedanken laut aus. »Malin wollte endlich was aus ihrem Leben machen.«

»Stimmt«, meinte Claesson. »Sie scheint auf dem rechten Weg gewesen zu sein.«

Louise wandte ihren Blick vom Dezemberhimmel ab und sah ihn an.

»Gelegentlich ist es nötig weiterzugehen«, meinte er.

»Man muss schon dankbar sein, dass man sich nur über eine normale, ehrliche Untreue zu grämen hat«, sagte sie, und es sollte wie Galgenhumor klingen.

»Findest du?«, erwiderte er zweifelnd.

»Jedenfalls lebe ich noch. Aber was tun wir nicht alles für etwas Liebe.«

»Denkst du an Alexander Grenberg?«

»Ja.«

»Nennst du das Liebe?«, fragte Claesson.

»Nein, vielleicht nicht. Machtstreben, aus Einsamkeit und Verlassenheit geboren«, stellte sie fest. »Ich frage mich, ob er überhaupt zu tieferen Gefühlen fähig ist.«

»Weiß nicht. Da müssen wir den Psychologen fragen«, meinte Claesson. »Er hatte seine beiden Frauen und nahm sich das Recht dazu. Er akzeptierte nicht, dass die Initiative zur Befreiung von jemand anderem kam als ihm selbst.«

»Kontrolle.«

»Ja, vielleicht.«

»Und Feigheit. Sich nicht zu entscheiden.«

»Vielleicht auch das. Und noch viel, viel mehr«, meinte Claesson.

»Irgendwie tut er mir auch leid. Vielleicht hatte er doch irgendwelche richtigen Gefühle für Malin. Also in echt, obwohl sie anrüchig und verbrecherisch waren. Er hätte sie loslassen sollen, damit sie ihr eigenes Leben leben konnte. Das wollen wir alle«, erklärte sie im Brustton der Überzeugung.

Claesson betrachtete sie.

»Wir wollen selbst bestimmen, wie wir unser Leben leben wollen«, verdeutlichte sie.

Claesson sah sie über den Rand seiner Brille hinweg an. Irgendwie empfand er ein gewisses Unbehagen, war aber trotzdem neugierig. Louises Überlegungen brachten ihn der Denkungsart der Frauen näher. Das war interessant. So allmählich hatte er zu ahnen begonnen, dass das manchmal etwas unterschiedlich sein konnte, aber dann auch wieder sehr ähnlich.

Gerade als Claesson etwas erwidern wollte, kamen die anderen.

EPILOG

Zwei Tage später, am Freitag, nur drei Tage vor Heiligabend, herrschte zu Hause in der Diele bei Kommissar Claesson ein einziges Durcheinander. Auf dem Fußboden standen Tüten aus dem Systembolaget mit Bier und Wein, eine große Schachtel belgische Pralinen und zwei große Papiertüten mit Weihnachtsgeschenken, unter anderem ein Babyschlitten aus rotem Plastik. All das sollte vor der Abfahrt im Auto verstaut werden. Der Weihnachtsbaum war bereits geschmückt, sie hatten schon vorgefeiert, da sie an Heiligabend nicht zu Hause sein würden. Im Übrigen war es ziemlich unaufgeräumt. Vielleicht würden sie noch die Zeit finden, Staub zu saugen, ehe sie abfuhren. Da der Wetterbericht stabiles Wetter ohne Schneestürme und überfrierende Nässe versprochen hatte, hatten sie beschlossen, das Auto zu nehmen. Aber man konnte nie wissen.

Claes fütterte Klara. Veronika war in der Stadt und kaufte mit einer riesigen Liste ein. Claes war es erspart geblieben mitzukommen. Es gab jedoch etwas, was er später noch erledigen wollte. Das hatte er sich am Vorabend vor dem Einschlafen zurechtgelegt, und er war zufrieden.

Klara saute rum. Sie spuckte immer wieder ihren Kartoffelbrei aus, verteilte ihn mit den Händen um den Mund und haute dann auf den Tisch. Wo sie drankam, schmierte sie herum. Das war wenig appetitanregend. Er hatte seine Kaffeetasse ein Stück von seiner Tochter weggestellt, damit sie diese nicht umwerfen würde, und versuchte abwechselnd, einen Schluck

Kaffee zu trinken, sie zu füttern und die Tischplatte mit Küchenkrepp abzuwischen. Gleichzeitig kontrollierte er, wie es seinem Rücken ging. Vorsichtig beugte er sich vor, versuchte, noch etwas weiter zu kommen, und fand, dass er über Weihnachten zurechtkommen müsste, wenn er keine unüberlegte Bewegung machte oder erneut ausrutschte.

Veronika kam durch den Garten auf das Haus zu. Sie hatte den Weg selbst frei geschaufelt, damit Claes seinen Rücken schonen konnte. Das machte ihm nichts aus. Schneeschaufeln gehörte nicht zu seinen Lieblingsbeschäftigungen. Manchmal war es praktisch, faul sein zu dürfen. So etwas nenne man einen Sekundärgewinn, belehrte ihn Veronika, die eine beachtliche Menge Tüten hereinschleppte. »Hoffentlich macht die Kreditkarte nicht schlapp«, dachte er.

»Hallo!«, rief sie fröhlich in die Diele. »Wie geht's?«

»Gut«, antwortete er und wischte Klara ein letztes Mal den Mund ab.

»Weißt du, wen ich in der Stadt getroffen habe?«, fragte sie, und er hörte, wie sie in der Diele ihre Stiefel auszog.

»Nein«, erwiderte er etwas geistesabwesend.

»Jemanden von deinem Fanklub.«

Er horchte auf und war gleichzeitig geschmeichelt und etwas nervös. Vermutlich war das ungefährlich. Veronika klang so gut gelaunt.

»Eine gewisse Dame, auf die du sehr großen Eindruck gemacht hast«, schmeichelte sie seiner Eitelkeit weiter und reizte seine Neugier, während sie mit der Hälfte der Tüten in die Küche trat. »Isabelle Axelsson findet dich so gut aussehend«, fuhr Veronika fort, räumte die Sachen ein und legte einige der in letzter Sekunde gekauften Weihnachtsgeschenke neben die Spüle. »Und da muss ich ihr wirklich Recht geben«, betonte sie und fuhr ihm im Vorbeigehen durchs Haar.

»Ist ja nett«, meinte er und war natürlich geschmeichelt, ja, sogar richtig froh, denn er wurde nicht gerade mit Komplimenten überhäuft und war vermutlich genauso anfällig für Schmeichelei wie die meisten.

»Leider hat sie gekündigt. Jedenfalls hat sie sich beurlauben lassen«, fuhr Veronika fort und ging in die Diele und holte weitere Tüten.

»Ach«, sagte Claesson und wusste nicht recht, ob er Lust hatte, sich dafür zu interessieren. Er wollte lieber Wort für Wort hören, was Isabelle zu Veronika gesagt hatte.

»Sie sagte, der Mord an Malin hätte sie endlich von der Klinik wegbekommen. Sie will im lokalen Gesundheitswesen anfangen«, erzählte Veronika. »Das sei teilweise dein Verdienst, behauptete sie.«

Claesson kratzte sich an der Wange, während er versuchte, das zu verarbeiten. Er war frisch rasiert und hatte sich geschnitten. Aber es hatte sich noch kein Schorf gebildet, an dem er genüsslich hätte herumpulen können. Der Zusammenhang erschien ihm zu kompliziert, es war das Beste, sich nicht näher in die Sache zu vertiefen.

»Das ist ja schön«, sagte er nur, und Veronika merkte, dass sein Interesse nur mäßig war, um nicht zu sagen, nicht vorhanden. Er war mit seinen Gedanken woanders. »Ich muss noch was erledigen«, sagte er plötzlich, stand auf und übergab seiner Frau die Verantwortung für ihre Tochter Klara.

Er entschied sich dafür, zu Fuß zu gehen. Es roch nach Schnee und war bereits dunkel. »Bald werden die Tage wieder länger werden«, dachte er. Die Zeit vor Weihnachten war schön oder vielleicht eher angenehm, von Kerzen erhellt und weihnachtlich geschmückt. Gärten und Fenster funkelten.

Er sah Herrn Brink durch das Schaufenster seines Ladens und dachte, dass er schon sein bestes Weihnachtsgeschenk bekommen hatte, obwohl noch nicht Heiligabend war.

Ein kleiner Weihnachtsbaum mit bunten Lampen stand in einiger Entfernung von dem Wellblechschuppen mit den Rädern auf dem Hof. Er schaute durch das Fenster der Werkstatt, ob irgendwelche Kunden da waren, aber das war schwer zu sehen. Er trat ein.

Alf hatte ihm den Rücken zugewandt, drehte sich auf seinem Hocker um und stand auf. »Genau wie beim ersten Mal«, dachte Claesson. Und auch dieses Mal sah der junge Mann vollkommen verängstigt aus. Sie waren allein.

»Ich wollte Ihnen ein fröhliches Weihnachtsfest wünschen«, sagte Claesson.

»Ach?«

»Ja. Außerdem wollte ich Ihnen sagen, dass ich weiß, wie sehr Sie Malin mochten und wie schwer diese Zeit für Sie gewesen ist. Ich dachte, dass das hier vielleicht Ihnen gehören sollte.«

Er hielt ihm eine Plastiktüte hin, in der ein rechteckiger Gegenstand lag. Zögernd nahm Alf die Tüte entgegen. Er wirkte überrascht und wie immer unsicher. Er schaute hinein, legte die Tüte auf eine Werkbank, zog einen Lumpen aus der Tasche seines Overalls und wischte sich sorgfältig die Hände ab. Dann nahm er langsam das Tagebuch heraus und begann mit vorsichtigen Händen zu blättern. Er las:

Dieses Jahr endet gut. Ich habe eine Freundschaft geschlossen. Vielleicht mehr als eine Freundschaft???